戦場のアリス

ケイト・クイン
加藤洋子 訳

THE ALICE NETWORK
BY KATE QUINN
TRANSLATION BY YOKO KATO

ハーパー
BOOKS

Published by K.K. HarperCollins Japan, 2019

母へ
一番の読者で、一番の批評家で、一番のファン
本書をあなたに捧げます

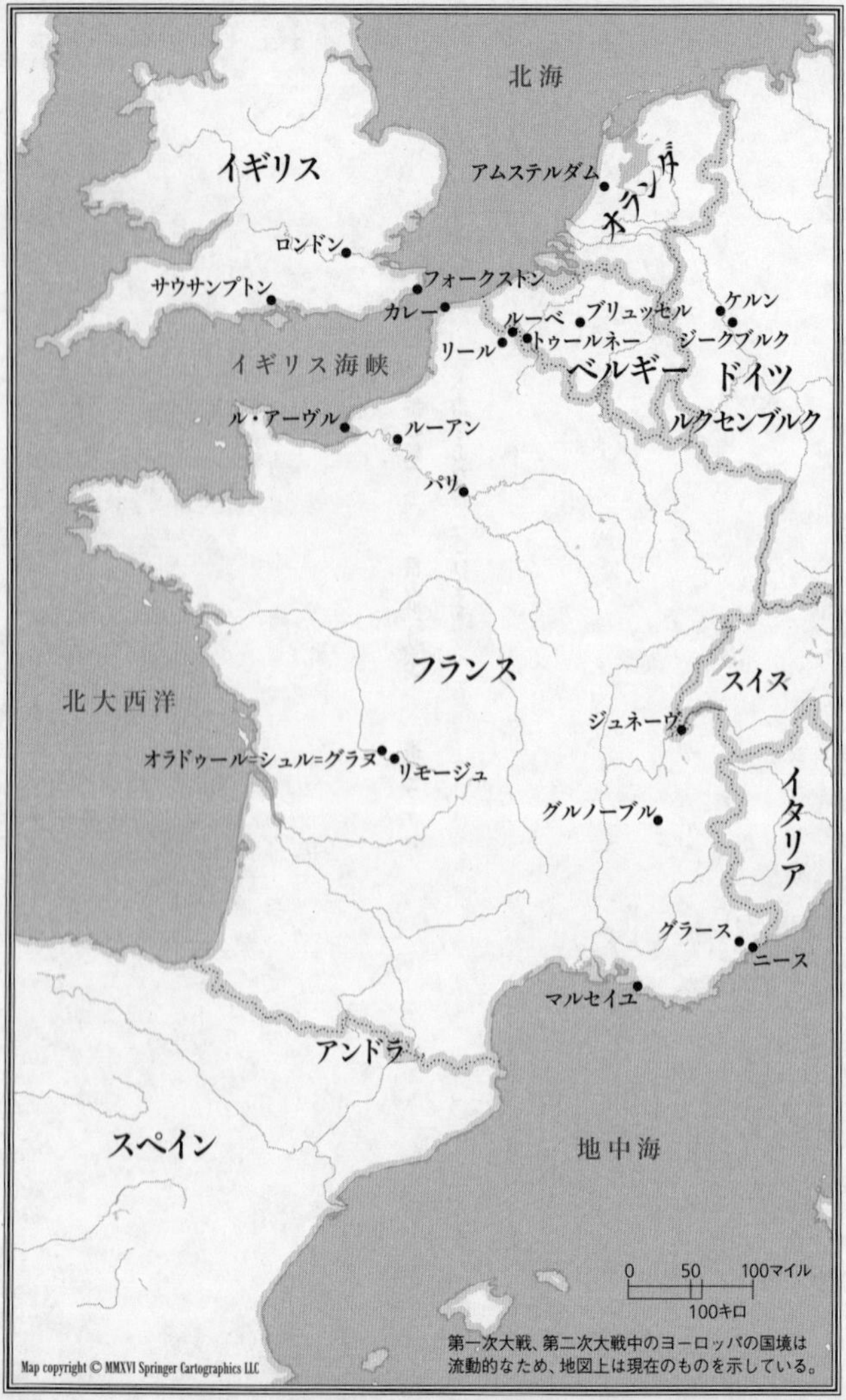
北海
イギリス
アムステルダム
オランダ
ロンドン
サウサンプトン
フォークストン
カレー
ブリュッセル
ケルン
ルーベ
リール
トゥールネー
ジークブルク
イギリス海峡
ベルギー
ドイツ
ルクセンブルク
ル・アーヴル
ルーアン
パリ
フランス
スイス
北大西洋
ジュネーヴ
オラドゥール=シュル=グラヌ
リモージュ
イタリア
グルノーブル
グラース
ニース
マルセイユ
アンドラ
スペイン
地中海
0
50
100マイル
100キロ
第一次大戦、第二次大戦中のヨーロッパの国境は
流動的なため、地図上は現在のものを示している。
Map copyright © MMXVI Springer Cartographics LLC

戦場のアリス

おもな登場人物

シャーリー・セントクレア――大学生
ローズ・フルニエ――シャーリーのいとこ
ジェイムズ――シャーリーの兄。故人
イヴリン（イヴ）・ガードナー――元スパイ。コードネーム：マルグリット・ル・フランソワ
フィン・キルゴア――イヴのなんでも屋兼運転手。元軍人
セシル・エルマー・キャメロン――大尉。イヴの元上官
ジョージ・アレントン――少佐。キャメロンの元上官
アリス（リリー）・デュボア――アリス・ネットワークのリーダー
ヴィオレット・ラメロン――アリス・ネットワークのメンバー
アントワーヌ――アリス・ネットワークのメンバー。書店主
ルネ・ボルデロン――レストラン〈ル・レテ〉の経営者

第一部

1 シャーリー

一九四七年五月　サウサンプトン

イギリスでも、わたしは幻影を見た。わたしが連れてきた幻影だ。ニューヨークからサウサンプトンに向かう遠洋汽船に乗ったわたしは、悲しみに打ちのめされ感情をなくしていた。

港にほどちかいドルフィン・ホテルのラウンジで、鉢植えの椰子《やし》に囲まれた柳細工のテーブルに、わたしは母と向かい合って座り、目が捉えているものを無視しようと努めていた。フロントデスクのそばにいるブロンドの少女は、わたしが思っている人とはちがう。ちがうとわかっている。家族の荷物の横に人待ち顔で立つイギリスの少女は、見ず知らずの他人だ——が、頭はそれを認めようとせずに、ほかの誰かだと言いつづける。わたしは目を逸らし、隣のテーブルのイギリスの若者三人に視線を向けた。彼らはウェイトレスに払うチップを少なくすませる算段に忙しい。「チップは五パーセントでいい、それとも十パーセント？」大学のオフィシャル・ネクタイをした若者が、請求書をひらひらさせながら言うと、連れの二人は笑いだした。「かわいい子にしかチップはやらないよ。脚があんなにガリガリじゃ……」

わたしは三人を睨《にら》み付けたが、母は気付いてもいないようだ。「五月だというのにこの寒さと湿気、嫌になるわ《モン・デュ》！」そう言ってナプキンを広げた。たくさんの荷物に囲まれて、ラベンダーの香りを忍ばせたスカートを揺らす姿は、女らしさそのものだった。仏頂面で服はしわくちゃなわたしとは正反対だ。「胸を張りなさい、あなた《シェリ》」母は父と結婚してからずっとニューヨークに住んでいるのに、いまだにフランス語を会話にちりばめる。「猫背はみっともない」

「こんなに締め付けられたんじゃ、猫背になりようがないわ」コルセットが鉄の帯となってウエストを締め付けていた。小枝みたいに細い体にコルセットは必要ないのに、それがないと泡立つスカートがきれいに流れないのだから仕方がない。ディオールのせいだ。ニュールックだかなんだか知らないけれど、ディオールと一緒に地獄で腐ってしまえ。母はその時どきの流行の服を見事に着こなす。体つきからしてわたしとはちがうのだ。背が高く、ほっそりしたウエスト、胸も腰も豊かでメリハリがきいており、ギャザーたっぷりのスカートの旅行着姿は非の打ち所がなかった。わたしの旅行着もヒラヒラとひだ飾りがついているけれど、まるで布地の海に溺れているみたいだ。ニュールックを着こなせない、わたしみたいなただの痩せっぽちにとって、一九四七年は地獄だ。それを言うなら、〈ヴォーグ〉より微積分が好きな娘にとって、アーティ・ショーよりエディット・ピアフが好きな娘にとって、左手薬指に指輪をしていないのに身ごもった娘にとって、一九四七年は地獄だった。

わたし、シャーリー・セントクレアは、表向きは模範的な娘だ。母がわたしにコルセットをつけさせたもうひとつの理由がそれだった。まだ三カ月目に入ったところだが、母としては、娘のお腹《なか》が目立ってくる前になんとかしたかったのだ。ふしだらな娘をこの世に産み落とした母親と、後ろ指をさされるなんてまっぴらなのだろう。

フロントデスクにちらっと目をやる。ブロンドの少女はまだそこにいて、わたしの頭は説得しようと必死だ。彼女はほかの誰かなのだと。ウェイトレスがほほえみを浮かべてちかづいてきたので、わたしはぎゅっと目を瞑《つぶ》って顔を背けた。「アフタヌーン・ティーをご用意いたしましょうか？」注文を受けて遠ざかるウェイトレスは、たしかに脚がガリガリだった。隣のテーブルの若者たちは、チップを置くかどうかでまだもめていた。「一人五シリングだから、二ペンスも置けば充分……」

花柄の陶器がカチャカチャ鳴って、じきにアフタヌーン・ティーが運ばれてきた。母がほほえんで礼を言った。「ミルクをもっとくださいな。おいしそうだこと《セ・ボン》！」どこがおいしそうなのだろう。硬くて小さなスコーンに干からびたサンドイッチ、砂糖はなし。ヨーロッパ戦線勝利の日から二年が経《た》つのに、イギリスではいまだに配給制度がつづき、立派なホテルといえども、メニューは一人五シリングの配給価格だ。ニューヨークとちがって、ここには戦争の名残がいまも残っている。軍服姿の兵士がロビーをうろつき、メイドを冷やかす。一時間前に遠洋汽船を降りたときにも、埠頭《ふとう》に並ぶ家々は砲撃の跡も生々しく、まるで歯抜けの美女のようだった。はじめて見るイギリスは、埠頭からホテルのラウンジに至るまですべてが灰色、戦争で疲弊した姿を晒《さら》していた。衝撃から立ち直れていないのは、わたしだけではない。

霜降りグレーのジャケットのポケットに手を入れ、紙があることを確かめた。この一カ月、片時も離したことがない。毎晩、パジャマのポケットにしまって寝たぐらいだが、これをどうすればいいのか、わたしにはわかっていなかった。これを使って、わたしになにができる？　わからない。でも、紙はお腹の赤ん坊よりも重く感じられた。もっとも、赤ん坊の存在を感じているわけではないし、ひとかけらの感情を抱くこともできない。つわりはなかった。妊婦の味方のえんどう豆のスープやピーナツバターが無性に食べたくなることもない。妊娠につきものの体の変化はまったくなかった。心が麻痺《まひ》していた。赤ん坊がいるなんて信じられない。なぜなら、なにも変わらなかったから。わたしの人生以外のなにひとつ。

隣のテーブルの若者たちが席を立ち、ペニー硬貨数枚をテーブルに放った。ウェイトレスがミルクを手に戻ってきた。痛そうに足を引き摺《ず》っている。三人の若者はこちらに背を向けたところだった。「あの、失礼ですけど」わたしは声をかけ、三人が振り返るのを待った。「一人五シリングとして——三人の合計は十五シリング、チップが五パーセントなら九ペンス。十パーセントなら一シリング六ペンス」

三人はぎょっとした。こういう表情には慣れっこだ。女の子に計算ができるとは誰も思っていないのだ。まして暗算ができるとは思っていない。たとえこんなにやさしい計算でも。だが、わたしはアメリカ南部のベニントン大学で数学を専攻していた。数字は理にかなっている。人間とちがって、数字は規則正しく合理的で理解しやすい。どんな請求書でも、計算機より早く合計金額を出せる自信があった。「九ペンスにするか、一シリング六ペンスにするか」目を見開いたままの若者たちに、わたしはうんざりして言った。「紳士なら紳士らしく、一シリング六ペンスを置いていかれたら」

「シャーロット」母がたしなめるように言う。若者たちは苦虫を嚙《か》み潰したような顔で去っていった。「なんてお行儀の悪いこと」

「どうして？　ちゃんと〝失礼ですけど〟って言ったわ」

「みながみなチップを置いていくわけではないのよ。それに、あんなふうに出しゃばるものではありません。あつかましい娘は嫌われます」

数学を専攻するような娘や、妊娠するような娘や、それに――でも、言葉を呑《の》み込んだ。疲れていて口答えする元気もなかった。大西洋を渡るのに特別室で母と二人きり、六日も過ごしてきたのだ。海が荒れたため予定より長くかかったうえ、母との言い争いは白熱するにつれ言葉遣いが丁寧になってゆくのだから耐えられない。その根底にあるのは、わたしの屈辱に満ちた沈黙と、母の口には出さない激しい怒りだ。だから、わたしたちは下船できる機会に飛びついた。それがたったひと晩でも、閉ざされた特別室から出ないことには、相手に跳びかかって首を絞めかねなかった。

「あなたのママって、いっつも誰かに跳びかかろうとしてるよね」フランス人のいとこのローズが、何年も前に言ったことがあった。エディット・ピアフを聴いたといって、母がわたしたちを責めたときのことだ。小言は十分間におよんだ。子供が聴くような音楽ではありません。下品のきわみです！

もっともわたしときたら、フランスのジャズを聴くよりももっと下品なことをやってのけたのだ。わたしにできたのは、感情を締め出し、〝それがなに〟と言いたげに顎を突き出して小首を傾《かし》げ、まわりの人間たちを撥《は》ねつけることだけだった。ウェイトレスに払うチップを出し渋った無作法な若者たちにはこれが効いたが、母には通用しない。いつでも好きなときに鎧《よろい》をまとって、何事もなかったように振る舞える人だから。

母のおしゃべりは留《とど》まるところを知らず、いまは船旅の文句を言っている。「――こんなことになるとわかっていたら、遅い便にしていたのに。そうすれば、イギリスに寄り道なんてせずに、カレーに直行できていたわ」

わたしは無言のままだった。サウサンプトンに一泊し、あすフランスのカレーに向かう。そこから列車に乗り換えてスイスへ。ヴヴェーのクリニックに予約を入れてある。こっそり処置してもらうためだ。感謝しなくちゃね、シャーリー。そう自分に言い聞かせてきた。繰り返し何度も。母には、わたしに付き添う義理はなかったのだから。父の秘書か、金で雇われた無関心な付添い人と一緒に、スイスに送り出されても文句は言えない。毎年恒例、パーム・ビーチのバカンスを返上してまで、わたしに付き添う義理はないのに、母は付き添ってくれた。努力してくれているのだ。頭の中は怒りと屈辱のごった煮であっても、母に感謝することぐらいはできる。母がわたしに激怒し、わたしを面倒ばかり起こすふしだら娘だと思うのも無理はない。わたしみたいに自分から苦境に飛び込んでいくような娘は、そう思われても仕方がない。ふしだらのレッテルに慣れるしかないのだ。

母のおしゃべりはつづく。空元気を出している。「あなたの予約のほうが片付いたら、パリに行こうと思っていたのよ」母が〝予約〟という言葉をわざと強調して言っているように思えてならない。「ちゃんとした服を買いしょうね、あなた《マ・プティ》。髪もなんとかしないと」

母の本心はこうだ。秋には、シックなニュールックに身を固めて大学に戻るのよ、いいわね、誰もあなたのささいな問題に気付きはしない。「そんな方程式で帳尻が合うとは思えないんだけど、母さん《ママン》」

「いったいなにが言いたいの？」

わたしはため息をついた。「大学二年生一人からささいな足手まといを引いて、六カ月の旅行で割って、パリ製のドレス十枚とあたらしい髪形を掛けたからって、名誉挽回《めいよばんかい》という解答は出ない。そんな魔法みたいなこと、起きないのよ」

「人生は数学の問題とはちがうのよ、シャーロット」

人生が数学の問題なら、わたしはもっとずっとうまくやっている。数式を解くように人間を理解できたらどんなにいいだろう。人間を共通項で分けて公分母で割ればどんなに楽だろう。数字は嘘を吐《つ》かない。答えはかならずあるし、答えは正しいか間違っているか、ふたつにひとつだ。単純明快。でも、人生に単純なことなどひとつもないし、解こうとしても答えがないのだ。混沌《こんとん》としているだけ。母親とテーブルに向かい合うわたし、シャーリー・セントクレアがまさに混沌のきわみで、母親とのあいだに共通項を見出《みいだ》せないでいた。

母は薄い紅茶を飲みながら、明るくほほえむ。わたしを憎みながら。「客室の準備ができたかどうか、訊《き》いてくるわね。背中を丸めない！　旅行カバンを足元に引き寄せておきなさい。おばあさまの真珠が入っているのでしょ」

長い大理石のカウンターと、忙しく立ち働く従業員たちのほうへ、母は漂っていった。わたしは旅行カバンに手を伸ばす——使い古しの四角いカバン。わたしのためにあたらしいカバンを注文する時間はなかった。荷造りのときに、真珠がおさまる平べったい箱の下に、封を開けたゴロワーズの包みを滑り込ませた（スイスのクリニックに行くのに真珠を持っていけと言うのは、母ぐらいなものだ）。外で煙草《たばこ》を一服できるなら、カバンも真珠も喜んで置いていく。盗まれてもかまわない。いとこのローズとわたしがはじめて煙草を吸ったのは、彼女が十三歳、わたしが十一歳のときだった。兄の煙草を失敬し、大人の悪習を経験してみようと木に登った。「わたし、ベティ・デイヴィスみたいに見える？」ローズが鼻から煙を吐こうとしながら尋ねた。わたしは最初の一服をした直後で、笑いながら咳《せ》き込んだものだから転がり落ちそうになった。ぺろっと舌を出して、ローズは言った。

「お馬鹿なシャーリー！」わたしのことを、シャーロットではなくシャーリーと呼ぶのはローズだけだった。やわらかなフランス語の軽快な調子で、シャル＝リィイとふたつの音節に区切って発音した。

いま、ホテルのラウンジの向こうからわたしをじっと見つめているのは、もちろんローズだ。それでいて、ローズではなかった。積み上げられた荷物の横で、うなだれるイギリスの少女。だが、わたしの頭は頑固に言いつづける。おまえが見ているのはいとこだ、と。十三歳でブロンドで、すてきに美しいいとこ。二人で過ごした最後の夏、木の枝に座ってはじめての煙草を吸ったときの、彼女の年だ。

いまでは彼女も大人になった。わたしが十九だから、二十一……。

もしまだ生きているなら。

「ローズ」目を逸らすべきだとわかっていながらできない。「ああ、ローズ」

想像の中で、彼女が茶目っ気たっぷりの笑みを浮かべ、おもての通りに顎をしゃくる。さあ、行くのよ。

「行くって、どこへ？」わたしは声に出して言った。でも、答えはわかっていた。ポケットに手を突っ込んで、この一カ月持ち歩いた紙に触れた。最初のうちはピンと張っていたけれど、時間とともに擦れてやわらかくなった。紙には住所が記されている。そこに行きさえすれば――。

馬鹿なこと考えないの。鋭い叱責の声が頭の中に響く。紙で切った傷のようにヒリヒリする。階段をのぼってホテルの客室に行く以外、どこにも行き場のないことはわかっているでしょ。糊《のり》のきいたシーツが待つ客室、母の冷ややかな怒りから逃れられる客室、心穏やかに煙草を吸えるバルコニーがある客室に。あすはべつの船に乗り換え、その先に待っているのが、両親が遠まわしに呼ぶところの〝予約〟だ。わたしの〝ささいな問題〟を解決してくれて、すべてを丸くおさめてくれる〝予約〟。

だが、うまくいくはずがない。すべてが丸くおさまるはずがない。いまならできる。イギリスのこの場所からはじまる道へ、一歩を踏み出すのだ。

　最初からそのつもりだったんでしょ。ローズがささやく。自分でもわかっているくせに。

そう、わかっていた。この数週間、鈍った惨めさに浸り込んだ受身な状態でいたあいだも、フランスに直行する遅い便ではなく、イギリスを経由する船にしたいとしつこく言いつづけていたのだ。どうしてそこまで固執するのかを考えないようにしながら、そう主張しつづけた。なぜなら、イギリスの住所が書かれた紙がポケットに入っているから。行く手を塞ぐ海がなくなったいま、わたしに不足しているのはそこへ行く勇気だけだった。

　見ず知らずのイギリスの少女、ローズではない少女は、両手いっぱいに荷物を持つベルボーイのあとから階段をのぼってゆく。いまは空っぽになったローズがいた場所に、わたしは目をやった。ポケットの中の紙に触れた。少し尖《とが》った切れぎれの感情が、麻痺した感覚をチクチクと刺した。それは恐怖？　希望？　決意？

走り書きの住所ひとつと小さな決意ひとつを足して、十乗しなさい。さあ、計算するのよ、シャーリー。

解きなさい。

解Xを求めるの。

いましかないんだから。

わたしは深く息を吸い込んだ。ポケットから紙を取り出すと、一緒にくしゃくしゃの一ポンド紙幣が出てきた。若者たちがわずかなチップを置いて去った隣のテーブルに、わたしは一ポンド紙幣を叩《たた》きつけ、旅行カバンとフランスの煙草を手にラウンジをあとにした。広いドアを抜けると、ドアマンに尋ねた。「すみません、駅までの道順を教えていただけませんか」

けっして賢明な行動とはいえない。不案内な都会に娘一人。立てつづけに不運に見舞われ――例の小さな問題、フランス語で泣き喚《わめ》く母、冷たい沈黙をつづける父――ぼうっとやり過ごした数週間、わたしは導かれるままどこへでもついていった。抗《あらが》うことなく崖っぷちから身を躍らせても不思議はなかった。そうして落ちる途中でようやく、なぜ落ちているのだろうと思うのだ。人生は穴と化し、わたしはくるくると回転しながら落ちていった。だが、いま、わたしは手がかりを掴《つか》んだ。

たとえそれが幻影にすぎないとしても。何カ月ものあいだ、通りすがりのブロンドの少女の顔に、ローズの顔を重ねてきた。気がつくとそうしていた。最初はぎょっとした。ローズの幽霊を見たと思ったからではない。自分が正気を失ったと思ったからだ。きっと正気を失っていたのだ。でも、幽霊を見たのではない。両親がなんと言おうとも、わたしはローズが死んだと思い切れていなかった。

わたしは希望にしがみついて、実用向きではないコルク底のハイヒールで駅に急いだ。〝あなたみたいな背の低い娘にハイヒールは必需品なのよ、あなた《マ・シェール》、さもないといつまでたっても子供扱いされますからね〟ドックに向かう荒っぽい港湾労働者や、洒落《しゃれ》た身なりの商店の売り子や、あてもなくたむろする兵士たちが歩道に溢《あふ》れていた。そんな人ごみを掻《か》き分けて先を急ぐと息があがったが、希望は萎《しぼ》んでいなかった。大きく膨らんで胸が痛くなり、涙が込み上げてきた。

引き返しなさい。良心がうるさく言う。いまならまだ戻れる。ホテルの部屋へ、なんでも決めたがる母親のもとへ、外界を遮断する真綿の霧の中へ。だが、わたしは歩きつづけた。汽笛が聞こえ、石炭殻のにおいがして、渦巻く蒸気が見えた。サウサンプトン・ターミナル。乗客が固まって降りてくる。フェドーラ帽の男たち、顔を赤くしてぐずる子供たち、小糠雨《こぬかあめ》からカールした髪を守ろうと古新聞をかざす女たち。雨はいつ降りだしたの？　この帽子は母が選んでくれたグリーンの帽子のつばの下で、黒い髪がぺたんこになっている。この帽子のせいで、わたしはまるでいたずら好きの小妖精だ。帽子のつばを押し上げ、駅舎へと走った。

車掌が叫んでいる。ロンドン行きの列車は、あと十分で発車します。

わたしはもう一度、握った紙を見た。ハンプソン・ストリート十番地、ピムリコー、ロンドン。イヴリン・ガードナー。

どこの誰だか知らないけれど。

ドルフィン・ホテルにいる母は、いまごろわたしを探して大騒ぎしているだろう。偉そうにフランス語でまくしたてて、ホテルの従業員を辟易《へきえき》させているにちがいない。わたしの知ったことではない。ロンドンのピムリコー、ハンプソン・ストリート十番地までわずか百キロ、しかも、汽車がお誂《あつら》え向きに停《と》まっている。

「発車まで五分!」車掌が大声を張り上げる。乗客たちが荷物を持ちあげ、急いで乗り込む。

いましかないんだから。

切符を買って汽車に乗り込んだ。煙に紛れて、わたしは姿を消した。

夕暮れがちかづくにつれ、車内は冷え込んできた。わたしは着古した黒いレインコートを着込んだ。おなじコンパートメントには、洟《はな》をすする三人の孫を連れた白髪の老婆が乗っていた。指輪も手袋もしていないわたしを、老婆が胡散臭《うさんくさ》そうにちらちら見る。ロンドンまで一人旅なんていったいどんな娘なのかしら、と思っているのだろう。戦争が女の一人旅をあたりまえにしたはずなのに、わたしのことは認めたくないようだ。

「妊娠してるんです」老婆が三度目の舌打ちをしたので、わたしも言わずにいられなかった。「わたしと一緒が嫌なら、席を換わったらどうですか？」老婆は体を強張《こわば》らせ、つぎの駅で降りた。「おばあちゃん、なんで？　降りるのはもっと先の――」と半べその孫たちを引き摺っていった。わたしは〝それがなに〟の角度に顎を突き出し、老婆の非難がましい一瞥《いちべつ》を受け止めた。ドアが閉まって一人になると座席にぐったりもたれかかった。紅潮した頬を両手で挟む。浮かれ気分と混乱、希望と疚《やま》しさ。感情の嵐に揉《も》みくちゃになる。無感覚の殻に戻れたらいいのに。わたしはいったいなにをしているの？　住所と名前を書いた紙一枚握り締めて、イギリスで逃亡を企てているのよ。意地悪な心の声が言う。自分になにができると思っているの？　役立たずが、人助けなんて聞いて呆《あき》れる。

　わたしはたじろいだ。役立たずではない。

　いいえ、役立たずよ。前に人助けしようとして、その結果どうなった？

「だから、名誉挽回したいのよ」わたしは空っぽのコンパートメントに向かって言った。役立たずだろうとなかろうと、わたしはここにいる。

　疲労と空腹を抱えロンドンで汽車を降りたときには、あたりは暗くなっていた。とぼとぼと通りに出ると、大都会は黒い霧にすっぽりと覆われたひとつの大きな塊だった。遠くにぼんやりと、ウェストミンスター宮殿の大きな時計塔の輪郭が見えた。雨水を跳ね散らして車が通り過ぎる道端にたたずみ、数年前、イギリス空軍のスピットファイア戦闘機やドイツ空軍のメッサーシュミット戦闘機が、この霧を切り裂いて飛び交っていたころのロンドンに思いを馳《は》せた。頭を振って想像を締め出す。歩こうにも、ハンプソン・ストリート十番地がどこにあるのか見当もつかず、財布には硬貨が数枚しか残っていなかった。タクシーを停めようと手をあげながら、これで足りますようにと祈る。タクシー代を払うのに、祖母のネックレスから真珠をひと粒抜き取るなんて、考えるのも嫌だった。ウェイトレスへのチップに一ポンドをそっくり置いてこなければ……でも、後悔はしていない。タクシーの運転手は、ここがピムリコーだと言って、テラスハウスが並ぶ通りでわたしを降ろした。雨は本降りになっていた。幻影を探して見回したけれど、ブロンドの髪がちらっとでも見えることはなかった。暗い通りと、降りしきる雨、十番地のペンキの剥《は》げかけたドアに通じる磨《す》り減った階段があるだけだ。旅行カバンを持ち上げ、階段をのぼり、勇気が尽きる前にノッカーを叩いた。

応答はなかった。もう一度叩く。雨脚が強くなり、絶望が波のように押し寄せる。手が痛くなるまで叩きつづけると、ドアの横のカーテンがわずかに動くのが見えた。

「そこにいるんでしょ！」わたしはドアノブをひねった。雨が目に入ってなにも見えない。

「入れてください！」

驚いたことにドアノブが回ってドアが内に開き、わたしはつんのめった。実用的でない靴が脱げて、暗い廊下の床に膝をしたたか打ち、ストッキングが破れた。うずくまるわたしの背後でドアがバタンと閉まる。カチリと拳銃の撃鉄を起こす音がした。

低くしゃがれた声が聞こえた。不明瞭で物恐ろしかった。「あんた誰なの。あたしの家でいったいなにしようっていうの？」

カーテン越しに射《さ》し込む淡い光が、暗い廊下をぼんやりと照らしていた。目に入るのは、痩せた長身の女性、ほつれた髪、煙草の先の真っ赤な火。わたしに向けられた拳銃の銃身が放つ鈍い光。

ショックと拳銃と投げかけられた言葉に、竦《すく》み上がってもいいはずだった。ところが、無感覚の霧は怒りによってきれいに吹き払われ、わたしは立ち上がろうと脚を引き寄せた。破れたストッキングが床のささくれに引っ掛かる。「イヴリン・ガードナーを探しています」

「あんたが誰を探していようが、こっちの知ったこっちゃない。どうしてヤンキーなまりのお嬢ちゃんに家に押し入られなきゃならないのか、わけを説明しないかぎり撃つからね。あたしは老いぼれの酔っ払いだけれど、こいつはルガーの九ミリP08で、状態はすこぶるいい。この距離なら、酔っ払っていようが素面《しらふ》だろうが、あんたの頭を吹き飛ばすことができる」

「わたしはシャーリー・セントクレア」目にかかる濡《ぬ》れた髪を掻きあげる。「いとこのローズ・フルニエが、戦時中にフランスで行方知れずになりました。あなたなら、彼女を探す手がかりをご存じかもしれないんです」

　壁の電気が不意についた。目障りな明るさの光に、わたしは目をしばたたいた。目の前にそそり立つのは、色褪《いろあ》せたプリントのドレスを着た痩せた長身の女性で、白髪交じりのほつれ毛が、長年の苦労を刻んだ顔を縁取っている。五十歳にも七十歳にも見える。片手にルガーを握り、もう一方の手に火のついた煙草。彼女がその手を上げて長々と一服するあいだ、わたしの額を狙う銃口はピクリとも動かなかった。彼女の手を見ているうち、胆汁が喉まで込み上げた。その両手、いったいどうしたの？

「あたしがイヴ・ガードナー」彼女がようやく言った。「それと、あんたのそのいとこやらのことは、なにも知らない」

「ご存じのはずです」わたしは必死だった。「きっとご存じです――どうか話を聞いてください」

「それはあんたの都合だろ、ヤンキーのお嬢ちゃん」緑がかった灰色の目をすがめてわたしを眺める様は、傲慢な猛禽《もうきん》そのものだ。「暗くなってから人の家に押し入ってきて、挙句が、あんたのその、ゆ、ゆくかた知れずのいとことやらについて、あたしがなにか知ってるはずだと言うのかい？　そんなこと、万にひとつもないね」

「だって」拳銃を突き付けられ嘲られてもなお、ローズを見つけ出すことが、崩れ落ちたわたしの人生で最優先事項となったわけを、わたしは説明できないでいた。自分でも不思議なほど一途《いちず》でがむしゃらな思いを、そんな思いに駆られてここまで来てしまったことを、どう説明すればいいのだろう。口をついて出たのはひとつの事実だった。「来ずにいられなかった……」

「あら、そう」イヴ・ガードナーは拳銃をさげた。「こ、こういうときは、お茶でもいかが、と言うべきなんだろうね」

「はい、いただけるなら——」

「あいにくうちにはないね」彼女は踵《きびす》を返し、暗い廊下を大股で奥へ進んでいった。素足がまるで鷲《わし》の鉤爪《かぎづめ》のようだ。左右に揺れる体の脇でルガーも揺れている。指は引き金にかけられたままだ。この人、イカレている。イカレた老女。

それに両手——すべての関節がグロテスクに歪《ゆが》んで、醜い瘤《こぶ》だらけの塊。手というよりロブスターのハサミだ。

「もたもたしない」彼女が振り返らずに言い、わたしは小走りになった。彼女はドアを乱暴に開けて明かりをつけた。底冷えする居間だった。散らかった部屋。暖炉に火は熾《お》きておらず、カーテンを閉め切っているので、街燈《がいとう》の明かりがまったく射し込まず、古新聞や汚れたままのマグカップが散乱していた。

「ミセス・ガードナー——」

「ミス」散らかった部屋をすっかり見渡せる、みすぼらしい肘掛け椅子にドサッと体を預けると、彼女はかたわらのテーブルに拳銃を放った。わたしは思わず身を竦めたが、拳銃は暴発しなかった。「あたしのことは、イヴと呼べばいい。人の家に押し入るぐらい図々《ずうずう》しいんだから。そういうの、あたしは嫌いだけどね。名前は？」

「わたし、べつに押し入ってなんか——」

「いや、押し入った。あんたには欲しいものがあって、なにがなんでも手に入れようとしている。なにが欲しいの？」

わたしは濡れたレインコートをなんとか脱ぎ、長椅子に腰をおろした。にわかに不安になった。どこから話せばいいのだろう。ここに来ることだけで頭がいっぱいだったから、どこからどう話すかなんて考えていなかった。二人の少女掛ける十一の夏、割ることのひとつの海とひとつの戦争……。

「さ、さっさと話したらどう」イヴには軽い吃音《きつおん》があるようだが、酔っているせいなのか、ほかの障害があるのか判断がつかなかった。彼女は、拳銃の横に置かれたクリスタルのデカンターに手を伸ばし、指をぎこちなく動かして栓を開けた。ウィスキーの香りが立つ。

「あたしが素面でいるのはあとわずかだから、時間を無駄にしなさんな」

わたしはため息をついた。この老女はイカレているうえにアル中だ。イヴリン・ガードナーという名前からわたしが連想したのは、イボタノキの生垣の屋敷と低い位置でまとめたシニョンだった。ウィスキーのデカンターと弾が装填《そうてん》された拳銃ではなかった。「煙草を吸ってもいいですか？」

彼女が痩せた肩をすくめたので、わたしはゴロワーズを取り出した。彼女はグラスを探しているようだ。手が届く場所にないとわかったのか、花柄のティーカップに琥珀《こはく》色の液体をドボドボ注《つ》いだ。わたしは魅了されつつぞっとし、煙草に火をつけながら思った。おやおや、あなたっていったい何者？

「そんなに見つめて、失礼な」彼女もあからさまに見つめ返してきた。「なんとまあ、ひらひらの。あんたが着てるそれ――このごろじゃ、女はそんなものを着てるの？」

「外出されないんですか？」つい口が滑った。

「あんまりね」

「ニュールックって呼ばれてるんです。パリの最新ファッション」

「どう見たって、きゅ、窮屈そうだわね」

「たしかに」わたしは煙草を一服した。「まずはじめに自己紹介します。わたしはシャーリー、シャーロット・セントクレアです。ニューヨークから着いたばかりで――」母はいまごろなにを考えているのだろう？　怒り心頭、半狂乱でわたしの頭の皮を剝ぐ算段をしているかもしれない。そのことは、ひとまず置いておこう。「父はアメリカ人で、母はフランス人です。戦争がはじまるまで、夏はフランスで過ごしていました。フランス人のいとこたちと。彼らはパリに住んでいて、ルーアン郊外に別荘を持ってました」

「あんたの子供時代って、ドガの風景画みたいだ」イヴはウィスキーをぐいっと呷《あお》った。

「話が、も、もっとおもしろくならなけりゃ、飲むピッチをあげるからね」

たしかにドガの風景画みたいだった。目を閉じると、いくつもの夏が混ざり合って、ぼんやりとしたひとつの長い季節になる。曲がりくねった細い路地、物が詰め込まれた屋根裏と擦り切れたソファーのあるだだっ広い別荘、床に散らかる古い日付の〈ル・フィガロ〉、かすむ緑の木々、木の間越しに射し込む陽光に浮かび上がる塵《ちり》。

「いとこのローズ・フルニエは――」目頭が熱くなる。「いとことというより姉みたいで、彼女のほうが二歳年上でしたけど、わたしを子供扱いしませんでした。なんでも分け合って、なんでも話し合える間柄でした」

二人の少女はサマードレスが草の汁で汚れるのもかまわず、男兄弟たちに張り合って鬼ごっこでも木登りでもなんでもやった。ローズの胸が膨らみはじめたころ、わたしはあいかわらず痩せっぽちで膝を擦り剥《む》いていたけれど、ジャズのレコードに合わせて歌ったり、エロール・フリンに心ときめかせてクスクス笑ったりしていた。つぎからつぎへと奇想天外な遊びを思いつくのは、もっぱら勇敢なローズで、わたしは忠実な子分だった。いたずらがばれて叱られると、彼女は母ライオンさながらにわたしをかばってくれた。彼女の声が聞こえる。おなじ部屋にいるようにはっきりと。「シャーリー、あたしの部屋に隠れてなさい。おばさまに見つかる前に、服の鉤裂きを縫っといてあげる。あんたを無理に岩に登らせたあたしが悪いんだから――」

「泣かないでよ」イヴ・ガードナーが言う。「メソメソする女は我慢がならない」

「わたしもです」この数週間、ひと筋の涙も流さなかったのは感情が麻痺していたからだ。いまは目がチクチクしている。思い切り目をしばたたく。「ローズと過ごしたのは、三九年の夏が最後になりました。誰も彼もがドイツの心配をしていました――いえ、わたしたちはべつ。ローズは十三歳、わたしは十一歳。考えることといったら、どうすればこっそり抜け出して映画を観《み》に行けるか。そっちのほうが、ドイツで起きていることよりよっぽど大事だった。合衆国に戻ってすぐに、ドイツのポーランド侵攻がはじまりました。両親はローズ一家をアメリカに呼び寄せようとしましたが、一家がぐずぐず迷って――」ローズの母親が、体の弱い自分には長旅は無理だ、と言い張ったせいだ。「旅の手配をする前に、フランスが降伏してしまいました」

イヴはまたウィスキーを口に運んだ。半眼に閉じた目は瞬《まばた》きしない。わたしは気持ちを落ち着けようともう一服した。

「手紙は届きました。ローズの父親は力のある実業家で――コネがあり、家族の動向を外の世界に伝えることができたんです。ローズは元気そうでした。再会したらなにして遊ぼうとか、そんなことを書いてよこしました。でも、ニュースを見ればわかります。あっちでなにが起きているか、みんなが知っていました。パリには鉤十字旗がひるがえり、人々はトラックで連れ去られ、それきりになった。ほんとうに大丈夫なのかと、彼女に手紙で尋ねると、返事はいつもおなじ、元気だから心配しないで、とそれだけ、でも……」四三年の春に、写真を交換した。長いこと会えずにいたから――十七歳になったローズは、カメラの前でピンナップガールみたいにポーズを決めて、まばゆいばかりの美しさだった。いまもその写真をお財布に入れている。擦り切れて縁がヘナヘナになったけれど。

「ローズの最後の手紙には、親に内緒で会っている男の子のことが書いてありました。心が躍るものよって、書いていた」吸う息が喉でつかえた。「それが四三年の春のことです。それ以来、ローズからなにも言ってこなくなって。彼女の家族とも連絡が途絶えました」

わたしをじっと見つめるイヴのしわ深い顔は、まったくの無表情だった。わたしを憐《あわ》れんでいるのか、蔑んでいるのか、それとも気にも留めていないのか、その顔から読み取ることはできなかった。

わたしは煙草を根元まで吸っていた。最後にもう一服し、吸殻が山となったカップソーサーに押しつけて火を消した。「心配することはないのかもしれません。ローズから音沙汰がなくたって、戦時中の郵便事情を考えれば。戦争が終わるのを待つしかありません。終わりさえすれば、また手紙のやり取りができると思っていました。でも、戦争が終わっても、手紙は来なかった」

また沈黙。すべてを語ることは、思っていたよりも難しかった。「フランスに照会しました。大変な時間と手間がかかったけれど、返事を得ることができました。母方の伯父は四四年に亡くなっていました。伯母のために闇市で薬を手に入れようとして銃殺されたそうです。ローズの二人の兄も、四三年の暮れに爆撃で亡くなった。伯母は健在です――母はアメリカに呼び寄せようとしたけれど、伯母が来たがらなかった。ルーアン郊外の別荘に引きこもったきりです。それから、ローズは――」

わたしは唾を呑み込んだ。おぼろにかすむ木立の向こうを、ローズがのんびり散歩している。フランス語で悪態をつき、まとまりのつかない髪に引っかかる枝を押しのけて。あのプロヴァンスのカフェにいたローズ、わたしの人生最良の日……。

「ローズは姿を消しました。四三年に家族のもとを離れたきり。どうして家を出たのかわからずじまいです。父が調べてくれましたが、ローズの足取りは四四年の春で途絶えたきりです。なにもわからない」

「あの戦争ではそういうことが多かった」イヴが言った。もっぱらわたしばかり話していたので、イヴのだみ声を聞いてぎょっとした。「たくさんの人が行方不明になった。まさか、彼女がまだ生きているとは思っちゃいないんだろ？　ひ、ひどい戦争が終わって二年も経つ」

わたしは歯嚙みした。両親はとっくの昔に、ローズは死んだにちがいない、と結論付けていた。戦争のどさくさで命を落とした。両親の言うことにも一理ある、それでも――。

「確実なことはわからないわ」

イヴが呆れた顔をした。「彼女が死ねば、む、虫の知らせでわかったはず、なんて言わないでほしいね」

「信じてくれなくていいです。協力してくだされば」

「どうして？　いったいこ、このあたしとどう関係があるって言うの？」

「父が最後に照会したのがロンドンの役所で、ローズがフランスからイギリスに移住したかどうか問い合わせたんです」大きく息をつく。「あなたはそこで働いていらした」

「四五年と四六年に」イヴは花柄のティーカップにまたウィスキーを注いだ。「去年のクリスマスに首にされた」

「どうして？」

「朝っぱらから酔ってたせいだろ。上司に向かって、性悪のクソばばあって言ったからかもしれない」

　わたしはたじろいだ。イヴ・ガードナーみたいに口の悪い人に出会ったことがなかった。ましてい女性がこんな口をきくなんて。

「つまり――」彼女はウィスキーの入ったティーカップをグラスのように回した。「あんたのいとこのファイルが、あたしのとこに回ってきたと思ってるんだね？　お、憶《おぼ》えてないね。いま言ったとおり、朝っぱらから酔っ払ってることが多かったから」

　女の人がこんなふうに飲むのを見るのもはじめてだった。母が飲むのはシェリーで、それも小さなグラス二杯どまりだ。イヴはストレートのウィスキーを水みたいにがぶ飲みした挙句、呂律《ろれつ》が回らなくなっていた。軽い吃音はお酒のせいなのかもしれない。

「ローズについての報告書の写しを手に入れました」わたしは必死に食い下がった。ここで彼女を失うわけにはいかない。興味を失われるにしても、ウィスキーで正体をなくされるにしても。「あなたの署名がありました。それで名前を知ったんです。アメリカにいるあなたの姪《めい》と偽って電話をして、ここの住所がわかりました。手紙を出そうとしましたが、そのころ――」ちょうどそのころ、〝小さな問題〟がわたしのお腹に根をおろした。「ローズのことでほかにわかったことがあるんじゃありませんか？　ほんとうになにも憶えてないんですか？　もしかしたら――」

「いいかい、お嬢ちゃん。協力なんてできないね」

「――なんでもいいんです！　彼女は四三年にはパリを出て、つぎの春にリモージュに行きました。伯母に尋ねて、そこまでは聞き出したけど――」

「言っただろ、協力なんてできない」

「してください！」わたしは立ち上がっていたが、自分がいつ立ち上がったのか憶えていなかった。絶望が体の中心で形作られてゆく。それは、実体のない影みたいな赤ん坊よりもはるかに中身の詰まった硬い塊だ。「協力してくれなきゃ駄目！　その確約がとれなきゃここを動かないから！」大人に向かって叫んだことはなかったが、いま、わたしはたしかに叫んでいた。「ローズ・フルニエ、彼女はリモージュにいて、十七歳で――」

イヴも立ち上がっていた。わたしよりずっと背が高い。口にするのもおぞましいその指でわたしの胸を突きながら、恐ろしいほど静かな声で言った。「あたしのうちで、あたしに向かってがなりたてるんじゃない」

「――彼女は今年二十一歳で、ブロンドの美人で、愉快で――」

「彼女がジャンヌ・ダルクだろうが知ったこっちゃない。あんたのことだってそうだ！」

「――彼女はムッシュー・ルネが経営する〈ル・レテ〉というレストランで働いていて、そのあとのことは誰もわからず――」

そのとき、イヴになにかが起きた。表情はなにも動いてはいないが、でも、なにかが起きた。深い湖の底でなにかが動いて、それが微妙なうねりとなって水面に届いた、そんな感じだ。小波というほどではない――でも、底のほうでなにかが動いたことがわかる。わたしを見る彼女の目がギラリと光った。

「どうかしましたか？」何キロも走ったあとのように動悸《どうき》が激しくなり、カッと頬が火照り、肋骨《ろっこつ》がコルセットの鉄の帯を押し開く。

「〈ル・レテ〉」彼女の声は小さかった。「その名前なら知っている。レストランの経営者は、だ、誰って言った？」

震える手で旅行カバンを開き、着替えを押しやって裏地のポケットをさぐった。畳んだ紙が二枚。それを差し出した。

イヴは一枚目の紙に目をやった。短い報告書で、最後に彼女の名前が記されている。

「レストランの名前はどこにも書いてないじゃない」

「あとになってわかったから——二枚目を見てください、わたしのメモ。あなたと話ができたらと思って、役所に電話したんだけど、もう辞めたあとでした。事務の人に頼んで、経営者の名前の資料がないかファイルを調べてもらいました。そこに〈ル・レテ〉の名前と、経営者の名前が書いてあったんです。苗字《みようじ》はなくて、ムッシュー・ルネとだけ。まるで要領を得ない情報だから、報告書に記載されなかったんだわ。でも、報告書に署名したのはあなたなんだから、情報元に目を通したはずでしょ」

「通してない。もし目にしていたら、署名しなかった」イヴは二枚目に目を通した。

「〈ル・レテ〉……その名前なら知ってる」

希望が胸を焼く。怒りよりもずっと激しく。「どうしてご存じなんですか？」

イヴは体をひねり、ウィスキーのデカンタに手を伸ばした。ティーカップに注ぎ足すと、ひと息に飲み干した。また注ぐと、そこに突っ立ったまま虚空を見つめていた。

「あたしの家から出ていって」

「でも――」

「ほかにい、い、行くあてが、な、ないんなら、ここで寝ればいい。ただし、あすの朝までには出ていったほうが身のためだよ、ヤンキーのお嬢ちゃん」

「でも――でも、あなたはなにか知ってる」彼女は銃を取り上げ、出ていこうとした。その骨ばった腕を、わたしは掴んだ。「お願い――」

不自由な手の動きの速いこと。とても追いつかなかった。銃を向けられるのは、その晩、それで二度目だった。後ずさるわたしに、彼女は半歩ちかづくと銃口をわたしの眉間に押し当てた。丸く冷たいものに触れて、肌がジンジンする。

「くたばり損ない」わたしはつぶやいた。

「そうさ」彼女がだみ声で言う。「だから、あたしが起きたとき、まだぐずぐずしてたら撃つよ」

彼女はおぼつかない足取りで居間を出ていき、床板が剥き出しの廊下を去っていった。

2　イヴ

一九一五年五月　ロンドン

チャンスはツイードを着てイヴ・ガードナーの人生に現れた。その朝は遅刻したが、午前九時十分過ぎに法律事務所に滑り込んだことに、雇い主は気付かなかった。サー・フランシス・ガルバラは競馬記事以外に興味がない。「これがきみのファイルだ、マイ・ディア」入ってきたイヴに、サー・フランシスが言った。

イヴは白魚のような手でファイルを受け取る。長身で栗色《くりいろ》の髪、やわらかな肌、人を迷わす雌鹿のような瞳。「はい、サ、サ、サー」〝S〟の音はとくに出にくい。たった二度つっかえただけだから、上出来だ。

「それから、こちらのキャメロン大尉が、きみにフランス語でタイプしてほしい手紙を持ってこられた。彼女はカエル野郎（イギリス人がフランス人を揶揄する呼び名）のがさつな言葉をパチパチとすごい速さでタイプしますからね」サー・フランシスはつぎに、デスクの向かいに座る痩せぎすの兵士に向かって言った。「うちの宝ですよ、ミス・ガードナーはね。半分フランス人だから！　わたし自身はカエル言葉はさっぱり話せません」

「わたしもです」大尉はパイプをいじくりながらほほえんだ。「まるで頭に入ってこない。おたくのお嬢さんをありがたくお借りしますよ、フランシス」

「どうぞ、どうぞ！」

誰もイヴの都合は尋ねもしない。尋ねる必要がどこにある？　ファイルガールはいわばオフィス家具の一部だ。鉢植えのシダとちがって動き回るが、言わざる、聞かざる、はおなじだ。

この仕事に就けたのは運がよかったからだ、とイヴは自分に言い聞かせた。戦争がなかったら、ここのような法廷弁護士事務所の仕事は、もっとよい推薦状を持ったポマード頭の若者に持っていかれただろう。運がよかった。ほんとうに運がよかった。イヴが任されているのは、封筒の宛名書きや書類のファイルといったかんたんな仕事で、たまに手紙をフランス語に訳すこともあり、おかげで不自由なく一人暮らしが送れている。戦時下の砂糖とクリームと新鮮な果物不足にうんざりしたとしても、平和と引き換えなら我慢できる。ドイツに占領されたフランス北部で、飢えに苦しんでいたかもしれないのだから。ツェッペリン飛行船が飛んできやしないかと空を見上げながらだから、ロンドンの街を歩き回るのは恐ろしい――でも、イヴが生まれ育ったロレーヌ地方は、新聞によるといまや泥と死骸の海だ。イヴは貪るように新聞を読んだ。無事にこっちに移れて運がよかった。とっても運がよかった。

イヴは黙って手紙を受け取った。キャメロン大尉はこのところ事務所によく顔を出していた。カーキ色の軍服ではなく、しわくちゃのツイードジャケットを着ているが、すっと伸びた背筋と歩き方が、階級章よりも雄弁に彼の位を表していた。年のころは三十五歳あたり、かすかにスコットランド訛《なま》りがあるが、それ以外はまったくのイギリス人。ひょろっとした体つきといい、白髪交じりの髪といい、よれよれの服といい、コナン・ドイルの推理小説に出てきそうな典型的な英国紳士だ。イヴは訊いてみたかった。「煙草はパイプにかぎるんでしょ？　ツイードを着なきゃならない決まりでもあるの？　決まりごとばかりで、嫌になりませんか？」

大尉は椅子の背にもたれ、ドアへ向かう彼女に会釈した。「手紙ができあがるのを待っていますよ、ミス・ガードナー」

「はい、サ、サー」イヴはもごもご言い、後ずさってドアを出た。

「遅刻よ」ファイルルームでは、ミス・グレグソンが鼻をフンと鳴らして彼女を迎えた。ファイルガールの中で最年長のミス・グレグソンは、やたらとボス風を吹かす。イヴは目を見開き、なんのことかわかりませんという表情で応えた。自分の見てくれが嫌でたまらなかった——鏡に映るすべすべの肌の女は、未成熟なかわいらしさ以外にこれといった特徴もなく、若いという以外は記憶に残らず、十六か十七にしか見えない——が、困ったときにはこの外見が大いに役立った。目を大きく見開き、戸惑ったふうにまつげをパタパタさせれば、たいてい目こぼししてもらえた。ミス・グレグソンは苛立《いらだ》ちの小さなため息をつくと、せかせかと歩み去った。あとで彼女がほかのファイルガールにささやくのを、イヴは聞き逃さなかった。「あの半分フランス人の子だけど、ほんとうにおつむが弱いのか疑いたくなることがあるわ」

「あら」――小声で肩をすくめ――「あのしゃべり方なのよ、わかるでしょ？」

イヴは両手を組んで、ぎゅっと二度ばかり力を入れた。そうでないと拳を握ってしまうからだ。それからキャメロン大尉の手紙に意識を向け、完璧なフランス語に訳した。彼女が雇われた理由がそれだった。完璧なフランス語と完璧な英語を操れること。両方の国の血を引いていても、彼女はどちらにも居場所がない。

あとから思い出すと、その日の退屈は波乱含みだったような気がする。タイプし、ファイルし、昼には弁当のサンドイッチを食べた。夕暮れどき、通りをとぼとぼ歩いていると、通りすがりのタクシーが撥ねかけた泥でスカートが汚れた。ピムリコーの下宿屋は〈ライフブイ〉の石鹸《せっけん》と揚げたレバーの饐《す》えたにおいがした。下宿人の一人に律儀にほほえみかける。中尉と婚約したばかりの若い看護婦で、夕食のテーブルで小さなダイヤをこれみよがしに光らせた。「病院で働いたらいいのに、イヴ。未来の夫が見つかるわよ。ファイルームなんかでくすぶってちゃ駄目！」

「あたし、べ、べつに夫を見つけたいなんて思ってないわ」看護婦も下宿の女主人も、ほかの二人の下宿人も、揃《そろ》ってきょとんとした。なんで驚くの？　イヴは思った。夫なんていらないし、子供も欲しくない。居間に敷くラグも結婚指輪もいらない。あたしが欲しいめて言った。

「まさか」投票用紙にチェックマークを付けたいとは思わなかった。いまは戦時中だ。イヴは戦いたかった。吃音のイヴ・ガードナーがお国のために戦えることを証明したかった。昔から彼女を頭ごなしに馬鹿だと決め付ける、ふつうに話せる幾千の人々と変わらず戦えることを。だが、サフラジェットの活動家と一緒に窓に煉瓦《れんが》をいくつ投げようと、前線に行くことはできない。救急看護奉仕隊や救急車の運転手といった支援任務に就きたくても、吃音を理由に撥ねられてしまう。ごちそうさま、と皿を押し、イヴは二階の自室に引き揚げた。がたがたの書き物机と狭いベッドだけの、きれいに片付いた部屋だ。

髪をおろしていると、ドア口からミャオと泣き声がした。イヴはほほえんで、女主人の猫を入れてやる。「レ、レバーを残しておいてあげたよ」ナプキンに包んで持ってきた夕食の残りを与えると、猫はゴロゴロいって背中を丸めた。ネズミ退治のために飼われている猫で、台所の残飯と自分で狩った獲物で命をつないでいるが、イヴは騙《だま》しやすいとみて、彼女の夕食の残りをせしめ、肉をつけていた。「猫になりたい」イヴは虎猫を抱き上げた。「猫はしゃ、しゃ――しゃべる必要ないものね。童話の世界以外では。それより男になりたいと願うべきかしら」男に生まれていたら、吃音を揶揄《やゆ》する相手を殴れるのに。女はなにを言われても、失礼にならないようほほえんで許すしかない。

のは――。

「あなた、もしかして婦人参政権論者《サフラジェット》じゃないわよね？」女主人がスプーンを持つ手を止虎猫がゴロゴロと喉を鳴らす。イヴは撫《な》でてやる。「いっそ、つ、つ、月になりたい」

一時間後、ドアにノックがあった――女主人は唇が見えなくなるぐらい口を引き結んでいた。「お客さんよ」責めるように言った。「紳士のお客さん」

イヴは抵抗する虎猫を脇にどけた。「こんな時間に？」

「無邪気そうな目をしても駄目。夜に男の訪問者は入れない、それがうちの決まりだからね。軍人ならなおのこと。紳士にそう言ってやったけど、緊急の用だって言い張るものだから。客間に通したから、お茶を飲むぐらいはかまわないけど、ドアは少し開けておくこと、いいわね」

「軍人？」イヴはなおさらきょとんとした。

「キャメロン大尉だって。軍の大尉があんたを訪ねてくるなんて、よっぽどのことだと思うわよ。それも自宅に、こんなに夜遅く！」

イヴもそう思った。垂らしていた栗色の髪をまとめて留め、ハイネックのブラウスの上にジャケットを羽織った。出勤の格好だ。ショップガールやファイルガール――働いている女は誰でも――声をかければかんたんになびくと思うような紳士なんて、ろくなものではない。言い寄るつもりで訪ねてきたのなら、顔を叩いてやる。サー・フランシスに言いつけて、あたしを首にしようとかまいやしない。

「こんばんは」礼儀は守ろうと決めて、ドアを勢いよく開けた。「まさかあなたが訪ねてこられるとは、た、た、た――」固く握り締めた右手を無理に差し出す。「た――大尉。

あたしに、ど――どんなご用ですか？」つんと顔を逸らした。恥ずかしがって頬を染めたりするものかと思った。

驚いたことに、キャメロン大尉はフランス語で応えた。「フランス語で話しませんか？あなたがほかの女性たちにフランス語で話しかけるのを耳にした。あまりつかえずに話していましたね」

イヴは目を丸くした。硬い椅子にもたれて、脚をゆったりと組み、刈り込んだ小さな口ひげの下でかすかな笑みを浮かべる彼は、完璧なイギリス人だ。フランス語は話せないはず。ほんのけさがた、彼がそう言うのを聞いたばかりだ。

「もちろん《ビアン・スール》」フランス語で返す。「コンティヌエオンフランセ、シルブプレ」

彼がフランス語で言う。「廊下をうろうろして、聞き耳をたてている女主人の鼻を明かしてやりましょう」

イヴは椅子に座って青いサージのスカートを直し、花柄のティーポットに手を伸ばした。「お茶はどのように？」

「ミルク、砂糖は一杯。教えてください、ミス・ガードナー、ドイツ語はどれぐらい堪能ですか？」

イヴははっと顔をあげた。職探しをするために書いた履歴書の資格欄に、ドイツ語が堪能と書いた覚えはなかった――一九一五年は、敵国の言葉を話せると認めるのに適した時代ではない。「あ、あたし、ドイツ語は話しません」そう言って彼にカップを渡した。

「ふうむ」彼がカップ越しに見つめてきた。イヴは膝の上で両手を組み、穏やかな無表情で見つめ返した。

「あなたのその顔、たいしたものだ」大尉が言った。「表情の裏になにもないように見える。とにかくなんの感情も現れない。わたしは人の顔を見るのに長《た》けていましてね、ミス・ガードナー。たいていの場合、目のまわりの小さな筋肉の動きに感情が現れる。あなたはうまく感情を抑えている」

イヴはまた目を見開き、無邪気に困惑しているふうにまつげをパタパタさせた。「あたし、あの、なにをおっしゃってるのかわかりません」

「いくつか質問をしてもかまいませんか、ミス・ガードナー？　失礼にあたるようなことは口にしませんから、ご安心を」

彼は身を乗り出して、イヴの膝を撫でようとはしなかった。「もちろんですわ、た、た、大尉」

彼は椅子にもたれた。「あなたは身寄りがないそうですね――サー・フランシスがそう言っておられた――だが、ご両親のことを話してもらえませんか？」

「父はイギリス人でした。フランスの銀行に勤めようとロレーヌに渡りました。そこで母と知り合ったんです」

「お母さんはフランス人？　どうりで発音が正しいわけだ」

「はい」発音が正しいかどうか、どうしてわかるの？

「ロレーヌ地方で生まれ育った女性ならドイツ語も堪能だろうと思ったんですよ。国境からそう遠くない」

イヴはまつげを伏せた。「習ったことはありません」

「あなたはたいした嘘吐きだ、ミス・ガードナー。あなたとカードゲームはしたくないな」

「レディはカードゲームをいたしません」全身の神経が気をつけろと叫んでいたが、イヴはすっかり緊張を解いていた。危険を察知するとかえって緊張が解ける。葦《あし》の茂みの中、鴨《かも》猟で、弾を発射する寸前。指は引き金に、鳥は息をひそめ、弾が飛んでいこうとする――すべてが静まり返るその瞬間、彼女の鼓動はかならずゆっくりになった。いまも鼓動はゆっくりになり、彼女は大尉のほうに首を倒した。「両親のことをお尋ねですよね？　父はナンシーに住み、働いていました。母はもっぱら家のことを」

「それで、あなたは？」

「あたしは学校に通い、毎日お茶の時間には家に戻りました。母がフランス語と刺繍《ししゅう》を教えてくれ、父が英語と鴨猟を教えてくれました」

「育ちのよいお嬢さんだ」

イヴはやさしくほほえみながら、思い出していた。レースカーテンの向こうで繰り広げられる騒動を、下卑たののしり合いを、底意地の悪いいがみ合いを。育ちのよさを身につけたかもしれないが、よいところの出とは程遠かった。絶え間のない諍《いさか》いに、飛び交う食器、無駄遣いばかりしやがって、と母を責める父、どうせまた女給に貢ぐくせに、と言い返す母。そういう家庭で育った子は、家の中で騒音が轟《とどろ》くやいなや、見つからないように部屋の隅に移動して、闇夜の影のように消えてなくなる術《すべ》をたやすく身につける。なにも聞き逃すまいと耳を澄まし、頭の中で両親を天秤《てんびん》にかけながら、ひたすら目立たぬよう身じろぎひとつしない。「ええ、たいへんためになる子供時代でした」

「失礼だが……あなたの吃音は、ずっと前からですか？」

「子供のころは、もうちょっと、ひ、ひ、ひどかったです」彼女の舌はつねに、引っかかり、つまずいていた。彼女の中で唯一滑らかでも、控えめでもないのがそれだった。

「ついた先生がよかったのでしょうね。あなたが吃音を克服する手助けをしてくれた」

先生？　彼らがしたことといえば、言葉が途中でつっかえて顔を赤くし、いまにも泣きそうな彼女を見つめるだけ、さっさとつぎに移り、打てば響くの答えをする子を当て直すだけだった。教師の大半が、彼女のことを、言葉がつかえるだけでなくおつむも弱いと思っていた。子供たちが彼女を囲んではやしたてても、叱って追い払ってはくれなかった。

「名前を言ってみろ、ほら言え！　ガ、ガ、ガ、ガ、ガードナー――」ときには一緒になって笑っていた。

イヴは凶暴なまでの意思の力で、吃音を押さえつけた。自室でつっかえつっかえ大声で詩を朗読し、舌に貼りつく子音を叩いてほぐし、解き放った。ボードレールの『悪の華』の序詩――フランス語のほうが発音しやすかった――をもたつきながらも読み終わるまでに十分かかったことを思い出す。ボードレールは言っていた。『悪の華』を怒りと忍耐をもって書いたと。イヴにはそれがよく理解できた。

「あなたのご両親だが」キャメロン大尉がつづけて言った。「いまはどちらに？」

「父は一九一二年に死にました。し、心筋梗塞で」ある意味、血の流れが滞ったのだ。妻を寝取られた夫が振るう肉切り包丁が心臓に突き刺さって。「母はドイツ軍の侵攻を恐れ、あたしを連れてロンドンに渡ることにしました」ドイツ野郎ではなくスキャンダルから逃げるために。「母は昨年、インフルエンザで死にました。神よ、彼女の魂を安らかにさせたまえ」死ぬまで辛辣で下品でおしゃべりだった母は、イヴにティーカップを投げつけて悪態を吐きちらした。

「神よ、彼女の魂を安らかにさせたまえ」大尉は敬虔《けいけん》に言葉を繰り返したが、イヴにはその敬虔さが本物だとはとても思えなかった。「そしていま、あなたはわれわれのものとなる。イヴリン・ガードナー、身寄りなし、正しいフランス語と正しい英語を話す――ドイツ語のことはほんとうかな？――わたしの友人、サー・フランシス・ガルバラの事務所で働いている。おそらくは結婚までの暇潰しに。美しい娘だが、できるだけ目立つまいとしている。内気なせいかな？」

虎猫がドアの隙間をするりと抜けて、ミャオと様子を窺《うかが》いながら入ってきた。イヴは手元に呼んで抱き上げた。「キャメロン大尉」十六歳に見える笑みを浮かべて言い、猫の顎の下を撫でた。「あたしを誘惑なさるおつもりですか？」

まんまと彼を驚かせた。背もたれに寄りかかり、困惑して顔を染めている。「ミス・ガードナー――わたしは夢にもそんな――」

「だったら、ここになにしにいらしたんですか？」ずばり尋ねた。

「あなたを評価するために来た」彼は足首を組み合わせ、落ち着きを取り戻した。「何週間も前に、フランス語を話せないふりを装い、友人の事務所を最初に訪れたときから、あなたに目をつけていました。どうだろう、正直に話しませんか？」

「あたしたち、正直に話していませんでした？」

「あなたが正直にものを言うとは信じられないな、ミス・ガードナー。仲間の女性たちに、もそもそと言い逃ればかり言うのを聞いてましたからね。あなたが退屈だと思う仕事から逃れるために。けさも、遅刻した理由を問い詰められて、平気な顔で嘘を吐いてましたね。タクシーの運転手につきまとわれて、それで遅れたとかなんとか――あなたはけっしてうろたえないし、いたって冷静だが、うろたえたふりをしてまわりを煙《けむ》に巻いていた。いや、お見事。あなたは好色なタクシー運転手のせいで遅刻したのではない。事務所の扉に貼ってある新兵徴募のポスターを、たっぷり十分間も見つめていたから遅刻した。わたしは時間を計っていたんですよ。窓から下を眺めながらね」

今度はイヴのほうが、背もたれに寄りかかって赤くなった。たしかにポスターを見つめていた。きりりとした顔の陸軍兵士の列、揃いも揃って勇ましく、真ん中の余白にはこう書かれている。〝行列の中にまだ空きはある、きみのための！〟その上には派手なヘッドラインが。〝さあ、空きを埋めたまえ！〟イヴはその場に立ち尽くし、苦い思いを嚙みしめていた。やっぱり駄目だ。兵士の列のその余白には、もっと小さな文字でこう記されていたからだ。〝この空きを埋めるのは壮健な男子である！〟だから、駄目だ、イヴは適さない。まだ二十二歳で壮健であっても。

膝の上の虎猫が抗議の声をあげた。毛皮に埋まる彼女の指が強張るのを感じ取ったからだ。

「それじゃ、ミス・ガードナー」キャメロン大尉が言う。「わたしが質問したら、あなたは正直に答えてくれますか？」

そんな口車に乗ってはいけない、とイヴは思った。彼女は息をするのとおなじぐらいたやすく嘘を吐き、言い逃れできる。生まれてからずっとそうやってきた。嘘、嘘、嘘、デイジーみたいな顔で嘘を吐く。最後に真正直にものを言ったのがいつだったか、思い出せない。受け入れがたく心掻き乱される真実を言うよりも、嘘を吐くほうがずっとかんたんだ。

「わたしは三十二歳だ」大尉が言った。しわ深くやつれた顔は、年より老けてみえる。「この戦争で戦うには年をとりすぎている。だからべつの仕事に就いた。祖国の空はドイツのツェッペリン飛行船の攻撃に曝《さら》され、祖国の海はドイツのUボートの攻撃に曝されている。毎日、攻撃に曝されているんです」

「いいですか、ミス・ガードナー、イヴは大きくうなずいた。二週間前、ルシタニア号が撃沈された——何日も、下宿の仲間たちが目頭を押さえていた。イヴは涙一滴流さずに新聞を貪り読み、怒りに燃えた。

「これ以上の攻撃を食い止めるためには、人材が必要なのです」キャメロン大尉が言う。「特定の能力を持った人材を探すのが、わたしの仕事だ――たとえば、フランス語とドイツ語を話せる能力を持った人。嘘を吐ける人。表向きは害のない人間。その実、勇気のある人間。そういう人たちを見つけ出して仕事に就ける。ドイツ野郎どもがわれわれになにを仕掛けるつもりか探り出す仕事です。あなたにはその能力が備わっていると思うんだが、ミス・ガードナー。だから尋ねる。イギリスのために立ち上がりたいと思いますか？」

その質問がハンマーの一撃となってイヴを打った。震えながら息を吐き出し、猫を脇に置いて、なにも考えずに答えた。「はい」彼の言う〝イギリスのために立ち上がる〟のがなにを意味しようとも、答えはイエスだった。

「どうして？」キャメロン大尉は、さらに問いただしてきた。

卑怯《ひきょう》な男たちとか、前線にいる兵士たちのために応分の務めを果たしたいとか、聞こえのいい言葉をひねり出そうとした。だが、もう嘘は吐くまい。イヴはゆっくりと言った。

「あたしは自分に能力があることを証明したいんです。あたしがうまくしゃべれないせいで、あたしを純真だとか、頭が弱いとか思っている人たちに。あたしは、た、た、た――あたしはた、た、た――」

その言葉をなんとか言おうと必死になるうち、イヴの頬がじわっと熱を帯びてきたが、彼はけっして急《せ》かさなかった。たいていの人が、彼女になんとか最後まで言わせようと急かすものだから、いつも彼女は怒りでいっぱいになった。彼は静かに座っているだけだ。イヴはスカートに隠れた膝を拳で叩いて、なんとか言葉を解き放った。食いしばった歯のあいだから、猫が驚いて逃げ出すほどの激しさで、言葉を吐き出した。

「戦いたい！」

「きみが？」

「はい」正直な答えをつづけて三つもしたのは、イヴにとっては大事件だ。彼の思慮深い視線を浴びて、彼女は震えながら泣き出しそうだった。

「だったら質問する。これで四度目だ。五度目はないと思いたまえ。あなたはドイツ語を話せますか？」

「ヴィーアインアインハイミッシャー」母国語のように。

「すばらしい」セシル・エルマー・キャメロン大尉は立ち上がった。「イヴリン・ガードナー、スパイとして国王に仕えたいと思いませんか？」

3 シャーリー

一九四七年五月

脈絡のない夢を見た。ウィスキー・グラスの中で火を吹く拳銃、車両の陰に消えるブロンドの少女たち、〈ル・レテ〉とささやく声。それから男の声が言った。「きみは誰、お嬢《ラス》さん？」

めやにで塞がるまぶたを無理に開ける。わたしは居間のガタがきた古いソファーで眠っていたのだ。ルガーを持つ頭のおかしな女がうろつく家の中を、ベッドを探して歩き回る気にはなれなかったからだ。ふわふわした旅行着を脱いで、擦り切れた手編みの掛け布をかぶり、スリップ一枚で丸くなって眠っていた――そしていま、どうやら朝になったようだ。分厚いカーテンの隙間から日が射し込み、ドア口から誰かがこっちを見つめている。着古したジャケット姿の黒髪の男が、ドア枠に肘をもたせて。

「どなた？」わたしは寝ぼけ眼で尋ねた。

「先に質問したのはおれだ」男の声は低く、わずかにスコットランド訛りがある。「ガードナーを訪ねてくる人間がいるとは驚きだ」

「彼女、まだ起きてないのね？」男の背後に慌てて目を配る。「朝、目が覚めたときあんたがまだいたら銃で撃つからねって、脅かされたものだから――」

「あの人らしいな」スコットランド男が言った。

ゆうべ脱いだ服を探したいけれど、見ず知らずの男性にスリップ姿を見られるわけにもいかず、立つこともできなかった。「ここから出ていかないと――」

それで、どこに行くの？　ローズがささやく。とたんに頭がズキズキしてきた。ここからどこへ行けばいいのかわからない。頼りはイヴの名前を記した紙切れだけだった。ほかになにがある？　涙が込み上げる。

「慌てることはない」スコットランド男が言った。「ゆうべ、ガードナーが酔っ払っていたのなら、なにも憶えちゃいないから」彼は背を向け、ジャケットを脱いだ。「紅茶を淹《い》れるとするか」

「あなたはどなた？」言いかけたものの、ドアがバタンと閉まった。思い切って掛け布をめくると、剥き出しの腕に鳥肌がたった。脱ぎっぱなしの旅行着を目にして鼻にしわを寄せる。カバンにドレスがもう一着入っているけれど、そっちもふわふわで、ウエストを締め付けるから窮屈すぎる。だから古いセーターと、母が忌み嫌うダンガリーのズボンを身に着け、裸足《はだし》でキッチンを探しに行った。二十四時間なにも食べていないので、グーグーいう胃袋がすべてを凌駕《りょうが》した。恐ろしいイヴの拳銃さえも。

キッチンは驚くほど清潔でピカピカだった。やかんが火にかけられ、テーブルは整えられている。スコットランド男は着古したジャケットを椅子に掛け、おなじように着古したシャツ姿で立っていた。「あなたはどなた？」好奇心を抑え切れずに尋ねた。「ガードナーのなんでも屋。紅茶は自分で注いで」男はそう言うとフライパンを棚からおろした。

彼が男同士でするように、〝ガードナー〟と呼び捨てにしたことに興味を覚えた。「なんでも屋？」シンクの脇に置いてあった欠けたマグを手に取る。この家の中で、キッチン以外に人の手が入った場所があるとは思えない。

彼は冷蔵庫から卵とベーコン、マッシュルーム、それに半斤のパンを取り出した。「彼女の手を見たんだろ？」

「……ええ」紅茶はわたし好みの濃さだった。

「あんな手で、彼女にどれほどのことができると思う？」

わたしは噴き出した。「ゆうべ見たかぎりでは、拳銃の撃鉄を起こせたし、ウィスキーの栓も上手に開けていたわ」

「そのふたつはなんとかできる。ほかの用事をやらせるために、彼女はおれを雇ってるんだ。雑用をこなすためにね。郵便物を取ってくる。彼女が外出するときは運転手を務める。料理もする。もっとも、キッチン以外の部屋の掃除はやらせてくれない」彼は薄切りのベーコンを一枚ずつフライパンに入れた。長身で手足が長く、身のこなしはしなやかで優雅だ。年のころは二十九か三十、無精ひげ、くしゃくしゃの黒い髪はシャツの襟にかかるほど伸びている。「きみはここでなにをしてるんだ、ミス？」

わたしは口ごもった。母なら、なんてぶしつけな、と言っているだろう。なんでも屋が客に質問するとは。でも、わたしは客とはいえないし、このキッチンにいる権利は彼のほうが持っている。「シャーリー・セントクレア」わたしは紅茶を飲みながら、イヴの家の玄関に（それからソファーに）流れ着いた顛末《てんまつ》をかいつまんで話した。悲鳴をあげたことや、拳銃を眉間に突き付けられたことは省いた。ほんの二十四時間で、人生が完全にひっくり返ってしまったことの不思議さを、あらためて噛みしめる。

それはあなたが、サウサンプトンからずっと亡霊を追いかけてきたからでしょ、とローズがささやく。あなたがちょっとばかりイカレているせいよ。

イカレてなんていない。わたしは言い返す。あなたを助けたいの。イカレた人間にはできないことでしょ。

あなたはみんなを助けたいのね、シャーリー、マイ・ラブ、わたしにジェイムズ、それに子供のころ街で見かけた野良犬——。

ジェムイズ。わたしはピクッとする。良心の意地悪な声がささやく。兄さんを助けるために、そりゃもう頑張ったものね？

その声に耳を傾ければ、罪悪感の渦に巻き込まれて身動きがとれなくなる。だから、イヴのなんでも屋と名乗る人にもっといろいろ訊いてほしかった。わたしの話はどう考えても荒唐無稽だ。でも、彼は黙ったまま、フライパンにマッシュルームと缶詰の豆を加えるだけだ。男の人が料理するのを見るのははじめてだった。父はトーストにバターを塗ることすらしない。それは母やわたしの役目だ。だが、彼は慣れた手つきで豆を混ぜ、ベーコンをカリカリに炒《いた》めていた。脂が撥ねて腕を焼いても意に返さない。

「イヴに雇われてどれぐらいになるんですか、ミスター・キルゴア？」

「四カ月」そう言うと、パンを切りはじめた。

「その前はなにを？」

彼の手が止まった。「王立砲兵、第六十三対戦車連隊」

「それからイヴのところで働くようになった。大変身ね」彼はどうして手を止めたのだろう。ナチス相手に戦った人間が、拳銃を振り回すおかしな女のために家事をやるのは、恥ずかしいと思っているのかもしれない。「彼女はどんな……」

自分の質問の向かう先がわからず、言葉が尻つぼみになった。彼女はどんな雇い主なの？ 彼女はどうしてあんなことになったの？ けっきょく口から出たのはこんな言葉だった。「彼女はどうして手に怪我《けが》を負ったの？」

「話してくれない」彼は卵をひとつずつフライパンに割り入れた。わたしのお腹がグーグーと鳴る。「でも、想像はつく」

「どんな想像？」

「指のすべての関節を順番に砕かれた」

わたしは身震いした。「どんな事故に遭うとそんなことになるのかしら？」

フィン・キルゴアは、はじめてわたしの目を見た。まっすぐな黒い眉の下の黒い瞳は用心深く、どこかよそよそしい。「事故だと誰が言った？」

わたしは（どこも折れていない）指でマグを掴んだ。紅茶がにわかに冷たく感じられる。

「これぞイギリスの朝食」彼はフライパンをコンロからおろし、切ったパンの隣に置いた。

「水道管の漏れを直さなきゃならない。勝手にやってくれ。ガードナーの分は残しておいてくれよ。ひどい頭痛を抱えておりてくるだろうし、ここブリテン諸島では、フライパンひとつで作る朝食が、二日酔いの特効薬だ。すっかり平らげたりしたら、ほんとうに撃たれるかもしれない」

彼は振り返ることなくのんびりと出ていった。わたしは皿を取り、ジュージューいうフライパンに向かった。唾が湧く。ところが、おいしそうな卵とベーコンと豆、それにマッシュルームを見たとたん、胃袋がでんぐり返った。手で口を押さえ、フライパンに背を向けた。ブリテン諸島における二日酔いの特効薬の上に吐いてしまわないうちに。

はじめての経験とはいえ、どうしてこうなるのかわかっていた。お腹はすいているのに、胃袋が喉元にせり上がってきて、たとえイヴのルガーをまた頭に突き付けられても、ひと口だって食べられないだろう。これはつわりだ。わたしの〝ささやかな問題〟が、はじめての自己主張を行なったのだ。

ただ胃がむかつくだけではなかった。呼吸が浅くなり、掌《てのひら》がじっとりと汗ばむ。〝ささやかな問題〟は三カ月を過ぎたころだが、これまでは、曖昧な概念でしかなかった――なにも感じなかったし、想像もできなかったし、なんの兆候も現れなかった。わたしの人生の真ん中を列車のごとく猛スピードで突っ走っただけだ。両親が介入してきてからは、ばつ印をつけて消せばいい、つまらない等式にすぎなくなった。〝ささやかな問題〟足すスイスへの旅行、すなわちゼロ、ゼロ、ゼロ。いたって単純。

ところが、いまやそれは〝ささやかな問題〟で片付けられなくなった。単純どころの話ではない。

「わたしはどうすればいいの？」小さく声に出して言ってみる。ようやくいまになって、わたしはその問題に直面したのだ。ローズのために、あるいは両親のためになにをすべきか、秋に大学に戻るためになにをすべきかではない――そうではなくて、自分のためになにをどうすればいいのか？

どれほどの時間、そこに突っ立っていたのかわからない。刺々《とげとげ》しい声にはっとわれに返った。「アメリカ人の侵入者が、まだここにいたのね」

振り返る。ゆうべ着ていたのとおなじプリントのハウスドレス姿で、イヴがドア口に立っていた。グレーの髪はぼさぼさ、目は充血している。覚悟して足を踏ん張ってはみたが、どうやらミスター・キルゴアの言うとおりらしい。彼女はゆうべの脅し文句など忘れたふうで、わたしにかまうことなくこめかみを指で揉んでいた。

「頭の中で黙示録の四騎士が激しく争ったにちがいない」イヴが言う。「口の中がチェップストーの公衆便所の味がする。スコットランド人のあの男、ちゃんと朝食を作ったんでしょうね」

でんぐり返る胃を抱えたまま、わたしは手をひらひらさせた。「フライパンひとつの奇跡」

「でかした」イヴは引き出しからフォークを取り出すと、フライパンから直に食べはじめた。「それじゃ、フィンに会ったんだね。なかなかの男前だろ？　あたしがこんな醜い婆《ばあ》さんじゃなかったら、ほっときゃしないんだけどね。いの一番によじ登ってる」

わたしはコンロから離れた。「ここに来るべきじゃなかった。無理に押しかけてごめんなさい。そろそろ行かないと――」どこへ？　母のもとにすごすご戻り、ひとしきり叱られたあと、〝予約〟を果たすため船に乗る？　ほかに行くあてがあるの？　無感覚の真綿がわたしをまたくるもうと戻ってくる。ローズの肩にもたれて目を閉じたい。トイレで丸くなり、すっかり吐き出してしまいたい。気分が悪い。わたしは無力だ。

イヴはパンの塊で卵の黄身を拭い取っていた。「す、座ったらどう、ヤンキーのお嬢ちゃん」

たとえ言葉がつかえていようと、しゃがれ声には有無を言わさぬ迫力があった。椅子に座るしかない。

イヴは布巾で指を拭き、ハウスドレスのポケットから煙草を取り出した。長々と煙を吸い込む。「一日の最初の一服」そう言いながら煙を吐いた。「いつだっていちばんうまい。ひどい二日酔いをほぼ帳消しにしてくれる。な、な、名前はなんていった、あんたのいとこの」

「ローズです」心臓がまた動きだす。「ローズ・フルニエ。彼女は――」

「あたしに言わせりゃさ」イヴは人の言うことを聞きやしない。「あんたみたいなお嬢ちゃんには、金持ちのママとパパがいるんだろ。かわいそうな迷子の子羊のいとこを、見つけ出す算段ぐらいつくだろうに。なんでやってくれないんだい？」

「やってくれました。問い合わせてくれました」いくら両親に腹をたてていても、彼らが最善を尽くしてくれたことには感謝していた。「二年のあいだ手を尽くしてくれて、それで父は言いました。ローズは亡くなったにちがいないって」

「どうやら賢い男のようだ、あんたの父親は」

たしかに賢い。父は国際法を専門とする弁護士だから、海外で情報収集するための情報網を持っており、それを駆使して調べてくれた。ローズが誰にも――親戚じゅうでいちばん仲良しだったわたしにさえ――電報の一本もよこさなかった事実から、導き出される合理的結論はひとつだ。彼女は亡くなった。わたしはその考えに慣れようとした。受け入れようと努力した。六カ月前までは。

「わたしの兄は、戦争で片脚を失ってタラワ島から戻ってきて、六カ月前に拳銃自殺したんです」声が震える。わたしたちは、けっして仲のよい兄妹ではなかった。兄にとってわたしは、いじめの対象にすぎなかった。でも、髪の毛を引っ張って泣かす時期が過ぎると、兄はだんだんやさしくなった。おまえとデートしようなんて奴《やつ》は、おれが許さない、ボコボコにしてやる、と冗談を言うようになった。兄が海兵隊に入って髪をバッサリ切ってくると、変な髪形、ぜんぜん似合わない、とわたしがからかう番だった。たった一人の兄だった。もちろん愛していたし、両親にとっては自慢の息子だった。兄が死ぬと、入れ替わるようにローズがわたしの記憶から抜け出し、視界に入ってくるようになった。わたしの前を走っていく少女はみんな、六歳か八歳か十一歳のローズだった。大学のキャンパスをのんびり歩くブロンドの娘はみんな、大きくなったローズだった。背が高くて、女らしい体つきになりはじめたローズ……記憶が仕掛けてくる無情ないたずらに、わたしは日に幾度となく心臓が止まる思いをし、打ちのめされたものだ。

「儚《はかな》い望みだって、わかってます」なんとか理解してほしくて、わたしはイヴの目をじっと見つめた。「いとこはたぶんもう……見込みはないんです、きっと。生存の可能性を、実際に計算してみました。それこそ小数点以下まで。でも、諦めたくない。どんな小さな手がかりでも、最後まで追いつづけなきゃいられない。ごくわずかでも可能性があるのなら――」

喉が詰まって言葉がつづかなかった。この戦争で、わたしは兄を失った。ローズを忘却の淵《ふち》から引き戻す可能性がほんのわずかでも残っているなら、追い求めずにいられない。「助けてください」何度でも言う。「お願い。わたしが探してあげないで、ほかの誰が探すっていうんですか」

イヴはゆっくりと息を吐いた。「で、彼女は〈ル・レテ〉という名のレストランで働いてたんだね――どこの？」

「リモージュ」

「ふーん。オーナーは？」

「ムッシュー・ルネなんとか。あちこち電話したんだけど、誰も苗字までは知らなかった」

彼女の唇が一文字になる。しばらくのあいだ、彼女はただ虚空を見つめ、両脇に垂れた例の恐ろしい指は丸くなっては伸び、丸くなっては伸びを繰り返した。ようやくわたしに向けられた彼女の目は、擦り板ガラスのように中を覗《のぞ》き込めなかった。「もしかしたら、あんたを助けてあげられるかもしれない」

イヴの電話は芳しい成果をあげられなかったようだ。わたしが聞いたのは会話の半分、受話器に向かって怒鳴るイヴの声だけだったが、話の内容は充分に見当がついた。イヴは床板が剥き出しの廊下を行ったり来たりし、手に持った煙草が憤慨した猫の尻尾みたいに前後に揺れていた。「フランスに電話をかけるのにいくらかかろうが知ったこっちゃない。椅子にでっかい尻を据えてるだけの事務員風情が、つべこべ言ってないで電話をつないだらどうなの」

「誰に連絡をつけるつもりなんですか?」わたしが尋ねるのはこれで三度目だが、前の二度と同様、イヴは聞こえないふりで電話交換手を叱りつづけた。

「その見え透いた奥さまって言い方、さっさとやめたらどうなの。それより少佐に電話をつなぎなさい……」

玄関を出てもなお、彼女の声がドア越しに聞こえた。きのうは灰色にじめついていたロンドンが、きょうは見事に晴れ上がり、ちぎれ雲が浮かぶ青い空に陽光がまぶしかった。額に手をかざし、ゆうべタクシーの窓から見たものを探した——通りの角に、それはあった。イギリスの伝統そのものの真っ赤な電話ボックスは、どこか滑稽だ。歩いて向かうと胃がまたでんぐり返る。イヴが謎の少佐に電話をはじめてから、わたしは硬くなったトーストをなんとか呑み下し、それで〝ささやかな問題〟が原因の吐き気はおさまっていた。いまのこれはまたべつの気持ち悪さだ。わたしも電話を一本かけなければならず、イヴの電話に負けず劣らず厄介なものになると察しはついていた。

まず電話交換手と言い争いになり、つぎに、サウサンプトンのドルフィン・ホテルのフロント係とすったもんだの末どうにか名前を告げた。ようやく電話がつながった。「シャーロット？　アロ、アロ？」

受話器を耳から離してじっと見る。やれやれ。まわりに人がいるところで、母はけっしてこんなしゃべり方をしない。でも、身重の娘がイギリスで出奔したのだから、ドルフィン・ホテルのフロント係にまで体面を繕う余裕はないのだろう。

受話器から甲高い叫び声が漏れる。耳に当て直す。「おはよう、ママン」わたしは早口にまくしたてた。「誘拐されたわけじゃないし、死んでもいないわ。いまロンドンにいるの。無事だから心配しないで」

「マ・プティ。あなた、気はたしかなの？　こんなふうに姿をくらますんだもの、もう生きた心地がしなかったわ！」鼻をすする音につづけてメルシとつぶやく声。フロント係が涙を拭くハンカチを差し出したのだろう。目のまわりの化粧は流れ落ちているにちがいない。わたしってば、意地悪だ。でも、本心だからしょうがない。「ロンドンのどこにいるのか教えてちょうだいな、シャーロット。さあ」

「駄目なの」吐き気以外のなにかが胃の中で膨らむ。「ごめんなさい、でも、言えない」

「馬鹿なこと言ってないで。うちに帰らなきゃ駄目でしょ」

「そのうちね。ローズの身になにがあったか突き止めたら」

「ローズですって？　いったいなにを――」

「また電話するわ、ちかいうちにかならず」わたしは受話器を置いた。

イヴの家の玄関を抜けてキッチンに入ると、フィン・キルゴアが振り返ってわたしを見た。「布巾を取ってくれないかな」腕まくりしてフライパンをゴシゴシ磨きながら、彼は顎をしゃくった。わたしはまた目をみはった。汚れたコーヒーカップは奇跡が起きて勝手にきれいになる、と父は思っている。

「彼女はべつの電話をかけている」フィンは言い、わたしから布巾を受け取りながら廊下を目顔で示した。「フランスにいるイギリス人少佐と連絡をとろうとしたんだけど、休暇をとって留守だった。いま電話で怒鳴りつけている相手は女性だけど、誰なのかおれは知らない」

こんなこと頼んでいいものか、わたしはためらった。「あの、あなた、イヴの運転手もしているって言ってらしたわよね。お願いできるかしら――連れていってほしい場所があるんだけど。ロンドンは不案内で歩いていくのはちょっと……。それに、タクシーに乗るお金がないの」

断られるだろうと覚悟していた。わたしはアメリカから来た見ず知らずの娘だ。でも、彼は肩をすくめて手を拭いた。「車の用意をする」

わたしはいま着ている古いダンガリーのズボンとセーターに目をやった。「着替えなきゃ」

支度をして玄関に向かうと、フィンは開いたドアの横に立ち、足でトントンと調子をとりながら通りを眺めていた。わたしの靴の音を耳にすると、引き締まった肩越しに振り返り、まっすぐな黒い眉を両方とも吊《つ》り上げた。見間違えようのない称賛の眼差《まなざ》しだ。このアンサンブルはカバンに詰めてあった唯一のきれいな服で、わたしが着ると中国の女羊飼いみたいに見える。クリノリンを幾重にも重ねたペチコートで広げたふわふわの白いスカート。ハーフベール付きの帽子。まっさらな手袋。体の曲線をすべてなぞるぴったりしたピンクのジャケット。もっともわたしの体には、なぞるべき曲線などないけれど。わたしは顎をあげ、馬鹿げたベールをさげて目を隠した。「国際銀行のひとつなんだけれど」住所を書いた紙を彼に手渡す。「ありがとう」

「ペチコートを何枚も重ね着するラスは、運転手にありがとうなんて言わないもんだ、ふつうは」フィンが開いたドアを押さえてくれたので、わたしは彼の腕の下を抜けておもてに出た。ヒールの靴を履いていても、彼の肘にぶつからないよう頭をさげる必要はなかった。

ドアを閉めようとすると、廊下の奥からイヴの声が聞こえた。「うすのろのフランスの雌牛が、よくも先に電話を切った……」

どうしてわたしを助けてくれるの、と尋ねたくて足を止めた。ゆうべはけんもほろろだったのに。彼女の骨ばった肩を思い切り揺すって、知っていることを吐き出させたいのはやまやまだけれど、いまは根掘り葉掘り訊いてはいけない。彼女を怒らせて手を引かれては元も子もないからだ。彼女はなにか知っている。わたしはそう確信していた。

だから彼女のことはほうっておいて、フィンと一緒に外に出た。車を見て驚いた。ダークブルーのコンバーチブルで幌《ほろ》は開けてある。古いけれど、鋳造したてのコインみたいに磨き上げてある。「すてきな車ね。イヴの？」

「おれのだ」無精ひげやつぎの当たった服にそぐわない車だ。

「なんていう車、ベントレー？」父はフォードに乗っているが、イギリスの車が好きで、一緒にヨーロッパを旅すると、ほら、あの車、と指差す。

「ラゴンダのＬＧ６」フィンがわたしのためにドアを開けてくれた。「さあ、乗って、お嬢さん」

　運転席に乗った彼が手を伸ばしたシフトレバーは、広がったスカートに半ば埋もれていた。わたしはにっこりする。わたしの汚れた過去を知らない他人ばかりで気が楽だ。人の目を覗き込み、そこに敬意を込めて〝お嬢さん〟と呼ばれるのにふさわしい自分が映っていると安心する。この数週間、両親の目に映るわたしは、ふしだら――期待はずれ――出来損ないだった。

〝あなたは出来損ない〟心の意地悪なささやきをきっぱりと振り払う。ロンドンが滲《にじ》んで過ぎ去ってゆく。灰色、丸石敷き、いまも残る瓦礫《がれき》、ひび割れた屋根、剥がれ落ちた穴だらけの壁。すべてが戦争の傷跡だ。いまはもう一九四七年なのに。戦勝記念日の何日かあと、父が新聞を読みながら、満足のため息をついて言った。「すばらしいことだ。これでなにもかも元どおりだ」平和が宣言されれば、ひび割れた屋根も穴だらけの建物も粉々になった窓も、たちどころに元の姿に戻るような言い様だった。

まるでスイスのチーズみたいに穴だらけの道路を、フィンは巧みにラゴンダを操ってく。ふと思いついて、尋ねずにいられなくなった。「どうしてイヴに車が必要なの？　ガソリン不足のご時勢なんだから、地下鉄を使うほうが安上がりなんじゃない？」

「彼女は地下鉄が苦手なんだ」

「どうして？」

「さあな。地下鉄、閉所、人ごみ――彼女をおかしくさせるもの。このまえ、彼女は地下鉄に乗って、手榴弾《しゅりゅうだん》みたいに爆発しそうになった。大声を張り上げ、買い物に来ていた主婦たちを肘でぐいぐい押しのけてね」

わたしが呆れたように頭を振っていると、ラゴンダは威風堂々たる大理石の建物の前で停まった。目的地の銀行だ。不安が顔に出たのだろう。フィンが意外にもやさしく言った。

「おれでよければ付き添いましょうか、お嬢さん」

そうしてほしかった。でも、得体の知れない無精ひげのスコットランド男に付き添われて、わたしの体裁がよくなるとは思えなかったので、頭を振り車を降りた。「ありがとう」

銀行の磨き抜かれた大理石の床を歩くとき、母の滑るような歩き方を真似《まね》てみたが、付け焼刃はすぐにぼろが出る。名前と用件を伝えると、通された部屋には千鳥格子の背広姿のやさしそうな頭取がいた。表に数字を書き込む手を止めて、頭取は顔をあげた。「わたしでお役に立てますかな、お嬢さん？」

「そう願っています、サー」わたしはほほえみ、世間話をはじめた。「いまなにをなさってるんですか？」男性の手元の数字が並んだ表を指差す。

「百分率、数字。退屈な代物です」頭取は立ち上がり、椅子を勧めた。「お座りなさい」

「ありがとうございます」ハーフベールに隠れて深呼吸する。「お金をいくらかおろしたいのですけれど」

父方の祖母がわたし名義の信託基金を遺《のこ》してくれた。大金ではないがそれなりの金額だ。十四歳で夏休みに父の法律事務所を手伝いはじめてから、無駄遣いはせず、アルバイト代をそこに上乗せしてきた。これまでそれに手をつけたことはなかった。大学の授業料は親が出してくれたし、ほかにお金を使うこともなかったからだ。通帳は化粧箪笥《だんす》の下着をしまう引き出しの奥に入れてあるのだが、今度の旅行の荷造りをしたとき、ふと思いついて旅行カバンに放り込んだ。イヴの住所を書いた紙とローズの居場所が記された報告書を、カバンに忍ばせたのとおなじ思いに突き動かされてのことだった。はっきりとした計画はなかったけれど、心のささやきに耳を傾けた。必要になるかもしれないでしょ、ほんとうにやりたいことをやる勇気を奮い起こせたときに……。

あのささやきに耳を傾け、通帳も持ってきてよかった。まったくの文無しになったから。

イヴがなぜ手伝ってくれるのか真意はわからないが、親切心からとは思えなかった。もしそうだとしたら、彼女に謝礼を渡さなければ。わたしをローズのもとに連れていってくれる人には、誰であれお礼をする必要がある。そのためには元手が必要だ。だから、通帳と身分証明書をデスクに置き、銀行の頭取にほほえみかけた。

それから十分間、わたしがほほえみつづけられたのは、ひとえに意志の力によるものだ。

「わたしには理解できません」そう言うのはこれで四度目だ。「わたしの名前と年齢を証明するものがここにあるし、口座に充分なお金があることもわかっています。それなのにどうして――」

「それだけの金額を動かすことはですね、お嬢さん、ふつうはまずやりません。それに信託基金というのは、あなたの将来のためのものでしょうに」

「でも、将来のための基金だけじゃありません。わたしが自分で貯《た》めたお金もそこには――」

「だったら、お父上と話をなさってはいかがです？」

「父はニューヨークです。それに、それほど大きな金額じゃない――」

またしても頭取は人の話を遮った。「お父上の法律事務所の電話番号を教えていただければ。お父上とお話をして了解が得られれば――」

今度はわたしが話を遮る番だ。「父の了解はいりません。口座の名義はわたしです。わたしが十八歳になったら自由に口座のお金を出し入れできる取り決めになっていて、わたしは十九歳です」身分証明書を彼のほうに押しやる。「わたし以外の誰の了解も必要ありませんわ」

革張りの椅子の上で、頭取はわずかに身じろぎしたが、やさしそうな表情は少しも揺らがなかった。「お父上とお話ができれば、ある程度の便宜をはかり——」

わたしは歯軋《はぎし》りした。「お金を引き出したい——」

「それはできかねます、お嬢さん」

彼の懐中時計の鎖と、肉厚な手と、髪の薄くなった部分を通り抜ける光を、わたしはじっと見つめた。彼はこっちを見ようとしない。デスクの上の表を引き寄せ、数字を書き込んだり、線を引いて消す作業に戻った。

失礼は承知のうえでデスクに手を伸ばし、わたしは彼の手元から表を引き抜くと、並んだ数字にざっと目を通した。彼に気色ばむ暇も与えず、デスクの端から鉛筆を取り上げ、彼が書き込んだ数字に線を引き、正しい数字を記した。「〇・二五パーセントちがっています」表を彼に返す。「差引残高が合わないのはそのせいです。念のため計算機で検算してください。お金に関して、わたしは信用がないようなので」

彼の顔から笑みが消えた。わたしは立ち上がり、〝どうでもよくってよ〟の角度に顎を思い切り突き出し、肩をそびやかして日差しの中へ出ていった。わたしのお金なのに。相続したお金だけでなく、自分で稼いだお金までも、父の承諾なしには一セントだって引き出せないとは。こんな不公平ってあるだろうか。歯軋りが止まらない。でも、こういう成り行きを頭のどこかで予想していた。

だから、次善の策を用意していたのだ。

わたしが助手席に座り、スカートがはみ出しているのもかまわずドアを閉めると、フィンが顔をあげた。「不躾《ぶしつけ》を承知で言うけど、あなたっていかがわしい感じがするわよね」わたしは言い、ドアを開けてはみだしたペチコートを引っ張り上げた。「なにかいかがわしいことでもしてるの、ミスター・キルゴア、それとも、ひげを剃《そ》るのが嫌いなだけなの？」

彼は読んでいた古いペーパーバックを閉じた。「両方だな」

「よかった。質屋に行きたいの。若い娘がものを売りに行っても、余計な詮索をされない店」

彼は呆れた顔をしたものの、途切れることのない車列にラゴンダを滑り込ませた。

父方の祖母は信託基金の形でお金を遺してくれた。母方の祖母は見事な二連の真珠のネックレスを持っていて、亡くなる前にそれをふたつに分け、一連のネックレスに作り直させた。「かわいいシャーロットと、美人のローズにひとつずつ。娘たちに遺すべきなんだろうけれど、あの人たちったら、いつの間にか老けてしわくちゃ」祖母はフランス人らしい率直な物言いをする人で、わたしとローズは疚しさを覚えつつクスクス笑った。「だから、おまえたちに遺すのよ。結婚したらこれをしてほしいの、花のようにきれいなおまえたちに、そしてわたしのことを思い出しておくれ」

　わたしは祖母を思い出しながら、バッグの中のなまめかしい真珠の粒を手で探った。小柄でかわいらしかった祖母は、愛するパリに鉤十字旗が翻るのを見ずに亡くなった。神のご慈悲だろう。どうか許して《パルドネ・モア》、おばあさま《グランメール》。どうしようもないの。貯金をおろせないけれど、手元に真珠がある。母は〝予約〟を果たしたら、なにがなんでもわたしをパリに引っ張っていき、あたらしい服を買い、古い友人たちを訪ねるつもりだ。なにも外聞を憚《はばか》ることはなく、ヨーロッパに来たのはもっぱら社交のためだと世間に知らしめるために。そこで真珠の出番となる。わたしは真珠と別れを惜しんだ。留め金にスクエアカットのエメラルドをひと粒あしらった、乳白色の見事なネックレス。フィンが車をつけた質屋に威張って入ってゆくと、カウンターに真珠をドンと置いて、言った。「いくら出せます？」

　質屋の主人は目をぱちくりさせたものの、愛想よく応えた。「しばらくお待ちを、お嬢さん。大事な注文を片付けてしまいますから」

「常套手段《じょうとうしゅだん》だ」意外にも今度はわたしについてきたフィンが、小声で言う。「客を苛立たせて、言い値で買い取る魂胆だ。しばらく腰を据える覚悟でいることだ」

　わたしは顎を突き出した。「一日じゅうだって粘るつもりよ」

「おれはガードナーの様子を見てくる。ここから家までそう遠くないからね。おれをまいたりするなよ、お嬢さん」

「いちいち〝お嬢さん〟をつける必要ないわよ」〝お嬢さん〟と呼ばれてまんざらでもなかったが、かえって馬鹿にされている気がしないでもない。「バッキンガム宮殿じゃあるまいし」

彼は肩をすくめ、出ていった。「わかったよ、お嬢さん」ドアが閉まる間際に彼が言う。

わたしは頭を振り、祖母の真珠を握ったまま座り心地の悪い椅子に腰をおろした。それから三十分以上経ってようやく、店主がわたしに注意を向け、宝石鑑定ルーペで真珠を調べた。「あなた、騙されましたね、お嬢さん」店主がため息混じりに言った。「ガラス真珠ですよ。良質なガラスだが、ガラスはガラス。せいぜい数ポンドですな、勉強させてもらっても――」

「もう一度調べてください」このネックレスにいくらの保険がかけられているか、セントの位まで憶えている。頭の中でドルをポンドに換算し、その十パーセントを提示してみた。「出所を記した書類などお持ちでは？　売渡証の類は？」店主のルーペがキラリと光り、彼の指がエメラルドの留め金のほうに動く。わたしはネックレスをジリッと引き戻し、押し問答をつづけた。さらに三十分が経過したが、彼はいっさい譲歩せず、わたしはつい声を上ずらせた。

「ほかを当たってみます」わたしがきつい声を出しても、彼は愛想よくほほえむばかりだった。

「よそでもこれ以上の値はつきませんよ、お嬢さん。出所がはっきりしないかぎり。お父上かご主人と一緒なら――あなたがこれを処分する許可を得ていることを証明してくれるような誰か……」

またただ。はるばる大西洋を越えてきたというのに、わたしにはいまだに父の紐《ひも》がついている。怒りを見られたくなくて窓に顔を向けると、通行人の中にローズの金髪がちらりと見えた。よく見れば、小走りに急ぐ女学生だ。ああ、ローズ。惨めな気持ちで女学生の後ろ姿を目で追った。あなたは家を出てリモージュに向かったのよね。どうすればそんなことができるの？　若い娘に許されることじゃないのに。わたしは自分で稼いだお金を使うこともできない。自分のものを売ることも、自分の人生をどう生きるか決めることもできない。

押し問答をいま一度はじめようと気を引き締めたとき、店のドアがバタンと開き、女の声が響きわたった。「シャーロット、あなたって人は――もう、待ってなさいって言ったじゃないの。た、たいした品じゃないにしても、いざ手放すとなったら、年老いた哀れな心が張り裂ける思いなのは知っているはずでしょ。わたしを出し抜けると思っていたの？」

度肝を抜かれた。イヴ・ガードナーは颯爽《さっそう》と店に入ってくると、目の中に入れても痛くないという顔でわたしを見つめた。着古したプリントのハウスドレスは朝とおなじだが、ストッキングにちゃんとしたパンプスを履いている。節くれだった手を子山羊の革の手袋で隠し、ぼさぼさの髪は結い上げて昔流行《はや》った大きな帽子で隠していた。帽子のてっぺんには羽根飾りまでついている。驚きに声も出ないわたしの目にも、彼女はレディに見える。エキセントリックなレディでも、レディはレディだ。

フィンは腕を組んで目立たぬようにドア枠に寄りかかり、かすかに笑みを浮かべていた。

「いざお別れとなると名残惜しいわね」イヴはため息をつき、犬にするようにわたしの真珠を軽く叩き、店の主人によそよそしい笑顔を向けた。「南洋真珠ですのよ、もちろんね、な、亡くなった主人からもらいました」ハンカチで目を拭う。わたしはあんぐり開けた顎が床に落ちないようにするのがせいいっぱいだった。「それから、このエメラルドはインド産ですのよ。ずっと昔に祖父がカウンポールから持ち帰りました。ヴィ、ヴィ――ヴィクトリア女王の時代にね。セポイの反乱、イギリス軍の圧勝」声を落として語るイヴには、ロンドン社交界の優雅さが備わっていた。「そのルーペでもう一度この艶をじっくり見て、正しい値段をつけてもらいましょうか、あなた」

主人の視線が手入れの行き届いた手袋から、揺れる羽根飾りへと動く。没落した上流階級の婦人そのもの。時代に翻弄されたイギリスのレディが、質屋に宝石を持ち込む図。

「出所を示す書類をお持ちで？　なにか証拠となる――」

「ええ、ええ。持ってますとも、どこに入れたかしら」イヴが巨大なハンドバッグをカウンターにドンと置くと、ルーペがカタカタいった。「ほらここに――あら、これはちがうわ。わたしの眼鏡、シャーロット――」

「バッグの中でしょ、おばあさま」わたしは驚愕《きょうがく》からなんとか立ち直って言葉をひねり出し、茶番に加わった。

「あなたが持ってるとばかり。そっちのバッグを調べてみて。ないの、ちょっと押さえてちょうだい。たしかこれじゃないかしら？　あら、ちがうわね、これは中国のショールの売渡証、どれどれ……出所を示す書類でしょ、ここに入ってるはず――」

カウンターの上に何枚もの紙が舞い落ちる。なんでも溜《た》め込むカササギみたいに紙を選《よ》り分けぺちゃくちゃ囀《さえず》る姿は、まるで女王とのお茶の時間をちょっと抜け出してきた貴婦人のようだ。ありもしない眼鏡を探してバッグを引っ掻き回し、紙を一枚一枚ご丁寧に光に透かして見ている。「シャーロット、あなたのバッグをもう一度調べてちょうだいな。眼鏡が入っているはず――」

「奥さま」べつの客が入ってきたので、主人が咳払《せきばら》いして声をかけた。イヴはおかまいなしだ。そのやかましさは、ジェーン・オースティンの小説に出て来る未亡人といい勝負だ。

「あら、どうか急かさないで。これがそうよ、ええ――あら、ちがうわね、ここに入れておいたはず――」羽根飾りが激しく揺れて、防虫剤のにおいのする羽根を撒《ま》き散らした。

主人があたらしい客の応対をしようと動くと、イヴは彼のルーペでその指を叩いた。「ここにいてくださらないと、あなた、まだ話は終わっていないじゃないの！　シャーロット、これを読み上げてちょうだいな、年寄りは目が……」入ってきた客はしばらくその場にいたが、埒《らち》が明かないと出ていこうとした。

わたしが映画の端役みたいに突っ立っていると、仏頂面になった主人が言った。「もういいですよ、奥さま。書類は必要ありません――わたしも紳士の端くれですからね、レディの言葉を信用しましょう」

「あら、そうなの」イヴが言った。「それじゃ、値段を聞かせてもらいましょうか」

しばらく駆け引きがつづいたが、勝負はついたも同然だった。じきに主人が負けを認め、手が切れそうな新札を数えながらわたしの掌にのせていった。わたしの真珠がカウンターの向こうに消える。回れ右をすると、目だけで笑ってドアを押さえるフィンの姿が目に入った。「奥さま?」彼は真顔で言い、老いた公爵未亡人然としたイヴは羽根飾りを揺らしてドアを抜けた。

「ああ」店のドアが閉まると、イヴの声から上流階級のアクセントは消えてなくなった。

「おもしろかった」

ティーカップでウィスキーを呷り、ルガーを構えていたゆうべの酔っ払い女とはまるで別人だ。それを言うなら、けさ会った二日酔いのしわくちゃ婆さんと同一人物とも思えない。まったくの素面できびきびしていて、いまの茶番を意地悪く楽しんでいた。グレーの目がキラキラ輝いている。窮屈なショールを脱ぎ捨てるように、その骨ばった肩から、年齢も、没落貴族の未亡人のオーラも消えてなくなっていた。

「あなたってすごいのね」わたしは札束を握ったまま言った。

イヴ・ガードナーは手袋をはずしてグロテスクな手をあらわにすると、バッグから煙草を取り出した。片時も手放せないのだろう。「人間なんて愚かなもの。鼻先にもっともらしい話といいかげんな書類をぶらさげておけば、騙すなんてかんたんなのさ。こっちが冷静さを失いさえしなけりゃね」

まるで他人事のような言い方だ。「いつでも、かならず?」つい突っ込みたくなった。

「いや」彼女の目から輝きが消えた。「いつでもってわけじゃない。でも、きょうのあれは、ちょ、ちょろいもんだった。威張りくさったあの店主、自分の言い値で買い取れると思っていた。だから、あたしを一刻も早く追い出したいと思うように仕向けた」

彼女の吃音はどうしてひどくなったり、出なかったりするのだろう。質屋で芝居を打っているときには、ほとんどつっかえず、いたって冷静だった。そもそも彼女に芝居っけがあること自体、不思議だ。煙草を掲げてフィンに火をつけてもらうイヴを、わたしはしげしげと眺めた。「わたしのこと嫌いなのに」口から出たのはそんな言葉だった。

「そうさ」彼女は言い、半眼の目でわたしをじろっと見る。高いところにある巣から見下ろす鷲そのものだ。おもしろがっている。でも、そこには好意もやさしさもない。

それでもわたしはかまわなかった。彼女はわたしを好いていないけれど、対等に扱ってくれる。子供扱いしないし、身持ちの悪い女扱いもしない。「だったら、あの店でどうして助けてくれたんですか?」

「金のためだって言ったら?」彼女はわたしが握る札束に目をやった。そういうことか。

「あんたのいとこの消息を知ってるかもしれない人間のところに、あんたを連れていってあげてもいいけど、ただってわけにはいかない」

わたしは目を細めた。長身のスコットランド男と長身のイギリス女に挟まれて、自分の背の低さを呪いたくなった。「けさ、電話をした相手が誰なのか教えてくれなければ、一ペニーだって払いませんから」

「いまはボルドーに配置されているイギリス人将校」彼女は間髪をいれずに答えた。「三十年来の知り合いでね、彼とは。でも、休暇で留守だった。だから、べつの知り合いに電話してみた。なにか知っていそうな女。〈ル・レテ〉という名のレストランのこと、オーナーだった男のことを尋ねたら、電話を切りやがった」鼻を鳴らす。「あの女、なにか知ってる。直接会って話をすれば、な、なにか探り出せるはず。それが無理でも、イギリス人将校からは情報を得られるにちがいない。ラ・マルシュで鴨を撃ってるそうだよ。戻るころを狙って会いに行く。それだけでも一ポンドの価値はあるんじゃないの?」

彼女が実際に要求してきたのは一ポンドどころではなかったが、それはそれでかまわなかった。「わたしがムッシュー・ルネの名を出したとき、あなたは急に興味を示した、あれはどうしてですか?」わたしだって負けてはいられない。「苗字もわからない人間を、あなたが知ってるのはなぜ? それとも、レストランの名前のほうだった?」

イヴが紫煙の向こうでにやりとする。「とっととうせな、ヤンキーのお嬢ちゃん」彼女がにこやかに言った。

こういうときは吃音が出ないのね。こんなに荒っぽい言葉遣いの女は、イヴ・ガードナーがはじめてだ。フィンは何食わぬ顔で空を見上げていた。

「いいでしょう」わたしは紙幣を一枚ずつ数えながら彼女の手に握らせた。

「それじゃあたしの要求した額の半分じゃないか」

「残りはあなたのお友達と会って話をしてから」わたしもにこやかに言った。「そうじゃないと、わたしをそっちのけで酒浸りになりそうだから」

「かもしれないね」イヴはそう言うが、そんなことにはならないとわたしは思っていた。彼女が欲しがっているのは、わたしのお金だけではない。きっとそうだ。

「それで、どこへ行けばあなたの古いお友達の、その女性に会えるのかしら?」ラゴンダに乗り込むと、わたしは尋ねた。フィンは運転席に、イヴは真ん中に座り、さりげなく彼の肩に腕を回した。わたしはドアに押し付けられながら、残りの紙幣をバッグにしまった。

「どこに行くんですか?」

「フォークストン」イヴが煙草をダッシュボードに押し付けて消そうとすると、フィンが引ったくって窓から捨て、彼女を睨む。「フォークストンから船で――フランス」

4　イヴ

一九一五年五月

フランス。イヴがスパイとして活動することになる場所。スパイ。イヴはとりあえずその言葉を思い浮かべ、子供が乳歯の抜けたあとの穴を突くように、その言葉を突いてみる。みぞおちのあたりがザワザワする。不安と興奮で。あたしはフランスでスパイになる。

でも、フランスの前に、フォークストン。

「きみをファイルルームから引き抜いて、そのまま敵の領土に落とすとでも思っているのか？」キャメロン大尉が言った。イヴの荷物が詰まった旅行カバンを持ってくれた彼と、二人で汽車に乗り込んだ。下宿屋の居間で紅茶のポットをあいだに、彼がイヴを勧誘したつぎの日だった——あの晩、イヴはそのまま彼についていきたかった。礼儀作法などどうでもいい、着の身着のままでかまわないと思ったが、大尉は日をあらためてちゃんと迎えに来ると言ってきかなかった。そんなわけで、彼が差し出す腕に手を添え、まるで休暇に出掛けるように駅に向かった。イヴを見送ってくれたのは猫だけだった。イヴは虎猫の鼻にキスしてささやいた。お隣のミセス・フィッツを頼りなさい。あたしがいないあいだ、おまえに残り物をやってくれるよう頼んでおいたからね。

「もし人に尋ねられたら」空いているコンパートメントに落ち着くと、キャメロン大尉が言った。「わたしのことはおじと紹介するんだ。かわいい姪っ子を連れてフォークストンに日光浴に行くところだ、とね」ドアをしっかりと閉め、コンパートメントには二人きりで、話を聞かれる心配はないことを確認した。

イヴは首を傾げ、彼の顔としわくちゃのツイードのジャケットを見回した。「あたしのおじさんにしては若すぎるんじゃありませんか?」

「きみは二十二歳だが見た目は十六歳だ。わたしは三十二歳だが、四十五歳に見える。きみのおじのエドワードで通す。それがわれわれの隠れ蓑《みの》、いまもこれからも」

彼の本名はセシル・エルマー・キャメロンというそうだ。私立初等学校、王立陸軍士官学校、かすかにスコットランド訛りがあるのは、最初の配属地がエジンバラだったからだろう――彼の公の経歴を知っているのは、申し出を受けたときに事細かに話してくれたからだ。秘密厳守のこの仕事では、私生活については最小限必要なことしか教えてもらえない。それを思い知ったのがこれだ。コードネーム。いまから彼は〝エドワードおじさん〟だ。みぞおちがまたしてもザワザワした。「あたしのコ、コードネームは?」キプリングやチルダーズやコナン・ドイルの小説を読んだことがある――『紅はこべ』のようなくだらない小説の中でさえ、スパイはコードネームを持ち、変装する。

「いずれわかる」

「フランスのど、ど――どこへ行くことになるんですか?」彼の前でなら、言葉がつっかえても気にならない。

「そう先走らずに。まずは訓練だ」彼がほほえむと目尻のしわが深くなった。「落ち着いて、ミス・ガードナー。興奮が顔に出ている」

イヴは即座に陶器の人形のような顔を作った。

「それでいい」

フォークストン。戦前は眠ったような海辺の町だった。いまは、毎日のように難民を乗せた船が着く、賑《にぎ》やかな港町だ。桟橋で飛び交うのは、英語よりフランス語やオランダ語だ。人でごった返す駅舎を出て、比較的すいている海辺の遊歩道を歩きはじめてようやく、キャメロン大尉が口を開いた。「オランダのフリシンゲンを出た船の最初の寄港地がフォークストンなんだ」そぞろ歩きの恋人たちに話を聞かれないよう、彼は足早に歩いていた。

「難民たちに入国を許す前に面接を行なうのもわたしの仕事だ」

「あたしみたいな人間を見つけ出すためですか？」

「それに、きみみたいに海の向こうで働く人をね」

「そ、それぞれ何人ぐらい見つけたんですか？」

「こっちで六人、向こうで六人」

「女性が多いんですか？」イヴにとって知っておきたいことだった。「その——勧誘した人のうち、女性は何人ぐらい？」そういう人たちをなんと呼ぶのだろう？　スパイ見習い？　スパイ訓練生？　なんだか馬鹿みたいだ。いま自分に起きていることが、いまだに信じられない。「女性にそういう役割が巡ってくるなんて、考えたこともなかった」イヴは思ったままを口にしていた。キャメロン大尉（エドワードおじさん）には、彼女から正直な気持ちを引き出す不思議な能力があるようだ。きっと尋問の天才なのだろう。こちらはしゃべったという意識がないままに、すんなりと情報を引き出されてしまう。

「まったく逆だ」大尉が言う。「女性にこそ向いているとわたしは思う。男が疑われたり呼び止められたりする場面でも、女性は目立たずに通り抜けられる。生来の能力なんだろうな。数カ月前にフランス人女性を勧誘したんだ」──彼がふっとほほえんだのは、よほどいい思い出だったからだろう──「彼女はいまや、百以上の情報源を束ねるスパイ網を運用している。しかもそれを苦もなくやってのけた。彼女が送ってよこす大砲の設置場所は最新で正確だから、ものの数日で爆撃できる。驚嘆に値するよ。彼女はすばらしく優秀だ。男女を問わず」

イヴの競争心がメラメラと燃え上がった。これからはあたしが一番になる。

彼はタクシーを停めた──「パレード、八番地」そこはイヴが住んでいた下宿屋と大差ない、うらぶれた家だった。詮索好きの隣人が訪ねてきたときには、きっと下宿屋で通しているのだろう。ところが、大尉に案内されて擦り切れた絨毯《じゅうたん》の居間に入ったイヴを出迎えたのは、仏頂面の萎《しな》びた老嬢ではなく、軍服姿の長身の男性だった。

蝋《ろう》で固めた立派なひげの先を摘みながら、怪訝《けげん》な表情でイヴを眺め回す。「若すぎないか」非難がましい口調だった。

「まあ、見ていてください」キャメロン大尉は落ち着いたものだ。「ミス・イヴリン・ガードナー、こちらはジョージ・アレントン少佐だ。あとはお任せしますよ、少佐」

キャメロンのツイードのジャケットが見えなくなると、イヴはふっと恐怖を覚えたがすぐに打ち消した。怖がっちゃ駄目。自分に言い聞かせた。ここでしくじるわけにはいかないんだから。

少佐は気が乗らないようだ。女性の勧誘について、彼はキャメロン大尉と意見が合わないにちがいない。「二階の最初の部屋を使いたまえ。十五分後にここに報告に来ること」こうして秘密の世界が開かれた。

フォークストンにおける訓練は二週間で終わる。麗《うら》らかな五月にもかかわらず窓を閉め切った天井の低い部屋で二週間。とてもスパイには見えない生徒たちは、とても兵士には見えない男たちから奇妙で不気味なことを教わった。

勧誘時にキャメロン大尉はあんなことを言っていたが、生徒のうち女性はイヴただ一人だった。講師は端《はな》から彼女を相手にせず、めったに彼女を指すことはなかった。クラスメートを観察する時間が持てて、イヴにはかえってありがたいぐらいだった。クラスメートは四人。ひとつとして似たところのない四人だ。イヴがいちばん驚いたのがそこだった。新兵徴募のポスターには、似たような顔の強く逞《たくま》しい兵士がずらっと並んでいたが、あれは理想の兵士だったのだ。似たり寄ったりの壮健な男たちの列、連隊、大隊。スパイ徴募のポスターに登場するのは、まるで似ていない人々、まるでスパイに見えない人々だ。

グレーのひげを蓄えた無骨なベルギー人。フランス人が二人。一人はリヨン訛りがあり、一人は片足が不自由だ。最後が細身のイギリスの若者で、ドイツ人を忌み嫌うこと、憎しみの炎で体が燃え上がりそうだ。彼は優秀なスパイにはなれない、とイヴは判定した。自分を抑えられない――足が不自由なフランス人にもそれは言える。自分の思いどおりにならないと、すぐに拳を握り締める。極度の緊張に曝される状況でいかに自制するか、訓練の眼目はそれで、面倒な技能を身につけるには無限の忍耐力が必要になる。錠のこじ開け方、単語ごとに暗号書を作るコードの読み方、変換表を使って文字をほかの文字に置き換えるサイファーの仕組み。いろいろな種類の不可視インクの作り方と読み方。地図の読み方と書き方、情報を記したメモの隠し方――数え上げればきりがない。ライスペーパーのごく小さな切れ端に情報を記す練習で、ベルギー人は四苦八苦していた。その手ときたらハムの塊みたいに太いのだから。でも、イヴはタイプライターのカンマほどの文字をすぐに書けるようになり、細身のロンドンっ子の講師は、その出来栄えに満足し、目をかけてくれるようになった。

たったの二週間。二週間でこんなに変われるとは、イヴには驚きだった。それとも、変わったのではなく、ほんとうの自分がおもてに出ただけでは？　古い殻がなくなった気がする。心にも体にも重くのしかかっていた殻を、薄紙を剥ぐように一枚また一枚と脱ぎ捨てたのだ。毎朝、元気に目覚めると布団をパッとはねのけてベッドから飛びおりる。きょうはどんな驚きに出会えるか待ち遠しくてたまらない。器用な指を自在に操り、小さな紙の切れ端に文字を記し、秘密を打ち明けてと錠を説得する。錠のタンブラーがはじめてカチッというのを感じたときの強烈な喜びときたら。それに比べれば、はじめて男性にキスを求められたときの喜びなんてたいしたことはない。

あたしはこのために生まれたんだ、とイヴは思った。あたし、イヴリン・ガードナーの居場所はここ。

一週間が過ぎると、キャメロン大尉が様子を見にやって来た。「わたしの生徒はどうしているかな？」空気のこもった粗末な教室にふらっと入ってきて尋ねる。

「順調ですわ、エドワードおじさま」イヴは澄まして言った。

彼が目だけで笑う。「いま練習しているのはなに？」

「メモの隠し方」袖口の縫い目を手早く切り、小さく丸めたメモを差し込むやり方、それをさっと取り出すやり方。それにはスピードと指の器用さが求められ、イヴにはその両方が備わっていた。

大尉は机の端に尻をのせた。その日は軍服を着ていた。はじめて見る軍服姿で、よく似合っていた。「メモを隠す場所はいくつぐらいある？　きみがいま着ている服に」

「袖口、裾、手袋の指先」イヴは言う。「髪に差すのは言うにおよばず。指輪の内側に沿わせる。く、靴の踵《かかと》――」

「なるほど、最後のは忘れたほうがいい。靴の踵のトリックはドイツ軍にばれてしまった」

イヴはうなずき、記憶に刻んだ。白紙の小さなメモを丸めると、ハンカチの縁にさっと差し込んだ。

「きみのクラスメートは射撃訓練を受けている」大尉が言った。「どうしてきみは受けないんだ？」

「アレントン少佐が、その必要なしと考えているから」女が拳銃を撃つ姿など見ていられない。少佐のそのひと言でイヴは外され、クラスメートは貸与されたウェブリーを構えて的を狙っている。クラスメートは三人に減っていた——細身のイギリスの若者は不適格と判断され、泣く泣く去っていった。ドイツ軍と戦いたいなら陸軍に入りなさいよ。イヴはまったく同情しなかった。

「きみも射撃訓練を受けるべきだ、ミス・ガードナー」

「少佐の命令に背くことになりませんか？」キャメロンとアレントンは馬が合わない。イヴは初日に気付いた。

キャメロンが短く言う。「わたしについてきなさい」

彼がイヴを連れていったのは射撃訓練場ではなく、桟橋の喧騒《けんそう》から遠く離れた浜辺だった。肩にかけたリュックを一歩ごとにガチャガチャいわせながら、水辺へ向かって歩いていく。イヴがあとを追う。ブーツが砂に埋まり、きれいに巻いた髪が風になびく。午前中なのに気温が高かったのでジャケットを脱ぎたかったが、おじさんでもなんでもない男と人気のない浜辺を歩くだけでも不道徳とみなされる。ミス・グレグソンやファイルガールたちがこれを見たら、きっと眉をひそめるだろう。イヴはそんな思いを脇に押しやり、ジャケットを脱いだ。世間体なんて考えていたらスパイになれるわけがない、と自分に言い訳しながら。

大尉は流木を見つけると、ガチャガチャいうリュックから空き瓶を何本も取り出し、流木の上に並べた。「これでいい。十歩さがりたまえ」

「もっと遠くから狙ったほうがいいんじゃありませんか？」イヴは言い返しながら、打ち上げられた海草の上にジャケットを置いた。

「人を狙う場合、ちかづいて撃つほうが命中する確率は高い」キャメロン大尉は距離を測り、自分のホルスターから拳銃を抜いた。

イヴは鼻にしわを寄せた。「ドイツの、け、拳銃？」「これはルガーの九ミリＰ08——」

「馬鹿にしちゃいけない、ミス・ガードナー、イギリスの拳銃よりはるかに精巧で頼りになる。わが軍はウェブリーＭｋⅣを使っている。きみのクラスメートが訓練に使っているのもそれだ。きっと苦戦しているだろう。ウェブリーをうまく扱えるようになるには何週間もかかるからね。そこへいくとルガーは楽だ。数時間練習すれば的に当たるようになる」

大尉は手早く拳銃を分解して部品の名前を教え、イヴに組み立てさせては分解させた。そうこうするうち、ぎこちなかった指の動きがなめらかになっていった。コツを呑み込んで扱いに慣れてくると、興奮の波が押し寄せてきた。地図を読み解き、暗号を解読できるようになったときとおなじ、ワクワクする感覚だ。もっともっと与えてちょうだい、とイヴは思った。

つぎに大尉は弾の込め方や抜き取り方を教えてくれた。彼は待っている。部品をいじくるだけでなく撃たせてくれ、とイヴが言い出すのを。忍耐の緒が切れるのを待ち構えているのだ。イヴは風に乱れる髪を耳にかけ、おとなしく指示に耳を傾けた。一日じゅうだって我慢できるわよ、大尉。

「さて」ついに大尉が言い、流木の上に並ぶ空き瓶を指差した。「弾は七発。銃身の先の照準を合わせる。ウェブリーのように跳ね返りはしないが、それでも反動はある」それから、イヴの肩と顎と指関節に触れながら姿勢を直させた。下心など微塵《みじん》も感じさせない触れ方だった――ナンシーで鴨猟に出掛けると、フランス人の少年たちが寄ってきたものだ。獲物の狙い方を教えてやるよ。そう言うと腕を彼女の体に巻き付けてきた。

大尉はうなずいて一歩さがった。強い海風が彼の短い髪を揺らし、背後で紺鼠色《こんねずいろ》の海峡を波立たせた。「撃て」

つづけて七発撃つと、銃声が誰もいない浜を震わせたが、一発も命中しなかった。失望が胸をチクチク刺したが、イヴは顔には出さなかった。ただ弾を込める。

「きみはなぜこれを望んだんだ、ミス・ガードナー？」大尉は尋ね、もう一度やってみろとうなずいた。

「自分の本分を尽くしたいからです」イヴはまったくつっかえなかった。「そんなにおかしいことですか？　去年の夏、戦争がはじまると、イギリスの若者たちは我先にと入隊して男をあげました。彼らに、なぜそうしたんだと尋ねた人がいましたか？」イヴはルガーを構え、慎重に間をおきながら七発すべて撃った。そのうち一発が瓶をかすり、ガラスの破片が飛んだが割れるまではいかなかった。失望がチクリと胸を刺す。でも、いつかきっと一番になる。イヴは誓った。リールで勧誘したあなたの秘蔵っ子よりも優秀なスパイになってみせる。

大尉がべつの質問をした。「きみはドイツ人を憎んでいるのか？」

「あたしが生まれ育ったナンシーから、ドイツはそう遠くありません」イヴはまた拳銃に弾を込めた。「そのころは憎んでなかった。でも、フランスに侵攻してズタズタにし、フランスの、よいものをすべて分捕っていきました」最後の一発を込める。「彼らにそんな権利があるんですか？」

「ないな」大尉がじっとイヴを見つめる。「だが、きみのは愛国心というより、自分の能力を発揮したい衝動だな」

「そうです」自分に正直になるのは気分がいい。彼女がいちばん望んでいることだ。胸が苦しくなるぐらい望んでいた。

「心持ち握る力をゆるめて。引き金を引くというより握り締める感じ。引くことばかり考えるから、狙いが右にずれる」

二発目で空き瓶が吹き飛んだ。イヴはにやりとした。

「これをゲームと考えるな」大尉がじろりとイヴを睨む。「ドイツの豚野郎を打ち負かそうと、多くの若者がカッと熱くなるのを見てきた。兵士ならそれもいい。塹壕《ざんごう》で過ごす最初の週に、そんな幻想は打ち砕かれる。傷つくのは彼らの無邪気さだけだ。だが、スパイは何事にも熱くなってはならない。これをゲームだと考えるスパイは命を落とす。仲間を道連れにする。ドイツ兵は賢くて情け容赦ない。馬鹿なドイツ野郎の噂《うわさ》を耳にしているだろうが、きみがフランスの地を踏んだその瞬間から、彼らはきみを捕まえるのに血眼になる。きみは女だから、壁の前に並ばされて撃ち殺されることはないかもしれない。先月、わたしがルーベに送り込んだ十九歳の少年が、そういう末路を辿《たど》った。きみの場合は、ドイツの牢獄《ろうごく》で朽ちるに任せられるだろう。ネズミに囲まれゆっくりと餓死する。誰も助けてくれない――わたしすらも。わかるか、イヴリン・ガードナー?」

またあたしを試すのね、とイヴは思った。鼓動が激しくなる。ここでしくじればフランスに近寄ることさえできない。しくじれば、下宿屋に戻り、手紙をファイルして暮らす。そんなのいやだ。

でも、正しい答えはなに?

大尉は待っている。じっとこちらを見つめて。

「ゲームだなんて思ったことはありません」イヴは思い切って言った。「ゲ、ゲームなんてやらない。子供がやるものだもの。見た目は十六歳でも、あたしは子供じゃありません」拳銃にまた弾を込める。「しくじらないと約束はできませんけど、たとえしくじったとしても、遊びだと考えたからではない」

イヴは彼の視線をがっしり受け止める。鼓動はまだ速かった。正しい答えだった? わからない。でも、思いついたのはこれだけだ。「きみはドイツに占領されたリールに送り込まれることになる」ようやく大尉が言った。安堵《あんど》のあまりイヴの膝がガクッとなった。

「だが、その前にル・アーヴルに行ってもらう。そこで連絡員に会うんだ。きみの名前はマルグリット・ル・フランソワ。自分の名前のように、呼ばれたらすぐ反応できるよう頭に叩き込んでおくんだ」

マルグリット・ル・フランソワ。英語に直せば〝フランスのデイジー〟。イヴの顔がほころぶ。無知な女の子にぴったりの名前。誰も洟もひっかけない女の子。無害な小さなデイジー、草に埋もれて清らかな花を揺らしている。

キャメロン大尉もほほえんだ。「ぴったりだと思った」彼は空き瓶を指差す。残りは六本――彼の日焼けした手、左手に金色の結婚指輪が光る。「さあ、もう一度」

「もちろん《ビアン・スール》、エドワードおじさま《オンクル・エドゥワール》」

夕方ちかくには、空き瓶すべてが吹き飛んでいた。彼の指導のもと、あと数日練習すれば、七発の弾で七本の空き瓶を吹き飛ばせるだろう。

「たいそう長い時間をきみにかけているじゃないか」ある日の午後、射撃訓練を終えて教室に戻ったイヴに、アレントン少佐が言った。訓練初日以来、話しかけてくることのなかった少佐が、意味ありげな視線をよこす。「せいぜい気をつけることだな」

「お、おっしゃることの意味がわかりません」イヴは席に着いた。暗号解読のクラスにいちばん乗りだった。「大尉は完璧な紳士ですから」

「それほど完璧ではないかもしれない。悪事がばれて三年の刑に服した過去があるんだからな」

イヴは椅子から転げ落ちそうになった。かすかにスコットランド訛りのあるキャメロンの紳士的な声、私立校で身につけた非の打ち所のない文法、穏やかな眼差し、優雅な身のこなし。その彼が、刑に服した？

少佐は蝋で固めたひげをいじくりながら、彼女が詳しい話をせがむのを待っている。イヴはスカートのしわを伸ばししながら無言を通した。「詐欺だよ」彼のほうから言う。位の下の者の噂話をするのが楽しくて仕方ないようだ。「きみも知りたいだろうから話すが、彼の女房が、真珠のネックレスを盗まれたと訴えてね。それが保険金詐欺だったんだ。巧妙な犯罪だよ。女房の代わりに彼が罰を受けたんだが、実のところはどうだったんだか」

イヴの表情に、少佐は満足したようだ。「刑に服したなんて、彼から聞いていないんだろうな、ええ？」ウィンクする。「女房のことも」

「どっちにしても」イヴは冷ややかに言った。「あたしには関係ないことですから。国王の軍隊に復職し、要職に就いているのですから、あたしがと、と――とやかく言う立場にはありません」

「果たして要職と言えるかどうか疑問だがね。戦時だからおかしな連中も入ってくる。総力戦だからな。脛《すね》に傷を持つ連中も迎え入れるってわけだ。キャメロンは恩赦になって復職を果たしたが、わたしだったら娘を彼と二人きりで浜辺に行かせたりはしない。一度は塀の中にいた男だから――」

キャメロンの長い手がルガーに弾を込める様は思い浮かべることができるが、その手がなにかを盗むなんて、イヴには想像できない。「お、お、お話はそれだけですか、サー?」むろんもっと知りたかったが、滑稽なひげを蓄えた底意地の悪いセイウチみたいな男に尋ねるぐらいなら、首を吊ったほうがましだ。少佐はがっかりして去っていった。翌日、イヴはキャメロンの様子をこっそり窺ったものの、彼に直接尋ねることはしなかった。フォークストンにいる人たちはみな、秘密のひとつやふたつ持っているのだから。訓練の最終日、彼女がきちんと荷物を詰めた旅行カバンに、キャメロンは贈り物だと言ってルガーを忍ばせてくれた。「あすの朝、きみはフランスに向けて出発だ」

第二部

5 シャーリー

一九四七年五月

海峡を渡るのにどれぐらいかかったのか、わたしにはわからなかった。そのあいだじゅう吐いていたので、時間はいつまでも延びつづけた。

「目を瞑っちゃいけない」フィン・キルゴアのスコットランド訛りが、手摺《てす》りにしがみつくわたしの背後から聞こえた。「うねりがどっち方向からやってくるのかわからないと、ますます気持ちが悪くなる」

わたしはぎゅっと目を閉じた。「お願いだからその言葉を口にしないで」

「どの言葉?」

「うねり」

「水平線を見てごらん、そうすれば——」

「いまさら遅い」わたしはうめき、手摺りから身を乗り出す。吐くものが残っていないのに、胃が勝手にでんぐり返ろうとする。ぱりっとした背広姿のフランス男二人を、目の端で捉える。二人は鼻にしわを寄せ、わたしから離れていった。デッキに突風が吹き、丸まったつばのダークグリーンの帽子がくるくると飛んでいった。「ほっといて」手摺りから身を乗り出して掴もうとするフィンに、わたしは言った。嘔吐《おうと》する合間に言うから言葉が切れ切れになる。「大嫌いな帽子なの！」

彼がほほえむ。いま一度吐こうとするわたしの顔にかかる邪魔な髪を掴んで持っていてくれる。彼の前ではじめて吐いたときは、きまりが悪くて消えてしまいたかったけれど、いまは気持ちが悪すぎて恥ずかしいなんて思っていられない。「ヤンキーにしては繊細な胃袋の持ち主なんだな」彼が言う。「あんなホットドッグやコーヒーで生きてるんだから、アメリカ人はなにを食べても気持ち悪くならないと思ってた」

わたしは上体を起こした。きっと顔色は古くなった缶詰の豆みたいに真っ青だ。「どうかホットドッグなんて言わないで」

彼がわたしの髪を離した。「ご随意に」

わたしたちがいるのはデッキのイヴとは反対側だ。わたしの窮状をイヴがひどくおもしろがったせいだ。彼女を殺してしまわないうちに、わたしのほうから離れた。そのうちフィンがそばにやってきた。彼女の絶え間ない悪態と煙草のにおいに耐えられなくなったのだろう。でも、わたしの絶え間ない嘔吐に付き合うほうがましだとはとても思えない。

彼は後ろ向きに手摺りに肘をつき、上甲板を仰ぎ見ている。「ル・アーヴルのあと、どこへ行くつもりなんだ、お嬢さん？」

「イヴが言うには、なにか知っていそうな女性がルーベにいるんですって。だから、まずそこへ行って、それからリモージュ。でも、わたし、考えたんだけど……」言葉が尻切れとんぼになる。

「考えたって、なにを？」

「まずルーアンに行ったらどうかしら？」彼におもねる自分が嫌になる。つぎにどこへ行くかで、人にお伺いをたてる必要はないのだ。これはわたしの〝遠征〟だ。いささか大げさな言い方だけれど。だったら、わたしの〝使命〟？　わたしの〝執念〟？　呼び方はどうであれ、旅費はすべてわたしが出しているのだから、主導権を握るのはわたしだ。フィンもイヴもわたしが払って当然と思っているし、自分が渦に浮かぶ木の葉みたいに思える数週間を経たいま、自分の意志で動けることがなんだか楽しくて仕方なかった。「戦争が終わってしばらくして、伯母はパリを離れてサマーハウスに引っ越したの。届いた手紙の文面はよそよそしかったけれど、わたしが訪ねていったら話をしてくれると思うの」

　母方の伯母という人は、薬がぎっしり入ったハンドバッグをけっして手放さず、あっちが痛い、こっちが苦しいと文句の言いつづけで、いまにも死にそうなことばかり言っていた。できるものならその細い腕を掴んで揺すり、わたしの求める答えを吐き出させたい。四三年に、どうしてローズは家を出たの？　あなたの娘にいったいなにがあったの？

　デッキの向こうに八歳のローズがいる。細い体にそばかす、手摺り伝いにスキップしている。こっちを見てほほえむ。そこでローズではないことがわかる。ブロンドでさえない。

船首にいる母親のもとに駆け戻る子供。それなのにわたしの想像力は訴えつづける。細い背中で揺れているのは、ローズのブロンドのお下げ髪よ、赤の他人の茶色のお下げ髪じゃない。

「ルーアン」もう一度言う。「ル・アーヴルで一泊して、出立は翌朝。汽車で移動するなら今夜のうちに着けるのに……」イヴが車での移動以外はまったく受け付けなかったので、フィンのラゴンダをクレーンで吊って船に乗せるために、大金を注ぎ込む羽目に陥った。大陸でシャンパン片手に車で物見遊山をする、イギリスの領主さまみたいだ。車を船に乗せる費用は――その車のおかげで、ブルゴーニュ行きではなくル・アーヴル行きの、時間のかかる船に乗らざるをえなくなった――フランス往復六人分の船賃に相当する。「重い腰をあげて汽車に乗り組むぐらい、あの人にだってできるでしょうに。少しはこっちの身にもなってよ」愚痴のひとつも言いたくなる。

「彼女にそれができるとは思えない」フィンが言った。

デッキの向こう側にいる予測不可能な同志を、わたしは恨めしく見つめた。フォークストンまでの道中、彼女は悪態をつくか黙り込むかだった。いざフォークストンに着いても、車から降りようとしなかった。海峡を渡る船のチケットを買うわたしに、フィンが付き添ってくれた。ラゴンダに戻ると、彼女の姿はなかった。車であちこち探し回り、ザ・パレード八番地の表示が出ているみすぼらしいテラスハウスの前で、ようやく彼女を見つけた――しかめ面でそこに立っていた。「あの痩せっぽちのイギリスの若者は、いったいどこへ行ったのかしらね」やぶから棒に彼女は言った。「訓練の途中でお払い箱になった。陸軍に入隊して塹壕を掘って、隠れているところを吹き飛ばされた？　運がいいこと」

「訓練って？」わたしは憤慨しながら尋ねた。でも、彼女はゲラゲラ笑うだけだった。

「それで、船は取れたの？」

そしていま、デッキの片隅に座っている。無帽で、よれよれのコートを着て、ひっきりなしに煙草をふかす姿は、思いのほか弱々しかった。「兄はよくあんなふうに座っていたわ」わたしは言った。「隅っこに埋まるようにして。タラワから戻ってきてからずっと。ある晩、酔っ払ってわたしに言ったの。敵の砲撃に曝されていないとかえって不安になるんだ」思い出すと喉が詰まる。ジェイムズの顔はお酒の飲みすぎでだらしなくゆるみ、いつも作り笑いを浮かべていた。ハンサムだった面影もないのは、目が虚《うつ》ろだったからで……。

「兵士はたいがいそうなるんだ」フィンがこともなげに言った。

「わかってる」喉につっかえた塊を呑み下す。「兄だけがそうじゃなかった――わたしが働いていたコーヒーショップにも、そういう兵士たちがやってきたわ」フィンが驚いた顔をした。「なに？　お金持ちのアメリカ娘は仕事なんてしないと思ってた？」

たしかに彼はそう思っていたようだ。

「子供たちは身をもってお金の価値を知るべきだって、父は思っていたの。わたしは十四歳になると父の事務所で働きはじめたわ」国際法を専門にする弁護士事務所で、電話の向こうでは英語とおなじようにフランス語やドイツ語が飛び交っていた。最初は鉢植えに水をやったり、コーヒーを淹れるのが仕事だったけれど、じきに書類をファイルして、父の書いたメモを清書するようになり、父の秘書より計算が速くて正確だとわかると、帳簿付けも任されるようになった。「ベニントン大学に進学すると、コーヒーショップで働きだしたの。やめろと言う母がいなかったから。兵士たちがやってきたのがそのお店」

フィンは興味津々の顔をした。「必要もないのになんで働くんだ?」

「人の役に立ちたいから。白い手袋や舞踏会から逃れたいのもあったけれどね。コーヒーショップって、人を観察するのにもってこいでしょ。観察して、どんな人生か想像を巡らすの。あそこにいるあの人はナチのスパイ、向こうにいるのは女優の卵で、ブロードウェイのオーディションを受けに行くところ。それより、わたしは数字に強いので重宝がられた――暗算でお釣りを渡して、帳簿もつけて。大学で数学を専攻していたの」

大学で微積分と代数の授業をとると言ったら、母は眉をひそめた。「そういうのが好きなのはわかってますよ、マ・シェリ――あなたがバーモントに行ってしまったら、小切手帳の帳尻をどうやって合わせたらいいのかわからない――でも、殿方の前ではあまりそういう話はしないようにね。ウェイターより速く計算できるからって、メニューに載っている金額を頭の中で足してみるなんてことはね。殿方はそういうことは嫌がるものよ」

大学に進学してコーヒーショップで働きはじめたのは、そのせいだ。女はどう振る舞うべきかとか、殿方はどういう女性が好みだとか、生まれたときからそういう御託を聞かされつづけて、ちょっぴり反抗したくなった。母がわたしを大学にやったのは、未来の夫を見つけさせるためだ。でも、わたしが求めたのはべつのものだった。わたしのために敷かれたレール以外のなにか――それが旅行なのか、働くことなのか。見つからずにいたときに、〝ささやかな問題〟が生じて、母の計画もわたしの目論見《もくろみ》も粉々に砕けた。

「コーヒーを飲みに来た客にお釣りを渡す、ね」フィンがにやりとした。「戦争をやり過ごすのにもってこいの方法だ」

「看護婦に志願する年齢に達していなかったのは、わたしのせいじゃありません」ためいはあったが、それでも尋ねずにいられなかった。吐き気がおさまらないときに、おしゃべりはいい気晴らしになる。「あなたの戦争はどんなだったの?」人にはそれぞれの戦争がある。わたしの戦争は、代数の宿題、たまに男子学生とデート、ローズやジェイムズからの手紙を待つ日々。両親の戦争は、食糧不足を補うための家庭菜園と鉄屑《てつくず》回収。靴下がないので脚に線を描かなきゃならない、と母は文句たらたらだった。兄の戦争は……いっさい語られなかった。その結果、兄は散弾銃を口に咥《くわ》えた。「あなたの戦争はどんなだった?」また喉が詰まる前にジェイムズの面影を振り払う。「対戦車部隊にいたって言ってたでしょ?」

「負傷することはなかった。すてきな時間を過ごしたよ。そりゃもう輝かしい時間をね」フィンは誰かさんを真似ているつもりらしいが、自分が真似されているとは思いたくなかった。いろいろ尋ねたかったけれど、これまで、と彼の顔が言っているので、それ以上詮索しなかった。彼のことはなにも知らないんだし——イヴのなんでも屋で朝食を作るスコットランド男。わたしを気に入ってくれているのか、ただの気遣いなのかわからない。

　彼にわたしを好きになってほしかった。彼だけではない——イヴにも。もっとも彼女は、わたしをどう扱ったらいいのかわからず、苛立っているようだ。二人の前だと、わたしはべつの人間になれる。わたし、シャーリー・セントクレアは、まず成功の見込みのない探検隊の隊長だ。家族の面汚しのふしだらな娘、シャーリー・セントクレアではない。

　フィンがぶらぶらと離れていくと、わたしの胃はまたおかしくなった。それからは目的地に着くまで、地平線を見つめて唾を呑み込みつづけた。ついに「ル・アーヴル！」の叫び声がして、わたしは旅行カバンを引き摺り、いちばん乗りで船を降りた。揺れない地面に立つことができた嬉《うれ》しさときたら、地べたにキスしてもいいと思ったぐらいだ。そんなだから、まわりの景色など目に入らなかった。

　ル・アーヴルにはロンドン以上に戦争の爪痕が残っていた。港は爆撃で跡形もなくなっていた——爆撃で火の海と化した、と報じられていたのを思い出す。いまだに瓦礫が残り、崩れ落ちた建物もたくさんあった。それだけではない。重苦しい空気が垂れ込め、まわりにいる人々は、くたびれているように見えた。わたしが目にしたロンドンっ子たちには、苦いユーモアがあった。いまもスコーンにクリームは塗れないけれど、おれたちは侵略されなかったからな、そうだろ？

　新聞は浮かれ騒ぎを報じていたが——パリの目抜き通りを行進するド・ゴール将軍を、

歓喜して迎える市民たち――わたしの目には疲弊しきっているように映った。

イヴとフィンが降りてきたので、わたしは憂鬱な気分を払いのけ、フォークストンで換金したフラン紙幣を数えた。(「こんな大金を換金することを、お父上はご承知ですか?」)イヴのくたびれた旅行カバンを下に置くと、フィンは足早に去っていった。彼の大事なラゴンダがクレーンで船から降ろされるときに、どこかにぶつかってへこまないよう監視するつもりのようだ。「ホテルを探さないと」わたしは紙幣を数え直し、込み上げる不安と闘いながら言った。「どこか安いところを知りません?」

「港町に安宿はごまんとあるよ」イヴがおもしろがってわたしを見つめた。「フィンとおなじ部屋でいいんじゃないの? 部屋を三つとるよりふたつのほうが安くあがる」

「いいえ、けっこうです」わたしは冷ややかに言う。

「アメリカ人はお上品ぶるから嫌だ」イヴがクスクス笑った。黙って並んで立っていると、エンジン音を響かせて、ダークブルーのラゴンダが角を曲がってやってきた。

「ああいう車を、彼はどうやって手に入れたのかしら?」フィンの着古したシャツを思い浮かべながら、わたしはぽつりと言った。

「おおかた不正なことでもやったんだろ」イヴがこともなげに言う。

わたしは目をぱちくりさせた。「冗談でしょ?」

「いや。あたしみたいな性悪ばばあのところで、誰が好き好んで働くもんか。ほかに雇ってくれるところがないのさ。あたしだって雇ってやる義理はない。でも、あたしはスコットランド訛りの前科者の美男子に弱くってね」

思わずヒールの靴から転げ落ちそうになった。「いまなんて？」

「察しぐらいついてたんじゃない？」イヴは片方の眉を吊り上げる。「フィンは前科者なのよ」

6　イヴ

一九一五年六月

マルグリット・ル・フランソワは汽車を降りると、ル・アーヴルのカフェのぽつんと離れた隅のテーブル席に座った。北フランス訛りでウェイターにおずおずとレモネードを注文するのは、外出に帽子と手袋を忘れぬちゃんとした家の娘だ。バッグの中には身分証明書の類がすべて揃っている。出身はルーベ、労働許可証を持つ十七歳。いまのところ、マルグリットについてイヴが知っているのはそれだけだ——生身の人間として演じようにも、細かな経歴がわからなければ肉付けできない。フォークストンの港でキャメロン大尉——エドワードおじさん——に見送られ乗船した際に手渡されたのは、精巧に作られた偽造証明書の束と、擦り切れてはいても見苦しくはないスーツと、おなじように見苦しくはない擦り切れた着替えが詰まった旅行カバンだけだった。「ル・アーヴルで」桟橋で彼は言った。「連絡員がきみに接触してくる。今後のために知っておくべきことは、彼女から聞きたまえ」

「その人があなたの輝ける星ですか?」イヴは尋ねずにいられなかった。「最高のスパイ?」

「そうだ」キャメロンは目尻にしわを寄せて笑った。パリッとしたカーキ色の軍服から、いつものツイードのジャケットに着替えていた。「誰が誰より優秀だなんて考えたことはない」

「全力を尽くします」イヴは食い入るように彼を見つめた。「あなたの誇りになりたい」

「きみたちみんな、わたしの誇りだ」キャメロンが言った。「与えられた任務を引き受けてくれたときから、わたしはきみを誇りに思っている。これは危険な仕事というだけではない。汚い仕事、嫌な仕事だ。胸を張れる仕事とはけっして言えない。盗み聞きしたり、人の手紙——敵の手紙をこっそり開封したり。いかに戦時であろうと、紳士がやるべきことだとは誰も思わない。淑女は言うにおよばず」

「そんなのたわ言だわ」イヴの辛辣さに、キャメロンは声をあげて笑った。

「そう、まったくのたわ言だ。それでも、われわれがやっている仕事は褒められたものではない。われわれの報告書を頼りにしている連中からさえ、敬意を払われない仕事だ。称賛されることはない。名声や賛美とは無縁、ただ危険なだけだ」彼女がきれいに巻いた髪にかぶる地味な帽子を、キャメロンは引っ張っていい位置に直した。「だから、わたしの誇りになれないのでは、なんて心配することはないんだ、ミス・ガードナー」

「マドモアゼル・ル・フランソワです」イヴは言う。

「そうだったね」彼の笑みが消えた。「気をつけて」

「もちろん《ビアン・スール》。彼女の名前は？　ル・アーヴルであたしに接触してくる女性の名前。あなたの輝ける星、その地位はいずれあたしのものになる」

「アリス」大尉はにやりとして言った。「アリス・デュボア。むろん本名ではない。きみに彼女より優秀な働きができれば、戦争は六カ月以内に終わるだろう」

彼は長いこと桟橋にたたずみ、イヴが乗った船が波の向こうに消えるのを見送っていた。ツイードのジャケットが見えなくなるまで、イヴはじっと見つめ返した。胸が痛くなる。キャメロンは、自分を信頼し、能力を高く買ってくれたはじめての人だ。彼女の消息を知る唯一の人間であるのは言うにおよばず。だが、寂《さび》しさより興奮が勝っていた。イヴ・ガードナーはイギリスをあとにした。ル・アーヴルで下船するのはマルグリット・ル・フランソワだ。そしていま、レモネードを飲みながら、渇望にちかい好奇心をひた隠しにして、謎めいたアリスを待っている。

カフェは混んでいた。汚れた皿やワインの瓶をトレイにのせたしかめ面のウェイトレスがかたわらを縫うように歩きまわり、濡れた傘の雨粒を切りながら客が入ってくる。女性客に目を凝らす。きびきびと動く頑丈そうな女性は、どこにでもいそうな外見といい、スパイ網の創設者という雰囲気を醸し……。それとも、乗ってきた自転車を壁に立てかけ、入り口で立ち止まって眼鏡の曇りを拭く、痩せた若い女性がそうだろうか。じつは鷹《たか》のような鋭い目で、ドイツ軍の計画の数々を読み解いているのかも……。

「マ・シェール・マルグリット！」女性の声が空気を切り裂き、イヴはくるっと振り返った。名前を呼ばれれば子犬のように即座に反応するよう、さんざん練習してきた。まず目に入ったのは、のしかかってくる帽子で――それもただの帽子ではなく、ピンクのオーガンザとシルクのバラで飾られた荷馬車の車輪大の帽子――つぎに帽子の持ち主がスズランの香りをまとって現れ、イヴの両頰に音をたててキスした。

「シェリ、見違えたわよ！　オンクル・エドゥワールはお元気？」

それが最初に投げかけられる言葉だとわかっていたが、イヴはただ見返すだけだった。これがリール・ネットワークの創設者？

現れた小柄なフランス女性は三十代半ばだろう、華奢《きゃしゃ》な体つきで頭がイヴの顎にやっと届くぐらいだ。ライラック色の派手なスーツに、山のようなピンクの帽子。買い物袋をまわりに積み上げ、おしゃべりしながら椅子に腰をおろす。早口のフランス語がおなじく早口の英語に切り替わった。フランスでもこのあたりは、前線から休暇で戻ってきた兵士や看護婦が多いので英語が飛び交っている。「モン・デュ、この雨！　帽子が台無しだわ。台無しになったほうがいいのかも。これをお店で見たとき、醜悪そのものか、とんでもなくすてきか判断がつかなくてね。だったら買うしかないじゃない?」真珠のハットピンを何本も引き抜き、帽子を脱いで空いている椅子に置いた。ブロンドの髪はポンパドールに結っている。「なぜかしらね、ここに来るたびに道徳的に問題のある帽子を買ってしまうのよ。北に帰るとき、まさか持っていけないでしょ。すてきな帽子をかぶっていると、ドイツの歩哨《ほしょう》に取り上げられてしまうもの。お気に入りの娼婦《しょうふ》にあげるのよ、きっと。だからリールにいるときは、去年からずっと着ているサージの服に、地味なかんかん帽一辺倒よ。流行のものは戻るとすぐに始末しないといけないの。フランスのあちこちに、道徳的に問題のある帽子を置いてきてるってわけ。ブランデー」斜め後ろに現れたウェイターに注文し、魅惑的な笑顔を振りまく。「くさくさする一日だったのよ」彼女はあっけらかんと言う。「ブランデーはダブルでお願いね、ムッシュー、不機嫌な顔にもなるわよね。さて――」ようやくイヴに顔を向けた。彼女の挨拶代わりの一人語りのあいだじゅう、イヴは目をまん丸にして黙って座っていた。彼女は急に真顔になり、イヴを眺め回す。「あらま。エドワードおじさまったら、揺りかごで眠ってる赤ん坊を送り込んでくるなんて」

「あたし、二十二です」イヴは冷ややかに言った。ピンクに紫色を合わせるような、浮ついたパリジェンヌに子供扱いされてなるものか。「マドモアゼル・デュボア――」

「やめて」

イヴはぎょっとして騒がしい店内を見回した。「誰かに聞かれているんですか?」

「いいえ、いいえ。ここは安全よ。たとえ英語がわかる人がいたとしても、まずいないでしょうけど、これだけ騒々しい店の隅っこの席にいるんだもの、誰もひと言だって聞き取れやしない。いえね、そのおぞましい名前で呼ばないでって言いたかったの」大げさに震えてみせる。「アリス・デュボア。そんな名前で呼ばれるようになるなんて、なんの因果かしらね？今度、贖罪司祭《しょくざい》に尋ねてみないと。アリス・デュボアって、ゴミ箱みたいな顔の痩せっぽちの女教師にぴったりの名前じゃない。リリーと呼んでちょうだいな。これだって本名じゃないけれど、元気がよさそうでしょ。エドワードおじさまだろうと、アリスって呼んだら許してあげない。彼も気に入ると思うのよ。〝姪っ子〟に花の名前をつけることにしたみたいだから。ヴィオレットとかね――彼女にはじきに会えるわよ、もっともあなたを嫌うでしょうね。でも、彼女はみんなを憎んでいるから――そして今度はあなた。マルグリット、かわいいデイジー。わたしたちは彼の庭、彼はジョウロ片手に、世話を焼いて回る老嬢」アリスあらためリリーは顔をちかづけて話をしていたから、人に聞かれる心配はなかったが、ウェイターがブランデーを運んでくるとぴたりと口をつぐんだ。「メルシ！」ウェイターの仏頂面をものともせずに笑顔を見せる。

育ちのいい女性が気付けに飲む以外で強い酒を飲むのを見るのは、イヴにとってこれがはじめてだったが、なにも言わずにレモネードのグラスを回した。この仕事をゲームだと思ってはいけない、とキャメロン大尉に釘《くぎ》を刺されたが、彼の自慢のスパイはなにもかもジョークだと思っているようだ。それとも、ふりをしているだけ？　暢気《のんき》におしゃべりしているようでも、あたりに気を配ることは怠らない。テーブルに誰かちかづいてくるたび、彼女のおしゃべりはぱたっとやむ。もっとも彼女は低い声でしゃべるので、イヴは聞き漏らすまいと顔を寄せざるをえなかった。はたから見れば親しげに見えるだろう。とっておきの秘密を打ち明けあう二人の女──たしかにそうだ。

イヴがじろじろ見ても、彼女は意に介さない。それどころかじっと見つめ返してくる。奥まった目が流れるように動く。「二十二ですって？　信じられない」

「それで、書類は十七歳ってなってるんです」イヴが目を大きく見開き、戸惑ったふうにまつげをパタパタさせると、リリーは手を叩き、おもしろがってクスクス笑った。

「わたしたちのおじさまは天才ね。なんて人でしょ、あなたは、シェリー──学校を出たてのデイジーみたいにうぶな女の子。なるほどね！」

イヴはおとなしそうにうつむく。「ご、ご、ご親切に」

「そうそう、あなたは舌がもつれるって、エドワードおじさまが言っていたわね」リリーがあけすけに言った。「普段の生活では苦労するだろうけれど、この仕事ではそれが大いに役立つわよ。女の前では人は気を許してしゃべる。女の子の前ならなおのこと。おつむが弱そうな女の子の前なら、いっそうおしゃべりになる。いいこと、それを最大限活用するの。それじゃ、バゲットを頼もうかしら！　リールじゃおいしいパンは食べられないの。良質の小麦粉はみんなドイツ軍に持っていかれる。だから、南に来るたび、おいしいパンをたらふく食べるのよ。流行の帽子もね。この町が大好き！」

リリーはブランデーを飲み干し、バゲットとジャムを注文した。イヴはようやく笑顔になった。「エドワードおじさまが、詳しいことはあなたから聞けって」彼女はパンより情報に飢えていた。

「あなたって融通がきかないのね」リリーはバゲットを摘む。小鳥のようについばむ。「あなたにはリールのレストランに行ってもらうわ。洒落たレストラン。道徳的に問題のある帽子をかぶったレディには、ダブルのブランデーなんてぜったいに出さないような店」リリーは空のグラスをカタカタいわせた。「もう一杯、いく、いかない？　いくわよね、もちろん。今夜、安全な眠りという贅沢《ぜいたく》が許されるなら、ブランデーをもう一杯飲まなくちゃ」彼女はテーブル三つ先にいるウェイターに指を立て、空のグラスを指差した。ウェイターはやれやれという顔をする。「レストランの名前は〈ル・レテ〉」声をいっそう低くしてつづける。「ドイツ軍の司令官が週に二度は食事をしに来る。駐屯部隊の将校たちの半分が、彼に倣ってやってきているわ。リールの闇市に出回る食材の半分は、〈ル・レテ〉の料理人が買い占めているから。そこで働いているウェイターがいたの。賢い男でね、わたしに情報を提供してくれていた。将校たちがシュナップスで酔っ払って、ぽろっと漏らすことを盗み聞きしてね。彼が捕まってしまったので、後釜が欲しかった。すると、ほら《ヴオアラ》。エドワードおじさまから連絡が入った。わたしにぴったりのかわいいデイジーを摘み取ったからって」

「捕まった？」

「在庫を盗んでね」リリーは頭を振った。「耳はよかったけど、分別がなかった。スパイする相手から鶏と砂糖と小麦粉を盗むなんてね、馬鹿にもほどがある。むろん、ちかくの路地に引き摺り込まれて、撃ち殺された」

イヴは動揺し、バゲットを置いた。撃ち殺された。すべてが現実味を帯びてくる――フォークストンの夏の浜辺よりも、混雑する小さなカフェでそれを感じるなんて。

リリーが片笑みを浮かべた。「気分が悪いみたいね。無理もないわ。あなたのバゲット、いただくわね。面接に行ってもらう前に、少し体重を落としてもらわないとならないし。ルーベから来たにしては健康的すぎるもの。北の人たちはそれこそ熊手の柄みたいよ。わたしを見ればわかるでしょ。骨をおさめた袋、生気のない肌」

リリーの目の下の隈《くま》に気付いていた。笑ってはいても、やつれた顔は蒼白《そうはく》だ。数カ月もすればあたしもこうなるの？　イヴは自分のバゲットをリリーの皿に移した。「面接って？」

「〈ル・レテ〉で雇ってもらうための面接。店のオーナーは、ウェイターではなくウェイトレスを雇いたいって言ってるの。店で女に給仕させるなんてもってのほか、と考えている人だけれど、いまのご時勢では、ウェイターも闇市で手に入らないから。戦争のおかげで、男は小麦粉より手に入れるのが難しくなった。ルネ・ボルデロンのような暴利商人でも無理は無理なのよ。言っておくけど、彼は獣だから。儲《もう》けるためなら実の母親だってドイツに売り飛ばす。彼に母親がいればの話だけど。悪魔がユダと酒盛りした晩に、彼をひねり出したのよ、きっと」リリーはイヴのバゲットの最後のひとかけまで平らげた。「いいこと、雇ってもらえるようにムッシュー・ボルデロンを焚《た》きつけるの。彼は頭が切れる。かんたんにいくと思っちゃ駄目よ」

イヴはうなずいた。マルグリット・ル・フランソワの人物像がだいぶはっきりしてきた。かわいい田舎娘、大きな目、あまり頭がよくなくて、教養もないが、手先は器用で物静かでしとやかだから、ブルゴーニュ風牛肉の赤ワイン煮や牡蠣《かき》の串焼きを運ばせても悪目立ちすることはない。

「もしも雇ってもらえたら、耳にしたことをすべてわたしに知らせて」リリーはバッグから銀のシガレットケースを取り出した。「わたしがエドワードおじさまにちゃんと届けるから」

「どうやって?」マッチを擦るリリーは見ないようにしながら、イヴは尋ねた。煙草を吸う女は下品だ、とイヴの母は断定していたが、紫とピンクの帽子をかぶり、ブランデーを飲んでも、リリーに下品の烙印《らくいん》は押せない。

「それが密使の仕事」リリーが曖昧に言う。「わたしの仕事。わたしはどんな人間にもなれるし、どこへでも行ける。もつれる舌があなたの武器になりうるようにね。利用できるものはなんだって利用するのよ」

イヴは気を悪くしなかった。舌がもつれるのは事実だ。検問所の武装した兵士の前をぺちゃくちゃしゃべりながら、しゃなりしゃなりと通り過ぎるリリーの姿を想像したら笑みがこぼれた。「あなたの仕事のほうが、き、危険だと思うわ」

「あら、そんなことない。わたしはうまくやるもの。奴らの鼻先に書類をぶらさげ、冷静ささえ失わなければ、すんなり通り抜けられるものよ。とくに女は。たまに財布やバッグをいっぱい持って、身分証明書を探すのにひとつずつ引っくり返してみせることもある。そのあいだじゅう、賑やかにおしゃべりしつづけると、相手はイライラしだして、もういい、通れってね」リリーはフーッと煙を吐いた。「ほんとうのことを言うとね、わたしたちがやってるこの特別な仕事は、その大半がとっても退屈なものなの。だから女に向いているとも言えるわね。わたしたちの人生そのものがすでに退屈だもの。エドワードおじさまの申し出に飛びつくのは、これ以上ファイルルームで働くことに耐えられないから。鼻水垂らした子供たちに、読み書きを教えることに耐えられないから。そうして、この仕事もものすごく退屈だとわかるの。でも、いつかうなじにルガーを押し当てられるかもしれない。そう思うから耐えられる。自分で自分を撃つよりはましでしょ。あともう一文字タイプしろと言われたら、子供の象牙色の頭蓋骨の中に、あともう一語ラテン語を詰め込めと言われたら、きっと自分のこめかみに銃口を押し当てているもの」

戦争がはじまる前、リリーは学校教師だったのだろうか。キャメロン大尉はどうやって彼女を勧誘したのだろう。尋ねたところで誰もイヴに教えてくれないだろう。よほどのことがないかぎり、彼女の本名や経歴を知ることはないのだ。だから、代わりにこう言った。

「エドワードおじさまは、あなたがいちばん優秀だと言ってました」

リリーがまた声を出して笑った。「あの男はなんてロマンチックなんでしょ！　ツイードを着た聖ゲオルギウス。彼を尊敬するわ。こんな仕事をさせるにはもったいないほど高潔な人」

イヴは深くうなずいた。前科者だろうが関係ない。なにもやることがないと、思いはそのことに向いてしまう——キャメロンが詐欺罪で収監された？——だからといって、なにかが変わったわけではない。前歴がどうであろうと、イヴは彼を信頼していた。リリーもそうらしい。

「それじゃ、行きましょうか」リリーは煙草を灰皿で揉み消した。「ヴィオレット・ラメロンに会っておいてもらわないと。わたしの副官を自認しているけれど、わたしたちにちゃんとした位があるとしたら、こっちが上官なんだから、彼女にガミガミ言われる筋合いはないはずよね。彼女は看護婦だったから、その当時の癖が抜けないの——憶えておいてちょうだい。縫うほどの怪我をしないともかぎらないから。彼女は赤十字のためにこれ以上包帯を巻くぐらいなら、撃たれて死んだほうがましだと思ってたんでしょうね。それでも、折れた骨や血が噴き出す傷口の処置の仕方はわかっている。あなたがもし負傷したら、彼女に手当てしてもらうといい。けっして楽しい経験にはならないでしょうけど。あの女の口うるさいことといったら！」リリーの口調にはやさしさがこもっていた。「ガミガミ言うのは看護婦の職業病みたいなもんなんでしょうね。やめても治らない」

リリーは巨大なピンクの帽子をかぶり、買い物袋を掻き集め、イヴを案内してル・アーヴルの通りに出た。雨は降っていてもあたたかだった。馬車を牽《ひ》く馬が水溜《みずたま》りの水を跳ね返し、ばら色の顔の母親たちがわが子を家の中に追い立てる。この町には、リリーのように痩せてやつれた女はいない、とイヴは思った。リリーもおなじことを思ったにちがいない。傘を力任せに開いて、言った。「ほんとに嫌な町だわ、ここは」

「だ、大好きだって言ったくせに」

「大好きだし、憎んでもいるのよ。ル・アーヴルもパリも。おいしいバゲットや帽子は大好きだけど、ここの人たちは北で起きていることにまるで無頓着。考えようともしない」表情豊かな顔が一瞬だが動かなくなった。「リールは獣に侵略された。ここの連中は、くさくさする日をやり過ごすために、ブランデーと煙草を必要としている人間を嗅ぎ分ける」

「リリー」イヴは衝動的に尋ねていた。「怖いと思ったことはないんですか？」

リリーが振り返る。傘の縁から滴る雨粒が、彼女とイヴのあいだに銀色の幕を張る。

「あるわよ。誰だってそうでしょ。でも怖いと思うのは、危険が去ったあと――危険が迫っているときに怖いと思うのは、自分を甘やかすこと」彼女がイヴの肘に手を絡ませた。

「アリス・ネットワークにようこそ」

7　シャーリー

一九四七年五月

十年前の夏。わたしが九歳、ローズが十一歳のあの夏に、家族でプロヴァンスを巡る自動車旅行をし……わたしたちは通り沿いのカフェに置き去りにされた。六時間ほども。むろん親たちに悪意があったわけではない。ふた家族が二台の車に分乗した。一台目は大人たち、二台目はばあやに付き添われた子供たち。ぶどうの花が盛りの果樹園を望むカフェで、親たちはトイレに行き、絵葉書《えはがき》を選び、ローズとわたしは焼きたてのパンのにおいにつられて厨房《ちゅうぼう》に入り込み、兄たちは大騒ぎし……いざ車に乗る段になったとき、ばあやはわたしたちが親の車に乗ったと思い込み、親たちはばあやと一緒にいるものと思っていた。そうして、わたしたち抜きで発車した。

それまでローズが怯《おび》えるのを見たことがなかったから、わたしはぽかんとしていた。危険が迫っていたわけではない。ぽっちゃりしたやさしいプロヴァンスの料理人は、事情がわかるとわたしたちの世話を焼きはじめた。「心配しないで、マドモアゼル！　二十分もしたらお母さんが戻ってきますよ」果樹園を一望する格子柄の日除《ひよ》けの下のテーブルに、わたしたちの席が用意され、冷たいレモネードと、山羊《やぎ》のチーズやプロシュットを挟んだサンドイッチがふるまわれた。

「すぐに戻ってくるよ」わたしはサンドイッチを頬張りながら言った。わたしとしては、暑くて狭苦しいルノーの後部座席で、ばあやに小言を言われ、兄たちに抓《つね》られるよりずっとよかった。

　ところが、ローズはにこりともせずに道の先を見つめていた。「戻ってこないかも。ママンはあたしのこと好きじゃないから」

「好きに決まってるよ」

「いまはもう、好きじゃないのよ。だって、ほら、あたし、大きくなっちゃったから」ローズは自分の胸を見下ろした。十一歳にしてもう膨らみはじめていた。「ママンは気に入らないのよ。自分が老けた気がするから」

「あんたが自分よりきれいになっていくのが嫌なんじゃない？　その点あたしは心配ない。ママンよりきれいになるはずないから」わたしはため息をついたものの、沈んだ気分は長つづきしなかった。空は晴れ渡り、笑顔の料理人は焼きたてのマドレーヌを出してくれるのだもの。

「女の子はどうしていつもきれいでなくちゃいけないの？」ローズが怒りをぶつけるように、美しい果樹園と空を睨み付けた。

「きれいなのが嫌なの？　あたしはきれいになりたい」

「あら、あたしだってきれいなほうがいいわよ。でも、兄さんたちを見て外見をあれこれ言う人はいない。〝学校の成績はどうなの？〟とか〝フットボールはしますか？〟とか尋ねる。女の子にそういうことを誰も尋ねないじゃない」

「女の子はフットボールをしないもの」

「あたしの言いたいこと、わかるでしょ」ローズはプリプリしていた。「ママンは兄さんたちを置き去りになんかしない、ぜったいにね。いつだって男の子が優先なの」

「だから？」世の中ってそういうものだし、文句を言っても仕方がない。考えるだけ無駄だ。ジェイムズがわたしの髪を引っ張っても、川の中でわたしを押さえつけて泣かせても、両親は鷹揚《おうよう》に笑っているだけだ。男の子はなんでも好きなことをやり、女の子はおとなしく座ってきれいに見せる。わたしはあまりきれいではなかったが、それでも両親はわたしのために大それた計画をたてていた。白い手袋、ちゃんとした学校、愛らしい花嫁。運がよければあなたも二十歳までに婚約できるわよ、と母は言っていた。自分とおなじように。ローズはブロンドのお下げの先をいじくっていた。「あたしはただきれいなだけの大人にはなりたくない。もっとべつのことをしたい。本を書く。海峡を泳いで渡る。サファリに行ってライオンを撃つ――」

「あるいは、ここにずっと座ってる」夏のそよ風が野生のラベンダーとローズマリーの香りを運んできて、頭上にはあたたかな太陽、ほかの客たちの楽しげなおしゃべり、舌の上には山羊のチーズとパリパリのパンの極上の味わい――わたしにとって小さなカフェは天国みたいだった。

「ここにずっといられるわけないじゃない！」ローズがまた不安を顔に表した。「そんなこと言わないで」

「冗談を言っただけよ。ママンが置き去りにしたと、本気で思ってるの？」

「いいえ」ローズが理性的になろうとしているのがわかった。わたしよりずっとものわかった、十一歳のおねえさんだ。でも、ささやかずにいられなかったのだろう。「みんなが戻ってこなかったら？」

ローズがなぜわたしと仲良くしているのか、そのときわかった気がした。彼女のほうが二歳上だし、うるさい、と言ってわたしを追い払うことだってできたはずだ。それなのに、まとわりつくわたしをいつも受け入れてくれた。あの天国みたいなカフェで、わたしはそのわけを理解したのだ。兄たちは彼女をのけ者扱いする。母親は彼女のことをほんの少し恨んでいる。父親は仕事で留守ばかりだ。夏休みにわたしがやってきて、彼女の忠実な家来でいるとき以外、彼女はずっと一人ぼっちだ。

わたしだって一人ぼっちだった。そのことを言葉にしたことはないし、よくわかっていなかった。孤独を理解したのはもっと大きくなってからだ。けれども、両親がわざわざ迎えに戻ってきてくれないのでは、という恐怖と闘う彼女を見て、わたしは漠然とだが理解したのだと思う。だから彼女の手を握った。「みんなが戻ってこなくたって、あたしがここにいる。あたしはあなたを置き去りにしない」

「ちょっと？」

わたしは目をしばたたき、三七年の夏から四七年の五月に戻った。思い出にどっぷり浸っていたので、目に入ったのが十一歳のローズのブロンドのお下げと青く澄んだ瞳ではなく、フィンの黒い瞳とくしゃくしゃの髪だったのでぎょっとした。

「着いたよ」彼が言った。「きみが教えてくれた住所に」

わたしはぶるっと震えた。車が停まる。砂利敷きのドライブウェイの先に、だだっ広い家がある。ドイツが侵攻するまで、毎年夏を過ごした家だ。ルーアン郊外の伯父夫婦の家。でも、わたしの目に映るのは、あのときのプロヴァンスのカフェだった。三時間後に立ち寄ったつぎの休憩場所で間違いに気付き、親たちが慌てて引き返してくるまでの六時間ちかくを、少女二人が過ごしたカフェだ。あの六時間は魔法だった。ローズとわたしは山羊のチーズとマドレーヌでお腹いっぱいになり、果樹園で鬼ごっこをし、エプロンをかけて、親切な料理人がマグカップを洗うのを手伝い、彼女が水で薄めたロゼワインを小さなグラスで飲むのを許してくれると、すっかり大人になった気分だった。果樹園の向こうに日が沈むのを、眠い目を擦りながら、たがいの肩に頭をもたせて眺めた。半狂乱になった親たちが戻ってきて、詫《わ》びながらきつく抱き締めてくれたが、内心ではちょっとがっかりしていた。ローズと二人で過ごした最良の日だった。人生最良の日。この世でいちばん単純な方程式で表せる日。ローズ足すわたし、答えは幸福。あなたを置き去りにしない、とわたしは約束した。でも、置き去りにしてしまい、彼女はいなくなった。

「大丈夫？」フィンが尋ねる。黒い瞳はなにひとつ見逃さない。

「大丈夫よ」わたしは車を降りた。「イヴとここにいて」彼女は後部座席でまどろんでいた。セミの鳴き声に負けじといびきが大きくなった。ル・アーヴルの安ホテルでひと晩過ごしたあとの、長い一日だった。出発が遅れたのは、もちろんイヴの二日酔いのせいだ。フランスのでこぼこ道を車で揺られるものだから、一時間おきに車を停めた。わたしが降りて吐くためだ。車酔いのせいにしたが、じつのところは〝ささやかな問題〟のせいだった。あるいは、この先になにが待っているか不安で気分が悪くなったのかもしれない。もう一度家に目をやる。鎧戸《よろいど》が閉まった窓が死人の目みたいだ。

「だったら行きなよ」フィンがシートの下から古い号の〈オートカー〉誌を取り出し、窓に肘をついて読みはじめた。「きみが戻ったら、ルーアンでホテルを探そう」

「ありがとう」わたしは輝くダークブルーのラゴンダに背を向け、ドライブウェイを進んだ。

ドアをノックしても応答はなかった。もう一度ノックする。焦れて窓を覗き込もうとした矢先、中から足を引き摺るような音が聞こえ、ドアがギーッと音をたてて開いた。

「ジャンヌおばさま」挨拶をしかけて、伯母の姿に凍り付いた。母方の伯母はほっそりとして、いい香りがして、ローズとおなじブロンドだった。病弱だったが、グレタ・ガルボを彷彿《ほうふつ》とさせ、美しいレースのベッドジャケット姿で、小さく咳き込んでいた。目の前にいる女性は、ひどく痩せ細り、髪は灰色で汚れたセーターと茶色のスカート姿だ。通りですれ違っても伯母だとはわからないだろう――それに、虚ろな表情が、わたしを姪だと認めていないことを物語っている。

気持ちを落ち着ける。「おばさま、シャーロットです――あなたの姪の。ローズのことで尋ねたいことがあって来ました」

伯母は紅茶やビスケットを勧めることなく、古いソファーに沈み込み、ぼんやりとわたしを見ていた。わたしは向かい合うぼろぼろのアームチェアに腰をかけた。すべてを失ってしまったのね。目の前の年より老けた顔を見つめながら思う。夫を亡くし……二人の息子も……ローズは家を出た。ジャンヌ伯母が、度重なる不幸をどうやって耐えたのか見当もつかない。ローズは子供っぽい疑いを抱いていたけれど、伯母が娘を愛していたことを、わたしは知っている。

「お気の毒に、おばさま。いろいろあったものね」

彼女がコーヒーテーブルを指で辿ると、埃《ほこり》に跡が残った。カーテンを閉め切った部屋を、埃がマントのように覆っている。「戦争」たったひと言で失ったものすべてを表そうとする。涙が込み上げ、わたしは手袋をした指を組み合わせた。「ねえ、おばさま。おじさまやジュールやピエールのことは、いまさらどうしようもないけれど……でも、ローズがいるでしょ。可能性が低いのはわかってます、でも、彼女はもしかしたら──」

生きている。儚い希望だと、イヴは馬鹿にするけれど、希望を持たずにはいられなかった。わたしはいろいろな意味で落ちこぼれだが、希望を持つのは得意だ。

「わたしになにがわかるっていうの？　あの子から来た最後の手紙には、リモージュにいると書いてあった」伯母が言う。それでおしまいにするつもりか。「あの子からの手紙が途絶えたのが三年前。四四年の半ばだったと思う」

「ローズはどうしてここを出たんですか？」わたしは尋ねた。伯母の目に輝きが、光が──なんでもいいから──宿るのを期待した。「どうして？」

伯母の声は低く苦々しげだった。「どうしてって、あの子は道徳心のない厄介者だったからよ。道徳心のかけらもない」

驚きに胃の底が抜ける。「な、なんですって？」

ジャンヌ伯母は肩をすくめた。

「まさか」わたしは頭を振る。「そこまで言っておきながら、肩をすくめるだけなんて」

「あの子はおかしくなったのよ。パリじゅうにナチがいたのに、あの子は顔を伏せようとしなかった。最初は家をこっそり抜け出して、演説だかなんだかを聴きに行った。馬鹿な連中が物騒なことをしゃべるクラブに行って、真夜中過ぎに帰ってきた。父親といつも口論になった――父親の会社で働いている社会主義者とユダヤ人のリストを、ドイツ軍が欲しがった。あの人になにができる？　断る？　ローズが父親にぶつけた言葉といったら……」

わたしは伯母を見つめた。耳の中を血が音をたてて流れる。

彼女は感情のこもらぬ声で話しつづけた。「最初はチラシを車に投げ込むだけだったけど、そのうち窓を割るようになった。あの若者が現れなかったら、いずれは爆破活動に加わって銃殺されていたでしょう」

ローズの最後の手紙を思い出した。こっそり会っている人がいるの、と浮かれ調子で書いてあったっけ……。「若者って？」

「エティエンなんとか。まだ十九歳で、書店員。どこにでもいるような子だった。一度だけうちに連れてきた。見つめ合って頬を赤くしてね。二人はできてるってわかった――」

伯母が不満げに言う。「それでまた父親と口論になった」

わたしは頭を振った。指先が痺《しび》れている。「そういうことをどうして教えてくれなかったんですか？　父が問い合わせたときに」

「話したわよ。あなたの耳に入れるべきでないと判断したんでしょ」

わたしは唾を呑み込む。「それからどうなったんですか？」

「ローズの恋人がレジスタンスと一緒に捕まった。どこかへ送られたらしいけど、行方知れずになった。ひと晩のうちに、パリの住人の半分が姿を消したからね。ローズもおなじ運命を辿るところだった――リヴォリ通りでナチを蹴って捕まりそうになってね。それで、あの子を連れてこっちに移ったのよ。でも……」

「なんですか？」わたしは叫び出しそうだった。「なにがあったの？」

「なにがあったと思う？」レモンを齧《かじ》ったように、伯母の口がすぼまった。「ローズは妊娠してたのよ」

気がつくと庭のブナの木陰にいて、幹にもたれかかり、荒い息をしていた。少女が二人、並んで座っているような気がして、頭上の枝を見上げるのが怖かった。わたしたちの木、乱暴な兄たちから逃れられる避難場所。ジェイムズがやさしくなるのは、もっとあとのことだ。いま、わたしの頭上で、ローズとわたしは並んで枝に座って足をぶらぶらさせている。プロヴァンスのカフェでやったように。二人でいれば寂しくはなかった。ローズ。ああ、ローズ……。

「もっとべつのことをしたい」そう、彼女はそれを見つけた――パリの夜を闊歩《かっぽ》して、窓を破壊し、ナチを蹴っ飛ばす。ローズはレジスタンス運動に身を投じた。なぜそのことに思い至らなかったんだろう。ところが、彼女はいちばん古い罠《わな》にかかった。わたしみたいに。ローズは本を書くことも、海峡を泳いで渡ることも、もっとべつのこともやれなかった――なぜなら、妊娠したらそれで終わりだから。

わたしはいとこを救いたかったけれど、彼女をこの罠から救うことは誰にもできない。

わたしもおなじ罠に落ちた。だから手も足も出ない。嗚咽《おえつ》が漏れ、自分の声の大きさに、自分で驚いてしまう。両親に妊娠を告げた夜、彼女はわたしたちの木に登って枝に座っていたの？　熱い風呂に入ってジンを嗅いで、それから思い切り暴れればお腹の子は流れるわよ、と母親に忠告されたあと？　おまえは家族の面汚しだ、と父親から罵倒されたあと？　ジャンヌ伯母がそういうことを残らず語るあいだ、わたしはじっと座っていた。

わたしが打ち明けたとき、父は怒鳴らなかった。怒鳴ったのは母のほうだった。父はただ黙ってわたしを睨んでいた。わたしが部屋を出ようとすると、父は横を向いて吐き捨てるように言った。「ふしだらな娘だ」

そのことを、わたしは忘れていた。

この人たちも、ローズをそう呼んだのだろうか。

ブナの木を拳で殴りながら、泣けたらいいのにと思った。無感情の殻にまた閉じこもれたらいいのに。でも、涙は大きな醜い塊となってわたしの中に居座りつづける。恐怖と苦痛の刃がわたしを深く切りつけ、なにも感じなくなった。だから、手袋の中で関節がひりひりするまで、ただ木を殴りつづけた。

ブナの木に背中を向けたとき、涙が込み上げて目を焼いた。伯母は裏口でわたしを眺めている。背中が丸くなって痛々しい。「そのあとどうなったんですか」わたしが言うと、伯母は話してくれた。単調な声で。伯父はローズをリモージュ郊外の小さな町にやり、人知れず出産させた。赤ん坊が生まれても、ローズからはなんの音沙汰もなく、伯父たちも尋ねなかった。四カ月して、リモージュで働いているという短い手紙が来た。お産にかかった費用は耳を揃えて返すつもりだ、とローズは記しており、やがてお金が送られてきて、それから二度ほど手紙のやり取りがあった。最初は父が、つぎに兄たちが亡くなったことを知らせると、涙のしみのある、ぎこちないお悔やみの手紙が返ってきたのだという。伯母はローズの住所を憶えていなかった。手紙も封筒も取っておかなかった――それが四四年の半ばで、以来音信は途絶えた。「あの子がまだリモージュにいるのかどうか、わたしは知らない」伯母は言い、ひと呼吸おいてつづけた。「戻ってきてと頼んだのよ。ローズの父親が生きているあいだは、そんなこと言い出せなかったけど、あの人が亡くなって……それで、頼んだのよ。返事はなかった」

赤ん坊ごとローズを迎え入れるつもりがあったのかどうか、わたしは伯母に尋ねなかった。体の震えがひどすぎたからだ。

「今晩、泊まっていく?」伯母が悲痛な声で言った。「すっかり寂しくなってね」

そうなったのは誰のせいなんですか? わたしは言ってやりたかった。ローズをごみみたいに捨てたのは、あなたでしょうに。いっそプロヴァンスのカフェで、ローズを置き去りにしたままにすればよかったのに。言葉が唇を焼き、必死に出ようとしたけれど、わたしは歯を食いしばった。伯母はあまりにも弱々しかった。少しの風で倒れそうだ。口でさんざん言っていた病弱な身に、いまなら見える。夫と二人の息子を亡くした。失ったものは大きすぎる。

やさしくしないと。

やさしくなんてしたくなかった。でも、思っていることを口にしないだけの分別はあった。口調がついきつくなる。「いいえ、おばさま、泊まっていけないの。ルーベに行かなくてはならないので」

伯母はため息をついた。「あら、そうなの」

伯母を抱き締めることはできなかった。耐えられない。ぎこちなくさよならを言うと、雑草が伸び放題の庭をよろよろと、ダークブルーに浮かぶラゴンダへ戻った。

フィンが雑誌から顔をあげた。自分がどんな表情を浮かべているのかわからなかったが、彼が車から飛び出してきた。「どうかした？」

「どうして刑務所に入ったの？」そう尋ねる自分の声を聞いた。

「バッキンガム宮殿の近衛兵《このえへい》から黒毛皮帽を失敬して」彼がしれっと言った。「きみは大丈夫なの？」

「帽子のこと、嘘なんでしょ」

「そうだ。車に乗って」

車に乗ろうとしたら、砂利道でつまずいた。フィンが腰に腕を回して支えてくれなかったら倒れていた。彼はわたしを抱えたまま、助手席に乗るのに手を貸してくれた。

イヴが目を覚まし、半眼の鷲の目でぎろりとわたしを見る。「どうだった？」

わたしが冷たい手で火照った頬を擦るあいだに、フィンが運転席に乗り込んだ。「ローズが家を出たわけがわかったわ――妊娠してたの」

沈黙が耳に痛い。

「なるほどね」イヴが沈黙を破り、わたしのお腹に意味ありげな視線をくれた。「あたしの推測がはずれてなけりゃ、あんたもだろ」

8　イヴ

一九一五年六月

イヴが不意に立ち止まったのは、リールの町が恐ろしかったのではなく――もっとも、町も恐ろしかったが――ポスターが目に留まったからだ。教会の壁で風にはためくポスターには、フランス語とドイツ語でこう記されていた。

フランス政府の文官も含む一般市民が、ドイツの敵軍を助け、またはドイツおよびその同盟国を傷つけるような行為を行なえば、死刑に処する。

「ああ、あれね」リリーがこともなげに言った。「去年の暮れに貼り出されたのよ。最初のうちは、誰も本気にしていなかったと思う。ところが、一月に、二人のフランス兵を匿《かくま》った罪で女性が銃殺されてね、みんな肝に銘じるようになった」

ロンドンで徴募ポスターの前でうろうろしているのを、キャメロン大尉に見られていたことを、イヴは思い出した。壮健な陸軍兵士が並ぶポスターの真ん中にこう記されていた。〝行列の中にまだ空きはある、きみのための！　さあ、空きを埋めたまえ！〟

だから埋めた。そしていま、捕まったら死刑だ、と脅迫するポスターの前に立っていた。すべてが現実だった。紛れもない現実だ。フォークストンの吹きさらしの海岸で、キャメロン大尉が口にした、ドイツ兵は女を撃たない、という言葉よりも、はるかに現実的だった。

移ろいやすい笑みを浮かべたリリーの落ち窪《くぼ》んだ目を見つめる。「あたしたちはいま、獣のく、く、口の中にいるんですね？」

「そうよ」リリーはイヴの腕に腕を絡め、颯爽とためくポスターから引き離した。ル・アーヴルにいたときとは別人だった。これみよがしな帽子も手の込んだポンパドールもない。無地のサージのスーツを地味に着こなして、手袋は繰り返し繕ってあり、腕からバッグをさげている。持っている身分証にはまたべつの名前が書いてあり、職業はお針子、バッグには糸や針まで入っている。バッグの裏地には地図が、目標点を記した地図が縫い込んである。そのことを知ったのは、検問所を抜けてリールに入ったあとだった。リリーがクスクス笑いながらこう言うものだから、イヴは卒倒しかけた。「あの連中がこれを見つけたら大喜びだったのにね！　あらたに設置された大砲の位置をすべて書き込んであるんだから。爆撃目標のね」

「ドイツの歩哨があなたの書類をし、調べるあいだ、心の中でずっと馬鹿にしてたのね。バッグの中にそんなものを隠し持っていながら」

「ウィ」リリーが澄まして言った。イヴは感嘆と恐怖がない混ぜになった気分で、彼女を見つめた。キャメロン大尉には、あなたの自慢のスパイを超えてみせる、と粋がってみたけれど、叶《かな》わぬ夢に終わるだろう。神経の図太さでリリーに敵《かな》う者はいない。この人はちょっとおかしいのかもしれない、と思いながらも、感服せずにいられなかった。

それに、グランプラスから少し入ったところにある、うらぶれたアパートで待っていたヴィオレット・ラメロンも、明らかにおかしい。ヴィオレットは体格のいい、きつい顔の女で、髪はきちんとお団子にして、丸眼鏡をかけている。小言を言いながら、ほっとした顔でリリーを抱き締めた。「あたらしい子を迎えに行くぐらいあたしがやったのに。検問所をそんなに頻繁に出入りしていたら、いずれ目をつけられるじゃないの！」

「うるさい《テトワ》わね、心配性なんだから！」リリーは英語に切り替えた。仲間だけのときは英語で話すことを、イヴはリリーから聞いてわかっていた。盗み聞きされた場合、たとえ秘密のメッセージや暗号について話していたとしても、英語ならなんとでもごまかせるからだ。リリーの英語は完璧だったが、ときおりフランス語の悪態が混ざる。「まずはマルグリットに仕事の内容を呑み込んでもらわないと。あなたやわたしは、報告書を渡すためにいつ国境へ出向くことになるかわからないから」リリーはヴィオレットにほほえみかける。「この新入りさんは、お馬鹿さんのふりがものすごくうまいのよ。きっと優秀なスパイになる。でも、それには練習が必要でしょ」

イヴがフォークストンで受けた訓練は形式的なものだった。講師がいて、机が並ぶ教室で、軍服や国旗に囲まれていた。ここでの訓練はまったく別物だ。場所は狭いベッドと洗面台ひとつのじめじめした狭い部屋で、天井には亀裂が走り、霧雨が降りつづくせいですべてが黴臭《かびくさ》かった。この部屋が選ばれたのは快適だからではなく、盗み聞きされる心配がないからだ。アパートの両隣は分厚い壁の教会と廃墟《はいきょ》となった建物で、上の階は誰も使っていない屋根裏部屋だ。うらぶれたその部屋に女三人、マグを片手に、口にするのも憚られるようなことを平気でしゃべっている。コーヒーはすべてドイツ軍に押収されるので、マグの中身は胡桃《くるみ》の葉に甘草を混ぜて煮たまずい代物だった。

「通りでドイツ軍の将校がちかづいてきたら」ドアと窓が閉まっていることを確認してから、ヴィオレットが授業をはじめた。リリーの朗らかさに比べ、彼女の厳しいこと。リリーが真面目にやらないから、あたしが二人分厳しくしてるんだと言わんばかりだ。「あんた、どうする?」

「そのまま行かせます。将校のほうは見ないようにして――」

「駄目よ。挨拶するの。そうしないと、罰金と三日間の拘留」ヴィオレットはリリーに顔を向けた。「フォークストンでなにを教えてるのかしらね？」

イヴはむっとした。「いろんなことを――」

「だから、わたしたちで鍛えるんじゃないの」リリーが〝副官〟に言う。「ドイツ兵が書類を見せろと言い、あなたの体を触りはじめる。さて、どうする？」

「なにもしない？」

「いいえ。ほほえむの。こっちにもその気があるわよ、という態度をちらっと見せなければ、ひっぱたかれて、それから身体検査を受けさせられる。どうしてポケットに両手を突っ込んでるんだ、とドイツ兵に尋ねられたら、どうする？」

「す、すぐにポケットから両手を出して――」

「いいえ。そもそもポケットに手を突っ込んだりしない。ドイツ兵はあなたがナイフを握っていると思い、銃剣であなたを突き刺す」

イヴは不安げにほほえんだ。「まさかそこまで――」

ヴィオレットがイヴの頬をひっぱたき、ライフルの銃声のような音をさせた。「あたしたちが大げさなこと言ってると思ってるの？　先週、十四歳の少年の身に起きたことなの！」

イヴは痛む頬に手を当てた。マグを小さな両手で包んで座るリリーに顔を向ける。「なに？」と、リリー。「わたしたちがここにいるのは、あなたとお友達になるためだと思ってる？　あなたを訓練するためにここにいるのよ、かわいいデイジー」

怒りが燃え上がる――怒りもだが、裏切られた気がした。ル・アーヴルで、リリーはとてもやさしく歓迎してくれた。なんだか騙された気分だ。「訓練は受けてきました」

ヴィオレットが呆れた顔をした。「彼女を送り返したほうがいい。こんなんじゃ使い物にならない」

イヴが言い返そうと口を開くと、リリーが唇に指を当てた。「マルグリット」口調はあくまでも冷静だ。「ここがどんな状況か、あなたはまるでわかっていない。エドワードおじさまだってそう。彼が授けたのは、あなたをここに送り込むための訓練。ヴィオレットとわたしがいま行なっているのは、ここであなたが使い物になるための訓練――生きつづけてゆくための訓練。それに費やせるのはほんの数日なの。あなたに学ぶ気がなきゃ、ただのお荷物になる」

彼女の視線は揺るぎなく、言い訳を許さないものだった。まるで新規採用の労働者に心構えを説く、できる工場長のようだ。イヴは恥ずかしくて頬が熱くなるのを感じた。ゆっくりと息を吐き出し、食いしばった歯をゆるめ、なんとかうなずいた。「ドイツ軍将校には挨拶すること。体を触られても文句を言わない。両手をポ、ポ、ポ――ポケットに突っ込まない。ほかには？」

二人はイヴをしごいた。何度も繰り返して教えこんだ。ドイツ兵と出会ったときの対処法。もし何々したら、どうする？　とっさに物を隠すやり方。報告書を隠す前に、ドイツ兵がちかづいてきたら、どうやって相手の気を逸らし時間を稼ぐか？　そんなふうに、リールで生きるためのあらたなルールを教えてくれた。

「新聞やチラシに書いてあることは鵜呑《うの》みにしないこと。印刷されたものでも、嘘は嘘なんだから」リリーが言った。

「身分証明書はつねに持ち歩くこと。でも、拳銃は隠しておくこと」ヴィオレットもルガーを持っており、その扱いは手馴れたものだった。「一般市民は武器を携帯してはならない」

「ドイツ軍将校をうまく避けること。どんな女も好きにしていいと思ってる連中だから。こっちが同意しようとしまいと――」

「――万が一そういうことになったら、リールのほとんどの人間が、あんたを協力者とみなして軽蔑する。えこひいきしてもらおうと体を売ったって言われる」

「あなたにはここで、この部屋で暮らしてもらうわ。いままでは、ひと晩泊まる隠れ場所として使っていたけど、これからはあなたが住むんだから、点呼をとられたときのために、ドアの外に名前と年を書いた紙を貼っておいて――」

「――十人以上の人間が集まることは禁止されている――」

「こ、こんな生活、よく我慢してますね？」イヴが思いを口にしたのは二日目だった。質問することをしぶしぶ許されたからだ。

「ここの生活はひどいものよ」リリーが言った。「ドイツ軍を追い出さないかぎり、そのひどい生活がつづくの」

「あなたにいつ報告すればいいんですか？　な、なにか耳にしたら」

「定期的にここを訪れるから、ヴィオレットとわたしが」リリーは副官に笑いかけた。「こっちに一泊する必要があるときは、これからもこの部屋を使うから。でも、わたしたちはこっちの隠れ場所、あっちの隠れ場所って始終動き回っているので、あなたはたいてい一人よ」

ヴィオレットがつまらなそうな顔でイヴを見る。「あんたにしっかりしてもらわなきゃ」

「意地悪《サロプ》ね！」リリーがヴィオレットのお団子を引っ張る。「もっとやさしくしてあげなさいよ！」

ドイツに占領されたリールがどれほどひどい場所か、イヴにもすぐにわかった。戦前は明るく賑やかな町だったはずだ――教会の尖塔が空を切り裂き、広場のグランプラスには鳩《はと》が飛び交い、夕暮れになると街燈があたたかな黄色い光を投げかける。それがいまでは暗くみすぼらしくて、空腹で頬のこけた人々がうつむいて歩く。塹壕や兵士や戦場からそう遠くないので、遠雷のような砲声が聞こえ、ときおり複葉機がスズメバチのようにブンブンと飛んでくる。前年の秋に侵攻してきたドイツ軍が、町を完全に掌握していた。大通りにはドイツ語の標識が掲げられ、石畳で意気揚々足音を鳴らすのも、公共の場で騒がしいおしゃべりに興じるのもドイツ兵ばかりだった。肉付きのいいピンクの頬はドイツ兵のものだ。イヴは当初、個人的な恨みがあるわけではなく、敵だというだけでドイツを嫌っていたが、またたく間にドイツ兵を心底憎むようになった。

「そんなふうに目に怒りの炎を燃やすのはよくないわよ」着替えを手伝ってくれたリリーがイヴに言う。これから面接だ。こざっぱりした地味なスカートにシャツブラウスを着るだけでは支度は終わらなかった。リリーは白墨と煤《すす》を巧みに使い、イヴの健康的な肌にくすみを与えた。「伏し目がちのうちひしがれた娘に見せなきゃね、かわいいデイジー。ドイツ兵はそういうのがお好みだから。目に炎を燃やしていたら目立ってしまう」

「ふ、伏し目がち」イヴはうんざりして言った「ウィ」

　ヴィオレットは丸眼鏡を光らせてじろじろ眺める。「髪に艶がありすぎる」埃をまぶして髪の艶を消した。イヴは手袋をはめて立ち上がった。「あたしはルーベから来たばかりのい、田舎娘。仕事が欲しくてたまらない。満足な教育は受けていない。こぎれいで、手先が器用で、ちょ、ちょっとばかりおつむが弱い」

「見るからにおつむが弱い」ヴィオレットがにこりともせずに言うので、イヴは睨んだ。ヴィオレットをあまり好きではなかったが、優秀なスパイであることはたしかだ。イヴリン・ガードナーはもういない。部屋にひとつだけの曇った鏡に映るのは、くすんだ肌の腹をすかせたマルグリット・ル・フランソワだった。

　マルグリットを見つめながら、演ずることの不安を痛切に感じた。舞台に出ていく女優の気分だ。「あたしがも、も――もししくじったら？〈ル・レテ〉のオーナーが雇ってくれなかったら？」

「そうなったら、あなたを国に送り返すだけのこと」リリーは不親切ではない。たんに無遠慮なだけだ。「あなたをほかのどこでも使えないから、かわいいデイジー。だから、上手に嘘を吐き通して、雇ってもらうことね。くれぐれも撃たれないように」

ルネ・ボルデロンは獣で、そのねぐらはとても優雅だった。〈ル・レテ〉で待っているあいだ、イヴが最初に思ったのがそれだ。

リネンのかけられたテーブルと暗い色合いの鏡板の店内で、イヴを含め六人の娘たちが面接のために待機していた。ほかに二人いたが、給仕長《メイトルドウ》にドイツ語を話せるかと尋ねられ、はい、と答えたので、その場で追い払われた。「ここで働く者はお客さまの言葉に堪能であってはならない。お客さまが自由に歓談される場で、最大限のプライバシーが守られるために」敵に占領されて長いのだから、リールの住人なら否《いや》が応《おう》でもドイツ語が身につくだろうに、とイヴは思ったが、疑問を口にする愚は犯さずに、いいえ、ドイツ語はナインとヤー以外まるでわかりません、と嘘を吐いた。すると座って待つように、と手振りで指示された。

〈ル・レテ〉は、踏みにじられた陰鬱なリールにあって、優雅なオアシスだ。クリスタルのシャンデリアが控えめな輝きを放ち、深いワインレッドの絨毯が足音を吸収し、プライバシーを守るよう完璧な距離をとって配置されたテーブルには、真っ白なテーブルクロスがかかっている。道路に面した張り出し窓は金の渦巻き装飾が施され、ドユル川を一望できる。ドイツ兵たちがここで食事をするわけがわかった。征服した大衆を踏みつけにする長い一日が終わると、洗練された場所でのんびりしたくなるのだろう。

だが、そのときの店内の雰囲気は洗練とは程遠かった。六人の娘たちがたがいを窺い、どの二人が選ばれ、どの四人が落とされるのか気が気でなかったからだ。ここで雇ってもらえれば、なんとか糊口《ここう》を凌《しの》げる——イヴがリールに来てほんの数日だが、人々の生活がどれほど逼迫《ひっぱく》しているか身に沁みてわかった。一カ月もすれば、彼女もヴィオレットのように青白く、骨と皮になるだろう。二カ月後には、リリーのように頬骨が突き出ているだろう。

いいことだ、と思う。飢えは思考を研ぎ澄ます。

一人ずつ二階に連れていかれた。イヴはバッグを握り締めて待った。不安でおどおどしているように見せるのはいいが、雇われるかどうか不安に思うことを自分に許さなかった。雇われるに決まっている。そのために来ているのだ。自分の能力を発揮するチャンスすら掴めないまま、敗残者として国に送り返されるわけにいかない。

「マドモアゼル・ル・フランソワ、ムッシュー・ボルデロンが待っておられる」

案内されて絨毯敷きの階段をのぼると、磨き上げられたオークの頑丈なドアが見えた。ルネ・ボルデロンは、レストランの二階に広々とした居所を構えているのだ。ドアが開くと書斎で、そこは実に猥雑《わいざつ》な感じがした。

ひと目見たときイヴの脳裏に浮かんだ言葉がそれだった。猥雑だが美しくもある。黒檀《こくたん》のマントルピースの上の金箔《きんぱく》の時計、オービュッソン絨毯、座面が深い、マホガニー色の革張りのアームチェア。サテンウッドの本棚には革装丁の本や、装飾的なティファニーのグラス、それにうつむき気味の男の大理石の小胸像が並んでいた。金と趣味を物語る翡翠《ひすい》色《いろ》の絹を張った壁が、豪奢で自堕落だ。しみひとつないモスリンのカーテン越しに見えるのは、征服された世界、すなわちリールが透けて見える。しみひとつないモスリンのカーテンといい、富をひけらかすところが猥雑なのだ。

言葉が発せられる前に、イヴは書斎とそこの主《あるじ》を軽蔑した。

「マドモアゼル・ル・フランソワ」ルネ・ボルデロンが口を開く。「さあ、お座り」

彼がべつのアームチェアを指し、淀《よど》みない優雅さで椅子にもたれる。ピシッと折り目のついたズボンに雪白のシャツ、しわひとつないベスト、パリジャンのようにまったく隙がなかった。年は四十そこそこ、長身で引き締まった四肢、こめかみに白髪が目立つ髪は額から後ろに撫で付け、謎めいた細い顔を際立たせていた。キャメロン大尉をイギリス男の典型とするなら、ルネ・ボルデロンはフランス男の典型だ。

この男なら、毎晩、階下の店で、ドイツ兵相手に丁重なもてなし役を演じることができるだろう、とイヴは思った。

「とても若く見える」椅子の端にちょこんと腰掛けた彼女を、ボルデロンが値踏みする。

「ルーベから来たのか？」

「はい、ムッシュー」その小さな町で生まれ育ったヴィオレットが、細かな情報を授けてくれた。

「どうしてそこに留まらなかった？　リールは大都会だろうに、身寄りのない」――彼女の履歴書に目を走らせる――。「十七の娘には」

「あっちには働き口がなくて。リ、リ、リールなら仕事が探せるかもしれないと思ったんです」イヴは膝をぎゅっと合わせてバッグの持ち手を握り締め、部屋の豪華さに呑み込まれたように見せた。マルグリット・ル・フランソワは、金箔の時計も、ルソーやディドロの革装丁の全集なども見たことがないのだから、口をぽかんと開けて目をまん丸にした。

「レストランの仕事はかんたんだと思っているかもしれない。銀器を並べて、皿を片付ける。そんなものではない」彼の声には抑揚がなかった。金属でできた声、冷えびえする。「わたしは完璧を求める、いいかね。わたしの厨房から出される料理も、それをテーブルまで運ぶ給仕にも、それが食される場所の雰囲気にも。わたしはここで文明を創っているのだ――戦時における平和。戦争だということを、ひとときでも忘れられる場所。それゆえに、〝ル・レテ〟と名付けた」

イヴはめいっぱい目を見開いた。雌鹿の目だ。「あの、あたしには、ど、ど、どういうことかわかりません」

ほほえみが、見下したような視線が、苛立ちが返ってくると思ったのに、彼はじっと見つめるだけだった。

「前にもカフェでは、働いたことがあります、ムッシュー」不安そうに早口になる。「あたし、て、手先が器用だし、の、の、呑み込みだって早いです。す、すぐに覚えます。骨身を惜しまず働きます。た、た、た、ただ——」

言葉がつかえて出てこない。この数週間、自分の吃音をほとんど意識しなかった——もっぱらキャメロン大尉やリリーと話していたからだろう。二人とも気付かないふりがうまい——だがいまは、いろいろな子音が歯のあいだに引っかかって出ようとしない。イヴが悪戦苦闘するのを、ルネ・ボルデロンはじっと見つめていた。キャメロン大尉と同様、彼も先を急がせることはなかった。キャメロン大尉とちがうのは、彼の場合、イヴを気遣ってそうしないのではないことだ。

イヴ・ガードナーなら、頑固な怒りに駆られて拳を丸め、言葉が出るまで自分の腿を叩きつづけるだろう。マルグリット・ル・フランソワは、顔を真っ赤にして口ごもるだけだ。悔しさのあまり、豪華な絨毯敷きの床に沈み込み、消えてなくなりたいと言いたげに。

「きみには吃音があるのか」ボルデロンが言った。「だが、馬鹿ではないようだな。舌がつかえるからと言って、脳みそもつかえるとはかぎらない」

まわりのみんながそう思ってくれたら、イヴの人生ははるかに楽になるだろう。だが、いまは困る。彼に馬鹿だと思われるほうがはるかにいい。このときはじめて、不安が頭をもたげた。馬鹿だと思ってもらわないと。吃音のことだけではない——書斎に足を踏み入れた瞬間から、彼の気に入られるようなマルグリットをひと色、ひと色正確に色付けしてきた。吃音というたやすい彩色が見破られたのなら、べつの外装をまとわねばならない。

まつげを伏せて目を隠し、困惑を毛布のようにまとう。「ムッシュー？」

「わたしを見ろ」

唾を呑み込み、顔をあげて彼の視線を受け止めた。彼の瞳はこれだと言える色合いを持っておらず、瞬きする必要がないように見えた。

「わたしを協力者だと思うか？　暴利商人だと？」

ええ、思う。「戦争だから、ムッシュー」イヴは答えた。「みんなやるべきことをやっているだけ」

「そうだ。きみもやるべきことをやるつもりか？　ドイツ兵に給仕する？　侵略者に？　征服者に？」

彼は餌をまいている。イヴは凍り付く。リリーが言うところの目の中の火を彼に見られたら、チャンスはなくなる。ブルゴーニュ風牛肉の赤ワイン煮に唾を混ぜるかもしれない女を、彼が雇うわけがない。だったら、なにが正しい答えだろう？

「わたしに嘘は吐くな」彼が言った。「わたしは嘘を嗅ぎ分けるのが上手でね、マドモアゼル。うちのドイツのお客さんに給仕するのは辛いと思うか？　ほほえんで給仕するのは」

いいえ、はあまりにも嘘くさい。はい、と正直に答えるわけにはいかない。

「ものを食べられないことが、あたしにはつ、辛いです」ちょっとだけ吃音を強調した。「ほかのことは、ど、どうとでもなります。食べられさえすれば。あなたに雇ってもらえないと、あたしは、もうどこでもは、働けない。き、き、き、吃音のある女なんて、どこも雇ってくれません」これはほんとうだ。ロンドンにいたころ、くだらないファイルルームの仕事を見つけるのがどれぐらい大変だったか。すらすら話せなくても務まる仕事は、めったになかった。職探しでさんざん悔しい思いをした。苦々しい思いをボルデロンに見せなければ。「電話に出たり、売り場の案内をしたりするのは、き、き、吃音があったんじゃ務まりません。でも、お皿を運んだり銀器を並べたりは、黙っていてもできます、ムッシュー、完璧にやれると思います」

もう一度、雌鹿の目をしてみせる。仕事が欲しくて必死な、腹をすかせた娘、さんざん悔しい思いをしてきた娘。彼は両手の指先を合わせて尖塔を作り──異常に指が長く、結婚指輪はしていない──イヴをじっと見つめていた。「わたしとしたことが迂闊《うかつ》だった」彼がようやく口を開いた。「腹をすかせているのなら、なにか食べさせてやらねばな」

彼にとっては野良猫にミルクを与えるようなものなのだろう。いとも無頓着な言い方だった。面接に来た娘たち全員に飲み物を出すわけではないだろう。あたしだけ特別だとしたらまずい、とイヴは思ったが、彼はすでにベルを鳴らし、下のレストランからやってきたウェイターと話をしている。彼がひと言ふた言指示を出すと、ウェイターは出ていき、皿を持って戻ってきた。湯気をあげるトースト。リールではお目にかかれない上等な白いパンで、バター──本物のバター──を厚く塗ってある。もったいないことだ。イヴはまだトーストに目が釘付けになるほど空腹ではなかったが、マルグリットはお腹をすかせているという設定なので、手を震わせながら三角に切られたパンを口に持っていった。ガツガツ平らげるのを彼は期待しているのだろうが、レディみたいに角を齧るに留めた。当初の計画のように、マルグリットを田舎臭い娘にするわけにはいかない。ルネ・ボルデロンはウェイトレスに洗練された娘を欲しがっている。イヴはトーストを嚙んで呑み込み、もうひと口齧った。イチゴジャムには本物の砂糖が使われている。リリーが甘味料として使っている茹《ゆ》でたビートの根を思い出した。

「うちで働くといいことがある」ボルデロンが言った。「厨房で出る残飯はスタッフのあいだで等分することになっていてね。夜間外出禁止も免除される。うちの店で女に給仕をさせたことはなかったが、そうも言っていられなくなった。ただし、お客を……接待する必要はない。そういうことは店の品位をさげるからね」声に不快感が出ている。「わたしは教養のある人間だ、マドモアゼル・ル・フランソワ、そして、この店で食事をする将校たちにも、教養人として振る舞うことを求めている」

「はい」イヴはつぶやいた。

「しかしながら」彼がつまらなそうに言い添える。「もしわたしから盗んだら――食材や銀器、ワインひと口でも――ドイツ兵にきみを引き渡す。彼らがつねに教養人だとはかぎらないことが、きみにもわかるだろう」

「わかりました、ムッシュー」

「よろしい。あすから働いてくれ。わたしの部下が仕込んでくれるから、あすの朝八時からはじめるように」

賃金の話は出なかった。彼が提示する額を、受け入れるしかないとわかっているのだ。みんなそうだ。イヴはトーストの最後のひと口を、レディらしく、でも急いで呑み込んだ。この町の誰もが、皿に食べかけのトーストを残すような真似はしない。それからお辞儀をして書斎を出た。

「それで？」イヴが黴臭い部屋に倒れ込むように入ると、ライスペーパーにメッセージを書いていたヴィオレットが顔をあげた。

イヴとしては勝利の歓声をあげたいところだが、軽薄な少女に見られたくなかったので、淡々とうなずくだけにした。「雇われたわ。リリーはどこ？」

「列車で来る連絡員から報告書を受け取りに出掛けた。その足で国境に向かうそうよ」ヴィオレットは頭を振った。「あれでよく撃たれないものよ。国境のサーチライトは地獄の床で縮こまる蚤《のみ》一匹見逃さないのに、彼女はいつだって擦り抜ける」

いつかそうできない日が来るまでね、とイヴは思いながらブーツを脱いだ。だが、捕まることをぐずぐず考えてもなにも生まれない。リリーが言ったようにやるだけだ。怖いと思うのは危険が去ったあと。危険が迫っているときに怖いと思うのは、自分を甘やかすこと。

そしていま、ルネ・ボルデロンと、きれいにマニキュアをした指の爪と、瞬きしない目の危険は去った。イヴは恐怖を感じた。毒を含む風に肌を撫でられたような恐怖を。長く息を吐き出した。

「もう怖気《おじけ》づいたの？」ヴィオレットが眉を吊り上げる。ライトが丸眼鏡に反射する。こういう眼鏡は役に立ちそうだ、とイヴは思った――ライトが反射するように顔を傾げれば、目を隠せる。「怖気づくのは、面倒な検問所を通過するときや、歩哨をうまく言いくるめるときまでとっときなさい」

「ルネ・ボルデロン」イヴは硬い寝床に横になり、頭の下で腕を組んだ。「彼のことはどれぐらい知ってる？」

「彼は汚い協力者」ヴィオレットはやりかけの仕事に戻った。「それ以外に知っておくことがある？」

〝わたしに嘘を吐くな〟彼の金属の声がささやく。〝わたしは嘘を嗅ぎ分けるのが上手でね、マドモアゼル〟

「たぶん」イヴはゆっくり言った。恐怖の音がほんの少し大きくなった。「彼が見ている前でスパイするのは、すごく難しいだろうと思う」

9　シャーリー

一九四七年五月

「嫌よ」イヴが言った。「リールはぜったいに嫌。あの壁の中に、ひと晩だって泊まるもんか」

「ほかにどうしようもないんだからさ」ラゴンダのエンジンルームを覗き込んでいたフィンが上体を起こし、宥《なだ》めるように言った。「この子をもう一度ブルンブルンいわせる前に、休ませてやらないと」

「リールだけは嫌よ。このままルーベまで行ったらいいじゃない」

二十四時間付き合ってきて、イヴにはうんざりしていた。「リールで泊まります」

イヴが睨む。「なんだって？　お腹の子がまた悪さをはじめたってわけ？」

わたしは睨み返した。「いいえ、ホテル代を払うのはわたしだから」

イヴは、普段の悪態に輪をかけた卑猥な言葉でわたしを呼び、道端をドシドシと歩きはじめた。ああ、もう、いやだ。フィンはラゴンダの内部をせっせといじくっている。ルーアンの安ホテルで眠れぬ一夜を過ごしたのは、とりとめのない惨めな夢を見たからだった。どこまでもつづく廊下をローズが去ってゆき、彼女の母親の「ふしだら……」という声がそれにかぶさる。きょうの気詰まりな長いドライブのあいだ、わたしが車を停めさせて吐くたびに、イヴは辛辣な意見を口にした。フィンはいっさいなにも言わなかったが、わたしにはそっちのほうが堪《こた》えた。

ふしだら。悪夢に登場する伯母がそうささやくたび、わたしは身を竦めた。気持ちもあらたにこの旅をはじめたはずだった。わたしが何者で、わたしの旅にどんな暗雲が垂れ込めているのか、二人とも知らなかったからだ。いいえ、それはわたしの思い込みにすぎなかったのだ。シャーリー・セントクレアはふしだらだ。そのことをみんなが知っている。

無神経な性悪ばばあのよく回る口のせいで。

リールの郊外にさしかかるころ、ラゴンダが輝くボンネットの下から湯気を吹きはじめた。フィンは車を路肩に寄せて停め、トランクから道具を取り出した。「のろのろでもいいから走らせられないの？」バルブに油が詰まったか、エンジンに水が入ったか、ギアシフトに赤ちゃんシマウマが絡まったかのいずれかだ、と彼は言った。「せめてリールまで行けないかしら？」

イヴが歩きながら悪態を吐き散らす横で、彼は汚れた布で手を拭きながら言った。「ゆっくり走らせれば行けないこともない」

わたしは彼の目を見ずにうなずいた。〝ささやかな問題〟が公になって以来、彼の目をまともに見られない。イヴだけが相手なら、あくまでもしらを切り通すこともできた――無礼な相手には、シニカルな殻をまとい直して、無礼を倍にして返せばいい。だが、フィンはなにも言わなかった。〝どれどれ、どっちが余計に無口かな〟のゲームでは、彼にとても敵わない。わたしにできるのは、気にしないふりをすることだけだった。

ふたたびラゴンダに乗り込み、かたつむり並みの速度で向かったリールは美しい町だった。ベルギー国境にちかいことを匂わせるフラマン煉瓦の家々、ゆったりと優雅な広場のグランプラス。戦時中に占領されていたが、爆撃で瓦礫の山にはならなかった。ル・アーヴルよりも活気があり、買い物袋を持って、あるいはテリア犬を連れて通り過ぎる人々の足取りも軽やかだ。ところが、町の中心へと向かうにつれ、イヴの顔はどんどん暗くなっていった。

「〝フランス政府の文官も含む一般市民が、ドイツの敵軍を助け、またはドイツおよびその同盟国を傷つけるような行為を行なえば、死刑に処する〟」彼女が口にしたのは、明らかになにかの引用だった。

わたしは頭を振る。「ナチス……」

「ナチスじゃないわよ」イヴが窓の外に目を戻す。顔は無表情の仮面だ。ラゴンダがカフェを通り過ぎた。格子柄の日除け、歩道に並べられたドユル川を望むテーブル。ローズと二人、恍惚《こうこつ》の時を過ごしたプロヴァンスのカフェを思い出しながら、わたしはうっとりと眺めた。あれ以上に幸せな場所がほかにあっただろうか。こちらのカフェでは、わたしと同世代のウェイトレスが、バゲットとワインのカラフを運んでいる。羨ましかった。彼女には〝ささやかな問題〟などなくて、あるのは鼻のそばかすと赤いチェックのエプロン、それにおいしく焼けたパンのにおいぐらい。

鋭く冷たいイヴの声が、わたしの物思いを破った。「彼が去ったあと、建物ごと燃やして土に塩を撒くべきだった。本物の忘却の河《レテ》の水を流し、すべてを忘れさせるべきだった」彼女はわたしとおなじカフェを見つめていた。金の渦巻き模様で飾られた張り出し窓のある、美しいカフェを。

「ガードナー?」フィンが振り返って言う。イヴの声は鋭くても、その体は萎びて弱々しく、捻《ね》じ曲がった指を組み合わせているのは、震えを止めるためのようだ。フィンと戸惑いの視線を交わした。彼と目を合わせないようにしていたことも忘れていた。

「ホテルを探したほうがよさそうだ」フィンが静かに言った。「いますぐ」

最初に目に留まったオーベルジュに車を停め、部屋を三つとった。宿泊代の合計がちがっている、とわたしが指摘すると、フロント係は、わたしのアメリカ訛りのフランス語をにわかに理解できなくなった。イヴがカウンターに身を乗り出し、北部訛りの流暢《りゅうちょう》なフランス語でまくしたてたものだから、フロント係は慌てて金額を訂正した。それにしても驚いた。「フランス語がそんなに堪能だとは思ってなかった」わたしが言うと、彼女は肩をすくめ、それぞれの部屋の鍵を渡してくれた。

「あんたよりはましってところ、ヤンキーのお嬢ちゃん。おやすみ」

わたしはおもてに出て空を見上げた。夕暮れどきで、誰も夕食を食べていない。「夕食はいいの？」

「液体の夕食をとるからいい」イヴはカバンを叩いてみせた。中で携帯用酒瓶がカタカタいった。「へべれけに酔っ払うつもりだから。あすの朝までに眠って酔いを醒ましてるだろうなんて、期待するほうが馬鹿を見るからね。夜明け前には起きて車に乗るつもりだから。こんな悪魔の巣窟みたいな町、さっさと出ていきたい。なんなら歩いたって出ていく」

彼女は自分の部屋に消え、わたしもそそくさと自分の部屋に入った。廊下でフィンと二人きりになりたくなかったからだ。

夕食は安いサンドイッチで、狭いベッドの上で食べた。着替えを買わないと、と思いながら、狭いシンクで下着とブラウスを洗ってから、そっと部屋を抜け出してホテルの電話をかけに階段をおりた。母に行き先を告げるつもりはなかった。母が警察を従えて現れないともかぎらない――まだ未成年だから――けれど、母に心配をかけたくはなかった。ところが、ドルフィン・ホテルのフロント係から、母はチェックアウトしたと聞かされた。それでもメッセージを残し、不安のうちに電話を切って二階に戻った。なんだか急に疲れを感じる。一日じゅう、車内に座っていただけなのに、こんなに疲れたのははじめてだった。不思議な疲労の波に襲われるようになったのはここ数週間だから、これも〝ささやかな問題〟のせいなのだろう。

〝ささやかな問題〟のことは考えないようにして、部屋に戻った。あすはルーベだ。あまり気が進まない——イヴはどうしても会って話したい女がいる、なにか知っているはずだから、と言いつづけているが、伯母から話を聞いてすでにわかったことがある。ローズは南のほうの小さな村に送られて出産し、その後、ちかくのリモージュで職を見つけた。だから、わたしが行きたいのはルーベではなくリモージュだ。イヴの曖昧な話に付き合っている暇はない。

ベッドの縁に腰をおろすと、胸の中でそれが膨らんできた。希望が。ジャンヌ伯母と会って嫌な思いをしたけれど、希望を与えてくれたのは伯母だ。ローズは生きていると、どんなに自分を信じ込ませようとしても、心のどこかで両親が正しいと、ローズは死んでしまったと思っていた。わたしが姉のように愛した少女——孤独を恐れる少女——が、いままで連絡をよこさないはずがないからだ。

でも、家族は彼女を見放し、私生児を産むためによそへやり、そうして責任を放棄したのだとすれば……わたしにはローズという人間がわかっている。誇り高く、情熱的だ。両親に追い出されたら、ルーアンの家にのこのこ戻るわけがない。

彼女が心の葛藤をわたしに書き綴《つづ》らなかったのも理解できる。わたしに手紙を書いてどうなるの？　最後に一緒に過ごしたあの夏、わたしはほんの子供、醜いものから守ってやるべき子供だった。屈辱は癖になる。わたしだって、たとえ住所を知っていたとしても、〝ささやかな問題〟のことを彼女に書き送れたかどうかわからない。顔を合わせれば、彼女の肩にもたれて泣いて、すっかり打ち明けるだろうが、それを手紙に書くとなると、自分の不面目を取り出して、白い便箋と黒いインクで形にしなければならないのだから。

彼女が無事だとしたら、いまはリモージュに住んでいるかもしれない。きっと子供と一緒だ。男の子、それとも女の子？　思わず声に出た笑い声は震えていた。子供のいるローズ。自分のお腹に目をやる。わたしを疲れさせたり、吐き気を催させたりするが、まだ目立たず、無害だ。涙が込み上げた。「ああ、ローズ。どうしてわたしたち、こんなひどいことになってしまったの？」

そうじゃない、ひどいことになったのはわたしだけだ。ローズは愛を見つけた。レジスタンス運動に身を投じた、フランス人の書店員という形の愛。いかにもローズが好きになりそうな男性だ。彼女の〝エティエンヌ〟は黒髪、それとも金髪？　赤ん坊はお父さん似だったの？　彼がまだ生きているとして、逮捕後にどこへ連れていかれたのだろう？　おそらく生きてはいまい。あまりにも多くの人たちが姿を消し、亡くなったから、わたしたちはいかに恐ろしい出来事でも、そんなものだと受け入れるようになった。ローズの愛する人もおそらく亡くなっている。ローズが生きているとしたら、一人ぼっちだ。プロヴァンスのカフェでそうだったように、彼女は置き去りにされたのだ。

それももう終わりだからね、ローズ。わたしが会いに行くから、かならず。兄は救えなかったけれど、彼女を救うことはできる。

「そうすれば、あなたのことをどうすればいいかわかるはず」お腹に語りかける。欲しくてできた子ではなかったから、どうすればいいのか見当もつかない。でも、この数日、つわりに苦しめられ、これ以上無視できないことが明らかになった。

窓の外のフランスの夜は豊かでやわらかくて、あたたかだ。ベッドに潜り込むとまぶたが落ちてきた。いつの間にか眠ってしまい、闇を切り裂く悲鳴で目が覚めた。

わたしは跳ね起きてベッドを出た。心臓が激しく脈打ち、口は乾いてカラカラだった。恐ろしい悲鳴はつづいていた。恐怖と苦悩に満ちた女の悲鳴だ。わたしは部屋を飛び出した。

ちょうどフィンも廊下に出てきたところだった。裸足で腕まくりをしている。「あれはなに？」わたしの息はあがっていた。廊下の先のいくつかの部屋のドアがギーッと開く。フィンは返事をせず、隣の部屋に向かった。ドアの下から黄色い明かりが漏れている。悲鳴は中から聞こえる。「ガードナー！」フィンが取っ手をガタガタいわせた。剥き出しの喉をナイフでスパッと切られたように、悲鳴が一瞬にしてやんだ。紛れもないルガーの撃鉄を起こす音が聞こえた。

「ガードナー、入るからね」フィンは肩をドアに押し当てて強く押した。釘が抜ける音がして安物の掛け金が壁からはずれ、廊下に光が流れ出た。イヴが聳《そび》え立っていた。白髪交じりの髪を垂らし、目はなにかにとり憑《つ》かれた虚ろな穴だ――ドア口に立つフィンと、その後ろにいるわたしを認めると、彼女はルガーを構え引き金を引いた。

わたしは悲鳴をあげて床に身を伏せて丸くなった――だが、撃鉄は空の薬室を虚《むな》しく叩くだけだった。フィンがイヴの手からルガーをもぎ取ると、イヴは悪態を吐き散らしながら彼の目を攻撃した。彼はルガーをベッドに放り、彼女の瘦せ細った手首を両手で掴んだ。彼と目が合う。彼がきわめて冷静なことに気付き、わたしは仰天した。

「夜勤のフロント係を探して、なんでもないと伝えてくれ。誰かが警察に通報する前に」彼は言い、フランス語とドイツ語で悪態をつくイヴを強く押さえ込んだ。「真夜中にべつのホテルを探すのはご免だから」

「でも――」ベッドの上の拳銃から目が離せない。彼女はわたしたちを撃った。わたしはとっさに〝ささやかな問題〟を両腕でかばっていたことに、いま気が付いた。

「彼女は悪い夢を見ただけだ、と言うんだ」フィンがイヴを見下ろす。もう悪態はついておらず、肩で息をしていた。壁を見る目は虚ろだ。彼女はいま、ここでないどこかにいる。

背後から苛立ったフランス語が聞こえた。振り返ると、オーベルジュのオーナーが甲高く眠たげな声で喚いている。「申し訳ありません《パルドネ・モア》」わたしは慌ててドアを閉め、彼女の姿をオーナーの目から隠した。「わたしの祖母なんですけど《マ・グランメール》、悪い夢を見たらしくて《エル・ア・デ・コシュマール》……」

オーナーの怒りをなんとか鎮めようと、アメリカ人の俗っぽいフランス語で耳触りのよい言葉を並べ、さらにフラン札数枚を握らせた。ようやくオーナーが自室に引き揚げたので、わたしはもう一度部屋の中の様子を窺った。

フィンはイヴを落ち着かせていた。ベッドにではなく、部屋のドアと窓がよく見える片隅に押し込め、壁にもたれられるよう椅子を横にどけて、肩に毛布を掛けてやっていた。

フィン自身は彼女のかたわらにしゃがみ込み、やさしく語りかけながら、膝の上にウィスキーの携帯酒瓶をそっと置いてやった。

彼女がなにかつぶやく。名前だろうか。ルネと聞こえ、ゾワッと鳥肌が立った。

「ルネはここにはいない」フィンが宥める。

「獣はあたし」彼女がつぶやく。

「わかってる」フィンがルガーを台尻を先にして差し出した。

「なに考えているの？」わたしがつぶやくと、彼は背中に手を回し、黙ってろと手振りで指示した。イヴは顔をあげようとしない。静かになっていたが、あいかわらずなにも見ていないようだった。窓からドアへと視線がせわしく動く。彼女の捻《ねじ》れた指が拳銃を握ると、フィンは手を放した。

立ち上がり、裸足の足をペタペタさせてわたしのところへやってきた。わたしについて廊下に出ると、そっとドアを閉め長々と息を吐いた。

「どうして彼女に拳銃を返したりしたの？」わたしは小声で尋ねた。「弾が入っていたら、二人のうちのどっちかが死んでいたのよ！」

「弾は最初から抜いてあったとは思わなかったのか？」彼がわたしを見る。「毎晩、そうしてる。彼女は悪態をつきまくるけど、おれが働くようになった最初の晩に、おれの耳を吹き飛ばしかけてから、弾を抜くことに反対しなくなった」

「耳を吹き飛ばしかけた？」

フィンはドアに目をやった。「彼女なら朝まで大丈夫だろう」

「彼女はよくあんなふうになるの？」

「ときどき。なにかのきっかけで――大勢の人に囲まれたりするとパニックになる。町で建築現場の足場が崩れ落ちたときは、爆発かと思ってパニックになった。予測がつかない」

気がつくと、まだお腹を腕で覆っていた。〝ささやかな問題〟のことはなんとも思っていないはずなのに。まあ、問題ではあるけれど――イヴの拳銃を目にしたとたん、お腹をかばっていた。両手を脇に垂らし、ぶるっと体を震わせた。こんなに生きていると感じたことはなかった――震える筋肉のひとつひとつ、全身の粟立《あわだ》つ皮膚、逆立つ髪の一本一本が生き生きしている。「お酒を飲みたい」

「おれもだ」

フィンについて彼の部屋に行った。ナイトガウン代わりのナイロンのスリップ一枚の裸同然の姿で、男の人の部屋に行くなんてはしたない。でも、頭の中の小賢《こざか》しい声を締め出し、ドアを閉めた。フィンはランプをつけ、カバンをごそごそやっている。イヴのより小さめの携帯酒瓶を差し出す。「グラスがなくて、ごめん」

ないものねだりはもうしない。わたしは肩をすくめた。問題にすべきことはほかにあるのだから。「グラスなんて必要ないわ」わたしはウィスキーをぐいっと飲み、喉を焼く感覚を愛《め》でた。「それより、あなたも聞いたでしょ。ルネという名前。イヴはこの名前を知っている。報告書に書かれていたのと同一人物だとすると、ローズが働いていた――」

「おれにはわからない。ただ、彼女はああいう状態になると、その名前をよく口走る」

「どうしてもっと前に教えてくれなかったの？」

「どうしてって、おれは彼女に雇われているから」彼も酒瓶に口をつけた。「きみじゃなく」

「あなたたちっていいコンビよね」わたしは鼻を鳴らした。「どっちも秘密でできた有刺鉄線の棘《とげ》」

「なりたくてなったわけじゃない」

　ドイツ軍に刃向かえば死が待っているというようなことを引用したときの、イヴのとり憑かれたようなささやきを思い出した。彼女は戦闘員だったような気がする。戦争から戻ってきた兄の変わりようを、わたしはひやひやしながら見守っていた。兄はただの帰還兵ではなかった。帰還兵と懇親会でダンスしたり、パーティーで話をしたりするたび、じっと観察したものだ。兄を助ける役に立ちそうなことを、見つけられると思って。でも、助けられなかった。わたしがしたことはひとつとして、兄を救う役に立たなかった。いまでも、そのことで自分を責めている――それでも、戦闘員がどんな風かわかっているし、イヴはあらゆる点で戦闘員だ。「彼女はあすにはけろっとしてるの？」おなじようなことがあった翌朝、兄は部屋から出てこなかった。

「たぶんね」フィンは開け放った窓の下枠にもたれ、街燈を見下ろしながらまたウィスキーを口に含んだ。「彼女はいつも、翌朝は何事もなかったような顔をしている」

もっと探り出したかったけれど、イヴの刺々しさや秘密はわたしに頭痛を引き起こす。しばらく考えないことにして、フィンと並んで窓の下枠にもたれた。等式のつぎに来るのがそれだ。女の子足す男の子にウィスキーを掛ける。そこに〝接触〟を加える。「あしたはルーベに行くのね。車がまた故障しなければ」肩と肩が触れた。

彼が酒瓶を渡してくれた。「故障したって直せるから」

「修理はお手の物って感じだものね。どこで習ったの？」刑務所で？　好奇心に呑み込まれる。

「ガキのころから修理工場に入り浸っていた。揺りかごの中で、スパナが玩具《おもちゃ》だった」もうひと口飲む。「ラゴンダを運転させてくれない？　それとも、あなた以外は運転させないの？」

「きみが運転？」彼が驚いた顔でわたしを見る。仕事をしていた、と言ったときとおなじ反応だ。「きみの家には運転手がいると思っていた」

「うちは大富豪のヴァンダービルト家じゃないのよ、フィン。もちろん運転できるわ。兄が教えてくれたの」甘く切ない思い出。ジェイムズは親戚が集まるバーベキュー・パーティーを抜け出す口実にわたしを使い、無理やりパッカードに乗せて運転を教え込んだ。「よっぽど口うるさい親戚から逃げ出したかったんだと思う。でも、教え方は上手だった」わたしの髪をくしゃくしゃっとして、兄は言った。帰りはおまえが運転しろ、いまや運転のプロだからな——誇らしげにタイヤを鳴らして車を停めると、わたしたちはしばらく余韻を楽しんでから家族の大騒ぎにまた加わった。つぎのフォーマル・ダンスは、わたしをエスコートしてね、と兄に頼んだ。相手が見つかりそうにないから、ジェイムズ、べつに踊らなくていい。傍観者に徹して女の子の品定めをしましょうよ。兄はにやりとして言った。そりゃおもしろそうだな。兄の沈んだ気分を引き立てることができたと、わたしは勝手に思い込んでいた。

それから三週間もしないうちに、兄は自殺した。

瞬きして辛い思い出を追い払う。

「いつかそのうち運転させてやるよ」フィンが肩越しにわたしを見た。黒髪をライトが輝かせる。「彼女のことは大目に見てやってほしい。扱いにくい人だけどね。むら気だから、特別な扱いが必要だ。それでもなんとか切り抜ける」

「スコットランド人は回りくどいから嫌だわ」わたしはもうひと口飲んで酒瓶を返した。指が彼の指を撫でる。「もう二時を回ったわね」

フィンはほほえみ、また街燈に目をやった。もっとちかづいてくれるのを待ったのに、彼はウィスキーを飲み干すと、壁に寄せて置かれたソファーに腰をおろした。

頭の中の声がひどいことを言いつづける。声がもっと大きくならないうちに、わたしは等式を完成させた。男の子足す女の子にウィスキーを掛けて、それに〝接触〟を加えると……フィンの手から酒瓶を取り上げ、彼の膝に座ってキスした。やわらかな唇はウィスキーの味がして、顎の無精ひげがザラザラする。彼が体を離した。「なにするんだ?」

「わたしがなにをしてると思うの?」彼の首に腕を回す。「あなたと寝てもいいわって言ってるの」

彼の黒い目がおもむろにわたしを眺め回す。わたしは澄まして肩をさげ、スリップの紐を滑らせた。彼の手が剥き出しの膝を撫で、そのままスリップの中に入ってくるのではなく、上をなぞってウェストまで来て、もう一度キスしようと寄りかかるわたしを押し留めた。

「おやおや」彼が言った。「今夜はなんと驚くことの多い晩だ」

「そうなの?」薄く滑らかなナイロン越しにウェストを掴む彼の両手は、大きくてとてもあたたかだった。「きょうはずっとこうしたいと思っていたの」腕まくりしてラゴンダを修理する彼の姿を見てからずっと。大学の同級生たちの生っ白くて細長い腕よりはるかに逞しい腕だった。

フィンの声は心持ち掠《かす》れていたけれど、とても落ち着いている。「きみみたいないいお嬢さんが、前科者のベッドに飛び込んでくるなんてどういう風の吹き回しだ?」

「いいお嬢さんじゃないって知ってるくせに。イヴがはっきりさせてくれたでしょ。なにも舞踏会に連れていってと言ってるわけじゃないわ」わたしはぶすっとして言った。「わたしの両親に会ってくれなんて言ってもいない。セックスするだけじゃない」

彼が眉を吊り上げた。

「もっとも、あなたがなにをしたのか知りたいとは思うけど」これは本心だった。指で彼のうなじをなぞった。「刑務所に入ることになったわけを」

「キュー・ガーデンから白鳥を盗んだ」彼はまだわたしのウェストを掴んで、ちかづけさせまいとしていた。

「嘘吐き」

「ロンドン塔に忍び込んで、戴冠宝器のダイヤモンドのティアラを失敬した」

「それも嘘」

薄暗い中で、彼の瞳は底なしの黒い淵だ。「だったら、どうして尋ねる?」

「あなたの嘘を聞きたいから」もう一度、腕を彼の首に回して、指をやわらかな髪へと滑らせた。「わたしたち、なんでおしゃべりをつづけているの?」男の子たちはたいてい、明かりが消えたとたん手だけになった。フィンはどうしてそうならないの? イヴのひと言でわたしの正体が明らかになったのだから、彼は態度を変えると思っていた。敬意を表するのはやめて、ベッドに引き摺り込むと思っていた。みんなそうだったから慣れっこになっていた。そうなったら彼を拒絶するか、受け入れるかだけれど、わたしのほうはすでに受け入れることに決めていた。でも、自分から言い寄ることには慣れていない。たしかに美人じゃないけれど、こっちはその気になっているのだから――いままではそれで充分だった。男の手が勝手に服の下に入り込んできた。

でも、フィンは動こうとせず、じっと見つめるだけだ。わたしのウェストを見つめて言った。「恋人がいたんじゃないのか？　婚約者が」

「指輪が見える？」

「だったら、相手は誰だ？」

「ハリー・S・トルーマン」

「どっちが嘘吐きなんだ」

　空気は厚く、あたたかい。腰を動かすと、彼が反応した。彼がなにを欲しがっているのかわかる。どうして奪い取らないの？「わたしを妊娠させた人のことを、どうして気にするの？」ささやいてもっと腰を動かした。「あなたがわたしを妊娠させることはできないのよ。大事なのはそこでしょ。あとくされがないわ」

「そんなひどいこと」彼が静かに言った。

「でも、事実だもの」

　彼がわたしを引き寄せた。彼の顔がちかくなり、肌がジンジンする。「どうしてきみはおれと寝たがる？」

　ふしだら。頭の中で言葉が響く。母の声、それとも伯母の声。わたしはたじろぎ、肩をすくめて聞き流した。「身持ちの悪い女だから」わたしは蓮《はす》っ葉《ぱ》な言い方をした。「身持ちの悪い女は誰とでも寝るのよ。それに、あなたはいい男だから。ねえ、いいでしょ？」

　彼はほほえんだ。口の端がわずかに引き攣《つ》っていても、本物の笑顔だった。見慣れた笑顔だ。「シャーリー、ラス」彼が言う。スコットランド人特有のRの発音が添えられると、わたしの名前はまるでちがって聞こえる。それがとても好きだ。「もっといい理由がないと駄目だな」

彼は膝の上からわたしを軽々と持ち上げて立たせた。それからドアへと歩いていって大きく開いた。わたしは顔の赤みがゆっくりと首まで広がるのを感じた。「おやすみ、お嬢さん。ぐっすりおやすみ」

10　イヴ

一九一五年六月

イヴは二日後の夜、スパイとして、〈ル・レテ〉の従業員として、デビューを果たした。ふたつのうちのあとのほうが、余計に神経を磨り減らした。ルネ・ボルデロンは完璧を求める。二日間の訓練でそれを身につけるのは難しいが、イヴは成し遂げた。失敗は許されないのだから。新人ウェイトレスが最初のシフトに就く前に、雇い主が金属の声で何度も繰り返したルールを、イヴは体に叩き込んだ。

地味な色の制服、きちんと調えた髪。「きみたちは目立ってはならない。きみたちは影だ」軽い足取り、歩幅は狭く。「あらゆる動きを滑るように行なうこと。客の会話を中断させてはならない」つねに沈黙を守る。客にささやきかけても、話しかけてもならない。「きみたちに求められるのは、ワインリストを暗記することでも、注文をとることでもない。皿をテーブルに運び、終わったらさげることだ」ワインを注ぐとき、腕は優雅なカーブを描くこと。「〈ル・レテ〉ではすべてが優雅でなければならない。たとえ誰にも気付かれないことでも」

そして、最後の、もっとも大事なルール。「ルールを破れば首だ。リールには腹をすかせた娘がごまんといるから替えはいくらでもきく」

〈ル・レテ〉は夜に息を吹き返す。日没とともに暗くなる町にあって、人工のライトとぬくもりと音楽に彩どられた不自然な場所。イヴは地味な制服に身を包み、店の隅の決められた場所に控えながら、吸血鬼伝説を思い出していた。リールの住人は日没とともにベッドに入る。たとえ外出禁止令が敷かれていなくても、部屋を照らす灯油も石炭もないからだ。夜に外出するのはドイツ兵だけだ。不死のものが誰にも犯されることのないルールを満喫するように。彼らは軍服の埃を払い、勲章に磨きをかけ、あたりを憚らぬ大声で〈ル・レテ〉にやってくる。迎えるルネ・ボルデロンは一分の隙もない誂えのディナー・ジャケット姿で、自然な笑みを浮かべる。ブラム・ストーカーの物語に出て来るレンフィールドみたいだ、とイヴは思った。夜にうごめくものに仕えるため、卑屈な下僕に成り下がった人間。

る。

　あなたも空想の生き物になるのよ、と自分に言い聞かせた。心を封じ込め、耳だけにな

　夕食の時間、優雅な機械仕掛けの人形のように動き回った。音をたてずに皿をさげ、パン屑を払い落とし、空のグラスにお代わりを注ぐ。戦争の真っ只中《ただなか》だということを誰も知らないかのようだ。蝋燭《ろうそく》は無尽蔵に供給され、テーブルには白いパンと本物のバターが並び、グラスには酒がなみなみと注がれる。リールの闇市の食材の半分がここに流れ込んでいるにちがいない。ドイツ兵は満腹になるまで食べるのが好きだから。「あの料理」ほかのウェイトレスがささやく。大きな尻の若い未亡人で、家には幼子が二人待っている。「目の毒だわ！」厨房に皿をさげるあいだ、彼女の喉が動いていた――フランス人がパン屑一片も残さず食べる町で、皿には食べ残しがある。ベシャメルソースの溜まり、何口分にもなる子牛肉……イヴの胃もグーグー鳴っていたが、仕事仲間に警告の一瞥をくれた。「ほんのひと舐《な》めだって駄目よ」背後をちらっと見ると、ボルデロンがめかし込んだサメさながら、店内を泳ぎ回っていた。「シフトが終わるまではひと口だって、あ、あ、あなたにもわかってるんでしょ」仕事が終わると、厨房から出る食べ残しは集めて従業員で分ける。等分する前に、誰かが盗み食いしようものなら、みんな黙ってはいない。かならず言いつけるだろう。それだけ空腹なのだ。たいした制度だ、とイヴは皮肉混じりに思う。ボルデロンは褒美をぶらさげて、従業員が不正をしないようにすると同時に、たがいを見張らせ合うようにしているのだ。

だが、従業員同士が険悪になれば、客にしわ寄せがいく。料理が無駄にされるのを見せ付けられれば、ドイツ人を憎んでも仕方がない。イヴが仕事をはじめた週だけにかぎっても、ホフマン司令官とフォン・ハインリヒ大将が三度食事に来て、このところのドイツ軍の勝利を祝い、シャンパンとウズラ肉のローストを注文した。居並ぶ副官たちのあいだで笑い声が高らかに響いた。食後のブランデーにかならず誘われるボルデロンは、怠惰に脚を組んで座り、頭文字の入った銀のケースから葉巻を抜いて勧める。イヴはタンブラーに水を注ぎ足すとき耳を澄ますが、けっして長居はしない。もっとも彼らの話題は戦略や火砲陣地ではなく、愛人にした女のことや、その体自慢、大将の女は本物のブロンドかどうかといったことだった。

ところが四日目の晩、ホフマン司令官がブランデーを注文し、イヴがデカンターを手にそっとちかづくと――「――爆撃する」ドイツ語で副官に言うのが聞こえた。「だが、あたらしい砲台が設置されるまでに四日かかる。その場所なんだが……」

ダイヤモンドのように輝く興奮に貫かれながら、鼓動はゆっくりになった。司令官のブランデーグラスを手元に置き、できるだけゆっくり注いで香りをたたせる。そのあいだに、彼は砲台の設置場所に話を移していった。彼女の両手はまったく震えていなかった。ブランデーを注ぎ終えると、目礼してその場を離れた。副官の一人がイヴの祈りを聞き入れてくれて、指を鳴らしてブランデーを所望し、あたらしい大砲の性能について質問に答えた。イヴは彼のグラスを取ろうと体の向きを変え、ボルデロンがこっちを見ていることに気付いた。隣のテーブルで、ドイツ軍大尉と二人の副官とにこやかに握手を交わしている。イヴはグラスをしっかりと握りながら、不意にパニックに襲われた。司令官の言葉を理解しているのが、顔に出ていたらどうしよう。マルグリット・ル・フランソワはドイツ語を話せるのでは、とボルデロンに疑われたら……。

大丈夫、疑っていないわよ、イヴ、と自分を激励し、気持ちを引き締めて無表情をつづけ、ブランデーを注ぐ腕で優雅な弓形を描いた。雇い主は、よろしいとうなずき、司令官は、さがってよろしい、とうなずいた。イヴは滑るように片隅の持ち場に戻った。何食わぬ顔で、すごい情報を耳にした。リール周辺に配備されるあたらしい砲台の正確な位置。それからシフトが終わるまで、情報を頭の中で何度も繰り返した。数字、名前、性能。なにひとつ忘れませんように、と祈りながら。大急ぎで帰宅すると、フォークストンで習ったとおり、ライスペーパーに細かな文字ですべてを書き記し、ヘアピンに巻き付けて髪のお団子に挿し、ほっと安堵の息をついた。翌晩、リリーがやってきた。リールでいつもの情報収集のためだ。まるで儀式のように――勝利の月桂樹の授与式のごとく――イヴはお辞儀して髪からヘアピンを抜き、アリス・ネットワークのリーダーに差し出した。

リリーはメッセージを読むと歓声をあげ、イヴの首に腕を絡ませ両頬にチュッチュッとキスした。「すごいじゃない《モン・デュ》、あなたは優秀だとわかってたわ」

仏頂面のヴィオレットが同席し、丸眼鏡を光らせ、非難がましい表情を浮かべていたら、イヴは浮かれ気分を隠そうとしただろうが、大喜びのリリーを前にして、前夜から抑えてきた笑い声を漏らした。

リリーは丸めた小さな紙に顔をしかめた。「これを報告書に書き写すと目がショボショボするのよね。つぎからは暗号にしておいてね」

「そ、それを書くのに四時間かかったのに」イヴはうなだれた。

「新人はたいていそうよ。最初のメッセージだからって力みすぎるの。そんなに頑張らなくてもいいのに」リリーは笑いながらイヴの頬を叩いた。「そんながっかりした顔しないで。よくやったわよ！　これをエドワードおじさまに伝えれば、来週の木曜までにあたらしい砲台は爆撃される」

「木曜までに？　そんなに早く、ば、ば、爆撃できるんですか？」

「ビヤン・スュール。フランスでいちばん速いネットワークなのよ」リリーはメッセージをまたへアピンに巻きつけ、自分のポンパドールに挿した。「あなたはきっと大事な財産になるわ、かわいいデイジー。わたしにはわかる」

表情豊かな彼女の顔が本物の喜びに輝き、うらぶれた部屋を国境検問所のスポットライトみたいに明るく照らした。イヴもつられてニコニコした。やったのだ。訓練を無駄にしなかった。任務をまっとうした。これで一人前のスパイだ。

イヴの達成感を感じ取ったようで、リリーはまた笑い、部屋にひとつの椅子にぺたんと座った。「ものすごく楽しいでしょ、ね？」まるでいけない秘密を打ち明けるように言う。「そんなこと言っちゃいけないんでしょうけどね。重大な仕事なんだから。美しきフランスに尽くして敵と戦う。でも、おもしろいこともたしか。スパイほど満足を得られる仕事はほかにない。子育てほどやりがいのある仕事はほかにない、と母親は言うでしょうけど、そんなものクソ食らえ、よ」リリーが本音を口にした。「おなじことの繰り返しで退屈なだけ。汚れたオムツを洗う安定した生活より、銃弾に曝される危険をとるわね」

「あたしがいちばん好きなこと、なんだと思います？」イヴは言った。「軍服姿の獣のテーブルから歩み去ること。ブランデーと葉巻でいい気になってるけど、なにもわかってないんだって思いながら……」あまりにも幸せで言葉がつかえることはなかった。あとで思い出し、自分でも驚いた。

「ざまあみろ、ね」リリーが言い、テーブルにお古のペチコートを広げた。「さて、それじゃ、地図の位置を書き写すわたしのやり方を教えてあげるわね。単純な格子状パターンで、位置を伝えるのにとても効率的……」百個のシャンデリアに照らされた〈ル・レテ〉に負けなくすんだ部屋が金色に輝き出す。イヴが地図の転写方法を習得したのは真夜中過ぎで、リリーがくすねたブランデーを分かち合い四方山話《よもやまばなし》がはじまった――。「盗んだ急送公文書をケーキの箱の底に隠して、詮索好きな衛兵を出し抜いてやったことがあったわ。糖衣がかかった急送公文書のケースを渡したときの、エドワードおじさまの顔ときたら！」

「その報告書を彼に渡すときには、せいぜいあたしのことを自慢してくださいね」イヴは頼んだ。「誇りに思ってほしいの」

リリーがいたずらっぽい表情で首を傾げた。「かわいいデイジー、恋してるの？」

「ほんのちょっと」イヴは正直に言った。「彼の声は美しいし……」それに、ここで活躍できる能力がイヴにはあると見抜いてくれた。そう、だから、キャメロン大尉にほんのちょっと恋しないほうが難しい。

「メルド」リリーが笑う。「わたしだって彼には愛情を抱かずにいられないもの。心配しないで。あなたのことをこれでもかって言うぐらい自慢しておくから。そのうち会えるわよ――彼は秘密の任務を遂行するため、ときどきドイツ支配地域にやってきているから。そのときがきたら約束してね。彼の服を剥ぎ取るために全力を尽くすって」

「リリーったら！」イヴはゲラゲラ笑いながら体を揺らした。こんなに笑ったのはいつ以来だろう。「彼は結婚してるのよ！」

「そんなことでやめるの？　彼の奥さんは刑務所に面会に来なかったのよ。とんでもない悪妻だわ」

つまり、リリーは彼に前科があることを知っているのだ。「必要に迫られないかぎり、個人の秘密は守られるんだと思っていた――」

「エドワードおじさまの過去は、誰だって知ってるわよ。新聞各紙が書きたてたから、秘密もなにもあったもんじゃない。彼は妻の身代わりで服役したのに、妻は一度も面会に来なかったそうよ」イヴがむっとした顔をすると、リリーがにやりとした。「だから彼の気を引けばいいのよ。不貞ぐらいで気が咎《とが》めるって言うなら、教会で十分ほども懺悔《ざんげ》して、主の祈りを唱えればいい」

「あ、あたしたちプロテスタントにとって、罪の意識は、おざなりにお祈りしたぐらいじゃ帳消しにならないんです」

「イギリス人がすてきな愛人になれないのは、そういうことなのね。罪の意識が邪魔するから」リリーが断定する。「戦時中はべつ。イギリス人ですら、楽しむ口実に戦争を利用する。ドイツ兵の銃剣に刺されていつ人生が終わるかわからないんだもの、中産階級の道徳観ごときに、ツイードを着た妻帯者の前科者と遊び戯れる邪魔はさせない」

「その言葉、聞かなかったことにします」イヴはクスクス笑いながら両手で耳を塞いだ。

そんなふうに笑いと勝利の喜びで夜は更けていった。翌朝、目が覚めて、リリーがライスペーパーに書かれたメッセージを携えすでに出立したのを知ったときも、イヴはまだにやにやしていた。あとに残されたお古のペチコートにはこんなことが書かれていた。〝仕事に戻りなさい。それから忘れないで――いい気にならないこと！　五日後にまた来る〟

五日。イヴは地味な制服を着て、〈ル・レテ〉に出勤した。かならずまた情報を仕入れてみせる。その自信はあった。一度できたのだから、もう一度できる。

〈ル・レテ〉の脇のドアを入ったときには、リリーが認めてくれたこと、それにツイードのイギリス紳士の目に浮かぶ笑みを思って、少しばかりいい気になっていた。だが、そこに待っていたのは、ゆったりとくつろぐルネ・ボルデロンと、抑揚のない声だった。「教えてくれないか、マドモアゼル・ル・フランソワ、きみはほんとうはどこから来たんだ？」

イヴは凍り付いた。内心では——表向きは、急いで帽子を脱ぎ、手袋をはめた手を組んで、きょとんとした表情を浮かべた。無邪気な人間の自然な反応だ。だが、内心ではしゃいだ気分が一気に萎んで、心臓が氷の塊と化した気がした。

「ムッシュー？」

ルネ・ボルデロンは、居所のある二階に通じる階段に向かった。「ついてこい」

猥雑な書斎は、戦時下のリールの惨状を閉め出すためにカーテンが引かれ、ランプがともされていた。戦争中だというのに昼間からパラフィンを浪費して、とイヴは苦々しく思った。ほんの一週間前にこの仕事を獲得したときと同様、やわらかな革張りの椅子の前に立ち、猟師が通り過ぎるのを茂みに潜んで待つ動物のように、じっと動きを止めた。ボルデロンはなにを知っているの？　どうやって知ったの？　マルグリット・ル・フランソワはなにも知らないはず、と自分に言い聞かせた。

なにも知らないのだから。

彼は椅子に腰をおろし、指を合わせて尖塔を作り、瞬きをせずに彼女を見つめた。イヴはきょとんと無邪気な表情を浮かべたままだ。「わたしの仕事ぶりに、な、なにか問題でも、ム、ム、ムッシュー？」イヴは尋ねた。こちらが先に沈黙を破るのは、彼がそれを待っているとわかったからだ。

「その逆だ」彼が答える。「きみの仕事ぶりはすばらしい。呑み込みが早いから繰り返し教える必要がないし、天性の優雅さを身につけている。もう一人はうすのろだ。あっちは入れ替えることに決めた」

「だったら、どうして調べられなきゃならないの？　二人の子持ちのアメリが不意に哀れに思えた。

「きみはわたしを大変満足させている。ひとつのことを除いて」彼はいまだに瞬きしない。「きみは出身地のことでわたしに嘘を吐いていると考えざるをえない」

まさか。イヴは思った。彼女が半分イギリス人だと疑うわけがない。フランス語は完璧なはずだ。

「きみはどこの出身だと言った？」

彼は知っている。

彼はなにも知らない。

「ルーべです」イヴは言う。「書類を持ってます」身分証を差し出す。動かない視線を受け止める以外に、手や目を動かせるのはありがたい。

「身分証になんと書いてあるか知っている」彼は身分証を見ようとしなかった。「マルグリット・デュヴァル・ル・フランソワはルーべの出身だと書いてある。だが、そうではない」

イヴは表情を変えない。「そうです」

「嘘だ」

その言葉が彼女を動揺させた。もう長いこと、嘘を見破られたことはなかった。隠したつもりの驚きが顔に出て、彼に読み取られた。彼があたたかみのまったくない笑みを浮かべたのはそのせいだ。

「わたしはこういうことに長けていると言っただろう、マドモアゼル。どうしてわかったか知りたいか？ きみのフランス語の発音はその地方のものではない。ロレーヌあたりのものだ。わたしの推測が間違っていなければ。レストランの地下室に貯蔵するためのワインを買いに、ロレーヌにはよく行くんだ。地元のビンテージワインとおなじぐらい、地元民の発音に詳しくてね。それでだ――きみの母音は、そうだな、おそらくトンブレンヌあたりの訛りなのに、どうして身分証にはルーベと書いてあるんだ？」

なんていい耳だろう。トンブレンヌは、彼女が生まれ育ったロレーヌ地方ナンシーから川ひとつ渡った先だ。イヴがためらっていると、頭の中にキャメロン大尉のわずかにスコットランド訛りのある低く穏やかな声が聞こえた。どうしても嘘を吐かねばならないときは、できるだけ事実を混ぜ込むこと。射撃訓練のため、誰もいない浜辺に行ったあの午後、彼がそう教えてくれた。

ルネ・ボルデロンは事実が口にされるのを待っている。

「ナンシーです」イヴはつぶやいた。「あたしがう、う、う――」

「生まれたのは？」

「はい、ム、ム、ム――」

彼は手を振って彼女の言葉を遮った。「どうして嘘を?」

偽りの理由で裏打ちされたほんとうの答え――説得力があることを願った。ほかに思い付かなかったからだ。「ナンシーはド、ド、ド、ドイツにちかいから」ばつが悪そうに早口で言った。「フランス人はみんな、あたしたちをドイツに擦り寄るう、う、う、裏切り者だと思ってます。リールに来て知ったんです。憎まれるだろうって、もし……知れたら仕事が見つからないだろうって思いました。食べていけない。だから、う、う、う――だから、嘘を吐きました」

「偽の身分証をどこで手に入れた?」

「そうじゃないんです。係の人にお、お、お金を払ってべつの町の名前を書き入れてもらいました。あたしに、ど、同情してくれて」

ボルデロンは椅子にもたれかかり、合わせた指をトントンと打ち合わせた。「ナンシーのことを話してくれたまえ」

嘘を吐かずにすむのでほっとした。一所懸命憶えたルーベのことではなく、ナンシーのことなら知り尽くしていた。子供のころの記憶に残っている通りの名前、名所旧跡、教会。舌がもつれるので頬が真っ赤になったが、つっかえながらもやさしい声で、目を大きく見開いて。

それでもほんとうらしく聞こえたのだろう。彼が途中で遮った。「きみはナンシーのことをよく知っている」

イヴが息を吐く間もなく、彼が細い首を傾げて言った。

「ドイツ国境にそれほどちかいと、ドイツと行き来が盛んだったんだろうな。どうなんだ、マドモアゼル、きみはドイツ語が話せるのか？　また嘘を吐いたら、即首だからな」

イヴはふたたび凍り付いた。骨の髄まで。ドイツ語が堪能な娘を、彼は最初から雇う気はなかった。ドイツ人の客に気を抜いてくつろげる場を提供しているからこそ、〈ル・レテ〉は繁盛しているのだ。彼の目がメスのようにイヴを穿《うが》ち、すべてを読み取ろうとしている。すべての動き、筋肉の引き攣り、表情のわずかな変化。

嘘を吐きなさい、イヴ。自分を叱咤《しった》する。人生最高の嘘を。

雇い主の目をまっすぐに見る。真っ正直に、あどけなく、まったくつっかえずに言った。

「いいえ、ムッシュー。父はドイツ人を憎んでいました。家で彼らの言葉を話すことを許しませんでした」

またしても長い沈黙。金箔の時計だけがカチカチいい、その静けさにイヴはいたたまれない気持ちになる。それでも、彼の視線をしっかり受け止めた。

「きみは憎んでいるのか？」彼が尋ねる。「ドイツ人を」

ここでまた嘘を吐けば命取りになりかねない。だから言葉を濁した。うつむいて唇を震わせた。「彼らが牛肉のパイ包み焼きを半分も食べ残すのを見ると」うんざりと言う。「はい――彼らをに、憎まないでいるほうが難しいです。で、でも、疲れて憎む気にもなれません、ムッシュー。なんとか折り合いをつけていかないと、戦争が終わるのをい、い、生きて見届けられませんから」

彼は静かに笑った。「あまり一般的な考え方ではないな。わたしも物事をおなじように捉えているがね、マドモアゼル。もっとも、わたしはただ折り合いをつければいいとは思わない」優雅な両手を広げて美しい書斎を指した。「わたしは繁栄するつもりだ」

彼ならむろんそうするだろう。なによりも――国、家族、神よりも――儲けを第一に考えるあなたを、止められる者はいない。

「どうなんだ、マルグリット・ル・フランソワ」ルネ・ボルデロンがからかうように言う。

イヴは一瞬たりとも気を抜けなかった。「きみは繁栄したいと思わないか？　ただ生き延びる以上のことをしたいとは思わないか？」

「あたしは、た、た、ただの娘です、ムッシュー。あたしの望みなんて慎《つつ》ましいものです」目をあげる。大きく見開いたすがるような目を。「どうか――誰にも言わないでください。あたしがナ、ナ、ナンシー出身だということは。あっちから来たことがわかったら――」

「それぐらい想像がつく。リールの人たちは」――共犯だというように目を細める――「愛国心に燃えているからな。辛くあたるだろう。きみの秘密はわたしの胸にしまっておく」

彼は秘密が好きだ、とイヴは感じ取った。自分が守る立場なら。

「あ、ありがとうございます」イヴは彼の手を取り、ぎこちなくぎゅっと握り、うつむいて頬の内側を嚙むうちに涙が噴き出した。この男は秘密とおなじぐらい、卑屈な感謝を喜ぶ。

雇い人に触られることに彼が腹をたてる前に手を離し、後ずさってスカートのしわを直した。彼が人の不意をつきドイツ語で言った。

「きみは恐怖に竦み上がっているときでも優雅だ」

イヴは背筋を伸ばして彼の視線を受け止めた。彼が表情を探る。ほんのわずかでも理解したしるしが表れていないか探しているのだ。イヴはきょとんとしてゆっくり瞬きした。

「ムッシュー？」

「なんでもない」彼がようやくほほえんだ。引き金にかかる指から力が抜けた、そんな印象を受けた。「行ってよろしい」

階段をおりきるころには、握り締めた指の爪が掌に食い込んでいたが、血が出る前に意識して拳を開いた。ルネ・ボルデロンなら気付くだろう。もちろん、気付かないわけがない。

弾をかわした。そう思いながらシフトに就き、危険が過ぎたのだから恐怖で気分が悪くなるだろうと覚悟した。だが、体の芯は石のように冷たいままだった。危険は過ぎていないからだ――仕事をつづけるかぎり、観察眼の鋭い雇い主の視線に曝されてスパイするかぎり、危険と隣り合わせだ。これまでずっと嘘を吐くのが上手だった。いま、生まれてはじめて、ほんとうに上手かどうかわからなくなった。

怖いと思ってる暇はないのよ、と自分に言い聞かす。怖いと思うのは、自分を甘やかすこと。耳を澄まし、心を封じ込める。

そうして、仕事をつづけた。

11　シャーリー

一九四七年五月

「おやおや」イヴが眉を吊り上げた。わたしがラゴンダの助手席ではなく、後部座席に乗り込んだからだ。「前科者とおなじ空気を吸うのが急に嫌になったってわけ？」

「あなたに後ろに座られるのが嫌なんです」わたしも負けていない。「わたしを撃とうとしたでしょ、ゆうべ」

イヴは目を細めた。早朝の光の中で、目が充血しているのがわかった。「撃ち損ねたらしいね。さっさとこの町におさらばして、ルーベに向かうとしようじゃないの」

フィンの予想は的中した。イヴは青白くやつれた顔をして、年のわりに機敏な動きで車に乗り込んだものの、ゆうべのルガーの一件にはひと言も触れなかった。フィンはボンネットの中をコンコンカチカチいわせていたが、ラゴンダが手に負えなくなるにつれ、ささやきかけるスコットランド訛りがきつくなり――「いい子だから、エンストしたりするなよ」――ようやく運転席におさまると、いろいろなダイヤルをいじくってエンジン点火の調整を行なった。「最初はゆっくりいくから」ギアをガタガタいわせながら、ホテルを出発した。わたしは振り返り、窓の外に目を凝らした。ゆっくりいくのは、シャーリー・セントクレアの流儀ではない。ゆっくりなんて言ってないでウィスキーをぐいっと呷り、三十路《みそじ》のスコットランド男を押し倒してセックスを求める。

彼にどう思われようとかまわない、と自分に言い聞かせる。かまうもんか。でも、いまだに屈辱感に喉がつかえていた。

ふしだら。意地悪な心の声がささやき、わたしは身を竦めた。この旅にフィンやイヴは必要ない。イヴの知り合いが、ローズがリモージュで働いていたレストランについてなにか知っているらしい――話を聞いたあとも、イヴはわたしの旅に同行するつもりなの？　彼女に好かれているとは思えなかった。彼女に報酬の残り半分を払い、ルガーや前科者の運転手と一緒に古ぼけたあの家に送り返してから、まともな人間がやるように汽車に乗ってリモージュに行き、ローズ探しをすればいい。この方程式からスコットランド男一人と、武装した危険なイギリス女一人を引けば、非常識な探索の旅を非常識なわたし一人でつづけることができる。わたしよりもっと非常識な道連れに邪魔されることなく。

「きょうじゅうに」わたしが大声を出すと、フィンが振り返った。「ルーベにはきょうじゅうに着かなきゃならない」早ければ早いほどいい。

車にも旅の道連れにもうんざりすると思ったその日は、ドライブにもってこいの日和だった。五月の明るい日差し、流れるちぎれ雲。ルーベまでは短い距離なので、フィンがラゴンダの幌を開けても誰も文句を言わなかった――〝ささやかな問題〟でさえ。車の動きに慣れたのか、一度も吐き気を催さずにすんだ。わたしは重ねた腕に顎を休め、窓外を飛び去る畑を眺めた。どうして景色はこうも似たり寄ったりなのだろう、と思っているうちハッとなった。あれも午前中の移動だった。プロヴァンスのカフェに置き去りにされた一件から二年が経っていた。ローズの家族とわたしを乗せた車はリールの郊外にさしかかった。それから丸一日、厳粛な面持ちで教会や遺跡を巡り、夜、ホテルの部屋で、ローズがラグを丸めて隅に片付け、スウィングダンスのリンディ・ホップを教えてくれた。「さあ、シャーリー、足をこう出して――」動きが速いのでカールした彼女の髪が飛び跳ねた。十三歳にしては背が高く胸も豊かだったローズは、キスしたことがあるのよ、と打ち明けてくれた。「相手はジョルジュ、庭師の息子。ひどいもんだった。舌を突っ込んでくるだけ、舌、舌、舌！」

思い出に浸り、つい表情がゆるんだのだろう。イヴが言った。「この地方が好きな人間がいるとは、嬉しいじゃないの」

「あなたは好きじゃないの？」顔を仰向けて日差しを浴びる。「ロンドンやル・アーヴルで瓦礫を眺めるより、こうやって自然を眺めるほうがましなんじゃない？」

「〝生きながら鴉《からす》を招いて、持ち崩したこの身、残るくまなく啄《つい》ばませよう〟」イヴが言い、きょとんとするわたしを見て言い添えた。「引用よ、無知なヤンキーのお嬢ちゃん。ボードレール。『陽気な死人』という詩」

「陽気な死人？」わたしは鼻にしわを寄せた。「変なの」

「いささか気味が悪い」運転席のフィンがわたしに加勢する。

「たしかに」と、イヴ。「だからこそ、彼のお気に入りの詩のひとつだったの」

「誰の？」わたしの質問に、彼女は当然のように答えない。悪態を喚き散らさないときは、謎めいた女を演じるってわけ？　まるで大酒飲みのスフィンクスと旅しているようだ。フィンがわたしの呆れ顔に気付き、にやりとする。わたしはまた、なだらかにうねる畑を眺めた。

そうこうするうち、地平線にルーベが姿を現した。リールより小さく、くすんでいて、静かだ。立派な市庁舎、ゴシック風の教会の尖塔が目の前を過ぎていく。イヴが住所を書いた紙をフィンに渡し、狭い石畳の道で車が停まった。アンティークのお店の前だ。

「あなたが話をしたい女性はここにいるの？」わたしは戸惑っていた。「どんな人？」

イヴは車を降り、変形した指を起用に動かし側溝に煙草を投げ捨てた。「あたしに恨みを抱いてる人間」

「みんなそうなんじゃない」わたしは口を滑らせた。

「この女はとくにそうなのよ。い、一緒に来るも来ないもあんたの勝手」

彼女は振り返りもせず店に入った。わたしは彼女のあとを追い、フィンは肘を曲げて開いてる窓にのせ、また雑誌をパラパラやりはじめた。わたしは胸を高鳴らせ、イヴについて薄暗くひんやりした店内に入っていった。

狭いながらも居心地のよい店だった。壁際には高いマホガニーの飾り棚が並び、店の奥を仕切るように長いカウンターが走っていて、いたるところに艶やかな磁器が飾ってあった。マイセンの花瓶、スポード焼のティーセット、セーブル焼の女羊飼い等々。カウンターの向こうでは、黒い服の女がちびた鉛筆片手に帳簿をつけており、物音に顔をあげた。イヴと同年代の大柄な女で、まん丸な眼鏡、黒髪をきちんとお団子に結っている。苦労を重ねた人特有のしわ深い顔もイヴとおなじだ。「いらっしゃいませ。なにかお探しですか？」

「まあ、そうだけど」イヴが言う。「元気そうじゃないの、ヴィオレット・ラメロン」

はじめて聞く名前だった。カウンターの向こうの女性は、まったく表情を変えない。ゆっくりと顔を動かすと、丸眼鏡のレンズがライトを跳ね返した」

イヴが一本調子の笑い声をあげる。「あんたの得意技、目を隠す。いやはや、すっかり忘れていた」

ヴィオレットと呼ばれた女が、そっけなく言った。「その名前を聞くのは何年ぶりかしら。あなた、どなた？」

「あたしも年取って萎びたし、時間てのは意地悪だけど、思い出してみてよ」イヴは顔の前で手をぐるっと回した。「雌鹿の瞳の女の子。あんたには好かれていなかった。もっとも、あんたに好かれてた人間なんていなかったものね、彼女以外は」

「彼女って誰?」わたしはつぶやいた。ますますわからなくなる——でも、ここで相手の女の顔に小波がたった。こちらをよく見ようと思ったのかカウンターから身を乗り出してきた。でも、彼女の凝視の先にあるのはイヴの顔ではなく、その奥だった。時が刻むしわはただの仮面にすぎないのだろう。女の顔から血の気が引き、黒服の高い襟の上で青ざめた顔が際立つ。

「出ていって」女が言った。「あたしの店から出ていって」

どういうこと、とわたしは思った。厄介なことに巻き込まれたんじゃないの?

「ティーカップを集めてるの、ヴィオレット?」イヴが磁器の棚を見回した。「あんたにしてはおとなしい趣味だこと。敵の首を集めるならわかるけど……でも、その場合は、あたしも斬られてただろうね」

「そっちからやってきたってことは、あたしに殺してほしいってことね」ヴィオレットの唇はほとんど動かない。「臆病者の腰抜け女」

わたしは顔を叩かれた気がして竦み上がった。だが、二人の中年女はカウンターを挟んで向かい合い、まるで磁器のスプーンのことを話し合っているように冷静だった。まったくちがう二人だ。片方は長身で痩せ衰え、もう一方は壮健で身だしなみもよく、きちんとしている。だが、どちらもすっと背筋を伸ばし、御影石《みかげいし》の柱のようにびくともしない。二人から立ちのぼる憎悪が黒い煙となって渦を巻いていた。わたしはその毒気に当てられ、口の中がカラカラになった。

あなたは何者なの？　あなたたち、いったい何者？

「ひとつ質問」イヴはもう相手を茶化していない。いつものにこりともしない顔に戻っていた。「ひとつだけ質問したら出ていくから。電話で尋ねたら、あんた、勝手に切ったでしょ」

「あんたに話すことはひとつもない」女は言葉をガラスの破片のように粉々にする。「あんたとはちがって、あたしは口の軽い腰抜け女じゃないからね」

てっきりイヴは女に掴みかかると思った。わたしに〝くたばり損ない〟と言われて、ルガーを額に突き付けたくせに。まるで標的の前に立って銃弾を受けるように、足を踏ん張り、歯を食いしばって辱めの言葉を浴びていた。「ひとつ質問」

ヴィオレットが彼女の顔に唾を吐いた。

わたしは息を呑み、半歩踏み出したが、わたしなどそこに存在しないもおなじで、二人とも一顧だにしない。じっと立つイヴの頬に唾が筋をつけた。それから彼女は手袋を脱いでおもむろに顔を拭った。ヴィオレットは眼鏡を光らせて眺めている。わたしはもう一歩踏み出す。わたしが知っている女同士の喧嘩《けんか》はこんなのじゃない──学生寮で繰り広げられたのは、猫みたいにシャーシャー言いながら引っ掻き合い、急所を抉《えぐ》る悪口のぶつけ合いだった。目の前のこれは、いつか夜明けの決闘にまで発展する何代にもわたる宿怨だ。

なぜこんなにややこしくなるの？　わたしは混乱しながら思った。

イヴは手袋を床に落とし、素手でカウンターを叩いた。銃声のような音がした。破壊されたその指に気付くと、ヴィオレットはおぞましいものを見たというふうに目を細めた。

「ルネ・ボルデロンは一九一七年に死んだの？」イヴが低い声で尋ねた。「イエスかノーか――答えがどっちだろうと、あたしは出ていく」

鳥肌がたった。ルネ。けっきょくその名前に戻る。ローズに関する報告書。イヴの悪夢。そしていま、ここでも。彼は何者――彼は何者――。

ヴィオレットはイヴの手を見つめたままだった。「あんたの指のこと、忘れていたわ」

「あのとき、あんた、言ったよね。自業自得だって」「あんたの吃音、ずいぶんましになったじゃない。ウィスキーが効いてるってわけ？　酔っ払いのにおいがする」

ヴィオレットの顔を冷ややかな満足がよぎる。

「吃音にはウィスキーと怒りがよく効くのよ。そしてあたしの腹は両方でいっぱい」イヴが歯を剥き出す。「ルネ・ボルデロンがどうなったのか教えなさいよ、性悪女。彼になにがあったの？」

「あたしが知ってるわけないでしょ」ヴィオレットは肩をすくめる。「あんたとあたしはおなじころにフランスを離れた。そのころはまだ彼の商売は繁盛していた。まだ〈ル・レテ〉をやっていた」

〈ル・レテ〉――ローズが働いていたレストラン。でも、それはリモージュの店で、リールではない。ますますこんがらがってきた。それに、わたしが知りたいのは一九四四年の情報で、第一次大戦のことではない。そう言おうと口を開きかけてやめた。二人の女と、火花を飛ばす視線のあいだに割って入れるわけがない。

イヴの鷲の目が揺らぐことはなかった。「戦争が終わって、あんたはしばらくのあいだリールにいたそうじゃないの。キャメロンから聞いた――」

今度はキャメロン？　このドラマでは、いったい何人の人物があらたに登場してくるの？　叫び出したいのを堪《こら》え、イヴを見つめる。できることなら釣り針を垂らして、彼女の中から答えを引っ張り出したい。いいかげんに質問はやめて、答えを吐いたらどうよ。

「――それに、ルネ・ボルデロンは一九一七年に死んだと教えてくれたのもキャメロンだった。薄汚い協力者だったから、リールの市民たちに撃ち殺されたって」

「彼は薄汚い協力者だった」ヴィオレットが言う。「でも、誰も彼を撃ち殺してはいない――そういうことがあれば、あたしの耳に届いているはずだからね。彼が当然の報いを受けていたら、町じゅうをあげてお祭り騒ぎになってたでしょう。いいえ、あたしが聞いた話じゃ、ドイツ軍が撤退をはじめると、あん畜生は荷物をまとめてさっさと逃げ出した。背中に銃弾を食らうのはましな死に方だって知っていたからね。リールで彼の姿を見かけた者はいなかった。それはたしかよ。でも、一九一八年までは生きていた。あの男はいつだって生き延びる」ヴィオレットはおもしろみのない笑みを浮かべた。「キャメロンがあんたにそう言ったとしたら、あんたを騙したのよ。あんたは嘘を嗅ぎ付ける才能があるって、自慢していたわよね」

わたしにはちんぷんかんぷんだったが、イヴは肩をがくりと落とした。歪んだ両手でカウンターの縁を握り締める。気が付くと、崩れ落ちそうな彼女の腰に腕を回していた。きつい言葉のひとつも投げつけられ、腕を振りほどかれると半ば覚悟していたが、彼女は目をぎゅっと瞑るだけだった。「あの嘘吐き」彼女がつぶやき、頭を振ると灰色の髪が揺れた。「ツイードの心の嘘吐き」

「それじゃ」──ヴィオレットは眼鏡をはずして拭きはじめる──「あたしの店から出ていってもらおうかね」

「ちょっと時間をください」言い方がきつくなった。イヴにはきりきり舞いをさせられるけれど、ショックを受けて弱っている彼女を、近眼の女店主がズタズタにするのを黙って見てはいられなかった。

「彼女には三十秒だってやれない。さっさと出ておいき」ヴィオレットはそう言うとはじめてわたしを見た。カウンターの下に手を伸ばすと、イヴのとおなじルガーを取り出した。「扱い方はわかってるからね、お嬢ちゃん。この女を連れて出てお行き。なんなら引き摺ってでも」

「銃を向けられたって怖くないわよ、死に損ないのクソばばあ」ついつい大声になった。イヴは上体を起こした。その顔は青く凝縮した仮面だ。

「長居は無用」イヴは静かに言ってドアに向かった。わたしは彼女の手袋を拾ってあとにつづいた。動悸が激しい。

ヴィオレットの声が追っかけてきた。「あんた、夢を見る、イヴ？」

イヴは立ち止まったが振り返らない。背筋が強張る。「毎晩」

「彼女に首を絞められればいいんだ」ヴィオレットが言った。「毎晩、彼女に絞め殺されればいい」

でも、首を絞められているのはヴィオレット自身のように聞こえた。ドアが背後で閉まると、搾り出すような嗚咽が聞こえたので、わたしは、彼女って誰なの、と尋ねる機会を逸した。

「悪かったね」イヴがやぶから棒に言った。

わたしはびっくりしてコーヒーをこぼしそうになった。彼女は鉤爪のような両手でカップを掴み、血の気のない顔をしていた。店を出ると、イヴはラゴンダに乗り込みじっと空を睨んだままだった。わたしはフィンに耳打ちした。「ホテルを見つけて」フィンはルーベの市庁舎の向かいにオーベルジュを見つけると、ラゴンダを駐める場所を探しに行った。イヴとわたしは、ホテルの中庭の小さなテーブル席に座って待った。イヴは完璧なフランス語でコーヒーを注文し、銀の携帯酒瓶の中身をすべてカップに注ぎ、非難がましいウェイターの視線を無視した。

いま、彼女が顔をあげる。その虚ろな眼差しにわたしは身を竦めた。「あんたをここに連れてくるべきじゃなかった。か、金を無駄に使わせたね。あたしが探していたのはあんたのいとこじゃない。べつの人間だ」

「あの女の人？」

「いや」イヴはウィスキーを加えたコーヒーをぐいっとやる。「三十年前に死んだと思っていた男……キャメロンがそう言ったのは、わたしに心の安らぎを与えるためだったんだろうね」頭を振る。「キャメロンはあまりにも気高すぎて、あたしみたいな根性の曲がった女を理解できなかった。あたしの心が安らぐのは、曝し首にされたルネをこの目で見るときだ」

彼女は吐き出すように言うと、羊歯《しだ》の植木鉢のあいだを忙しそうに動き回るフロント係やベルボーイを眺めた。

「ルネ……ボルデロン、店で口にした名前ね」謎のムッシュー・ルネの苗字がようやくわかった。

「彼は〈ル・レテ〉のオーナーだった。リールにあった店の」

「あなたはどうして知ってるの？」

「第一次大戦中に彼の店で働いていたから」

わたしは口ごもった。今度の大戦が前の大戦をすっかり呑み込んでしまったので、ドイツの一回目の侵略がどんなものだったかを、わたしはよく知らなかった。「どれぐらいひどかったの、イヴ?」

「ああ、そうだね。ドイツ軍は飢えた人たちの首をそのブーツで踏み潰した。人々を路地に引き摺り込んで撃ち殺した。ひどいもんだった」

彼女の悪夢を煽《あお》るのはそれだったのだ。無残に歪んだ両手に目をやると体が震えた。

「つまり、〈ル・レテ〉はふたつあったのね?」

「どうやらそのようだね。あんたのいとこが働いていたのはリモージュの店だったんだから」

嫌な予感がして血が冷たく波立つ。「ルネという男がもう一人いたってこと? それとも、ルネ・ボルデロンがリモージュにもレストランを持っていた?」

彼女がまたテーブルを叩いた。「ちがう。ぜったいにちがう」

「イヴ、わたしには偶然の一致とは思えないの。あなただって思ってないんでしょ。さっきの店の人が言ってたじゃない。彼はリールから逃げ出して最初の戦争を生き延びたって。ローズがリモージュにいた一九四四年まで、彼が生きていた可能性は充分にある。いまも生きているかもしれない」恐怖と並んで、興奮が体の中を駆け巡った。ローズの雇い主、彼女のことを知っていたであろう人――たとえ彼が獣であろうと、名前がある。名前がわかれば、消息を尋ねることだってできる。

イヴは頑《かたく》なに頭を振った。「彼は七十を過ぎている。彼は――」イヴは首を前後に振りつづける。機械的な動きだ。「最初の大戦は生き延びたかもしれない。でも、いまも生きているはずがない。ああいう男が三十年も生き延びられるわけがないもの。きっと誰かが、彼の汚れ腐った脳みそに銃弾を打ち込んでいる」

わたしは冷めたコーヒーを見つめながら、望みは捨てたくないと思った。「どっちにしろ、リモージュの彼のレストランはまだ残っている。つぎに向かうのはそこだから」

「楽しんでくればいい、ヤンキーのお嬢ちゃん」彼女の声はきつかった。「ここでお別れだね」

わたしは目をぱちくりさせた。「いま言ったばかりじゃないの。曝し首にされた彼を見たいって。昔の敵が見つかるかもしれないのに、よく冷静でいられるわね」

「あんたになんのか、関係があるのよ。あたしと縁を切りたくって仕方なかったくせに」

たしかにそうだ。でもそれは、彼女もこの探索に賭けていたのだと知る前の話だ。彼女にも見つけ出したい人がいた。それほど大事なことから、彼女をはずすわけにはいかない。彼女はこの旅をさっさと終わらせたいのだろうと思っていたから、彼女抜きでもつづける計画でいた。でも、その計画は反故《ほご》にするつもりだ。それなのに、いまになってやめるってどういうこと？

「好きにすればいい。あたしは無駄な探索はこれ以上ご免だ」彼女の口調はそっけなく、その目は頑ななまでに虚ろだった。「ルネは死んでるに決まってる。あんたのいとこだって」

今度はわたしがテーブルを叩く番だった。「そんなことない」声に怒りを込める。「よくもそんなこと。あなたにとり憑く悪魔から、そうやって目を逸らしていればいい。でも、わたしは諦めない。追いつづける」

「目を逸らすだって？　戦争が終わって二年も経つのに、いとこはまだ生きているなんていうおとぎ話を、あんたは本気で信じてるんだ」

「可能性がどれぐらい低いかわかってるわよ」わたしは言い返した。「どんなにわずかな望みだろうが、わたしは追いつづける。絶望だけはしたくない」

「わずかな望みすらないじゃないの」イヴがテーブル越しに身を乗り出し、灰色の目をギラギラさせた。「善人は生き延びられないもんなのよ。自分が犯してもいない罪のために、野垂れ死にするか、銃殺されるか、刑務所の汚いベッドで息絶えるもんなの。善人はいつだって死ぬ。愉快に生きつづけるのは邪《よこしま》な人間ばかり」

わたしは歯を食いしばった。「だったら、ルネ・ボルデロンが死んだってどうして言い切れるの？　邪な人間がつねに栄えるのなら、どうして彼は死ぬの？」

「なぜなら、彼が生きていれば感じ取れるから」イヴが静かに言った。「いとこが死んだことを、あんたが感じ取れるように。感じ取ったら、あんたもあたしも気が変になるだろうけど、どっちにしたってもう終わりよ」

彼女を見つめながら、わたしはきっぱりと言った。「臆病者」

きっと怒りを爆発させると思った。だが、殴られるのを覚悟したように足を踏ん張っただけだった。恐慌を来しているのは目を見ればわかる。彼女は古い敵を生かしておきたくないのだ。だから、彼は生きていない。そういうこと、とても単純な話だ。

「いいでしょう。どうぞご勝手に」わたしはバッグからお札を取り出し、彼女に支払う分を数え、そこからわたしが立て替えたホテル代を差し引いた。「これで全額よ。飲み代に消えないといいけど」

彼女はお札を集めて立ち上がった。さよならも言わずに部屋の鍵を手にすると、スタスタと階段に向かった。

わたしはなにを期待していたのだろう。リールのことや第一次大戦のことを、もっと聞きたかったのかもしれない。彼女の手がどうしてあんなふうになったのか……わたしにはわからない。見捨てられた気がして馬鹿みたいにただ座っていた。磁器を売る店で彼女の腰に腕を回し、支えてあげるんじゃなかったと思った。〝ささやかな問題〟に気付いた彼女に、そのことを無神経に口外されてもなお、わたしは彼女に認めてもらいたかった。彼女のような女性ははじめてだ。わたしを子供扱いせず、大人の女として相対してくれた――もっともたったいま、煙草の吸殻みたいにわたしを弾《はじ》き飛ばしたけれど。どうぞご勝手に、とわたしは言った。でも、本心ではない。

彼女に頼っちゃ駄目、と自分を叱る。人に頼らない。

フィンがわたしの旅行カバンを肩に担いでやってきた。「ガードナーはどうした？」

わたしは立ち上がった。「もう終わりなんですって」

彼の顔から笑顔が消えた。「きみはこのまま旅をつづけるつもり？」

「部屋代は払っておいたから、今夜はここに泊まればいいわ。でも、彼女があすロンドンに帰ると言い出しても、わたしは驚かない」

「きみはどこに行くつもり？」

「リモージュ。いとこがそこにいるかもしれないの。たとえいなくても、彼女の消息が掴めるかもしれない」わたしは彼の視線をかわしながら、差し障りのない笑みを浮かべた。

「いまから？」

「あした」体から生気が抜け出して、いまはどこにも行けない。それに、二人の分も含めて部屋代を払っている。

「そういうことなら」彼は目にかかる髪を払い、わたしの旅行カバンをテーブルのそばに置いた。わたしと別れることを、残念に思っているのだろうか、それともほっとしている？　きっとほっとしているのだろう。わたしは心残りだ。彼に言いたかった。蓮っ葉な女みたいなことをしてごめんなさい。あなたに相手にされなくて心残りなの。だから、わたしってほんとうに蓮っ葉なのかも。ごめんなさい。そう言う代わりにこんなことを口走っていた。彼の膝に乗ってキスを迫ったわたしはほんとうのわたしではないと、自分に思い込ませるために。

「どうして刑務所に入る羽目になったの？」

「大英博物館からモナ・リザを盗んだ」彼がしれっと言った。

「モナ・リザはそもそも大英博物館に展示されていないわよ」

「いまはもうね」

わたしはつい笑ってしまった。ほんの一瞬だけれど、彼と目を合わせることができた。

「まあ頑張ってね、ミスター・キルゴア」

「きみもね、お嬢さん」〝お嬢さん〟と呼ばれて気持ちが少し楽になった。

フィンが部屋に引き揚げたあとも、わたしはその場でぐずぐずしていた。またしても疲労の波に襲われたからだが、ホテルの部屋でひとりぼっちでいるほうが、人の行き交う中庭に一人で座っているよりずっと悲しい気がしたからでもあった。コーヒーのお代わりを頼み、カップをじっと見つめていた。

一人で動くほうが楽でしょ、と自分に言い聞かせる。死に損ないの婆さんに拳銃を突き付けられることもないし。罵声を浴びせられることもないし、イヴの二日酔いのために出発が遅れることもないし、すぐ故障するおんぼろ車で旅をしなくてもすむ。前科者のスコットランド人と付き合って、傷口に塩を塗り込むような真似をせずにすむ。ヤンキーのお嬢ちゃんと呼ばれなくてすむ。一人でローズを探しに出掛けられたら、どんなにせいせいすることか。

自分一人で。なにも大げさに考えることはないのだ——ひとりぼっちには慣れているはずじゃないの。戦争がはじまる前にローズと別れて以来、ずっとひとりぼっちだった。わたしがそこにいることに誰も気付かないような、慌ただしい家族の中にいて、わたしはひとりぼっちだった。わたしがそこにいることに、やっぱり誰も気付かないような、賑やかな女子寮で、わたしはひとりぼっちだった。

しっかりしなさい、と自分に言い聞かせていると、ベルボーイが忙しそうに脇を通り過ぎていった。しっかりするの。うじうじと自分を憐れんでいないで、シャーリー・セントクレア。自分を憐れむなんて退屈きわまりないじゃないの。

イヴの悪いところがうつったみたいだ。愚痴ばかり言って。たとえ頭の中だけにしても。

〝わたしに悪影響をおよぼしているわよ〟と〝ささやかな問題〟が声をあげる。

お黙り。お腹に向かって言う。あなたは存在していないんだからね。なにを言っても聞こえない。

〝よく言うわ〟

すごい。〝ささやかな問題〟がしゃべっている。最初は幻影で、今度は声。

そしていま、背後からオペラ歌手並みの叫び声が聞こえた。「シャーロット！　マ・プティ、あなたったら、なんてことを――」振り返ると額の汗が一瞬で凍り付いた。母に見つかってしまった。

12
イヴ

一九一五年七月

組織的で無駄のない窃盗だった。彼らは正午にやってきた。フォルダーを抱えたドイツ軍将校とお付きが二人。ノックがあった。乱暴だが職務に忠実といった感じのノックで、「銅製品を回収する」と言う将校の口調もまたしかりだった。それが口実であることは明らかだ。ドイツ軍に供出する銅板や銅管が使われているような部屋でないことは、調べなくてもわかる。

リリーとヴィオレットから説明を受けていたので、イヴは対処の仕方がわかっていた。身分証を渡して壁際に立ち、彼らが家探しするのを眺めていた。持ち去る価値のあるものなどないに等しい。くたびれた絨毯地の旅行カバンの二重底に隠したルガーはべつだ。それに、リール空域を守る軍用機のつぎの配備日程と、それを操縦するパイロットの到着日時を記した最新の報告書。ドイツ軍の大尉二人が話しているのを、クリームブリュレとキルシュトルテを運んでいって小耳に挟んだ。いつものようにライスペーパーに書いてピンに巻き、髪に挿してある。

将校とお付きたちが見つけたら大喜びするだろう。

衣類が荒らされ、マットレスが突かれるのを見るのは恥ずかしい。イヴはいたたまれない思いでうつむき、自分の爪先を見つめていた。旅行カバンが持ち上げられて揺すられたときには肝を冷やしたが、拳銃は布で巻いてずれないようにしてあったので難を逃れた。

お付きの一人がカーテンロッドを調べた。「使い物にならない」と言って放ったものの、カーテンははずして袋に詰め込んだ。文句を言わないか確かめるように、こっちを横目で見る。イヴはなにも言わずに怒りを呑み込み、息とともに吐き出した。毎日目にするこういったささいな出来事のほうが、大きな事件よりも彼女の怒りを掻き立てる。ドイツ兵にはいつでもこちらを撃ち殺す権利があるという事実は気にならなくても、部屋にずかずか入ってきてカーテンを盗んでいくことは我慢ならなかった。

「なにか隠してるんじゃないのか、お嬢さん《フロイライン》？」兵士が尋ね、イヴのうなじに手を這《は》わせた。「新鮮な野菜は？　ひょっとして肉を隠してるんじゃないのか？」

髪に挿した暗号メッセージのすぐそばを兵士の指がかすめた。イヴは無邪気な目を大きく見開いて兵士の視線を受け止める。小さく丸めた紙を見つけられさえしないなら、いくら触られてもかまわない。「いいえ、ムッシュー」

兵士たちはくすねた品々を詰めた袋を持ち、威張って出ていく。将校が持ってきたフォルダーになにか書き込み、カーテンの受取証を差し出したので、イヴはお辞儀をして礼を言った。ただの紙っぺらにすぎないが、決まりは守られねばならない。侵略者たちがフランス市民に身をもって教えてやっているというわけだ。

リールに来て一カ月ちかく、朝と夜、ふたつの顔を使い分けることにも慣れてきた。毎朝、ベッドから出たとたん、イヴはマルグリット・ル・フランソワになる。マルグリット以外の自分がいることを忘れるぐらい、それはたやすいことだった。マルグリットは食べ物を買いに行くとき以外は部屋にこもり、できるだけ目立たないように暮らしている。マルグリットは通りの向かいに住む、やつれた母親と痩せ細った子供数人の家族に小声で挨拶し、岩みたいに硬いパンしかなくてと詫びるパン屋に内気な笑顔で応える。無口なのは彼女にかぎったことではなく、リールの住人たちはみな引きこもるようにして暮らしていた。飢えと退屈と単調さと恐怖で感情が摩滅しているのだ。

それが昼間の顔だ。しかし夜になると、目立たないことが武器となる。週に六晩、〈ル・レテ〉で働き、週に一度くらいはリリーに報告できるような情報を耳にした。

「情報がど、どれぐらい役立っているのか知ることができたら」七月の長い夜、イヴはリリーに打ち明けた。彼女の訪問は、つまらない日常を活気づかせるシャンパンのようだった――この瞬間だけ、地味な服を脱ぐようにマルグリットを脱ぎ捨て、イヴに戻ることができる。「そのうちのひとつでも、か、か、価値のあるものだったとわかる方法はないのかしら」

「それは無理ね」リリーがイヴの最新報告をカバンの縫い目に隠しながら言った。「役に立つと思う情報を伝え、あとは神に祈るだけ」
「自分が伝えたあの情報が戦況を変えたとわかった、そんな経験をしたことがあるの？」
イヴはしつこく食い下がった。
「何度かね。そりゃいい気分だったわよ！」リリーはイタリア人シェフがするみたいに指先を合わせてキスの真似をした。「そんなことでやきもきしないの。きみはトップクラスの仕事をしている、とエドワードおじさまに言ってほしいわけね。まったくイギリス人はこれだから。なんでもランク付けしないと気がすまない。パブリック・スクールに通ってたころの癖が抜けないんだから」リリーがいたずらっ子のような笑みを浮かべる。「さあ、髪をブラッシングしてあげるわよ」

トップクラスの仕事。イヴはその晩、ベッドの中でその言葉を抱き締めた。マットレスは硬くて薄い。夜になっても蒸し暑く、遠くで砲火の音がした――でも、危険に囲まれたリールで、イヴは赤ん坊のようにぐっすり眠った。レストランで客の食べ残しを分けてもらっていても、つねに腹をすかせていた。店でくたくたになるまで働かされ、つねに危険と隣り合わせの毎日だった。体重は減り、頬の艶は失われ、おいしいコーヒーのためなら人だって殺すという気分になることもあった――それでも、ほほえみながら眠りにつき、毎朝起きると、マルグリットになる前に思うのだった。

こここそがわたしの居場所だ。

そう感じているのはイヴ一人ではなかった。「ああ、やれやれ」ある晩、リリーはため息混じりにたくさんの身分証を選り分けながらつぶやいた。あすはお針子のマリーでいくか、洗濯女のロザリーでいくか決めかねているのだ。「戦争が終わったら、きっとどうしていいかわからないでしょうね。自分に戻らなきゃいけないのよ。どれほど退屈か」

「あなたは、た、退屈じゃない」イヴは硬いマットレスに横になり、天井を見上げてほほえんだ。「あたしは退屈だけど。手紙をファ、ファ、ファイルして、下宿屋にす、住んで、夕食の残り屑を猫にやる」そんな暮らしに耐えられるとは思えなかった。

「あなたは退屈なんかじゃないわよ、マ・プティ。退屈しているの。女はみんな退屈している。女の人生は退屈なものだから。わたしたちが結婚するのは、やることが見つかるから。それで子供が生まれるとわかるのよ。赤ん坊というのは女以上に退屈なものだってね」

「この戦争が終わって仕事がなくなったら、あたしたちは死ぬほど退屈するのかしら？」

すべてを覆い尽くす戦争が終わるなんて想像できなかった。前年の八月には、クリスマスには片が付くだろうとみな高を括《くく》っていたものだ。塹壕からほど近くて銃声が絶え間なく聞こえる町で、ドイツ時間に合わせられた時計で生活していると、とてもそんなふうには思えなくなる。

「戦争が終わったら、わたしたちはべつの仕事に就くんでしょうね」リリーが身分証を扇のように広げながら言った。「輝かしい仕事をしたいわ、ねえ、そう思わない？　特別な仕事を」

リリーはいまでも特別だ、とイヴは思った。あたしとはちがう。べつに妬んでいるわけではない――どちらも得意なことをやっているのだから。リリーの仕事はべつの誰かになること、仕草や言葉遣いをそれらしく変えてべつの人間になりすますことだ。お針子、洗濯女、チーズ売り。リリーの仕事が別人になることなら、イヴの仕事は、誰もその存在に気付かない無名の誰かになることだ。

ところが、時間が経つにつれて、イヴの不安が増していた。なぜなら、彼女の存在に気付いている人間がいるからだ。

最後の客が引き揚げたあとも、ルネ・ボルデロンが店でぐずぐずしていた。店のスタッフが黙々と後片付けをするそばで、葉巻をのんびりと燻《くゆ》らせている。ドイツの将校に囲まれているときは、美食家《ボンヴィヴァン》のホストを演じているが、一人になるとまるでサメのように単独で泳ぎ回る。一人暮らしをして、たまに給仕長に店を任せて芝居やコンサートに出掛ける。優雅なカシミアのコートに午後の空気をまとわせ、銀の握りのステッキを振りながら。店を閉めたあと、暗い窓の前に立ってほほえむ彼を見ていると、この人はなにを考えているのだろう、とイヴは思わずにいられなかった。店が儲かっていることが単純に嬉しいだけかもしれない。イヴは彼を避けてきた。言葉の訛りからほんとうの出生地はちがうだろうと問い詰められて以来、彼とは距離をとるようにしていた。

だが、彼がそれを許してくれない。

「レコードを止めてくれないか」テーブルを片付けに行こうとしたイヴに、彼が言った。

店の片隅に置かれた蓄音機が、母国の音楽を好むドイツ人の客たちに背景音楽を提供しており、いましも曲が終わってザーザーいっていた。「シューベルトばかり聴いてよく飽きないものだ」

イヴは彼の視界の端を動いて蓄音機へと向かった。夜の十二時を過ぎていた。ルネは隅のテーブルでコニャックのグラス片手に、蝋燭の光を受けて座っている。ほかのテーブルは片付けを待っている。真っ白なテーブルクロスがワインのしみやタルトのかけらで汚れ、グラスもいくつか転がっていた。厨房を片付ける料理人たちのざわめきがかすかに聞こえるが、静けさの邪魔をするほどではなかった。「べつのレコードをかけましょうか、ムッシュー？」イヴはぼそっと言った。一刻も早く片付けを終えて帰宅し、前線から戻ってきた負傷兵たちを乗せる汽車の時刻を書き留めたかった。その晩に耳にした貴重な情報だから……。

彼はコニャックのグラスを置いた。「代わりにわたしが音楽を提供しようかな？」

「ムッシュー？」

片隅に置かれたコンパクト・グランドピアノは、美しい刺繍のショールと蝋燭で飾られ、〈ル・レテ〉がただのレストランではなく、最高のシェフがいる個人の館という雰囲気を醸していた。ルネは悠然と歩いて椅子に座り、並外れて長い指を鍵盤に走らせた。儚げなメロディーが高まっては弱まり、雨音のようだ。「サティ」彼が言う。「ジムノペディの一曲。知ってるかね？」

イヴは知っていた。マルグリットは知らないだろう。「いいえ、ムッシュー」迷子のナプキンや捨てられたフォークを集めてトレイにのせる。「お、お、音楽のことはなにも知りません」

「わたしが教えてあげようか？」彼が弾きつづける。メロディーがやさしくあやす。「サティは印象主義の作曲家に影響を与えたが、ドビュッシーほど耽美《たんび》ではない。フランス人には珍しく明晰《めいせき》で優雅だとかねがね思っている。不必要な飾りなしで哀愁を掻き立てる。喩《たと》えるなら簡素なドレスを着た美女、スカーフでごてごて飾り立てる愚を知っている女だ」彼の視線がつかの間イヴをかすめた。「きみは優雅なドレスなど着たことがないんだろうな」

「はい、ムッシュー」置き去りにされたワイングラス二脚をトレイにのせる。片方は空で、もう一方には金色のワインが残っていた。そのワインをじっと見つめたのは、雇い主を見たくない一心からだ。ありきたりのレストランなら、厨房にさげたとたん、料理人がこういうグラスを空にするが、ここではそういうことはなかった。ここではグラスに残った三口分をボトルに戻す。闇市で食材をふんだんに手に入れているこの店でさえ、酒は無駄にできないのだ。食べ残しとちがい、飲み残しのワインがスタッフのあいだで当分に分けられることはなかった。もっとも無愛想なシェフからもっとも横柄なウェイターに至るまで、三口分のワインを盗み飲みしただけで首になるとわかっているからだ。ルネ・ボルデロンは平気でそういうことをする人間だ。

ピアノの音に負けじと講釈を垂れていたルネが、イヴの関心を引くようなことを言った。「フリルのない優雅なドレスの比喩がわかりにくいなら、サティの音楽を喩えるに、辛口のブーブレなどどうだろう。優雅だが控えめだ」イヴのトレイのグラスのほうに、彼が首を倒した。「飲んでみなさい。なるほどと思うかどうか」

彼がほほえんだのは、思いついた喩えに満足しているからだろう。そうであってほしい。なにかほかの企《たくら》みがありませんように、とイヴは必死に念じた。彼の動機がなんであろうと、イヴは拒否できない。だからグラスを取り上げ、小さな女の子がするように恐るおそる口をつけた。喉につかえる真似をしようかと思ったが、いささかやりすぎだろうから不安げにほほえむに留め、空にしたグラスを置いた。「ありがとうございます、ムッシュー」

彼が、さがっていい、とうなずいたので、イヴはほっとした。ピアノの前の人物を盗み見ながら、どうかわたしに気付かないで、と心の中で懇願した。取るに足らない人間なのだから。ルネがそれを信じるかどうかわからない。母音の発音が身分証に記された出生地と合わないことを見抜き、彼女が苦心して創り上げた無個性な女の仮面を、ルネはあっさり見破った。そしていまも探しているようだ。マルグリット・ル・フランソワにはほかにも秘密があるのではないか、と疑っている。

二日後のことだった。ルネは店じまいすると二階に引き揚げた。だが、古株のウェイターから、今夜の売り上げを記した帳簿を二階に持っていくよう指示され、イヴが贅沢な書斎に入っていくと、またしてもあのほほえみだった。

「マドモアゼル」彼は読んでいた本を置き、栞《しおり》を挟んだ。「きょうの売り上げだね？」

イヴは膝を折ってお辞儀し、帳簿を渡した。彼は帳簿を開き、インクの滲みやいつもとちがう記帳内容をたんねんに辿り、メモを書き付けながら、唐突に言った。「ボードレール」

「なんでしょうか、ムッシュー？」

「きみが見つめている大理石の胸像。シャルル・ボードレールの胸像のレプリカだ」

イヴが胸像を見ていたのは、ルネを見たくなかったからだ。本棚の小さな胸像をあらためて見て、目をしばたたく。「はい、ムッシュー？」

「ボードレールは知っているね？」

いくらマルグリットだからって、まるっきり知らないと言えば嘘臭く聞こえるだろう――それに、残念ながらムッシュー・ボルデロンは、彼女を馬鹿だとは思っていない。

「名前は聞いたことがあります」

「『悪の華』は、これまでに書かれた詩の中でも最高の部類だ」帳簿にしるしをつけながら言う。「詩は熱情に似ている――かならずしも美しくはない。ときには圧倒し傷をつける。ボードレールにはそれがわかっていた。甘美さに穢《けが》れを取り合わせる。だが、あくまでも優雅にそれをやるんだ」ほほえみ。「とてもフランス的だな、猥褻《わいせつ》を優雅に見せるのは。ドイツ人もそれをやろうとするが、野卑になる」

彼が優雅なものに拘泥するのは、フランス的なものを好むあまりなのだろうか。「はい、ムッシュー」

彼はおもしろがっている。「戸惑っているね、マドモアゼル」

「そうですか？」

「ドイツ兵のご機嫌をとるわたしが、彼らを野卑と言う」彼が肩をすくめた。「彼らは野卑だ。ああいう野卑な連中は、金を搾り取ってやる以外に使い道はない。そういうことがわからない人間が多すぎて困る。リールの住民たちは、実用と金よりも悪意と飢えを選んでいる。くだらない信条にしがみつき、ボードレールを引用する。〝生きながら鴉を招いて持ち崩したこの身、残るくまなく啄ばませよう〟ドイツ人のご機嫌をとるぐらいならば。だが、戦場で勝利者になるのに、そんなプライドはなんの役にもたたない」彼は長い指で帳簿の背表紙を撫でた。「鴉に啄ばまれる死骸になるのが関の山だ」

イヴはうなずいた。ほかになにができる？ 耳の中で、血がゆっくりと冷たく脈打っていた。

「フランス人は実用的になれるのだ。いいかね、わたしの言うことを誤解しないでくれたまえ」彼が話をつづけた。「プライドより実用性を重んじたほうがうまくやれる国民なんだ、フランス人は。歴史がそれを証明している。国王の首を刎《は》ねたのは実用性のなせる業であり、ナポレオンの台頭を許したのはプライドのせいだ。長い目で見て、どちらがましだと思う？」ルネは思案げにイヴを見つめた。「わたしが思うに、きみは実用的な女だ。

より大きな得を得るために、身分証をごまかすというリスクを冒した——大胆さに裏打ちされた実用性だな」

嘘がうまく吐けると思われてはならない。「帳簿のチェックはお、終わりましたか、ムッシュー？」無難な話題を持ち出した。

彼は聞いていない。「きみのミドルネームは、たしかデュヴァルだったな？　ボードレールの愛人の名前がマドモアゼル・デュヴァルだった。もっともマルグリットではなくジャンヌだったが。クレオール人の娘で、ボードレールがゴミ溜めから拾い出し、美女に仕立て上げた。彼女のことを〝ブラック・ビーナス〟と呼んだ。これらのページに記された穢れと熱情の多くが、彼女に触発されたものだ」イヴが入っていったとき脇に置いた本を軽く叩きながら言う。「磨き上げた美女のほうが、最初から洗練さを身につけた美女よりもおもしろいのだろうな、きっと。〝鶴嘴《つるはし》も測深錘《さぐりのすい》も届かない深い処に、忘れられて闇に埋もれて数多い宝が眠る……〟」

またしても瞬きしない凝視。「鶴嘴と測深錘できみを掘ったら、さて、どんなものが現れるのやら」

身も凍り付くようなパニックの瞬間に、彼は知っている、とイヴは思った。

大丈夫、彼はなにも知りやしない。

息を吐く。まつげを伏せる。「ムッシュー・ボードレールはと、と、とてもおもしろそうですね。よ、読んでみたいです。もう帰ってよろしいですか、ム、ム、ム、ム——」

「よろしい」彼が帳簿を差し出す。イヴは扉を閉め、彼の視界から逃れたとたんぐたっとなった。全身が汗びっしょりだった。リールに来てはじめて、パニックに陥りたいと思った。パニックに駆られる。臆病風に吹かれる。逃げ出す。なんでもいい、ここから逃げ出せるのなら。

やっとのことでアパートに戻ると、ヴィオレットがいて、二重底の旅行カバンにイヴのルガーと並べて自分のルガーをしまっているところだった。彼女はこちらを見るなり、やれやれという口調で言った。「怖くなった?」

「い、いいえ」窓とドアを確認する儀式が終わるまで、イヴはそれ以上なにも言わなかった。教会の分厚い壁と廃墟となった建物に挟まれているとはいえ、うっかり誰かに立ち聞きされないともかぎらない。「雇い主に疑われているの」イヴは低い声で言った。

ヴィオレットがぱっと顔をあげた。「質問攻めにされたの?」

「いいえ。でも、話しかけてくるの。彼にとってず、ずっと目下の人間であるこのあたしに。なにかおかしいと思ってるのよ」

「しっかりしなさいよ。彼に人の心が読めるわけがない」

それが読めるのよ。そんなこと考えるなんて馬鹿らしいとは思うが、イヴは否定できなかった。

「あなたはリリーによい情報を渡しているんだから、ここで怖気づいたりしないでよ」ヴィオレットは即席の寝台にあがると、丸眼鏡をはずした。配置換えを願いそうになり、イヴは唇を噛んだ。ここでないどこか、ルネ・ボルデロンの瞬きしない目から逃れられるところならどこでも……だが、ヴィオレットに軽蔑されるのは耐えがたいし、リリーをがっかりさせるわけにはいかない。イヴが〈ル・レテ〉でスパイすることを、リリーは望んでいる。キャメロン大尉もだ。

トップクラスの仕事。

しっかりしなさいよ、とイヴは自分を叱った。なにがあろうとあたしはイヴリン・ガードナーなんだし、ここがあたしの居場所なんだから。あなたは一度、ルネ・ボルデロンに嘘を吐いた。だったら二度でも三度でも吐きつづければいい。

「彼があなたを見つめるのは、疑っているからじゃないかもしれない」あくびを噛み殺したヴィオレットの声が、闇の中を漂う。「よからぬ思いを抱いているのかも」

「まさか」イヴはそっけなく笑い、屈《かが》んで靴を脱いだ。「あたしはそんなにゆ、ゆ、優雅じゃないもの。マルグリット・ル・フランソワは田舎のネズミよ。泥臭すぎる」

ヴィオレットは疑うように鼻を鳴らしたが、イヴはそうだと確信していた。

13
シャーリー

一九四七年五月

そこにいた。わたしの母が。ラベンダーの香りをさせてあいかわらず美しく……最新流行の青い帽子のベールに隠れた目には涙が溢れていた。それを見ただけでわたしは言葉を失い、されるがまま母に抱き締められていた。

「マ・シェリ、あなたって子は！　異国で姿をくらますなんて！」口ではきついことを言っているが、母の手袋をした手は赤ん坊にするようにわたしの背中をさすっていた。母が体を離し、わたしを揺すった。「あんなふうに心配させて、それもなんの理由もなしに！」

「理由はあったわ」わたしはなんとか言ったものの、また母に抱き締められた。二分間で二度も――このところ母に抱き締められた覚えがなかった。とくに〝ささやかな問題〟が勃発してからは皆無だった。それよりもっと前からだ。自分でも意外だが、母のコルセットで締めたウエストに腕を回していた。

「ああ、シェリ――」母が体を離して目を拭ったので、わたしは声を取り戻した。

「どうしてここがわかったの？」

「ロンドンから電話をくれたとき、ローズを探すつもりだと言っていたでしょ。だったらルーアンのジャンヌおばさまを訪ねるだろうって、誰でも想像がつくでしょ？　船に飛び乗り、カレーに着いてすぐに彼女に電話したの。あなたが訪ねてきたことを聞いたわ。それにルーベに向かったことも」

「おばさまはどうしてそれを――」そう、自分でそう言ったんじゃなかった？　〝いいえ、おばさま、泊まっていけないの。ルーベに行かなきゃならないので〟どうしてローズを追い出したの、と怒鳴りつけたくなる自分を抑えるのにせいいっぱいで、言葉に気をつける余裕はなかった。

「大都会でもないしね、ルーベは」母はホテルの中庭を手振りで指した。「調べ回って、ここが四軒目よ」

なんて運が悪い、もう嫌になる、とわたしは思った。でも、わたしの中で小さな声がしていた。ママがわたしを抱き締めた。

「まずはお茶ね」母が勝手に決めた。サウサンプトンのドルフィン・ホテルで決めたように。あれから一週間も経っていない。イヴとフィンと、それにローズについて知ったことすべてをおさめるのに、数日はあまりにも短すぎる。

母は紅茶を注文し、心配そうに頭を振りながらわたしを見つめた。「なんて格好をしてるの。さぞ不便な思いをしたんでしょうね。モン・デュ――」

「いいえ、お金はあるもの。わたし、おばあさまの真珠を質に入れた」なんて不面目なことをしたのだろうと、そのとき不意に思った。母方の祖母の唯一の形見を、無謀な探索のために手放すなんて。「かならず取り戻すわ。預り証を持っているもの。自分の貯金をおろして受け出すから」

「道端で野宿したんじゃないとわかってほっとしたわ」母は自分の母親の真珠がなくなったことに触れようとしなかった。これもまたわたしにとっては意外だった。自分が譲り受けて当然だったのに、とあてつけがましく何度も言っていた真珠のことが、気にならないの？「海峡をたった一人で渡るなんて！　シェリ、なんて危険なこと！」

一人じゃなかったわ。そう言いそうになったが思いとどまった。わたしが前科者や拳銃を持ち歩く酔っ払いと一緒に旅してきたと知って、母が安心するとは思えない。イヴとフィンが部屋に引き揚げたあとでほんとうによかった。「心配かけてごめんなさい。そんなつもり――」

「あなたの髪ときたら」母が舌打ちし、乱れた髪をわたしの耳にかけた。どうしてこんなに自分を幼く無力に感じるのだろう。イヴの家に押し入り、顔にルガーを突き付けられ、海峡を渡ってきた自分を……？

椅子に座ったまま背筋を伸ばし、話し合いに臨む。むやみに感情を爆発させるすねた子供ではなく、ちゃんと計画を持った大人の女に見えなければ、母はわたしの話に耳を傾けてくれやしない。〝予約〟を反故にしたのは、わたし自身のためじゃなかったの。それは

「わかってます」母がティーカップを手にする。「事を急ぎすぎたわね、お父さまもわたしも――」

「いいえ、そういうことじゃない。ローズのためなのよ」

「――スイスでのことで。〝予約〟のことで」ほらまたこの言葉だ。「サウサンプトンで船を降りたとき、あなたはふつうじゃなかった」

わたしは肩をすくめる。たしかにふつうじゃなかったけれど、それは――。

「あなたによかれと思ってやったことよ、お父さまもわたしも」母は手を伸ばしてわたしの手をやさしく叩いた。「親なら当然でしょ。あなたに考える時間を与えずに船に乗せたわ」

「わたしがすべてをぶち壊したのね？」母と目を合わせ、なんとか尋ねた。「いまさら遅すぎるだろうけど……」いつまでに処置すれば大丈夫なのか、まるでわかっていなかった。わたしはなにもわかっていない。

「予約を取り直せばすむことよ、マ・シェリ。遅すぎることはありません」

胸が痛んだのは失望のせいか、安堵のせいか。吐き気はすっかりおさまっていたが、〝ささやかな問題〟が震えているような気がした。

母がわたしの手に手を重ねてきた。あたたかくやわらかな手だ。「怖がるのも無理はないわ。でも、こういうことは早いほど安全なのよ。片がついたら国に戻って、ゆっくり休みなさい、反省して――」

「休みたくない」わたしは顔をあげた。困惑を掻いくぐっていつもの怒りが頭をもたげた。「国に戻りたくない。ローズを探したいの。まだ生きているかもしれない。ねえ、話を聞いて」

母がため息をついた。「まさか、ローズが生きているなんて信じてはいないんでしょ」

「信じているわ。亡くなったとわかるまでは望みを持ちつづける。ジェイムズが亡くなったせいで、彼女に手紙を書くことすらできなかった。ずっと手をこまねいていた」

母が張り詰めた顔でナプキンの端を丸めた。兄の名前が出るたびに、母はこういう顔をする。

「望みはあるわ、ママン」母にわかってもらいたかった。「兄さんのことはもう手遅れだけれど、ローズを救うことはまだできるかもしれない。彼女は家を出ていたのよ。ジャンヌおばさまからわけを聞いたわ」

表情が揺らぐ。母は知っていたのだ。わたしに告げないほうがいいと思った。ふたたび鎌首をもたげる怒りを、わたしは押さえ込んだ。

「ああいうことがあったあとでは、ローズとしても家族のもとには戻れなかった。それで、リモージュに留まったんだわ。まだリモージュにいるなら、見つけ出してあげなくちゃ」

「それで、あなたは?」母がわたしをじっと見つめる。「彼女に拘《こだわ》って、自分の将来を棒に振るつもりなの。ローズ・フルニエとおなじぐらい、シャーリー・セントクレアも大事なのよ。ローズだってそう言うにちがいないわ」

ホテルの中庭に目をやる。ローズのブロンドの髪が、輪郭が見えないかと思って。なにも見えなかった。

「〝予約〟があるでしょう」母の声はやさしかった。「クリニックに連れていってあげますからね、マ・シェリ」

「行きたくないと言ったら？」どこからともなく出た言葉だった。母もだが、言った本人も驚いた。

母はしげしげとわたしを見て、ため息をついた。「あなたの指に指輪がはまっているのなら、話はべつです。お式の段取りをつけ、あなたは美しい花嫁になり、六カ月後には美しい母親になる。ありえない話ではないわね」

たしかに。女なら誰でも理解できる数式だ。結婚指輪に目立たないお腹を足すと、あら不思議、世間体を保てる。

「でも、あなたの場合は事情がちがうのよ、シャーロット。婚約者がいないのだから……」

母が先を言いよどみ、わたしは顔をしかめる。未婚で子供を産むとどうなるかぐらい、わたしにもわかる。誰も口に出して言わないが、それぐらいわかる。身持ちの悪い女と結婚したがる男はいないし、雇ってくれるところもない。家族の面目は丸潰れ、友人たちは口をきいてくれなくなる。人生が壊れるのだ。

るの」

「ほかに選択肢はないのよ」母が攻めてくる。「一度の処置で、あなたは人生を取り戻せ

ふつうの生活に戻りたいと思っていないなんて、とても言えなかった。わたしはティー

カップの縁を指で辿る。

「お願いだから、シェリ」母は冷めた紅茶の入ったティーカップを置き、小さなテーブル越しに両手を伸ばしてわたしの手を握った。「ローズ探しはそれから再開すればいい。あなたがそれほど望んでいるのならね。でも、まずはあなたの将来のためになることをやったらどうかしら？」

「クリニックに行きます」喉につかえる塊を押しのけるようにして言った。「そのあとでローズを探す。約束してね、ママン、お願い」

母がわたしの手をぎゅっと握った。「約束するわ」

眠れなかった。

〝ささやかな問題〟のせいでぐったり疲れていたから、熟睡して当然なのに。母が自分の部屋の隣に上等な部屋を取り直してくれたし、パサパサのサンドイッチの代わりに、銀のトレイにのったおいしいディナーも食べた。何度も水洗いしたナイロンのスリップの代わりに、母から借りたナイトガウンでベッドに入ることもできた。常軌を逸したイギリス女の夜中の悲鳴に煩わされることもなく、手持ちのお金がなくなったらどうしようと心配す

ることもない。母がここにいて面倒をみてくれるのだから。

　それでも、母がわたしの額にキスして自室に引き揚げたあと、わたしはひんやりとしたシーツにくるまれ何度も寝返りを打った。仕方なくベッドを出て借り物のバスローブを羽織り、借り物の室内履きに足を入れ、煙草を掴み、新鮮な空気を吸おうと部屋を出た。バルコニーに出られればよかったのに、廊下のはずれのフレンチ・ドアは鍵がかかっていた。けっきょく階段を降りて暗いメインフロアへ向かった。神経が高ぶっていたので、おもてに出ていくわたしに、夜勤のスタッフが驚いた顔をしようと気にならなかった。

　半月とわずかな街燈の光では闇を晴らせない。ホテルの中庭の時計は午前二時を告げていた――小さなルーべの町は眠りに沈んでいた。ゴロワーズを一本抜いて、マッチが入っていないかとバスローブのポケットを探っていると、通りの数メートル先のなにかが目を引いた。艶やかなダークブルーの金属。

「こんばんは」わたしはラゴンダに声をかけ、ちかづいていって滑らかなフェンダーを軽く叩いた。「本音を言うと、あなたが恋しくなるでしょうね」

「彼女はおだてに乗りやすい」後部座席から低いスコットランド訛りが聞こえ、わたしは跳び上がりそうになった。

「ここでなにしてるの？」こんなひどい姿が、暗すぎてフィンに見えないことをわたしは願った。どうして、どうして、べつのホテルに移ろうと母に頼まなかったんだろう。おなじホテルに留まるなんて、イヴやフィンにまだなにか期待しているみたいじゃない。きさまりが悪い。まるで出番の終わりの合図に気付かなかった役者みたい。人生が芝居だったらいいのに。登場と退場のきっかけがわかっている芝居だったら。

フィンのくしゃくしゃの黒髪が窓からはみ出していて、煙草の先が赤く輝いている。

「眠れなくてね」

火をつけていない煙草を持ったまま、わたしは両手をポケットに突っ込んだ。そうしないと乱れた髪を整えようとしてしまう。バスローブに室内履きの取り合わせほど、魅力に乏しいものがほかにあるだろうか。「眠れないときは車の中で過ごすの？」つっけんどんに言った。

フィンは開けた窓に剥き出しの肘を休めていた。「彼女が心を鎮めてくれるんだ。悪い夢を見たときの最良の癒し」

「悪い夢を見るのはイヴのほうだと思っていた」

「おれだって悪い夢ぐらい見る」

どんな夢だろう。尋ねはせず、フェンダーを軽く叩いた。朝になってもこの車に乗らないことが不思議に思える。あすは汽車でヴヴェーに向かい、それから――スイスで娘たちを〝予約〟の場所まで運ぶのはどんな乗り物だろう？　鳩時計を備えたタクシー？　運転手は木靴を履いてる？　初夏の夜なのにゾクッとした。

フィンはラゴンダのドアを開け、奥に詰めた。「寒いなら乗れよ」

寒くはなかったけれど、乗り込んだ。「火を貸してくれる？」

彼がマッチを擦る。つかの間の炎に彼の横顔が浮かび上がり、炎が消えると闇に包まれなにも見えなくなった。煙を吸って、ゆっくり吐き出す。「こういう車を持つことになったいきさつを話して」なにか言わなければと思っただけだ。後部座席でまわりがよく見えなかったら、当たり障りのない会話をするしかないだろう。

「おじさんの遺産が入った。わずかばかり」彼の言葉がわたしを驚かせた。まともな返事が返ってくるとは思っていなかったからだ。「おじさんは、その金でおれに学校に行ってほしかったんだ。身を立てられるように。だけど、エンジンオイルで爪を汚しているガキには、ほかに考えがあった。金を手にした先のことで」

「それは、夢の車に全財産を注ぎ込むってことね」フィンの笑い声が聞こえたような気がした。

「アイ。ベントレーには手が届かなかったけど、この子を見つけた。丸顔の愚か者に乗り潰されたこの子をね。彼女を買い取って修理した。彼女はおれのことをすっかり気に入ってくれた」フィンは愛《いと》おしそうにシートを叩いた。「戦時中、おれが出会った兵士たちはみんな、恋人の写真を持っていた。学校を出たての奴は母親の写真をね。おれには恋人がいなかったから、愛車の写真を持っていた」

軍服に鉄兜《てつかぶと》をかぶり、輸送船のデッキでラゴンダの写真を眺めるフィンの姿を想像したら、笑いたくなった。

彼は煙草の燃えさしを飛ばし、べつの煙草に火をつけた。闇の中に炎があがる。「それで、きみはあす出発するんだ」

「ええ」わたしはうなずいた。「母に見つかってしまったの。あすの朝、ヴヴェーに向かって出発よ」

「リモージュじゃなくて？　リモージュを焼きはらってでも、いとこを見つける覚悟だと思っていた」

「リモージュはあとで。こっちは」――彼には見えないかもしれないけれど、〝ささやかな問題〟を手で指した――「あまり長く待ってくれないって、母が言うから。そういうこと、わたしにはわからないもの。面倒に巻き込まれたただの娘だから」

「ヴヴェーに行くのは――その面倒のため？」

「〝スイスの休暇〟って言葉、耳にしたことない？」わたしはにやりとした。「わたしみたいな娘が行くところ」

「白いドレス姿で、教会の通路を歩むのかと思っていた」

「男を掴まえられればね」

スコットランド人らしい皮肉混じりの笑いが声に出ていた。「聖母マリアじゃないかぎり、男を掴まえなきゃならない」

わたしの笑い声は掠れていた。「フィン、わたしは男子学生の半分を捕まえたのよ。でも、誰とも結婚できない」

嘘だろう、と鼻を鳴らすか、体を引くかどちらかだろうと思った。でも、彼はやわらかな革張りのシートの端に座ったまま、闇の中でわたしを見ていた。「なにがあった？」

真昼間なら、とても口に出せなかっただろう。あまりにも安っぽくてありきたりで、愚かすぎるから。でも、わたしを包む闇はやさしかった。彼から横顔と赤くなった煙草の先端しか見えないように前を向いた。わたしの声は抑揚と感情に乏しかった。

「女の子はきれいに三等分されるの」デートにおける割り合いで、どんなに馬鹿な女子大生でも、それをどう足していけばいいのか知っている。「男の子が触ってもいい部分」わたしはつづけた。「婚約しているか、男の子にそのつもりがあれば触ってもいい部分。結婚するまで触ってはいけない部分。誰でも知っている分布図。にもかかわらず男の子は触ろうとする。それが男の子だから。わたしたちが、ノー、と言うから。男の子が試そうとして、女の子が拒否する。それがダンス」

わたしは煙草の灰を窓の外に落とした。大気はひんやりとしている——夏の雨が降るのだろう。フィンは黙っていた。

「わたしの兄は、戦場から戻って、ふつうの生活に馴染《なじ》むことができなかった。そのせいで、兄は散弾銃を口に咥えた」〝脳みそと血があたりに飛び散っていた〟わたしがちかくにいることも知らず、隣人が不用意にも口にした言葉だ。両親がわたしには知らせまいとした無残な現場の詳細を。わたしはバスルームに飛び込んで吐いた。おぞましい光景を振り払うことができなかった。「両親は……学期が終わる前に、わたしは大学から戻っていたの。両親のそばにいてあげたかったから」母に花を買ってきて、父にはネクタイを結んであげた。日曜の昼食を誰も作る気にならないと、わたしがミートローフを作って焦がした。心が張り裂けてしまった両親の力になりたい一心だった。

「冬休みが終わって、大学に戻らざるをえなくなったわ。世話を焼いてあげたくても、まわりに誰もいなかった。わたしは――止まってしまったの。壊れた時計みたいに。なにも感じなかった。心が死んでしまった。朝が来てもベッドから出られなかった。兄とローズと両親のことを思いながら、ベッドに寝ていた。思いはけっきょく兄に戻るの。泣いた。泣いて泣いて泣き暮らした」

そのころからだ。いろんなところでローズを見かけるようになったのは。お下げ髪を揺らす少女が、子供のころのローズになる。教室に入っていく背の高い女子大生は、成長したローズになる――そこかしこにローズがいた。まったくの他人の顔にローズの顔が重なった。そういうことが度重なり、自分はおかしくなったと思いはじめた……それより、彼女は死んでいないのではないか、と思いはじめた。

「わたしは兄を失った」声が掠れていた。「兄を救えなかった。心がばらばらになったとき、助けてあげることができたら、兄はあんなふうに死なずにすんだかもしれない。いとこまで失うわけにはいかない。彼女が生きている可能性が少しでもあるなら。授業にはまったく出ていなかった――代数のためにベッドを出ることはできなかったけれど、ローズのためならできた。手紙を書いて、電話をかけて、難民局の人と話をしたわ。毎年、夏休みは父の法律事務所で働いていたから、海外のどこに頼んで、どんな書類を見せてもらえばいいかわかっていた。どこに尋ねればいいかもわかっていて、わたしは見つけ出したの」例の退屈しきったイギリス人の事務員が、教えてくれた。ローズ・フルニエに関する最新の報告書はイヴリン・ガードナーが扱ったもので、彼女はハンプソン・ストリート十番地に住んでいることを。それに、彼女は〈ル・レテ〉について書いてある報告書の原本を探し出してくれた。

フィンは黙ったままだ。わたしの煙草は短くなっていた。最後の一服をして、窓の外に投げ捨てた。「わたしが授業をさぼっていることを、両親に言いつける人間がいるんじゃないかと思ってるでしょ。おあいにくさま。誰もわたしのことなんて気にも留めなかった。わたしみたいな女の子は、成績優秀者の名簿に載るために大学に入ったんじゃないってみんな知っている。アイビー・リーグの学生と付き合って、結婚相手を見つけるため。わたしはそんなにデートしなかったわ――たまにダブルデートに誘われるぐらい。友達のボーイフレンドのルームメイトがもてなくて、でもほっておけないなんてときにね――だけど、あのころ、わたしはブラインドデートをするようになっていた。相手の名前はカールだったかな。ディナーに行って、ドライブスルーの映画を観る。映画がはじまるやいなや、彼はわたしのセーターの下に手を入れてきた。それからどうなるかわかっていた。しばらくキスして、彼がそれ以上を求めてきたら押し戻す。あのころは、どうでもよくなっていたの。なにも感じなくなっていて、デートの定番のダンスを踊る気になれなかった。もしこの先までいったら、どうなるんだろうって思った。カールのことは好きでもなんでもなかったけれど、もしかしたらわたしになにかを……感じさせてくれるかもしれないと思った」罪の意識や痛み以外のなにかを。でも、そうはならなかった。もっと心が麻痺するだけだった。これ以上空っぽになりようがなかった。「カールはびっくりした顔をしていた。わたしが押し戻さないのが信じられなかったのね。まともな女の子は拒むものでしょ。そして、わたしはまともな女の子だと思われていた」

フィンはなにも言わない。嫌われてしまったのだろうか。

「来週また会おうって、彼は言ったわ。いいわ、って応えた。はじめてのときは、とくになにも感じなかった。最初はひどいものだって、みんなが言ってたから、そのうちよくなるだろう。そう思っていた」それなのに、もっと感じなかった。「彼はきっと寮の仲間にしゃべったのね。急にデートの申し込みが多くなったの。彼らとも最後までいった。なにも感じなかったけれど、それでもやめなかったのは——」骨の髄まで沁みるような羞恥心を呑み込んで、わたしは話をつづけた。「寂しかったから」息をして。息をするの。「わたし——なにも感じないことに、ひとりぼっちなことにうんざりしながら、車の後部座席でトムやディックやハリーと転げ回ったのは、寮の部屋でメソメソ泣いて、兄の自殺を食い止められたはずだと自分を責めるよりはましだったから」震えながら息を吸い込んだ。「しばらくすると、トムやディックやハリーから誘いが来なくなったわ。シャーリー・セントクレアは誰とでも寝る安い女だって噂がたった。ミルクシェイクも映画のチケットも買ってやる必要がない。車で迎えに行くだけでいい」

込み上げる嗚咽に喉が塞がる。窓から手を出して夜風を指に受けた。フィンの目を見られない。

「そんなふうにベッドで丸くなっているか、難民局に電話をするか、好きでもない男の子たちと関係を持つような生活を送っていたの。春になって、家に戻らざるをえなくなった。未婚のままで妊娠したこと、大学を落第して退学することになるだろうと両親に告げるために。母が泣き喚く合間に、相手は誰なんだ、と父は尋ねた――騒動のさなかに父が口にした唯一の言葉だった。答えないわけにはいかなかった。〝可能性があるのは六人か七人よ、パパ〟それ以来、父は口をきいてくれなくなった」

〝ささやかな問題〟が解決してわたしが家に戻ったら、さすがの父も口をきいてくれるだろうか。それとも、きいてくれない？

フィンが小さく咳払いした。非難の言葉を投げかけられるのを、惨めな思いでわたしは待った。それとも、思わずこう口走るか。「よかったよ、きみに触れなくて」

「ヴヴェーに行きたがっているのはきみなの？　それともきみの両親？」

これ以上ないぐらい驚いたので、わたしは思わず彼のほうを向いてしまった。「このわたしが人の子の親になれると思う？」

「おれには判断がつかない。おれが訊きたいのは、段取りをつけたのはきみの意志だったのか、それとも両親の意向だったのかということ」

自分の意志なんてわからない。誰もそんなこと尋ねなかった。わたしは未成年だから、両親がわたしのために決断を下す。言われたとおりにするのが当然だと思っていた。おまえはジェイムズもローズも自分自身も救えず、すべてに失敗したうえに、ほかにしたいことがあるのかどうか自分に問おうとさえしなかった、と頭の中の意地悪な声が言う。なにも満足にできない自分に、なにがやりたいのか問いかけてなんになるの？　わたしはローズを取り戻したい、自分の将来を取り戻したい、愛する人を救いたい。その人が悲嘆や戦争や死の中に姿を消してしまうのをただ眺めているのではなく、一度でいいから救いたい。でも、どうすればそれができるのかわからなかった。

不意にわたしはもがきだした。フィンのやさしい言葉が周囲に張り巡らしたもろい殻の下から潜り込んできて、わたしの中の怒りに火をつけたせいだ。罵倒の言葉を一日じゅうでもその殻で撥ねのけていられた――ふしだら、尻軽、自堕落、さんざん言われてきたそういう言葉を、でもわたしは自分の身に引き受けて、困っている人を救うばねにしようとした。気にしていないふりをしようと思えばできた。気にすれば打ちのめされて、無防備になるからだ。「どうしてそんなにやさしいの、フィン？　わたしはお腹の子を始末しようと思っている殺人者なのよ。そう思わない？」

「おれは前科者だ」彼が静かに言った。「人を悪く言う権利はおれにはない」

「あなたって不思議な人ね」わたしは泣きそうになった。フィンが手を伸ばし、抱き寄せてくれた。涙でチクチクする目を彼のシャツに押し当て、しゃくり上げた。〝ささやかな問題〟が起きるまでは、泣いてばかりいた――両親に打ち明けて以来、涙の一滴もこぼしたことはない。いままた泣いてしまったら、きっと止められなくなるだろう。フィンとエンジンオイルと突風のにおいがした。わたしは彼の胸に頬を寄せて肩を上下させ、彼は煙草を根元まで吸った。

遠くで時を告げる鐘が鳴る。午前三時だ。フィンは燃えさしを窓の外に投げ捨て、わたしは上体を起こして手首を目に押し当てた。涙はぎりぎりのところで溢れずに留まっていた。

彼が腕をあげたので、わたしはシートの上を滑ってドアへ向かった。「シャーリー、ラス」彼が言った。わたしの名を呼ぶ低くやわらかな声に捉えられ、振り返った。彼の視線がわたしの上に留まる。暗さに目が慣れてきたのだろう、まっすぐな黒い眉の下の彼の瞳がはっきりと見えた。「自分のしたいようにすればいい」彼が言った。「きみの人生だし、きみの子供なんだから。きみは未成年かもしれないけど、それでもきみの人生だ。きみの両親の人生じゃない」

「よかれと思ってやってくれてるのよ。両親に腹をたててはいても、わたしのためを思ってくれているのはわかっている」どうしてこれほど素直に話ができるのだろう？〝ささやかな問題〟のことを、わたしは誰にも話したことがなかった。こんなふうには。「フィン……」さよならを言おうとしたけれど、さよならならホテルの中庭ですでに言っていた。この真夜中の幕間劇《まくあい》は予想外だった。

彼は待っている。

「ありがとう」わたしは掠れ声で言った。車を降り、ホテルに戻った。フィンはなにも言わなかった。声に出しては。それでもわたしには彼の声が聞こえた。

〝自分のしたいようにすればいい〟

14 イヴ

一九一五年七月

リール最大の秘密がイヴの耳に飛び込んできた。ダイヤモンド級の秘密だ。ホフマン司令官とフォン・ハインリヒ大将がいつものテーブルについており、イヴはチョコレートムースの食べ残しをさげようとちかづいていったときだった。「――前線をお忍びで視察だそうだ」大将が不安そうに言った。「皇帝《カイゼル》は二週間以内にリールを通過されることになるだろう」

イヴは瞬きひとつせずにデザートの皿をさげた。

「内々の視察とはいえ、それなりの歓迎式典を準備しておかねばならぬ。目立ちすぎるのもよくない。皇帝が乗られる列車を迎える少人数の代表団――それで、どの路線を使われるのだったかな？」

　どうか教えて。イヴは内心で懇願した。乗る列車と日程を。

大将はどちらも口にした。手帳を見て正しいかどうか確認しながら。いかにもドイツ人だ。細部にまで気を配る。イヴは神に感謝した。ぐずぐずしていると思われる前にその場を離れる。床に足がついていない感じがした。皇帝が――なんと皇帝が！――前線にやってくる。リリーは死を予告する女妖精《バンシー》みたいに大声をあげるだろう。「やったわね《パルブル》、かわいいデイジー、よくやった！　オタンコナスのクソ野郎を空爆で粉々にしてやる。そうすればこの戦争は終わるのよ！」

「なんでにやにやしてるの？」同僚のウェイトレスがささやく。ずっと前にのろまのアメリの代わりに入ってきた、トウモロコシ色の髪のクリスティンという名のとろい女だ。

「笑いたくなるようなことがあったの？」

「ないわよ」イヴは壁際のいつもの場所に控え、顔から表情を消し去ったが、心臓は誰かにひと目惚《めぼ》れしたみたいにドキドキしていた。この戦争が終わるかもしれない。塹壕は死体とねばつく泥だらけだ。飢えと屈辱でリールは疲弊し、地平線の向こうから爆撃機の音とくぐもった爆発音が聞こえる――それがすべて終わるのだ。勝利の鐘を聞きながら、住んでいる界隈のフランス語の標識に釘付けされたドイツ語の道路標識を、引き剥がして踏み潰す人々の姿が目に浮かぶ。

　時間が経つのがこれほどゆっくりに感じたことはなかった。「帳簿をムッシュー・ルネのところに持っていってくれない？」片付けが終わると、イヴはクリスティンに頼んだ。

「いますぐ、う、うちに帰らないと」

クリスティンはブルッと体を震わせた。「あの人、気味が悪い」

「ゆ、床を見つめて、さがっていいと言われるまで、はい、とか、いいえ、って言ってればいいの」

「無理よ。気味が悪いもの！」

イヴは呆れた顔をしてみせたかった。どうせやらなくてはならないことなのに、気味が悪いなんてよく言える。女ってのは、どいつもこいつも臆病者の馬鹿ばかり。勇猛果敢なリリーや、不撓不屈《ふとうふくつ》のヴィオレットを思い浮かべた。彼女たちこそほんとうの女だ。

帳簿を持っていく役を給仕長に頼み、店を出た。夜の十二時を回り、満月にちかい月が天高く昇っていた——国境をこっそり越えるには適さない夜。リリーはじきにリールに戻るだろう……。

「娘さん《フロイライン》！」背後からドイツ語で呼びかけられ、ドイツ兵の足音が迫ってきた。「外出禁止時間を過ぎている」

「許可証を持ってます」イヴはバッグを引っ掻き回し、身分証やいろいろな書類を探した。「〈ル・レテ〉で働いてて、い、いま仕事が終わったばかりなんです」

ドイツ兵は若くてにきび面で、仕事熱心だった。「許可証とやらを見せてもらおうか、フロイライン」

イヴはバッグを探りながら内心で悪態をついた。入っていない――けさ、ベッドの上にバッグの中身を空け、裏地の縫い目をほどいて暗号メッセージの隠し場所を作ったのだった。夜間外出許可証はベッドカバーの上に置きっ放しだ。「すみません、持ってなくて。レストランはすぐそこだから、尋ねてもらえばあたしが働いていることは――」

「外出禁止令を破るとどんな罰が課せられるか知ってるのか?」ドイツ兵がぴしゃりと言う。違反者を記録につけることができて喜んでいるようだ。そのとき、イヴの背後の闇の中から、滑らかで金属的な声が聞こえた。

「わたしが請け合う。その娘はうちで働いている。書類はちゃんと揃っている」

ルネ・ボルデロンが横に並んだ。銀の握りのステッキが月明かりに輝く。完璧な角度に帽子を持ち上げる。礼儀にかなった自然な仕草だ。帳簿調べは先延ばしにして、夏の月夜の散歩に出てきたのだろう。

「ヘル・ボルデロン――」

ルネは控えめな満足を笑みに表し、イヴの腕を取った。「なんならホフマン司令官に報告したまえ。おやすみ」

彼に連れられて歩きながら、イヴは詰めていた息を吐き出した。「あ、ありがとうございます、ムッシュー」

「どういたしまして。ドイツ人が礼儀をわきまえているかぎりは、仕えることにやぶさかではないが、無礼な奴に身の程を思い知らせるのは愉快だからね」

イヴは彼の手から腕を引き抜いた。「こ、これ以上お手間をとらせては申し訳ないので、サ、サー」

「なに、かまわんよ」彼はまたイヴの腕を取った。「きみは許可証を携帯していない。わたしが家まで送ってあげよう」

彼は紳士らしく振る舞っているが、紳士ではない。目的はなんなの？　イヴを不安にしたくても、拒絶できないことはわかっていた。動悸が激しい。だが、雇い主をどれほど避けた会話を交わしてから二日が経っていた。彼と並んで歩きながら、こうなったら吃音をひどくするまでだと、イヴは心を決めた。彼がいろいろ詮索してきたら、歴史上もっともゆっくりな会話になるだろう。

「今夜のきみは瞳を煌《きら》めかせていたね」彼が言った。「恋をしているのかな、マドモアゼル・ル・フランソワ？」

「いいえ、ム、ム、ム、ムッシュー。そんな暇はありません」カイゼルを殺すので忙しいのよ。

「だとしても、きみの瞳を輝かせる理由があったはずだ」

皇帝殺しの端緒を掴んだのよ。いいえ、そんなこと考えちゃ駄目。「ほ、ほ、ほんとうにいろいろありがとうございます、ムッシュー」角を曲がって川から離れる。あとほんの数ブロック――。

「きみはとても無口だ」彼が言った。「無口な女にはめったにお目にかからない。きみはなにを考えているのだろう。興味を引かれる。女の頭の中でなにが起きているかなど、ふつうは気にならない。どうせ月並みなことしか考えていないのだろうからね。きみは月並みかね、マドモアゼル？」

「あたしはごくふつうです、ム、ム、ム、ムッシュー」

「そうかな」

そんなこと気にしないで。軽はずみで馬鹿なクリスティンみたいに、ベラベラしゃべってやれ。くだらなさで彼をうんざりさせろ。「ど、ど、どうしてル、ル、ル・レテという名前にしたんですか、ムッシュー？」最初に頭に浮かんだことを口にしてみた。

「やはりボードレールだ。『悪の華』におさめられた『忘却の河』の一説。〝そなたの臥床《ふしど》の深間に優《まさ》るものはない、有力な忘却はそなたの唇の上に棲《す》み、忘却の河レテはそなたの接吻《せっぷん》の中に宿る〟」

思いがけず官能的な方に話題が向かってしまい、イヴは居心地が悪くなった。「う、う、美しいですね」そうつぶやいて、歩みを速めた。あとほんの一ブロック——。

「美しい？　いいや。だが、強さがある」肘を掴む彼の手が急ぐなと引き止める。彼女の腕をひと回りするほど長い指だ。

「レテは黄泉《よみ》の国を流れる忘却の河。古典にはそう記されている。忘却ほど強いものがほかにあるだろうか。うちのようなレストランが戦時下で提供しているのが、まさにそれだ——ほんの数時間でも、外の恐怖を忘れさせてくれる文明のオアシス。忘れられない恐怖などないのだからね、マドモアゼル、五感に正しい薬を与えさえすれば。料理しかり。酒しかり。女の股のあいだの魅力もまたしかり」

きわどいことをさらりと言ってのける彼の、まったく抑揚のない声の卑猥さにイヴは顔を赤らめた。その調子、と思った。マルグリットなら顔を赤くする。どうか、神さま、うちに帰してください！

「赤くなっているね？」彼がイヴの顔を覗き込む。こめかみの白髪が月明かりに光った。

「きみは顔を赤らめたりするのだろうかと思っていた。きみの瞳は多くを語らない。瞳は魂の窓と言うがね。きみの場合はそうではない。〝僕の愛しい人の眼は、闇に満ち、奥深く、ひろやかなこと〟」イヴの募る不安をよそに、彼がまた詩を引用する。「〝吐く炎、「恋」の思いと、「誠実《まこと》」の誓いをこね合わせ、慎ましやかに好色に、奥に燃え立つ〟」イヴの瞳を見つめる彼の目は瞬きしない。「最後の部分についてずっと考えていたんだ、マドモアゼル・ル・フランソワ。慎ましやかに好色に？」彼女の火照る頬に指が触れた。

「赤くなっているところを見ると、前者のようだ」

「レディはそういうことをぎ、ぎ、議論しません」イヴはやっとのことで言った。

「ブルジョア気取りはやめろ。きみに似合わない」

よかった、アパートに着いた。軒下に入って鍵を探す。背筋を汗が伝った。「お、おやすみなさい、ムッシュー」明るく言ったのに、彼も軒下に入ってきてイヴをドアに押し付けた。顔を見ることができない。彼が顔をちかづけてきたので、高価なコロンとヘアオイルのにおいがした。薄い唇が軽く擦ったのは、彼女の唇ではなく喉の付け根の窪みだった。肌を味わうその舌はひんやりしていた。

羽根のように軽いタッチに呆然《ぼうぜん》とし、ドアに押し付けられたまま身動きができなかった。「きみの味はどんなだろうと思っていた」ようやく彼が言って一歩さがった。「安物の石鹸、その下の甘さ。スズランの石鹸のほうが似合う。もっと軽くて甘やかで、芳しく若々しいもの」

フォークストンで受けた訓練も、リリーのたくさんの助言も、ロンドンやナンシーで得た経験もなんの役にも立たなかった。どう反応すればいいのかわからない。だから無言のまま、光に射竦められた動物のようにじっとしていた。〝彼はそのうちいなくなる。そのうちいなくなるから、ベッドに座ってリリーへの報告書を作成することができる。カイゼルがリールにやって来る〟だが、貴重な情報を手にした栄光が一瞬にして消えた。ルネ・ボルデロンの剃刀《かみそり》のような目を前にすると、イヴの記憶もさだかでなくなってきた。

彼はステッキの銀の握りを腕にかけ、帽子をちょっとあげて挨拶した。完璧な紳士の別れの仕草だ。「きみをものにしたい」彼がくだけた口調で言った。「わたしにとっては意外な選択だ。泥臭いバージンも安物の石鹸も好まぬのだが、きみには手入れされていない優雅さがあるのでな。一考の余地がある」

ああ、神さま、とイヴは思った。彼が帽子をかぶり直し、優雅なそぞろ歩きで通りを去っていくまで、身じろぎもしなかった。

近所の人が目を覚ましたにちがいない。二軒先で窓がギギギーと開く音がした。軒の深さに感謝した——ドイツ軍の司令官とブランデーのグラスを傾けていると評判の男に、喉を舐められていたのは誰にも見えていないはずだ。苦い物が込み上げる。イヴは湿った喉の窪みを手で擦った。

イヴの隣人が闇に隠れて、去っていくルネ・ボルデロンの背中に罵声を浴びせた。「協力者！」それから地面に唾が落ちた。

彼は振り返り、目に見えない襲撃者に向かって帽子をあげてみせた。「ボンソワール」小さくお辞儀する。彼のやわらかな笑い声が夜のしじまを震わせた。

「パルブル、かわいいデイジー、よくやったわ！」イヴの報告書を読んでリリーがにんまりした。「あと二週間、空爆がうまくいけば、この戦争は終わるかもしれない！」

イヴはほほえんだものの、誇らしい気分は薄まっていた。「戦争で儲けているカイゼルの顧問官や実業家たちは、続行を主張するんでしょうね」戦争のような大規模なマシーンは、ひとたび動きだすとかんたんには止まれない。イヴにもそれぐらいわかっていた。

「あん畜生の死は終わりのはじまりよ。あすの朝、外出禁止令が解除になりしだい出発するわ」リリーはメッセージを裁縫袋の裏地の中に隠し——いまは身分証も訛りも癖も、お針子のマリーになりきっている——靴のボタンをはずしはじめた。「このメッセージは密使に託さず、わたしがフォークストンに持っていくつもり。道徳的に問題のある帽子をかぶれる国にいるあいだに、ひとつ買うつもりよ。あなたたちイギリス人が道徳的に問題のあることをしたとしても、誰も驚かないもの、まして帽子ぐらい……」

「イ、イギリスに行くの?」イヴは驚いた。ドイツ占領下のフランスとベルギーを、リリーが苦もなく行き来していること自体、信じられなかった。距離はたいしたことないが、あの一帯は危険と隣り合わせだ。リリーは幽霊にでもなって危険をすり抜けているのだろうか。幽霊になって、今度は海峡を渡るつもり?

「ビアン・スール」ゆったりとした古いナイトドレスをさっと頭からかぶったので、リリーの声がくぐもって聞こえた。「今年に入ってからだけでも、三、四回は行ってるわよ」

イヴはやみくもな郷愁に襲われた。フォークストンやイギリスの砂浜、板敷き桟橋、キャメロン大尉のイングリッシュ・ツイードとあたたかな眼差しが無性に恋しかった。ときおり瞬きするから、鋭いルネの目とちがって、見つめられても肌がぞわぞわしない……キャメロンに会っているリリーに嫉妬する気持ちを、イヴは頭を振って追い払った。「あす、イギリスに行くのなら、今夜はあなたがベッドを使って」リリーがリールで休息をとる必要があるときには、そうするのが習慣になっていた。彼女はイヴを訪ねてくるお針子の友達で、外出禁止令を破るわけにいかないので泊まっていく。ドイツ兵の検閲を二度ほどそれでかわしてきた。リリーが、コーンブロンドのクリスティンよりもとろいマリーに変身する姿は、まさしく驚嘆に値する。

「お言葉に甘えて」リリーは脱いだシャツブラウスとスカートを畳み、ベッドに横になると、けさ、国境を越えてリールに入ったいきさつを語った。「ランスの情報源からの報告書を雑誌に挟んで持っていたの——列車を降りたときに、なんとその雑誌を落としてしまったのよ、信じられる？」ブロンドの髪を揺すりながら、茶目っ気たっぷりの笑い声をあげた。「ドイツ兵が拾ってくれたのよ、なんて親切」

イヴはほほえみ、細いベッドの横に自分の寝床を敷いた。笑みはどうしても、ぎこちないものになってしまう。イヴがあまり笑わないことに、リリーはべつの話の途中で気付いた。

「ねえ、どうかしたの？」

アリス・ネットワークのリーダーであるリリーは、古いナイトドレス姿だが、三十五歳という実年齢よりずっと若く見える。豊かなブロンドの髪は、一日めいっぱい遊んだ少女のようにくしゃくしゃだ。でも、その目は大人の分別をたたえ、鋭く尖った頬骨が紙のように薄い皮膚を突き上げていた。彼女を煩わせてはならない。そう思ったらみぞおちに一一発食らった気がした。いつも不機嫌なヴィオレットが、リリーをかばおうとする気持ちがいまなら理解できる。イヴもおなじ気持ちだからだ。リリーはたくさんのことを一人で背負い込みながら、飄々《ひょうひょう》としている——でも、実際は薄氷を踏む思いをしているのだろう。

「メルド」リリーが強い口調で言った。「吐き出しちゃいなさい！」

「たいしたことじゃないから——」

「それはわたしに判断させて。あなたが精神的にまいったら、わたしが困るんだから」

イヴはベッドに並べた寝床に横になり、握った手を見つめた。「ルネ・ボ、ボルデロンが、あたしを誘惑したがってるの」言葉が重く感じられた。

リリーが首を傾げた。「たしかなの？　あなたは誘惑ゲームの駆け引きに長けているようにはとても見えないけれど。はっきり言ってごめんなさいね」

「彼があたしのく、首を舐めたの。それから、ものにしたいって言った。ええ、たしかだわ」

「あらまあ《ケラベット》」リリーが小さく言い、銀の煙草入れから二本抜き出して火をつけた。「悪い男の話をするなら強いお酒にかぎるけど、煙草で代用しましょう。さあ、どうぞ！　頭をすっきりさせて、空っぽの胃を殺す」

指二本で煙草を挟むリリーの吸い方を真似ながら、イヴは思い切って母の言葉を引用した。「煙草は紳士のものよ、レディのものじゃない」

「お黙り《テトワ》。わたしたちはスカートを穿《は》いた兵士なの、レディじゃなくね、それに、わたしたちには煙草がぜったいに必要なのよ」

イヴは煙草を口に持っていき、吸い込んだ。咳き込んだものの、味は気に入った。苦い。ゆうべ、ルネがちかづいてきたときから、口の中がずっと苦かった。

「それで」リリーがかまわずつづけた。「ボルデロンがあなたを欲しがっている。問題は、彼に迫られたらどうなるか。あなたが拒絶したら、彼はどんな仕返しをするかしら？　ドイツ兵に言いつける？」

イヴにプロとしての判断を求めているのだ。イヴはもう一服し、また咳き込んだが前よりは軽かった。胃がでんぐり返ったが、煙草のせいというよりルネのことを考えたからだった。「個人的な恨みでドイツ兵の手を煩わせはしないでしょうね。そんなことで恩を売ったりしない。でも、たぶんわたしの首を切るわ。なんであれ、拒絶されることに慣れていないようだから」

「べつの仕事場所を見つけてあげてもいいわよ」リリーが言った。だが、イヴは頭を振った。

「〈ル・レテ〉のような場所がほかにあるの？　週に二度も、よ、よい情報が得られるような場所が？　カ、カ、カ」——言葉が飛び出すまで拳で膝を叩いた——「カ、カイゼルがやってくることや、乗る列車の情報を得ることができる場所が？　いいえ」今度は煙を肺まで吸い込んだものだから、激しく咳き込み涙が出た。「〈ル・レテ〉にだ、だ、誰かを配置しなきゃならないんでしょ」

「そうね」リリーがうなずく。「拒絶したら首になる？」

「なると思う」

「だったら選択肢はひとつ」リリーは天井を見上げ、煙を吐いて輪を作った。「ルネ・ボルデロンと寝ることができる？」

イヴは赤く輝く煙草の先を見つめた。「必要ならば」

その言葉を声に出したらなんだかほっとした。ゆうべからずっと、この問題を頭の中でひねくり回していた。そうなると思うと吐き気がするし怖かったが、だからなに？　いずれにしたってやらなくちゃならないのだから、怖がってどうするの？

「彼の年で十七歳の子、彼が十七歳だと思っている子を選ぶということは、バージンをものにしたいから」リリーは表情ひとつ変えなかった。「あなたはそうなの？」

イヴはそこまで無頓着にはなれなかった。なれればいいと心から思うけれど。床に視線を落としてうなずくだけだ。

「クソ野郎だわね、まったく」リリーは言い、煙草を揉み消した。「あなたにその覚悟があるのなら、ベッドで彼を悦《よろこ》ばせないとね。そうすれば、彼から情報を継続して引き出すことができるわ。そうでないとじきに飽きられて捨てられる。高い代償を払うことになるのだから」

ベッドで男を悦ばせるとはどういうことなのか、イヴには見当もつかなかった――ルネ・ボルデロンが、ぴたりと体に合った誂えのシャツを脱ぐところまで想像するのがやっとだ。顔が青ざめるのを感じた。リリーがそれに気付いた。

「ほんとうに覚悟ができてるの？」

イヴはもう一度うなずいた。「も、も、も――」床を踏みしめても言葉は出ようとしない。ふーっと息を吐き、それから声に出して言った。「くそっ」生まれてはじめての悪態を口にすると、喉のつかえがおりた。

リリーがうなずき返した。「煙草をもう一本のんで、実習といきましょうか。バージンを愛人にする男は、自分の好みの女に仕立て上げようとするか、彼のやることにおとなしく従うことを望むかどちらかね。あなたは細心の注意を払いつつ、彼のリードについていくことね。ただし、これをすればどんな男も悦ぶってことがいくつかあって……」リリーは具体的にいろいろと教えてくれ、イヴは頬を真っ赤にしながら、できるだけ吸収しようとした。〈ル・レテ〉で仕事をつづけるためには、しなきゃならない。そのためになら、なんだってやる。

イヴの不快感に気付くと、リリーはその手をやさしく叩いた。「なにが彼を悦ばせるのかわかったら、それをやりつづけるの。それだけのことなんだから。それから、妊娠《オンサント》しないようにする方法は知ってるの？」

「ええ」鮮明な記憶が甦《よみがえ》った。あれは十二歳のとき、夜遅く、洗面所に行くと母が脚のあいだを洗っていた。そこにはチューブのような、ゴムの袋のようなものが挟まっていた。あんなろくでなしの子を産むのは、これ以上ご免なんだよ。母は吐き捨てるように言うと、父がいびきをかいているベッドルームを顎でしゃくった。イヴは一人っ子のままだった。腿のあいだを洗ったのが功を奏したのだろう。

「完璧な方法なんてないのよ」イヴの心を見透かしたように、リリーが言った。「だから気をつけてね。妊娠したスパイなんて誰も欲しがらない。協力者の子を身ごもった女なんて、リールでは誰にも相手にされないから、早晩イギリスに戻ることになるでしょうね」

前途は厳しそうだ。嫌なことは脇に置いて、実際的な質問をした。「あなたは、その――しなきゃならないような状況に陥ったことがあるの？」

「検問所を通るのに、わたしをひざまずかせた歩哨が一人か二人いたわね」

十分前ならそれがなにを意味するのかわからないただろう。リリーの身も蓋もない指導のおかげで、だいぶわかるようになった。リリーがひざまずき、男のズボンのボタンに手を伸ばす姿は想像できない、それに……。「どんな――感じなの？」

「しょっぱい」リリーは言い、きょとんとするイヴを見てほほえむ。「気にしないで、シェリ」ほほえみは消え去り、二人は難しい顔で見つめ合った。

イヴは顔を天井に戻し、煙を深く吸い込んだ。煙草は好きだ。どんなに落ちぶれても、部屋で煙草を吸うなと、女主人に口うるさく言われるような下宿屋にだけは厄介になりたくない。「リリー、こういうことになるかもしれないって、どうして教えてくれなかったのかしら？　フォークストンでの訓練で、誰もこういうことにはまったく触れなかった」

「彼らは知らないからよ。賢い女は黙っているものなのよ」リリーはひどく真剣だった。「やるべきことをやる。でも、キャメロン大尉やアレントン少佐や、ほかにも報告を伝える人たちには話さないこと」

情報を得るために協力者とベッドをともにした、とキャメロン大尉に言うなんて考えるだけでも体が竦んだ。「誰にも言わない！」

「よろしい。もし彼らが知ったら、二度とあなたを信頼しなくなるわよ」

今夜話に出たことのうち、それがいちばんの驚きだった。「な、なぜ?」

「男は不思議な生き物なの」リリーの歪んだ笑顔が、おもしろがっていないことを伝える。「敵に操を捧《ささ》げるような女に愛国心なんてあるわけないと思うのよ。ベッドをともにする男を愛さずにいられる能力が、女にあるとは思ってないの。売春婦《オリゾンタール》は尊敬されない。それに、スパイ稼業はそもそもが褒められたものじゃないしね。評判を汚して母国の面目を潰すわけにはいかないの——スパイ稼業に身を投じるなら、レディの体面は保たなきゃね」

「くだらない」イヴがにべもなく言うと、リリーはほほえんだ。

「ええ、そうね、かわいいデイジー。くだらないわよ。でも、あなたのやわで小さなおつむはハンサムな協力者のことでいっぱいだ、と彼らに思われて、リールから叩き出されたいとは、あなただって思わないでしょ?」

イヴは煙草の灰を落とした。胃がまたでんぐり返る。「キャメロン大尉はあたしのこと、そんなふうに思うかしら?」

「思わないでしょうね。彼はまともな人だから。イギリス人の言い方を真似れば。でも、ほかのイギリス軍将校が、わたしたちのような女のことをそんなふうに言うのを聞いたことがある」

「くそっ」イヴはまた言った。悪態は煙草と同様、二度、三度とやるうちにたやすくなる。見上げると、リリーがほほえんでいる。その笑みがなにを意味するのかはわからなかった。方便、悲しみ、プライド?

「ことほどさように《セタンシ》」リリーは悲しそうに言った。「この稼業は難しい、でしょ?」

そうね。イヴは思った。でも、この稼業を愛していた。生きている実感をこれほど感じられる仕事はほかにない。だからいきがって肩をすくめ、恐怖を覆い隠した。「誰かがやらなくちゃならない。あたしたちは上手にやれる。だったらあたしたちがやってどこが悪いの?」

リリーが上体を屈めてイヴの額にキスした。イヴが彼女の膝に頭をもたせると、髪を撫でてくれた。「暴利屋のベッドに慌てて潜り込んでは駄目よ」やさしく言う。「あなたのことはわかっている——歯を食いしばって早く終わらせようとするわよね。でも、できればしばらくは彼を遠ざけること。だって、二週間後にカイゼルを爆死させられれば、世界は一変するんだもの。あなたはボルデロンの裸を見ることなく国に帰れるのよ」

イヴがそうなることを祈るあいだも、リリーは髪を撫でつづけてくれた。母は一度もしてくれなかった。これほど強く祈ったことはなかった——なぜなら、いまは勇敢でいられても、目を閉じて、肌を這うルネの口を思い出すと、吐き気以外のなにも感じなくなるからだ。

15　シャーリー

一九四七年五月

ちょっとでも脅かせば、背中の毛を逆立ててさっと逃げ出す猫を相手にするように、母は慎重に事を運んだ。手を伸ばしては、わたしの頭や肩に触れる。そばにわたしがいることを確認するかのように。母が部屋に運ばせた干からびたトーストとコーヒーの朝食をとるあいだ、母は軽いおしゃべりをつづけ、わたしの服をカバンに詰めた。「〝予約〟をすませてパリに行ったら、あなたになにか買ってあげましょうね。このピンクのスーツはもう使い物にならない……」

わたしは苛立ちながらトーストをむしゃむしゃ食べた。起き抜けにおしゃべりする気になれない。ほとんど眠っていないのだからなおさらだ。このところ、朝食を食べながら雑談をするなんてめったになかった。イヴはいつだって二日酔いがひどく、時計が十二時を告げるまでは、人を睨むことしかできないし、フィンは一日じゅうだんまりを決め込んでいた。もっとも、午前三時だけは例外らしい。シャーリー、ラス……。

「背中を丸めないの、マ・シェリ」母が言う。

わたしは背筋を伸ばす。母はおざなりにほほえみ、口紅を塗り直した。きのうは、涙で潤んだ目と衝動的なハグのせいで、わたしが知っている母とは別人のやさしさだった。けさは安堵の錨《いかり》をおろし、口紅を塗り重ねるうちにいつもの艶やかな鎧をまとっている。コンパクトをしまう母の手に触れてみる。「もうちょっとゆっくりできるわよね？　朝食のお代わりを頼んでいい？」〝ささやかな問題〟は吐き気を催させる代わりに、わたしを大食いにする。パサパサのトーストよりも、フィンが作るフライパンひとつの朝食が恋しい。ベーコンとパンと卵、唾が沸いてくる。ベーコン……。

「体形を気にせずにすんだらいいのにねえ」母が自分のウェストを軽く叩きながら、苦笑いを浮かべた。「美を保つことは大変なのよ」

「わたしは美を保とうなんて思っちゃいないもん。だから、クロワッサンを食べたい」

母はほんとうにショックを受けたようだ。「そんな言葉遣い、いったい誰に教わったの？」

わたしを撃とうとしたクレージーなイギリスのばばあから。不思議なことにイヴが恋しかった。

「クロワッサンなら汽車で食べましょう」母が言い、旅行カバンを閉じた。「遅れたくないわ」

母はすでにベルボーイを呼んでいた。わたしはトーストの最後のひと切れを食べると立ち上がった。母はわたしの口の端についたパンくずを払い落とし、襟を直してくれた。母といると、自分が幼い子供になったように感じるのはどうして？

〝あなたがまだ子供だからよ〟と頭の中の意地悪な声がささやく。〝だから子供なんて持てないのよ。なにも知らないんだから〟

〝決め付けないでよ〟〝ささやかな問題〟が応える。

〝わたしに話しかけないで〟お腹に向かって言った。〝気が咎めるからやめて。あなたのためになにもできない。あなたを産む資格なんてないのよ。みんながそう言ってる〟

〝どうしてそう思うの？〟〝ささやかな問題〟が言った。答えが見つからない。喉に大きな塊が詰まっているだけだ。

「シャーロット？」

「いま行きます」母のあとから廊下に出てエレベーターに向かった。「汽車に乗る前にパパに電話しなくていいの？」わたしは言葉をひねり出した。

母は肩をすくめるだけだ。

「心配してるんじゃない？」家に帰ったら、父はわたしと話をしてくれるだろうか。〝予約〟をすませても、父がまだわたしを憎んでいたら？　わたしのことをふしだらだと思っていたら？　喉の塊が倍になる。

「聞きたければ教えてあげるけれど、後先も考えずあなたがロンドンに逃げ出したことは、お父さまには言ってないのよ」母がわたしの視線を捉える。「どうして言える？　お父さまを心配させたくなかった」

「だったら、いま話せばいいんじゃない？」わたしたちはエレベーターに乗り込んだ。「予定より数日遅れてるんだから。パパが思っている日には戻れないもの」

わたしたちの荷物を持つベルボーイが乗り込むのを待って、母がボタンを押した。「パリの滞在を一週間短くすればいいことでしょ。予定どおり帰国できるから、お父さまに心配をかけないですむわ」

「予定どおり帰国？　ヴヴェーのあと、ローズのことで相談しましょうって、約束したじゃない。リモージュに行って――」

「それは帰国してからのことでしょ」母はほほえみ、エレベーターはさがりはじめた。「それにふさわしい時が来たら」

わたしは母を睨んだ。「ふさわしい時って？　いまじゃないの。わたしたち、フランスにいるんだもの」

「マ・シェリ――」母はベルボーイをちらっと見る。彼はわからないながらも興味津々の顔で、わたしたちの英語でのやり取りに聞き耳をたてていた。

わたしはベルボーイを無視した。「いろいろわかったんだもの、わたしたち、帰国なんてできない」

「わたしたちがすべきことじゃないでしょ、シャーロット。お父さまに任せればいいの」

「なぜ？　わたし一人でいろいろ調べ出したのよ、パパより――」

「つべこべ言わないで」母がきつく言い放つ。「あなたは家に帰るのです。あてもなく人探しなんてしないで。お父さまがなんとかしてくれます。わたしから頼んであげる、あとで。家に戻ってから」

あとで。いつだって、あとで、だ。怒りが胸で淀む。「約束したくせに」

「わかってます、でも――」

「ママン、わたしにとって大事なことなの」わかってもらおうと母の腕に触れた。「諦めたりしない――」

「わたしも諦めませんよ、シェリ」

「大西洋の向こうに戻ってしまったら、なんとかしなきゃという気持ちも薄まってしまうに決まってる」つい声を荒らげた。「守れもしない約束をしたのは、わたしをスイスに行かせるためだったの？」

エレベーターのチャイムが鳴り、ドアがスルスルと開いた。母に睨まれて、好奇心旺盛なベルボーイはわたしたちの荷物を抱え、あたふたとフロントへ向かった。

「それで？」わたしは喧嘩腰だった。

「こういう話をするのに適した場所じゃないでしょ。さあ、行くわよ、もうたくさん」母が先に、人が大勢行き来するロビーへと出る。

「たくさん？　そんなふうに思っているの？」わたしは足音も荒く母のあとを追った。

母は振り返り、張り詰めた笑みを浮かべた。「いいかげんになさい、シャーロット。あなたはお父さまにさんざん迷惑をかけたでしょ。こんなことでまた遅れるようなら、もっと迷惑をかけることになるわ。だから、馬鹿なことをするのはいいかげんにして、ついていらっしゃい」

わたしは母を見つめた。ただ見つめた。自信たっぷりの美しい母が、きちんと口紅を塗った口元を歪め、父に迷惑をかけることを恐れている。わたしがフランスに出奔したことを、父に言えないでいる。ヴヴェー行きの汽車にわたしを乗せるためなら、口から出任せでもなんでも言うのだろう。折檻《せっかん》されまいとして、嘘を吐く女の子とおなじだ。予定どおりに、ぺたんこなお腹になったわたしを連れて帰れなければ、母が面倒なことになるのだ。

母といるとわたしはいつだって自分を幼い子供だと感じてしまう。いま、母を見つめながら、わたしは自分を大人だと感じていた。

「ローズを探しに行くつもりはないのね」質問ではなかった。

「ローズは亡くなったのよ！」母がついに言った。「あなただってわかってるはずよ、シャーロット」

「そうかもしれない。おそらく九分どおり」怒ってはいても、公正は期す。「でも、わたしにとってそれだけじゃ足りないの。とことん調べさせてあげるって、約束したじゃない。心の平和を得るためだけにでも」そこで言葉を切った。「パパに調査を再開するつもりがないとわかったとき、この子のために再開してあげて、とパパに言ってくれるつもりはあるの？」

母はフッと息を吐いた。「部屋代を払ってきますから。そのあいだに頭を冷やしなさい」コツコツとヒールの音をさせて、母が去っていった。わたしは荷物の横に立ち、自分がガラスのようにもろくなった気がしていた。ホテルのロビーを見回すと、そこにローズがいた。むろん本物のローズではない――窓辺にもたれ、両親がチェックインをすますのを待つ不機嫌なにきび面の女の子だ――が、フランスの日差しが背後からブロンドの髪を輝かせ、顔が陰になっているので、つかの間、ローズに見えた。ローズはまっすぐわたしを見て小さく頭を振った。

〝あなたは子供じゃないわよね、シャーリー〟わたしの想像の中で彼女が言った。〝それに臆病でもない〟

彼女はいつだって勇敢だった。プロヴァンスのカフェで過ごしたあの日のように、ひとりぼっちを恐れるときでも、置き去りにされるのが怖いときでも、彼女は勇敢だった。いまのわたしみたいに苦境にあれば、彼女だって怯えるにちがいないけれど、両親が彼女のためにとお膳立てしたことに、唯々諾々と従いはしないだろう。子供ができると家を出て、自活の道を選んだ。さぞ不安だったろうに。

ゆうべのフィンの言葉が頭の中で響く。〝きみはどうしたいの？〟

勇敢になりたい、とわたしは思った。

〝勇敢ってどういうことかわかってるの？〟〝ささやかな問題〟が尋ねる。〝方程式みたいに解いてみれば。Xイコール勇敢、さてXは？〟

母がバッグの口を閉じながら戻ってくるのが見えた。気分が悪くなる。赤ん坊のことをわたしはまったくなにも知らない。小さくて頼りなくて食いしん坊で、壊れやすい。赤ん坊は怖い。お腹のこの子はわたしを怯えさせる。わたしには覚悟ができていない。まったくなにも。

母が隣に来たので、わたしは深呼吸した。「ヴヴェーには行かない」

「なんですって？」母がきれいに整えた眉を吊り上げる。母の肩越しに少女が見えた。わたしがローズと見間違えた不機嫌な少女が、両親のあとを追って立ち去り、幻影を粉々にした。

「〝予約〟の場所には行かない」

「シャーロット、そのことはもう話し合ったでしょう。終わったはずよ。あなたは同意したじゃないの――」

「いいえ」耳に聞こえる言葉が、べつの人間の口から発せられたように感じた。「始末をするつもりはない。育てていく」

これほど重大な決断なら、口に出したとき安堵やカタルシスを覚えるものだろう。それが、まったくなにも感じなかった。吐きそうだし、怖くてたまらなかった。その一方で、ものすごくお腹がすいた。飢えていると言ってもいい。〝ささやかな問題〟に向かって試しに言ってみた。〝あなたを食べさせていくからね〟

〝ささやかな問題〟はそのアイディアが気に入ったみたいだ。〝ベーコン〟と言ったのだから。〝ささやかな問題《リトル・プロブレム》〟略してLP以外になにか名前をつけてあげないと。

「シャーロット、これが唯一の選択肢だということは、あなただってわかっているのだから――」

「ほかにも選択肢はある」わたしが母の言葉を遮るのははじめてだった。「そのことであなたに迷惑はかけないから。自分の力でなんとかするから、パパは事務所の共同経営者たちの前でばつの悪い思いをせずにすむし、ママもブリッジクラブのお友達に言い訳する必要はない。ママの言うことはよくわかるけれど、これが唯一の選択肢ではないんだから、無理に選ぶ必要はない」

　母の顔が怒りで張り詰め、声が低く沈み毒を含んださざやきになった。「どうやって暮らしていくつもりなの、恩知らずな蓮っ葉娘が。私生児を産むような娘を、ちゃんとした男性が相手にすると思う？　自分になにができると思っているの？」

「お金があるわ、ママン。遺産だけでなく、自分で稼いだお金もある。働くことだってできる。自立していけるわよ。わたしは無能な人間じゃないもの」頭の中で、出来損ない、出来損ない、出来損ない、と意地悪なささやき声がしても、わたしは自分の言葉を頑固に繰り返した。小切手帳の帳尻を合わせるのは母より上手だし、ローズについての情報集めは父より効率よく行なった。たしかにジェイムズを救えなかったけれど、ほかのこともみんな失敗するとはかぎらない。「わたしは、無能な人間じゃない」

「いいえ、あなたは無能です！　どうやって赤ちゃんを育てていくつもりなの？」

「それはいろいろ学ばなきゃいけないけど」学ばなきゃいけないことは山ほどあるが、ただ怖いからという理由だけで、自分にはできないと決め付けることはない。「赤ちゃんのことはなにも知らないけれど、六カ月あるんだからなんとかなるわ。それにもうひとつのこともある。それはいま、ここでやらなきゃいけないことなの。わたしは、ローズ探しをこのままつづけていく」

わたしは旅行カバンを持ち上げた。母の手がさっと伸びてきてわたしの手首を掴んだ。

「いまここで別れるというなら、家に戻れるとは思わないことね」

下腹を蹴り上げられた気がした。それでも、わたしは顎を突き出して言った。「わたしが家にいたころだって、ママはわたしを気にもかけなかったじゃない。だからたいしたちがいはないと思うわよ」

母の手を振りほどこうとすると、指が食い込んできた。「どこにも行かせやしないから、シャーロット・セントクレア、駅に行くの。恩知らずなあなただけれど、好きにはさせない――」母は大声を張り上げた。ロビーにいる人たちがいっせいにこちらを見る。わたしも負けじに大声で怒鳴っている。おしとやかでまわりの目を気にする母が、魚売りみたいと怒鳴り返した。

「ほっぽり出せばいいじゃない、ママン。一緒には行かない。どこへも行かないわよ」手を振りほどこうとしても、母は放そうとしない。

「親に向かってよくもそんなこと！」

背後から怒りを含んだやわらかな声が聞こえた。スコットランド訛りのある、怒りを含んだやわらかな声が。「どうかしたのかな、ミス？」

「なんでもないわ、フィン」ぐいっと腕を引っ張ると、母の手が今度ははずれた。わたしは彼を見上げた。イヴの旅行カバンを肩に担ぎ、空いた手に車のキーをぶら下げている――チェックアウトをすませたのだろう。「ラゴンダにわたしの席はある？」

彼はにやりとし、わたしの旅行カバンを取り上げた。

母が彼を睨み付ける。袖をまくり上げたしわくちゃのシャツと顎の無精ひげを値踏みする。「こちらは――」母が言いかけたところに、イヴが足音もあらく現れた。

「おやまあ、フィン」イヴが昼前のだみ声で言った。「ヤンキーのお嬢ちゃんを見つけ出したんだ」

「彼女は来る、あんたは来ない」フィンが言う。

「あんたの雇い主はあたし！」

「車はおれの」

なんだか胸がいっぱいになる。リモージュへは汽車で行くことも考えたけれど、あのすてきな車にまた乗れるのかと思ったら――！　大好きな車。たったいま放り出された家よりも、わたしをやさしく包み込んでくれる。喉を詰まらせながら言った。「ありがとう」

「まさかあんたとまた会うことになるとは思ってもいなかった」驚いたことに、イヴの声は、苛立っているというより満足そうだ。「アメリカ人はまったく質《たち》が悪い。フジツボみたいにくっついたら離れない」

「こちらはどなた？」母がなんとか質問を最後まで言った。

イヴが母を見る。なんという取り合わせ。細くくびれたウェストに最新流行の服、手の込んだ帽子にしみひとつない手袋の母。古いドレスにロブスターの爪みたいな手のイヴ。傲慢な猛禽のひと睨みに、母は目を逸らす。「あなたがお母さんね」イヴが言った。「ちっとも似てないねえ」

「いったいあなたは――」

「イヴ」わたしは割って入った。「わたしはいとこを探すつもりよ。なんだかいろいろ大変なことがあったらしいけど、そこに関わっているのが、あなたが恐れている男なのよね。彼の生死を突き止めるべきだと、わたしは思う。だから、あなたも一緒に来るべきだわ」

どうしてそんなことを言ったのか、自分でもわからない。イヴ自身と、彼女の変わりやすい気分と、彼女の拳銃がすべてを複雑にしていた。彼女抜きのほうが早く動ける。でも、きょう、わたしは、どんなに怖かろうと勇敢になると決めた。だから、イヴにも勇敢になってほしかった――質屋で口から出任せを言ってわたしの真珠を質入してくれて、アンティークショップで彼女を心底憎んでいる女店主から答えを引き出した、何事にも屈しない口の悪い女に戻ってほしかった。イギリスに逃げ帰って、ハンプソン・ストリート十番地の家に閉じこもってほしくない。そんなの彼女には似合わない。

それに、もっと彼女のことを知りたかった。ドイツ占領下のリールでイヴの身になにがあったのか、彼女の手だけでなく魂がどうしてこんなふうになってしまったのか、知りたかった。

そういうことを雄弁に物語れたらと思うけれど、うまい言葉が見つからない。口に出したのはこれだけだった。「あなたの物語のつづきを聞きたいの」

「楽しい話じゃないよ」彼女が言う。「それに終わりがない」

「だったら、いま終わりを書けばいい」わたしは挑むように両手を腰に置いた。「あなたは飲んだくれだけど、臆病者じゃない。で、どうするの？　来るの、来ないの？」

「その人たちは誰なの？　シャーロット！」

わたしは母を無視した。あれこれ指図させない。もう関係ない人だから。でも、イヴは母のほうを見た。

「あんたの母さんが一緒なら、あたしは行かない。彼女のそばにいてほんの三十秒ほどだけど、あんたの二倍はうるさい。一日おなじ車に乗ったら、おそらく彼女を撃つね」

「この人は来ないわ」母に顔を向ける。怒りと愛がいっしょくたになってわたしの胸を刺した。母の望むとおりにしたい気持ちが、むっくりと頭をもたげ、消えた。「さよなら」ほかにもなにか言うべきだったのだろう。でも、言うべきことなんてなかった。

母の視線がフィンとイヴのあいだをせわしなく行き来した。「一緒の車に乗っていくなんて、こんな――こんな――」

「フィン・キルゴアです」フィンが出し抜けに声をあげた。彼が手を差し出すと、母は反射的にその手を握った。「ペントンヴィルの王立刑務所にいました」

まるで彼の手から角が生えたみたいに、母はぱっと離した。口をぽかんと開く。

「尋ねられる前に言っておきますが」フィンが丁寧な口調で言った。「暴行罪で。やかましいアメリカ人をテムズ河に投げ落としました。ごきげんよう、マダム」

わたしの荷物も肩に担いで、彼はドアのほうに向かった。イヴは煙草に火をつけ、あとを追い、顔だけ振り向かせて言った。「あたしの物語を聞きたいの、どうなの、ヤンキーのお嬢ちゃん？」

最後に一度、母を見た。まるで他人を見るような目でわたしを見ている。「愛してる」わたしは言い、ホテルをあとにし、ルーベの混雑する通りに出た。頭がふらふらしていた。吐き気がする。高揚した気分だった。気圧《けお》されてもいた。掌にじっとり汗をかき、頭の中はざわざわと騒々しかったが、ひとつだけはっきりしていることがあった。

「朝食」幌をおろしたラゴンダで乗り付けたフィンに、わたしは言った。年代物のダッシュボードを軽く叩いて乗り込んだ。「行き先はリモージュだけど、まずはルーベで豪勢な朝食を食べましょう。お腹の彼女がなにか食べさせろって言うの」

「女の子なの？」イヴが尋ねる。

「本人はそう言ってる」

きょうはたくさんのことを学んだ。この先も、学ぶことはきっとたくさんある。

16

イヴ

一九一五年七月

十日後にはカイゼルが死ぬ。イヴはそう自分に言い聞かせてきた。

「急ぐわよ！」リリーが急きたて、丘をのぼる足を早めた。イヴの髪は汗で首筋にへばりついていたが、リリーは夏の暑さをものともせず、スカートをたくし上げ、帽子をうしろにずらしてどんどんのぼっていった。「のろまなんだから！」

イヴは丸めた毛布を脇に抱え、足を速めた。リール郊外はリリーにとって自分の庭みたいなものだ。「モン・デュ、昼間に丘を歩き回るのは気分がいいわ。月明かりの下、泥まみれのパイロットを連れて歩くのときたら！　ほら、あの丘を越えたら——」

リリーは小走りになり、丘をのぼりはじめた。イヴは汗びっしょりで、その後ろ姿を恨めしく見つめた。この六週間の乏しい食糧事情のせいで、すっかり体力が落ちていたが、丘のてっぺんまで来たら気持ちが晴れた。雲ひとつない空、丘を覆う草が日差しを受けて緑金色に輝いている。リールからほんの数キロなのに、垂れ込める暗雲が一気に晴れた気がする。ドイツ語の標識もドイツ兵もここでは見当たらない。通り過ぎてきた小さな農場は、町と同様に疲弊していた。豚もバターも卵も、徴用隊が持っていってしまう。だが、この低い丘の上にいれば、うろつく侵略者たちは去ったと思い込むことができた。たとえひとときではあっても。

じきにそうなるのだ。英国陸軍航空隊がちゃんと任務を果たしさえすれば。

丘の上に立つ女二人、おなじように腕組みし、ドイツへと伸びる線路を見下ろしていた。十日のうちに、カイゼルがあの線路をやってくる。十日したら、世界は一変するのだ。

「ほら、あそこ」リリーが線路に顎をしゃくった。「わたしはあのあたりをずっと偵察していた。ヴィオレットとアントワーヌもね」アントワーヌは気骨のある中身に似合わぬ柔和な顔の書店主で、身分証を偽造してこっそりリリーに渡してくれる。ヴィオレットを除けば、イヴが会ったことのあるアリス・ネットワークの唯一のメンバーだ――緊急事態であたらしい身分証が必要になったときのために、顔合わせをすませていた。「この場所が爆撃に最適だということで、意見が一致したの」リリーがスカートをたくし上げ、ペチコートの紐をほどきはじめた。「高級将校たちが、あたしたちの提案を受け入れるかどうかわからないけどね」

「も、毛布を広げなきゃ」イヴは言った。「あたしたち、ピクニックに来たんだから、忘れたの？」ここでドイツの偵察兵に見つかったときの言い訳だ。マルグリット・ル・フランソワとお針子の友達が、なけなしのサンドイッチを持って日差しを浴びにやってきた。

だが、イヴが擦り切れた毛布を広げても、リリーはサンドイッチを食べようとしなかった。木炭の棒を取り出し、広げたペチコートに周囲の地形図を描きはじめた。「情報を書いた紙を持ち歩くことが、ますます難しくなっているの」一心に集中しながらも、茶目っ気は忘れない。「でも、女のペチコートにどれだけの情報を記せるものか、衛兵たちは想像もしない」

「どうしてあたしを誘ったの？　このあたりのことは、ヴィオレットのほうがよく知ってるから、情報集めの役に立つんじゃない？」

「すでに集めたわよ。カイゼル視察の情報を最初に耳にしたのはあなただったでしょ、かわいいデイジー。だから、状況を知る資格があるというわけ」リリーの手がハチドリのように素早く動いて、地面のでこぼこや轍《わだち》や木々を描き込んでいった。「このまえエドワードおじさまに情報を届けたとき、あなたを連れてくるようにって言われたわ」

「あ、あたしを？」

「あなたとじかに話がしたいんですって。彼がいろいろ質問することで、あなたの記憶の細部まで引き出せるかもしれないでしょ。これほどの重大事だと、危険は冒せないもの」

「二日後に出掛けるわよ」

二日後にキャメロン大尉に会える。胸が躍るはずなのに、妙な感じしかしなかった。彼はあまりにも遠い存在、別世界の人間のようだ。どうやって仕事を抜け出すか考えると、胃がむかむかしてきた。彼のやさしい眼差しも慰めにはならない。「フォークストンには行けないと思う。そんなに仕事を休めないもの」

「フォークストンまでわざわざ行く必要はないのよ」リリーは地形図を描き終えた。「エドワードおじさまは、ブリュッセルで会うことを承諾してくれたの。日帰りできるわよ」

「こんな話し方だから――検問所で目をつけられる。あなたを危険な目に遭わせてしまう」イヴの吃音のせいでリリーが捕まったら、錆《さ》びた剃刀で自分の舌を切り落とすだろう。

「馬鹿言わないで《ジュモンフ》！」リリーが髪をくしゃくしゃと掻き乱した。「話すのはわたしに任せればいいの。駅の検問を口八丁でうまく潜《くぐ》り抜けてきたんだから。あなたは目をまん丸にして、なにもわかりませんって顔をしてればいいの。それですべてうまくいく《ライト・アズ・レイン》から。それにしても、雨《レイン》のどこが正しい《ライト》のかしら。英語っておかしな言い回しが多いわよね」

リリーがなんとか場を盛り上げようとしているのが、イヴには痛いほどわかった。木炭で地形図を描いたペチコートを穿きながら、彼女はただおしゃべりをしているのではない。

「なんにしても、もっと気をつけてくれないと」イヴは言い、ピクニックの毛布と弁当を片付けた。「なんでもじょ、冗談にしないで。銃殺隊の前で自分を笑い飛ばすことになるわ」

「ふふん」リリーが手を振った。太陽の光を通してしまいそうなほど細い手だった。「いつか捕まるだろうって覚悟はしてるわよ。でも、それがなに？　国に仕えることができてるんだもの。だったら急ぎましょ。時間があるあいだに偉大なことを成し遂げるの」

「そんなに時間はないわよ」イヴはうめきながらリリーについて丘をおりた。「ふ、二日後にブリュッセルに行くのね。どうやって休みをとればいいかな？」

「〈ル・レテ〉で言い訳がきくかどうか、やってみるしかないわね」町へ向かって丘を下りながら、リリーがちらりと横目でイヴを見た。「あなたのいやらしい誘惑者はどうしてる？」

ルネ・ボルデロンのことは考えたくなかった。彼に家まで送ってもらって以来、なるべくちかづかないようにしていた。〈ル・レテ〉では、テーブルの皿を片付け、シュナップスを注ぎ、耳を傾けた。雇い主の視線をかわしながら、ドイツ軍のエースパイロット、マックス・イメルマンに関する情報を集めた。だが、彼はじっとイヴを見つめることで、答えを待っていると伝えてよこした。ときに無言の視線が首筋にまとわりついた。いまも肌を味わう彼の舌の感触が残っている場所だ。閉店時に、唇の跡が残るグラスに彼がワインを注ぎ、イヴに飲めと言うこともあった。なんという世の中だろう。他人が口をつけたグラスからワインを数口飲ませることが、腹をすかせ自暴自棄になった娘への求愛行動になるとは。「彼はしつこいわ」イヴは言った。

リリーは髪を耳にかけた。「彼を遠ざけておけそう？」

「いまのところは」

彼女が送っている人生に、〝いま〟以外の時なんてあるのだろうか？　二日後にキャメロン大尉に会えることは――カイゼルが十日後に視察に来ることも――みんなおなじグレーゾーンに含まれる。そこにあるのは過去といまだけだ。確実なことはなにもない。現実に存在しないもおなじだ。

その晩の〈ル・レテ〉は、いつもよりにぎやかだった。将校たちはいつも以上にやかましく、彼らの腕にもたれる女たちの笑い声はいつも以上に浮ついていた。「売女《ばいた》」壁際に控え、指を立てて呼ぶ合図を待つイヴの横で、クリスティンがつぶやいた。「あそこにいるフランソワ・ポンソー、あたらしいシルクのドレスを着て、大尉にしなだれかかってる。ああいう身持ちの悪い女のために、パン屋が特別なパンを焼いてるってさ。パン生地におしっこを引っかけてから丸めてるんだって――」

「自業自得よ」イヴは言ったものの、胃がむかむかしていた。件《くだん》の女は笑いながら不安そうにこちらをちらちら見て、大尉がよそを向いた隙にパンをバッグに滑り込ませていた。家には養わなくてはならない人間がいるのだ。一人ではなく何人も。そのお返しに、小便が染みたパンと軽蔑の言葉を投げつけられる。だが、クリスティンの批判にうなずいておけば安全だ。リールの住人はみんなそう思っているのだから。

そのとき、ルネがウェイトレスたちに目をやった。蝋燭の明かりを受けて目がキラリと光る。どうかクリスティンを見て、とイヴは願った。かわいらしいブロンドで、頭が空っぽ。どうしてクリスティンを見ないの？　だが、彼はイヴに向かって指を曲げた。仕方なく進み出て、食後の飲み物を注ぐ。彼女のゆったりとした動きと腕の正しい角度に、ルネが満足げな笑みを浮かべた。

「誰か帳簿を上に持っていってくれない？」その晩、片付けが終わると、イヴはウェイターたちに頼んだものの、彼らはただ笑うだけだった。

「それはあんたの仕事だろ、マルグリット！　あんたが持っていくと彼は機嫌がいい。おれたちとしては、ムッシュー・ルネが上機嫌なほうがありがたいからね」

彼らのクスクス笑いから、ルネが彼女にご執心だと気付いていることがわかる。「あんたたちって最低」イヴは言い捨てて奥の階段をあがった。お辞儀をし、帳簿を渡すと、彼の指が冷ややかにイヴの指を掠めた。

「急いでいるのかな、マドモアゼル・ル・フランソワ？」帳簿をめくり、数字を確かめていく。

「いいえ、ムッシュー」

彼がゆっくりとページをめくる。夏の夜の暑さに、彼はジャケットを脱いで、雪白のシャツ姿だった。ポマードで撫で付けた髪が革靴のように艶めく。カフスボタンが不意に光を放った。ルビーの赤と細かな金色。

「アールヌーボーのガラスだ」イヴの視線に気付き、彼が言った。彼はなんでもお見通しなの？「クリムトのスタイル。クリムトの名を聞いたことは？　ウィーンで彼の絵を見る幸運に恵まれてね、戦争の前に。目を奪われたよ。『ダナエ』という作品がある。ギリシャ神話の女がゼウスの訪問を受け、黄金色のシャワーを浴びる図……股に降り注ぐ金に興奮する様を描いている」

この部屋で、芸術的なものからそうでないものまで、興奮についてはいっさい語り合いたくなかった。「いいえ、き、聞いたことありません」

「つまり放縦《ほうしょう》だ」カフスボタンをはずし、よく見てみろ、と彼女の手に落とした。袖口をまくり上げて筋張った腕をあらわにする。青白い肌は滑らかだ。イヴはそちらを見ないようにするために、カフスボタンを光にかざし、小さな鋳込ガラスの色が踊るのを眺めた。「金に縁取られた放縦。猥褻だと人は言うが、それがなんだ。ボードレールも猥褻だと思う連中だからな」

イヴはカフスボタンを詩人の胸像に並べてそっと置き、荒々しい大理石の側面像を眺めながら、ボードレールの愛人は彼を軽蔑していたのだろうかと思った。イヴがルネを軽蔑するように。「お願いがあるんですが、ム、ムッシュー？」

「お願い？　それはまたそそられることを」

「あさって、お休みをいただけませんか？　友達がおじさんを訪ねるので一緒に来てくれと頼まれて。そのおじさんは遠くに住んでるんです」すべて事実だ。ルネが相手だから、嘘は最小限に留めるようにしていた。

「休みをとりたいと」彼が言葉を測っている。「きみの代わりをやる人間は大勢いるんだからね、それに、仕事は休まないと約束しただろう」

「わかってます、ムッシュー」イヴは訴えかけるような雌鹿の目で彼を見つめた。「仕事ぶりに満足していただいていると思ってました、だから……」

しばらく話題を宙ぶらりんにしたまま、彼は帳簿を脇にずらした。「いいだろう」ようやく彼が口を開いたので、イヴは安堵でへなへなとなりそうだった。「たまには休まないとな」

「ありがとう――」

彼が遮ってつづけた。「夜も更けた。外出許可証を忘れたことがあったな。わたしが家までまた送る羽目になるのかな？」彼がネクタイをゆるめた。「たぶんそうすることになるだろう。もっとたがいをよく知りたいからね、マルグリット」

彼はわがもの顔にイヴの名前を読んだ。彼がイヴの本名だと思い込んでいる名前を。マドモアゼルという敬称をつけずに。ネクタイをはずしたところを見れば、今夜は出歩くつもりがないとわかる。たがいをよく知る場所はここだ。

〝あたしがお願いをしたから〟

喉につかえる塊を呑み下したかった。喉が動くのを彼に見せることができる。こちらの不安が彼を悦ばせるだろうから。

彼が革張りの椅子の肘掛けにネクタイを掛けた。「このあいだの晩のわたしの提案、考えてくれたかね？」

わからないふりはしなかった。「あたし、びっくりしてしまって、ムッシュー」

「そうなのか？」

「趣味のよい殿方のあ、相手ができるような人間じゃないです。ただのウェイトレスです。美人でもないし、れ、れ、礼儀作法も身につけていないし、世の中のことをなにも知らないし。だから、ただもうびっくりしました」

彼がおもむろに椅子を立ち、クリスタルのデカンターが並ぶ小さなサテンウッドのテーブルに向かった。デカンターの栓を抜き、グラスに淡い色の泡立つものを指二本分注いだ。ダイヤモンドのように輝くそれをイヴに差し出す。「飲んでごらん」

イヴは仕方なくひと口飲んだ。液体が喉を焼く。ひりひりと甘く、ほのかに花の香りがして、とても力強い。

「ニワトコの花のリキュールだ」彼は黒檀のマントルピースに肘をもたせた。「グラースのワイン商から自分用に買い入れている。美しいところだ、グラースは――大気はその酒のようなにおいがする。花の香りがして人を酔わせる。とてもユニークだろう。だから、レストランでは出していないんだ。ブランデーにシュナップス、シャンパン、ドイツ兵にはそれだけ与えれば充分だ。ユニークなものは自分用にとってある。気に入ったみたいだな？」

「はい」必要もなくルネに嘘を吐いてもしょうがない。「ユニークなものは自分用なら、ど、どうしてあたしなんかに？」

「どうしてかって？　きみもユニークだからだ。きみはよい趣味をしているからね、マルグリット――とてもよい趣味をしているとわたしは思う。だが、それを伸ばしてやる人間がいない。エデンの園のイヴみたいにね」

本名を耳にしてなんとか飛び上がらずにすんだわけが、自分でもわからなかった。だが、彼女はうまく自制し、ニワトコの花のリキュールをもうひと口飲んだ。

「わたしは昔から、交際相手の趣味のよさと優雅さを愛でてきた」彼が言う。「つい最近まで、原料よりもできあがった製品のほうを好んでいたのだが、リールではもう優雅な女は探しても見つからない。ひもじさと愛国心のせいで、みんな刺々しいことこのうえなくてね。自分にふさわしい相手が欲しいなら、ギリシャ神話のピグマリオンを模して、この手で彫るしかないとわかった」彼が長い指をあげて、イヴの額から前髪を払った。「彫り出す過程をはたして楽しめるかどうか。だから、いいかね、きみもわたしを驚かせようとしてくれないと」

なんと応えればいいのかわからない。彼自身、返事を期待していないようだ。イヴのグラスを顎でしゃくった。「お代わりは？」

「はい」

彼がグラスにたっぷりと注ぐ。彼はあたしを酔わせようとしている、とイヴは思った。十七歳のマルグリットは、強い酒のことはなにもわからない。二、三杯飲んだだけで、相手の言いなりになる。

イヴはグラスの中に、カイゼルをリールに連れてくる線路を見た。シュナップスを飲み交わし、不用意に秘密を漏らす司令官と取り巻き連中を見た。最初の情報を渡したときの、リリーの輝く笑顔を見た。リリーの声が聞こえさえした。〝この稼業は難しい〟〝誰かがやらなくちゃかもね、とイヴは思った。あのとき彼女はこう応えたのだった。〝誰かがやらなくちゃならない。あたしたちは上手にやれる。だったらあたしたちがやってどこが悪いの？〟

イヴがグラスを空にして置こうとすると、ルネがすぐそばに立っていた。彼はパリの香水のにおい、さりげなく洗練されたにおいがした。彼がキスするとしたらいまだろうか。浜辺で拳銃に弾を込めるやり方を教えてくれたときの、キャメロン大尉の眼差しをふっと思い出す。思い出を消そうとすると、ルネが顔をちかづけてきた。

嫌悪を表しちゃ駄目。

彼は覗き込むようにして、イヴの首筋に鼻をちかづけて息を吸い込み、軽く顔をしかめ上体を起こした。「風呂に入ったほうがいい。わたしのバスルームを使いたまえ」

触れられなかった唇がジンジンした。一瞬、どういうことかわからなかった。うつむくと両手が見えた。袖口に魚用のバターソースのブールブランと赤ワインのしみがついていた。仕事中、注意していたはずなのに。それに、けさがた、リリーと郊外を歩き回ったせいで、うっすらと汗をかいていた。汗臭いんだ、とイヴは思った。泣きたくなるぐらい恥ずかしかった。〝あたしは汗と安物の石鹸のにおいがするから、ちゃんと体を洗わないと、花を摘んでもらえないというわけね〟

「石鹸は用意してある」ルネが背を向け、あたりまえのように襟のボタンをはずした。「きみのために選んでおいた」

彼は感謝の言葉を待っている。「ありがとうございます」背後のドアを指差す彼に、イヴはなんとか礼を言った。バスルームは書斎と同様、淫らで贅沢だった。黒白のタイル、大きな大理石のバスタブ、金縁の鏡。未使用の石鹸が置いてある。スズランの香り。どこかの女性のバスルームから徴発したものだろう。きみに似合う香りだ、とルネが言っていた。〝もっと軽くて甘やかで、芳しく若々しいもの〟

リリーが伝授してくれた男を悦ばせるテクニックが頭を駆け巡り、イヴは気分が悪くなりそうになったがぐっと堪えた。〝なにが彼を悦ばせるのかわかったら、それをやりつづけるの〟と、リリーは言った。石鹸を見つめながら気付いた。〝軽くて甘やかで、芳しく若々しい〟彼はイヴにそうなることを望んでいるのだ。香りだけのことではない。台本まで与えてくれるなんて、思いやりのあることで。

バスタブにお湯を贅沢に張ったのは、復讐《ふくしゅう》の気持ちもあった。熱い湯に体を沈めると身震いした。この二カ月は、洗面器に水を張り、ぼろのハンドタオルを絞って体を拭くだけだった。ニワトコの花のリキュール二杯が回ってきて、頭がくらくらする。香りのよいお湯にいつまでも浸《つ》かっていたかったが、イヴにはやるべきことがある。

早く終わらせてしまおう。

清潔な体にまといたくなかったので下着と服は床に置きっ放しにし、真っ白なバスタオルを体に巻きつけた。鏡の中に見知らぬ娘がいた。頬骨が突き出しているのは、乏しい配給食糧のせいだけではなかった。やさしい顔のイヴリン・ガードナーが、こんな刺々しく見えたことはなかった。マルグリット・ル・フランソワならもっとそうだから、唇を軽く開き、まつげをパタパタさせるのが自然に見えるまで、鏡の前で練習した。

「おお」栗色の髪をおろし、裸足でバスルームを出ると、ルネがほほえんで迎えた。「ずっとよくなった」

「ありがとうございます。お風呂に入ったの、ほんとうに久しぶりです」感謝が求められるとわかっていた。

彼がイヴの濡れた髪を指に絡ませ、鼻先に持っていく。「愛らしい」

ルネは醜男ではないし、ほっそりと優雅だ。スモークブルーの綾《あや》のあるシルクの、ドレッシングガウンに着替えていた。冷たい手が髪を辿り、喉に巻き付いた。長い指は首を一周しそうだ。そこでキスをする。ゆったりと、口を開いた巧みなキスだ。そのあいだ、彼の目は見開いたままだった。

「今夜は泊まっていくといい」彼がささやき、タオルの上から尻を撫でる。「あすの朝、ホフマン司令官と会うことになっていてね、早い時間に――エースパイロットのマックス・イメルマンの祝賀会をうちでやりたいと言うので、その打ち合わせだ。彼はいまやリールの防空の責任者だから。寝不足の顔で司令部を訪ねるのは憚られるのでね」

さあ、来た――ここにいる甲斐があるというものだ。ルネが警戒を解いて情報を小出しにする。英国陸軍航空隊が興味を持ちそうな情報だ。憶えておかないと。心拍がゆっくりになる。恐怖と決断のときにいつもそうなるように。

ルネがほほえむ。「それじゃ」彼女の胸を包むタオルに手をかけた。「見せてもらおうか」

なんとか乗り切るの、とイヴは自分に言い聞かせた。〝あなたならこれを利用できる。そうよ、あなたならできる〟

イヴはタオルを落とし、仰向いてつぎのキスを待った。どうせやらなきゃならないんなら、怖がったってしょうがない。

第三部

17

シャーリー

一九四七年五月

パリまであと半分のところまで来た。一度も溝にはまらずに来られたなんて驚きだ。いまは五月、フランスの田舎は花盛りだが、フィンもわたしも景色を眺めている暇はなかった。イヴが後部座席に陣取り、スパイだった話をしたからだ。

スパイ。イヴが。あのスパイ？　彼女がしゃべるあいだ、わたしは口をあんぐり開け、シートの上で完全に後ろ向きになり、フィンですら肩越しにちらちら後ろを見ていた。

「前を見て、車をぶつけるわよ」イヴがそっけなく言う。「それから、あんた、ヤンキーのお嬢ちゃん、口の中にハエが飛び込んでくるよ」

「つづけて」わたしは先を促した。わたしが知っているスパイは映画の中だけだ。本物がいるなんて考えたこともなかった。でも、イヴがここにいる。ハリウッド版のスパイにはあてはまらないだろうけれど、フォークストンや暗号やエドワードおじさんの話を聞くと、信じる気になった。フランスの曲がりくねった道をラゴンダで進むあいだ、彼女は語りつづけた。〈ル・レテ〉という名のレストラン。優雅なオーナー。これでもかというほどのボードレールの詩の引用。コードネームをヴィオレットといった丸眼鏡のスパイ仲間――。

「アンティークのお店にいた女の人ね」わたしは叫び、じろりと睨まれた。

「あたしに担がれたと思ってたの？」

わたしはにんまりした。彼女の皮肉にはもう慣れっこだ。ホテルで母に背いたことがいまだに信じられず、浮かれ気分がつづいていた。母と〝予約〟と決められた人生に背を向けたのだ。豪勢な朝食を食べてお腹がいっぱいになると、不安は冒険気分に変わった。前科者と元スパイと一緒に、未知なる世界に向かって車をぶっ飛ばしているのだもの――そういう要素を足して出た答えは、〝冒険〟以外になにがあるだろう。

イヴはぽつりぽつりと話した。戦時下のリール、食糧不足に徴発。ルネ・ボルデロンの名前もときおり出てきた。彼女の雇い主、でも、憎しみのこもった語り口から、彼はそれ以上の存在だとわかった。

「ルネだけど」フィンがシートの背に腕を沿わせてイヴを振り返った。「まだ生きてると思ってるんだろう？」

イヴは答えず、小さくうなると携帯用酒瓶をぐいっと呷った。誰のために働いていたんだ？　とフィンは重ねて尋ねた。スパイのネットワークにはヴィオレット以外にも誰かいたんだろ？　しばらく沈黙したあとで、イヴが言った。「一人か二人ね」

もっといろいろ尋ねたかった。なんとしても訊きたかったが、フィンと目を見交わし二人して黙り込んだ。わたしたちはとりあえず一緒にいる三人組にすぎない――イヴがいるのはわたしがお金を払ったからではない。来ずにいられなかったからで、わたしには根掘り葉掘り尋ねる権利はない。それに、彼女のほんとうの過去を知ったいまは、尊敬の念が強くなっているので、質問でいっぱいの壺《つぼ》に蓋をせざるをえない。彼女がロブスターのハサミみたいな手で酒瓶をぎこちなく動かすのを見て、わたしの冒険心はみるみる萎んだ。彼女の手がどうしてあんなふうになったにせよ、戦時中に関わった仕事のせいにちがいなく、タラワ島から戻った兄が脚に受けた戦傷とおなじものなのだろう。兄は名誉負傷賞であるパープルハート章の箱を横に置いて、頭を吹き飛ばした。イヴは心にどんな傷を負ったのだろう?

午後の日差しの中で、彼女はぼんやりとしながらぽつりぽつりと話をつづけ、そのうちいびきをかきはじめた。「そっとしとこう」フィンが言った。「ガソリンスタンドで給油しなきゃならないしね」

「パリまであとどれぐらい?」リモージュに行く途中、パリで一泊することで三人の意見は一致していた。

「数時間」

「これまでに数時間は走ったじゃないの。そんなに遠いはずない」

フィンがにやりとした。「彼女の暗号解読の話に夢中になってて道を間違えたんだ。もうじきランスだ」

ピンクがかった真珠色の夕暮れどきに、わたしたちは、パリ郊外の安ホテルに部屋をとった――懐が寂しくなっていたので、大通りの高級ホテルには泊まれない。きのうの残りのブイヤベースのにおいがするホテルにチェックインすると、わたしはイヴとフィンを残して町に出た。懐が寂しかろうと買わねばならないものがあったからだ。商店街を少し歩くと質屋を見つけた。必要なものはすぐに手に入った。ホテルへと戻る途中、古着屋の前を通った。手持ちの三着を順繰りに着て、夜は下着姿で寝ることにうんざりしていた。

売り子がカウンターから顔をあげる。フランス女性に多い、誂えの服を着たおちょぼ口で小柄で、粋な猿を連想させるタイプだ。「マドモアゼル――」

「マダムです」彼女に左手の結婚指輪が見えるように、わたしはバッグをカウンターに置いた。「服を何枚か欲しいの」

わたしが予算を告げると、彼女は一瞥しただけで服のサイズがわかったようだ。わたしは質屋で買った金の指輪をつい回しそうになる。指輪は大きすぎ、それはマダムという呼称もおなじだった。だが、戦争が終わってまだ一年、若い未亡人は珍しくない。〝ささやかな問題〟を育てる決心はしたものの、未婚の母として侮蔑の目を向けられたくなかった。それにはどうすればいいか。結婚指輪を買い、戦争で死んだ（わたしの場合は戦争が終わってから亡くなった）夫の物語を創作し、説得力のある細かなエピソードで飾り立てる。疑いを持つ人もいるかもしれないが、正面きって嘘だとは言えないだろう。なにせ小道具が揃っている。中古の結婚指輪と死んだ夫。

ドナルド。そうだ、ドナルドにしよう、と着替えのため試着室に入ったときひらめいた。ドナルド……マガウアンは実在しないわたしの亡き夫。半分スコットランド人で半分アメリカ人、黒髪。戦車連隊所属。パットン将軍に仕えた。最愛の夫、ダニエルは自動車事故で死んだばかりだ。スピードを出しすぎるので心配だった。何度も注意したのに。お腹の子が男の子なら、父親の名前をもらうつもり……。

〝ドナルドなんて名前、本気じゃないわよね、シャーリー。あなたって、まったく！〟

〝もちろんよ。でも、お腹の子は女の子だから、大丈夫。それに、ドナルドってぴったりだと思うのよね〟

〝退屈な男って感じ！〟

〝わたしのドナルドを馬鹿にしないでよ！〟

「マダム？」売り子が声をかけてきた。不審に思っているのだ。わたしは笑いを呑み込み、試着をつづけた。陽気な想像を巡らせていると、ぼんやりとだが先が見えてくる。ローズと再会したら、二人で住む場所を見つけよう。ここ、フランスでもいいかも。お金はあるから、貯金が――それで再出発を買うことだってできるでしょ。偽の結婚指輪をした二人の偽マダムが、本物の人生を送ったっていいはずだ。子供時代、ローズと最高に幸せな日を過ごしたプロヴァンスのカフェを思い出した。大人になっても、あんな天国がどこかに見つかるんじゃない？

カフェといえば、ベニントンのコーヒーショップで短期間アルバイトをしたことがあって、プロヴァンスとおなじぐらい楽しかった。お客さんの注文を聞いて、おいしいにおいに包まれて、注文をさばき、暗算で釣銭を渡して。フランスのどこかでカフェを開く。絵葉書も売ってるようなカフェ、やわらかい山羊のチーズと霜降りハムのサンドイッチ、夕暮れ時にはエディット・ピアフを流し、テーブルを壁際に片付けてダンスする。切り盛りするのは若い未亡人二人、フランス男性と軽口を叩きながらも、夫の写真を見て涙ぐむことを忘れない。偽の写真を調達しておかないと……。

「ビアン」試着室から出ると、売り子が満足そうにうなずいた。細い黒のズボン、短い丈のストライプのジャージは、襟元は詰まっているのにお腹が見えそうだ。「ニュールックはあなたには似合いませんよ」売り子がはっきり言い、服の山を選り分け、すごく細いスカートとぴちぴちのセーター、スリムすぎるズボンを抜き出した。「ディオールを着ているけど、あなたの体形ならシャネルのほうが似合います。彼女を知ってて――やっぱり小柄で黒髪で平凡な顔だち」

「それはどうも」わたしはむっとして薄暗い店内を見回した。「シャネルを知ってるって、ほんとかしら」

「戦争がはじまるまで、彼女のアトリエで働いてたんだから！　彼女がパリに戻ったら、またそこで働くつもり。でも、それまではあたしだって食べていかなきゃ。みんなそうだけど、ひどい格好はしたくないでしょ」売り子はわたしを睨み、マニキュアをした指を突き付けた。「ひらひらはやめることね！　服を買うときは憶えといて。かちっとした仕立てのストライプ、フラットシューズ。髪をパーマでいじめるのはやめて、顎の線で切り揃えて――」

鏡の中の自分を見つめる。上も下も古着だけれど、ずっとスマートに見える。それにボーイッシュ。コルセットもペチコートもいらないから楽だ。売り子が小さな麦藁《むぎわら》帽子を頭にのせてくれた。目深に粋な感じに。わたしはにっこりした。これまで自分で服を選んだことはなかった。母の言いなりだった。でも、いまはマダムだ。大人の女。頼りない女の子ではないから、大人っぽく見せないと。「おいくら？」

それから交渉がはじまった。手持ちのフランは限りがあるから無駄遣いはできない。でも、売り子は物欲しそうにわたしの旅行着を見ている。ニュールックを馬鹿にしたくせに。

「ディオールの最新モデルよ。ホテルに帰ればもう一着ある。あす、届けるから、ズボンとスカートとトップスを二着ずつ、それにあの黒いドレスと交換して」

「黒いドレスを着たいなら約束して。真珠と真っ赤な口紅を合わせること」

「決まり」

服を入れた買い物袋を持ち、腰を振りふりホテルに戻り、フィンとイヴがいるホテルのカフェに直行した。フィンが眉を吊り上げるのを見て、嬉しさが込み上げた。「お二人にお目にかかれて幸せよ」わたしは言い、買ったばかりの結婚指輪をした手を差し出した。

「ミセス・ドナルド・マガウアン」

「こりゃたまげた」イヴはマティーニをガブリとやった。マティーニというよりストレートのジンみたいだ。

わたしはお腹を軽く叩く。「身分を隠したほうが動きやすいと思って」

「ドナルド・マガウアン？」フィンが尋ねる。「どこの誰だ？」

「黒髪、痩せ形、エール大のロースクールを出て、戦車連隊で戦ったのよ」ここにはない黒い縁取りのハンカチで目頭を押さえる。「最愛の夫」

「とっかかりとしては悪くない」イヴが評する。「靴下を畳んでしまうタイプ、それとも、丸めるタイプ？」

「ええと。畳むタイプ」

「ええと、は抜く。コーヒーはブラック、それともクリームを入れる？ 兄弟姉妹はいるの？ 大学でフットボールをやってた？ 細部が肝心だからね、ヤンキーのお嬢ちゃん」イヴが恐ろしげな指を突き付ける。「作り話をほんとうらしくするのは細部。あんたのドナルドの履歴を作り、つっかえずに言えるようになるまで練習する。指輪はいつもつけていること。結婚生活が長い女特有の指のへこみができるまで。若い娘が乳母車を押してたら、人はまず指を見て、それから〝ミセス〟と呼びかける」

わたしはにっこりした。「はい、わかりました。それじゃ、夕食を食べに行きません？」

「わかった。あたしが払うからね。あんたはいろいろ買い込んだみたいだから」

彼女はもうわたしのお金を当てにしていないらしい――それがわかって感激したけれど、口には出さなかった。代わりに憎まれ口を叩いた。「でも、請求書はまずわたしがチェックするから。あなたのことだから、書かれた数字をあらためもせずにサインしてしまうでしょ」

「好きにしたら」イヴはウェイターが持ってきた請求書をわたしのほうに押した。「財布の紐を握ってるのはあんただから」

「わたしが?」一緒に旅をしてきたあいだに、お金の問題はわたしの領分ということになっていた。いちばん若いのに。部屋代の交渉となると、フィンもイヴもあたりまえのようにわたしを見る。請求書はむろんこっちに回ってきて、わたしが計算することになる。お釣りの小銭もお札もわたしが管理しないと駄目だ。二人に渡せば、そのままポケットやバッグに突っ込んでそれでおしまいだ。「まったく、あなたたち二人ときたら」わたしはぶつぶつ言いながら、飲み物代を計算した。「イヴはスパイ技術の宝庫で、フィン、あなたはピンや梱包《こんぽう》用ワイヤで車を走らせつづけられるのに、二人ともチップの計算をするのに十分もかかるんだから。それも紙に書いて計算して」

「きみに任せたほうが楽だからね」フィンが言う。「歩く計算機だからな、きみは」

わたしは若くて馬鹿だから自分でお金の管理はできない、と決め付けたロンドンの銀行家を思い出すとつい顔がほころんだ。ここでは三人分のお金の管理をしているんだから。自分にはほかになにができるのだろう、と思わずにいられない。

偽の結婚指輪を回しながら思い描いた。きちんと整理されたキャッシュレジスターの向こうに座り、細身のズボンに布巾を突っ込み、髪を顎の線で切り揃えた自分の姿を。ブロンドの髪にシックな黒いドレスをまとったローズが、わたしと一緒に店を切り盛りしている。店内にはフランスのジャズが流れ、二人の赤ん坊がキャッキャッと声をあげ——〝ささやかな問題〟だけでなく、ぽっちゃりした足の幼児になった二人が、フランス語と英語の両方でペチャクチャおしゃべりして……。

ミセス・ドナルド・マガウアンとマダム・エティエンヌ・フルニエ、二人ならきっとうまくやれる。きっと。

18　イヴ

一九一五年七月

こんなに怒ったリリーを見るのははじめてだった。「集中して、かわいいデイジー！　あなたの意識は千キロも先に飛んでいってる」

「集中します」イヴは約束したものの、考えるのはこのことだけだった。〝ピリピリする〟

痛くてたまらないわけではなかった。ルネ・ボルデロンは、彼女を傷つけないための措置をとった。万全の措置ではない——自分の悦びを損なわない程度の措置だ——が、措置は措置だった。少し出血したが、ものすごく痛くはなかった。服を着て帰ってよい、と言われたとき、これで終わりなの、とイヴは思った。もう一日仕事をすれば、翌朝の汽車でリリーと一緒にブリュッセルへ、キャメロン大尉のもとへ行けるのだ。カイゼルのリール訪問に関し、報告を行なうために。それが終わるまで、ルネのことは考えずにすむ。

ところが彼は、翌晩も仕事を終えたイヴを引き止めた。ショックだった。「治るまで時間を置くべきなのはわかっている。だが、きみがあまりにそそるものだから。かまわないだろ？」

「はい」イヴは言った。ほかにどう言えばいい？　それで二度目となった。終わってベッドを出て服を着る彼女を、ルネは眺めていた。

「きみの帰りが待ち遠しい」彼が言った。ベッドに座り、並外れて長い指で立てた膝の上のシーツを摘んでいた。

「あの、あ、あ——あたしもです」イヴは応え、時計に目をやった。まもなく朝の四時だ。あと四時間後には、リール駅でリリーと会う約束だった。「でも、あ、あたし、約束してるので出掛けないと。ありがとうございます」——感謝の言葉を忘れてはならない——「し、し、仕事を休ませていただけて、ムッシュー」

ルネと呼んでくれ、とはけっして言わなかった。わがもの顔であたしを呼び捨てにするくせに。イヴがコートを着ると、彼はただほほえんだ。「きみはなんて口数が少ないんだ、マルグリット。女はおしゃべりと相場が決まっているのに。〝そぶりつれなく、佳《よ》き人よ、疎んじて……〟」

誰の詩か尋ねるまでもなかった。ボードレール。いつだって判で押したようにボードレールだ。四時間もしたら、リリーとの待ち合わせ場所に行かねばならない。落ち着いて、慎重に、目の前の仕事に集中すべきなのに、ルネ・ボルデロンのにおいをまとった彼女は、寝不足で頭がふらふらだった。

それに、ヒリヒリする。

駅に向かうあいだ、痛みが歩き方に出ないように注意した。いずれはリリーも気付くだろう。だが、いま彼女は、国境を無事に越えることに意識を集中している。キャメロン大尉が知ることはけっしてない。戦線を離脱してイギリスに帰るために、自分の操を売り飛ばすようなことを、イヴ・ガードナーはしない。ルネのベッドに戻るつもりだった。ほんの二晩ベッドをともにしただけだが、睦言《むつごと》を交わしたがる男だとわかったからだ。ドイツ軍のパイロット、マックス・フォン・イメルマンについて、うっかり情報を漏らすこともあるだろう。カイゼルの予定されている訪問について、細かなことが聞けるかもしれない。そう、ルネはベッドでおしゃべりだから、余すことなく聞き取らねばならない。ほかのことは……まあ、おいおい慣れる、それだけのことだ。

「まずいわね」リリーのつぶやきが聞こえ、イヴはぼんやりしていたことに気付いた。なにやってんの、集中しなさい、と自分を叱りつけ、どうかしたのかとリリーに目をやった。駅のプラットフォームはドイツ軍将校や兵士や役人で溢れ返っていた。手袋の中で手がじっとり汗ばむ。

「誰か捕まったの?」声をひそめて尋ねた。アリス・ネットワークにとっていちばんの恐怖は、リリーの情報源が逮捕され自白することだった。そのため、各自が知っていることは最小限に留められていたが、それでも――。

「いいえ」リリーがささやき返し、軍服姿の一団の奥をこっそり覗こうとした。「もったいをつけた将軍が大歓迎を受けているようだわ。なにもきょうでなくたって……」

切符と身分証をチェックする衛兵のほうへと、人ごみに揉まれながら進んでいく。ひどい混雑だ。すでにホームに入っている汽車が、解き放たれるのを待つ馬のように息を弾ませている。プラットフォームに高級将校が出揃っているせいで、衛兵のチェックはいつもより念入りだった。「わたしが話をするから」リリーが言った。きょうの彼女は、かんかん帽に擦り切れたレースのハイネックブラウスを着たチーズ売りのヴィヴィエンヌだ。身の上話も用意してある。彼女が衛兵と話をするあいだ、イヴは腕いっぱいに荷物を抱え、いつでもそれを無様に落とせる態勢でいた。荷物を拾おうとまごまごすれば、衛兵は業を煮やして通れと言うだろうから。だが、衛兵は、ドイツの軍服を着ていない者にとくに目を光らせており、列は遅々として進まなかった。汽車に乗り遅れるわけにはいかない、とイヴは思った。唇を噛んでいるうち、リリーが列の先頭になった。身分証を出そうとした

　そのとき、ドイツ訛りのフランス語で声をかけられた。

「マドモアゼル・ド・ベティニ！　あなたですね？」

　イヴは、まずリリーの肩越しにドイツ人を見た――口ひげを蓄えた四十代の男、前髪は額に撫で付け先を尖らせている。金と勲章でぴかぴかだ。重たい肩章に二列の勲章、イヴはこの男に見覚えがあった。ルプレヒト、バイエルン王国の王太子、ドイツ陸軍第六軍の上級大将、ドイツ軍が誇る優秀な司令官の一人だ。三週間前にリールにやってきて、〈ル・レテ〉で食事をし、ルネのタルト・フランベとドイツ軍の新型戦闘機、フォッカー・アインデッカーを褒めていたことを、イヴは恐ろしいほど鮮明に憶えていた。彼にブランデーを注ぎながら、フォッカーについての彼の意見を記憶に留めた。

　その彼がいまここにいる。副官たちをしたがえた彼が、リリーの肩に手を置いて言ったのだ。「ルイーズ・ド・ベティニ、あなたですね！」

　そのとき、リリーは彼から顔を背け、その手はチーズ売りのヴィヴィエンヌの身分証をバッグから取り出すところだった――その目が虚ろになるのを、イヴは見た。それもほんの一瞬のことで、リリーはヴィヴィエンヌの身分証をバッグに戻した。悪いカードを瞬時に入れ替えるギャンブラーのようだ。すっと背筋を伸ばして振り向き、ヴィヴィエンヌの媚《こび》を売る作り笑いからもっと晴れやかな笑みへと表情も作り変え、膝を折り左足を後ろに引いて腰をさげるレディのお辞儀をしたので、イヴもそれに倣った。「王太子殿下！　レディを嬉しがらせる術をよくご存じですわね。こんなにみっともない帽子の陰にちらりと見えたうなじだけで、誰だかおわかりになるのですもの！」

上級大将がリリーの手にキスすると、星賞や勲章がキラキラ光った。「あなたを輝かせるのにシルクのバラはいりませんよ、マドモアゼル」

リリー（ルイーズ？）がにこやかにほほえむ。あまりの驚きに呆然としてはいても、アリス・ネットワークのリーダーの変わりようには感嘆せずにいられなかった。リリーの笑顔は自信に満ち、顎の線に気位の高さが表れ、指先でちょっと触れただけで、さえないかんかん帽が片目にかぶさる粋な角度に落ち着いた。それはまさに、汽車の旅なら客室で薄織物に埋もれるのがつねの人の仕草だ。その声は純血のフランス人貴族のようで――いまは落ちぶれた貴族かもしれないが――アクセントは宮廷で使われるフランス語そのものだった。「わたくしときたら、ほんとうに運に見放されていますわ。去年のレースを身につけた姿で、バイエルン王国の王太子殿下にお目にかかるとは！」古いブラウスを軽く叩く。「エルヴィラ王女に知れたら、なにを言われますことやら」

「あなたはいとこのお気に入りだったから。ホレショウの彼女の屋敷でチェスをやりましたね。あれは――」

「ええ！　あなたがお勝ちになった。わたくしのナイトを背後から囲い込み、わたくしのキングを城から追い出された。あなたがいま第六軍を指揮されていると聞いても驚きませんもの、殿下……」

おしゃべりはつづく。どちらもイヴをちらりとも見ない。上級大将も、彼の副官たちも、リリーでさえ。イヴは荷物を抱え直し、メイドのようにリリーの背後に控えた。地味な帽子はおなじでも、リリーの華やかさはないから、メイドに見えるにちがいない。汽車が駅を離れていくのが見えて、イヴは恐怖に震えた。

「リールでなにをされているのですか、マドモアゼル・ド・ベティニ？」上級大将が尋ねる。汽車も戸惑う副官たちも眼中にないのだろう。やさしいおじさんのような笑みを浮かべると、目尻の笑いじわが深くなった。彼がもしカイゼルの軍の優秀な司令官でなかったら、イヴは好きになっていただろう。「ここはまったく気が滅入《めい》る！」

そうしたのはあんたたちでしょ、とイヴは思った。好きになる可能性はここで消滅した。

「兄に会いにベルギーへ行く途中ですの。国境を越えることができればですけれど、モン・デュ、乗るはずの汽車は出てしまいました……」リリーがイタリアの仮面劇の道化役よろしく、大げさにがっかりしてみせると、上級大将は指を鳴らし副官の一人を呼び寄せた。

「マドモアゼル・ド・ベティニとメイドのために車を用意しろ。わたしの運転手に国境を越えるお供をさせますよ」

「マドモアゼルが身分証をお持ちならば」副官が言い、イヴは凍り付いた。リリーが持っている唯一の身分証は、チーズ売りのヴィヴィエンヌのもので、ほかの誰かの名を騙《かた》っていることがばれたら……。

だが、リリーは笑顔を崩さず、悠然とバッグを探った。「どこかに入れたはずなのですが——」ハンカチと鍵、ヘアピンを何本か取り出した。「マルグリット、わたくしの身分証を持っていなくて?」

イヴはわきまえていた。とろい田舎娘さながらに頭を振りながら、腕に抱えた荷物をひとつずつあらためていく。それを上級大将はおもしろそうに眺め、副官たちはイライラと足踏みしていた。「殿下」一人がつぶやく。「司令官がお待ちで……」

「身分証などいらない。わたしがマドモアゼル・ド・ベティニをよく知っておるのだから」上級大将は悲しげに彼女の手にキスした。「もっと平和だった時代から、よく知っておる」

「とても幸せな時代でしたわ」リリーが話を合わせた。駅の前に車が着くと、上級大将はリリーの手を取った。イヴはなにも考えられず、荷物を抱えてよたよたとあとにつづいた。車のシートはふかふかだった。高価な革のにおいのせいでモーターオイルのにおいが気にならない。リリーは窓越しにハンカチを振り、大将と別れを惜しんだ。ドアが閉まり、車が滑るように動きだした。ぎゅうぎゅう詰めの列車よりはるかに贅沢だ。

リリーは無言だった。視線を運転手に向け、夏に旅行する貴族のレディらしくひと言二言文句を言った。質問が喉元までせり上がってきたが、イヴはレディのメイドらしく伏目がちに座っていた。国境を越えてベルギーに入っても、車内は静まり返っていた。大将——しかも王太子——の車に乗っているおかげで、検問所はフリーパスだった。目的地まで送り届ける、と運転手は言ったが、リリーは魅力的な笑みを浮かべ、ちかくの駅でおろしてくださいな、と言った。リールよりもずっと小さな駅で、ホームにはベンチがいくつかあるだけだった。

「メルド」去っていくピカピカの車を見送りながら、リリーが言った。「ブリュッセルまで乗せていってもらってもよかったんだけど――モン・デュ、混んだ列車はうんざり！――ドイツ軍上級大将の副官をエドワードおじさまの家まで案内したんじゃ、顰蹙《ひんしゅく》を買うことになる、でしょ？」

イヴは黙っていた。どこから話しはじめればいいのかわからなかった。ホームは暑くて埃っぽかった。隣のホームのベンチに老女が座っている以外人気はなかったので、盗み聞きされる心配はなかった。

リリーはベンチに旅行カバンを置いて尻をおろした。「それで、かわいいデイジー」真顔で言う。「わたしをドイツのスパイと責めるつもり？　第六軍の司令官がひと目でわたしだとわかったから」

「いいえ」大将が浮かべた笑みを見たとき、たしかにそのことがイヴの頭をよぎった。そんな自分を恥じ、頭を振った。ほかのことはいざ知らず、リリーが二重スパイでないことはわかっている。

「わたしの本名がばれてしまったわね」リリーはほほえんで手袋をはずした。「ネットワークの中で、知っているのはごくわずか。ヴィオレットとエドワードおじさまだけ」忠実な副官であるヴィオレットなら、イヴがかりにリーダーの正体をばらして危険に陥れるようなことをしたら、じわじわと殺すだろう。イヴは秘密を受け入れ、こねくり回した。「ルイーズ・ド・ベティニ。いったい何者なの？」

「フランスの下っ端貴族の娘。べつの人間になりすますことが大好きだから、女優になるべきだったかもね」リリーはハンカチを取り出し、額の汗を拭いた。朝から暑い日だった。「でも、下っ端とはいえフランス貴族の娘は、女優にはなれないのよ」

「だったら、なにをするの？」

「貧乏な一族の出の場合？　好色なイタリア貴族やポーランドの伯爵の子弟、オーストリアの王女さまの家庭教師になるの」ルイーズはぶるっと体を震わせた。「崩れ落ちそうな城やら廃れた紋章を引き継ぐ、上流気取りの小生意気な跡取りたちにフランス語の動詞を叩き込むぐらいなら、銃弾を浴びるほうがまし」

イヴは貪欲な好奇心を押さえ切れず、言葉を選びながらも質問をつづけた。「それで、ルイーズ・ド・ベティニは、どうやってバイエルン王国の王太子と知り合いになったの？　彼の子供たちを教えていた？」

「彼のいとこのエルヴィラ王女の子供たちをね。性悪女。ジャガイモみたいな顔に、刑務所の女看守並みの気性。彼女の子供たちは、まともに口をきけない大馬鹿者のくせに、世界は自分たちのものだと思っていたわ。でも、あそこでの経験が大いに役立ってる。家庭教師は、こっそり歩き回ったり盗み聞きするのが仕事みたいなものだから。それでも――」ため息。「すごく退屈だった。それでも運がいいほうだ、と自分に言い聞かせた。

坑道で石炭を運んだり、洗濯屋で日に十八時間働いて水絞り機で指を潰さずにすむんだから。でも、なにもかもうんざりしていた。残る道はひとつというところまで追い詰められていた。アンナ・カレーニナみたいに列車に飛び込むか、修道女になるか。修道女になろうと真剣に考えたんだけど、実際のところ、軽薄すぎて修道女には向かない」

夏の虫がブンブン飛び交っていた。日差しはきつく、隣のホームの老女はベンチでいびきをかいていた。

「さて」リリーが話をまとめた。「ルイーズ・ド・ベティニの身の上話はこれでおしまい。でも、彼女はもうわたしじゃない。わたしはリリーになったの。リリーのほうがずっと好きよ」

「わかるわ」彼女の話からすると、ルイーズ・ド・ベティニは気位が高くてちょっと愚かだ。レースの飾り襟をつけ、きれいな字を書ける以外に取り得がない。視線を素早く走らせ、バッグの底にドイツ軍の秘密の半分を忍ばせている、小柄でか細いリリーとは別人だ。

「あたしはけっして漏らさないから、リリー。誰にも言わない」

ほほえみ。「あなたを信じているわ、かわいいデイジー」

イヴもほほえみ返した。リリーの信頼が体の芯まで彼女をあたためた。

「メルド」リリーがまたため息をついた。「まったくもう、いつまで待たせるのよ。汽車はほんとにここを通るの？」それきり二人とも黙り込んだ。

汽車の旅は陰気だったが短く、大将と遭遇した興奮は徐々に消えていき、イヴはまたルネのことやゆうべのことをぐずぐずと思いつづけた。約束の場所に辿りつくまでに通った路地に、意識を向けることはなかった。急いで潜った色褪せたブルーのドアのこの家を、一人で来たときに見分けられなくてもべつにかまわなかった。

エドワードおじさんの書斎へは、リリーが先に入った。イヴはひょろっとした若い副官の監視のもと、居間で待っていた。リリーが出てきてウィンクした。「あなたの番よ。わたしはブランデーを探してくる」副官に聞かれないよう、イヴの耳元でささやく。「愛しいおじさまは、あなたにとっても会いたがっているみたい。仕事の上のことだけじゃなく――」

「リリー！」イヴは小声でたしなめ、副官をちらっと見た。

「あの真面目な大尉の服を脱がせて、警戒を解かせることができたら、どうしてろくでもない女房のために刑務所に入ったのかわけを訊いてごらんなさい」リリーが捨て台詞《ぜりふ》を吐く。「どうしても知りたいんだもの！」あとに残されたイヴは耳を真っ赤にして聴取を受けに行った。

「ミス・ガードナー」キャメロン大尉が立ち上がる。イヴははっと立ち止まった。長いこと耳にすることのなかった本名を呼ばれたからだろうか、それとも彼を見たから。〝あなたがどんな様子だったか忘れていたわ〟彼のことはよく憶えていると思っていた。ほっそりしたイギリス人らしい顔、砂色の髪、先細りの手。でも、小さなことは忘れていた。椅子に座り直すとき、膝の上で脚をゆったり組むこと。筋張った手の組み方、目尻でわかるほほえみ。「どうぞ、座って」彼に言われ、ドア口に突っ立ったままだと気付いた。彼とテーブルを挟んで背もたれのまっすぐな椅子に座り、おもむろにスカートを調えた。

「きみに会えて嬉しい、ミス・ガードナー」彼がまたほほえむ。下宿屋の客間で交わしたはじめての会話が、イヴの頭をよぎった。あれがたった二カ月前？　その二カ月のあいだにいろいろなことがあった。ゆうべ、フランス人の冷たい手が探るように脇腹を、肘や手首のやわらかな窪みを、腿の内側を撫でた。駄目よ、そんなこと考えちゃ駄目。いまは駄目。

　キャメロンは指先を合わせて作った尖塔越しに彼女を見つめると、眉間にしわを寄せた。

「どうかしたのか？　きみは……」

「痩せた？　リールではろ、ろくに食べてないから」

「それだけじゃない」声に出るかすかなスコットランド訛り。それも忘れていた。「うまくいってるのかな、ミス・ガードナー？」

　〝蜘蛛《くも》みたいな指がゆっくりと耳たぶをなぞる〟「うまくいってます」

「ほんとうなのか？」

　〝薄い唇が臍《へそ》を、指のあいだをなぞる〟「ひ、ひ、ひ――必要なことをやっています」

「部下を査定するのがわたしの仕事だ。情報を受け取るだけでなく」キャメロン大尉の眉間のしわは消えなかった。「きみの仕事ぶりは飛び抜けている。アリス・デュボア――どうしたんだ?」

「どうもしません、大尉。彼女のことはリリーと呼んでるので。は、はじめて会った日に、〝アリス・デュボア〟は、ゴミ箱みたいな顔の痩せっぽちの女教師にぴったりの名前だ、と彼女が言ったもので」

キャメロンが笑った。「ああ、たしかにそうだ。彼女はきみを褒めるのにも言葉を惜しまなかった。さっきのことだ。きみはトップクラスの仕事をしてきた、だが」――彼の視線が突き刺さる――「その代償は高いようだ」

「そんなことありません」〝キスするときも目を開けたままで、じっと、じっと、じっと見つめる〟イヴはキャメロンの視線を受け止め、膝の上の手が拳を握らないよう堪えた。

「わたしはこういうことに向いているので」

キャメロン大尉は目を逸らさず、イヴの顔を細部まで読み取ろうとする。彼は軍服を着ておらず、ジャケットは椅子の背もたれに掛けてあり、シャツの袖をまくり贅肉のない手首を見せていた――大学教授のように見えるから、彼が尋問者であることを忘れそうになる。危険だ。彼にかかると、口から出たことも気付かないうちに情報を漏らしてしまう。

だから、イヴは明るい笑みを浮かべた。挫《くじ》けずにやり抜くスポーツ少女みたいに。「わたしがここにいるのは、カ、カ、カ」――拳で膝を打って言葉を解放する――「カイゼル訪問の件を話すためでは、大尉?」

「そのことを最初に耳にしたのはきみだったからね。話してくれたまえ、最初から」

イヴは簡潔明瞭に情報の細部を繰り返した。彼はメモをとりながら耳を傾けた。ときおり目をぱちくりさせた。瞬きする男を見るのはいい気分だ。

彼が椅子にもたれ、メモを吟味する。「ほかには？」

「カイゼルの到着時間が変更になりました——予定より一時間遅い到着です」

「それはあたらしい情報だな。どこで聞き込んだ？」

「きゅ、給仕をしていたときに」〝ルネから、事は終えていたけど、まだ中に入ったままのときに。汗が引くまでしばらくそうやっているのが好きで、そのあいだに……おしゃべりする〟

キャメロン大尉は、彼女の目の表情からなにかを掴んだ。「どうした、ミス・ガードナー？」

本名を呼ばれるのがどんなに嬉しいか、それも彼の口から。嬉しすぎるから、かえってよくないと思った。「あたしのことは、マ、マルグリット・ル・フランソワと呼んでください。そのほうが安全だから」

「そうだな」カイゼル訪問に関する尋問はつづいた——キャメロン大尉はあらゆる角度から検討し、イヴが提供する細かな事柄を選り分けた。イヴが思ってもいなかったことを引き出すと、満足そうな顔をした。「これで充分だ」彼は言い、立ち上がった。「きみは充分に役立ってくれた」

「ありがとうございます」イヴも立ち上がる。「英国陸軍航空隊に撃ち損じるなと言ってください。列車を粉々にしてくれと」

彼女の熱意に呼応して彼の目が輝いた。「同感だ」

ドアに向かったとき、背後からスコットランド訛りの声が聞こえた。「気をつけて」

「気をつけています」イヴはドアノブに手をかけた。

「そうかな? リリーが心配している。彼女はみんなのことを心配する。母鶏みたいなところがあるから。だが、きみはとても危険な綱渡りをしているそうじゃないか」

〝暗闇の中で、ルネがかぶさってくる〟「あなたがいま言われたとおり、彼女は母鶏なんです」

彼の声がちかづいてくる。「イヴ――」

「その名前で呼ばないで」振り返って一歩前に出る。体が触れそうなほどちかい。「もうあたしの名前じゃないから。あたしはマルグリット・ル・フランソワ。あなたがマルグリット・ル・フランソワにしたんです。戦争が終わらないかぎり、それともあたしが死なないかぎり、イヴに戻ることはありません。おわかりでしょ?」

「誰も死ぬことはない。気をつけて――」

「やめて」もたれかかって唇を合わせたかった。彼を黙らせるために。彼の唇はきっとやわらかいだろう。〝できないくせに。大好きなくせに〟彼のやわらかな声で名前を呼ばれることが。それはマルグリットにとってよくないこと、彼女の仕事にとってよくないことだ。

　イヴが体を引こうとすると、キャメロン大尉が手首を掴んだ。「大変なことだ」彼がやさしく言った。「われわれがやっているのは。だから、大変だと思うのはあたりまえなんだ。わたしに話したいことがあるなら――」

「話したくない」声が掠れる。

「気持ちが楽になるかもしれないよ、イヴ」

　彼に名前を呼んでほしくなかった。耐えられなくなる。むろん、彼はそれを承知で呼んでいるのだ――あたしが弱みを見せればそこを突いてくる。どこをどう突けば相手が口を割るかわかっている。それが彼の仕事の一部だ。あたしを査定すること。イヴは顎をあげ、闇雲に話題を変えて彼をうろたえさせた。「あたしを部屋から出すか、べつの場所に連れていってくれるかふたつにひとつよ、キャメロン。話をする必要のない場所に」

　そんな言葉がどこから出てきたのか自分でもわからなかった。馬鹿、馬鹿！　キャメロンが驚いて彼女を見つめる。だが、彼の手はいまもイヴの手首をあたためたままだった。出ていくべきだとわかっていたが、自分の中の飢えた部分が、もっとちかづきたいと望んでいた。あとはどうなろうとかまわない。この男とベッドをともにしたかった。その言葉や反応を、いちいちふるいにかけ、嵩《かさ》や重さを計る必要のない相手と。

　だが、キャメロンは一歩さがり、黙って左手の金の指輪を直した。

「あなたの奥さんは、あなたをけ、刑務所に送った」イヴは出し抜けに言った。「そう聞いてます」口にしない言葉はこうだ。〝それほどの弱みを奥さんに握られているの？〟

彼がぎょっとする。「誰がそんなこと――」

「アレントン少佐。フォークストンで。あなたはどうして、じ、じ、じ――自白したんですか？　さ、さ、詐欺を働いたのは奥さんだったんでしょ？」キャメロンが守勢に回ったので、もうひと押しする。

「秘密でもなんでもないからね」彼は体の向きを変えて椅子の背に両手を置いた。「妻を刑務所に送るのは忍びなかった。妻は――いつも不満を持っていた。子供を欲しがってね、どうしても欲しかったんだができなかった。数週間ごとに、いまがそのときだと思って――そのたびに失望を味わい、それが彼女をおかしな行動へと駆り立てた。ものを隠しておいて、なくなったと大騒ぎする。ドアの外で盗み聞きしていたとメイドを首にする。そのときメイドは家の中の離れた場所にいたのに。金に執着しはじめ、子供の将来のために貯金すると言い出す。生まれてもいない子供のために。挙句に真珠を盗まれたと訴え、保険金を受け取ろうとした……」キャメロンは額を擦った。「それがばれると、代わりに罪を被ってくれとわたしに懇願した。誰かが刑務所に行けばすむことで、わたしは恐ろしくてとてもできない、と妻は言った。わたしは妻を守りたかった。体が弱い女だから」

〝彼女は嘘吐きよ、自分が犯した罪であなたが罰せられて悦に入っていた。たとえそれで、あなたのキャリアや人生をぶち壊したとしても〟そんなことを言えば、意地が悪くて無慈悲だと思われるから、口には出さなかった。

「来年の春には子供が生まれるんだ」彼が振り返った。「ようやく子供ができて、妻はずいぶん穏やかになった。妻は……幸せになった」

「あなたはそうじゃない」

彼が頭を振る。曖昧な否定。でも、顔を見ればわかる。彼はうんざりしている。意気消沈している。それはイヴもおなじだ。戦争と血にまみれた地獄のような世界では、二人とも長くは生きられないのだろう。イヴは一歩前に出た。いけないことだとわかっていても、そうせずにいられなかった。ルネの蜘蛛のような手と抑揚のない声を消し去ってしまいたかったのだ。あたしがここにいるじゃない、とイヴは思った。あたしを抱いて。

キャメロンは彼女の手を取り、口元に持っていった。義侠《ぎきょう》の士の悲しい仕草。女の隙に付け込むことのできぬ男の。あたしはもう無垢《むく》な体じゃないのよ、と舌の先まで出掛かっていた。ルネ・ボルデロンにみんな持っていかれて、彼のためにはなにも残っていない。でも、そんなこと言えるわけもなかった。言えば、リールから引き揚げさせられるだろう。イヴが焦がれるとおりに彼と寝ても、やはりそうなる。馬鹿ね、と頭の中でマルグリットの声がする。〝馬鹿なんだから。リリーに言われたでしょ？　売春婦は信用ならない、とみんなに思われているのに、売春婦みたいに彼にしなだれかかるつもり？〟

〝彼はそんなふうに思わないわ〟イヴは思った。〝そんなに心の狭い人じゃない〟

だが、マルグリットのほうが用心深かった。〝けっして危険は冒さないことね〟

イヴは一歩さがった。あからさまなことはひと言も言っていない――そんな意味で言ったのではないと否定すればすむことだ。じつはそうだったとおたがいにわかっていても。

「失礼ですが、エドワードおじさま。話はこれで終わりですか?」

「終わったよ、マドモアゼル。リールではくれぐれも気をつけるように」

「リリーが面倒をみてくれます。リリーとヴィオレットが」

「マルグリット、リリー、それにヴィオレット」彼がほほえんだ。その目に浮かぶ心配は苦痛に縁取られていた。「わたしの花たち」

「悪の華《フルール・ドゥ・マル》です」イヴは思わず口にして、体を震わせた。

「なんだって?」

「ボードレール。あたしたちは摘まれて守られる花じゃありません、大尉。あたしたちは悪の土に咲き誇る華です」

19　シャーリー

一九四七年五月

ジン・マティーニ四杯で、イヴは夕食後ベッドに直行したが、わたしはそわそわしたままだった。疲れて散歩に出る気にはならない――〝ささやかな問題〟は、わたしのエネルギーをホットチョコレートみたいに飲み干す。妊娠期間なんてあっという間に過ぎればいいのに——でも、疲れていようといまいと、部屋に引き揚げる気にはならなかった。フィンが椅子を引き、イヴから渡されたルガーの弾をポケットに入れた。「車をちょっといじらないと。懐中電灯を持っててくれないかな?」

食事中にひと雨きたので、大気はあたたかく雨のにおいがした。街燈に照らされて舗道が光り、シュッと濡れたタイヤの音をさせて車が通り過ぎる。フィンは車のトランクをごそごそやり、懐中電灯と道具箱を取り出した。「しっかり持っててくれ」わたしに懐中電灯を差し出し、ボンネットを開けた。

「このおばあさん、今度はどこが悪いの?」わたしは尋ねた。

フィンがラゴンダの内部に手を差し込んだ。「どこかしら漏れる部分があってね。数日おきに固く締めて、これ以上ひどくならないようにしてる」

わたしが爪先立ちになって懐中電灯を掲げていると、フランスの少女たちがクスクス笑いながら横を通り抜けていった。「漏れている部分を見つけ出して修理したほうが楽なんじゃない?」

「一度エンジンを分解して、それを組み立て直せって言うのか? 時間がいくらあっても足りない」

「そういうわけじゃない」きょうのドライブは楽しかったし、わたしたち三人にあらたな仲間意識が芽生えつつあったので、リモージュに早く行きたくてうずうずしていた。ローズ。彼女が最後にいた場所にちかづくにつれ、希望が膨らんでいた。彼女はきっと生きている、わたしを待っている。ローズに会えたら、手と手を携えて世の中に立ち向かっていくのだ。わたしはなんでもできる気がした。

「頼むぜ」フィンが頑固なラグナットかネジ頭かなにかに向かってつぶやく。スコットランド訛りがきつくなる。車に協力を求めようとすると、いつもこうだ。「錆びた年寄りの性悪女め……」レンチで押したり引いたりしている。「懐中電灯をもうちょっと高く、ミス――」

「フィン、ここでミスなんて呼んだら、わたしの正体がばれちゃうじゃない。イヴみたいなスパイならそう言うわよ」偽の結婚指輪をトントンと打ち付ける。「わたしはミセス・ドナルド・マガウアンよ、忘れた？」

彼がボルトを掴んで、なにかをゆるめるか、締めるかした。「すごいアイディアだ。その指輪」

「愛しのドナルドの写真が必要だわ」わたしはしんみりと言った。「わたしの心はお墓の中なの、と言うときにしみじみ眺められるものが」

「きみには自分の人生を生きてほしい、とドナルドは思ってるさ。まだ若いんだから。再婚しろって言うに決まってる」

「結婚なんてしません。ローズを見つけ出したらカフェをやるんだもの」

「カフェ？」フィンが顔をあげた。前髪が目を塞ぐ。「なんでまた？」

「わたしの人生でいちばん幸せだったのは、フランスのカフェでローズと過ごした日だったの。だから、彼女を見つけ出したら、できれば……思いつきにすぎないけどね。この先、なにかやらなきゃならないでしょ」いまは〝ささやかな問題〟のことを第一に考えるけれど、母のお定まりの〝ベニントン大学でそこそこの成績をとって若い弁護士をものにする〟計画以外に、あたらしい計画が必要だった。不思議なことに、自分の未来像が描けなくても不安を感じなかった。感じてしかるべきなのに。だって、なんでも好きなことができるのだもの。就職してもいい。現実の世の中で、数学を専攻した者になにができる？　教師にはなりたくなかったし、会計士にもなれない、でも……。「カフェみたいな店の経営ならできる」試しに言ってみた。わたしの几帳面《きちょうめん》な数字が並んだ帳簿が目に浮かぶ。

「ドナルドは賛成しないんじゃないか」フィンがにやりとし、レンチを小さいのに取り替えた。「未亡人が客の注文をとったり、金の出し入れをしたりするの」

「ドナルドはお堅いところがあったから」わたしは打ち明ける。

「彼の魂よ、安らかに」フィンが大真面目に言った。

この数日でなんて変わったのだろう。以前の彼は用心してしゃべっていた。口から出る言葉には、ひと言につき一ドル課金されるから迂闊なことは言えない、と思っていた節があった。それがいまでは冗談も口にする。「あなたはなにをしたいの？」

「どういう意味かな、ミセス・マガウアン？」

「だって、いつまでもイヴのところで働く気はないんでしょ？　二日酔いの特効薬、フライパンひとつの朝食を作ったり、彼女がベッドに入る前に銃の弾を抜いたり」夕暮れの湿った空気のにおいを嗅ぐ――またひと雨きそうなにおいがした。しわくちゃの帽子をかぶった二人の老人が、家路を急いで通りを渡ってくると、心配そうに空を見上げた。「なんでもできるとわかったら、なにがしたいの？」

「戦争前は、自動車修理工場で働いていた。いつか自分の工場を持てたらいいなと思っていたんだ。人の車を修理したり、古いモデルを復元したり……」フィンはラゴンダの修理を終えると、ボンネットをやさしくおろした。「いまはそんなことができるとは思ってない」

「どうしてできないの？」

「おれは経営に向いてないからな。それに、仕事を探してる復員兵はごまんといるし、銀行から金を借りようとする連中もな。ペントンヴィルに服役してた前科者の復員兵を雇ってくれる修理工場なんてないし、開業資金を貸してくれる銀行なんてあるわけがない」彼が真顔で言った。

「イヴやわたしと一緒にリモージュまで車を飛ばしてるのは、そういう理由があるから？」わたしは懐中電灯を消して、フィンに返した。街燈がぼんやりとあたりを照らしていたが、懐中電灯の明るい光がなくなると、とても暗く感じられる。「わたしは自分がなぜリモージュに行くのかわかっている。イヴがなぜ行くのかも。でも、あなたはどうなの？」

「おれにはほかにこれといってやることがないからな」やわらかな声から笑いが聞き取れた。「それに、二人とも好きだし」

わたしはためらった。「どうして刑務所行きになったの？　キュー・ガーデンから白鳥を盗んだからとか、戴冠宝庫に押し入ったとか言わないでよ」偽の結婚指輪を回しながら、畳みかけた。「ほんとうのところ――なにがあったの？」

彼はオイルで汚れた手をぼろきれでゆっくり拭った。

「イヴは前の大戦中スパイをやっていたと言った。わたしは大学の男子学生の半数と寝たと言った。わたしたちの秘密をあなたは知ってる」

彼は道具箱をトランクにしまった。ぼろきれを裏返し、ラゴンダのダークブルーのフェンダーについた雨じみを拭きはじめた。ホテルの広い窓の向こうから、夜勤のスタッフがぼんやりこっちを見ている。

「おれは悪いものを見た」フィンが言った。「戦争の最後の年に」

それから長いこと、フィンは黙ったままだったので、もうなにも言わないつもりかと思った。

「おれはすぐカッとなる」彼が言う。

わたしはにっこりした。「そんなことないわよ。あなたほど冷静な男の人に会ったこと――」

彼がフェンダーをバンと叩いた。わたしは飛び上がり、言葉を失った。

「おれはすぐカッとなる」彼が冷静に繰り返した。「連隊を離れたあとの数カ月は、いい時期とは言えなかった。酔っ払って喧嘩ばかりしていた。それで逮捕された。暴行罪で有罪になり、ペントンヴィルで刑期を勤めた」

暴行。醜い言葉。フィンがそんなことをするようには見えない。「誰と喧嘩したの？」やさしく尋ねた。

「知らない奴。あの晩、はじめて出会った」

「どうして喧嘩したの？」

「憶えていない。酔っ払って、むしゃくしゃして歩き回ってた」フィンは腕を組んでラゴンダにもたれかかった。「そいつがなにか言ったんで、おれは殴った。殴りつづけた。おれがそいつの頭をドアの側柱に叩きつけはじめたんで、六人がかりで押さえつけられた。彼らが引き離してくれなきゃ、おれはそいつの頭蓋骨を砕いていた」

わたしは無言だった。小糠雨が降りはじめた。

「そいつは死なずにすんだ。怪我も治った。おれはペントンヴィルに送られた」

「それまでに人を殴ったことは？」とにかくなにか言わなくてはと思った。

彼はまっすぐ前を見ていたが、目は虚ろだった。「いや」

「だったら、あなたの気性に問題はないのよ」

彼が短く笑った。「人を叩きのめしたんだぜ――鼻と顎と目のまわりの骨と、指を四本折った――なのに、おれの気性に問題はない？」

「戦争前にそんな喧嘩をしたことあったの？」

「いや」

「だったら、あなたの気性に問題があるわけじゃない。戦争のせい」というより、戦場で彼が見たもののせい。それはなんだったのだろう。でも、あえて尋ねなかった。

「ろくでもない言い訳だ、シャーリー。そんなこと言ったら、帰還兵はみんながみんな、刑務所行きってことになるぜ」

「そうなる人もいる。仕事に復帰する人もいる。自殺する人もいる」兄を思い出して胸が痛んだ。「人それぞれ」

「中に入ったほうがいい」フィンが唐突に言った。「濡れねずみ《ドゥルキット》になる前に」

「わたしはヤンキーなの。なにを言ってるのかわからない」

「ずぶ濡れになる前に。お腹の子に触りますよ、ミセス・マガウアン」

わたしは聞き流し、彼と並んでラゴンダにもたれかかった。「イヴは知ってるの？」

「ああ」

「なんて言ってる？」

「〝スコットランド訛りで前科者のハンサムな男に弱いから、試しに雇ってあげる〟そう言っただけで、この話題には二度と触れなかった」彼が頭を振ると、前髪がまた目にかかった。「彼女は人を批判しない」

「わたしもよ」

「それでも、おれみたいなワルとは付き合わないほうがいい」

「フィン、わたしはいいお嬢さんで通してきたけど、もうじき未婚の母になるのよ。イヴは元スパイでいまは酔っ払い。あなたは前科者で、いまは修理工で運転手で、イギリス式の朝食を作るコック。わたしたちが人を非難しないわけがわかる？」わたしが肩で彼の肩を何度か押すと、ようやく彼がこっちを見た。「なぜなら、人の罪をあげつらう権利がわたしたちにはないから」

彼が小さく笑った。目尻からはじまって目尻で終わる、ささやかな笑みだった。

わたしは後ろを確かめてから、ラゴンダの長いボンネットに上体を引き上げて座った。振り返ったフィンと顔の位置がおなじになったので、ゆっくりとやさしく唇を重ねた。彼の唇はやわらかく、顎はザラザラしていた。はじめてキスしようとしたときとおなじだ。あのときと同じように、彼の両手がウエストを掴んだ──でも、今度はわたしのほうから顔を離した。彼に押しのけられたら耐えられないと思ったからだ。

でも、彼は押しのけたりしなかった。わたしの顔を覗き込み、唇を重ねてしばらくじっとしていた。ウエストを掴む彼の手は大きくてあたたかで、ラゴンダのボンネットに座るわたしを抱き寄せた。わたしは彼のくしゃくしゃの髪に両手を絡ませた。こうしたいとずっと思っていたように。すると彼の両手が、買ったばかりのストライプのジャージの中に潜り込んできた。それ以上あがってくることはなく、キスのあいだじゅう、彼は指の背で剥き出しの脇腹をゆっくりと撫でていた。どちらからともなく体を離したとき、わたしは全身を震わせていた。

「エンジンオイルをきみにつけてしまった」彼が言い、エンジンオイルで汚れた手を見つめた。「ごめん、ラス」

「洗えば落ちるわ」わたしは言った。彼を洗い落としたくなかった。彼のにおいも味わいも、彼のエンジンオイルも。彼にキスしつづけたかったけれど、ここは公道だし、小糠雨はじきに本降りの雨になるだろうから、わたしは車から滑りおり、二人でホテルに戻った。

わたしの部屋に来て、と言いたかった。一緒に来て――でも、夜勤のスタッフがフランス人らしい表情でこちらを見ていた。何食わぬ顔で、承知してますよ、と目で伝える例の表情。「ボンソワール、ムッシュー・キルゴア」夜勤のスタッフがフィンに挨拶し、手元の宿泊者名簿をちらりと見る。わたしが〝マダム・マガウアン〟と記した宿泊者名簿を。

「すごいじゃないの」わたしはつぶやきながら一人の部屋に戻った。「ミス・シャーリー・セントクレアの評判だけでなく、ミセス・ドナルド・マガウアンの評判まで汚すなんて」わたしのドナルドはさぞショックを受けているだろう。

20

イヴ

一九一五年七月

旅から戻ったイヴに、ルネがもったいぶって差し出した贈り物はシルクのローブだった。色はローズレッド、輪の中をするりと抜けるほどの上質な品――だが、お下がりだった。かすかにだが女の香水のにおいがする。徴発されたものにちがいなく、それがいま、イヴの背中を覆っている。

カイゼルの乗った列車が粉々に吹き飛ぶのを想像し、その喜びを顔に出す。そうやって嬉しそうにしながらシルクに顔を擦り付けた。「ありがとうございます、ムッシュー」

「よく似合う」彼は椅子にもたれかかり、イヴがこれでまわりの家具調度とうまく溶け合ったことにご満悦の表情を浮かべた。自分が彼の審美眼を満足させていると思うと、イヴは暗澹《あんたん》たる思いになった。彼が美しいドレッシングガウンをまとい、贅沢な書斎で待っているあいだに、イヴは長い勤務で体にまとわりついた料理のにおいを、まず風呂で洗い流す。いままではタオルを巻くか、黒い仕事着を羽織っていたが、今夜はシルクのローブ姿なので、彼の目障りにはならないというわけだ。

「きみを連れていきたいところがあるんだ」彼がニワトコの花のリキュールを、自分のグラスには控えめに、マルグリットのグラスにはたっぷりと注いだ。頭がくらくらするほどの量だ。「夜中に慌ててやる逢引《あいびき》は好かないのでね。リモージュに短い旅行をするつもりでいるんだが、きみを連れていこうと思う」

イヴは酒に口をつけた。「どうしてリモージュへ？」

「リールにはうんざりでね」彼が顔をしかめた。「たまにはドイツ語の名前がついていない通りを歩きたいじゃないか。それに、レストランをもう一軒開こうと思っている。それにはリモージュがよさそうなんでね。週末を使って頃合の場所がないか下見に行くつもりだ」

ルネ・ボルデロンと過ごす週末。イヴにとっては、夜を一緒に過ごすことより、昼もずっと一緒にいることのほうが恐ろしかった。長い昼食、お茶の時間、午後の散歩、そのあいだ口にする言葉をふるいにかけ、一挙手一投足に注意を払わねばならない。夜、ベッドに潜り込むころにはへとへとになっているにちがいない。なにが起きるかわかったものじゃないのだから。

チェスを途中までやり、香り高いニワトコのリキュール二杯で全身を火照らせてからベッドルームへ移動した。事を終えたあとで適当な休憩をとると、イヴは仕事着に着替えて帰る支度をした。彼女の服を見て、ルネが小さく舌打ちする。「シーツが冷たくなる前に慌ただしく出ていくのは、まことにもって野蛮だ」

「ひ、人に噂されたくありませんから、ムッシュー」彼の前でうとうとしたくないのは言うにおよばず。寝言でドイツ語か英語をつぶやいたり、言い訳のしようがないことをしゃべってしまったら？　考えるだけでも恐ろしい。リモージュで彼と一夜を過ごすなら、そういうことも考えておかないと。「外泊したりすれば、きっと噂がたちます」イヴは言いながらストッキングを滑らせる。「パ、パン屋はパン生地におしっこを練り込むそうです。そういう女……ドイツ兵と出歩くような女のためにパンには」

ルネがおもしろがって言う。「わたしはドイツ人ではないよ、マイ・ディア」

〝あんたはドイツ人以下よ〟自分の利益のために同胞を裏切るフランス版のユダ――リールではドイツ兵が憎まれているが、ルネ・ボルデロンのような男たちは、もっと激しく忌み嫌われていた。〝ドイツ軍がこの戦争に負ければ、あんたが最初に街燈から吊るされるわよ〟「それでもわたしは、け、軽蔑されます」イヴは言った。「脅されます」

ルネは肩をすくめる。「きみを脅す者がいたら、名前を教えてくれたまえ。ドイツ軍に報告すれば、法外な罰金か投獄は免れまい。へたをするともっとひどいことになる。司令官はわたしの言うことならなんでも聞いてくれる。民間人同士の争いを減らそうと躍起になっているからね」

自分が密告したことで、人が監房にぶち込まれようが、罰金をとられて飢え死にしようが、彼は屁《へ》とも思わないのだろう。ブランデーを飲み交わしながら、彼がドイツ軍将校に名前を耳打ちするのを、イヴは何度も盗み聞きしたことがあった。彼に不愉快な思いをさせた人間、徴発物資を隠匿する者、侵略者の悪口を言う者の名前を。だが、こんなふうに平然と橋渡しを申し出られると……彼の顔をしげしげと見つめずにいられない。この男は良心の呵責《かしゃく》を露ほども覚えないのだろうか。

「きみはほんとうにそんなに内気なのか、マイ・ペット？」彼が首を傾げる。「いままではわたしのものだと人に知られるのが、そんなに恥ずかしいのか？」

「あたし、ただ、パ、パンにおしっこを混ぜられたくないだけです」イヴは恥ずかしくていたたまれないというふうにつぶやいた。実際は恐ろしくてたまらなかった。

イヴの正直さを笑い飛ばそうか、顔をしかめようか、彼は決めかねているようだった。笑い飛ばすほうに落ち着き、イヴはほっとした。「なるほどな、マルグリット。そういうことなら、人がなんと思おうと平気でいられるコツを教えてやろう。人の意見など気にしなければ、ずっと自由でいられる」彼は裸でいても垢抜《あか》けて見える。シーツにくるまる肌は青白く、すべすべだ。「リモージュ行きはもうじきだ――きみを連れていこう。なんなら、おばさんが病気になったとかなんとか、スタッフへの言い訳を考えておくといい。わたしのほうは、表向き、きみに冷たくあたるとしよう」

「ありがとうございます、ムッシュー」だが、彼と一緒にリモージュに行く気などさらさらなかった。すべてが順調にいけば、あと二日でカイゼルは死に、世界は作り直される。

そんなにかんたんにはいかないわよ、と自分に言い聞かす。戦争は巨大なマシーンだから、男が一人死んだぐらいではすぐに止まらない。その男が皇帝であっても。だが、戦争は終わらなくても、世界はまったくべつのものになるだろう。その世界では、ルネ・ボルデロンは誰が敵か見方かを即座に見分けねばならず、とても週末をのんびりリモージュで過ごすわけにはいかないだろう。

　カイゼル到着までの日々は氷河の動き並みの遅さで過ぎていった。ルネのしみひとつないベッドで過ごす夜は、時間が経つのがそれ以上にゆっくりだった。たとえそのあいだに、エドワードおじさんが興味を持ちそうな、地元の軍用飛行場にまつわる秘密や数字を耳にすることができたとしても。ついにその日が来た。早朝から蒸し暑い日で、〝悪の華たち〟は無言で集まった。リリーのせわしなく動く目にも、ヴィオレットの疲れた眼差しにもおなじ思いが表れていた。あまりにも荒々しい希望は、九頭の怪蛇ヒュドラのように頭を斬られてしまう。三人は無言のまま町を抜け出し、草深い丘へと向かった。「汽車を眺めるなんてしないほうがいいんじゃないの」ヴィオレットが言った。

「かまうもんですか」リリーが言う。「部屋の中で頭上を飛ぶ戦闘機の音に耳を傾けていたら、わたしは頭がおかしくなるに決まってるもの。それに、証拠を掴まないかぎり、エドワードおじさまに報告できない。つまり、いつもの仕事に戻るわけにはいかないの」

「嫌な予感がする」ヴィオレットがつぶやいたものの、誰も引き返しはしなかった。荒れ果てた農場をいくつか通り過ぎ、遠くに線路を見わたせる低い丘に着いた。リリーとイヴが前に偵察したあの丘だ。ヴィオレットはむっつりと黙ったまま草の茎を噛んでいる。イヴは指を曲げたり伸ばしたりしていた。リリーはまるでパーティー会場にいるみたいにおしゃべりする。「こないだトゥールネーを通ったときに、とんでもない帽子を買っちゃった。ブルーサテンのバラの飾りにしみのついたネット。汽車に置いてきたんだけど、きっといまもそのままよ。売春婦だって、自尊心があれば、あんなブルーサテンの山を盗もうとは――」

「リリー」イヴが言った。「黙って」

「ありがと」ヴィオレットが二時間ぶりに口をきいた。みんなで線路をじっと見つめる。その集中力だけで線路を焼き尽くせそうだ。太陽が高く昇る。

リリーの視線が鋭くなった。「あれが……」

小さな煙。汽車。

煙を吐きながら暢気にちかづいてくる。遠すぎて、車輪の音もエンジンが蒸気を吐く音も聞こえない。遠すぎて、細部まで確かめられない……が、イヴの情報に照らせばこれがそうだ。お忍びで前線視察に行く、ウィルヘルム皇帝を乗せた列車。

イヴは空を見上げた。青い空が果てしなく広がっていた。

草の上でリリーの小さな手がイヴの手に重なり、握り締めた。「頼むわよ」おなじく空を見上げる。「英国陸軍航空隊のやさぐれども……」

汽車がだんだんちかづいてきた。リリーの手が万力となる。イヴは反対側にいるヴィオレットの手をぎゅっと握り締めた。ヴィオレットが握り返す。

戦闘機の低いうなりが聞こえ、イヴは心臓が止まるかと思った。最初は蜂の羽音だけだったが、そのうち見えた。鷲のような二機編隊の戦闘機。単発機か双発機かの区別もつかない。飛行機のことはなにも知らず、ドイツ軍将校がデザートを食べながら口にする意味不明の専門用語を、ひたすら記憶するだけだった。だが、この戦闘機は美しい。詰めた息をふっと吐く。リリーがつぶやく悪態が祈りに聞こえ、ヴィオレットは石と化した。

「ねえ」張り詰めた自分の声が聞こえた。「戦闘機がどうやって標的に爆弾を落とすのか、あたし、ぜんぜん知らない。機体の脇腹から爆弾を落とすの?」

今度はリリーが言う番だった。「黙って」

列車が突進してくる。戦闘機が青い空に筋をつける。お願い。三人とも考えることはおなじだった。お願いだから、命中させて。いま、ここで終わりにして。日差しでぬくもる草のにおいと小鳥の鳴き声がする、この夏の日で。

爆弾が投下されても、一斉射撃かなにかが行なわれても、遠すぎてわからないだろう。見えるとしたら、せいぜい爆発と火と煙だけだ。爆撃機は怠惰な小鳥のようにのんびりと列車の上を飛んでいた。いまよ、とイヴは思った。

だが、爆発は起きなかった。

煙も。火も見えない。列車が脱線することもなかった。

カイゼルはリール目指して、静かに運ばれていった。

「失敗した」イヴは呆然としていた。「し、失敗した」

ヴィオレットが虚しい怒りを声に出す。「それとも、爆弾が不発だったか」

もう一度やったらどうよ、とイヴは思った。もう一度！　だが、爆撃機は消えた。誇り高き鷲ではなく、意気地なしの雀《すずめ》。でも、なぜ？

理由を知ってどうなるの？　カイゼルは生きている。前線に行って、塹壕にいる兵士たちを視察するのだ。リールを通過するときには、時計がベルリン時間なのを見て、通りにドイツ語の標識が立っているのを見て、満足そうにうなずくのだ。〈ル・レテ〉を訪れれば、うなじにステーキナイフを埋めてやれるのに、チョコレートムースに殺鼠剤《さつそざい》を仕込んでやれるのに。彼は元気でドイツに戻り、無傷の列車に乗って田舎を走り回るように楽々と、戦争マシーンを乗り回すのだ。

「これでよかったのかも」ヴィオレットが立ち上がった。喉に砂利が詰まったような声だった。「カイゼルがリールで死んだら、ドイツ軍の関心がここに向く。あたしたちみんな捕まるだろうね」

「戦争が終わったわけじゃないのよ」イヴの声も虚しく響いた。「なにも変わらない、ま、ま、ま、――」言葉が詰まったが、無理に出す気にもなれなかった。そのままにして立ち上がり、機械的にスカートの汚れを払った。

リリーは動かなかった。遠くの汽車をじっと見つめていた。にわかに老けて見えた。

ヴィオレットが彼女を見下ろす。眼鏡が光る。「立ちなさいよ、リリー」

「へなちょこ野郎ども――」リリーは頭を振った。「根性なしの腰抜け野郎」

「マ・プティ、頼むから。立って」

リリーは立ち上がった。うつむいて草を蹴り、顔をあげたときには笑顔になっていた。苦々しげだが、笑顔は笑顔だ。「あなたたちはどうか知らないけど、わたしの天使《メザンジュ》たち、でも、わたしは今夜、酔っ払いたい気分よ」

リリーが手に入れるのが安いブランデーかウィスキーか知らないが、イヴは相伴できないだろう。〝今夜はルネの相手をしなきゃならない。あすの晩も。それに、彼とリモージュに行くことになれば、一日と二晩ずっと彼の相手をするんだ〟

夜がリズムを持つようになった。風呂。静かに十分ほど過ごしてから、湿った肌にシルクのローブ、大きなグラスでニワトコのリキュールを飲む。そのあいだ、ルネはレコードをかけ、ドビュッシーについての講釈を垂れる。オーケストラによって表現される印象派の音楽について、あるいは音楽ばかりでなく、印象派の画家や小説家にも話はおよぶ。これは楽な部分だ。イヴはただうっとりと耳を傾ければいい。

ルネが彼女の手からグラスを取り上げ、隣のベッドルームへと連れていく。そこで一気に難しくなる。

彼のキスは長くゆっくりで、しかも彼の目は開いたままだ。ずっと開きっぱなしで、瞬きひとつせず、ごく小さなあえぎや息のつかえを見逃すまいとしている。ローズレッドのシルクをゆっくりと脱がせ、清潔なシーツの上に彼女の体をおもむろに横たえ、つぎに自分もローブを脱ぎ、彼女の上で体を伸ばすとゆっくりと楽しむ。

彼が一刻も早く悦びを感じて体からおりてくれることを、イヴはひたすら願うばかりだ。そうなればどんなに楽だろう。

「バージンを仕込むのははじめてだ」最初のときに彼が言った。「無知よりも経験を尊重してきた。きみがどんなに呑み込みが早いか、とくと拝見しようじゃないか。最初の二、三回できみが悦びを感じるとは期待していない——不公平だろうが、女とはそういうものだとかねがね思っていた」

ルネはイヴの体を探検したがる。窪みや隅っこをいちいち辿りたがる。ふつうの場所はもとより、耳の裏や膝の窪みにまで長々と舌を這わせる。そうやって何時間でも遊んでいる。彼女の手を取り、彼自身のしみひとつない青白い肌を撫でさすらせる。彼女を仰向けにしたりうつ伏せにしたり、ポーズをとらせたり、位置を変えさせたりして探索し、眺め、知ろうとする。

「わたしが驚かせると、きみの目はほんの少し大きくなる」ある晩、彼が言った。「雌鹿のようだ——」それから乳房に歯をたてる。不意に荒々しくなる。「こんなふうに」彼女のまつげを親指で撫でる。イヴにとって思ってもみないことだった。肌を重ねる親密さが、服以外に身にまとっているものを一枚一枚剝がしていくなんて。人と人が知り合うのに、こんな方法があったなんて。〝あたしは彼に知ってほしいと思っていないのに〟イヴは暗澹たる思いだ。なるべく知られたくないのに、彼は毎晩なにかしら知っていくのだ。

〝こちらをいちばんよく知る人間に嘘を吐くのは難しい〟フォークストーンでキャメロン大尉が言ったことがある。そんな記憶を頭から閉め出す。ルネのベッドにいるあいだは、思い出したくなかった。だが、恐怖は居座る。ルネにいろいろ知られたあとでも、騙しつづけることはできるのだろうか？

ええ、できるわよ。〝もっと上手に嘘を吐けばいいってことでしょ。それに忘れてはならない。あなたも彼をもっとよく知るようになるってことを〟

時間をかけてルネの全身の筋肉の動きを知り、目に浮かぶ炎を知った。美しい背広で身を固める男がなにを考えているのか、読み取るのが楽になってきた。背広の下の裸の筋肉がどう動くか知っているからだ。

彼女の肉体と戯れたあとの結合はあっという間に終わる。彼は背後からか上からを好み、イヴの反応がよくわかるように、髪を掴んで顔を仰向かせた。イヴが見返すことを彼は望んだ――。「目を開けて」と、間髪をいれずに命令する。己の悦びに身を委ね、ようやく事を終わらせると、彼女の体をクッション代わりにして体を沈め、汗が引くあいだ、書斎でしていた話のつづきをはじめる。ドビュッシー、クリムト、プロヴァンスのワイン。

今夜はカイゼルについてだった。

「聞くところによると、この訪問に満足されたようだ。軍用飛行場は彼の承認を受けたようだが、塹壕を見てどう思ったのかはわからない。ひどい有様だそうだから」

「彼にあ、あ、会ったんですか？」イヴはじっと横たわり、枕の上で指をルネの指に絡め、脚を彼の筋張った脚に絡めていた。こういうとき、彼はいちばん油断している。「彼が〈ル・レテ〉にこ、来られるといいのに……」イヴがいくら無邪気な表情を浮かべていても、感情のわずかな揺らぎをルネは感じ取る。

「それで、彼のビシソワーズに唾を垂らすつもりか？」

　嘘は吐いていないから、うろたえることはない。肌を合わせているときには、けっして嘘を吐かなかった。そんなことはしない。思っていることは肌から肌へとすぐに伝わる。

「彼のスープに唾を垂らしたりしません」率直に言う。「でも、そうしたいとはお、お、思うでしょうね」

　ルネは笑い、体を離した。ぶるっと震えたくなるのを抑える。「彼は低俗な男だという話だ。カイゼルであろうとなかろうと。それでも、彼がレストランを訪れることを願っている。皇帝をもてなせば、大いに箔がつくからな」

　イヴはシーツを引き上げて体を覆った。「リールを視察したあと、彼は命令をか、か――なにか命令に変更があったんですか？」

「それがなかなか興味深い話でね……」

　それからルネは語った。

「すごい情報を手に入れたわね」リリーがつぎの訪問のときに言った。カイゼルが帰国して数日が経っていた。彼女がやってきたのは、イヴが仕事に出る支度をしているときだった。イヴが髪を梳《と》かすあいだ、リリーは最新情報を書き写した。ライスペーパーを掲げ、満足そうに、おもしろそうに頭を振った。「ドイツ軍司令官が、チェリーズ・ジュビリーとブランデーを楽しみながら、新型の大砲についておおっぴらにしゃべったりしたの？」

「いいえ」イヴはぐらぐらする洗面台に置いた鏡を見ながら言った。「ルネ・ボルデロンが二人きりのときに話したのよ。ベッドで」

リリーの視線を背中に感じた。

できるだけ感情を交えずに話したつもりだったが、最初のハードルでつまずいてしまった。「エドワードおじさまの事情聴取を受ける少し前に、あ、あたし、ルネの……」なに？　愛人？　彼は雇い主だが、彼に囲われているわけではない。だったら、売春婦？　給料以外の金はもらっていなかった。ニワトコのリキュールと、彼の書斎以外で着ることを許されていないローブ以外は。恋人？　でも、愛は存在しない。

リリーは最後まで聞かなくても理解してくれた。「かわいそうな子《ポーブル・プティ》」リリーは言い、イヴの手からブラシを取った。「辛いよね。痛くされた？」

「いいえ」イヴは目をぎゅっと瞑った。「もっとひどい」

「どうひどいの？」

「あたし――」イヴの喉が塞がる。「リリー、あたし――と、とっても恥ずかしい」

ブラシに力が入った。「あなたはかんたんになびく女じゃないとわかっていた。だから、そういうことになっても、自分を見失わずにすむと思ってたのよ。でも、そういうことって思っているより複雑だものね。彼に愛情《タンドレス》を抱いてしまった？」

「まさか」イヴは苦々しげに頭を振った。「それだけはぜったいにない」

「よかった。あなたが葛藤に苦しむようになったら、上に報告しないわけにいかないし、そうするでしょうね」リリーは冷静に言い、イヴの髪を梳かしつづけた。「あなたのことは大好きだけれど。仕事で妥協は許されない。それで、愛情じゃないなら、あなたはなにを恥ずかしいと思ってるの？」

イヴは燃えるように光る目を無理に見開き、鏡越しにイヴと見つめ合った。「彼とベッドをともにして最初の何回かは、ま、ま、満足は——求められなかった」期待されもしなかった。「いまは……」

だが、いまは、パリパリのシーツの上で展開されることに慣れてきた。そして、ルネ・ボルデロンは、ほかのすべてと同様、同衾者《どうきん》にも高い水準を求める。彼女が満足することを期待しているのだ。満足を与え、満足を得る。

それが思いもよらぬ結果を招いた。

「言ってごらんなさい」リリーがふつうの調子で言う。「わたしは驚いたりしないから、安心していいわよ」

「あたし、楽しむようになってきたの」イヴは言い、目をぎゅっと瞑った。

髪を梳くブラシは止まらない。

「彼を嫌っているのに」感情的になるまいと自分を抑えた。「それなのにどうして悦びを覚えるのか、その、彼がす、す、す——彼があ、たしにすることで——」言葉が出てこないから、そのままにした。

「彼が上手だからでしょ」リリーが言った。「彼は敵なのよ」全身が震えていることに、イヴはそのとき気付いた。怒りか恥辱、それとも嫌悪。自分でもわからなかった。「この町には人にあ、憐れまれる協力者たちがいる——家族を養うために将校と寝る女たち、子供にひもじい思いをさせまいとドイツ軍のために働く男たち。でも、ルネ・ボルデロンは暴利商人以外の何者でもない。悪いということでは、ドイツ兵と同類」

「そうかもね」と、リリー。「それでも、性行為はつまるところテクニックだからね。悪い男だって、腕のいい大工や帽子製造者や愛人になれるってこと。テクニックは魂と関係ないから」

「リリーったら——」イヴはこめかみを揉んだ。「まさにフ、フランス人」

「そうよ。その手の話をさせたら、フランス女の右に出る者はいない」リリーはイヴの頭をまっすぐ鏡に向かせた。「つまり、ムッシュー・暴利商人はベッドでのテクニックに長けていて、あなたは悦びを感じて罪の意識を覚える」

上等のワインをデカンターに移して香りを嗅ぐルネの姿を、牡蠣を丸呑みして喉越しを味わうルネの姿を、イヴは思い浮かべた。「彼は洗練されている。ボルドーを味わうときも、上等な葉巻を味わうときも——あたしを味わうときも、ゆっくりと時間をかける人」

「テクニックに対する肉体の反応は」リリーが言葉を選んで言った。「頭や心で起きていることのしるしではないのよ」

「頭や心と関係なく肉体が反応するって、つまり売春婦ってことじゃない」イヴはつい声を荒らげた。

「おやおや。まるで田舎のおばさんみたいなこと言うのね。そういう人たちの言うことを気にしちゃ駄目よ、かわいいデイジー。みんな悦びを知らない怠け者だからね。つましい服を着て、家事は美徳だと思っている」

「でも、やっぱりあたしは売春婦だわ」イヴはつぶやいた。

リリーはブラシを持つ手を止め、イヴの頭に顎をのせた。「あなたのお母さんの受け売りなんじゃない？　夫以外の男を悦ばせる女は淫乱だって」

「そ、そんなところ」そういう意見に反論できない自分がいた。ルネには嫌悪感以外なにも感じない――それなのに、彼の辛抱強く、創造的で、冷たい手が、悦びに似たようなものを掻き立てるのはどうして？「ふつうの女はそんなふうには感じないものでしょ」イヴが切り出すと、リリーが手を振って遮った。

「わたしたちがふつうの女なら、いまごろは家で紅茶の葉を再利用して、兵隊さんたちのために包帯を巻いてるわよ。ルガーを隠し持ったり、ヘアピンに巻きつけた暗号メッセージをこっそり受け渡したりしてないわよ。あなたやわたしみたいな鉄の刃を、ふつうの女の基準で測ってはいけないの」イヴの頭の上で、リリーが顎を突き出した。「よく聞いてよ。わたしはあなたより年上だし、ずっと賢い。そのわたしが、嫌いな男をベッドの中で悦ばせることはできると言うんだから、それを信じることね。ときにはそのほうがいいこともある。嫌っているから余計激しくなれる──〝愛の痙攣《けいれん》と憎しみの痙攣は、おなじもの〟プッチーニはよくわかっていたのね。『トスカ』でそう歌わせている」

マルグリット・ル・フランソワは『トスカ』を知らないだろうが、イヴは知っている。

「トスカは手篭《てご》めにしようとする男を殺すわ」

「あなたもいつかボルデロンを殺すかもしれないわね。彼がのしかかってきたら、そのことを思い出せばいい。悦びの痙攣が起きるから、大丈夫」

イヴは泣き笑いしていた。リリーの口調は軽かったが、そのぬくもりと存在感がイヴの背中を守ってくれる。

「それじゃ」リリーが一歩さがり、栗の葉と甘草を煮出した紅茶の代用とはとても言えない代物を用意し、向かい合って座った。「あなたはムッシュー・暴利商人とベッドをともにし、彼を悦ばせておいてスパイするのよね」

「ええ」

「彼から得る情報は、給仕をして知る情報よりはるかにいい」リリーが言った。「そしていま、あなたはわかってきた。あなたの暴利商人を悦ばせることは、彼があなたを悦ばせることにつながるということが。そういう自分を許すことね。これからも彼とベッドをともにして、貴重な情報を集めつづけるつもりなら」

「悦んでるふ」ふりをするほうがまし」イヴは思わずそう言っていた。なにもない狭い部屋で、ひどい紅茶もどきを飲みながらするのに適した会話とは言えないし、本物の紅茶を飲みながら、平凡なイギリスの夫人が教会について語り合うのに匹敵するつまらなさだ。

「でも、あたしは嘘がそ、そこまで上手じゃないから、リリー。たしかに嘘を吐くのはうまいけれど、よ、よ――悦ぶふりをするなんて芸当はとてもできない。彼はあたしの気持ちを読み取ることに、と、と、とても長けている」

「それで、あなたから読み取ったことに満足しているの？」

「ええ。あたしのことをちょっとは好きみたい。リモージュで一緒に週末を過ごそうって」

「だったら行って、彼を利用するだけ利用してやればいい」リリーが怖い顔をする。「ベッドに入る前のワイン、ベッドの中で得られる〝小さな死《プティ・モルト》〟、事が終わったあとで彼が漏らすあたらしい情報。この商売に楽しいことなんてないもの。料理はまずいし、お酒は存在しないに等しいし、煙草はますます手に入らなくなっているし、服はひどいし。悪夢を見て、青ざめた顔をして、逮捕される恐怖と背中合わせ。少しぐらいの悦びを感じたって疚しく思う必要はないのよ。悦びの源がなんであろうと。奪い取ればいい」

イヴは酸っぱい液体をもうひと口飲んだ。「罪については、ひ、ひと言も語らないつもりね？」リリーは軽薄に見えて信心深い。国境を越えるときにはかならずロザリオを持っていき、贖罪司祭やアルデルレヒトの修道女たちのことを、憧憬を込めて語っていた。

「わたしたちは死ぬべき運命。わたしたちは罪深い」リリーが肩をすくめる。「それが人生におけるわたしたちの務めなの。主イエスはわたしたちをお救しくださる――それが彼の務め」

「だったら、あなたの務めは？　あたしたちが泥沼にはまったら、引っ張り上げてくれる？」感情を見せないヴィオレットですら、そういう瞬間があった――撃墜されたパイロットを連れて国境を越える途中でドイツの歩哨に見つかり、一人だけ逃げて森に隠れているところをリリーに助け出され、意気消沈し震えるヴィオレットの姿が、イヴの脳裏に焼き付いていた。今夜のイヴとおなじだ。「あなたは恐怖に竦んだり、意気消沈したことがあるの？」

リリーが片方の肩をひょいっとあげた。軽薄に見えなくもなかった。「危険に身が竦むことはないわね。危険に直面するのは好きじゃないけど。そろそろ仕事に行かなくていいの？　わたしにも仕事があるから」

それから十分後に、リリーは丸めたライスペーパーの報告書を傘に隠し、部屋を出ていった。イヴも一緒に出て、リリーとは反対の〈ル・レテ〉のほうへと向かった。店内はすでにディナーの支度が整っていた。イヴとすれ違いざま、クリスティンが自分のスカートをぐいっと引き寄せた。

「売春婦」やっと聞こえるぐらいの声だった。イヴは立ち止まり、振り返った。リリーに倣って相手を威圧するように眉を吊り上げる。

「なにが言いたいのかわからないわ」

「あたし、見たのよ」クリスティンが突っかかってくる。視線は火をつけている蝋燭に向けたままだ。「仕事が終わってから、ムッシュー・ボルデロンの部屋にあがっていくのを。彼は暴利商人で、あんたは――」

イヴはさっとちかづき、クリスティンの腰を掴んだ。「ひと言でも言ってごらん、あんたを首にしてやる。噂を広めたら、あんたはここにいられなくなるんだからね。残り物のタルティフレットもロブスターのスープも口にできなくなる。わかった?」クリスティンの腰に爪を食い込ませて横にどかせたので、クリスタルのトレイを重ねて持ち、慌ただしくやってきたウェイターには気付かれなかったようだ。「あたしはあんたを首にできる」イヴは一度もつかえずに言った。「ブラッククリストに載せてやる。この町で仕事に就けなくなって、飢え死にするしかなくなるんだから」

クリスティンはイヴの手を振りほどいた。「売春婦」

イヴは肩をすくめてその場を離れた。この数日間、おなじ言葉を自分にぶつけてきた。だが、人から言われたいとは思っていないことに、そのとき気付いた。よりによって頭が空っぽなクリスティンみたいな女には、言われたくなかった。

21

シャーリー

一九四七年五月

「この橋、憶えている」イヴが指差したのは、蛇行してリモージュをゆったりと流れる青い川に架かる石橋だった。ローマ橋だ、とわたしは思った。崩れかけていてロマンチック。行き交うフランスの小さな車は、モダンすぎて似合わない。「夕暮れ時だった。午後ではなく」イヴが言葉をつづけた。「ルネ・ボルデロンがあそこ、川沿いで立ち止まって言った。そこらのカフェとはちがうのだから、レストランに野外席を設けるのは邪道だとつねづね思っていたが、こういう景色を見るとそれも一考の価値があると思えてくるってね」

体の向きを変えると、イヴはくたびれたセーターのポケットに両手を突っ込み、川沿いの草に覆われたスロープや木立、ずらっと並ぶ建物に目をやった。「あん畜生は願いを叶えた。この景色が楽しめる川沿いに二店目を開いた」

彼女は丸石敷きの通りをずんずん歩いていく。わたしはフィンと目を見交わし、同時に肩をすくめ、彼女のあとを追った。その朝、イヴが早くに起きてきたので、パリからリモージュまで楽に移動することができた。イヴがまたおしゃべりになり、戦争の物語をいろいろ語ってくれた。わたしには信じられないものもあったけれど（カイゼル爆撃に失敗?）。彼女がわたしたちを連れていったのは中世の大聖堂にちかいホテルで、フィンがラゴンダを停めに行くあいだ、彼女は早口のフランス語でホテルのコンシェルジュを尋問し、わたしが渡した住所のメモ――ローズが働いていた〈ル・レテ〉第二号店の住所――を突きつけた。戻ってきたフィンも従え、イヴは歩いて町に繰り出し、曲がりくねった丸石敷きの通りを進んでいった。リモージュは美しい町だ。川面《かわも》に枝を垂らして揺れる枝垂れ柳、空高く伸びるゴシック教会の尖塔、バルコニーからさがる鉢植えのゼラニウム――ナチに蹂躙《じゅうりん》されたフランス北部ほどは荒れ果てていない。

「パリよりも平和だな」フィンがわたしの思いを汲《く》んだように言った。シャツ一枚で出歩く彼に、ぱりっとした夏の背広姿のフランスの男たちが眉をひそめたが、女たちは、その目に浮かぶ表情を見るかぎり、彼のくだけた格好も気にならないようだ。フィンはすれ違う人たちの顔をいちいち振り向いて見ていた――せっかちに歩く麦藁帽子の若い母親たち、カフェのテーブルで新聞越しに眉をひそめる男たち。「ピンク色の頬」彼が言う。「北で見た人たちほどげっそりしていない」

「ここは自由地域だったんだもの」脚が長いフィンは歩幅が広いけれど、ぺたんこのサンダルと七分丈のズボンのおかげで、わたしはなんとか並んで歩けた。ヒールの靴でよちよち歩いていたのでは置いていかれただろう。「ヴィシー政権がとりたてて何かをしたわけではないけれど、北に比べればここのほうがずっとましだった」

「ふん」前を行くイヴが鼻を鳴らした。「そうとも言えない。ミリスがいたんだから。とんでもなく卑劣な連中」

「ミリスって？」フィンが尋ねた。

「ドイツにおもねって同国のフランス人を狩るために結成された民兵団。に、憎んでも憎み切れない奴らよ」

「でも、あなたの戦争時にミリスはいなかったんでしょ、イヴ」わたしは首を傾げた。

「あなたはこないだの戦争に関わっていなかったはず」

「あんたがそう思ってるだけよ、ヤンキーのお嬢ちゃん」

「ちょっと待って、こないだの大戦中も働いていたの？　いったいなにを――」

「なんだっていいでしょ」イヴは不意に立ち止まって首を傾げ、気だるい夏の空気を震わせる鐘の音に耳を傾けた。「あの鐘の音。憶えてる」背筋を伸ばしすたすたと川岸を歩いてゆく。わたしは呆れながらあとを追った。

「最後にリモージュに来たのはいつのこと、ガードナー？」フィンが尋ねた。

「一九一五年八月」イヴが前を向いたまま答えた。「ルネ・ボルデロンが週末を過ごすのにあたしを連れてきた」

そんなやり取りを聞いて、胸にわだかまる疑惑が確信へと変わった――〈ル・レテ〉の優雅なオーナーに関する疑念だ。イヴの声に表れる強い嫌悪感が、彼は特別な存在だったことを物語っている。個人的に密な関わりがないかぎり、人をそんなに憎めるものではない。いま、わたしは確信した。彼はイヴの愛人だったのだ。スパイするために、イヴは敵のベッドに潜り込んだにちがいない。

わたしは彼女を見つめた。尊大でやつれた顔、軍人のような歩き方。あの時代、彼女はいまのわたしとほぼ同年代だったはずだ。〝スパイするためだけに、ドイツ兵のベッドに潜り込める？〟相手を好きなふりをして、相手の冗談に笑って、ブラウスのボタンをはずさせる。すべては、デスクの引き出しの中身を探り、会話を盗み聞きして有益な情報をとるため。見つかったら銃殺されるとわかっていて。

イヴを見つめ、心から感服した。彼女によく思われたいだけじゃない。彼女のようになりたい。ローズを彼女に紹介したい。「ほかの誰もが諦めたときに、あなたを探す手助けをしてくれた奇特な人を紹介するわ」イヴのことだからローズを見下すだろうが、ローズだって負けてはいない。三人でお酒を酌み交わし、おしゃべりをして、突拍子もない三人が友達になる。

わたしにとってのローズのような友達が、イヴにはいたのだろうか。彼女の戦争話に出てきた唯一の女性はヴィオレットだ。ルーベでイヴの顔に唾を吐いた人。

「急に真顔になって、どうかした？」フィンがわたしを見ながら言った。

「ちょっと考え事をしていたの」しんみりしている場合ではない。日差しはあたたかだし、一歩踏み出すたびにフィンと腕が触れ合って、馬鹿みたいにざわざわするし。「一歩進むごとにローズにちかづいてるのよね」

彼が眉を吊り上げる。「彼女は見つけ出されるのを待っているというきみの確信は、どこからきてるんだ？」

「わからない」言葉で説明しようとした。「ちかづけばちかづくほど、希望は大きくなるものなのよ」

「音信不通になってもう何年になる？　三年、四年？」

「彼女は手紙を書いたのかもしれない。戦時中は手紙が迷子になるなんて、しょっちゅうだったもの。それに、最後に会ったとき、わたしはたった十一だった。大人の話をするには若すぎると思ったのかも――」わたしは黙ってお腹を叩いた。「ローズはここにいるという感覚が、どんどん強くなってるの。彼女を感じることができると言ったら、イヴは馬鹿にするでしょうけれど――」

イヴが不意に立ち止まったので、ぶつかりそうになった。「〈ル・レテ〉」静かに言う。

数年前は美しいレストランだったのだろう。建物の外観からそれがわかる。木骨造りの古い梁《はり》、景色を楽しめるダイニング・テラスを囲む錬鉄のフェンス。金文字で〝ル・レテ〟と彫られた吊り看板は、赤いペンキが浴びせられ、通りに面した広い窓には板が打ち付けてあった。ウェイターがビシソワーズやミルフィーユを運んでいたのは遠い昔のことだろう。

「なにがあったの？」わたしがつぶやいたときには、イヴはすでに南京錠《なんきんじょう》で閉じられた中世風のドアへと向かっていた。ドアに彫られた文字を指差す。浴びせられたペンキに半分隠れた文字は〝暴利商――〟。

「暴利商人」イヴがぼそりと言った。「あんたの商売を言い当ててるじゃないの、ルネ？　もっと前に気付くべきだったわね――ドイツ軍はいつだって負けることに」

「あとから言うのはかんたんだ」フィンが穏やかに言う。「地面にはっきり書いてあるわけじゃない」

だが、イヴはもう隣の建物に向かい、ドアを叩いた。応答がないので、もう一軒隣を訪ねてみる。声をかけた主婦は古いレストランのことはなにも知らず、四人目でようやく情報を聞き出すことができた。人差し指と中指で煙草を挟んだ、きつい目の老婆だった。

「〈ル・レテ〉？」イヴの質問に答えて、老婆は言った。「四四年暮れに閉店した。厄介払いができてよかったよ」

「厄介払いってまたどうして？」

老婆の口元が歪んだ。「あそこはドイツ兵の溜まり場だったからね。ナチスの親衛隊の将校が非番の夜に、フランス人の売春婦を腕にぶら下げて店に入ってった」

「オーナーはそれを許していた？」イヴの態度が変わった。やわらかくなった。肩を落とし、くだけた口調になった。ロンドンの質屋でそうだったように、彼女はべつの誰かに変身したのだ。わたしはフィンと後ろに控え、彼女が魔法をかけるのを見守った。「彼の名前はなんだったかしらね、オーナーの名前」

「ルネ・ドゥ・マラシ」老婆は言い、唾を吐いた。「暴利商人。彼はミリスの金づるだったっていう人もいた。べつに驚きゃしないけどね」

ドゥ・マラシ。わたしはその名前を頭に刻んだ。イヴが尋ねる。「ムッシュー・ドゥ・マラシはどうなったの？」

「夜逃げしたのさ、四四年のクリスマスに。風向きがどっちに変わるかわかっていたんだ。彼がどこへ行ったのか誰も知らないけど、それ以来二度と顔を見せなかった」老婆がゆっくりとおもしろみのない笑みを浮かべた。「見せたりすりゃ、首にロープを巻かれて街燈に吊るされるのがおちだったからね」

「ドイツに協力したから？」

「協力者はたくさんいるよ、マダム、それに、彼みたいな男たちもいる。四三年にドゥ・マラシがなにをやったか知ってるかい？　若い副料理長《スーシェフ》を遅番の仕事が終わったあと、あのドアから引き摺り出したんだ。ものを盗んだと責めてね。みんなが見ている前で――レストランのスタッフ全員に通行人、騒ぎを聞きつけて出ていったあたしらみたいな隣人――身体検査をしたのさ」

目に見えるようだ。川からは夜霧が立ちのぼり、野次馬が目を見張る前で、スーシェフのエプロンをつけた若者が震えている。イヴはなにも言わず、石と化してじっと耳を傾けていた。老婆が話をつづけた。

「ドゥ・マラシは、坊やのポケットからひと掴みの銀器を引っ張り出し、警察に電話したと言った。こいつは逮捕され東に送られることになる、と言った。ほんとうに通報したのかわからないが、ドゥ・マラシがナチに取り入ってることは誰もが知っていた。坊やは走って逃げようとした。ドゥ・マラシは洒落たジャケットに拳銃を隠し持っていて、坊やが十歩も走らないうちに背中を撃った」

「彼がそんなことを」イヴは静かに言った。わたしは体を震わせた。

「そうだよ」老婆はつっけんどんに言う。「ドゥ・マラシはその場に立って、ハンカチで両手を拭った。硝煙のにおいに顔をしかめてね。支配人に言ってたよ。役所に電話して汚れをきれいにしてもらえって。それから坊やの死体に背を向け、涼しい顔で店に戻った。そういう男なのさ。協力者ってだけじゃない。優雅な殺し屋」

フィンが言う。「彼がやったことに、ナチは異を唱えなかったのかな？」

「あたしが聞いたかぎりじゃしなかったね。ナチにはずいぶん恩を売ってたんじゃないの。その見返りに逮捕や非難を免れた。彼のレストランはそれからも繁盛してたからね。あの男の首にロープを巻くためならなんだってするって人間が、リモージュには大勢いたし、彼も承知してたさ。だから逃げ出した。ドイツの負けがはっきりするとね」老婆は煙草を吸い、わたしたちを睨んだ。「こんなこと、どうして聞きたがるんだい？　ドゥ・マラシの親戚かなんか？」

「彼は悪魔と親戚だったのよ、たぶんね」イヴが毒のある言い方をすると、老婆は辛辣な笑みでそれに応えた。「時間をとらせて悪かったわね」イヴは老婆に背を向けた。でも、わたしには聞きたいことがあった。アメリカ訛りのくだけたフランス語で老婆に話しかけた。

「すみません、マダム《バルドネ・モア》。わたし、親戚を探してるの――〈ル・レテ〉で働いていたらしくて。協力者じゃないわ」老婆が眉をひそめたので、慌てて言った。「もしかして目にしてたかも。ローズは目立ったから。若くて、ブロンドで、鐘が鳴るような笑い声」擦り切れた写真を取り出す。四三年に、彼女が手紙に同封してくれた写真だ。ベティ・グレイブルのピンナップ写真みたいに、振り返って笑っている写真。老婆の表情から、ローズを知っていたことがわかった。

「ああ、きれいな子だろ。飲み物を運んでるときに親衛隊のゲスどもに尻を抓《つね》られると、ドゥ・マラシが雇ってる尻軽女たちはまつげをヒラヒラさせたもんだった。だけど、彼女はちがったね。ゲスどもに飲み物をぶっかけて、とってつけたような甘い声で謝ってたよ。テラスでやってるから丸見えだったのさ」

わたしは驚いてのけぞった。わたしの知らないローズの姿だ。ドイツ兵に飲み物をぶっかけるローズ。涙が込み上げた。いかにも彼女らしい。

「最後に彼女を見たのはいつごろ？」声が掠れた。フィンが手を握っていてくれたことに、そのとき気付いた。いま、フィンはその手にぎゅっと力を入れた。

「レストランが閉店になる前。自分から辞めたんだろ」老婆はまた唾を吐いた。「まともな娘が働く場所じゃない」

気持ちが沈んだ。ローズは生きてここにいると思っていたのに。リモージュに住んでいると思っていた。それでも、無理に笑みを浮かべた。「ありがとうございます、マダム」まだ万策尽きたわけではない。

その晩、イヴはまた騒ぎを起こした。大声で叫んだわけではなく、わたしの部屋とのあいだの壁を繰り返し叩いたのだ。わたしは廊下に顔を出した。フィンの姿はなく、わたしだけだった。

スリップにセーターを羽織り、イヴの部屋のドアを叩き、耳を押し当てた。ドンドンいう音はまだつづいている。どうやら壁になにかを打ち付けているようだ。頭を打ち付けていませんように、とわたしは祈り、そっとドアを叩いた。「イヴ？」

ドンドンという音はつづいた。

「拳銃をこっちに向けないでね。入るわよ」

イヴは奥の隅っこに座っていたが、目に力があり、悪夢にうなされてもいなかった。天井を見上げ、手にはルガーを握り、その台尻で壁を叩いていた。ドン、ドン、ドン。

わたしは腰に手を当てて彼女を睨んだ。「なんでそんなことするの？」

「考える手助け」ドン、ドン。

「真夜中なのよ。考える代わりに眠ることはできないの？」

「試してもみなかった。悪夢が待ってるからね。悪夢が消えるのを待つうちに夜が明ける」ドン、ドン。

「だったら、もっと静かに叩いてちょうだい」わたしはあくびしながら踵を返した。イヴの声が追ってくる。

「ここにいて。あんたの手を借りたい」

顔だけ振り返る。「なんのために？」

「ルガーを分解できる？」

「ベニントン大学では教えてくれなかったから、できない」

「アメリカ人はみんな拳銃マニアだと思ってた。教えてあげるから」

気がつくとイヴと向かい合わせであぐらをかき、彼女に指示されるまま、慣れない手つきで拳銃をばらばらにしていった。「銃身……サイド・プレート……撃針……」

「どうしてわたしがこんなことを習わなきゃいけないの？」わたしは尋ね、つぎに悲鳴をあげた。尾筒底止め軸をおかしな方向に押したので、イヴがわたしの手を叩いたのだ。

「ルガーを分解することは、ほんとうに考える手助けになる。手が駄目になって細かな作業ができなくなったから、あんたの手を借りたってわけ」そこの袋からオイルを出して」

わたしは分解した部品を並べた。「それで、なにを考えてるの？」彼女の目が輝いているのはウィスキーのせいではない。もっとも、彼女の膝のすぐ横に、中身が半分ほどに減ったタンブラーが置かれていた。

「ルネ・ドゥ・マラシ」彼女が言う。「というより、ルネ・ボルデロンのこと。彼はどこに行ったのか」

「つまり、彼はまだ生きていると思ってるのね」ルーベではあんなに頑固に否定していたのに。

「生きていれば今年七十二」イヴが静かに言った。「でも、そう、彼はまだ生きていると思ってる」

顔に現れた小波を、彼女は消せなかった。嫌悪の小波、自己嫌悪の小波。彼女が感情を隠し切れないことなどめったになかった。なんだか弱々しく見える。自分でも不思議だが、彼女をかばってあげたい気持ちになった。「ドゥ・マラシがあなたのボルデロンだとどうしてわかるの？」やさしく尋ねる。

半笑い。「マラシってのは、ボードレールの『悪の華』を世に出した出版人の苗字だから」

「ボードレールのこと、大嫌いになりそう。読んだこともないのにね」いまは読む必要もないと思った。

「あんたは運がいい」彼女の声は乾いていた。「ルネがそこにおさめられたすべての詩を引用するのを、聞かされる身にもなってよ」

わたしは手を止めた。左手にはルガーの銃身、右手にはオイルを染ませた布を持っていた。「つまり、あなたと彼は……」

眉を吊り上げる。「ショックを受けた？」

「いいえ。わたしは聖人君子じゃないもの」〝ささやかな問題〟をトントンと叩く。このところ調子がよかった。あいかわらず疲れるけれど、吐き気はだいぶおさまってきたし、お腹のほうから妙にはっきりした意志が伝わってくることもなかった。

「ルネがあたしをこのホテルに連れてきた」イヴが漠然と部屋を見回した。「この部屋じゃなかった。こんな狭い部屋、彼は耐えられない。いちばん上等な部屋。四階の、大きな窓があって青いベルベットのカーテン。大きなベッド……」

そのベッドでなにが繰り広げられたのか尋ねはしない。悪夢にうなされる危険を冒すより、ひと晩じゅう起きていることを彼女に選ばせるなにかが起きたのだろう。「それとこれとどうつながるの？」わたしはつぶやき、拳銃の部品を掲げてみせると、彼女がそれぞれの部品の磨き方を教えてくれた。「ルネ・ボルデロンはリールから逃げ出すにあたって、名前をルネ・ドゥ・マラシに変えた。リモージュからも逃げ出さなきゃならなかった。たくさんの協力者が捕まっていたのに、どうしてそうかんたんに逃げ出せたんだろう」そういう人たちのことを新聞で読んだ覚えがある。男も女も辱められたり、もっとひどい目に遭ったはずだ。街燈から吊るされた人たちの話をしたときの、老婆の口調は厳しかった。

「ルネは馬鹿じゃない」イヴはうまく動かぬ手でオイルの缶をどかした。「権力の座にある連中にサービスを提供していたけど、彼らがその座から転がり落ちることも予想していた。だから、負けそうだとわかると、計画を実行に移した。金とあたらしい名前を持ってさっさと逃げ出し、べつの場所でやり直す——リールのあとはリモージュ、そのあとは」

法を教えてくれた。「どこに探しに行くつもり？　彼女が生きているとしても、どこにいるかわからないんでしょ」

「伯母が言ってたんだけど、彼女はもともと、子供を産むためにリモージュ郊外の村に送り込まれたの。家族の面汚しの娘は田舎に送られるのが相場でしょ」拳銃の扱い方がだいぶわかってきた。オイルまみれの指でいじるから、部品がするっともとの場所におさまる。

「ローズはそこで子供を産んで、四カ月後にリモージュで働きはじめたの。でも、赤ん坊は村に置いてきたかもしれない。育ててくれる人に預けて。〈ル・レテ〉で働くのをやめてから、村に戻った可能性もあるでしょ。行ってみないとわからない。小さな村なら住民はみんな知り合いだろうし、ローズの写真を見せれば憶えている人が見つかるかも」わたしは肩をすくめた。「まずはそこからはじめるわ」

「いい考えね」イヴが言った。彼女に認められて誇らしい気分だった。「拳銃をもう一度分解して」わたしがルガーをまた分解するあいだに、イヴがべつの話をはじめた。ルネ・ボルデロンと彼女が、ここで週末を過ごしたのは一九一五年の夏のことだった。「汽車で来て、彼はあたらしいドレスを買ってくれた。仕事着のまま彼の部屋に行くのはいいとしても、着古したシャツブラウス姿の娘を連れて、散歩したり劇場に行ったりしたくなかったんだろう。ポワレのドレスだった。アーモンドグリーンの畝織りのシルクで、黒のベルベットの縁取りがあって、背中にはベルベットをかぶせたボタンが四十三個も並んでいた。彼がボタンをはずすときに数を数えて……」

わたしは、撃針をもとの場所に戻しながら、昔の敵を見つけたとき、イヴはどうするつもりだろうと思った。密告して逮捕させる？　フランスが協力者に厳しいのは有名な話だ。もしかしたら、ルガーが決着をつけてくれると期待している？　その可能性は捨て切れないと、わたしは思っていた。

〝彼はあなたになにをしたの、イヴ？　そして、あなたは彼になにをしたの？〟

前にリモージュに来たときは、川が灰色に見えた、と彼女は言った。いまの鮮やかな青ではなく。アーモンドグリーンのドレスと一緒に買ってもらった、あたらしいエナメル革の靴のヒールに落ち葉がへばりついた。「鮮明に憶えているのね？」わたしは言い、きれいに磨いてオイルを塗った拳銃を彼女に渡した。

「忘れたくても忘れられない」イヴはウィスキーの残りを飲み干した。「その週末を境に月のものが来なくなって、ルネの子を身ごもったのではと不安でたまらなくなったんだから」

22

イヴ

一九一五年九月

秋ははじまったばかりというのに、寒さがしっかり根をおろしていた。リールにはふたつの世界が背中合わせに存在し、気温の低下がその境界線をより鮮明にした。片方にはドイツ兵がいて、石炭も蝋燭も熱いコーヒーも必要なだけ手に入る。一方のフランス側では、そういったものはほとんど手に入らない。ふたつの世界は〝フランス側とドイツ側〟、あるいは〝征服される側と征服する側〟と呼ばれていたが、いまやもっと単純に〝寒いほうと寒くないほう〟だ。

イヴはそういうことに気付かなかった。妊娠がわかり、ほかのことはどうでもよくなっていたからだ。

そう日は経っていないが、兆候を読み取るのは難しくなかった。二カ月生理がない――リールに住む女たちは、生理不順は栄養不良のせいだと言っているが、イヴには自分がそこまで運がいいとは思えなかった。体はウエハースみたいに薄くなったが、〈ル・レテ〉で闇市場から運ばれる食材のおこぼれに預かっていたので、飢え死ぬことはなかった。だが、ほかの兆候は間違いようがなかった。乳房が敏感になり、疲れが不意に襲ってくる。肉汁たっぷりのローストを厨房から運んで出たとたん、あるいはチーズ・コースのモルビエを運んでいる最中に吐き気を覚え、唾を呑み込むことがよくあった。

イヴは確信していた。ルネ・ボルデロンの子を孕《はら》んだのだ。

この現実に絶望してしかるべきなのだが、そんな時間はなかった。アリス・ネットワークは忙しい。シャンパーニュのフランス軍前線はつねに攻撃に曝されていた。ドイツ軍司令官と部下たちが、コーヒーを飲みながら簡潔な言葉でそのことを語り合い、イヴはそのとおり報告した。給仕をしながら何時間も耳をそばだて、ルネのベッドでもまた耳をそばだてる。そんなこんなで、毎日十九時間ちかく働いていた。大砲の配置や死傷者数、汽車の時刻表に補給部隊と、彼女の報告は多岐にわたった。危険と隣り合わせの状況に慣れてくると、それがふつうに感じられた。つねに表情と声を封じ込めているので、自然な表情がひとつでも残っているのだろうかと思うときがあった。パニックを来すことも、絶望に浸ることもできない。体が気持ちを裏切ることに決めているからだ。きっと二度とできない。

その土曜日、ドアを開けるとヴィオレットが立っていた。いつものリール訪問だが、イヴは安堵のあまり泣きそうになった。この一週間、ヴィオレットが逮捕される夢を見てうなされつづけた。よりによってこのタイミングで。ヴィオレットを好きだと思ったことはないが、イヴには彼女が必要だった。

イヴが安堵の表情を浮かべたのを、ヴィオレットは見逃さなかった。丸眼鏡の奥で目が驚いていた。「あたしに会えて嬉しいみたいね」磨り減ったブーツの泥を掻き落としながら、ヴィオレットが言った。顔をしかめ、言い足す。「知らせがあるの？」

「ない。でも、助けが必要なの。それに頼めるのはあなたしかいない」

ヴィオレットは手袋をはずして凍えた手を擦り合わせながら、興味深げにイヴを見つめ護婦だったんでしょ」イヴはふーっと息を吐いた。「リリーからき、き、き――聞いたんだけど、あなたは看護婦だったんでしょ」

「赤十字にいたわよ。はるか昔だけど。戦争がはじまったころ」

大丈夫だろうか、と心配になったが、このまま突き進むしかない。ほかにどうすればいい？「妊娠したの」ぶっきらぼうに言い、ヴィオレットの目を見つめた。「始末するの、手伝ってくれない？」

ヴィオレットはしばし彼女を見つめ、ふーっと息を吐いた。「メルド、そんなふうに恋愛と仕事をいっしょくたにするなんて、馬鹿じゃないの。アントワーヌやら誰やらと恋に落ちたなんて言わないでよ――」

「あたしは馬鹿な女学生じゃない！」イヴは言い返した。「情報を得るために雇い主と寝なきゃいけなくなったの、ヴィオレット。リリーから聞いてない？」

「聞いてるわけないでしょ」ヴィオレットが眼鏡を鼻の上に押し上げた。「避妊することを考えなかったの？」

「やってみた。効き目がなかった」夜中に彼のベッドからそっと抜け出し、豪勢なバスルームで洗い流すのは、ベッドの上で行なわれること以上に汚らわしいことに思えたが、けっして手抜きはしなかった。それが功を奏してくれさえすれば。「訊かれる前に言っとくけど、ほかの方法はすべてうまくいかなかった。階段から飛びおりる、熱い湯に浸かる、ブランデーを飲む。すべて失敗」

ヴィオレットはさっきより小さくため息をつき、ベッドの端に腰をおろした。「どれぐらいになるの？」

「に、二カ月だと思う」イヴが思うに、とても早い段階で妊娠したにちがいない。たぶん二、三回目に。

「それほど経ってないわね。よかった」

「助けてくれるの、くれないの？」イヴは心臓が喉までせり上がるのを感じた。声がそこに擦れる。

「戦場では妊婦よりもひどいものを見てきたからね」ヴィオレットは腕を組んだ。「どうしてボルデロンに言わないの？　彼みたいな金持ちなら、本物の医者にかかる費用ぐらい出してくれるんじゃない」

イヴもそれは考えた。「もし彼が子供を望んだら？」彼が望むとは思えなかった――ルネは家庭人ではない――が、彼の中には帝王を気取る部分があるから、思うかもしれない。イヴが男の子を産んだら、それはそれで……おもしろいと。

「そうなっても、こっそり始末すりゃいいだけよ。彼には流産したと言うの」

イヴは頭を振った。ルネという人間をわかっているつもりだ。彼は厄介事や余計な出費を忌み嫌う。彼にとって愛人とは、厄介事を持ち込まないきれいなものだ。彼が望んだ子を流産するにしても、彼が始末する費用を出してくれるにしても、面倒なことになるのはならおなじだ。〈ル・レテ〉で働けなくなるだろう。リリーのために仕事をつづけていきたいなら、いままでどおりがいちばんなのだ。

「そう」ヴィオレットは、キャメロン大尉や、アリス・ネットワークを監督するほかの将校たちに相談したら、とは言わなかった。「処置するのは危険なんだからね。自分がどうしたいのか、ちゃんとわかってるんだろうね?」

イヴは大きくうなずいた。「わかってる」

「ここでやるとしたら、出血多量で死ぬこともありうる。まだ日が浅い。このままにしといたら、流産するかもしれないし、あるいは——」

「やって」

イヴの声は切羽詰まったうなりだった。いままでどおり仕事をつづけると決めたのだから。穏やかな見かけとは裏腹に、心の中では狂気と紙一重のパニックと必死に闘っていた。リールに来てからたくさんのものを諦めた——家庭、安全、純潔、名前さえも——進んでそうしたのは、まだ見ぬ未来のためだった。戦争も侵略もない、安全で晴れわたった場所を作るためだ。そしていま、彼女のお腹の中には侵略者がいて、ドイツ軍がフランスを奪ったように、彼女のすべてを奪い取ろうとしていた。そこに未来はない。敵と戦い味方の命を救うスパイから、家庭に縛り付けられ、売春婦並みの扱いを受ける妊婦へと転がり落ちるのだ。いまなにも手を打たなければ、七カ月後にどんな未来が待っているか、イヴにはよくわかっていた。未婚で、厄介者扱いされ、仕事も金もなく、蔑まれ、敵の種から生まれた侵略者に束縛され、交戦地帯という地獄で飢え死にするのがおちだ。体が彼女を徹底的に裏切った。暴利商人の腕の中で快楽に溺れ、体内に彼の一部を留めたのだ。毎晩、終わったあとにすべてを洗い流そうとしたのに。これ以上裏切りをつづけさせるわけにはいかない。

この数週間、冷たいベッドで悶々《もんもん》としてきた。闇雲なパニックや冷たい恐怖と闘いながら、侵略者から自分の将来を取り戻すためなら、出血多量で死ぬ危険も厭《いと》わないと思い定めた。

ヴィオレットがそっけなくうなずいた。「ネットワークにも医者はいる」彼女が言った。

イヴは必死で感情と闘っていた。「でも、この手のことはやってくれない――それこそ毎日懺悔しなきゃならなくなる――ただし、なんとか口実をつけて器具を借りることはできる。あしたやるよ」

「あしたね」口がカラカラに渇いていた。「わかった」

日曜日。聖日。祝福された日。なんとも皮肉な巡り合わせ。イヴはその日、男が頭から彼女を人殺しの売春婦と断罪することをしようとしているのだから。日曜しかできないのは、〈ル・レテ〉が休みだからだ。つまり、血を流して死ぬか、血を流しても持ち直すのに丸一日使える。

「死んだらどうなるの？」借り物の器具を持ってやってきたヴィオレットに、イヴは尋ねた。「処置の途中で、あるいは――そのあとで」

「あんたをここに置き去りにして、二度と訪ねてこない」ヴィオレットが当然という顔で言った。「そうせざるをえないからね。あんたを埋葬してもらおうとすれば、あたしが捕まる。一日か二日のうちに、隣人が見つけてくれるだろう。あんたは貧困者として埋葬され、リリーがエドワードおじさんに報告する」

厳然たる事実に、イヴは胸をナイフで突かれた気がした。「だったら、さ、さっさとやってちょうだい」死なないようにするから。

「じっとしてて」その午後、ヴィオレットは何度もその言葉を繰り返した。イヴにはどうしてだかわからなかった。墓地の大理石像さながら、じっと横たわっていたのだから。安心させるための言葉だったのだろう。ベッドには清潔なシーツを何枚も重ねた。ヴィオレットは前で結ぶタイプのエプロンをつけていた。赤十字時代のものだろう。歯切れのいい口調も看護婦そのものだった。畳んだ布の上の道具が光っていたが、イヴはじっくり見なかった。ペチコートも下履きもストッキングも、下半身につけているものをすべて脱いで横になった。寒い。とても寒かった。

「アヘンチンキ」ヴィオレットは小さなガラス瓶の蓋を取り、イヴはおとなしく口を開けて液体を呑み込んだ。「言っとくけど、痛いよ」彼女の声は不愛想で事務的だった。イヴはリリーの言葉を思い出していた。〝口うるさいのは看護婦時代の名残なのよ〟それがいまは慰めだった。

ヴィオレットは器具を収斂剤《しゅうれんざい》のようなもので拭いた。きついにおいのするその液体で手も拭き、器具を両手で挟んであたためた。「医者はけっして器具をあたためない。女のあそこに触れる金属がどれほど冷たいか、医者は気付きもしないんだよ」

アヘンが効いてきて、頭が重くなった。視界がぼやける。体がどんよりと重い。「こういうこと、前にやったことあるの？」自分の声が遠くに聞こえた。

「一度」ヴィオレットが歯切れよく言う。「今年のはじめごろにね――アントワーヌの妹のオーレリ。あたしたちのために働いてくれてた。地元の人間に怪しまれないように密使の案内をしていて、気晴らしを求めていたドイツ兵に捕まった。まだ十九歳なのにかわいそうに。そいつが種を蒔いてったことがわかって、家族があたしのところに連れてきた」

「彼女は生き延びたの――これを？」ヴィオレットの手の中の器具を見ながら、イヴは尋ねた。

「ああ。そのあとすぐに、ネットワークの仕事に戻った。根性があるよ」

その子にできたのなら、あたしにもできる、とイヴは思った。だが、ヴィオレットの手が剥き出しの膝を広げ、「覚悟はいいね」と言うのを聞くと、怯《ひる》まずにいられなかった。ヴィオレットがあたためてくれたのに、器具は氷柱のようだった。痛みはひどいものだった。「じっとして」動いていないのに、命令された。ヴィオレットがやっていることが、遠くの出来事に思えた。痛みは襲ってきては引いていった。その繰り返しだ。寒い。イヴは目を閉じ、意志の力ですべてを自分から遠ざけようとした。〝じっとして〟

器具が離れた。終わった、と思ったがそうではなかった。ヴィオレットがなにか言っている。「——これから出血するから。血を見ても慌てふためかないでよね？」

「なにを見ても慌てふためいたりしない」イヴは麻痺した口で言うと、ヴィオレットが苦笑した。

「そうだね、あんたならそうだろうよ。はじめてあんたに会ったときには、一週間もしたら、ママのところに泣いて帰るだろうと思った」

「痛い」自分の声が聞こえた。「痛い」

「わかってる」ヴィオレットがアヘンチンキをまたイヴに与えた。苦い。リールで口にするものはどうしてこう苦いのだろう。ルネがくれるものはべつだ。贅沢な料理、うまいワイン、あたたかなショコラ。だが、リリーやヴィオレットと分け合って食べるものは、すべてひどい味がする。リールではなんでもかんでも逆さまだ。悪はおいしく、善は苦い。

ヴィオレットは血だらけの布を取り去り、イヴの尻の下と腿のあいだにパッドをあてがった。「大丈夫、よくなる。じっとしてるんだよ」

教会の鐘が鳴り、夕べのミサの時間を告げた。行く人がいるの？　祈ればなんとかなると思っている人が、この町にいるのだろうか。「リールに」イヴは思わずボードレールの詩を口ずさんでいた。「ましては、恋につきものの、暗いよろこび、疑心暗鬼のせつなさや、毒薬の瓶、闇涙、さては、鎖と骨の音なんか……」

「ぶつくさ言ってないで」ヴィオレットが言う。「静かにしてな」

「ぶつくさ言ってどこが悪いの。静かにしてるじゃない、偉そうにしないでよ」

「あんたのためを思って言ってるんだ」ヴィオレットは言い、さらに毛布を掛けてくれた。

「寒い」

「わかってる」

イヴは大声で泣いた。痛いからでも、悲しいからでもなかった。ほっとしたからだ。ルネ・ボルデロンにこの先邪魔をされずにすむ。安堵が滂沱《ぼうだ》の涙となって流れ出た。


夜が明けるころにはおさまっていた。

ヴィオレットがあれこれ指示した。「また出血するかもしれない。布をたくさん手元に置いとくこと。清潔な布だよ。痛むようならこれを呑むといい」アヘンチンキの小瓶をイヴの手に握らせた。「そばについててやりたいけど、きょうのうちにルーベに戻る必要がある。緊急の報告書を持って国境を越えなくちゃ」

「わかってる」やるべき仕事があるのはみなおなじだ。「気をつけてね、ヴィオレット。このまえの旅は、ドイツ兵に監視されていたって言ってたでしょ」

「必要ならべつのルートをとるよ」ヴィオレットはたとえ怖がっていたとしても――ネットワークの誰もが怖がっていたが、それは、この地域にスパイがいることをドイツ軍が察知し、検問が厳しさを増していたからだ――けっしておもてには出さなかった。そこはイヴと似ている。「しばらくのあいだ、暴利商人とベッドをともにしなくてすむ方法は考えてあるの？　治るまでに時間がかかるんだよ」

「今月は生理が重いって言うつもり。彼はそういうのを忌み嫌うから」一週間は稼げる。

ヴィオレットが口をへの字にした。「二度とこうならないようにできるの？」

イヴはぶるっと震えた。「あ、あたしにはわからない。ああいうことをやっても駄目だとわかったから」こんなこと、もう耐えられないだろう。けっして。

「避妊具があるにはあるけど、医者に取り付けてもらわなきゃならないし、未婚の女にはやってくれない。海綿に酢を染み込ませて奥まで突っ込むといい」ヴィオレットが手振りで教えてくれた。「ぜったい確実ではないけど、なにもしないよりはいい」

イヴはうなずいた。「ありがとう、ヴィオレット」

手を振って、感謝の言葉を受け流す。「このことは口外無用だからね。こういうことをやった女に、男がどんな仕打ちをするかわかってるだろ。あんたはもちろん、手助けしたあたしに対しても」

「口外しない」

つかの間、見つめ合った。友達同士なら抱擁する場面だ。会釈を交わしただけで、ヴィオレットはマフラーに顔を埋《うず》めて去っていった——それでもたぶん、二人は友達同士なのだ。男友達とおなじような意味で友達だ。ぶっきらぼうで軽口は叩かないが、口に出さなくても理解し合っている。「ルーベで幸運を祈ってる」イヴが後ろ姿に声をかけると、ヴィオレットは振り返らずに片手をあげた。

ヴィオレットを抱き締めればよかった、とイヴは後悔した。どうして抱き締めなかったんだろう。

ヴィオレットを見送るために起き出しただけでひどく疲れ、頭がふらふらした。ベッドに潜り込み、毛布を引っ張り上げる。胃がときどき引き攣る。鈍い痛みが襲ってきては引いていった。じっと耐える以外になく、ときどき涙を流した。涙は痛みとおなじで、繰り返し流れては引いていった。

暗くなるころには出血がおさまったが、体はすっかり弱っていた。ひどい流感に罹《かか》ったので休む、と〈ル・レテ〉に伝言した。ルネはおもしろく思わないだろうが、無理に出てこいとも言えない。料理を運んで厨房と店を行ったり来たりなんて、とてもできそうになかった。静かに横たわって疲労感を汗と一緒に流し、ルガーを分解して時間を潰した。オイルのにおいと、手の中の銃身の冷たさに心が癒された。拳銃を構え、ルネの眉間を狙って引き金を引く場面を想像した。三日目、ルガーはフランス一きれいな拳銃になり、死ぬことはないと確信が持てた。仕事に復帰し、苦い顔で睨み付けるクリスティンを無視しながら働いた。三日もさぼったのだから首になって当然、とクリスティンは思っていたようだが、そうならない自信がイヴにはあった。ルネには二人きりのときに詫びを伝えた。げっそりした青白い顔が、流感と重い生理の立派な裏づけになり、ルネは仕事が終わっても彼女を二階に誘わなかった。小さな奇跡だ、とイヴは思った。よろよろと家路を辿り、早く家に帰ってベッドに横になりたいと思った。ルネの羽毛の枕はないけれど。

だが、部屋に戻ると先客がいた。

「わたしのことはかまわないで」リリーが大儀そうに言った。「ここに座って震えてるだけだから」

「国境を越えてベルギーへ行ったんだと思ってた」イヴはドアに鍵をかけた。「撃墜されたパイロットを連れて」

「そうよ」リリーは部屋のいちばん奥の隅に腰をおろして膝を抱えていた。その手には古い象牙のロザリオがしっかりと握られている。「パイロットは地雷を踏んで吹き飛んだ。ブリュッセルでメッセージを集めるとまっすぐこっちに来たの」

部屋は寒く、白いシャツブラウスとグレーのスカート姿のリリーは震えていた。イヴはベッドから毛布を取り、その肩に掛けてやった。「袖口に血がついてる」

「パイロットの血よ」まるでアヘンチンキを呑んだように、リリーの目は虚ろだった。「あるいは、パイロットの前を歩いていた女性かその夫の血……三人とも吹き飛んだ」

イヴは隣に座ってブロンドの頭を自分の肩にもたせた。冷たい器具と鋭い下腹の痛みと、アヘンチンキのせいで見る悪夢以上にひどい夜が、どうやらあるらしい。

「国境のサーチライトがすべてを煌々《こうこう》と照らし出した」リリーの親指がロザリオの珠を擦る。「国境を越え、射撃兵から逃れるとそこは森なの。ドイツ軍が地雷を仕掛けていた。わたしの後ろにいたパイロットが、前を歩く夫婦に駆け寄った。女をかわいいと思ったのかもしれない……三人とも地雷を踏んだんだと思う。三メートルほど先で、三人とも粉々になったから」

イヴは目を閉じた。爆発が、どぎついライトが目に見えるようだ。

「それから、あたらしい身分証をもらいにアントワーヌを訪ねたの」リリーの声は落ち着いていたが、イヴの腕の下で肩がひくひく動いた。「彼から聞いたわ——」

「シーッ」イヴはブロンドの髪に頬を休めた。髪は血のにおいがした。「話さなくていいのよ。目を閉じて」

「無理よ」リリーはじっと前方を見つめた。涙がゆっくりと頬を伝った。「彼女の姿が浮かぶんだもの」

「地雷を踏んだ女が?」

「いいえ。ヴィオレット」リリーは組んだ腕に顔を埋めて、すすり泣いた。「アントワーヌが教えてくれたのよ、かわいいデイジー。ヴィオレットが逮捕されたって。ドイツ兵に捕まった」

23

シャーリー

一九四七年五月

「あんたたちはディナーに招待されていないよ」イヴがフィンとわたしに言った。「どっちもね」

彼女はイギリス人将校に電話をかけ、会う約束をとりつけた。今夜、彼がボルドーからやってきて、ホテルのカフェで会うそうだ。会うことが決まってからずっと、彼女はきつい表情を崩さなかったが、わたしにはいま、その奥にあるものが垣間見えた気がした。彼女から妊娠した話を聞いて以来、不思議な気持ちで彼女を見るようになった。妊娠。わたしとおなじ年頃で、おなじような苦境に置かれた――もっとも彼女は、敵ばかりの町で飢えかけ、正体がばれたら銃殺される恐怖と背中合わせだった。それに比べたら、わたしの〝ささやかな問題〟などたいしたことはない。わたしが育った環境では、彼女がやったことは悪いことだけれど、わたしは責める気になれなかった。彼女は戦争に呑み込まれ、すべきことをやったまでだ。辛い経験をしたあともへこたれなかった彼女に、むしろ感服していた。

わたしに褒められたって、彼女は嬉しくもないだろうから、ほほえむだけに止めた。「ひとつだけ教えて。あなたが今夜会う相手はキャメロン大尉なの？」

イヴはいつものように謎めかして肩をすくめるだけだ。「いとこが行ったっていう村に行くつもりなんだろ？」

「ええ」リモージュにやってきて三日が経っていた。ローズの村にはもっと前に行くつもりだったが、田舎道を飛ばすためには、ラゴンダの内部をもっとトンカチやらねばならない、とフィンは思っていた。ようやくきょうになって、準備ができた、と彼が言い、イヴを謎のディナーの相手とあとに残し、わたしたちは出発した。

「あなたはどう思う?」わたしは助手席に滑り込み、フィンに尋ねた。「彼女が会うのはキャメロン大尉かしら?」

「だとしても驚かない」

「彼がまだいるあいだに戻ってこられる?」

「それはどうかな」彼はエンジンをかけるためチョークを引っ張ってアクセルを踏み込んだ。「きみのいとこについて、なにがしかの情報が得られるかどうかによる」

わたしは体を震わせた。期待半分、恐れ半分だ。車が動きだす。「きょうがその日ね」

フィンが片手でハンドル操作をしながらほほえむ。車はゆっくりとリモージュの町を離れた。古いシャツの袖をまくり上げたいつもの格好だが、ひげは剃っていた。無精ひげのないすべすべの頬を撫でてみたい、とわたしは思った。ほっとくと撫でてしまいそうなので、何食わぬ顔で膝の上に両手を組んだ。案内役のイヴがいないのに、ラゴンダの中がいつもより混んでいるように感じるのはどうしてだろう?

「とっくに着いててもいいんじゃない」なにか言わなければと思い、わたしは言った。フィンのしわくちゃのロードマップによると、目的地はリモージュから西へほんの二十五キロだ。

「おれもそう思う」牛が草を食む柵で囲った牧草地に沿って、彼はラゴンダを走らせていた。遠くに灰色の石造りの農家が見える。リモージュを出るとじきに、道は轍を刻んだ田舎道になった。なんとも牧歌的な景色の中、わたしは板のように固まっていた。どうしてこんなに不安なのだろう。何日か前の夜、フィンはキスを返してくれたけれど、そのことについてなにも言わない。先に進みたいと思っても、どうすればいいのかわからない。数字の天才も形無しだ。

「村の名前はなんだった？」フィンの問いかけが、わたしのおかしな物思いに歯止めをかけた。

「オラドゥール＝シュル＝グラヌ」古いロードマップによると、小さな村のようだ。町と呼べないようなフランスの田舎の村に、ローズがいたなんて想像がつかない。いつだってパリの並木道やハリウッドのまばゆいライトを夢見ていた人が。〝ニューヨークはあとにとっておくの〟と彼女は言っていた。〝ニューヨークはあたしにはシックすぎる〟そんな彼女が、オラドゥール＝シュル＝グラヌみたいな村にいたなんて。

角を曲がると、野生のニオイアラセイトウが花をつける石塀が見えてきた。女の子が石塀の上を、両手を広げてバランスをとりながら歩いていた。黒い髪なのに、わたしの目にはローズに見えた。遠い昔の記憶にあるブルーのサマードレスの上で、ブロンドのカールが躍る。予感が波となって押し寄せ、確信になる。〝あなたはオラドゥール＝シュル＝グラヌにいるのね、ロージー。いると思ってたわ。道案内してくれたら、あなたを見つけてあげる〟

「きみがいくら押したって早く着くわけじゃない」フィンが下を見ながら言った。わたしはコルクサンダルで床を踏みしめていた。アクセルを踏み込むように。「どうしてそんな教会にいるみたいな座り方をしてるんだ?」

「どういう意味?」

ラゴンダは石橋にさしかかった。自転車に乗った人が向こうからやってくる。フィンはブレーキを踏んで、自転車を先に通し、腰を屈めてわたしの足首を握ると、シートに足をのせた。「いつもは足をあげて座ってる」

真っ赤になるわたしを尻目に、彼は車を進めた。彼の指が足首をひと回りした。ガリガリな脚が恨めしい。きょうの装いはパリで買った細身の赤いスカートに、男物みたいなゆったりとした白いシャツで、袖は肘までまくり上げ、裾はスカートに入れないでウエストで縛っていた。よく似合っているのはわかっている——でも、やっぱりガリガリの脚が恨めしかった。ローズは弱冠十三歳にしていい脚をしていた。彼女を見つけたらまず息ができないぐらいぎゅっと抱き締め、それから尋ねよう。わたしもあなたみたいな脚になれるかしら。

「どこかで曲がる道を間違えた」数分後にフィンが言った。「ここは南だ。西ではなく。標識のない道ばっかりだったからな……ちょっと待ってて」

絵葉書を並べ、店先で猫がまどろむ道端の店に車を寄せた。フィンがちかづいていくと猫があくびをする。彼はスコットランド訛りのフランス語で店主に道を尋ねた。〝ローズと一緒に猫を飼うのもいいわね〟尻尾を舐める虎猫を見ながら思った。わたしの愛しいドナルド（彼の魂に安らぎを与えたまえ）は、くしゃみが出ると言って猫を飼わせてくれなかった。〝そんなドナルド、あたしは嫌いだわ〟想像の中でローズが言う。〝せめてもう少しましな夫を創造できなかったの？〟

「笑ってるね」フィンがエンジンをかけたままのラゴンダに戻ってきた。

「直に会ったら、あなたはいとこをどう思うか考えてたの。でも、考えるまでもないのよ。みんなローズを好きになるもの」

「彼女はきみに似てる？」

「ぜんぜん似てない。ずっとおもしろくて、勇敢。美人だしね」

フィンは方向転換しようとして車を停め、黒い瞳でじっとわたしを見つめた。けっきょくエンジンを切り、わたしを抱き寄せた。わたしの髪に指を絡ませながら、唇を耳に押し付ける。「シャーリー、ラス」彼の吐息はあたたかく、耳の付け根で打つ脈に唇が触れると、全身の肌が粟立ってゾクゾクした。「きみ」顎の先にキスする。「は」口角にキスする。「勇敢だ」唇にキスする。とっても軽く。「美人であるのは言うにおよばず。春の日のように美しい《ボニー》」

「スコットランド人はなんて言われてるか知ってる？」なんとか言葉にする。「揃いも揃って嘘吐きだって」

「それはアイルランド人だ。スコットランド人はお世辞を言わない」

彼の唇がわたしの唇をまた探し当て、今度は長々とキスした。通り過ぎる自転車のベルをぼんやりと聞きながら、フィンの首に腕を巻き付けた。彼の硬い胸でわたしの心臓が脈打つ。

やがて彼は体を引いたが、肩を抱いたままだった。「午後じゅうずっとここにいてもいいけど」彼が言った。「きみのいとこを探しに行かないか？」

「いいわ」わたしはそれだけ言った。こんなに幸せな気分はいつ以来だろう。

「運転してみたい？」

彼を見て、にんまりする。「大事な娘をわたしに託していいの？」

「こっちにずれて」

場所を入れ替わる。アクセルに足を伸ばしながら、にやにやが止まらない。フィンが車の始動の手順を教えてくれ——「発進時に彼女が冷たければ、ガソリンの量をほんの少し多くするけど、動いたら半々にする」——わたしはラゴンダを西へと進めた。手の中で彼女がゴロゴロと喉を鳴らした。

「おかしいんだ」フィンが言った。「道を教えてくれた年老いた店主がね——おれがオラドゥール＝シュル＝グラヌに行きたいって言うと、変な顔をしたんだ」

「どんな顔？」

「変な顔」

「へえ」わたしはラゴンダのハンドルに手を滑らせながら、腕に当たるフィンの袖のやわらかさを感じていた。日差しはあたたかく、わたしは轍に沿ってハンドルを切りながら『バラ色の人生』をハミングした。この車にずっと乗っていたかった。

「見て」フィンが指差したが、わたしにも見えていた。前方にぬーっと現れた教会の尖塔。

「あれがそうだな」

まるでシャンパンに変わったように血が泡立つ。オラドゥール＝シュル＝グラヌにちかづいたので、運転を交替した。わたしが興奮して運転どころではなくなったからだ。村の南端へ向かって道は曲がり、グラヌ川を渡った――教会の尖塔と周辺の石造りのずんぐりとした建物、それに電柱が見えた。屋根がおかしな角度に曲がっているのはなぜだろう。

「やけに静かだな」フィンが言う。町にちかづくと聞こえてくる犬の吠《ほ》え声も、路面電車の音も、自転車の呼び鈴も聞こえない。フィンはラゴンダの速度をゆるめたが、通りで遊ぶ子供の姿はなかった。わけがわからないでいると、ちかくの家の石壁に黒い煙の跡が筋を引いているのが目に入った。屋根が陥没していた。「火災が起きたのね」わたしは言った。だが、煙の跡は古いもので、雨に洗われている。

フィンはさらに速度をゆるめ、アイドリングさせた。ラゴンダのエンジンが不安そうな音をたてる。道の左右を見渡す。人の姿はない。煙や火の跡。道端に時計が転がっていた。落ちてそのまま放置されたようだ。文字盤は半ば融けているが、針は四時で止まったままだ。

「屋根のない家ばかりだ」フィンが指差す。黒焦げの梁、壊れた屋根板。遠くからだとおかしな形に見えたはずだ。火災が起きたにちがいないが、石造りの建物は頑丈で、距離をとってたてられていた。こんなふうに火が飛び移るはずがない。

泡立っていた血が血管の中でとても、とても重くなった。

左手に教会が聳えている。地元産の重たい石で建てられた大きな教会だ。やはり屋根がなかった。「どうして建て直さなかったのかしら？」わたしはつぶやいた。「火事で燃えたとしても、どうして誰も戻ってこなかったの？」

思いが甲高い音をあげる汽車となって突進してきた。〝生き残った人がいなかったからだろう〟

「ちがう」わたしは声に出した。自分を言い負かそうとするように。「家事で村全体が死に絶えるなんてことはない」かならず何人かは逃げ出す。なにが原因だったにせよ、火事のあと、オラドゥール＝シュル＝グラヌでは片付けが行なわれたにちがいない――瓦礫も破片も残っていない。建物や通りを掃除した人がいたのだ。

〝だったら、なぜ留まらなかったの？　どうして建て直さなかったの？〟

ラゴンダは人気のない郵便局や路面電車の駅を通り過ぎ、村の中心まで進んでいった。線路はまだあたらしく、いまにも角を曲がって路面電車がやってきそうだ。だが、あまりにも静かだ。足音も猫の鳴き声も聞こえない。小鳥の鳴き声すら聞こえないのはなぜ？

「停めて」わたしは不安になって言った。「降りたい——降りて——」

フィンは丸石敷きの通りの真ん中でラゴンダを停めた。急に停めたのに、誰もクラクションを鳴らさないのはどうして？　車の往来もなかった。わたしが車から転げ落ちそうになると、フィンが腕を掴んで支えてくれた。「店主がおかしな顔をしたはずだ」

「ここでなにがあったの？」テーブルに料理が並んだまま、海をさまよう幽霊船みたいだ。人形のいない玩具の村みたいだ。〝ローズ、どこにいるの？〟

来た道を引き返した。焼け残ったホテルの窓から中を覗くと家具が見えた——埃が積もった小さなテーブル、待っている客のための長椅子、フロント係が詰めているべきカウンター。中に入ってみたら、カウンターの上に半分融けたベルが置いてあるだろう。ずっと昔にいなくなったベルボーイを呼ぶためのベルが。

「中に入ってみたい？」フィンに尋ねられ、わたしは激しく頭を振った。

左手に空っぽの市場か広場のようなものが見えてきた。放置された車があった。ドアのまわりは錆び付いている。フィンが剥がれたフェンダーに指を這わせた。「プジョーだ。モデル２０２。誰かの自慢の車だったんだろうな」

「どうしてここにほっぽってあるの？」

答えは得られない。自分たちの足音が反響するのを聞きながら、心のうちで恐怖が膨らんでいった。

石塀の向こうにまた教会と、草深い傾斜地が見えた。そそり立つ三つのアーチ型の窓が、わたしたちを見つめる目のない眼窩《がんか》のようだ。フィンが壁に手を走らせ、凍り付いた。

「シャーリー、弾痕だ」

「弾痕？」

彼は石塀のあばたを手でなぞった。「猟銃の弾ではない。穴が等間隔に開いてるだろう。兵士が連射したんだ」

「でも、ここは片田舎の村よ。いったい誰が――」

「ここから出よう」彼が真っ青な顔で踵を返した。「隣村で尋ねてみよう。ここでなにがあったのか――」

「いいえ」わたしは引き返さなかった。「ローズはここにいた」

「いまはもういないじゃないか、シャーリー、ラス」彼が人気のない通りに視線を走らせた。「誰もいない。ここから出よう」

「いいえ……」全身に鳥肌がたった。静かすぎて頭がおかしくなりそうだ。ラゴンダのほうへ一歩踏み出した。これ以上一分だってここにはいられない。その思いは彼よりも強かったかもしれない。

そのとき、目の端でなにかが動いた。

「ローズ！」わたしの声が、悲鳴となって迸《ほとばし》り出た。顔は見えなかったが、紛れもない女の姿だ。この暑さなのに古いコートをまとい、背中を丸め、教会の壁からつづく草深い傾斜地に座っていた。わたしは教会の二重の壁の低いほうを回り込み、傾斜地を登って高いほうの壁も回り込んで走った。そのあいだも女から目を離さなかった。「ローズ！」もう一度叫んだ。わたしを追ってくるフィンの足音が聞こえた。だが、女はこっちを向かない。「ローズ」三度目は呪文のようだった。それとも祈り。必死の願いをこめて女の肩に手を置く。

女が振り返る。

ローズではなかった。

イヴ？　尋ねそうになった。女はイヴと似ても似つかなかったのに。やさしいおばあちゃんタイプのふっくらした人で、白髪をシニョンに結っている――長身で痩せたイヴとどうして見間違えたのだろう？　わたしを見つめる虚ろな黒い目を見て、合点がいった。魂までもズタズタにされた女の荒涼とした眼差し。彼女もまた、五十歳にも七十歳にも見えた。五十歳でも七十歳でも、この人にとってはおなじことなのだろう。融けた時計のように、彼女の時間も四時で永遠に止まってしまった。この村が死に絶えた時間……どんな形であったにせよ。

「あなたはどなた？」わたしはささやいた。「ここでなにがあったの？」

「あたしはマダム・ルファンシュ」その声はしっかりしていた。老女のつぶやきではない。

「あたし以外はみんな亡くなったわ」

日差しがわたしの頭をあたためる。草のゆれる音がする。日常の小さなことが、マダム・ルファンシュの声に潜む静かな恐怖を際立たせる。

彼女はフィンやわたしにいっさい関心を示さず、わたしたちを見て驚きもしなかった。シェイクスピア劇のコーラスのようだ。幕が開くと奇妙で恐ろしいセットが現れ、観客が戸惑っていると彼女が舞台に進み出て、穏やかで生気のない声で場面を説明するのだ。なにが起きたのか。いつ起きたのか。どのように起きたのか。

理由は説明しない。

彼女は知らないのだ。誰にもわからなかったのだろう。

「四四年のことだ」彼女が語る。わたしたちは半分焼失した教会の、目のない眼窩の窓の下でそれを聞く。「六月十日。彼らがやってきた」

「誰が?」わたしは尋ねた。

「ドイツ軍。二月からずっと、親衛隊機甲師団がトゥールーズの北に駐留していた。六月、連合軍がノルマンディーに上陸すると、師団は北へと向かった。六月十日、彼らはここにやってきた」息を継ぐ。「あとになってわかったことだが、オラドゥール=シュル=グラヌがレジスタンスの戦闘員の隠れ家になっている、と密告した者がいた……あるいは、オラドゥール=シュル=ヴェイルのことだったのか。どうなんだろう。永遠にわからないままだ」

フィンがわたしの手を握った。彼の指は氷のように冷たかった。「つづけてください」わたしは強張る唇から言葉を絞り出した。

促す必要はなかった。マダム・ルファンシュは語りつづけた。最後まで語ると舞台をおりるのだろう。その目はわたしを素通りし、一九四四年六月十日を見ていた。

「午後二時ごろだった。ドイツ兵があたしの家に飛び込んできて、あたしたちに——夫と息子、二人の娘と孫娘——広場に行けと命じた」彼女が指差した先は、さっき乗り捨てられたプジョーを見た広場だった。「村の人たちが集まっていた。あちらこちらから男と女が追い立てられてやってきた。女と子供はすべて教会に向かわされた」彼女は煙が筋を引くざらざらの石を撫でた。遺体の額を撫でるように。「赤ん坊を抱いたり、乳母車を押す母親たちもいた。数百人ほどだった」

ローズはいなかった。吐き気を覚えた。ローズがその中にいたはずがない。彼女は村の住人ではない。リモージュに住んで、そこで働いていたのだから。ここに来れば彼女が見つかると確信していたが、それはちがった。六月十日に彼女がここにいたはずがない。

「何時間も待たされた」マダム・ルファンシュが穏やかに語りつづけた。「憶測がささやかれ不安が募った。四時ごろだった——」

四時。融けた時計が目に浮かんだ。

「——兵士が数人、入ってきた。ほんの少年だった。箱を運んできた。箱からは紐が垂れて地べたに尾を引いた。身廊の聖歌隊席にちかいところに箱を置き、紐に火をつけた。兵士たちが出ていくと、箱が爆発した——真っ黒な煙が充満した。女や子供が逃げ回った。押し合いへし合い、悲鳴をあげ、喉を詰まらせた」

彼女の声は印刷された紙のように平坦《へいたん》だった。わたしは両手で耳を塞いで言葉を締め出したかったが、恐怖に竦み上がるだけだった。かたわらのフィンは息をしていない。

「聖具室のドアを破ってなだれ込んだ。あたしは階段に座った——体を低くして、きれいな空気を吸うために。娘がこっちに走ってきた。ドイツ兵が入り口と窓から発砲したのはそのときだった。アンドレイがその場で殺された」息継ぎ。瞬き。「あの子は十八だった」息継ぎ。瞬き。「あたしに覆いかぶさった。あたしは目を瞑って死んだふりをした」

「ああ」フィンが静かに言った。

「さらに発砲はつづき、それからドイツ兵は、敷石の上の死体に藁と薪《まき》と壊した椅子を積みあげた。煙はまだ充満していた——あたしは娘の下から這い出して祭壇の奥に隠れた。司祭が背後の壁の高い位置に窓が三つあった——真ん中のいちばん大きい窓にのぼった。司祭が蝋燭に火をつけるのに使っていたスツールを引っ張っていって。ようやくのことで窓によじのぼった」

このやさしいおばあちゃんタイプの猫背の女が、煙と銃弾が飛び交う中、死体をまたぎ越し、石壁をよじのぼったとは。わたしがどんな表情を浮かべたにせよ、マダム・ルファンシュはそれを見て肩をすくめた。

「どうやったのか、自分でもわからない。いつもの何倍もの力が出たんだろうさ」

「ありうることだ」フィンが小声で言った。

「窓は吹き飛んでいた。あたしは窓枠を越えて飛び降りた。三メートル下に落ちた」彼女が見上げた先には、教会の壁で口を開ける二番目の暗い窓があった。「ここ」まだ生まれていない悲鳴で喉が塞がった。〝ここ〟言葉が木霊する。〝ここ〟この女は、三年前、この窓から身を投げ、いま、芳しい日差しの下にわたしたちが立っている、この草叢《くさむら》に落ちた。〝ここ〟

「あたしにつづこうとした女がいた。ドイツ兵はあたしたちを見つけるとすぐに発砲した」マダム・ルファンシュは歩き出した。その歩みはのろく、足がもつれた。「あたしは撃たれた。五発。こっちのほうへ這っていった」わたしたちは黙ってあとに従い、壁を回り込んだ。「聖具室の外の畑まで這っていった。あのころは、畑には野菜がびっしり植わっていた」わたしたちは踏みにじられた雑草の中に立ち、不毛の畑を見つめた。「豆の畑に隠れた。銃声が、悲鳴が、怒鳴り声が聞こえた……それから火が燃え上がった。どこもかしこも屋根が焼け落ちた。暗くなると、シャンパンのコルク栓を抜く音がして……ドイツ兵は夜まで居座り、シャンパンを飲んでいた」

わたしは口を開いたものの、言葉は出てこなかった。口にする言葉があるとも思えなかった。フィンが不意に向きを変えたが、わたしの手は握ったままだった。彼が握る手にぎゅっと力を入れたので、指が折れるかと思ったが、わたしも握り返した。マダム・ルファンシュは安らかにわたしたちの先を見つめ、指を動かしていた。目に見えぬロザリオの珠を繰るように。

「ドイツ兵は何日も居座った……穴を掘って死体を隠そうとしたんだ。どうしてだかわからない。彼らがやったことは、誰にも隠せない。死体が焼けるひどいにおい。恐れおののく犬が主人を探して駆けずり回る……ドイツ兵はあたしたちを皆殺しにしたが、犬には弱かった。犬は撃たなかった。彼らはこの畑に墓穴を掘った。深く掘らなかったので、土を埋め戻したあと、男の手が地面から突き出していた。

フィンはと見ると、むこう向きのまま肩を震わせていた。どうしてわたしは心を動かされないのだろう。声をあげないのだろう。固まったままだった。

「ドイツ兵が死体を埋めるのを諦めて引き揚げたころ、あたしは助け出された。息子たちが生きてるんじゃないかと、こっそり村に戻ってきた二人の男が見つけてくれて……川に連れてって溺れさせてくれって、あたしは懇願した。だが、二人はあたしを医者に連れてった。丸一年、入院生活を送った。退院したときには戦争は終わっていて、ドイツ軍はいなくなっていた。でも、村はまだ――」

息継ぎ。瞬き。

「――このままだった」

息継ぎ。瞬き。

「あたしは生き延びた」彼女があたりまえのようにつづけた。「ほかにもいた。撃たれながらも、燃える納屋から這い出した男たち。その日は、畑に出ていたり、隣町に行っていて難を逃れた男たち。廃墟に隠れていたり、発砲を免れた子供たち」彼女の瞳からなにかがもがき出ようとしていた――一九四四年六月十日という時間の島から現在へと、ゆっくり浮き上がろうとしているかのようだ。そのときはじめて、彼女がわたしを認めた。赤いスカートにコルクサンダルを履いて、幽霊たちが宿る残骸の真ん中に立つシャーリー・セントクレアを、彼女はその目で見たのだ。

フィンが振り向いた。「あなたはどうしてここへ？」わたしたちを囲む、煙の筋が残る空っぽの建物を指す。「どうして留まっているんですか？」

「あたしの故郷だから」マダム・ルファンシュは言った。「いまもあたしの故郷だし、あたしは生き証人だから。ここに探しに来たのはあんたたちが最初じゃない――あたしに尋ねればいい。誰を探しているのか話してごらん。その人が生きていれば教えてあげる」彼女の瞳は深い哀れみを湛える。「亡くなっていてもね」

長い沈黙がつづいた。わたしたちは恐ろしいことが起きた場所に立つ三位一体の像だ。そよ風がフィンの髪をなびかせ、マダム・ルファンシュのコートの裾を揺らす。わたしはバッグからローズの擦り切れた写真を取り出し、マダム・ルファンシュのしわ深い手に持たせた。

そこで祈った。必死に祈った。

彼女は写真を老いた目にちかづけて、じっと眺めた。「ああ……」思い出したことがその目でわかった。「エレン」

「エレン？」わたしより先に、フィンが鋭い声で言った。

「エレン・ジュベール。赤ん坊を産むためにここに来たとき、彼女はそう名乗った。若くして夫に死なれたって。事情はだいたいわかったけどね……」肩をすくめる。「愛らしい子だった。誰も気にしなかったよ。赤ん坊をイヴェルノウ一家に預けて、リモージュに働きに出た。週末になると、路面電車で戻ってくる、とイヴェルノウの奥さんが言ってた」ほほえむ。「エレン。かわいい名前。でも、あたしたちはそう呼んでなかった。子供のころは、ピンクのほっぺのせいでローズって呼ばれていたんだって、本人が言ってたね。だから、みんな彼女のことをそう呼んだ。かわいいローズ」

わたしの中でなにかが震え出した。

「お願い」懇願する声が掠れた。「彼女はここにいなかったと言って。彼女はリモージュにいたと言って。ここにいなかったと言ってください」

マダム・ルファンシュは長いこと黙っていた。笑っているローズの写真を見ながら、彼女はまた沈んでゆく――六月十日六月十日六月十日の無限ループへと戻っていく。「教会の中にいた」彼女が言う。「壁の高い位置に窓が三つあった――あたしは真ん中のいちばん大きい窓にのぼった。司祭が蝋燭に火をつけるのに使っていたスツールを引っ張っていって。あたしは窓枠を越えて飛び降りた。三メートル下に落ちた」

最初のときとおなじ言葉で彼女は語った。わたしは恐怖に打ちのめされぼんやりしていた。彼女はこの物語をいったい何度語ってきたのだろう。愛する人を探す人々に語るたび、物語は堅固なものになっていったのだろう。おなじ言葉、おなじ順番で語るたびに。わたしたちのために日々記憶を掘り起こすことで、彼女は正気を保ってきたのかもしれない。

「マダム、お願い――」

彼女はまた歩き出した。わたしたちが来たほうへ戻る。足取りは覚束《おぼつか》ない。わたしは小走りに追いかけた。「あたしにつづこうとした女がいた」息継ぎ。瞬き。三年前、マダム・ルファンシュが飛び降りた窓の下に戻ると、物語は一変した。「見上げると――」彼女はいま、窓を見上げた。わたしは彼女の視線を辿った。彼女が語る光景が、わたしには見えた。彼女が見たものが、わたしには見えた。「あたしにつづこうとした女は、あたしに向かって窓から赤ん坊を投げた」

ブロンドの頭が見える。青白い腕が窓から伸びるのが見える。〝ここ〟

「あたしは赤ん坊を受け止めた――赤ん坊は恐怖に泣き叫んだ」

おくるみの中の泣き叫ぶ赤ん坊、動く拳。

「あたしの隣に女が飛び降りた。彼女は赤ん坊をあたしから受け取ると走り出した」

飛び降りるほっそりした体が見える。恐怖に駆られても優雅だ。立ち上がろうとする彼女の白いドレスが草の緑に映える。草の汁と血で汚れたドレス。泣き叫ぶおくるみを取りもどすと、安全な場所に向かって走る――。

「でも、ドイツ兵があたしたちに発砲した。何十発も。あたしたちは倒れた」

一斉射撃、漂う硝煙。教会の壁に弾が当たると飛ぶ石片。ブロンドの髪を染める血飛沫《ちしぶき》。

「あたしは五発撃ち込まれた。あたしは這うことができた」震えるわたしの手に、マダム・ルファンシュが写真をそっとのせる。「でも、あんたの友達――かわいいローズと、赤ん坊のシャーロット――は殺された」

そのとき、衣擦《きぬず》れの音を聞き、わたしは目を閉じた。あたたかな風に揺れて擦れるサマードレス。ローズはすぐ後ろに立っている――振り返ればそこにいるだろう。赤いしみのついた白いドレスが見えるだろう。彼女のやわらかな喉や輝く瞳を貫通した弾の跡が見えるだろう。倒れてももがく脚、勇敢な心のまま、なおも逃げようとする彼女の姿が見えるだろう。彼女の腕の中の赤ん坊、けっして会うことのない赤ん坊、成長してわたしの子のお姉さんにはなれない赤ん坊。彼女がシャーロットと名付けた赤ん坊。

ローズはわたしのすぐ後ろに立っていた。呼吸していた。それが、いまはもう呼吸していない。彼女は三年前に死んでいたのだ。逝ってしまった。わたしの希望はすべて嘘になる。

24

イヴ

一九一五年十月

彼女は銃弾を浴びて死んだ。こっそり持ち込まれた新聞が書きたてる詳細を読んで、みな気分が悪くなりながらも魅了された。彼女はベルギーで銃殺刑に処された。赤十字の看護婦でイギリスのスパイ、にわかに名が売れたヒロインにして殉教者。その名前はヨーロッパ中に知れ渡った。

エディス・キャヴェル。

ヴィオレット・ネットワークが収集した情報によれば、エディス・キャヴェルは死んだが、ヴィオレットは、アリス・ラメロンではない。生きている。

「キャヴェルはヴィオレットに似てる」イヴは禁制の新聞を貪るように読んだ。キャヴェルは八月に逮捕され、残酷な結末へと向かう処刑行進が行なわれたのは最近のことだった。

「目だわ、目が似てる」エディス・キャヴェルの写真はどれもロマンチックに美化されていた。銃殺隊の前に引き出されたとき、気を失っていたと書かれ、弱々しく女らしい写真ばかりが掲載された。だが、イヴが見るところ、その目はけっして弱々しくなかった。エディス・キャヴェルは、数百の兵士をベルギーから逃がす手助けをした――弱々しい人間にできることではない。平然とした目は、ヴィオレットやリリー、それにイヴ自身とおなじだ。もう一人の〝悪の華〟だ、とイヴは思った。

「いいことだわ。残酷な刑を行なわないのは。キャヴェルの死はヴィオレットに有利に働く」リリーは部屋の中を歩き回っていた――三週間前のヴィオレットの逮捕以来、彼女は表立った活動はせず、イヴの部屋に身を潜めていた。隠れるのは苦手のようだ。強張った表情を浮かべ、檻《おり》の中の虎のように動き回る。「キャヴェルの処刑でドイツ軍の評判はがた落ちだから、女をまた銃殺隊の前に引き摺り出すような真似はしないでしょうね」

〝その代わりになにをするの？〟イヴは暗澹たる思いだった。ドイツ軍でもドイツの刑務所でも、たとえスパイに対しても、拷問は一般的ではなかった。尋問、殴打、監禁は行なわれる――それに、処刑をちらつかせて脅すことも。だが、たとえ銃殺刑に処されても、その前に爪を抜かれることはない。ネットワークの誰もがそのぐらいは知っていた。

それでも、ヴィオレットのために例外を作ったとしたら？

リリーの苦悩がわかっているから、そんなこととても口にできなかった。やさしく看病してくれ、手術器具をあたためてくれたヴィオレットの手を思い出すたび、イヴも苦しくてたまらなかった。ヴィオレットがいなかったら、いまもルネの種を宿したままだった。あるいは死んでいたかもしれない。ヴィオレットに処置してもらわなければ、堕胎に効果があるといわれる薬に片っ端から手を出していただろう。ヴィオレットには大きな借りがあった。

「彼女は尋問されるでしょうね」歩き回るリリーが肩を落とした。「アントワーヌが言うには、ドイツ軍はなにも掴んでいないって。捕まったとき、彼女は身分証を持っていなかった。ブリュッセルでネットワークの子が捕まったときに、彼女の名前を明かしてしまった。彼が知っていたのは、ヴィオレットの名前だけだったから。ドイツ軍は彼女を尋問するだろうけど、ヴィオレットの弱みを見つけ出そうとしても、出てくるのは基礎的な事実だけ」

　ぐらぐらのテーブルを挟んで、ドイツの尋問官と向かい合うヴィオレットの、眼鏡で光を反射して目の表情を読まれないよう顔の向きを変える姿が目に浮かんだ。ヴィオレットは尋問するのが容易な相手ではない。長時間の尋問にへこたれるヴィオレットではない。

「なにかできることはないのかしら」リリーがいきまく。「ここから出ていって、あたらしい情報を集めて回りたい——集めるべき情報があるにちがいないんだから」きつい口調で言う。「これ以上誰もドイツ軍に奪われるわけにはいかない。奪われるぐらいなら、自分が壁を背に撃たれたほうがまし」

「馬鹿なこと言わないでよね」イヴは気が付けばヴィオレットみたいにきつい物言いになっていた。眼鏡の副官がいないいま、気まぐれなリーダーを御するのは自分の役目だ。

「あたしが〈ル・レテ〉であたらしい情報を仕入れてくるから」

〝あなたは〈ル・レテ〉にそう長くはいられないかもしれないのよ〟頭の中でささやく声がした。ネットワークが解散することになれば、イヴもリリーもさっさとリールから呼び戻される。理屈にかなった処置だが、いまはまだ、リールを離れ、ルネ・ボルデロンと二度と会わない未来を夢見てはいられない。〝まだここにいるのだから、耳を澄まして情報を収集するのよ〟

　だが、漏れ聞こえる噂話にヴィオレットの名前は出てこなかった。キャヴェルの処刑の話でもちきりだ。ドイツ軍将校たちは、むっつり黙り込むか、シュナップスを飲んでいきまくかのどちらかだった。「忌々しいにもほどがある。あの女はスパイだったんですよ！」イヴがいる前で大尉がぶつぶつ言った。「薄汚れたスパイのために、ハンカチを濡らせっていうんですか？　スパイが女だから？」

「いまの戦争は昔とちがうんだ」大佐が反論した。「スカートを穿いたスパイは――」

「女を銃殺隊の前に立たせると、祖国に恥をかかせると言われても。そんな戦争のやり方――」

「スパイは卑怯者の仕事だ。リールにもスパイがいるにちがいない。この地域は呪われている。キャヴェルが処刑される数週間前、ブリュッセルで一人捕まっている。そっちも女で――」

イヴは聞き耳をたてたが、ヴィオレットのことはそれ以上語られなかった。〝頼むから、彼女にキャヴェルとおなじ末路を辿らせないで〟

その晩、ルネは思い出し笑いをしていた。サイドボードに向かって裸で立ち、ペリドットのような緑色の液体を注ぐところだった。最近になって、彼はイヴにアブサンを教えた。「ドイツ人というのは、なんてロマンチックなんだ。戦争をやるのに名誉もなにもあるものか！　戦争はただ起きるものだ。戦争が終結したときに大事なことはただひとつ、誰が生き残って、誰が死ぬか」

「それだけじゃありません」イヴはやわらかなベッドの上で、シーツを肩から羽織ってあぐらをかいていた。「もうひとつだ、だ、大事なのは、誰が貧しくなったか、誰が金持ちになったか」ルネはよく言ったという顔でほほえむ。イヴの思惑どおりだ。マルグリットは、彼が最初に目をつけた大きな瞳の田舎娘から成長してしかるべきだ。彼女は洗練を身につけた。いまやシャンパンを飲んでむせる娘ではない。ものの良し悪《あ》しを見極める鑑識眼を身につけた。愛人がそういうものを彼女に見せて悦に入るからだ。ベッドでは素直で情熱的、ルネのシニシズムも取り入れたのは、彼女が一所懸命真似ようとすると彼が喜ぶからだ。そう、イヴはマルグリットを綿密な計算に則《のっと》って成長させ、ルネはそれを自分の創造物とみて満足していた。「戦争で儲けようとすることが、そんなにひ、ひどいことだと、あたしは思いません」ルネの暴利商人の論理をなぞり、正当化しようとするように、挑戦的な口調で言った。「腹をす、す、す――すかせたい人間なんていますか？　ぼろをまといたい人間がいますか？」

ルネは穴のあいた銀のアブサンスプーンをグラスの上に置き、角砂糖をそこにのせた。「きみは賢いな、マルグリット。女はスパイが務まるほど賢くも狡猾《こうかつ》でもない、と思っているとしたら、ドイツ人はよほどのお人よしか馬鹿だな」

イヴは自分の賢さから話を逸らした。「イギリス人はキャヴェルの処刑に激怒してるって」

「激怒か、してるだろうな」ルネが角砂糖に氷水を注ぐと、砂糖がゆっくりとアブサンに溶け込んだ。「だが、それよりも感謝してるんじゃないかな」

「どうしてですか？」イヴは自分のグラスを取った。〝緑の妖精《ラ・フイ・ヴェルト》〟を飲んでも幻覚は起きないし、おしゃべりにもならない――フランスのワイン商が嫉妬して言いふらしているたわ言だ、とルネは言う――が、油断は禁物なのでごく少量ずつ飲むようにしていた。

「イギリス軍が直面している死傷者数を、きみは知らないだろうな。毎月、塹壕で死んでいく男たち……彼らの〝すばらしき小戦争〟は二年目に突入し、人々は流される血に嫌気がさしていた。だが、イギリスの良家の娘で一転の曇りもない経歴の女――看護婦以上に健全な人間がほかにいるか？――をドイツ軍が銃殺にしたことで、銃後の国民は大変な衝撃を受けた。イギリス軍にとっては、もっけの幸いだ」ルネはアブサンをひと口飲み、ベッドに戻ってきた。

「だったら、ドイツ軍はほかのス、スパイも銃殺にしますか？」イヴは訊かずにいられなかった。「ブリュッセルでつ、捕まった女」

「彼らが賢ければしないだろう。これ以上否定的な報道をされたくない。その女が若くて美人だったら？」ルネはおもしろがり、グラスの緑色の宝石を光にかざした。「もしそうなら、ドイツ軍が銃殺してくれることをイギリス軍は望むべきだ。キャヴェルみたいな中年の殉教者より、美人の殉教者のほうがいいに決まってる。若くて愛らしい娘の死ほど国民の怒りを燃え上がらせるものはない。さあ、ぐっとやるんだ、マルグリット、こっちにおいで……アヘンをやったことはないのか？　いつか試してみないとな。アヘンが見せる夢の中で睦み合うのはまた格別で……」

エディス・キャヴェルの亡霊は、まだイヴたちにとり憑いたままだった。その晩、イヴが部屋に戻ると、リリーはまだ起きており、ぐらぐらのテーブルに向かっていた。目のしたに紫色の隈ができている。「エドワードおじさまから興味深い知らせが入ったわ、かわいいデイジー」

「あたしたち、呼び戻されるの？」アブサンのせいで頭がまだくらくらしていたが、アヘンが見せる夢の話はなんとかはぐらかすことができた。ルネの前でなんでもベラベラしゃべってしまうおそれのあるものを、まだ体に取り入れたことがなかった。「リールから撤退しろって？」希望のせいで頭が余計にくらくらした。ついにそのときが来たのだ。

「いいえ」リリーが言いよどみ、イヴは落胆した。「でも、もしかしたら……そうなるかもしれない」

イヴはコートのボタンを力任せにはずした。「はじめからちゃんと説明して」

「アントワーヌがエドワードおじさまのメッセージを届けてくれたの。わたしたちを呼び戻すかどうか議論されたそうよ。でも、彼のひげの上司が」――フォークストンで研修中に会った、噂好きで空威張りのアレントン少佐のことだろう――「つづけさせるべきだと強く主張した」

「ドイツ軍は、あたしたちの一人を捕まえて、ネットワークをなんとか暴こうと躍起になっているのに？」

「だとしても」リリーはハンカチから煙草の吸いさしを取り出し、マッチを探した。「ここに配置されているわたしたちの働きは見事だから、危険を冒してもつづけさせるべきだ、というのがひげの意見。それで、当分は目立たないように注意しながら仕事をつづける。少なくともあと数週間は」

「たしかに危険ね」それに無謀だ。だが、戦争に勝利するのは危険を冒した側であり、危険を担うのが兵士の役目だ。この仕事を引き受けたとき、国にこの命を捧げた――いまになって文句を言うのは、ルネを置き去りにしてリールを去りたいと願うのは、お門違いもはなはだしい。ベッドの縁に腰をおろし、砂が入ってゴロゴロする目を擦った。「このまままつづけるのね」

リリーが吸いさしに火をつけた。「そうとも言えない」

「だから、ちゃんと話してよ」

「エドワードおじさまは、上官に表立って異を唱えないけど、彼には……不服だと知らせる方法があるの。わたしたちをいまの場所に留め置くという決定に、彼が抵抗したのはたしか。それも激しく抵抗した。口に出して言わなくても、わたしたちがここで活動しつづけることは危険すぎると考えていることを明確にしたの。ヴィオレットがキャヴェルみたいに処刑されることを、わたしたちまで捕まっておなじ目に遭うことを、彼は恐れている」

「そうなるかもしれない」イヴは長いあいだそういう恐怖と共存してきたので、いまはそれがふつうになっていた。「ドイツ軍の取り締まりは厳しくなってきているわ。この国のいたるところが戦場と化し、配備した大砲が二週間ともたないことを、ドイツ軍だって気付いていないわけじゃない」

リリーは長いため息とともに煙を吐いた。「ひげ上司は馬鹿だ、とエドワードおじさまは思っているみたいだけど、その命令を撤回することはできない。でも、疲労や不安を理由にリールからの転属をわたしたちのほうから願い出れば、それが叶うようにできると、彼は暗にほのめかしているの」

イヴは険しい目をした。「それはつまり、兵士が任務を免除してもらうこと――」

「ふつうの兵士はむろんそんなことできない。わたしたちの仕事はべつだから。精神的にまいっている人間は信用ならない。危険を招きかねないもの。だったら、そういう人間を排除したほうが安全ってわけ。だから……」

「だから」つかの間だが、イヴは夢みたいなことを考えた。半餓死状態とも、ドイツ時間とも、体に触れる冷たい手ともさよならだ。背後から撃たれる夢とも。危険とも――だが、それはそれでべつの代償を払うことになる。「もしこ、こっちから願い出たら、よそで働けるよう、配置替えしてくれるの？　ベルギーとか――」

「それは無理でしょうね」リリーは煙草の灰を落とした。「プレッシャーに押し潰された女たちという烙印を押される。割れたカップをテーブルに戻す人はいない。いつバラバラにくだけるかわからないもの」

いま帰還すれば、戦いは終わる。この戦争がどれほどつづこうと、イヴが国に貢献できる機会は失われるのだ。

「そうすべきなのかも」リリーは感情を交えぬ声で言った。「願い出る。わたしはひげ上司の直観より、エドワードおじさまの直観を信じる。彼が危険すぎると思うなら、そのとおりなのよ」

「そうね。でも、当面は留まるように、という命令を受けている。命令は命令でしょ。それに、ほんの数週間のことだもの。なるべく目立たないようにして、正式に呼び戻されれば、べつのどこかへ送られてまた仕事をつづけられる」

「それに、いままでのところ、わたしたちは運に恵まれていた」リリーが肩をすくめた。

「そのうえ、わたしたちはいい仕事をしてきた」

イヴは長々と息をつき、帰国の夢も一緒に吐き出した。「だったら頑張りましょうよ。少なくとも、あとす、少し」

「自分がどうするかは決めていたの。でも、わたしの決断を押し付けることになったらいけないと思って。ほんとうにいいの？」

「ええ」

「だったら決まりね」リリーは煙草の吸いさしをじっと見つめた。「あーあ。これで二週間はもたせるつもりだったのに。たったふた吹かししただけ。この原始的な生活がどんなに好きか……」

イヴはリリーの手を握った。「いままで以上に慎重に行動するって約束して。あなたのことが心配なの」

「心配してなんになる？」リリーは鼻にしわを寄せた。「九月だったか、心配でいてもたってもいられなくなって。嫌な予感がしてね。それで家族に会いに行ったわ。会えるあいだに会っておかないとって思ったの、最後になるかもしれないから……それで、家族に会って、それからずっと思ってた。これで思い残すことはない。いつ捕まって撃ち殺されてもいい。でも、なにも起こらなかった。まるっきりなにも。心配するなんて時間の無駄なのよ、かわいいデイジー」

イヴは言葉を選んだ。「ヴィオレットが無理やりあなたの名前を言わされたら？」

「彼らが力づくで彼女に言わせたとしても、わたしを見つけ出せないわよ。わたしは水とおなじで、どこにだって流れていく」リリーはほほえんだ。「仕事のやり方をそのたびに変えるし、ルートも変更する。約束するわ」ほほえみが消えた。「ひげ上司の言うことでひとつだけ正しいことがある。この戦争はそれほど長くはつづかない。わたしもそう思う。シャンパーニュで大攻勢を仕掛けているから、年明けまでには大勢が決まるはずよ。だから、頑張るのはあと少し」口調がやさしくなる。「そうすれば、ヴィオレットは釈放される。実刑判決ですめば――生き残れるわ」

「数カ月で終わらなかったら？」イヴがリールに来て数カ月だったが、永遠にも感じられる。「これが何年もつづいたら？」

「それなら、あと何年か頑張る」と、リリー。「それだけのことでしょ？」

それだけのことだろうか？　どちらも、帰国を申し出ることはそれ以上考えなかった。

　数日後、イヴが盗み聞きしたその情報の発信源は、ブランデーで酔っ払ったホフマン司令官と二人の大佐だった。カイゼル訪問ほどの貴重な情報ではなかったが、イヴが耳をそばだてるほどには重要なものだった。

「たしかなの？」リリーが言った。いままで使っていた名前は敵に知られているかもしれないので、あたらしい身分証を手に入れ、仕事に復帰していた。

　イヴはテーブルの端に尻をのせ、うなずいた。「ドイツ軍は来年の一月か二月に集中攻撃を行なうって。裏も取れてる」

「攻撃目標は？」

「ヴェルダン」イヴはぶるっと震えた。一度も行ったことのない場所なのに、名前に引っかかったのだ。最終決着がつく場所。殺戮《さつりく》の場。だが、司令官たちが事前に知らされていたなら、そうならないかもしれない。ヴェルダンで、殺戮に終止符が打たれるかもしれない。

「この情報を伝えれば、あなたに危険がおよぶわね」リリーが言った。イヴの情報がすべて上に伝えられるわけではなかった。情報の出所が〈ル・レテ〉と特定される場合がそうだ。

「重大な情報だわ。こういう情報のために、あたしたちは帰国を申し出なかったんだもの」

リリーはしばらく考え、最後には同意した。「どっちにしても、二日後にトゥールネーでエドワードおじさまと会う約束になってる。あなたも一緒に来てちょうだい。この類の情報は、カイゼルの情報のときとおなじで、二人とも聴取を受けることになるから」

イヴはうなずいた。二日後は日曜日だ。仕事を休まずにすむ。「それまでに安全通行券をもう一枚用意できるの？」

「わたしの連絡相手にがっかりさせられたことはない。ありがたいことにね」

イヴは親指の爪を嚙んだ。嚙みすぎて爪が肉に食い込んでいる。ヴィオレットが逮捕されたせいだ。それとも、十月のひどい寒さのせい。週のはじめからずっと、被害妄想に苛《さいな》まれていた。職場でクリスティンが疑いの目でこちらを見ていなかった？　いつもの馬鹿にした目ではなく。イヴがコーヒーを持っていくと、ドイツ軍中尉が急に話しかけてきたのはどうして――聞き耳をたてていたことに気付いたから？　このところルネが妙な気遣いを見せているのは、彼女の嘘を嗅ぎ付け、やさしく接して彼女を安心させ、口を割らせようという魂胆なのでは？

〝しっかりしなさいよ〟

その夜は、遅くまでルネと過ごした。彼は書斎に火を熾《おこ》し、『さかしま』をイヴに読んで聞かせた。ときおり本を置くと、ユイスマンスのもっと堕落した一節を暗誦《あんしょう》したが、イヴはそれによって性的刺激を受けるというより、退屈で仕方なかった。だが、マルグリットは彼女らしく戸惑いの表情を浮かべ、ルネを喜ばせた。「きみはどんどんよくなるな」

彼はつぶやき、イヴの耳たぶを指でなぞった。「ユイスマンスの小説の主人公みたいに、しばらく田舎で過ごすのも悪くないな。リモージュよりもあたたかい場所で、ここのドイツ的な退屈さから逃れて人生を楽しむ。いまの時季ならグラースがいい。そこらじゅうから風に乗って花の香りが漂ってくる。レストランでひと儲けしたら、隠居生活はグラースで送りたいとかかねがね思っていた。すでに荒れた土地を買ってあるから、いつかそこに小さな宝石みたいなヴィラを建てるつもりでね……きみはグラースに行ってみたいか、マルグリット?」

「あ、あ、あたたかいところならどこでも」イヴはブルブル震えた。

「きみは寒がってばかりいるな」ルネの手がゆっくりと肌を撫でる。「妊娠してるんじゃないだろうな?」

驚きのあまり、無防備な反応を示しそうになった。めったにないことだ。激しい嫌悪感に縮み上がる。「まさか」薄っぺらい笑いでごまかす。

「まあ、妊娠していても、まんざら悲劇とは言えない」ルネは彼女の腹に掌を押し当てた。長い指を広げると右の腰骨から左の腰骨まで届く。「とりわけ自分が父親に向いていると思ったことはないがね。男はある程度の年になると財産について考えるようになる。それとも、うら寂しい季節になって物思いに耽《ふけ》っているだけかもしれない。仰向けになってくれないか」

〝彼に言わないという選択は正しかった〟彼の手の下で身悶《みもだ》えながら、イヴは思った。〝ルネのことだから、わがままな繁殖牝馬《ひんば》にするように、イヴをお産のためにどこかへ送り出したにちがいない。

　イヴがベッドを抜け出したのは、夜明けにちかかった。寝る時間はない——検問所でわざともたもたして衛兵を苛立たせ検問をうまく抜けられるよう、いろいろな物を詰めた荷物を作って駅に向かわねばならない。リリーがなかなか現れないものだから、その姿が目に入ったときにはパニックが頂点に達していた。冷たい霧が立ち込める朝で、リリーの麦藁帽子やスモークブルーのコートに水滴がついていた。霧の中をやってくる彼女は、とても小さく見えた。「困ったことになった」通行人に聞かれないよう、リリーが声をひそめて言う。「安全通行券が一枚しか用意できなかったのよ。それでトゥールネーまで行けるけど、一人分しかない」

「あ、あなたが行って。あたしは行く必要ないでしょ」

「あなたが行くのよ。報告者として。向こうは情報源に聴取したいんだから」

「あたしが一人で行くとして、どうしたら——」

「これまで一人で検問所を抜けたことなかったわね。このところ衛兵はすごく神経質になってる。わたしは年じゅう行ったり来たりしてるから、衛兵もこっちの顔を覚えているけど、あなたは馴染みがない。あなたの吃音は注意を引くしね。あなたが窮地に陥ったとき、そばにいて代わりに話をしてあげられるといいんだけど」リリーはためらい、唇を嚙んだ。

「重要な情報だから、来週まで延ばすってわけにはいかない。通行券一枚でなんとかここを切り抜けられれば、トゥールネーでもう一枚手に入れるのはかんたんだから、帰りは問題ないんだけど」

通りの向こうの駅に立つドイツ軍衛兵に目をやった。服がじっとり湿って機嫌が悪そうだ。怒鳴られそうな雰囲気だが、寒くて気が滅入って注意が散漫になっている可能性もある。「やってみましょう」

「わかった。あなたが先に通行券を持って列に並んで——あいだに三人入れるから、振り向いちゃ駄目よ」

心構えを伝授してもらってから、イヴは通りを渡り、この寒さなのに広場で鬼ごっこをする子供たちのあいだを通り抜けた。荷物をあらためるふりをしてちらっと見ると、リリーがはためくスカーフを押さえながら、走り回る子供たちの一人に話しかけていた。耳元でなにかささやくと——硬貨を一枚その手にこっそり握らせる——子供はまた駆け出した。リリーはそのまま列に並んだ。イヴは急に不安になり、いてもたってもいられない。必死に恐怖を押さえつける。

衛兵が大きなハンカチで鼻をかんだ。寒さと闘っているのだ。イヴは恭順の意を示して背中を丸め、なにも言わずに安全通行券を渡した。衛兵はそれを見て、行け、と手を振る——全身を血が駆け巡る。衛兵に背を向け、通行券をバッグにしまうふりをしながら小さく折り畳んだ。そのとき、緑色のスカーフを持った少年が衛兵の横をすり抜け——衛兵はたいてい子供たちに気付かず、邪魔なときに平手打ちするぐらいだ——イヴにぶつかってきた。少年は尻餅をつき、イヴの腕から荷物が落ちた。

「さあ、ちゃんと立って！」イヴは少年を立ち上がらせ、袖についた泥を払い、折り畳んだ通行券を袖口に押し込んだ。「き、気をつけなきゃ駄目でしょ」少年を叱る声がわれながら芝居がかっていると思いながら、イヴは荷物を拾った。少年はまた駆け出した。広場を走り回り──まっすぐこっちにやってくるな、とリリーが教えたのだろう──やがてリリーにぶつかった。リリーはその手首を掴んで叱りつけた。イヴがまつげをパタパタさせながら見ていても、リリーが少年の袖から通行券を抜いたのに気付かなかった。だが、五分後に列の先頭に来たリリーの手には通行券が握られていた。

衛兵が通行券に目を通すあいだ、イヴの胸は早鐘を打っていた。通行券は、通行を許す旨が書かれたただの紙だ──どれも一緒だから、おなじものが二度使われたことに衛兵が気付くはずはなく……衛兵が鼻をすすりながらリリーを通したときには、安堵のあまりへたり込みそうになった。

「ほらね？」そばに来たリリーが、耳をつんざく汽笛に合わせてささやいた。「衛兵なんて馬鹿ばかり。顔の前でなんでもいいから紙をヒラヒラしてやれば、通してくれる！」

イヴは笑った。ほっとして気持ちが浮き立っていた。「あなたって、なんでも冗談にしてしまえるのね」

「いまのところはね」リリーが気取って言う。「トゥールネーで馬鹿げた帽子を買う時間があると思う？　ピンクサテンのがあったら……」

それが起きたとき、イヴはまだ笑っていた。人目を引いたのは、自分の笑い声のせいだったのではないか、とイヴはあとになって思った。あっけらかんと笑っていたから。あたしはどうすればよかったんだろう。あたしがあんなことさえ――。

背後からドイツ兵の声がして、イヴの笑い声を切り裂いた。「通行券を見せたまえ、フロイライン」

リリーが振り返り、眉を吊り上げる。鼻をすする衛兵ではなかった。ぱりっとした軍服姿の若い大尉だ。軍帽のつばに水滴がつき、その表情は厳しく、疑念を表していた。顎に傷があるのはひげを剃っていて切ったのだろうか。まつげは白にちかい色だ。イヴの舌が石となった。しゃべろうとしても、ひと言も出てこないだろう。出てきたとしても、塹壕で兵士の死体の上に据えられるショーシャ銃の音みたいな、ダダダダダという音だけ……。

だが、リリーはしゃべることができた。穏やかな声で苛立ちを伝えた。「通行券?」迷惑そうに衛兵を指差す。「あそこで見せましたけど」

大尉が手を差し出した。「それはそれとして、わたしに見せてくれたまえ」

リリーが気色ばむ。怒った小柄なフランスの主婦そのものだ。「あなたいったい――」

大尉が睨む。「持っているなら、見せてもらいたい」

〝これまでね〟イヴは思った。あまりの恐怖で身動きができないと、かえって落ち着くものだ。通行券を持っていない事実は、いくらなんでもごまかせない。〝あたしは捕まるだろう。捕まって――〟

顔をあげると、リリーが自分の通行券を大尉に渡すところだった。大尉がそれに目を落とし、リリーとイヴの目が合った。〝あたしが捕まったら、どうか立ち去ってちょうだい〟イヴは必死に念じた。〝立ち去って〟

リリーがほほえむ――その笑顔にいたずらっぽい光が踊る。

「彼女の通行券なのよ」はっきりと言った。「拝借したの、違法だとわかってたけどね、お馬鹿なドイツ兵さん」

25　シャーリー

一九四七年五月

彼女は死んだ。

わたしの大親友は死んだ。

貪欲な戦争は、意地汚い指を伸ばしてわたしから兄を盗んだだけではなかった。おなじ獣がローズまで貪り食っていた。姉のように慕っていたローズを奪って、銃弾を浴びせたのだ。

鈍い恐怖の真っ只中に、ずっと立ちつづけてきたような気がした。汚れた草の原に、教会の銃痕の残る壁とマダム・ルファンシュの像のあいだで、手足を縛られた格好で。彼女はロトの妻さながら塩の柱と化したのだろう。見てはならないものを見てしまい、身動きのできぬ怪物となった。悲鳴が錆びた刃となって喉を削る。それを解放する前に、フィンがわたしの肩を揺さぶった。ぼんやりと彼を見上げる。シャーリー、と彼の口が動くのが見える。シャーリー、ラス――でも、声は聞こえなかった。耳に殻がかぶさっている。聞こえるのはブンブンいう大きな音だけだ。

マダム・ルファンシュは穏やかな顔でわたしを見つめていた。生き証人なのだから感謝すべきだ。苦労をねぎらい、その勇気に勲章を与えてしかるべきだ。でも、わたしは彼女を見ることができなかった。最期のとき、彼女はローズと一緒にいて、ローズが落ちてくるのを見ていた。なぜ彼女だったの、わたしではなく。どうしてわたしはその場にいて、ローズと一緒にナチと対峙《たいじ》しなかったの？　どうしてわたしはジェイムズのそばにいてあげなかったの？　どうして兄の怒りに耳を傾け、愛していると言い、頭で鳴り響く記憶のおぞましくも不快な音を消してあげなかったの？　あんなに愛していた二人を、わたしは裏切った。わたしは兄を、冷たい夜に一人で送り出した。ビールを飲みに行ってくる、と兄は言ったけれど、向かった先にあったのは一発の銃弾だった。みんなが希望を捨てたとき、ローズを見つけ出すことによって、わたしは自分の過ちを償えるだろうと思っていた――でも、償えなかった。プロヴァンスのカフェで、わたしはローズに約束した。あなたを置き去りにしない、と。でも、置き去りにした。大西洋と戦争を口実に、わたしはなにもしようとしなかった。いま、彼女も死んだ。二人とも失ってしまった。わたしに貼られたレッテル。〝出来損ない〟頭の中で、しゃがれ声が繰り返し、繰り返し言う。〝出来損ない〟

マダム・ルファンシュの腕に手をやり、黙って握った——心からの感謝をこめて。彼女と別れて通りへ向かう。走ろうとして足がもつれた。植木鉢につまずいて転ぶ。割れた植木鉢には、真っ赤なゼラニウムがこんもりと植えられていたのだろう。六月十日に撃ち殺された主婦が丹精込めて。手が擦り剝けたが、かまわずに立ち上がりよろよろと歩きつづけた。涙でぼやける視界に車の輪郭が映ったのでそちらへ向かった。だが、ラゴンダではなかった。乗り捨てられたプジョー。持ち主が納屋に集められ撃ち殺された日から、腐食がはじまった車。恐ろしいけれど罪のない車から離れ、ラゴンダを探してあたりを見回した。そのときだ。フィンが追いついて抱き締めてくれたのは。ごわごわのシャツに顔を埋め、ぎゅっと目を瞑った。

「ここから連れ出して」わたしは言った。言おうとした。出てきたのはしゃくり上げる意味不明な声だけだったが、フィンは理解してくれたようだ。わたしを抱き上げてラゴンダまで運び、ドアを開けないままわたしをシートにおろすと、自分も運転席に座った。わたしは目を閉じ、心安らぐ革とモーターオイルのにおいを吸い込み、シートに丸くなった。フィンが乱暴にギアを入れた。その運転ぶりは、幽霊の群れに追いかけられている人のそれだ。幽霊――そう、幽霊はたしかにいる。わたしの頭の中で、群れの先頭をきるのはよちよち歩きの子供だった。シャーロットおばちゃん、だっこ、とわたしのほうに両手を差し伸べてきたが、幼子の頭は吹き飛んだ。ローズはわが子にわたしの名前をつけた。そしていま、彼女は死んだ。

三年ちかく前に、彼女は死んでいた。またしても意味不明な声をあげるわたしを乗せて、車はガタガタと橋を渡った。わたしをここへと駆り立ててきたものは、すべて嘘だった。オラドゥール＝シュル＝グラヌを離れると、フィンは最初に目についた道路沿いのオーベルジュに車をつけ、部屋をひとつとった。オーナーはわたしの手の結婚指輪（ミセス・ドナルド・マガウアン、ローズがわたしのドナルドを馬鹿にして笑うことはけっしてない）を見たのか、それとも気にしないのか。粗末な部屋によろよろと入り、ベッドを見て足を止め、ゆらゆら揺れ、涙で視界がぼやけた。「夢に見てしまう」わたしはつぶやく。フィンが背後にやってきた。「眠ろうとしたとたん、夢を見る。彼女の夢、彼女の――」目をぎゅっと閉じて、古馴染みの無感覚の殻にしがみついたが、殻はガラガラと崩れた。涙が大波となって襲いかかり、わたしの体をふたつ折りにする。息ができない。なにも見えない。「夢を見させないで」わたしは懇願した。フィンが大きな手でわたしの顔を挟んだ。

「きみは今夜、夢を見ない」彼が言った。その目にも涙が浮かんでいた。「おれが約束する」

彼はウィスキーをどこかで調達してきた。夕食をとる気にはなれなかった。二人して靴を脱ぎ捨ててベッドにあがり、壁にもたれて座ると、ボトルの中身を少しずつ減らしていった。わたしはときどきむせび泣き、ときどき窓の外を見つめた。青い空は夕暮れの藍色へと変わり、やがて夜空に星が瞬いた。わたしはときどきおしゃべりし、ロザリオの珠を繰るようにローズの思い出を繰り返し、そのつぎはジェイムズの思い出で、二人を思ってさめざめと泣いた。わたしがしゃべって、泣いて、またしゃべるあいだ、フィンはただ寄り添ってくれた。わたしはずるずると体を滑らせて、彼の膝に頭を休めた。十二時を回ったころ、ふと見上げると、彼が涙を流していた。「あの場所」小さな声で言う。「ああ、なんてひどいことが、あの場所で――」

わたしは濡れた彼の頬をそっと撫でた。「もっとひどいものを見たことがあるの？」

彼が黙っているので、答える気がないのだと思った。しばらくして、彼はウィスキーをぐいっと呷ると、言った。「ああ」

オラドゥール＝シュル＝グラヌよりもひどいものなんて、知りたいのかどうかわからなかったけれど、彼はすでに話しはじめていた。

「王立砲兵、第六十三対戦車連隊」彼の大きな手がわたしの髪を撫でる。「四五年四月。おれの部隊は北ドイツ、ツェレのちかくにいた。死の収容所のことは、聞いたことがある？」

「ええ」

「おれたちはそのひとつを解放した。ベルゼン強制収用所」

わたしは起き上がり、膝を抱いた。彼が息を継ぐ。瞬きする。

「C部隊のおれたちが、衛生部隊のあと最初に門を潜った。そこはいまで言うゴーストタウンだった。だが、ベルゼンにいたのは生きた幽霊《ゴースト》だった」マダム・ルファンシュと同様、彼も抑揚のない声で語った。心に棲み付いた恐怖がもたらす単調なリズム。「何千もの人たち、灰色の縞《しま》の制服を着た動く骸骨が、死体の山のまわりを漂っていた。あちこちに死体が積み上げてあった。ぼろきれか骨の山のようだった。歩き回る人たちも、生きているようには見えなかった。彼らはただ──漂っていた。あまりにも静かすぎた」息継ぎ。瞬き。「太陽が輝いていた。きょうみたいに……」

わたしの目からまた涙が流れた。無意味な涙。そうやって死んだ人たちにとって、わたしたちの涙がなんの慰めになるだろう。オラドゥール＝シュル＝グラヌで死んだ人たち、ベルゼンで死んだ人たち。ジェイムズ、ローズ。戦争なんて真っ平だ。

「地面にロマの女の子が横たわっていた」フィンがつづける。「ロマだということはあとから知った。彼女の囚人バッジがどんな意味を持つか、教えてくれた人がいたからだ。ロマの女は黒い三角にZの文字。ツィゴイネルのZ……彼女は女にもなっていない、幼いラスだった。十五歳ぐらいだろうか。すっかり肉が落ちて骨ばかりの小さな体、毛のない頭、大きな瞳が、百歳にも見えた。彼女はおれを見上げた。その目は井戸の底の石のようで、おれのブーツにのった手は蜘蛛みたいだった。それから、彼女は死んだ。その場で。おれたちが見つめ合ったそのとき、彼女の命が流れ出ていった。おれは彼女を救いに来たんだ。おれの連隊もおれも——そしてそのときに、彼女は死んだ。せっかくそこまで生き延びたのに、いま死んだ」

ロマの少女のことを思い出すとき、彼にとってはつねに〝いま〟なのだろう。虚ろな目や、ブーツの上の白い蜘蛛みたいな手を思い出すたび、彼の頭の中で、彼女は〝いま〟死ぬのだ。何度も何度も。

「おれはいろんなことを頭から締め出した」彼の声は掠れ、スコットランド訛りがきつくなり、言葉が曖昧になる。「べつに努力しなくても、ただ——細部がぼやけていく。墓を掘ったこと、小屋から死体を運び出したこと。生き残った人たちの虱《しらみ》を取ってやり、食事をなんとか食べさせようとしたこと。だけど、ロマのラスは——彼女だけはよく憶えている。彼女は特別だったんだ」

彼を慰める言葉が見つからなかった。そんな言葉はないのだろう。唯一の慰めは触れること、ぬくもりで、わたしはここにいる、と伝えること。両手で彼の手を挟み、きつく握った。

「におい——」彼の全身に震えが走った。「チフス、死、腐敗、いたるところで溜まりを作る小便」彼がわたしを見つめた。底なしの黒い目。「きみがオラドゥール＝シュル＝グラヌに来たのが三年後でよかった、シャーリー、ラス。日の光と静けさと幽霊たちをきみは見た——だが、においは嗅いでいない」

彼が語らねばならないことの、それが最後だったようだ。わたしはウィスキーのお代わりをふたつのグラスに注いだ。それをぐいっと飲み、できるだけ早く忘れようとした。乾杯！　ローズが言った。いいえ、ちがう、彼女はなにも言わない、だって死んだんだから。フィンのロマの少女もだ。部屋が回りはじめたので、フィンの膝にまた頭をのせた。彼が髪を撫でてくれた。

窓の外を月が昇り、どんどん明るくなるので、太陽だと気付いた。すでに高く昇り、窓からまぶしい光を射し込んで、剣のようにわたしの目を刺した。

目をしばたたき、どういう状況かを知ろうとした。わたしはベッドでフィンと絡まり合っていて、どちらも服を着たままだ。彼の腕はわたしのウェストに置かれ、わたしの顔は彼の脇腹にへばりついている。寝息と一緒に脇腹が動く。頭は割れそうだ。体を離そうと動いたら、胃がひっくり返った。やっとのことでベッドから出て、反対側の隅にあるシンクまでよろよろ歩いた。

吐いた。何度も吐いて、消化し切れていないウィスキーの酸っぱさにむせた。じきにフィンが目を覚ました。「気分が悪そうだね」

吐き気と吐き気の合間に彼を睨んだ。

彼がベッドを抜け出してそばに来た。シャツは半分ボタンがはずれ、裸足だ。シンクに屈み込むわたしの邪魔な髪を掻き上げてくれた。吐き気がまた襲ってくる。「夢を見た？」彼が静かに訊いた。

「いいえ」上体を起こして口を拭き、水のコップに手を伸ばす。彼とは目を合わせない。「あなたは？」

彼は頭を振った。おたがいに見ないようにしながら、顔を洗い身支度を整えた。ぶつからないように注意する、ふたつの切断面みたいだ。剥き出しの傷口がジクジクと傷む。頭を動かそうとするたび、激しい痛みに襲われた。ローズ。また痛みに襲われる。鈍く、衝撃的な痛み。悪夢は見なかった。眠って、起きて、現実のことだとわかった。悪夢は見なかったが、本物の恐怖があった。目がチカチカするのに、涙は一滴も残っていなかった。大きな疑問が目の前に立ち塞がるだけだ。

身支度が整うと、フィンがホテルのオーナーからブラックコーヒーを巻き上げてきてくれた。わたしののたうつ胃袋は、しぶしぶコーヒーを受け入れた。車に乗り込む。フィンは黙って車をリモージュへと向けた。わたしはしわくちゃの服を着て、割れそうに痛むこめかみを揉み、目の前にある疑問と向き合った。

それでどうするの、シャーリー・セントクレア？

これからどうする？

帰路はどちらも無言だった。気が付けば、リモージュの夏の景観を芝居のセットみたいに眺めていた。川面に垂れる枝垂れ柳、木骨造りの家々、〈ル・レテ〉でローズが飲み物を供するとき眺めていたであろう美しいローマ橋。この町にこれ以上いる理由がない――

けれども、ほかにどことといって行くあてもなかった。

「ガードナーは戻ってるかな」フィンが言った。夢を見た？　と尋ねて以来、はじめて口にする言葉だった。

わたしはきょとんとして彼を見た。「戻ってるって、どこから？」

「ボルドーからやってくるイギリス人将校に会ってたわけだろ。憶えてる？」

忘れていた。「それはきのうのことじゃなかった？」

「たぶんね」わたしたちは田舎でひと晩過ごすつもりはなかった。これからどうする？

疑問はまた頭の中で響いていた。これからどうする？

フィンがラゴンダを停め、一緒にホテルの中に入った。オーベルジュの入り口はきれいに磨き上げられていた。デスクに飾られた切花よりも、蜜蝋のにおいが勝っている。バラ、ピンクのバラ、ローズの頬の色、頭がズキズキする。デスクの向こうには苛立たしげな顔のフロント係、その前に立つのはイギリス人にありがちな、大声で話しさえすれば外国人にかならず通じると思っているタイプの男だ。

「イヴリン――ガードナー。彼女は――いるのか――イシ？　イシ、ここに、わかる《コンプレニ》？

ガードナー――」

「ウィ、ムッシュー」フロント係が、だからいま言ったじゃない、という口調で言う。

「エル・エ・イシ、メ・エル・ヌ・ヴ・パ・ヴ・ヴォア」

「英語、アングレ？　誰かいないのか？」男は周囲を見回した。グレーの口ひげを蓄えた長身の男で、年のころは六十代半ばだろうか、太鼓腹を勲章みたいにひけらかしている。平服を着ているが、心持ちは戦闘的な軍人のそれだ。

わたしはフィンと顔を見合わせた。フィンが一歩前に出る。「ミス・ガードナーの運転手です」

「よかった、よかった」男はフィンの全身を眺め回し、だらしない格好に眉をひそめたが、口調はそれなりに丁寧だった。「ミス・ガードナーに伝えていただきたい。わたしがいることを。彼女はわたしに会うはずだ」

「会わないでしょう」フィンが言った。

男が睨む。口ひげが逆立つ。「会うに決まっている！　ゆうべ、彼女と夕食をともにし、おたがいに腹を割って――」

フィンは肩をすくめた。「いまはあなたに会いたくないみたいです」

「おい――」

「あなたから給金をもらっていない。彼女からもらっている」

イギリス人男の背後で、フランス人のフロント係が呆れた顔をする。わたしも一歩前に出た。好奇心が悲しみの霧を晴らした。「あの――あなたはもしや、キャメロン大尉ではありませんか？」わたしが創り上げたキャメロンのイメージには重ならないが、イヴに呼ばれてボルドーからはるばるやってくるイギリス人将校がほかにいるだろうか？

「キャメロン？　あの哀れな詐欺師？」男は蔑むように鼻を鳴らした。「わたしはジョージ・アレントン少佐だ。貴重な時間をここで無駄にしているのだ。いいか、きみ、ひとっ走り上に行って、わたしがここにいることをミス・ガードナーに伝えてくれたまえ」

「嫌です」生意気に聞こえただろうが、わたしはただ疲れていた。正直に言うと、こんな無礼な男のために、使いっ走りをするいわれはない。彼がキャメロン大尉でなくてよかった。イヴの話の中の彼が好きだったから。

少佐は顔を赤くしてわたしを見つめ、言い返そうと口を開いたものの、急にその気がうせたようだった。「よろしい」彼はポケットを探った。「ひねくれ者のしわくちゃ婆さんに言ってくれ。陸軍省は彼女に借りはない。過去にどれほどの功績があったにせよ、借りはいっさいない」わたしの手に黒いケースを叩きつける。「そいつを便所に流そうが彼女の勝手だが、わたしはずっとそいつを何年も預かってきた」

「彼女とはいつごろ知り合ったんですか？」帽子をぐいっとかぶる少佐に、フィンが尋ねた。

「ふたつの戦争で、彼女はわたしの下で働いた。最初の戦争で、彼女を採用しなければよかったと思っている。あんな言葉のつかえる嘘吐き女なんか」

威張って出ていく少佐の後ろ姿を、フィンとわたしは見送った。わたしはケースを開けた。なにが出てくると思った？　宝石、書類、カチカチいう爆弾？　イヴに関わることだから、なんでもありうる。でも、出てきたのは勲章だった。それも四つ。紙にきちんと留めてあった。

「軍事功労章《メダイユ・ドゥ・ゲール》、戦功十字章《クロワ・ドゥ・ゲール》、レジオン・ドヌール勲章……」フィンが低く口笛を吹いた。

「それから、大英帝国勲章」

わたしはゆっくり息を吐いた。イヴはただの元スパイではなかった。勲章を授けられた英雄、たとえ彼女を嫌っていても、上級将校が馳せ参じる過去の伝説的人物だ。大英帝国勲章にそっと触れてみる。「何年も前に勲章を授与されていたのに、どうして受け取ろうとしなかったのかしら？」

「どうしてかな」

26 イヴ

一九一五年十月

駅へと引っ立てられるあいだ、リリーがイヴに与えた指示はひとつだけだった。ドイツ兵の怒鳴り声や警笛が鳴る慌ただしさの中で、リリーは唇を動かさずに言った。〝わたしを知らないふりをして。あなたをここから出してあげる〟

イヴは小さくうなずいただけで、リリーを見ることはしなかった。大柄の兵士二人に両腕を掴まれ、リリーの足は地面から浮き、イヴの腕はきつく握られすぎて感覚を失った。恐怖はまだ現実味を帯びていなかった。イヴの思考は、不意に光を浴びたネズミのように走り回った。できない、と反射的に思った。リリーをドイツ軍の手に残したまま、一人だけ逃げ延びるなんて。ぜったいにできない。

だが、また怒鳴り声が聞こえると、リリーの唇がひとつの言葉を形作った。

ヴェルダン。

イヴは竦んだ。年明けにヴェルダンを集中攻撃する計画がある。トゥールネーにいるキャメロン大尉は報告を待っている。攻撃の詳細を記した紙は、リリーの右手にはまる指輪の内側に巻いてあった。もしドイツ兵に見つかったら――。

だが、それ以上考える時間はなかった。視線を交わすのがせいいっぱいだ。駅の構内に入る。電話やドイツ兵の一団の前を通り過ぎると、ドイツの大尉が命令を出した。「二人を別々の部屋に。わたしが命令を出す――」イヴが入れられたのは通りに面した細長い部屋だった。五、六人のドイツ兵がそこにいて、あくびをしながら身支度の最中だった。下着姿のブロンドの軍曹が、イヴを見て口をあんぐり開け、ほかの一人はバケツの水でひげを剃っていた。イヴは逃走路を探してきょろきょろするのはやめ、前を見つめた。逃げ場はない。窓に向かって一インチでも動けば、兵士たちが狼《おおかみ》の群れとなって襲いかかってくるだろう。左手に板ガラスが嵌まったドアがあり、その向こうはここより小さな部屋のようだった。リリーがそこに押し込まれるのを見て喉が詰まった。帽子はなくなり、ブロンドの髪は絡まって垂れている。母親のスカートとブラウスを着て、おめかし遊びをする女の子みたいだ。だが、長いカウンターにもたれる彼女は、目をキラキラさせ、口元に笑みを浮かべていた。これからお茶の席に座るみたいに、手袋をおもむろにはずした。

「あ、あたしに触らないで！」イヴは不意に叫んだ。ドイツ兵たちに囲まれ、目をきょろきょろさせる。誰も動かなかった。びっくりして動けないのだ。それでもかまわず叫んだ。彼らの視線を自分に集められればそれでいい。ドアのガラスの向こうで、リリーが右手の指輪を素早くはずし、下に巻いた紙を隠すあいだだけ。「触らないでよ」イヴが叫ぶと、いちばん若い兵士が、宥めようと思ったのかちかづいてきた。イヴは兵士の肩越しにリリーを見ていた。まだ笑みを浮かべている。そして、紙を口に放り込んで呑んだ。

イヴがほっとするのもつかの間、ドイツ軍の大尉が叫びながらリリーのいる部屋に飛び込んでいった。彼に見られた、彼に見られた……大尉はリリーの首を掴み、口を無理やりこじ開けようとした。リリーは食いしばった歯を剥き出しにする。まるで気の荒い肉食獣だ。大尉は不快げに彼女を投げ飛ばした。廊下に荒々しいブーツの音が響く。イヴは床にうずくまってメソメソ泣きだした。リリーがメッセージを処分しようとしたところを見つかったからではない、マルグリットならこういうときは泣くだろうから。マルグリットはなにも知らず恐怖に竦む。隣の部屋の女が誰なのか知らない。イヴならドイツの豚どもに飛びかかり、喉を食いちぎるが、やるべき仕事はほかにあった。

ヴェルダン。

床で丸まって泣くイヴを、ドイツ兵たちがためらいがちに囲んだ。ひそひそ話をしているが、イヴは無視した。マルグリットはヤーとナイン以外のドイツ語を理解できないのだから。彼女の張り詰めた神経は、静まり返った隣室に向けられている。アリス・ネットワークのリーダーは、ひと言も発しなかった。

〝彼女がリーダーだと知られてはならない〟イヴは思った。〝どれほど価値のあるものを手に入れたか、彼らにわかるはずはない〟それでも、リリーがエディス・キャヴェルのように、壁を背に立たされる姿が目に浮かんだ。悪夢のような光景が。目隠しをされ、両手を縛られ、狙いやすいよう胸にXのしるしが付けられている。リリーのことだから、床に叩きつけられても笑みを浮かべているだろう。

駄目よ。イヴは心の中で悲鳴をあげた。でも、恐怖の使い道はわかっていた。悪い想像をすればそれだけ涙が多く流れる。涙と卑屈な無抵抗は、勇気を示すことより有利に働く。メソメソ泣くだけの無力な娘を怖がる人間はいない。

ほどなく警官がやってきた。一緒に来たのは緑のサージを着た無愛想な女で、イヴは見覚えがあった。ドイツ軍の検問所をよく手伝っている無慈悲な女だ。緑色の制服と、人々の持ち物を調べる貪欲な平べったい指から、リリーは彼女に〝カエル〟とあだ名をつけていた。いま、女は厳しい表情でイヴを見下ろし、フランス語でひと言吠えた。「脱げ」

「こ、こ、ここで?」イヴは腫れぼったい目で立ち上がり、腕を前で交差させ、好奇心丸出しの男たちから逃げるように体を丸めた。「で、で、できない――」

「脱げ！」カエルが吠える。だが、警官はなんとなく恥ずかしそうで、兵士たちに出ていけと命じた。イヴは女と二人きりで残された。女がボタンをぐいっと掴んだ。

「あっちの女みたいにメッセージを隠し持ってたら」女が警告を発する。「あたしが探し出してやる。あんたには銃殺隊が待ってるってわけさ」女がイヴのブラウスを脱がせる。ぼろのシュミーズが現れる。イヴはもたもたと自分でスカートを脱いだ。〝これが現実のわけない〟ルネの書斎の火が消えかかった暖炉の前で、このスカートを穿いたのはほんの数時間前だった。粗末な下着を見て、ルネは鼻にしわを寄せて言った。〝まるで慈善学校に通う貧しい小娘みたいだな。ちゃんとしたシュミーズを用意してやろう。ヴァレンシエンヌ・レースの……〟めまいがしたのでそれに乗っかり、気を失ったように床に崩れ落ちた。丸くなってうめいていると、カエルが残りの服を脱がし、屈辱の身体検査をはじめた。ヴェルダン。イヴは目を閉じた。女の指が乳房の下側や指の股、髪をまさぐる。ヴェルダン。ヘアピンが一本一本抜かれた。よかった、今回はヘアピンに情報を巻き付けていない……。

そう長くはかからなかった。十分ぐらいだろうか。カエルは体の検査を終えると、服に取り掛かった――塊がないか裾の折り返しを探り、紙が差し込まれていないか靴の踵を調べる。イヴは頬を叩かれて目を開けた。涙を流しつづけたまま。「服を着ろ」カエルが残念そうに言った。

イヴは立ち上がり、裸の胸を両手で隠した。「ど、ど、どうか、い、い、一杯――」

カエルがイヴの吃音を真似する。「一杯って、な、な、なにを？」

「水を」イヴは惨めったらしく鼻をすすった。いけ好かない女だけど、真似してくれたお礼にキスしてやってもいい。〝彼らに馬鹿と思わせるんだ。見ず知らずの人間に通行券を貸してやるほどの馬鹿と〟

「水が欲しい？」カエルは汚れた液体の入ったグラスを指差した。着替えをしていた兵士たちが、歯ブラシをつけたにちがいない。「勝手に飲みな」彼女は自分の冗談に笑いながら出ていった。

イヴは急いで服を着た。表向きはブルブル震える役立たずのマルグリット・ル・フランソワを演じながら、イヴの脳みそは高速回転していた。隣はと見ると、カエルがリリーの身体検査に入っていくのがドアのガラス越しに見えた。リリーがなにを企んでいるか知っているので、恐ろしくなる。

カエルがリリーに、脱げ、と吠えた。

あなたは抵抗するんでしょうね、とイヴは思った。

リリーは突っ立ったまま動くことを拒否した。カエルは小柄な女を掴まえて、スカートをぐいっと引っ張った。

抵抗しつづけてね、とイヴは思った。

リリーは抗ったが、カエルは頑丈で手荒だったから、リリーの服を一枚また一枚と剥いだ。リリーは抗うのをやめたが、イヴとちがって裸になっても縮こまりはしなかった。まっすぐに立つ彼女の体を、カエルが調べはじめた。あばら骨が浮いて見え、胸骨は梯子《はしご》のように突き出していた。なんて小さいんだろう。カエルは服とカバンを調べるので、リリーをどかそうと突き飛ばした。カバンを引っ掻き回されても、リリーの人を馬鹿にした笑みは消えなかった。

〝なにも見つかりませんように〟イヴは祈った。だが、カバンからリリーの身分証が五、六枚出てくると、イヴは思わず悲鳴を漏らした。素早く国境を越えるために用意していた身分証だ。カエルはリリーの顔の前で身分証をヒラヒラさせたが、リリーは平然と見つめ返すだけだった。

やがてリリーは服を着ることが許された。彼女がいちばん上のボタンを留めると、男が手にカップを持って入ってきた。イヴは鼻を垂らして泣きながら、垂れた髪の陰から様子が見えるように体の位置を変えた。男に見覚えがあった。トゥールネーにちかい町の警察署長、ヘル・ロツェラールだ。リールで遠くから見ただけだが、ほかの将校たちが漏らす意見から彼の人間像を報告書にまとめたことがあった。小柄で黒髪、仕立てのよいジャケットを着た洒落者だ。鋭い視線でリリーを刺す。「マドモアゼル」フランス語で言った。「喉が渇いているだろう？」

手に持ったカップを差し出す。ガラスを通してでも、中身のミルクが黄色味を帯びているのがわかった。嘔吐剤でリリーが呑み込んだメッセージを吐かせる魂胆だ。

「ありがとうございます、ムッシュー」リリーが丁寧に言う。「喉は渇いていないので、それにミルクはちょっと。ブランデーはありません？　くさくさする一日だったんで」

ル・アーヴルではじめて会ったとき、彼女が言った台詞だ。あの混んだカフェ、おもては雨がザーザー降っていて、リリーは荷車並みの馬鹿でかい帽子をかぶっていた。思い出がナイフとなってイヴを刺す。〝アリス・ネットワークへようこそ〟

「おふざけはなしだ！」ヘル・ロッツェラールがわざとらしくおどけ、カップを押し付けた。「飲め、飲めない理由があるなら言ってみろ！」

カエルがリリーの肘を掴んで揺すったが、リリーはほほえんで頭を振るだけだった。ヘル・ロッツェラールがリリーに掴みかかり、カップの中身を無理やり口に流し込もうとし、カエルが顔を掴んで仰向かせたが、リリーはカップを手で払った。黄色いミルクが床に飛び散った。カエルがリリーを叩くのを、ヘル・ロッツェラールが手を挙げて制した。

「彼女を尋問するため連行する」彼が言った。イヴはドキッとした。「彼女ともう一人も」

「あの子？」リリーが鼻を鳴らす。「あの子は馬鹿な店員よ、スパイじゃない。わたしが彼女に話しかけたのは、列に並んでいる人の中で、安全通行券を使わせてくれそうな間抜け面は彼女だけだったから」

ヘル・ロッツェラールが、ガラス越しにうずくまるイヴをちらりと見た。「ここに連れてこい」カエルがあいだのドアを抜けてきて、イヴの肘を掴んでリリーのいる部屋に引き摺っていった。イヴは警察署長の前で膝をつき、泣く度合いをしゃくり上げから号泣へとあげた。ヒステリーを起こすのは驚くほどかんたんだった。氷のように冷たい内面が、喚きちらすおもての自分を眺めていた。腫れ上がったまぶたの先、六インチのところにリリーの小さな足が見えた。

「マドモアゼル――」ヘル・ロツェラールがイヴの視線を捉えようとしたが、イヴは竦み上がるばかりだった。「マドモアゼル・ル・フランソワ、それが本名かどうか――」

「彼女なら知っています、サー」べつのドイツ語が聞こえた。若い大尉が入ってきていたのだ。最初にイヴたちを捕まえたあの大尉だ。書類をじっくり見ていたのは、あたしに見覚えがあったから？〝あたしのせいだ、あたしのせい〟――。「彼女はサン・クルー通りに住んでいる。検閲したので憶えています。まともな娘ですよ」

「マドモアゼル・ル・フランソワ」ヘル・ロツェラールはイヴの身分証をいじくりながら、リリーを顎でしゃくった。「この女を知っているか？」

「い――い――」裏切りだと思いながら、イヴの唇が言葉を形作った。「い――」リリーの頬に裏切りのキスをするようなものだ。舌にずしりとくる裏切りの報酬、銀貨三十枚はヒリヒリと苦かった。「いいえ」イヴはつぶやいた。

「知っているわけがない」リリーがぞんざいに、退屈そうに言った。「会ったこともない。ろくにしゃべることもできない女を、国境越えの道連れにすると思います？」

ヘル・ロツェラールがイヴを見る。濡れた頬に髪がへばりつき、両手はわなわなと震え、まるで電気ショックを受けたみたいだ。「おまえはどこへ行くつもりだった？」

「トゥ――トゥ――トゥ」

「まったく、少しはまともに話せないのか？　どこへ行くつもりだった？」

「トゥ――トゥ――トゥ――」演技ではなかった。舌がこれほどもつれたのは生まれてはじめてだ。「あ――あ――あたちのいとこのせ――せ――せ――いとこのせ――聖体拝領。トゥ――トゥ――」

「トゥールネー？」

「はい、へ――へ――へ――はい、ヘル・ロ――ロ――」

「あっちに家族がいるのか？」

答えるのに数分かかった。ヘル・ロッツェラールは足から足へと重心を移動しつづけていた。リリーは無表情だが、神経をピンと張り詰めているにちがいない。腕の長さ分、離れた場所に立っているが、彼女の言いたいことは痛いほどわかった。

〝おいおい泣いてなさいよ、かわいいデイジー。泣きつづけるの〟

ヘル・ロッツェラールはさらに質問を試みたが、イヴはヒステリックに泣きじゃくり、床にうずくまった。床板は消毒薬のにおいがした。蹴られた子犬みたいに惨めったらしく泣いた。心臓がゆっくり鼓動し、冷たくなっていく。

「ああ、頼むから――」ヘル・ロッツェラールがうんざりした様子で若い大尉を見る。「この娘にトゥールネーまでのあたらしい安全通行券を発行してやって、釈放したまえ」つぎにリリーのほうを向き、目を怒らせた。「マドモアゼル・レスピオンヌ、おまえには質問に答えてもらう。おまえの仲間を捕らえている――」

ヴィオレットのことだ、とイヴは思った。ドイツ軍の大尉が立ち上がるのに手を貸してくれた。

「――おまえが答えを拒否すると、その連中が辛い目に遭う」

リリーは警察署長をじろっと見た。「嘘吐き」彼女がやっと口をきいた。「あなたは怖いんでしょ。そうでなきゃね、ヘル・ロッツェラール。わたしはもうなにも言わない」

イヴをちらっと見るその目が敬礼していた。それから壁のほうを見て口をつぐんだ。

ヘル・ロッツェラールがリリーの腕を掴んで揺すった。頭がガクガクするほどの強さで。

「おまえはスパイだ、汚らわしいスパイだ、そのうちしゃべる――」

だが、リリーはなにも言わなかった。イヴは部屋から出された。激しくしゃくり上げたので、なにも言えなかった。ほんとうに泣いていた。

公文書を他人に貸すことの危険性を、大尉は懇々と諭したが、彼女のとめどなく流れる涙にほだされたようだ。怒りと憐れみが相半ばという心情だろう。「若い娘がいる場所ではない」大尉は言い、指を鳴らして事務員にあたらしい安全通行券を発券しろと指示した。「きみの愚かな振る舞いが招いたこととはいえ、マドモアゼル、辛い思いをさせて悪かった」

イヴは泣きやむことができなかった。リリー、ああ、リリー、胸が引き裂かれる。腕を振りほどいて戻りたかった。ヘル・ロッツェラールが喚き立てる部屋へと。その喉に嚙み付いてズタズタにしてやりたい。だが、それができないので留まり、両手に顔を埋めて泣いた。大尉はイライラ、そわそわしていた。

「行きたまえ」大尉がイヴの手にあたらしい安全通行券を押し付けた。一刻も早く彼女にいなくなってほしいのだ。「トゥールネーに行きたまえ。両親のところへ。戻りたまえ」

イヴは通行券を掴むと、ユダの気分で友人に背を向け、ドイツ軍の束縛から逃れた。

トゥールネーの会見場所は、道の両側に並ぶみすぼらしい小さな家のひとつだった。イヴは足を引き摺って階段をあがり、指示されたとおりにノックした。拳をおろす間もなくドアが開いた。キャメロン大尉が驚いた表情を一瞬だけよぎらせ、イヴの腕を掴んで引っ張り込むと抱き締めた。「ああ、よかった、ここに来る分別がきみにあって」彼がつぶやく。「ヴィオレットが捕まったあとも、きみは頑固だから留まるのではないかと心配していた」

イヴはツイードとパイプの煙と紅茶のにおい――まさにイギリスのにおい――を吸い込んだ。彼女の肌に染み付いているのは、パリの香水とゴロワーズとアブサンのにおいだ。キャメロンがわれに返って体を引いた。ノーネクタイで首元のボタンをはずし、目の下には疲労の隈ができている。「国境を無事に越えられたんだね？」

イヴは震えながら息を吸った。「キャメロン、リリーが――」

「彼女はどうした？　ヴィオレットの情報を集めるので遅くなるのか？　危険ばかり冒して――」

イヴはつい大声になっていた。「リリーが逮捕されました」苦悶が拳となって腹を打つ。「彼女は来ません。ドイツ軍に捕まった」

「なんてことだ」キャメロンが祈りを唱えるように低くつぶやいた。急にやつれた顔になった。イヴが説明しようとすると、彼に止められた。「やめたまえ。公式の情報として聞く必要がある」

むろんそうだ。すべてが公式な情報だ。大惨事であっても。通されたのは狭苦しい客間だった。ごてごてしたテーブルは壁際に押しやられ、代わりに鎮座する実用一辺倒のファイルキャビネットからは書類が溢れていた。二人の男がファイルを調べている。一人はシャツ姿のひょろっとした事務員で、もう一人は口ひげをワックスで固めた押しの強い軍人タイプだった。イヴが入っていくと、軍人タイプがじろじろ見つめてきた。ジョージ・アレントン少佐、またの名を〝ひげ〟。キャメロンに前科があることを、わざわざイヴに教えてくれた男だ。

「こちらがかの有名なルイーズ・ド・Bとはね」慇懃《いんぎん》無礼《ぶれい》な物言いから、フォークストンで会ったことなど憶えていないのがわかる。「若すぎるし、かわいすぎる――」

「いまそういう話は控えていただきたい、少佐」キャメロンがぴしっと言い、イヴのために椅子を引き寄せ、事務員を追い払った。「アリス・ネットワークが存続の危機にあるんですから」事務員が出ていきドアが閉まると、キャメロンはイヴとテーブルを挟んで向かい合わせに座った。まるで老人のような動きだ。「話してくれ」

イヴは感情を交えず端的に語った。キャメロンの顔から血の気がうせたが、怒りに張り詰めた目でアレントンを見る。「言ったはずです」口調は穏やかだ。「女性たちを留めるのはあまりにも危険だと」

アレントンは肩をすくめた。「戦争に危険はつきものだ」

イヴは思わず身を乗り出し、少佐の顔を叩きそうになった。だが、キャメロンに免じて思いとどまった。彼は反論したいのをぐっと堪えている。アレントンは我関せずといった顔で親指の爪をほじくり、キャメロンはしわ深い顔を両手で擦った。「リリー」キャメロンが頭を振る。「どうして驚いたのか自分でもわからない。彼女はつねに危ない橋を渡っていた。だが、うまく切り抜けていたから……このままずっと、うまく切り抜けるだろうと思い込んでいた」

「今度ばかりは切り抜けられなかった」イヴは疲れ切り、椅子から立ち上がることすらできそうになかった。「彼女もヴィオレットも捕まってしまいました。ドイツ軍が二人を一緒にしてくれることを願っています。一緒ならなんとかなります」

アレントン少佐が頭を振った。「あのドイツ軍がきみを解放したのは――」

「あたしのことを頭が足りないと、お、思ったから」芝居じみた大泣きのおかげ。心のうちには悲嘆の悲鳴が渦巻いていたが、ここで涙を見せてはいけない。瀕死《ひんし》の動物のように丸くなりたかったが、終わらせるべき仕事がある。ヴェルダンに関する報告を行なうと、キャメロンの疲れた目に警戒の色が浮かんだ。悲しみはひとまず脇に置いて、メモをとりはじめる。アレントン少佐は話を質問で遮り、イヴを苛立たせた。キャメロンは話を最後まで聞いてから、細部について質問をはじめるが、アレントンはいちいち遮る。

「ヴェルダンっていま言ったな？」

「ヴェルダンです」イヴは頭の中で彼のワックスで固めた口ひげを毟《むし》り取る。「裏づけはとれています」

アレントンが〝それみたことか〟と言いたげにキャメロンを見た。「わたしが彼女を留める決断をしたのはこういうことがあるからだ」

「そうですね」と、キャメロン。「ですが、ミス・ガードナーをすみやかにフォークストンに帰すことには賛同をいただけるかと。アリス・ネットワークは解散するしかありません」

「どうして？」アレントンがイヴを見る。「彼女はリールに帰ってもらう」

心が沈んだが、イヴは仕方がないとうなずいた。キャメロンは驚いて眉を吊り上げた。

「まさか、冗談ですよね」

誰に促されたわけでもなく、イヴは答えた。「命じられた場所へ行きます。あたしにはやるべき仕事がありますから」

「きみの仕事は終わった」キャメロンがイヴのほうに向き直った。「きみはたしかにトップクラスの働きをしたが、リール一帯は情報収集をつづけるには危険すぎる。リリーがいないいま、ネットワークは空中分解するだろう」

「ほかの誰かが動かせばいい」アレントンが肩をすくめる。「この女は切れる」

キャメロンがきっぱりと言った。「お言葉ですが、少佐、わたしは断じて反対です」

「なに、そう長いことではない。あと数週間だ」

「何週間でも必要とされるかぎり」イヴは恐怖を追い払った。どんなに危険だろうと、仕事を途中で放り出せない。ほんとうはそうしたいと思っても。「今夜の汽車で戻ります」

キャメロンが立ち上がった。怒りで歯を食いしばっている。イヴを椅子から立たせるのに貸してくれた手は、けっしてやさしくなかった。「少佐、ミス・ガードナーと二人きりで話をさせてください。できれば二階で話し合いたい」

彼に導かれるまま客間を出るイヴの耳に、アレントンのクスクス笑いが届いた。階段をあがった先にあったのは、何枚か毛布が重ねられた鉄枠の狭いベッドがあるだけの部屋だった。キャメロンは彼女を部屋に入れるとドアをバタンと閉めた。

「招かれもせずレディのベッドルームに入ったりして」イヴは言った。「動揺してるんでしょうね」

「動揺？」彼はささやくように言った。緊張で声が震えている。「ああ、わたしは動揺している。任務を解かれることを拒否するなんて、愚の骨頂だ。撃ち殺されることを望んでいるとしか思えない」

「あたしはスパイです」イヴはバッグを置いた。「撃ち殺されるのも仕事のうちと言う人もいるかも。でも、命令に従うことが仕事のうちなのはたしかです」

「そんな命令は馬鹿げている。諜報《ちょうほう》機関に馬鹿はいないと思っているかもしれない。上司はみな優秀でゲームのなんたるかを理解していると、きみは思っているのか?」アレントン少佐がいるほうを手振りで指した。「この仕事は馬鹿の集まりだ。彼らは命を弄び、ひどい手ばかり打つ。その結果、きみのような人間が犠牲になると、彼らは肩をすくめて言う。〝戦時に危険はつきものだ〟そういう馬鹿どものために、きみは銃殺隊の前に身を曝すつもりなのか?」

「あたしだって任務を解いてほしい、ほんとうです」彼の怒りの噴出を止めようと、イヴはシャツの袖に触れた。「でも、精神的にまいっているなんて自分から言えません。まいっていないんですから。精神的にまいったとか、疲れたとかいう理由でリールの仕事をはずしてもらったら、戦時の仕事には二度と就けません」彼女は言葉を切った。キャメロンは髪を指で梳いただけで、異議は唱えなかった。「あと数週間のことです」イヴはつづけた。「数週間をなんとかやり抜けば——」

「エディス・キャヴェルが処刑されたとき、彼がなんと言ったと思う?」キャメロンは低い声で言い、またしても邪険な手振りでアレントンを指した。「願ってもない展開になったじゃないか。銃後の人々を怒らせるなら、いまがいちばんだからな。彼はそう言ったんだ。同僚を悪く言いたくはないが、きみにはわかってほしい。ヴィオレットやリリーみたいにきみが捕まっても、彼はなんとも思わない。娘の死に新聞は飛びつくし、塹壕の男たちは奮起する。だが、わたしには、自分の部下たちを意味もなく危険に曝す趣味はない」

「あたしがやっていることは意味がないわけじゃ——」

「きみはヴィオレットとリリーの敵を討つつもりでいる。二人を愛しているから。きみは復讐がしたいんだ。復讐を成し遂げられなくても、そのために死ぬなら本望だと思っている。きみがなにを考えているか、わたしにはよくわかるんだ」

「あたしが男だったら、国のために義務を果たそうとすれば、英雄と呼ばれる」イヴは腕を組んだ。「女がおなじことをすると、自殺行為だと言われる」

「感情的に危うくなっている人材は、国のためにならない。きみの感情は暴走している。制御がきかなくなっている。こういう状況に陥れば、誰だってそうだ。きみは冷静な顔をしているが、わたしにはわかる」

「だったら、あたしが義務を果たすためには感情を押し殺せることもご存じですよね。遂行すべき命令を受けている兵士とおなじに。誓いを立てた男とおなじに」

「イヴ、駄目だ。わたしが許さない」

あたしをイヴと呼んだ——隙ができた。イヴは内心で冷ややかにほほえんだ。内心を曝け出してはいけないのに。

「リールに戻れる精神状態ではないと、アレントンを説得したまえ」キャメロンが袖口をおろしながら言った。「そうしたら、わたしがきみをフォークストンに送り返す。上官を欺きたくはないが、ほかに手はない。この問題はこれまでだ」

彼がドアへと向かった。下に行き、彼女は精神的にまいっている、とアレントンに言うつもりなのだろうが、そうはさせない。イヴは彼の手を掴んだ。「ここにいて」ささやく。

キャメロンが手を引っ込めようとした。彼の怒りが薄らぐ。用心して自分を閉ざす。

「ミス・ガードナー――」

イヴは彼の開いた襟元に両手を絡ませ、喉の窪みに唇を押し当てた。彼は救命ブイのにおいがした。

「ここにはいられないんだ、ミス・ガードナー」彼が両手を重ねた。イヴは爪先立ちになり、耳元でささやいた。声がつかえる。

「あたしを一人にしないで」

卑怯なことは百も承知だ。キャメロンがハッとする。重ねられた手があたたかい。イヴはさらに押した。なにを言えばいいかわかっていた。

「リリーがドイツ兵に引っ張っていかれるのを見たの。けさ。あたし……どうか、いまあたしを一人にしないで。た、耐えられない」

ああ、汚い手を使ったものだ。キャメロンが紳士だから効く手だ。悲嘆に暮れる女を見殺しにできない男だから。何千年経っても、ルネには通用しない手だけれど。

キャメロンの声がくぐもる。「わたしも友人を失ったんだ、イヴ。だから、きみの気持ちはわかる――」

「ぬくもりが欲しいの」両手を彼の髪に絡ませた。ずっとこうなることを願ってきた。

「横になりたい。ぬくもりが欲しい、そして忘れたい」

「イヴ――」彼はまた体を引こうとした。手が彼女の剥き出しの喉に触れた。薬指の金の結婚指輪が肌にあたたかだ。「わたしにはできない――」

「お願い」悲嘆が生き物のように彼女を刺した。ほんの数分でいいから忘れたかった。彼にもたれてキスをすると、膝の裏がベッドに当たった。

「弱みに付け込むような真似はできない」彼が言った。イヴの唇に向かって。

「忘れさせて」ささやく。「忘れさせて、キャメロン――」彼が崩れた。壁が崩れ落ちるように。くぐもったうなり声を発してイヴを抱き寄せ、貪るように激しく唇を合わせた。

彼が理性を取り戻す前にイヴからベッドへと誘い、シャツを脱がせた。いけないことだとわかっている。情熱のままにではなく、リールに戻るのを彼に邪魔させないためにはじめたことだった。だからといって、計算のそばに情熱が寄り添っていないわけではない。最高の嘘をほんとうにするのは、事実なのだから。彼が吃音のファイルガールにスパイの資質を見出したときから、イヴがずっとこうなりたいと思っていたのは事実だ。

「ああ、イヴ」彼は苦悩を目に宿しながら、イヴのブラウスとシュミーズを剥ぎ取り、彼女の腕のあざを目にした。ドイツ軍の衛兵に掴まれた痕だ。「醜いあざが――」彼があざにキスしながら、両手で脇腹を掴んだ。「こんなに痩せて」キスの合い間に言う。「哀れで勇敢な娘――」

体を起こして彼の唇を迎え、脚を彼の脚に絡ませて引き寄せた。はじめてだと彼に思い込ませることはできるだろう――思い込ませるべきなのだろう。恥ずかしがってもぞもぞすればいい。賢明な選択だろうが、ここで、もうひとつ嘘を重ねるのは耐え切れなかった。ルネの冷たい大理石のような体が上で動くとき、感じているふりはしなかった。しても見抜かれるからだ。いま、腕の中にいる男の前で自分を偽ることはするまい。肩にそばかすのある、長身の男、スコットランドの霧のような声の男、キスするときちゃんと目を閉じる男の前では。彼に体を絡ませて目を閉じ、自分を解き放つ。終わったとき、彼の腕の中で、イヴはさめざめと泣いていた。

「きみの気持ちはわかる」イヴのほどけた髪を撫でながら、彼が静かに言った。「信じてくれ、イヴ――わたしにはわかる。大切に思っていた人が逮捕されるのを見たからね」

イヴは顔をあげた。涙が頬を伝う。「誰のこと?」

「レオン・トゥルーリンという名の若者だ。わたしがスパイとして採用した。十九歳にもなっておらず……数週間前に逮捕された。ほかにもいた」キャメロンは白髪交じりの髪をゆっくりと手で梳いた。「そのたびに動揺する。汚れ仕事だからね」

汚れ仕事。イヴはそこに戻ろうとしている。でも、あと数時間は、彼の目をそこから逸らしておきたかった。彼の腕の中で向きを変えると、濡れたまつげが彼の頬をかすめた。

「紅茶はありますか?」イヴは本気で尋ねた。「何カ月も栗の葉を煎じたものしか飲んでいないので」

彼がほほえんだ。若々しい笑顔だった。彼はじきに罪の意識に苛まれることになる。部下の無知と妻の不在をいいことに、こんなことをした自分を激しく責めることになるだろうが、いまは満足している。「あるよ」彼がまたほほえんだ。「紅茶も、それに入れる本物の砂糖も」

イヴはうなり、彼をベッドから追い立てた。「だったら淹れてきて！」

彼はズボンを穿き、ペタペタと裸足で部屋を出た。ルネとはなんてちがうのだろう。煙草、ブロケードのガウン、寝物語。イヴはそれをせっせと読み解いて憶え込み……ルネのことは思い出したくなかったから、キャメロンが持ってきてくれた紅茶をすすり、ため息をついた。「いまここでし、死んでも思い残すことはない」

それを望む自分がいた。いまここで死ぬことを。ベッドでキャメロンの胸にもたれて。リールのことも、トロール鬼のように橋の下にうずくまり、執念深く待ち受ける仕事のことも考えたくなかった。そんな思いを振り払おうとしたが、キャメロンに気付かれてしまった。

「なにを考えている？」彼が顔にかかる髪を耳の後ろにかけてくれた。

「なにも」イヴは紅茶をすすった。

キャメロンがためらう。手がうなじで止まる。「イヴ……誰なんだ？」

わからないふりはしなかった。彼がリールに送り込んだころの彼女は無垢な娘だった。ベッドの上で彼にむしゃぶりついた娘とは別人だった。「誰でもありません」さらっと言う。「ね、寝物語で有益な情報を漏らす人」

キャメロンがごく小さな声で言った。「ボルデロン？」

うなずく。とても彼と顔を合わせられない。心臓が喉元までせり上がった。ルネがどんな人間か、彼は報告書を読んで知っているのだろう。これでキャメロンに嫌われたとしても……。

それがどうだというの。まだやるべき仕事がある。

「もう彼のところへ行く必要はない」キャメロンは自分のマグを置き、両腕を彼女に回した。「あすの朝、きみをフォークストンに連れて帰る。彼とは二度と会わなくていい」

イヴが言い返さないことを同意と受け取ったようだ。リールには戻れないと自分から申し出るだろうと。一瞬だが、イヴはその誘惑に負けそうになった。国に戻る。安全な場所へ。イギリスへ。本物の紅茶が飲める故郷へ。

ため息をつき、誘惑を退けた。マグを置き、キャメロンの肩に頬を休めた。そろそろ起きないと。彼が言うのを、またベッドに引き戻した。やさしくゆっくりと、ふたたび愛を交わした。彼の肩で泣き声を封じる。キャメロンは疲れて眠りに落ちた。寝息が深いリズムに落ち着くのを待ち、イヴはそっとベッドを抜け出して服を着た。寝顔をしばらく見つめていたら、胸が張り裂けそうになった。彼はきっと許してくれないだろう。それでいいのかもしれない。彼は妻がある身だ。あたしがどれほど愛していても。砂色の髪を額から払ってあげる。眠っていても、夢の中でも心配事を抱えているのか、額にしわが寄っている。吹っ切るように、イヴは部屋を出た。

ファイルキャビネットが置かれた部屋に入ると、アレントン少佐がにやにや笑って出迎えた。二階で二人がなにをやっていたのか、薄々感付いたのだろう。どうでもいいことだ。彼女があばずれだろうとなかろうと、少佐は送り返すつもりでいるのだから。「通行券がいります」挨拶抜きで言った。「リールに戻る汽車に乗るつもりなので」

彼が驚いた顔をした。「命令に従うなと、キャメロンはきみを説得したのだとばかり思っていた。卑劣なところがあるからな。スパイみたいな汚れ仕事に長く携わっていると、軍人でもそうなる。陰でこそこそやるんだ」

彼の顔に嫌悪の表情がよぎった。ルネのわずかな表情の変化を読み取ることに神経を尖らせてきたから、少佐の表情を読み取ることなどたやすかった。まつげを伏せて、服従の姿勢を見せればいい。

「あなたのほうがキャメロン大尉より位が上ですから、サー。むろんあなたの命令に従います。戻れとおっしゃるなら、そ、そうするだけです」

「きみはほんとうに切れるな」どうかペンに手を伸ばして。ツイードの事務員は帰宅した。そろそろ日が暮れる。安物のランプが色褪せた壁紙までくまなく映し出していた。「キャメロンがきみを……好く理由がわかる」彼の視線がイヴの上をさまよう。「キャメロンはネットワークの娘たちを心配してやきもきしていたが、本命はきみだったんだな」

イヴは喜びに胸を締め付けられた。同時に疚しさも覚えた。もう一度、彼をやきもきさせることになるのだから。「通行券を、お願いします」時間が迫っていた。キャメロンの眠りは浅いにちがいない――いつ目覚めておりてくるかわからず、また議論が蒸し返される。目が覚めたらイヴはいなくなっていた、というほうがいいに決まっている。

少佐は安全通行券を書きはじめた。「キャメロンは自分のコードネームをきみに伝えていないんだろうな」イヴは呆れて目をくるっと回しそうになった。機密をこんなに軽く扱うなんて。アレントンが現場に出ていなくてよかった。彼から情報を聞き出すのは、幼子からキャンディを巻き上げるぐらいたやすい。〝あんたってほんとうに馬鹿ね〟イヴはそう言ってやりたかったが、彼が望んでいる答えを与えてやるに留めた。「はい、キャメロンのコードネームってなんですか？」

アレントンはにやにやしながら安全通行券を差し出した。「イヴリン」

27

シャーリー

一九四七年五月

また夜が来た。ローズの死を知ってから二度目の夜だ。夢に見そうでいまだに怖いけれど、またお酒を飲んで忘れたいとは思わなかった。頭痛がやっとおさまったばかりだ。イヴとフィンが待っているから夕食におりていくべきなのに、きれいな服を探して荷物をごそごそやっていた。オラドゥール＝シュル＝グラヌから戻って洗濯をしていなかったので、小柄なパリっ子の売り子から値切って買った黒いドレスしか残っていない。ストンとした形で、カチッとしてて、幾何学的で、ハイネックで、背中は深く切れ込んでいて、体形をごまかしてくれるのではなく、しっかり拾う。「とってもシックよ」ローズの笑い声が聞こえるようだ。わたしは目をぎゅっと閉じた。七歳にして、彼女はそんな台詞を吐いていたのだ。伯母のクロゼットに入り込み、イヴニングドレスを着てみたときに。ローズが選んだスキャパレリのスパンコールのドレスは、下に着ているミディブラウスの肩から滑り落ちて、黒いタフタの裾を長く引き、それでもローズはクスクス笑いながら「とってもシック！」と叫んでいた。わたしは大きすぎるサテンのイヴニング・パンプスを履いてよたよた歩き回っていた。

目をしばたたいて思い出を払い、ホテルの部屋の揺れる鏡を覗き込んだ。ローズなら気に入ってくれると思い、階段をおりた。

わたしたちは、ホテルの隣のカフェで食事をとることにしていた。赤い日除けにストライプのテーブルクロスの、こぢんまりしたフランス的なカフェだった。ラジオから流れるのはエディット・ピアフ。むろんそうだ。レ・トロワ・クロシュ。『三つの鐘』女たちが中へと押し込まれたとき、オラドゥール＝シュル＝グラヌの教会の鐘は鳴っていたのだろうか……。

いちばん奥のテーブルで、イヴが手を振っている。トレイを掲げたウェイターたちのあいだを縫うようにして、わたしは奥へと進んだ。「こんばんは、ヤンキーのお嬢ちゃん」イヴが迎えてくれた。「フィンから聞いたんだけど、アレントン少佐に会ったんだって？すてきじゃなかった？」

「愚かなひげ男」

「一度なんか、根元から引っこ抜いてやりそうになった」イヴは頭を振り、指で摘んだバゲットの破片を振り回す。「やっとけばよかった」

イヴの向かいの席に、肘を椅子の背に掛けてフィンが座っていた。なにも言わなかったけれど、黒いドレスに気付いたのがわかった。けさ、わたしたちはウィスキーのにおいをさせ、ベッドで絡まり合っていた。目を合わせようとしても、彼は逸らす。

「オラドゥール＝シュル＝グラヌのこと、フィンが話してくれた」イヴがまっすぐにわたしを見る。「それからいとこのことも」

エディット・ピアフが背後で囀る。〝谷間の底のさみしい村で……〟だから言ったじゃない、とイヴが言うのを身構えて待った。骨折り損だって、最初からわかっていたけどね。

「気の毒にね」イヴが言う。「言っても仕方がないかもしれない。友達がな、亡くなったいま、なんにもなりゃしないだろうけど。あたしがなにを言ったってね、でも、気の毒に思ってる」

わたしはなんとか口を開いた。「ローズは亡くなった。わたし——どうしたらいいのか——」言葉がつづかない。「これからどうすればいい？」

「そうだね」イヴが言う。「あたしはルネ・ボルデロンを探すつもりだけどね」

「見つかるといいわね」バゲットを引きちぎる。フィンは水のグラスを長い指で回すだけだ。なにも言わない。

イヴが眉を吊り上げた。「あんたも彼を見つけたかったんじゃないの」

「それは、彼がローズの居場所を知っているかもしれないと思ったから」

イヴがふーっと息を吐く。手元の酒は半分残っていた。なにを考えているのかその目が光った。「彼を追い詰めることに、あんたもひょっとして興味を持つかもしれない。くそったれのアレントンが、おもしろいことを教えてくれてね」

「あなたはどうしてルネを見つけ出したいの？」わたしはむっとして言い返した。「彼が暴利商人だったことや、あなたが彼をスパイしていたことは知ってる」情報を得るために彼と寝たことも、彼に妊娠させられたことも、彼女が始末したことも——でも、ウェイターが行き交うカフェで持ち出す話題ではなかった。「七十二歳の極悪非道な老人を、犬みたいに追い詰めなきゃいけない理由がほかにもあるの？」

彼女の目が光った。「ほかになきゃいけない？」

「ええ。あなたの勲章と関係あること？　戦功十字章や大英帝国勲章と関係あるの？」わたしは視線で彼女を射る。「いまこそすっかり話してちょうだい、イヴ。ほのめかしたり、口を滑らしてみせたりはやめて」

フィンが不意に立ち上がってバーへ退散した。「機嫌が悪くてね」人混みを肩で掻き分ける運転手を見ながら、イヴが言った。「オラドゥール＝シュル＝グラヌで目にしたことで、なにかを掻き立てられたみたいだ」つぎにわたしに顔を向けた。「あんた、肝っ玉は据わってる、ヤンキーのお嬢ちゃん？」

「えっ？」

「知りたいの。あんたのい、いとこは亡くなった――うちに戻って赤ん坊の靴下を編む？それとも、もっと挑戦的なことをやる？」

わたしが考えあぐねていた問題の核心を突かれた格好だ。これからどうするの、シャーリー・セントクレア？「どういうことなのか話してくれなきゃ、考えようがないじゃない」

「友達に関係すること」イヴがぼそっと言う。「太陽みたいな笑いと、世界を燃え上がらせるほどの勇気を持ったブロンドの女」

ローズのこと？

「リリー」イヴがほほえむ。「ルイーズ・ド・ベティニ、アリス・デュボア、ほかにもたくさんの名前を持つ女。あたしにとってはいまだにリリーだけど。最高の友達」

リリー。イヴにはリリーがいて、わたしにはローズがいた。「みんな花の名前」

「それが女の名前の場合は二種類あるのよ」イヴが言った。「きれいな花瓶に活《い》けられて安閑としている花と、どんな状況でも生き延びる花……悪に根を張ってでも。リリーは後者だった。あんたはどっち？」

自分は後者だと思いたかった。でも、わたしはイヴやローズや、見ず知らずのリリーとちがって、悪（メロドラマチックな響き）に脅かされたことがない。悪と出くわしたことがない。出くわしたのは、悲しみと失敗と誤った選択だけだ。そういったことをブツブツつぶやくと、リリーに疑問をぶつけた。「戦時中の友達について、これまで話してくれてないじゃない。一度も。リリーはあなたの親友だった。ほかには？　彼女がそれほど重要なのはなぜ？」

イヴが語るル・アーヴルでのリリーとの出会いに耳を傾ける。あたたかな声で皮肉っぽく言われた〝アリス・ネットワークへようこそ〟彼女たちが眺めたカイゼル爆撃失敗のくだりには、拳を握り締めた。流れる涙、穏やかな助言、逮捕。イヴの生き生きとした語りのおかげで、リリーが目の前にいる気がした。彼女はローズに似ている。三十五歳まで生きられたら、ローズはこうなっていただろう。

「あんたの友達は特別だったんだな」イヴが語り終えると、フィンが言った。イヴの独演会に彼は途中から参加し、目の前のビールに口をつけないままじっと座っていた——驚いた表情から、彼にとってもはじめて聞く話なのがわかった。「彼女は兵士そのものに聞こえる」

イヴは残っていた酒を一気に飲み干した。「ええ、そう。あとになって、彼女はスパイの女王と呼ばれるようになった。第一次大戦中には、ほかにも諜報ネットワークがあった——そこに働いていた女たちのことをあとから知った——だけど、リリーのネットワークほど迅速でも正確でもなかった。彼女は数十キロ圏を網羅する百人ちかくの情報源を動かしていた。たった一人で……彼女が逮捕されたときには、軍の高官たちが悼んだ。彼女がドイツ軍の手に落ちれば、おなじ質の情報は手に入らないと知っていたから」寂しげなほほえみ。「たしかにそうだった」

ローズとわたし、フィンとロマの少女、イヴとリリー。三人とも過去の亡霊を追い求めているの？　戦禍の中で命を落とした女たちを？　わたしはオラドゥール＝シュル＝グラヌでローズを失い、フィンはベルゼンで少女を失った。でも、リリーはまだ元気に生きているかもしれない。彼女に会えれば、イヴの傷は、罪の意識や悲痛は癒えるのでは？　リリーのその後について尋ねようとしたら、イヴがわたしをひたと見つめて先をつづけた。

「リリーがあんなことになってから、思い出を拾い集めているうちに三十年が過ぎていた。だからこそ言いたいの。いとこを悼むのに長い時間をかけちゃいけないってね、ヤンキーのお嬢ちゃん。数週間があっという間に数年になっている。時間の過ぎる速さには驚くよ。嘆き悲しむのはいい――部屋を叩き壊して、ビールを浴びるほど飲んで、水兵をだまくらかして、必要なことはなんでもやればいい。だけど、それを乗り越えなくちゃ。気に入ろうが気に入るまいが、彼女は死に、あんたは生きている」イヴは立ち上がった。「あんたに〝悪の華〟になる覚悟ができたら教えてちょうだい。そしたら、どうしてあんたが、あたしと一緒にルネ・ボルデロンを追い詰める必要があるのか、その理由を教えてあげる」

「どうしていつも、そういう謎めかした言い方しかできないの？」わたしが憤懣《ふんまん》をぶつけたときには、イヴは空のグラスを残して席を立ったあとだった。その後ろ姿を見つめるわたしの中で、苛立ちと悲しみが二筋の川となってぶつかり合っていた。〝これからどうする、シャーリー・セントクレア？〟

「ルイーズ・ド・ベティニか」フィンが顔をしかめた。「〝スパイの女王〟――名前を見た覚えがあるけど、どこでだったか。たぶん戦争ヒロインについての新聞の見出しだな……」

ビールの瓶を指で回しながら、彼はまた黙り込んだ。イヴの物語に気をとられる前の苛立ちが戻ってきている。いつもの脱力した気安さが姿を消し、全身がぴんと張り詰めていた。「どうしたの、フィン？」

「べつに」こっちを見ようとせず、店内を眺めている。テーブルが壁際に片付けられ、カップルが音楽に合わせて体を揺らしていた。「おれにしたら、これがふつうだ」

「いいえ、そんなことない」

「戦争から戻ったころは、いつもこんな感じだった」

タラワ島でなにがあったんだと尋ねられるたび、兄もピリピリして機嫌が悪くなった。〝ほっといてくれ〟の表情を浮かべ、まわりがさらに質問すると感情を爆発させて悪態を吐き散らし、部屋から出ていったものだ。わたしは恐ろしくてあとを追えなかった。わたしにも怒りをぶつけるのではと恐ろしかった。でも、いまは、あとを追っていき手を掴めばよかったと思う。手を掴むだけでも、自分がここにいると兄に知らせることができた。

愛していると、兄さんが傷ついていることはわかっていると、知らせることができた。でも、兄が死ぬまで、わたしはなにもわかっておらず、わかったときには手遅れだった。

フィンの〝ほっといてくれ〟の表情を見つめながら、言いたかった。〝あなたはまだ手遅れじゃない〟でも、彼がこんな気分でいるときは、そういう言葉は届かないのだ。兄に届かなかったように。だから、彼の手に触れるだけにした。

彼がその手を振りほどいた。「おれなら乗り越えられるから」

〝乗り越えられた人がどこにいるの？〟さっきまでイヴが座っていた椅子に目をやった。わたしたち三人とも、ふたつの戦争が残した悲痛な記憶を追いかけているだけで、それを乗り越えられてはいないのだ。イヴの言った言葉を思い出した。もしかしたら、乗り越えようとする必要はないのかもしれない。あがく必要はないのだ。さもないと、週が月へと移り変わって、イヴがそうだったように、ふと顔をあげると三十年が無駄に過ぎていたと気付くことになる。

エディット・ピアフのべつの曲がラジオから流れてきた。わたしは立ち上がった。「踊らない、フィン？」

「いや」

わたしもだ。そんな気になれない。足が鉛のように重かった。でも、ローズは踊りが大好きだった。兄もそう――海兵隊に入隊する前夜、兄とへたくそなブギウギを踊ったっけ。フロアは踊る人でいっぱいになっていた。二人に免じて、わたしは重い足を引き摺り輪に加わった。

フランス男が笑いながらわたしを抱き寄せた。腰を抱く男の腕に身を任せる。つぎの曲では、男の友達の腕に。彼らがささやくフランス語のくどき文句には耳を貸さず、目を閉じて足を動かしていた。ただ……そう、垂れ込める悲嘆の雲を忘れることはできなくても、その下で踊ることはできる。いまは足が重くても、いつか雲の下から抜け出して軽やかに踊れるかもしれない。

だからわたしは音楽に合わせて動きつづけた。曲から曲へと。フィンはビールをちびりちびり飲みながら眺めている。ロマの老女のことがなければ、それですんだだろう。

わたしは踊りを休んでサンダルの紐を結び直していた。フィンは立ち上がり、ビールの飲み残しを捨てた。二人とも、色褪せたショールを羽織って手押し車を押す老女を目に留めた。ロマではなかったかもしれない——栗色の肌に色鮮やかなスカートだけでそうだと決め付けられるほど、わたしはロマのことを知らない——けれど、彼女がなにかぶつぶつ言うと、カフェの店主が飛び出していった。彼女が哀願するように手を差し出すと、店主は手を振った。厨房を走り抜けるネズミにするように。「物乞いはお断りだ！」店主は老女を押した。「よそへ行け！」

老女はとぼとぼ歩き出した。こういう仕打ちには慣れているのだろう。カフェの店主は両手をエプロンに擦り付けながら、奥に戻ろうとした。「みじめったらしい奴らだ」店主がつぶやく。「まとめてどっかに閉じ込めといちゃくれないもんかね」

激しい怒りの波がフィンの顔に広がっていった。

わたしは止めようと動いた。彼の手からビール瓶が落ちて粉々になる。彼は大股の三歩でちかづくと、驚く店主の襟首を掴んでぐいっと引き寄せ、アッパーカットを見舞った。

「フィン！」

店主がテーブルに倒れかかって皿が割れる音で、わたしの叫び声は掻き消された。フィンはさらに店主を足で蹴って床に倒した。怒りで目をぎらつかせながら、店主の胸を膝で押さえつけた。「きさまみたいな——あさましい——ろくでなし——野郎は——」ひと言ひと言区切って言うたびに、拳を繰り出す。肉叩きで肉を叩くような音がした。

「フィン！」

動悸が激しくなった。首からナプキンをぶら下げたまま立ち上がり、はらはらして見守る男や女を肘で押しながら進む。みな一様に面食らい、口をぽかんと開けていたが、ウェイターがわたしより先に駆け寄り、フィンの腕を掴んだ。フィンはウェイターも殴った。拳が鼻で炸裂《さくれつ》して血が飛び散る。落ちたテーブルクロスを染める血が目に鮮やかだ。ウェイターはよろめき、フィンは、悲鳴をあげ顔を手で覆う店主をまた殴った。

〝おれがそいつの頭をドアの側柱に叩きつけはじめたんで、六人がかりで押さえつけられた。彼らが引き離してくれなきゃ、おれはそいつの頭蓋骨を砕いていた〟刑務所に入る原因となった喧嘩について、彼はそう語っていた。

わたしは六人力ではないが、今夜は誰も頭蓋骨を砕かれてほしくなかった。力が入って盛り上がるフィンの肩を掴み、力いっぱい引っ張った。「フィン、やめて！」

彼が振り返る。止めに入る人間は誰であれぶっ飛ばす勢いで。わたしだとわかってぎょっとし、慌てて拳の力を抜いたが、動きを止めるまではいかなかった。拳が口角に当たってズキンとした。よろけた拍子に、自分の手が顔に当たった。

彼は真っ青になり、拳をさげた。「ああ、どうしよう――」彼が立ち上がった。倒れてうめく男も、鼻血を出すウェイターも目に入らない。「どうしよう、シャーリー――」

わたしは呆然と自分の唇に触れた。「なんでもないわ」自分のことより、彼が店主から離れ、その顔から怒りの表情が消えていることにほっとしていた。レースを走ったあとのように、心臓がドキドキしていた。「なんでもないから――」

彼が顔をしかめる。震え上がっているのが目でわかる。「どうしよう」よろめきながら走り去った。わたしから、カフェから、客たちの低いつぶやきから。

数人のウェイターの助けを借りて、店主は立ち上がっていた。頭がぼんやりしているようだ。でも、わたしは店主をちらとも見ず、フィンを追って走り出した。彼はオーベルジュを過ぎ、建物のあいだを抜け、裏手の修理工場の中へと消えた。わたしもあとにつづき、列を作るプジョーやシトロエンを通り過ぎた先にラゴンダの長い車体が見えた。フィンは後部座席にいた。ルーベで朝の三時までおしゃべりしたときのように。うつむいて肩を大きく上下させるばかりで、わたしがドアを開けて横に滑り込むまで顔をあげなかった。

彼の声はくぐもっていた。「一人にしてくれ」

わたしは彼の手を取った。「あなた、怪我して――」指は擦り剥け、関節を覆う皮膚がぱっくり割れていた。ハンカチを持っていなかったので、擦り剥いた皮膚にやさしく触れた。

彼は手を振りほどき、髪を指で梳いた。「あん畜生をぼこぼこにしてやりたかった」

「そんなことしたら、刑務所に逆戻りよ」

「おれの居場所は刑務所なんだ」彼は背中を丸めたまま、髪を梳く指を握りしめた。「きみを殴ってしまった、シャーリー」

自分の唇に触れると皮膚が破れていた。「わたしだとわからなかったんだから、フィン。わたしに気付いたとたん、やめたじゃない――」

「それでも殴ったことに変わりはない」彼がようやくわたしを見た。目は疚しさと怒りの淵だ。「きみはおれが奴を殺すのを止めてくれたのに、そのきみを殴った。どうしてここにいるんだ、シャーリー？　おれみたいな悪党と暗がりに座ってるんだ？」

「あなたは悪党じゃないわ、フィン。あなたは壊れかけているけど、悪党じゃない」

「きみになにがわかる――」

「兄は壁を殴ったり、悪態を吐き散らしたり、人混みでパニックに陥ったりしたけど、悪党じゃなかった！　兄は悪党じゃなかった。壊れただけ。あなたもそう。イヴも。ベッドで泣きじゃくるか、好きでもない男の子と寝るかどっちかで、授業をさぼってばかりいたとき、わたしも壊れていた」フィンにわかってほしくてじっと見つめた。「でも、壊れたままでいていいわけじゃない」

なんとしても彼を助けたかった。彼を両手で包んで、割れ目を塞いであげたかった。兄にはそうしてあげられなかった。息子を亡くして嘆き悲しむ両親を、慰めてあげることすらできなかった。

「きみがいる場所じゃない」掠れた声で早口に言う。彼の肩が怒りでまた強張るのがわかった。「きみは国に帰るべきだ。子供を産んで、人生をやり直すべきだ。ガードナーやおれみたいなポンコツとつるんでいたって、なにもいいことはない」

「わたしはどこへも行かない」もう一度彼の手に触れた。

彼がさっと手を引っ込めた。「やめろ」

「なぜ?」ゆうべは、ウィスキーを飲みながら並んで座っていたじゃない。彼の膝に頭をのせて、彼は髪を撫でてくれた。嫌なことはなにもなかった。いま、フィンは刺々しくて、二人のあいだの空気はピリピリしていた。

「車から降りろ、シャーリー」

「なぜ?」もう一度言う。喧嘩腰だ。引き下がったりするもんか。

「こんな気分のときは、酒を飲むか、喧嘩するか、女と寝るか、三つにひとつだから」彼は前方の闇を見つめていた。怒りに任せた冷ややかな言い方。「ゆうべは最初のやつをやった。二十分前にふたつ目をやった。いまやりたいのは、きみの黒いドレスを引きちぎることだ」彼が視線でわたしを切り裂いた。「だから、車から降りたほうがいい」

いまここに一人残せば、彼は罪の意識と怒りと、死んだロマの少女とともに、ひと晩をここで過ごすだろう。「気に入ろうと気に入るまいと」わたしはイヴの言葉を繰り返した。「彼女は死に、あなたは生きている。わたしたち二人とも生きている」両手を彼の髪に絡ませて、そのまま引き寄せた。

唇がぶつかる。彼がわたしの体を持ち上げたので膝に馬乗りになったが、そのあいだも唇は離さなかった。彼の頬は濡れていた。わたしの頬も。彼が黒いドレスの肩をぐいっと引きおろした。わたしは彼のシャツのボタンを引きちぎって邪魔な服をすべて取り去った。肌と肌が触れ合うように。通りかかった人がラゴンダの窓から覗き込もうが、気にならない。オラドゥール＝シュル＝グラヌへ行く途中の道端で、彼はこのうえなくやさしくキスしてくれたけれど、いまの彼の口は荒々しく、胸の谷間のやわらかな肌を貪っていた。まつげが鎖骨を撫でる。頬を彼の髪に押し当て、痩せた胸に手を滑らせてベルトまでいくと、彼が動きを止めた。息をあえがせ、大きな両手をわたしの背中に回した。「ああ、シャーリー」言葉が少し曖昧だった。「おれが望んでいたのとはちがう」

たしかにバラも蝋燭もロマンスもない。でも、わたしたちに必要なのは、これ、ここ、いまだ。ゆうべは茫然《ぼうぜん》自失《じしつ》だった。苦しくて、ただ忘れたかった——あのままだったら溺れていただろう。フィンに溺れてほしくなかった。彼を手放すことはできない。わたしが助けられずに失った人たちとはちがう。「一緒にいて」彼の唇に触れながらささやいた。息が喉に引っかかる。彼もそうだ。「一緒にいて——」わたしたちは革のシートの上で絡み合った。黒いドレスは押し上げられ、フィンのシャツとベルトは足元に落ちた。

こういうとき、意識が体から抜け出していくのがふつうだった。なにも感じまいとして、どんどん距離を置き、なにも感じないことにがっかりするのがふつうだった――世界一単純な方程式、男足す女、答えはゼロ。このときはちがった。シートの上で絡み合ってうねる手足、革のギシギシいう音、重い息遣いはおなじだけれど、いま、わたしは流れ出たりしなかった。融けて燃え上がって、渇望に震えた。フィンもわたしの上で震えていた。影に影が重なる。彼の手に髪が絡まって頭皮が引っ張られ、痛みで火を噴きそうだ。彼の口がわたしを飲み干す。喉を、耳を、乳房を。貪り尽くそうというように。わたしは腕と脚をきつく絡ませ、しがみついた。彼の内部へと入り込みたくて、背中に爪を立てた。まるで取っ組み合いだ。汗ばむ肌と肌が擦れても、まだ足りなかった。もっとちかづきたかった。彼を掻きむしりながら、もっと深くへと取り込んで、必死に激しいリズムへとなだれ込んだとき、自分があげた声をぼんやり聞いていた。それは速くて荒々しくて、よかった。めちゃくちゃで、汗みどろで、生き生きしていた。最後の震えがきてたがいを貫いたとき、顔と顔がぶつかった。密着した頬と頬の隙間を、涙が滑り落ちるのを感じた。

わたしたちのどちらが流した涙かわからなかった。どちらでもいい。悲しみの涙ではなかったのだから、それだけで充分だ。

28　イヴ

一九一五年十月

逮捕されるなら日曜にかぎる。週に一日だけイヴが働かなくてよい日だ。〈ル・レテ〉がどんなに退廃的であろうと、主の日ぐらいは休む。イヴは日曜の夜遅くにリールに戻ったので、店を休む必要はなかった。「ささやかな恩恵」声に出して言った。部屋はひどく寒かった。なにも変わっていないのに――狭いベッドも、隅に置いたルガーをおさめた二重底の絨毯地の旅行カバンも――廃墟のような感じがした。ヴィオレットが重たいブーツを鳴らしてやってきて、イギリス人パイロットが無鉄砲でちゃんと隠れていられないから嫌になる、と愚痴を言うことはないのだ。リリーが踊るように現れて、こっそり持ち込んだソーセージを賄賂代わりに検問所をうまく通った話をすることもない。侘《わび》しい部屋を見回し、ここでみんなで煙草を吸い、笑い合ったことを思い出す。絶望の波に呑み込まれて息ができない。やるべき仕事があり、それをやるつもりでいる――が、つかの間の息抜きは望めないのだ。〈ル・レテ〉で働き、夜はルネのベッドで過ごす、それだけだ。イヴ以外にこの部屋を使う人はいない。

アントワーヌが使うかもしれない。あたしたちはあたらしいスケジュールに沿って働くことになる。無口でどっしりとしたアントワーヌなら、リリーの情報源をたいてい知っている。彼は営んでいる本屋のカウンターの下で、たくさんの人たちのために書類を偽造してきたのだから——リリーの後継者のために、彼ならネットワークを再生させられるかもしれない。誰かがそうしなければならないのだ。イヴはなんだかひどく疲れ、コートも脱がずに横になった。お腹がすいているはずなのに、どういうわけかルネの高価な香水のにおいを思い浮かべ——あす、彼のもとに戻るのが恐ろしくてたまらないせいだ——それだけで胃がむかむかしてきた。薄べったい枕に鼻を埋め、紅茶とイギリスのツイードのにおいを想像した。「キャメロン」やわらかな感触が甦る。手に触れる彼の髪、耳の後ろでさまよう彼の唇。きょうの午後の二人の時間を、彼は後悔しているだろうか。自分から誘惑しておいてこっそり逃げたイヴを、彼は憎むだろうか。それとも……。

恐怖と逮捕、悲嘆と愛で疲れ果てていたから、眠りの闇へと落ちていった。

翌日は晴れて寒かった。襟巻きに鼻を埋めて、イヴはとぼとぼと〈ル・レテ〉へ向かった。午後の遅い時間、いつもなら店内は活気づいている。ウェイターが最初の客のために銀器やリネンを並べ、コックたちが文句を言いながら持ち場で準備をしている。きょう、〈ル・レテ〉は暗かった。厨房は閉め切られていた。イヴはおかしいと思いながらコートのボタンをはずした。ドアにもバーにも、休業の札はさがっていない。ルネは商売が好きだから、よほどのことがないかぎり休業にはしない。

二階のルネの居所から声が聞こえた。「マルグリット、きみなのか？」

イヴはためらった。聞こえなかったふりをして店を出ようかと思った。危険を察知して神経が張り詰めたが、逃げ出せば疑いを招くと観念した。「はい、あたしです」

「あがっておいで」

ルネの書斎は明るかった。カーテンは引いてある。暖炉の火がオービュッソン絨毯にぬくもりを投げかけ、ティファニーの笠《かさ》が、緑色のシルクの壁にサファイアやアメジストの模様を描いている。ルネはいつもの椅子で本を読み、手元にはボルドーのグラスがあった。

「ああ」彼が声をかける。「やっと来たな」

イヴは戸惑いを顔に出した。「レストランは開かないんですか？」

「きょうはな」ルネは刺繍を施したシルクの栞を挟んで本を置いた。彼の笑顔は楽しげなのに、イヴはゾクリとした。「きみを驚かそうと思ってね」

逃げろ。頭の中で静かな声がした。「驚かす？」背中で手を組み、ドアノブに触れた。静かに回す。「しゅ、週末にまた出掛けるんですか？　グ、グラースに行きたいとおっしゃってたから」

「いや、そういうのとはちがう」ルネは悠然とボルドーを飲んだ。「驚かすのはきみのほうだろ」

イヴの指がドアノブを掴んだまま強張った。引っ張ればここから出られる。「あたしが？」

「そうだ」ルネは椅子の肘掛けのクッションの下から拳銃を取り出した。イヴを狙って構える。ルガー九ミリＰ08。彼女のとおなじだ。この距離なら、彼女がドアを開ける前に、ルネは眉間を撃ち抜くだろう。

「座りたまえ」ルネが向かい合わせの椅子を指す。イヴは座りながら銃身の小さな疵《きず》に目を留めた。見覚えがある。拳銃を分解するたび、磨いた疵だ。ルネが構えているのはただのルガーではない。彼女のルガーだ。不意に記憶が甦った。ゆうべ、部屋でかすかだがルネの香水のにおいを嗅いだことを。恐怖が汽笛を鳴らす貨物列車となって突進してきた。ルネ・ボルデロンは彼女の部屋を調べた。拳銃を手に入れた。彼はほかになにを知ったの？

「マルグリット・ル・フランソワ」ルネが言う。まるでお得意の芸術話をしようとするかのように。「きみはほんとうは何者なのか、話してくれたまえ」

「どうしてし、信じてもらえないんですか？」イヴは吃音の頻度をあげることにし、両手をヒラヒラさせて震わせ、できうるかぎりの無知と当惑の仕草をしてみせた。「ち、父の拳銃です。隠してたのは怖かったから。だ、だ、だって、威張りくさったドイツ軍将校にみ、見つかったら――」

ルネが疑わしげに彼女を見つめる。「きみが一緒に捕まった女は、六種類もの身分証を持っていた。間違いなくスパイだ。それで、彼女となにをするつもりだった?」

「し、知らない人です! 駅で話しかけられて、忘れたって言うから、つ、つ、つ——通行券を。それで、あ、あたしのを使わせてあげただけです」イヴの思考は舌の先をゆき、彼が信じそうな言い訳——なんでもいい——を必死でつぎはぎしていた。逮捕されたことを、彼が知っているとは夢にも思わなかった。まったくの偶然だろう。ルネのドイツ人のお友達がリリーの逮捕劇に興奮して語り、吃音の娘も一緒に捕まったことに触れた。マルグリットとかいう娘は釈放された。誰が見ても無実だったから。

ドイツ人のお友達が名前さえ言わなければ、ルネに知られることもなかった。ルネはあれとこれとを結び付け、まさかと思って彼女の部屋に行った。見つかったのはルガーだけだった。イヴは暗号表も暗号化したメッセージも置いておかなかった。だが、彼にとっては拳銃だけでも充分に疑わしいから、いま、ここに向かい合って座っているというわけだ。

「きみは自分の安全通行券を見ず知らずの他人に使わせるほど馬鹿じゃあるまい」

「さしつかえないと思ったから!」イヴは目に涙を浮かべようとしたが、一滴も残っていなかった。きのう、ヘル・ロツェラールの前でヒステリックに泣き喚いた。そのあとは、リリーを思ってさめざめと泣いた。目はすっかり乾いて石みたいだった。涙を浮かべて哀れを誘わなければならないときに。だから、代わりに目を伏せた。〝あなたなら乗り切れる〟自分に言い聞かせた。〝あなたならできる〟

だが、ルガーもルネの注意もそれることはいっさいなかった。「きのうはどこへ行っていた？ そもそもどうして駅に行ったんだ？」

「い、いとこのせ、せ、せ、聖体拝領のために、トゥ、トゥ、トゥールネーへ」

「トゥールネーに親戚がいるなんて、ひと言も言ってなかったじゃないか」

「き、訊かれなかったから！」

「きみの吃音は本物なのか？ それとも、おつむが弱いと思わせるための芝居か？ だとすると、上出来だな」

「も、もちろん本物です！ 好きでこんな話し方をすると思いますか？」イヴは叫んだ。

「あたしは、ス、スパイじゃない！ あ、あたしの部屋で、疑わしいものを見つけたんですか？」

「これ」ルガーの銃身を椅子の湾曲した肘掛けに打ち付ける。「民間人が武器を所有することをドイツ軍が禁じたとき、どうしてこいつを差し出さなかったんだ？」

「て、手放すのは忍びなかった、ち、ち、父の――」

「いちいちつっかえるな！」あまりにも急に怒鳴られたので、イヴはほんとうに竦み上がった。「わたしを馬鹿だと思っているのか？」

あんたはそれがいちばん怖いのね、とイヴは思った。馬鹿にされることが。寝物語にふと漏らした情報や噂話を、彼はすべて憶えているの？ 愛人がイギリスに流していたことがドイツ軍にばれたら、自分の恵まれた立場がどうなるか心配している？

おそらく前者だろう。ドイツ軍の信頼や厚意を失うことより、プライドが傷つけられることを恐れている。ルネ・ボルデロンはここではいちばん賢い人間でなければならない。つねに。彼にとって耐えられないのは、半分の年齢のなにも知らない小娘が、自分より賢かったかもしれないということだ。

自分がいま、賢いと思えないのがイヴには残念だった。ただもう恐ろしかった。

〝あなたなら乗り越えられる〟そう思わなければやりきれない。でも、そのあとは？　ルネに無実だと信じ込ませたとしても、これ以上は〈ル・レテ〉で働けない。アレントンの命令がどうあれ、リールではもう使い物にならない。失敗は堪える――でも、ここを切り抜けられれば、ほかに配置換えしてもらえるかもしれない。

それに、甘い考えが頭をよぎる。〝もう二度とルネ・ボルデロンとベッドをともにする必要はない〟

目がキラリと光ったのかもしれない。ルネが身を乗り出した。「なにを考えている？　どうしてきみは――」

彼がちかくにいたからだ。なにも考えず蹴りだした足が、ルガーの銃身を捕らえた。かすっただけだが、ルネの手から拳銃が離れ、暖炉へと飛んだ。掴みに行く暇はない。反対方向へ、ドアへと向かった。彼が拳銃を拾おうともたついている隙に部屋を出られたら、階段を駆けおり、リールの雑踏に紛れ込めるかもしれない。汽車に乗る危険は冒さない。歩いて国境を越えベルギーに逃げる。そんな考えが氷のかけらのように頭を巡る。贅沢な絨毯を踏んで急ぐ。片手がドアノブにかかった。磨かれたダイヤのように光る銀のドアノブ。そして思った。〝あたしならできる〟

だが、ルネは拳銃を拾わなかった。まっすぐ彼女に向かってきた。イヴの指がドアノブをがっちり掴んだとき、彼の腕が残酷な弧を描いて振りおろされた。ボードレールのミニチュアの胸像がイヴの手を砕いた。

右腕に激痛が走る。二本の指の三つの関節が、胸像とドアノブに挟まれて砕ける音をイヴは遠くに聞いた。気が付けばドアの前にうずくまり、全身を駆け巡る激痛に喘《あえ》いでいた。ルネのピカピカの靴がちかづいてくる。彼が息をはずませて彼女とドアのあいだに立つと、小さな大理石の胸像が手の先で暢気に揺れた。

「まったく」苦痛に食いしばった歯のあいだからなんとか言い、震える手を抱え込んだ。「ざまはないわ」

イヴは思わず英語で言っていた。フランス語ではなく。ルネがはっと息を呑んだ。彼がしゃがんだので目の高さがおなじになった。彼の目が光っているのは――なんで？　恐怖、疑念。なによりも怒り。「おまえはスパイだ」彼が言う。まったく疑っていない声だ。

とうとうやってしまった。正体を晒した。長いこと恐れてきた瞬間は、あっさりしすぎて拍子抜けだ。なにを言っても彼はこちらの無実を信じないのだから、罪を認めればいいだけ。

彼がイヴの喉に手を回した。異常に長い指はうなじまで届きそうだ。もう一方の手には胸像を持ったままだから、いつそれでこめかみを砕かれないともかぎらない。「おまえは手が痛い。息ができない。イヴは喉までせり上がる悲鳴を押さえ込み、押し殺した。首を絞められているからたいしたことはできないが、せいいっぱいの皮肉な笑みを浮かべ、視線で彼を釘付けにした。一度だけでも、自分本来の視線で彼を射竦めてやる。彼のおとなしいペットでいるのはやめだ。

このあたたかで贅沢な部屋で死ぬのかもしれない。だがその前に、彼がものの見事に騙されていたことを、思い知らせてやりたい衝動に駆られた。そんな思い上がりを呪いたいが、衝動を抑える力は残っていなかった。

「あたしの名前はイヴ」シルクのように滑らかに言葉を発した。「イヴ。マルグリットなんかじゃない。それから、ええ、あたしはスパイよ」

彼が立ち竦む。イヴはドイツ語に切り替えた。

「あたしは完璧なドイツ語を話すのよ。あんたなんか臆病な暴利商人じゃないの。あんたの大事なお客の話を、もう何カ月も立ち聞きしてきたんだからね」

彼の目が恐怖と不信と怒りに曇る。イヴはなんとか笑みを浮かべ、フランス語で止《とど》めを刺した。

「あたしの仕事について、一緒に逮捕された女について、いっさいなんにも話すつもりはない。だけど、これだけは教えてあげるわね、ルネ・ボルデロン。あんたは騙されやすいお人よし。愛人としては最低。それから、あたしはボードレールなんて大っ嫌い」

29
シャーリー

一九四七年五月

「ホテルに戻れ、シャーリー。少しでも眠ったほうがいい」フィンは車内の闇に埋もれて座っていた。わたしの目を見ようとしない。わたしの全身は、いま起きたことのせいでまだ脈打っている。これまでとはまったくちがうものだったと、彼にどう伝えようか言葉を探す。フィンがこちらを見た。その眼差しから、彼がまた壁の向こうに閉じこもったことがわかった。手が届かない。「お眠り、ラス」

「あなたをここに残していかない。ぐずぐず悩むのがおちだから」二度とおなじ過ちは繰り返したくなかった──大切な人を置き去りにし、心に巣くう悪魔と一人で闘わせはしない。

「ここにずっといるわけじゃない」彼が言った。「おれはカフェに戻る。謝罪しなきゃならないからな」

それが取っ掛かりになりそうだ。彼が自分らしさを取り戻すことの。だからわたしはうなずいた。わたしたちはべつべつのドアから出て、ラゴンダの屋根越しにしばらく見つめ合った。フィンがなにか言いたそうにしたけれど、わたしの口元のあざに目をやり、身を竦ませた。「おやすみ」

「おやすみ」

そしていま、わたしは一人でホテルの部屋にいる。鎧戸の隙間から射し込む街燈の黄色い光、通り過ぎる車のくぐもった音。お腹を何度も何度もさすった。ヴヴェーに行かないと決めたときから、〝ささやかな問題〟は黙り込んでいた。きっと安心したのだろう。ぐんぐん大きくなって、生まれるときを待っているのだろう。そのときはじめて、この世界は冷たく、母親は子供によい生活を送らせる術をなにも身につけていないと知るのだ。オルドゥール＝シュル＝グラヌを訪れるまで、それでもわたしには奇抜な夢があった。魔法の方程式があった。シャーリーにローズを足せば、幸福な未来が約束される。いま、それもなくなってしまった。

「ごめんね」探索好きな指の下の、まだ平らなお腹に向かってやさしく言った。「あなたのママは、あなたとおなじでまったく頼りないの、わたしのお嬢ちゃん」どういうわけか、お腹の子は女の子だと思っていた。ベイビー・ローズ。そんなふうに、彼女は名前を持った。むろんそうだ。もう一人のローズ。わたしのローズ。

教会の鐘が真夜中を告げた。お腹がゴロゴロいう。あたらしく名前を持った〝ささやかな問題〟が、夕食を食べていないと文句を言っている。悲嘆や罪の意識やショックでがんじがらめになっていても、赤ん坊は頑固に求めつづけることの不思議さ。「あなたのせいってことはわかってるんだから、バラの蕾《ローズバッド》」お腹の子に言う。「あなたはまだ姿を現していないけど、わたしは前よりずっとトイレがちかくなった」

ベッドを出てセーターを羽織り、用を足す。自然と足が廊下に向かった。フィンの部屋から明かりは漏れていなかった。隣のカフェでちゃんと謝罪して、夢を見ずに眠っているのならいいけれど。車の後部座席でしたことを、彼は後悔しているのだろうか。彼の部屋の前でためらい、それからイヴの部屋の前を忍び足で通り過ぎた。ドアの隙間から黄色い光が漏れていた――彼女は起きている。ノックせずにドアを開け、ずんずん入っていった。

イヴは窓敷居に腰掛け、暗い通りを見下ろしていた。薄明りが顔のやつれを隠す――何歳でも通るだろう。長身で痩せていて、厳しい線を描く横顔。細長い足を体の下にたくし込んでいる。一九一五年にリールに行ったときは、まだ若かったはず……膝に置いた醜く曲がった手を除けば。どうしてもあの手に戻っていく。すべてのはじまりはあの手だった。はじめて見たとき、胸が悪くなった。ロンドンであの晩。

「ヤンキーはノックの仕方も知らないの？」イヴが深々と吸うと、煙草の先っぽが赤く輝いた。

わたしは腕を組んだ。「問題は」わたしは言った。もうすでにはじまっていた議論をつづけているだけ、というように。「これからどうするか、わたしにはわからないことなの」

イヴがここでやっとこちらを向き、眉を吊り上げた。

「わたしには計画があった。単純な幾何の問題みたいに、きれいに答えが出ていた。ローズがまだ生きていれば探し出して、わたしは赤ちゃんを産んで、生活の工面をする。いま、その計画がなくなった。でも、国に帰る気になれない。母のもとに戻って、どうやって生きていくか、母とまた最初から議論する気になれない。ソファーに座って赤ちゃんの靴下を編む気になれない」

それよりなにより、このトリオ、ダークブルーの車を中心に結成されたイヴとフィンとわたしのささやかなトリオを失う気になれなかった。あすの朝になってフィンに拒絶されるぐらいなら、危険を回避して国に逃げ帰りたいと、心のどこかで思ってはいた。これまでさんざん悲しい思いをしてきたのだから、もうこれ以上は無理だと思わないでもない。それでも、心のべつのどこかで――ローズバッド同様、小さくても日に日に存在感を増している部分で――なにがなんでも頑張り抜きたいと思っていた。三人を結び付けているものがなんなのか、わたしにはよくわからない。先の戦争で死んだ女たちが残した遺産という共通のものを、三人が追いかけることになったわけも、じつはよくわかっていなかった。わたしにはもう目標がない。この道の先にゴールは見えないけれども、わたしたちはどこかへ向かっていて、その旅をいまやめる気にはなれなかった。

「自分がなにを望んでいるのかはわかってるわ、イヴ。つぎに起きることを見極める時間が欲しい」イヴはただ座っているだけだ。わたしの言葉が届いているのかどうかわからない。まるで藪《やぶ》の中を手探りで進んでいるみたいだ。彼女の手を見て、大きく深呼吸した。

「それから、あなたの物語を最後まで聞きたい」

イヴが煙草の煙を吐き出した。夜遅くまで走っている車のクラクションが聞こえた。

「さっきカフェで、わたしに覚悟があるのか、と尋ねたわよね」自分の心臓の鼓動が聞こえた。「あるのかないのか、自分でもわからない。あなたはわたしの年のころ、戦場で勲章をもらうほどの働きをしていた。わたしはなにもしてきていない。とてもあなたに太刀打ちはできない。でも、国に逃げ帰らないだけの覚悟はあるわ。あなたの身になにが起きたのか、それがどんなにひどいことであっても、ちゃんと耳を傾ける覚悟はある」記憶の中の苦痛と激しい自己嫌悪で火を放ちそうなイヴの視線を、わたしは受け止めた。「最後まで話して。ここに留まるべき理由が欲しいの」

「理由が欲しい？」イヴが煙草を差し出した。「誰の敵を討つの？」「敵討ち」

煙草の包みが手から滑り落ちた。

「リリーの逮捕」闇の中から聞こえるイヴの声は、低く掠れ、激しかった。「それから、逮捕された晩にわたしの身に起きたこと」

夜が白みはじめるまでに、イヴはすべてを語り終えた。

30

イヴ

一九一五年十月

イヴがなにを話すか、なにを話さないかは関係なかった。ルネを侮辱しようが、礼儀正しくしようが、答えるのを拒否しようが関係なく、ルネはボードレールの胸像を正確な動きで打ちおろし、指の関節を砕いた。激痛に震えながらも、イヴは自分の手をしっかり見つめて数えていた。

指の関節は全部で二十八。

ルネがこれまでに砕いたのは九つ。

「おまえをドイツ軍に引き渡してやる」金属的な声は揺らぐことがなかったが、その裏で感情がぴんと張り詰めているのがわかった。「だがその前に、話してもらおうじゃないか。わたしが知りたいことをすべて、おまえは話さざるをえなくなる」

彼は向かいに座り、ボードレールの頭を指で叩いていた。穢れのない大理石が、いまでは血で汚れていた。最初のうちはただ闇雲に打ちおろし、骨が砕ける音に顔をしかめていた。いまではやり方が板についてきたが、それでも血のにおいに不快げに鼻をひくつかせた。〝あたしとおなじで、拷問には慣れていないのね〟イヴは思った。どれぐらいの時間が過ぎたのかわからなかった。苦悶の鼓動に合わせて、時間は伸び広がった。暖炉の火が揺らぐ。二人はテーブルを挟んで革のアームチェアに座っていた。ベッドに入る前、ここでこうやってチェスをしたものだ。いま、イヴは、テーブルに両手を広げて置いた形で、ルネのローブの紐で括り付けられていた。痛いほどきつく、抜けそうにないほどきつく括り付けられている。

敢《あ》えて抜こうともしなかった。逃げられるわけがない。いまできるのは、沈黙を通し恐怖を見せないことだ。だからイヴは背筋を伸ばして座っていた。ほんとうは両手の上に体を丸めて泣き叫びたかったが、ルネになんとか笑って見せた。それがどれほどきついか、彼は知らない。

「それよりチェスをしましょうよ。あんたに差し方を指導させてあげたのよ。マルグリットはむ、無知だから覚えられなかったけど、あたしはうまいわよ。あんたに優越感を持たせるために、わ、わざと負けていたけど、いまは本気で勝負したい」

怒りで彼の顔が強張った。胸像が振りおろされる前に身構える暇もなく、骨が砕ける馴染みの音を聞いた。

食いしばった歯のあいだから悲鳴が漏れ、ルネがしたり顔をする。最初のうちは、悲鳴を漏らさなかったが、関節が五つ砕かれたところで音をあげた。いまので十個目だ。痛くないふりはできない。自分の手を直視できなくなった。血まみれの手と黒いあざとグロテスクに曲がった関節を、目の端で捉えた。いまのところ、損傷は右手だけだ――左手は無傷のまま右手に寄り添い、拳を握った。

「おまえが一緒に逮捕された女は何者だ？」ルネの声は張り詰めていた。「地元のネットワークのリーダーのはずはないが、リーダーを知ってはいるだろう」

イヴは内心で笑った。いまになっても、ルネもドイツ軍もリリーを過小評価していた。女だというだけで過小評価する。「彼女の名前はアリス・デュボア。それしか知らない」

「おまえの言うことは信じられない」

イヴの口から出たことはなにも信じられないようだ。六つ目の関節が砕かれたあと、イヴは偽情報を与えることにした。彼が拷問をやめると期待して。だが、やめなかった。彼女が不本意ながら従うふりをして話しはじめても、彼はやめなかった。拷問に慣れてはいなくても、熱心だった。

「女の本名は？　言え！」

「なぜ？」イヴは唾を吐いた。「なにを言ったって信じないくせに。あたしをド、ドイツ軍に引き渡したらどう。尋問は彼らに任せればいい」ドイツ軍の監房にぶち込まれるほうがましだ。ドイツ兵は彼女を尋問し、床に蹴倒すだろうが、裏切り者で策略家のルネとちがって、彼女に個人的な恨みを抱いてはいない。引き渡して、とイヴは祈り、唇の内側を嚙んでうめき声を押し殺した。血の味がする。

「すべて吐くまで、おまえを引き渡したりしない」イヴの心を読んだように、ルネが言った。「わたしがスパイを愛人にしていたと知れたら、ドイツ軍はわたしに不信感を抱くだろう。そいつを覆すだけの情報を握らないとな。それができない場合は、ドイツ軍には疑わせておく。ただし、おまえは撃ち殺す」ひと呼吸。「消えた証人について、調査の手が伸びることはまずあるまい」

「あんたにあたしは殺せない。あんたは逃げおおせない」むろん逃げおおすだろうが、それでも彼に疑いを抱かせることはできる。そのことはすでに考えていた。彼に拳銃を向けられたときから。「あたしを撃ち殺し、あたしを生きたまま書斎から連れ出して、どこか人目のつかないところであたしを撃ち殺し、藪の中で朽ちるに任せるなんてことが、自分にできると思ってるの？　あたしはそのあいだじゅう、大声を張り上げ必死に抵抗するわよ。きっと誰かに見られる」

「ここで殺すことだってできるんだ――」

「そうすると、死体をどこかに捨てなきゃならない。それもあんた一人で。ドイツ人のお友達は便宜を図ってくれても、あんたのために死体を捨ててはくれない。誰にも見られずに死体をレストランから運び出し、処分できると思うの？　ここはスパイの町なのよ、ルネ。ドイツもフランスもイギリスもどこもそう。みんなが目を光らせている。あんたは逃げおおせられない――」

ああ、むろん彼は逃げおおせる。金と運、それに綿密な計画があれば、殺人はつねに可能だ。それでもイヴは不可能な理由をあげつづけた。ルネの目に疑いが兆すのがわかった。彼には綿密な計画はないから、なんとかしようと四苦八苦するにちがいない。〝すごい計画をたてることはできても、あんたとちがって、あんたには急場しのぎはできない〟ルネは人に驚かされたことがないから、びっくり仰天するような事態になると、どう対処すればいいかわからない。そこを突くことにした。それが切り札となるかどうかはわからないが、それでも突くしかない。

「おまえを殺せるさ」彼が言った。「だが、それよりおまえに吐かせたい。この地域に大きな損害をもたらしたスパイのネットワークをドイツ軍に売り渡すことができれば、大いに感謝されるだろう。いまのところ、逮捕した二人の女に死刑判決を出すだけの証拠を、彼らは握っていない」

ここも突ける。

ルネがにやりとし、ボードレールの頭を指で叩く。冷たい震えが、砕かれた手を除く全身に広がってゆくのを、イヴは抑えられなかった。「それで――あの女は何者なんだ、イヴ？」

「ただの女よ」

「嘘吐きめ」

「ええ」吐き出すように言った。「あんたも、し、知ってのとおり、あたしは嘘吐きよ。あたしの口から出る言葉を、あんたは信じられない。この尋問をどんなふうにす、進めればいいのか、あんたにはわからない。こんなことをやっているのは、あたしから情報を引き出すためじゃない。自分のほうが知恵ではまさっていると証明するため。でも、あたしのほうが賢いから、あんたはあたしを破壊しようとしている」

ルネが彼女を凝視する。口が引き結ばれ、頬が赤らんできた。「おまえなんか、ただの嘘吐き女だ」

「信じていい話を教えてあげる」砕かれた手の上に身を乗り出す。「あんたのベッドであたしが出した喘ぎ声はすべて偽物だった」

胸像が振りおろされ、右手親指の第一関節が砕けた。今度ばかりは歯を食いしばれなかった。悲鳴をあげながらも、隣人の耳に届いただろうかと思う。ブロケードのカーテンや分厚い壁に阻まれているとはいえ。〝耳に届いたとしても、誰も助けに来てくれない〟暗くなった町は別世界もおなじだ。〝気を失いたい。失わさせて〟イヴの祈りも虚しく、ルネは手元の水のグラスを取り、彼女の顔にかけた。はっとなり、視界が晴れた。

「最初からわたしを誘惑するつもりだったのか？」彼の声は張り詰めていた。

「あんたは罠に自分から足を踏み入れたのよ、意気地なしのフランスのパンジーちゃん」イヴは無理に笑い声をあげる。水が顎を伝った。「しめしめと思ったわよ。寝物語にべらべらしゃべってくれたおかげで、息を喘がせたりうめいたりした四分が無駄にならなかった――」

右手の関節のうち砕かれずに残っているのは三つだけで、ルネは板についてきた一撃でその三つを順に叩き潰した。イヴが絶叫する。贅沢な書斎にきつい臭気がたった。苦悶の中で、イヴはぼんやりと失禁に気付いた。小便に大便まで混じったものが、ルネの高価なアームチェアのバターのように滑らかな革を滑り落ちて、オービュッソンの絨毯を汚した。手の激痛よりも、羞恥心のほうが強かった。

「なんて汚い女なんだ」彼が言った。「ファックする前に風呂を使えとしつこく言った気持ちがわかるだろう」

羞恥心の波が押し寄せたが、恐怖がそれを上回った。はめられた──忍び寄る猫の前で慌てふためくネズミのように、脳みそが回転しつづけた。はめられた──はめられた。誰も助けに来てくれない。ここで死ぬんだ。苦痛を与えることに飽きたら、イヴを引き渡すより撃ち殺すほうが手間がかからない、とルネは判断するだろう。恐怖で口の中が乾く。恐怖は砂の味がする。

「片手が終わっただけだ」ルネが軽い調子で言い、胸像を打ちおろした。彼の目が爛々《らんらん》と輝いているのは、興奮のせいだろう。それとも彼なりの羞恥心のせい──騙された自分を恥じる思い。いずれにせよ、彼はもう顔をしかめず、部屋の惨状や血、音とにおいに鼻をひくつかせはしなかった。「まだ左手が残っている。やり甲斐があるというものだが、ここで話せばそっちの指を残してやってもいい。駅で捕まった女は何者か。ネットワークを動かしているのは誰なのか。トゥールネーに逃げたのに、なぜリールに戻ってきたのか」

ヴェルダンのためよ、とイヴは思った。それでもメッセージは届けた。それが役に立つことを願うしかない。彼女とリリーが捕まる原因になったメッセージが、多くの命を救うことになれば。

「いま尋ねたことを話せば、おまえの手に包帯を巻き、痛み止めのアヘンチンキを呑ませ、ドイツ軍に引き渡す。指の手術をしてくれるよう頼んでもやる」ルネが彼女の頬を撫でる。指が触れるところに痛みが走った。嫌悪の波が骨を震わせた。「話せばすむことだ」

「どうせ信じないくせに――」

「信じるさ、信じるとも。だって、おまえを壊してやったからな。喜んでほんとうのことを話すにちがいない」

目の前がぼんやりした。話してしまいたい自分がいた。ひどいことだ。言葉が舌の先に出かかっていた。〝あたしはルイーズ・ド・ベティニ、コードネーム、アリス・デュボアの下で働いていた。彼女がネットワークを動かしていた〟リリーの本名がわかったのは、駅のホームでドイツ軍の上級大将に出会ったからだ。あれがなければ知る術はなかった。

〝あたしはルイーズ・ド・ベティニの下で働いていて、彼女がネットワークをうごかしていた――百五十センチほどしかないその女性はライオンのように勇敢だ。彼女があたしの立場に置かれたら、何本指を失おうとひと言もしゃべらないだろう〟

それとも、しゃべる？　関節十四個を順番に砕かれたらどうするかなんて、誰にもわからないでしょ？

だが、リリーはここに、この椅子に座って、両手を括り付けられてはいない。イヴはそうされている。リリーがどうするかなんて誰にもわからない。わかっているのは、イヴ・ガードナーならどうするか、だ。

「あの女は何者だ?」ルネがささやく。「何者なんだ?」

嘲笑を浮かべられたら。イヴには笑みを浮かべる気力がなかった。痛烈な言葉を投げつけてやれたら。侮蔑の言葉も種が尽きた。だから、彼の顔めがけて血の混じった唾を吐きつけ、きれいにひげを剃った頰を汚してやった。「地獄に落ちろ、大安売りの協力者野郎」

彼の目に火が燃え上がった。「これはどうもありがとう」

イヴの左手にやさしく手を伸ばした。イヴは拳を握って抵抗したが、彼がその拳をこじ開け、テーブルの上に指を広げさせた。がっちりと押さえつけたまま、小さな胸像に手を伸ばした。〝ボードレールなんてくそ食らえ〟ルネに向かって血染めの歯を剝き出しにする。恐怖がすべてを凌駕した。

「女は何者だ?」ルネは楽しんでいる。胸像が左手の小指の上で止まる。

「あんたが信じるとしても、あたしはしゃべるつもりはない」

「心変わりするまでにチャンスは十四回ある」ルネはそう言うと胸像を振りおろした。

それからは、時間がめまぐるしく過ぎた。深紅の縁取りのある苦痛、それから意識を失い紫黒の闇が訪れた。ルネの金属的な声が針となって苦痛と闇を刺し貫き、目覚めたままの悪夢と無意識の安らぎを縫い合わせた。水を顔にかけられてもイヴの意識が戻らないと、彼は砕けた関節のひとつに親指をぎりぎりと押しつけた。イヴが目覚めて悲鳴をあげるまで。それから彼は清潔なハンカチでおもむろに自分の指を拭い、尋問をはじめた。骨が砕ける音の伴奏付きで。

痛みは押しては引く波だったが、恐怖は居座りつづけた。ときには頬を涙が伝うままに怖気づき、ときには汚れた椅子で背筋を伸ばし、ルネの視線を受け止めた。いずれの場合も、質問には答えなかった。苦痛のあまり言葉を形作ることも、作り笑いを浮かべることもできなかった。

最後の関節が砕かれると、安堵のようなものを感じた。手だったものの残骸を目にして、一線を越えたと思った。〝彼はつぎに足の指を痛めつけるだろう〟震え泣きじゃくる心の芯のあたりで、ぼんやりと思った。〝それとも膝……〟だが、痛みはすでにすさまじく、そう思っても竦み上がりはしなかった。もうここまできたら、沈黙を通すことができるだろう。

ルネだっていつまでも彼女を閉じ込めておくことはできない。オービュッソンの絨毯は血だらけだし、レストランを開かなければ収入が得られないし、彼の居所から漏れ聞こえる悲鳴に隣人が騒ぎだすだろう。いずれはこのゲームをやめなければならない。イヴをドイツ軍に引き渡すか、殺すか。どっちだってかまわない。苦しみから逃れられるのだから。

〝耐え抜け〟ささやき声がする。リリーの声だ。リリーならイヴをけっして見殺しにはしない。〝耐え抜くのよ、かわいいデイジー〟ドイツ軍に引き渡されたら、そこでも耐え抜くことがまたべつのゲームとなる――ルネとちがって、彼らにはイヴの嘘を検証して事実を立証する力がある。だが、どんな苦悶が待っているかを心配するだけの気力は残っていなかった。いまはただ苦しいだけだ。

〝耐え抜け〟ただそれだけのことだ。もうふりをする必要はないし、嘘の話にしがみつく必要はないし、危ない橋を渡る必要もない。橋からおりた。あとは歯を食いしばって苦痛に耐えるだけだが、これ以上嘘を吐く必要はない。ただ耐え抜くだけ。

だからそうした。

無意識の闇――それが頻繁に訪れるようになっていた――から甦ると、苦痛の悲鳴の代わりに喉を火が通り過ぎた。ルネが背後に立ち、彼女の顎を掴んでブランデーのグラスを唇に押し当てていた。液体が喉を通過すると咳き込み、口を閉ざそうとしたが、彼がグラスをぐいぐいと歯に押しつけた。「これを飲め。さもないとアブサンのスプーンで目を抉り出す」

恐怖は山を越したと思っていたが、その先にはべつの頂があった。べつのレベルの恐怖を飛び越えねばならない。口を開けてブランデーを飲み込んだ。大量の酒が胃を焼いた。ルネが向かいに座って食い入るように見つめている。

「イヴ」彼女の本名を舌の上で味わっている。「ふさわしい名前だ。おまえには惹《ひ》き付けられた。おまえは禁断の果実を差し出すまでもなかった。わたしは手ぶらのおまえを受け入れ、おまえを詩神《ミューズ》と崇《あが》めた。いまのおまえはどうだ。〝顔色は、冷酷でむっつりしてて狂気と恐怖《ものおじ》に代わる代わるに曇るじゃないか……〟」

「またボードレール？ もううんざり」イヴはなんとか言った。

「『病む詩神』の一節だ。これもおまえにふさわしい」

どちらもしばらく無言だった。また尋問されることを、イヴは覚悟していたが、ルネは見つめるだけで満足のようだった。ふたたび暗黒の淵に滑り落ち、今度はゆっくりと泳ぎながら意識を取り戻した。不思議なことに痛みはぼやけていた。ルネの椅子は空だった。その姿を探すと、しなやかで滑らかな翡翠色の絹の壁紙が視界の中を泳ぐ。目をしばたたくと、壁が万華鏡のように伸縮を繰り返した。意識をはっきりさせようと頭を振り、ティファニーのランプシェードに焦点を合わせる。ランプシェードの孔雀《くじゃく》が、様々な色合いの青と緑のガラスの尾羽を広げている。その孔雀が振り向き、イヴは悲鳴をあげた。輝く目がイヴを見つめる。尾羽のたくさんの目もいっせいに彼女を見つめた。悪の目。孔雀の羽の目をそう呼ぶんじゃなかった？ 尾羽をぐっと立たせて、孔雀はカチャカチャとガラスがぶつかる音をさせながら、ランプシェードから抜け出してきた。

想像の産物よ、とイヴはぼんやり思った。目をしばたたいても、ガラスの孔雀はまだそこにいて、ランプのてっぺんに止まり、不気味な扇のように尾羽を広げ、責めるような目でじっと見つめる。どっと汗が噴き出した。

孔雀がしゃべる。ガラスでできた孔雀だから、声もガラスのように砕けやすい。「おまえと一緒に捕まった女は何者だ?」

また悲鳴をあげた。理性がポキリと折れた。完全におかしくなった。〝それとも、ルネになにか呑まされたのか、ブランデーになにか仕込んでいたのかも〟――意味を知ろうと掴まえる間もなく、思考は消え去った。

孔雀がまたしゃべる。「あの女は何者だ、イヴ?」

「あたし――わからない」もうなにもわからなかった。悪夢の世界にずるずると滑り落ち、たしかなものはひとつもなくなった。ボードレールの胸像はテーブルの上にあり、見開かれた大理石の目は血みどろだった。大理石の頬を赤が滴り落ちる。「あの女は何者だ?」彼が尋ねる。大理石の喉を通過する言葉はざらざらしていた。「わかっているはずだ」

暖炉の上の縦溝彫りの細い花瓶にユリの花が活けてあった。長い茎が優雅だ。悪の目のユリ、〝悪の華〟はガラスの中で永遠に生きつづける。喉が焼ける。緑の茎のまわりの冷たい水。「喉が渇いた」イヴはつぶやく。舌が埃まみれの石になる。

「女のことを話せば、水を飲ませてやる」

イヴはユリをじっと見つめていた。ユリが恐ろしい目で見つめ返してくる。〝身を裂くばかりの飲みたい気持ちを堪能させる段になると、あいつの墓になみなみと溢れるほどの酒が要るわけ〟リリーの墓。リリーの墓。イヴは叫ぶ。足元のオービュッソン絨毯の真ん中に穴があき、黒い土を揺する――。

「〝ル・ヴィン・ドゥ・アサシン〟」大理石の胸像が詩の題名を唱えた。「『人殺しの酒』いいだろう、イヴ。それで、あの女は何者だ？」

クスクス笑いはルネのもののようだが、姿が見えない。彼はいなくなった。見えるのは、イヴの激しい動悸に合わせて呼吸する泳ぐ緑の壁と、ガラスの尾羽を広げる孔雀と、血まみれの頬の胸像だけだ。それに足元の揺れる穴。穴の底になにかいる、貪欲な獣か。手をしばる紐を引くと、痛みがぶり返した。獣が穴から出てきて彼女の手を貪り、手首まで食い尽くす。目を開ければ、折れた指をゆっくりと食らうギラギラした歯が見えるだろう。また悲鳴をあげ、紐を力任せに引くと苦痛がうなりをあげた。苦痛のあまり死ぬのだろう。生きたまま食らわれ、最期には正気に戻って。頭を激しく前後に揺らしながら、彼女は泣きじゃくった。前屈みになった獣が、ものうげに手首をしゃぶっている。

「あの女は何者だ、イヴ？」

イヴは無理に目を開けた。自分を貪り食う獣を見据えた。自分の手に目を落とした。いまごろは牙のある胃に取り込まれたあとだろう。そして、絶叫した。両手はなくなっていなかった――変わり果てた姿をした、粉々の指がまた生えてこようとしていた。指の数が倍になっている。どれも血に染まり、先っぽに爪はないが、目はある。その目がいっせいに瞬きする。非難する目、虚ろな目だ。

獣はあたしだ、と激しい苦悶のさなかにイヴは思った。〝獣はあたしだ。あたしがリリーを殺したの？　あたしが彼女を殺した？〟

「あの女は何者だ、イヴ？」

〝あたしが彼女を殺した？〟

イヴの唇がむやみに開き、馬鹿げた脈打つ世界が、真っ暗になった。苦痛と恐怖と歯を持つ闇は、繰り返しうねってぶつかる波だ。


「そろそろ起きたらどうだ」

目を無理に開けると光に射られたが、ルネの声の銀の針ほどの威力はなかった。上体を起こすと、手に激痛が走った。椅子に括り付けられ、口の中はカラカラに渇き、頭が割れるように痛んだ。ルネは通りを見下ろす窓辺に寄りかかり、ほほえんでいた。グレーのモーニングスーツ姿で、髪は油と櫛《くし》できれいに整えられ、手にティーカップを持っていた。窓から射し込む日差しは強く明るい。朝なのはわかるが、いつの朝かわからない。苦痛の嵐の中で、どれぐらいの時間が経過したのだろう。ひと晩、ふた晩、それともひと月ちかく――。

歯。脈打つ壁、悪の目、歯。書斎をぐるっと眺め回したが、これまでと変わりはなかった。緑の絹の壁は呼吸しておらず、ティファニーのランプシェードの孔雀は、ガラスの中におさまったままで、花瓶に挿されたユリはただの花だった。

ユリ。リリー。心臓が早鐘を打つ。振り返ってルネを見る。ほほえんで湯気のたつ紅茶を飲んでいる。

「だいぶ楽になっただろう」

イヴははじめて両手をちゃんと見た。きれいな布がぐるぐる巻かれ、その下の恐怖を隠していた。汚れた服を着たままだが、顔と髪は海綿で拭われていた。人前に出せるようにするための労は惜しまなかったようだ。

「お前を逮捕するのに、ヘル・ロツェラールが部下をよこしてくれる」ルネは言い、下の通りを覗き込んだ。「もう来てもいいころだ――三十分もすれば来るだろう。逮捕されるにしても、多少はみばえをよくしておかないとな。若い将校の中には、傷ついた女に神経を尖らせるのもいるから。イギリスのスパイだろうと」

安堵が雪崩となってイヴを呑み込んだ。〝ドイツ兵がやってくる〟ここで、この部屋で死なずにすむのだ。ドイツ軍の監房に入れられる。監房から出たら銃殺隊が待っていようと、監房にルネがいないだけでもありがたい。彼は拷問を諦めた。諦めたのだ。

〝あたしは持ちこたえた〟なんだか不思議な心持ちだった。〝耐え抜いた〟

心の中でリリーがほほえむ。刑務所でリリーと会えるかもしれない。ヴァイオレットにも。一緒ならなんでも耐えられる。銃殺でさえ。

「おまえの友達」彼女の思いを読み取ったように、ルネが言った。「隣の監房に彼女がいたら、わたしからよろしくと言ってくれたまえ。たいした女だっていうじゃないか。おまえのルイーズ・ド・ベティニは。会えなくて残念だ」

彼は日差しを浴びて紅茶を飲んでいた。イヴはじっと見つめる。髪に通った櫛の目、ひげを剃りたての顎。

「おまえが教えてくれたんだ」彼が言う。「気付いていないなら教えてやるが」

「あたしはな、な――」麻痺した唇でなんとか言葉を形作る。「な、な――あたしは、な――」なにも《ナッシング》。なにも《リエン》。こんなかんたんな言葉が出てこない。舌がみるみる凍った。

「ルイーズ・ド・ベティニ、またの名をアリス・デュボア。ほかにも数多《あまた》の偽名を持つ女。おまえはすべてしゃべった。ヘル・ロツエラールが身柄を拘束した女の身元がわかって、ドイツ軍司令官もご満悦だ。しかも、地元のネットワークのリーダーだそうだな。まさか女だとは、驚きだ」

イヴはただ繰り返した。「あたしはな、な――」これだけは言わねばならない肝心な言葉を、欠陥のある舌が形作れない。これまで、パニックに陥ると言葉に詰まることの恐怖を、意識したことはなかった。その身に引き受けるには大きすぎる恐怖ではなかったからだ。だがそれは、雲上に聳える山のように、普段は下から見ることができないが、彼女を叩き潰す機会を虎視眈々《こしたんたん》と狙っていたのだ。〝あたしはなにもしゃべっていない〟

熱にうなされ不可解な夢を見たことは憶えていた。ボードレールの胸像が命を宿し――

彼女の顔をよぎった表情を、ルネは見落とさずにうなずいた。これまで彼の前で、感情をあらわにしたことはなかったのに。感情を閉じ込めておいた地下貯蔵室の鍵が破られ、彼は本のページをめくるようにして、イヴの思考や感情のすべてに目を通している。「きのう、おまえが言ったことのうちひとつだけは正しかった。おまえが話す嘘の中から、事実を抜き出す術がわたしにはなかった。だが、アヘンは」――カップの紅茶をくるくる回す――「ある程度の量が体内に取り込まれると、奇妙な幻覚を生じさせる。それに、抵抗力を弱めるのだ。おまえはゆうべ、おかしなものを見ただろう……そのせいで、おまえはすっかり従順になった」

イヴは壊れたレコードのように、おなじ言葉を繰り返すことしかできなかった。「あたしはな、な、な――」

「ノ、ノ、ノー。おまえはべらべらとよくしゃべった。友達のルイーズを売ったんだ。そのことには感謝する」彼はティーカップを掲げた。「ドイツ軍も感謝してくれるだろう」

〝裏切った〟その言葉がイヴの頭の中で木霊した。〝裏切った〟いいえ、リリーを裏切るはずがない。

〝彼は名前を知っている。あんた以外の誰から聞いたというの？〟

ちがう。

〝裏切り者〟

ちがう……。

「じつのところ」黙り込むイヴをほったらかしにして、ルネは話しつづけた。「アヘンでおまえがあんなに協力的になるとわかっていたら、おまえの手はばらばらになっていなかったろうし、書斎が小便臭くならずにすんだ。オービュッソン絨毯のしみをどうやって抜いたものか」彼の笑みが深くなった。辛辣だがなぜかそわそわしている。「だが、絨毯を一枚駄目にした甲斐はあったよ、マルグリット、おまえを打ち壊すのは楽しかったよ、イヴ。

どっちの名前も、おまえにふさわしいとは言えないな」

壁の前に立つ、目隠しをされたリリー、ライフルが構えられ――。

裏切り者。裏切り者。〝イヴリン・ガードナー、おまえは弱虫の臆病者だ〟

「もっといい名前を考えてやろう」ルネがカップを置き、ゆらゆらとちかづいてくる。腰を屈め、頬をイヴの頬に押し当てる。イヴはコロンのにおいを吸い込んだ。「わたしのかわいいユダ」

イヴはヘビのように素早く顔を動かした。体は椅子に括り付けられ、両手は布でぐるぐる巻きにされていたが、なんとかルネの下唇を嚙むことができた。血の味がした。自分の失敗同様、苦かった。彼が叫び、髪を掴んでぐいぐい引っ張っても、嚙むのをやめなかった。情報源とスパイ、捕らえる者と捕らわれた者、協力者と裏切り者が交わす、最後の野蛮なキスだった。歯と血によって二人の口が絡まり合う。ルネが力づくで押しのけたので、イヴの椅子が倒れた。頭を床にしたたか打ちつけ、世界が不穏な鼓動を打ちながらぼやけていった。「性根の腐ったくそ女」ルネの服に血が飛び散り、目は怒りで黒ずみ、抑揚のないひとりよがりの金属的な声が、ついに上ずってゆく。「人をスパイするイギリスのあばずれ女、いろんな血が混じったただの売り子じゃないか、体まで売りやがって、人の目を盗んじゃ掻《か》っ攫《さら》って――」いつもの気取った言葉はなりをひそめ、フランス語の底の底から浚《さら》い出したような、猥褻で耳障りなスラングを連発した。己の血で深紅に染まった口は、まるで人を食ったようだ。じっさい、そうやって生きてきたのだろう。この数カ月、人の魂も心も命も、儲けになるものならなんでも食らってきたルネ・ボルデロンは、いまや貪欲な獣に成り下がっていた。だが、彼を破滅させたところで、イヴは勝った気はしなかった。関節が砕けるグシャッという音よりもはるかに大きくて最終的な、ポキッという音がして、イヴ自身も壊れてしまったのだから。倒れた椅子に括られたまま、彼女はしめやかに泣いた。だが、彼女の羞恥と恐怖に匹敵するだけの涙は、この世のどこにもなかった。彼女はユダだ。この世で最高の友を裏切り、この世で最悪の敵に売り渡してしまった。

〝死にたい〟イヴは思った。ルネは落ち着きを取り戻し、苛立たしげに口に布を押し当てて窓辺へと退却した。〝死にたい〟

ドイツ兵がやってきたとき、彼女はまだそう思いつづけ、泣きつづけていた。ドイツ兵が紐をほどき、彼女を引っ立てていったときにも。

31

シャーリー

一九四七年五月

「なんてこった《ジーザス》」フィンがつぶやく。わたしはイヴの話に凍り付いていたので、彼が入ってきていたことに気付かなかった。

「いいえ」イヴがしゃがれ声で言った。「あの緑の壁の書斎のどこにも、神《ジーザス》はいなかった。いたのはユダだけ」煙草の包みに手を伸ばしたが、とっくに空になっていた。「夢に出てくるのはしょ、書斎のほう。ルネの顔ではなく、指が砕ける音でもない。書斎。呼吸する壁、ティファニーの孔雀、ボ、ボードレールの胸像……」

イヴの声が小さくなる。背けた横顔がきつい。遠くで教会の鐘が鳴り、わたしたちは悲しげな音に耳を傾けた。フィンは壁にもたれ、腕を組んでいた。わたしは窓腰掛けに丸くなって座っていた。向かいにいるイヴは膝で両手を組み、彫像のように動かない。

あの手。彼女の手がどうしてああなったのか、ずっと知りたいと思っていて、いま、知ることができた。それは国に仕えるために彼女が払った代償だった。自分がどうやって壊れていったのか、いやでも思い出さずにいられない戦傷。彼女のような妥協を許さない心は、屈服したのは自分のせいではないとは、どうしても認められないのだろう。自分を臆病者だと思っている。だから、勲章を受け取ることを拒んだ。わたしは自分のまっさらな手を見つめ、大理石の胸像が何度も打ちおろされ、指がイヴの指のようになっていくのを想像し、骨の髄まで震えた。「イヴ」自分の低い声を聞いた。「あなたほど勇敢な人に会ったことがない」

彼女が手を振ってわたしの言葉を撥ね付けた。「あたしは壊れた。ブランデーに仕込まれた少量のアヘンで、すべてをぶちまけた」

なにかが引っかかった。筋が通らない気がして尋ねようと口を開きかけたら、フィンに先を越された。その声はやさしく、怒りを含んでいた。

「裏切り者なものか、ガードナー。誰だって壊れる。急所を突く。その人が大事にしているものを見つけてそれを傷つける――そうすりゃ誰だってまいる。そのことを恥じる必要はない」

「それがね、恥じるのよ、お人よしのスコットランド坊や。リリーはそのせいで有罪の判決を受けた。ヴィオレットもあたしもね」

「だったら、あんたを拷問にかけたルネ・ボルデロンが悪いんだ。判決を下したドイツ軍が悪い――」

「三人とも有罪になったことの責任が、この萎びた心にのしかかっているのよ」自らを責める彼女の声は容赦がなかったけれど、それでもこっちを見ようとしなかった。「ルネとドイツ軍にも責任はある。でも、あたしにだって責任はある。ヴィオレットはけっしてあたしを許さなかった。彼女を責める気にはなれない」

「リリーはどうなったの？」わたしは尋ねた。「けっきょく、その――銃殺刑に処せられたの？」目隠しをされた小柄な雄々しい人が、壁を背に立つ姿が目に見えるようだ。喉が詰まる。イヴの真に迫った語りから、リリーがどれほど大事な人だったのかよく伝わってきた。

「いいえ。キャヴェルの処刑からあまり日が経ってなかったからね。女をまたし、至近距離から撃ったりしたら、ドイツ軍は批判の嵐に晒される。あたしたち三人にはべつの運命が待っていた」ネズミが裸足の上を駆け抜けたかのように、イヴがぶるっと体を震わせた。「でも、あなたは生き延びた」口が渇いていた。「ヴィオレットも。リリーは――」

「裁判とそのあとのことはつぎにしよう。夜中にする話じゃないし。それに、いま大事なことはそれじゃない」イヴはその話を押しやるようにして、わたしをじっと見つめた。「いま大事なのはルネ・ボルデロンだ。彼があたしになにをしたか、彼がどんな人間だったかはわかっただろ。戦争が終わると、あたしは国に帰った。リールに戻って奴の腐った頭を吹き飛ばす気満々だった。何年もそのことを夢見て過ごした。キャメロン大尉がそれをぶち壊した――イギリスに戻ったその日に、ルネは死んだと嘘を吐いてね」彼女が拷問の話をしたときには、荒々しい感情を漲《みなぎ》らせていた声が、いつもの歯切れのいいそれに戻った。「それであたしの心の平安が保てるだろうと思ってのことだ。復讐のなんたるかを理解するには、彼は高潔すぎた。あたしは毎晩のように憎しみで震えながら目を覚ます。口の中であいつの血を味わうことができれば、ゆ、ゆ、ゆ、夢を見ずに眠れるだろうにって思うんだ」

フィンが強くうなずく。彼にはわかるのだ。わたしだって。ローズと娘を撃ったドイツ兵のことを考えると、激しい憎悪が渦巻く。

「三十年も経ったんだから、い、い、い――」――イヴが拳で膝を叩いて言葉を解き放った――「いまさらって思うかもしれない。だけど、あたしは決着をつけたい。ルネには貸しがある」イヴは目を逸らさなかった。「あんたもだよ」

わたしはきょとんとした。「わたしも？」

「追跡をつづける理由が欲しいと言ったよね、ヤンキーのお嬢ちゃん。それを与えてあげる。どうしても欲しいのならね。それで、聞きたいの、どうなの？」

わたしはまたきょとんとした。わたしとフィンはイヴの過去にどっぷり浸かっていて、わたしはべつの劇に無理やり引っ張り出された俳優のような気分だった。「ええ。聞きたいわよ。でも、よくわからないんだけど。わたしはルネ・ボルデロンに会ったこともないのよ」

「それでも、あんたは彼に貸しがある。彼はあんたのいとこの雇い主ってだけじゃなかった」まるで上級将校みたいな簡潔なしゃべり方になっていた。「ルネ・ドゥ・マラシとしてリモージュにやってきてから、彼がなにをしていたのか探り出す必要があった。だから、アレントン少佐に訊いてみたんだ。彼は馬鹿だけど、出世はした。第二次大戦でそれなりの活躍をしてね——あたしも多少は関わっていた。だから、ルネ・ドゥ・マラシに関する情報を掴むためには、どこからどう話を持っていけばいいのかわかっていた。ワインとお世辞の大判振る舞いをしてやると、アレントンは情報を漏らしはじめた。中には周知の話もあったけど、秘密の話もあった。口の軽い馬鹿には感謝しないとね。

第二次大戦中に、アレントンはフランスのレジスタンス・ネットワークと組んで、救援物資の空中投下の手配や情報収集を行なっていた。ムッシュー・ルネ・ドゥ・マラシがナチの協力者だってことは、リモージュでは有名だった。政治的便宜を図ってもらうために、ナチに情報を流してたんだ。それに、ヴィシー政権下で働く親ナチの民兵団《ミリス》にもね」イヴはバッグからなにか取り出し、指で摘んだ。「これが一九四四年当時のルネ。彼は容疑者だったから、アレントンが写真を持っていた」

わたしは写真を受け取った。地元の名士やナチの将校たちが居並ぶ、優雅な晩餐の席で撮られた写真のようだった。丸がつけられた左端の男を、わたしは食い入るように見つめた。ついにイヴの敵に顔がついた――彼女の話からわたしが思い描いた優雅な狼みたいな男ではなく、こちらを見返しているのはダークスーツの老人だった。ほっそりとした顔、高い額から撫で上げた銀髪。年齢を重ねるとでっぷりする人が多いが、彼の場合は細くなっていた。だが、弱々しい感じはしない。銀の握りのステッキを、アクセサリーのように腕にぶらさげ、しわの寄った顔にかすかな笑みを浮かべ、ワイングラスの脚を二本の指で摘んでいる。その視線のなんて冷たいことだろう。そう思っても、かんたんにはそこにイヴから聞いた過去を重ねられなかった。

フィンがわたしの肩越しに覗き込み、小さく悪態をついた。彼がなにを考えているのか、わたしにはわかる。この老人は、緑の壁の書斎でイヴを破壊したのだ。そのせいで彼女は悪夢とウィスキーの残骸の中でうずくまる、辛辣な女になった。そのあいだも彼は金を儲けつづけたのだ。またしてもドイツの侵略者と昵懇《じっこん》になって、多くの命を破壊しつづけた。盗みを働いたからと、若いスーシェフを背中から撃った。クリスタルと鉤十字が輝く晩餐会で、ほほえんで写真に写り……。

彼の顔を見つめ、憎いと思った。

「彼は第二次大戦中も暴利商人として広く知られていた」イヴが静かにつづけた。「でも、た、た、た――大量虐殺に加担していたことは、広く知られてはいなかった。アレントン少佐は、ミリスにいた情報源からそのことを知らされた。近隣の村にレジスタンスが潜伏しているという情報が、民間人からもたらされたことを。しかもその民間人はミリスに娘の名前を教え、彼女とレジスタンス仲間がドイツ軍将校を誘拐し殺したと告げた。その将校というのは、親衛隊装甲師団ダス・ライヒのディークマン少佐の友人だった。ミリスがこの情報を上に知らせ、誘拐された将校が殺されたことが確認されると、ディークマンが娘を逮捕し絞殺するものと思われた。だが、彼は娘だけでなく村人全員を見せしめに殺すことにした」イヴの視線はわたしから逸れなかった。「娘の名前はエレン・ジュベール。その村とはオラドゥール＝シュル＝グラヌ。情報をもたらした民間人とはルネのことだ」

恐怖が全身に広がった。マダム・ルファンシュの声が聞こえる。〝エレン・ジュベール。赤ん坊を産むためにここに来たとき、彼女はそう名乗った……みんな彼女のことをそう呼んだ。かわいいローズ〟

「あんたのいとこがレジスタンスだったかどうかはわからない」イヴがつづけた。「子供の父親がレジスタンスだったのなら、彼女も関係していたんだろう。アレントンが知っているネットワークのいずれにも、彼女は活動家として登録されてはいなかった。でも、それが証拠にはならない。子供を産んでからは関わらないようにしていたのかもしれないし、あるいは、リモージュで働いていたあいだ、情報を流していたのかもしれない。いまとなってはわからない。〈ル・レテ〉に来るナチをスパイしていたにしろ、してなかったにしろ、ルネはローズを怪しいと決め付けたんだと思う。盗み聞きするウェイトレスには疑心暗鬼になってただろうからね」苦々しい笑い。「たとえレジスタンスだったとしても、あんたのいとこはドイツ軍将校の誘拐や殺人には関わっていなかった。そういうのはもっと経験を積んだ闘士が関わる作戦だからね。でも、ルネは彼女を追い出したかった、それで――」

「それで、彼女の名前をわざわざ教えた？」わたしはつぶやいた。「店から追い出したいのなら、首にすればすむ話じゃないの？」

「彼女をちゃんと始末してもらうほうが安全だと思ったんだよ。自分の手で撃ち殺すこともできた――そのころには、引き金を引くことに、なんのためらいもなかっただろうから。でも、スーシェフのことがあったから、もう一度やるのは得策じゃないと思った。事件を揉み消すのに、ナチにいろいろ便宜を図ってもらわなきゃならないしね。だから、あんたのいとこの名前と、彼女が毎週末に訪れていた村の名前を密告して、始末してもらったのさ」イヴが首を傾げる。「もっとも、いくら彼だって、村人全員が虐殺されるとは思ってなかっただろうけどね。ドイツ軍将校が、かりに残りの村人たちに慈悲をかけたとしても、あんたのいとこは確実に捕まって、親衛隊に処刑されていたわね。ルネ・ボルデロンのせいで」

肌がムズムズした。手の中の写真がわたしに火をつけた。ひとりよがりの老いた男の顔に再び目をやった。

「実際に手を下したのはドイツ軍だけど、復讐したくてもできない」イヴが言う。「大量虐殺を命じたディークマン少佐は、数週間後に連合軍の攻撃で命を落とした――軍の記録に載っていて、アレントンが確認している。彼の命令を実行した兵士たちは、彼と運命をともにしたか、戦後にドイツに戻ったか、いまも捕虜収容所にいるか。オラドゥール＝シュル＝グラヌの虐殺に関わった兵士の誰一人、軍事裁判で有罪になっていないし、ほかの大量虐殺についてもおなじ。ニュルンベルクの国際裁判所でも裁かれていないから、あんたのいとこを殺した男を特定することはできない。手の届く存在じゃないのよ。でも、ルネはちがう。彼は引き金を引いてないけど、あんたのいとこの死を招いた張本人であることはたしか」

わたしは動けなかった。口をきけなかった。息をすることもできなかった。ひとりよがりの男の顔を見つめるだけだ。ああ、ローズ……。

「あたしはルネ・ボルデロンを追い詰めるからね、シャーリー・セントクレア。彼に罪を償わせる」イヴは破壊された両手の指を曲げた。「あたしと一緒に来る？」

第四部

32

イヴ

一九一六年三月　ブリュッセル

裁判はたった一日で終わった。

イヴにとって、堂々たる場所で行なわれた退屈な審理は、ぼんやりと過ぎていった。衛兵に伴われて入廷したとき、ヴィオレットはまっすぐ前を見て歩き、リリーはよく動く視線をあちこちに向けていた。高いガラス天井、高官椅子、ひと組のライオンを配した誇り高きベルギーの国章。だが、イヴはうつむいたまま、前で組んだ手の、まだらな皮膚と治りかけの指を見つめていた。数カ月が経っても傷はまだ激しく痛んだ。痛みは、頭上を飛び交うドイツ語よりもずっと重要に思えた。

いろいろな手続きがとられるあいだ、イヴは居並ぶ人々の顔を順繰りに見ていった。ドイツ軍兵士、ドイツ軍将校、ドイツ軍事務官……だが、フランス人も民間人も、この見世物を見物することは許されなかった。ルネ・ボルデロンも、自分が与えた破壊の痕跡に視線を落とすことはできなかった。イヴはほっとした。判決を聞くよりも、彼の顔を見ることのほうがずっと恐ろしかったからだ。もし彼の姿を目にしたら、分厚い絨毯の上に倒れ込んで震えてしまうだろう。

〝意気地なく恐怖に竦むことに、あたしは慣れていないんだ〟判事の一人が長広舌をふるうのを尻目に、イヴはそんなことを考えた。もう何カ月も、彼女はそんな状態だった。監房に横たわって震え、挑発されればメソメソ泣くだけで、そのことにいまだに慣れなかった。イヴの中で激しいものといえば、自分を呪うことだけだった。

裏切り者。その言葉はいまや血の一部だ。悪意を持ってあたりまえのように、鼓動に合わせて脈打っていた。裏切り者。

リリーは彼女の裏切りを知っていた。サン＝ジルの刑務所のべつべつの監房で過ごしたこの数カ月、話をする機会はめったになかったが、イヴは守衛を買収し、自分がしでかしたことをリリーに伝えてもらった。裏切りの重みに耐え切れなかったからだ。嘘は吐けない。部屋の向こうに目をやる。ヴィオレットの表情のない横顔の先に、リリーが座っていた。〝あたしに唾を吐きかけて〟イヴは無言で乞うた。〝そうされても仕方ない人間だから〟

だが、リリーはほほえんだだけだった。小さな顔にいたずらっぽい表情がよぎって、パッと明るくなった。敵意丸出しの衛兵たちに囲まれて座っているのではなく、いまも自由な女であるかのように――それから、二本の指を唇にあてて、イヴに投げキスをくれた。

イヴは身を竦めた。キスは強打だった。

一人ずつ聴取された。たがいの証言を聞くことは許されなかった。ヴィオレットが最初だった。本名はレオニー・ヴァン・ホウテであることを、イヴは自分の聴取の席で聞いたが、彼女にとってリリーの副官はあくまでもヴィオレットだった。ヴィオレットはイヴを、反逆者を見る目で見た。衛兵に付き添われて進むイヴを、ほかの女たちも憎しみの目で睨んだ。つぎに聴取されたのはイヴだったが、弁解しようとは思わなかった。どんな判決が下されるか、聞かなくてもわかる。ドイツ語の長広舌を黙って聞きながら、両手の痛みを堪え、ヘアオイルと靴クリームの饐えたにおいを嗅ぐうちに聴取は終わった。彼らの本命はリリーだ。残酷とも言える期待の小波が広がってゆく。ローマのコロセウムでいざライオンが解き放たれるとき、観客たちはおなじ興奮を味わっていたにちがいない。この部屋のライオンは金箔の彫刻だが、死を招くことに変わりはなかった。

判事たちが退廷し、時計がゆっくりと時を刻んで三十分が過ぎた。これで終わる。イヴとリリーとヴィオレット、それにもっと刑の軽い被告たち数人が一列に並ぶと、あたりは水を打ったように静かになった。イヴの口は渇き、体が震えだした。ヴィオレットの指がぴくっと動くのを目の端で捉えた。リリーの手に触れたかったのだろう。リリーは彫像のように動かなかった。

鼻にかかったドイツ語で判決が読み上げられた。

「ルイーズ・ド・ベティニ、死刑」

「レオニー・ヴァン・ホウテ、死刑」

「イヴリン・ガードナー、死刑」

場内がざわつく。イヴは胸を蹴られた気がした。恐怖に、ではない。安堵に。

視界も思考もぼやける中、砕かれた両手に目をやった。ルネの緑の壁の書斎で、さめざめと泣きながら思ったことが甦る。〝死にたい〟

監房で退屈と苦痛とモルフィネと罪の意識に苛まれる日々は終わったのだ。目の前にあるのは銃口だけだ。美しいとさえ思える光景。銃口が光って、それで――無になる。

だが、心臓が安堵で収縮する前に、リリーが一歩前に出た。やわらかで完璧なドイツ語で言った。裁判中にたった一度だけ、彼女は敵の言葉を口にした。

「みなさん、どうかわたしの友人たちを撃たないでいただきたい。彼女たちはまだ若い。どうか彼女たちに慈悲を与えてください」頭を傾げる。「わたしは、誇りをもって死にたい」

「あたしは刑を受け入れる」ヴィオレットが馬鹿にしたような口調で言い、リーダーの言葉を遮った。「あたしを撃つなら撃ちなさい。でも、死ぬ前にお願いがある。いやとは言えないはず。あたしをリリーから――ルイーズ・ド・ベティニから引き離さないで」

イヴは思わず言っていた。「あたしも」

居並ぶドイツ人たちの顔がこちらを見下ろしていた。イヴはそこに戸惑いを見た。サン＝ジルの守衛たちもおなじ表情を浮かべていた。小柄なリリーと吃音のイヴ、学校教師みたいな眼鏡のヴィオレットが、スパイだとは信じられないという戸惑いの表情。〝ドイツ軍は何カ月もあたしたちを拘留したくせに、いまだに『悪の華』をどう扱えばいいのかわからない〟そう思ったら誇らしい気持ちになって背筋を伸ばした。それも一瞬のこと、罪の意識で心がぺしゃんこになった。

アリス・ネットワークの三人の女たちがそこで待つあいだ、ドイツ軍将校たちが声をひそめて協議した。さらに一時間が経過した。イヴの手がズキズキ痛んだ。べつの判決が告げられた。イヴの胸にべつの一撃が加えられた。安堵ではなかった。絶望だった。

裁判は終わった。

「さて」と、リリー。「あたしたちは撃ち殺されない」

法廷で衛兵に挟まれて待つあいだ、ヴィオレットは震えっぱなしだった。イヴはぼんやりと立っていたが、あらたな判決はヴィオレットを打ち砕いたようだ。いつでも銃弾を受ける覚悟で、足を踏ん張っていたのだから無理もない。「ドイツに送られるんだ……」ヴィオレットがつぶやく。

判決は修正された。三人ともシークブルク刑務所で十五年の懲役刑に処された。

「十五年?」リリーが鼻にしわを寄せた。「いいえ。フランスが勝利するまでよ」

「あたしは、銃殺隊の前にたた、立ちたかった」イヴは自分の声をぼんやりと聞いた。ヴィオレットが充血した目でこちらを見つめる。苦々しく人を責める目だ。「あんたはそうなって当然」イヴの顔に唾を吐きかけた。「ユダ」

衛兵が止めに入り、ヴィオレットを二人から引き離した。イヴは立ち尽くし、頬をあたたかな唾が垂れるに任せた。リリーがイヴにちかづくのを、衛兵たちは止めなかった。つかの間二人きりになれたが、それすら囚人には許されぬ贅沢だ。

「ごめんね、かわいいデイジー」リリーが袖口でイヴの頬の唾を拭った。その感触に身を竦めそうになる。やさしく触れられたことなど久しくなかったからだ。「ヴィオレットは堪えているのよ」

「あたしを憎んでいる」イヴは恨んでいなかった。「あなたを裏切ったから」

「なに言うの。わたしの名前や、わたしがネットワークを動かしていたことを、ドイツ軍がどうやって知ったかなんて誰にもわからない。アヘンのことはどうであれ、あなたは口を割ったことを憶えていない」リリーが無頓着に肩をすくめた。「わたしの身元は割れた。どうしてそうなったかなんて関係ないことよ」

「あるわ」と、イヴ。

ほほえみ。「わたしには関係ない」

イヴは泣きそうになった。〝あたしを赦さないで。お願いだから、あたしを赦したりしないで〟憎しみよりも赦しのほうがずっと堪える。

ヴィオレットが二人と一緒にいることを許された。こちらを睨み付けるだけでなにも言わない。沈黙の憎悪を、イヴは受け入れた。三人は黙って立っていた。監房に戻るための車を待っているところだ。そこから数日のうちに、シークブルク刑務所へ移送されるのだろう。

シークブルク。そこにまつわる恐ろしい話を、イヴは耳にしていた。ドイツがある東の方角に目をやった。ほかの女たちもおなじで、刑務所の湿った壁が目に浮かんでいるにちがいなかった。

「先のことは考えないの、わたしの天使たち《メザンジュ》」リリーがイヴとヴィオレットのあいだに入り、二人に腕を回してぎゅっと抱き締めた。「いまを楽しみましょう。二人ともここにいるんだもの、こんなにちかくにいる」

イヴはリリーの肩に頭をもたせ、三月の淡い日差しを浴びながら車を待った。

33

シャーリー

一九四七年六月

その夜は、怪物の写真を眺め、彼が仕出かしたことの意味を理解しようとした。〝あんたがローズを殺させた。あんたがローズを殺させた〟頭の中でそう唱えつづけた。撃てと命じたのは親衛隊の将校で、引き金を引いたのはドイツ人兵士──でも、洒落たスーツを着て銀の握りのステッキを持つこの男がいなかったら、わたしのいとこが標的にされることはなかった。

わたしはイヴの質問に答えることができなかった。茫然自失で、写真を手に黙って部屋に引き揚げた。岩で頭を殴られてベッドに横たわり、岩の重さに押し潰されたみたいだった。

ルネ・ボルデロン。名前が木霊する。〝あんたがローズを殺させた〟

彼はずっと前から、イヴとわたしを結び付ける鍵だった。ローズは彼のところで働いていて、イヴも彼のところで働いていた──この数十年間で彼に雇われた数千人のうちの二人──なんでもないようなその事実のせいで彼の名前が浮かび上がり、わたしをイヴに結び付け、いまここにこうしている。でも、その結びつきは書類の上のことだと思っていた。

空が白みはじめるころ、わたしは着替えて荷物を詰め、オーベルジュの玄関へと向かった。イヴが足元に荷物を置いてそこに立っているのを見ても、驚かなかった。背筋を伸ばし険しい表情で、この日最初の煙草をくゆらせていた。彼女が振り返った。その目はわたしの目とおなじで、赤くしょぼしょぼしていた。

「わたし、やるわ。あなたが彼を追い詰める手助けをする」

「よし」イヴが言う。コーヒーを調達してきてあげる、とわたしに言われたような気軽さで。「フィンがいま車を回してくる」

ピンク色の曙光《しょこう》の中、わたしたちは並んで待った。「どうしてわたしの助けが必要なの？」問わずにいられなかった。ゆうべ、頭の中でこねくり回した疑問だった。「あなたは三十年以上、この男に裁きを受けさせたいと願ってきた。それには、妊娠した女子学生は足手まといなんじゃない？　あなたはわたしを必要としない」本音を言えば、必要としてほしかった。イヴは面倒な人だけれど、世話を焼いてあげたかった。

「そうね、あんたを必要としない」彼女がきっぱりと言った。「でも、あの野郎はあたしだけでなく、あんたにもひどいことをした。つまり、あんたにも復讐する権利があるってこと。復讐には意味があるとあたしは信じている」イヴが謎めいた目でわたしを見る。「あたしは長いあいだにいろんなことが信じられなくなった。だけど、そのことは信じている」

彼女はオベリスクのようにそそり立っていた。彼女の復讐はどんな形をとるのだろう。そう考えると不安になった。そこへラゴンダが角を曲がってやってきた。

「たしかに」トランクに荷物を詰めるフィンを尻目に、イヴが小声で言った。「あんたを必要としないかもしれないけど、彼はぜったいに必要。あたしは五分五分だと踏んでるんだけどね。あんたが行くところはどこへでも、彼がついていく可能性」

わたしはきょとんとした。「どうしてそんなこと言うの？」

彼女がわたしの首の赤いあざに触れた。けさ、鏡を見て気付き、髪を垂らして隠したつもりだったのに――ゆうべ、フィンの唇が残したキスマーク。「蚊に刺された痕とキスマークの区別ぐらい、あたしにだってつくのさ、ヤンキーのお嬢ちゃん」

「おしゃべりはそれぐらいにしてもらえるかな、レディース?」フィンが運転席へと向かった。「きょうはドライブ日和だ」

「ええ」わたしは耳まで赤くした。イヴがにやにや笑って後部座席に乗り込む。フィンはそれに気付かなかったが、わたしの赤い顔には気付き、運転席で怪訝な顔をした。

「大丈夫か、ラス?」

あんな一日とひと晩を一緒に過ごしたあとで、よくそんなことが言えるものだ。悲しみと希望、測り知れない衝撃と測り知れない怒り――みんなで追い詰めることにした老人の写真を見るたびに、ますます怒りが募るというのに。フィンを見るたび、ほんの十二時間前に二人のあいだに起きたことを思い出して、全身がうずうずするというのに。「わたしなら大丈夫」なんとか声にする。彼がうなずく。これだから、もう。二人のあいだがどうなっていくのか、わたしにはさっぱりわからなかった。彼のことはほっといて、後部座席のイヴに顔を向けた。

「あなたが教えてくれてないことがひとつある。ルネ・ボルデロンをどうやって探すつもり?　その名前で暮らしていないだろうし、ルネ・ドゥ・マラシの名前でもね。リモージュを逃げ出してから、どこへ行ったのかわからない。どうやって足跡を辿るつもり?」

イヴは煙草をもう一服すると、吸殻を窓から投げ捨てた。「そ、それについちゃ、あたしに考えがある。老後はグラースで暮らしたいって、一度ならず言ってたからね。荒れた土地を手に入れてあるから、古いヴィラを修繕して住むつもりだって。彼は今年七十三になる。いくらなんでもレストランはやってないだろう。隠居しているはずだ。修繕したヴィラに引っ込んで、読書して、音楽を奏でて、南部の日差しを楽しんでいるさ。だから、グ、グ、グラースへ行く」

「それから、どうするの？」わたしは眉を吊り上げた。「車で流して、彼がいないか窓から覗き込むの？」

「あたしに任せて、ヤンキーのお嬢ちゃん。グラースに持ってる土地がどのあたりか、ルネは教えてくれなかったけど、探す方法はある」

「そもそも彼がそこにいなかったら？」フィンが疑いを挟んだ。「手がかりって言っても、三十年以上も前にたまたま口にした言葉だけだろ」

「ほかにもっといい考えがあるんなら言ってよ」

正直に言って、わたしにはなかった。肩をすくめる。フィンは、わたしの足元に丸めて置いてある地図に手を伸ばした。「のんびり行くとして、グラースまで二日だな。今夜はグルノーブルに泊まり……」

「グルノーブルはいいね」イヴが空を仰いで目を瞑った。「さっさと行こうよ」

南東目指してラゴンダを軽快に飛ばす。三者三様、物思いに耽った。わたしは気がつくとルネの写真を眺めていた。大虐殺の命令を出した親衛隊の将校は、どんな男だったのだろう。赤ん坊を腕に燃える教会から逃げ出す娘を目にして、ドイツ兵たちは喜んで引き金を引いたのだろうか。怒りをゆっくりと燃え上がらせながら、イヴの言葉を反芻《はんすう》する。ローズを殺した兵士を特定することは難しいだろう。

それでも、いつかきっと。記録がどこかに残っているはずだ。生き残ったドイツ兵が裁判にかけられるかもしれない。ローズのためではなく、マダム・ルファンシュと皆殺しにされた村人たちのための裁判。ニュルンベルクで調査が行なわれたほかの虐殺事件と同様、オラドゥール＝シュル＝グラヌも、その死は報われてしかるべきだ。

でも、それはそれだ。いまはグラースを目指す。ローズの死に直接関わったナチに、わたしの手は届かない。でも、ルネ・ボルデロンには手が届くかもしれない。

幾重にもうねる丘を抜け、湖や牧草地を抜けて車は進む。わたしはまたあらたな数式を解いていた。ローズとリリーを足して、イヴとわたしを足したもので割ると、答えはルネ・ボルデロン。四人の女と一人の男。粒子の粗い写真に見入り、良心の呵責や罪の意識、残虐性を見出そうとした。だが、写真にはそういったものは写っていない。彼は晩餐にやってきたただの老人だ。

写真をイヴのカバンにしまおうとすると、彼女の手が鞭《むち》のようにしなってわたしの手を払った。「持ってなさい」

写真はわたしのバッグにおさまった。革越しに男の虚ろな視線を感じる。だから、振り返ってイヴに顔を戻した。ゆうべ、窓腰掛けに座り、拷問と自己嫌悪の物語を語った彼女は、罪の意識に苛まれ背を丸めていたが、いまはずっと落ち着いて、輝いているように見える。わたしは手を伸ばし、彼女の手にそっと触れた。

「ゆうべは裁判の話をしてくれなかったわね。そのあとで、あなたとリリーとヴィオレットがどうなったかも」

「夜中にする話じゃない」

わたしは熱い太陽を見上げた。「いまは夜中じゃないわよ」

イヴが長々と息を吐いた。「そのようだね」

裁判の話に、フィンとわたしは耳を傾けた。ベルギーのライオン、ドイツ語で繰り出される質問、修正された判決。ヴィオレットが彼女の顔に唾を吐いたこと。老いたヴィオレットがルーベでおなじことをしたのを思い出し、わたしは体を震わせた。

ヴィオレット……疑問がわたしを悩ませる。ゆうべも抱いた執拗《しつよう》な疑問——解けない数式——でも、いまは考えないでおこう。イヴが言う。「そんなわけで、あたしたちはシークブルクに移送された」

34 イヴ

一九一六年三月

戦後になって、シークブルク刑務所での果てしない日々が、記憶にほとんど残っていないことにイヴは驚いた。リールでスパイとして働いたのは半年にも満たないのに、すべてを鮮明に憶えていた。シークブルクでの二年半は、薄汚れた灰色の夢のように過ぎていった。来る日も来る日もおなじことの繰り返しだった。

「彼女を監房に入れろ」

一九一六年の春、それがシークベルクで最初にかけられた言葉だった——ぞんざいな命令、背中にあてがわれた分厚い手が暗い廊下を奥へと進ませる。前にはリリーとヴィオレット。誰も刑務所の外観は見ていない。ガタガタ揺れるヴァンが中庭に着いたのは、日もとっぷり暮れたころだった。「かまいやしない」リリーがささやいた。「解放される日に、肩越しにたっぷり見られる」

だが、小便と汗と絶望のにおいのする廊下で、解放の日を夢想するのは難しかった。どうしようもなく体が震えるので、歯が鳴らないよう必死で食いしばった。鍵が擦れて回る音、蝶番《ちょうつがい》がきしる音、分厚い扉が大きく開かれる。「ガードナー」看守が吠え、分厚い手がイヴを押した。

「待って——」イヴは振り返り、ひと目でもとリリーやヴィオレットを探したが、ドアは音をたてて閉まるところだった。シークブルクに移送されたとき、イヴはすでに壊れていた。心の闇に比べれば、監房の暗さなどそれほど怖くない。歯をカタカタいわせながら手探りした。石の壁、サン＝ジルの監房よりも狭い。汚れたベッドは木のように硬く、古い汗と嘔吐物と恐怖のにおいがする。どれだけの数の女がここで眠り、泣き、嗚咽を堪えたのだろう。ドアの向こうから叫び声がぼんやり聞こえた。一度などけたたましい笑い声も聞こえたが、看守が呼びかけに応えることはなかった。シークブルクでは、夜になって監房の扉に鍵がかけられると、朝までけっして開かないことを、イヴはじきに知った。発熱や敗血症による緩慢な死が訪れても、骨折の痛みに泣き喚いても、出産の苦痛にのたうち回っても――夜が明けるまで扉が開くことはないのだ。そんなふうにして、どれだけ多くの女たちが死んでいったのだろう。そこが肝心要だ、とイヴはぼんやり思った。

汚れたベッドで寝る気になれず、隅っこに丸くなって寒さに震えながら夜明けを待った。日が昇ると、強面《こわもて》の看守が服――ゴワゴワの青い靴下、胸に囚人を示す十字が縫い取られた汚れた白の囚人服――を持ってやってきて、いつ終わるとも知れない囚《とら》われの日々がはじまった。

飢え。寒さ。虱。看守に鞭打たれること。日中の労働。指を痛める針仕事、研磨剤を使った鍵磨き、小さな金属の口金の接着。声をひそめてのおしゃべり。マウント・ソレルが戦場になったってほんとう？　ソンムは？　イギリス軍がラ・ボアセルを占拠したって？　コンタルメゾンも？　囚人たちは食べ物よりもニュースに飢えていた。看守から聞くのは、ドイツ軍が勝ちつづけている話ばかりだ。

「嘘吐き」リリーが鼻を鳴らした。「嘘ばっかり！　ドイツ軍が負けていることを知ってるくせに。わたしたちがいますべきは、耐え抜くこと」

耐え抜いてみせる、とイヴは思った。一年が過ぎた——灰色の日々、鞭打たれる日々、虱と真夜中の悲鳴。体は骨と皮になっても、リリーの静かな自信は赤々と燃えつづけた。真っ暗な監房、嫌なにおいのする寝台で夢も見ずに眠る。飢えに寒さが重なって体力を消耗し、黄熱病でひどい汗をかく女たち。彼女たちが連れていかれる医務室は、汗と血のにおいが染み付いた醜い緑のカーテンで覆われた広い部屋で、〝隔離病棟〟と呼ばれていた。〝地獄〟と呼ぶ者もいた。治療のために行く場所ではない。死ぬために行くのだ。ドイツ軍は女囚たちを片付けるのに、銃弾を無駄にする必要はなかった。放置と病気が肩代わりしてくれるのだから。堅実な戦略だ、とイヴはぼんやり思った。女を病院のベッドで死なせるほうが、銃殺隊の前に立たせるよりも、国際世論の非難を浴びずにすむ。

女たちのほうはといえば。おなじ囚人服を着て、一様に痩せ細り、汚れた髪と落ち窪んだ目の〝悪の華〟だ。エディス・キャヴェルとともに、兵士たちの国境越えを助けた烈火のごときルイーズ・サリーズ。息子を殺され、二人の娘とともに収監された、ベルギー生まれのマダム・ラメ。ベルギーでスパイのネットワークを組織した、ストイックなクロイ公女マリー……シークブルクに来なければ、戦争にすべてを捧げた女たちがほかにも多くいたことを、イヴは知る由もなかった。いまも、彼女たちはそれぞれの戦いをつづけている。

「マダム・ブロンカルトが言うには、わたしたちが組み立てている金属のキャップは手榴弾の頭の部分だって」リリーがささやく。「細工をしたらどうかしら?」

「リリー」ヴィオレットがうんざりした顔で言った。「彼らを刺激するようなことはしないで」

「なに言ってるの。味方を殺すために使われる弾薬を作らされるなんて、許せないじゃない」つぎの日、こんな言葉が叫ばれた。〝イギリス、フランス、ベルギーおよび連合国すべての名において、弾薬の製造を断固拒否するようわたくしは仲間に懇願するものである。われわれの祖国に死をもたらす仕事をわれわれに強いる権利を、ドイツは有していない。戦場において、われわれの父や兄弟や夫や息子たちを攻撃するような武器の製造を、われわれに強いる権利を有していない。われわれは国王のため、国旗のため、祖国のため、これからも勇敢に戦いつづけ、苦難に耐えつづけ――〟

シークブルク刑務所のいたるところで、灰色の顔の骸骨のような女たちが、にわかに顔を輝かせ、ワルキューレのように叫んだ。看守たちは右往左往し、囚人たちを突き飛ばし、鞭打ち、怒鳴ったが、誰もへこたれなかった。拳で頬を強打され頭が鞭のようにしなろうと、イヴは叫びつづけた。その一瞬、世界は魂の抜け殻のような灰色から、鮮やかな色彩を持った。イヴは監房に放り込まれるまで叫びつづけた。リリーはストライキの首謀者として、マダム・ブロンカルトとともに独房監禁されてもなお笑っていた。「やった甲斐があった」一カ月後にようやく独房での監禁が解かれると、彼女は言った。

イヴはそこまでの確信が持てなかった――リリーはひと握りの骨となり、影のように儚い。その肩に毛布を掛けてやりながら、イヴは思った。〝耐え抜くの。あたしたちがいますべきは、耐え抜くこと〟

果てしのない灰色の一年がまた過ぎた。一九一八年、待ちに待った春がようやく訪れると、囚人たちのあいだに希望がじわじわと広がった。「ドイツ軍は負けつづけている」時の経過とともにささやきが広がった。「前線のいたるところで、彼らは打ち負かされ撤退し――」刑務所の中に広がっていったのは、そういう噂だけではなかった。イギリス軍の勝利やフランス軍のドイツ領奪還の噂も広まった。看守は肩を落とし、ドイツ軍の勝利を唱える女たちの声はヒステリックに甲高くなった。長引いた戦争にようやく終止符が打たれる。そういう雰囲気が漂っていた。

もっと早く終わっていたら。眠れぬ夜にルガーの銃身を見つめながら、イヴは何度思ったことだろう。あと数カ月早く終わっていたら。

一九一八年九月

「来てくれてありがとう、かわいいデイジー」

リリーは冷える医務室で寝ていた。汚れた毛布の下の体はあまりにも小さい。イヴは寝台の縁に腰掛け、囚人服の中で震えていた。ほかの女たちと一緒に働いている時間だが、刑務所では発疹《ほっしん》チフスが大流行し、イヴが発熱と頭痛を訴えると即座に医務室送りとなった。自分の寝台を抜け出してリリーのお見舞いに行くのはかんたんだ。「具合はどう?」

「それほどひどくないわ」リリーが脇腹を叩く。しばらく前から胸膜に膿《うみ》が溜まっていたが、本人はそれほど重大に捉えていなかった。「外科医が切開して取り除いてくれるわ」手術はその日の午後四時に予定されている。それまであまり時間がない。

「ボンから外科医を呼ぶの?」イヴは不安を隠して言った。膿を取り除くのはたいした手術ではないが、人手不足の粗末な施設で飢えかけた女が受けるとなると……。

リリーは恐れていない。イヴは自分に言い聞かせた。あなたが怖がってどうするの。だが、彼女らしくない大真面目な顔でこちらを見つめるのだから、恐れているのかもしれない。生き生きとした目はすっかり落ち窪んでしまった。「ヴィオレットのこと、よろしくね、もし……」意味ありげに肩をすくめる。

「きっとよくなるわよ」リリーの言葉を遮るように、イヴは言った。「よくなるに決まってる」

この二年間、イヴはそれだけを頼りに生きてきた。イヴリン・ガードナーは友達を裏切って道連れにした。彼女たちを無事にここから連れ出せたら、裏切ったことを忘れてもらえるかもしれない。赦してはもらえなくても。イヴは毎日そう思いながら、一日に配られるパンの半分をリリーの手に握らせ、どんなに冷たい目で見られても、ヴィオレットに自分の毛布を手渡した。〝彼女たちを無事に連れ出せたら、罪滅ぼしができる〟

もうじきそれが叶うのだ――戦争はこれ以上長くはつづかない。〝終わりはもうそこまで来ている。もうじき国に帰れる〟

イヴの目から必死さを見て取ったのだろう、リリーが手を伸ばしイヴの指に指を絡めた。「自分を大切にしてね、かわいいデイジー。わたしはそばにいて助けてあげられないかもしれないけど――」

「そんなこと言わないで」イヴはパニックに喉が詰まり、リリーの手を握った。リリーを失うことはできない。胸に溜まった膿ぐらいで。いまは駄目。投獄されて二年、ようやく終わりが見えているのに。「膿を取り除くだけなんだもの。大丈夫に決まってるじゃない！」

リリーの声は揺らがなかった。「でも、ドイツ軍はわたしを治してやろうなんて思ってないわ、マ・プティ」

イヴは否定できず、涙を浮かべた。シークブルク刑務所の将校たちは、問題ばかり起こすリリーを、あからさまに憎んでいた。「あんなストライキを扇動しなければ、もしかして――」

もしかして、なに？　シークブルクの門を潜ったときから、彼女は戦ってきたでしょ？　入念な脱走計画を練り、ジョークや物語でみんなの気分を明るくしてきたでしょ？　リリーが息を潜め、おとなしくしているような人間なら、フランスでもっとも優秀なスパイのネットワークを運営してこれなかっただろう。

「あなたはかならずよくなる」イヴは頑固に繰り返し、さらに言葉をつづけようとしたとき、二人の雑役係が現れた。

「起きろ、ベティニ。外科医が到着した」

リリーは立ち上がれなかった。イヴはその肩に腕を回して立たせた。自分の雑巾みたいな囚人服に、リリーは顔をしかめた。「なんてみっともない《ケルオレル》。ピンクのモアレでもあったらね！」

「それに、道徳的に問題のある帽子も？」イヴはなんとか合わせた。

「それより道徳的に問題のある石鹸が欲しいわね。髪がこんなに汚れて」

喉が詰まった。「リリー――」

「わたしが中に入ったら、祈ってくれる？」手術室のほうを尖った顎で指す。「わたしのために祈ってほしいの。アンデルレヒトの女子修道院長に手紙を書いたけど、あなたの祈りはいつでも大歓迎よ、イヴリン・ガードナー」

リリーがイヴの本名を口にするのははじめてだった。裁判が終わったあとも、古いコードネームで呼び合ってきた。そのほうがぴったりくるから。「あなたのために祈れない」イヴはつぶやいた。「もう神を信じていないもの」

「でも、わたしは信じている」リリーは雑役係二人に両側から肘を掴まれながらも、指からさがるロザリオに口づけた。

イヴは大きくうなずく。「だったら、あたし、祈る。数時間したらまた会いましょう。

待ってるから」

雑役係がリリーを医務室から連れ出した。イヴはあとを追った。廊下のつきあたりの手術室から看護婦が出てきた。そのとき一瞬だけ、ボンから来たという外科医の姿が見えた。煙草を吸っていた。のんびりしたものだ。手術に使う器具を誰も消毒せず、エーテルやクロロフォルムを用意する者もおらず……。

リリー。恐怖の波に洗われる。〝リリー、そこに入っちゃ駄目――〟

前方からロザリオの祈りを唱えるリリーの澄んだ声が聞こえた。「罪人なるわれらのために、いまも臨終のときも祈りたまえ……」

廊下には女たちが詰め掛けていた。ルイーズ・サリーズ、クロイ公女マリー、ヴィオレット――たくさんの〝悪の華〟たちが仕事を抜け出し、スパイの女王を心配そうに見守り、祈った。二人の雑役係が歩を速め、穏やかに祈りを唱えるリリーの声がつかえた。リリーがついに挫けたのかとイヴは思った――くずおれてすすり泣き、手術台へと担がれていくのかと。

そうではなかった。リリーは背筋を伸ばし、茶目っ気たっぷりに顎を突き出し、居並ぶ友人たちに視線を走らせた。鈍い光が編んだブロンドの髪をぐるっと照らした。まるで王冠のようだ。「友よ《メナミーズ》」リリーが言う。ヴィオレットの前を通るとき、震える手にロザリオを押し付けた。「愛してる《ジュヴゼィム》――」

雑役係に挟まれて、子供のように小さな体はほとんど浮いていた。軽やかな足取りで、心も軽やかに、長い廊下を手術室へと向かった。イヴは心臓が陰鬱なリズムを刻むのを感じた。リリー……。

手術室に消える直前、リリーは振り返り、目にいたずらっぽい光を宿し、〝悪の華〟に向かって投げキスをした。イヴは一撃を食らった気がした。リリーは手術室に消えたが、明るく穏やかな声は聞こえてきた。

「あなたが外科医なのね。クロロフォルムを少しいただけないかしら。くさくさする一日だったから」

そのとき、イヴの膝がガクンと折れた。そのとき、イヴは悟った。

「彼女なら大丈夫」ルイーズ・サリーズが言った。「肺に溜まった膿ごときで、リリーがへこたれるはずが――」

「なにがあったって……」

賛同のささやきがあちこちで漏れる。目に不安を湛えながらも確信を口にする人たち。ヴィオレットは珠が指に食い込むほどきつくロザリオを握り締めていた。「一週間もすればベッドから出られる。一週間かからないかも……」

だが、それからの四時間、ヴィオレットは医務室にいなかった。イヴはいた。囚人たちは看守に追い払われたが、イヴは発疹チフスが疑われ、医務室で観察下におかれていた。うめき声とすすり泣きと悲鳴が漏れてきたとき、鍵のかかったドアと廊下を挟んだ場所にいた。エーテルもクロロフォルムもモルフィネも投与されずに、手術を受ける女が発する声だ。イヴは寝台に丸くなり、不屈の希望が流れ出すのを感じだ。リリーの苦悶の声を掻き消すほど激しくイヴは泣きじゃくったが、それでも聞こえていた。最初から最後まで余すところなく聞いた。朝になると泣く元気もなかった。声が掠れて消えていた。

リリーの命の灯火《ともしび》も消えた。

『戦争の女たち、ルイーズ・ド・ベティニの回顧録』より抜粋
アントワーヌ・レディエール著　妻であるレオニー・ヴァン・ホウテ、コードネーム、ヴィオレット・ラメロンからの聞き書き

彼女は兵士として生き、兵士として死んだ。

35　シャーリー

一九四七年六月

胸が痛い。

スパイの女王が健在であることを心から願っていた。旅の途中でヴィオレットに会ったように、彼女にも会えることを願っていた。白髪になっても、小柄で勇敢で朗らかな女性に。ぜひ知り合いになりたかった人――でも、彼女には年を重ねる機会は与えられなかった。

イヴ。後部座席に背中を丸めて座る彼女に、言いたかった。ほんとうに無念ね、と――でも、言葉は出ないまま消えた。こんな話を聞いたあとでは、言葉はなんの役にも立たない。話が終わる二十分前に、フィンはラゴンダを道の端に停め、いま、わたしたちは夏の静寂の中、身じろぎもせずにいた。

イヴが顔を覆う手をさげたので、わたしはその手を握ったけれど、彼女はまた話し出した。容赦ない日差しの下で彼女の顔は青ざめ、荒涼としていた。「これでおしまい。リリーは亡くなった。ゆ、勇敢な女が引き受けたもっとも惨《むご》い死に方で。なにもかもあたしのせいなの。あたしが彼女をあそこに送り込み、連れ出すことができなかった」

否定の言葉がわたしの中で沸騰する。〝いいえ、ちがう、あなたのせいじゃない。そんなふうに考えちゃ駄目よ〟でも、彼女はそう考えていて、わたしがなにを言おうと、彼女から自責の念を取り去ることはできない。イヴリン・ガードナーとはそういう人だ。わたしにもわかってきた。壊れたものを元どおりにしたいとこれほど願っているわたしだけれど、イヴを元どおりにすることはできない。

それとも、できる？

彼女が手を口に持っていく。どちらも震えている。「車を動かしてちょうだい」掠れ声で言う。「道端に停まってたんじゃ、グルノーブルまで行けやしない」

フィンがラゴンダを走らせ、わたしたちは沈黙したまま長いドライブを終えた。イヴの告白の寒々とした惨い結末にぐったり疲れていた。イヴは目を閉じたままだ。フィンはお抱え運転手のようにまっすぐ前を見つめ、口を開くのは、地図を見せてくれ、と言うときだけだった。わたしはといえば、ひとつの考えを頭の中でこねくり回していた。

グルノーブルは美しい町だ。こぢんまりした家々、美しく小さな教会、ゆったりと流れるドラク川とイゼール川、町を取り囲んで聳える雲に隠れたアルプスの峰々。ここでもオーベルジュに泊まることにした。荷物を持ち、イヴをかばうように階段をあがるフィンが、ちらっとわたしを振り返った。

「電話を一本かけなきゃ」わたしは言った。家に電話するのだろう、とフィンは思ったにちがいない。でも、フロントの電話を借り、フランス人交換手とすったもんだの末につながった先は、アメリカ合衆国ではなかった。ルーべの陶器を売る店、運よく相手の名前を憶えていた。

「アロ？」彼女に会ったのは一度きりだったが、声ですぐにわかった。眼鏡が光を反射するよう頭の位置を変える姿が目に浮かぶ。

「ヴィオレット・ラメロンですね」

長い沈黙。「どなた？」

「シャーロット・セントクレアです、マダム。このあいだお目にかかりました。イヴ・ガードナーと一緒に店に伺ったときに。マルグリット・ル・フランソワと言ったほうがいいかしら。どうか電話を切らないで」いまにも電話を切られそうだった。ヴィオレットが荒くなる息を抑えようとしているのがわかった。

「なんの用？」声が明らかに冷たくなった。「あんなユダ女、燃えている家からだって救い出すつもりはない。彼女のためになにかしろと言うなら――」

わたしは怒りを呑み込んだ。イヴはなにも悪くなかった、と怒鳴りそうになる気持ちを抑えた。アヘンを呑まされ、指を十本潰されて、それでも持ち堪えられると思うの、と言ってやりたかった。でも、イヴ自身がそうであるように、ヴィオレットもイヴのせいだと妄信しているのだから、わたしがなにを言おうと考えを変えないだろう。それができるのは事実だけで、そのためにはヴィオレットの協力が必要だった。

「あなたとイヴとリリーが判決を言いわたされた裁判の記録を見たいという人がいます」わたしは声をひそめ、興味津々のフロント係に背を向けた。「そこに嘘が隠されているとその人は思っています」

イヴのせいだと決め付ける情報のやり取りを耳にしたときから、考えていたことだ。なにかがおかしい。数式にぴたりと嵌まらないものがある。そのXが知りたかった。

ヴィオレットが人を小馬鹿にした声で言う。「たかがアメリカの小娘が。三十年前のヨーロッパの裁判の記録を調べてなにがわかるっていうの？」

彼女が考えている以上のことを推量できる。毎夏、わたしが働いていた父の弁護士事務所は、国際法を専門にしていた。わたしはフランスやドイツの法律書の索引を作り、裁判記録をファイルし、父が夕食の席で披露するヨーロッパとアメリカの法律の比較や解説に耳を傾け……「戦争真っ只中に行なわれた三人の女スパイの裁判なら、詳細に記録されているはずです。あなたたち三人はヒロインで、有名人だった。ドイツ軍将校、フランスの新聞、ベルギー人の事務官、イギリスの外交官、みんなが注目したでしょう――あなたたちの裁判に関する記録はすべて残されているはずです。あとになって、なんの誤りもなかったという証拠を提供するためだけにしても。もしそこに嘘があれば、かならず見つかります――記録を調べればわかることです。協力していただけませんか？」

「どんな嘘？」ヴィオレットの声から興味を持ったことがわかった。

引っかかったわね、とわたしは思った。

またしても沈黙。さっきより長い。「どうしてあたしに頼むの？　あたしのこと、知らないんでしょ、マドモアゼル」

「あなたならできると思ってます。イヴからいろいろ聞いてますから。あなたは事実に辿りつくまで諦めない。裁判記録が公開されているのか、ずっと封印されてきたのか、わたしにはわかりません。封印されているとしても、あなたなら閲覧できるはずです。だって、あの日、あなたは裁判にかけられていたんですもの。当事者としてすべてを知る権利があると主張できるではずです。あなたもイヴも、裁判のすべてを知っているわけじゃない。

審理をすべて聞いてはいないわけだから」彼女に飴《あめ》を少し舐めさせる。害にはならないはずだ。「あなたは戦争の英雄でしょ、ヴィオレット。有力者の中に、あなたをいまも尊敬している人がいるはず。あなたの願いを聞き入れて、便宜を図ってくれる人が。情報が存在するとして、あなたなら手に入れられると思うんです」

「それで、情報が存在したら？」

「わたしに知らせてください。わたしの考えが正しかったかどうか、教えてください。お願いします」

彼女が長いことなにも言わないので、通話が切れたのかと心配になった。口が乾いてきた。お願い、と声に出さずに懇願した。

ヴィオレットが話しだしたとき、わたしはその声から戸惑いを聞き取った。同時になにかが研ぎ澄まされたようにも感じた。ちゃんとした店の店主のうちに眠るスパイが、長い年月の末にようやく目を覚ましたのだ。イヴやヴィオレットのような女性の心に根付いたスパイ魂は、そうかんたんに死滅するはずがない。「なにか掴んだら、どこに連絡すればいい、マドモアゼル・セントクレア？」

あす、グラースに着いたらホテルの名前を知らせます、とわたしは約束して電話を切った。体が震えていた。さあ、これで釣り糸を垂らした。あとはなにが針にかかるかじっと待つだけだ。階段をのぼりながら考えた。いま自分がしたことをイヴに告げるべきだろうか？　駄目、という声が頭の中で鳴り響く。車内で、彼女はとても弱々しく見えた。わずかな衝撃でも粉々になってしまいそうなほど弱々しく。確たる証拠が掴めないかぎり、彼女に希望を抱かせるようなことをしてはならない。

狭い部屋に入ると鎧戸を開け、暮れゆく空を眺めた。下の通りを恋人同士が腕を絡めて歩いている。いつか大人になったらダブルデートをしようね。ローズとそんな話をして笑い合ったことを思い出した。長身のブロンド娘が笑顔の若者と歩いているけれど、わたしの記憶はそこにローズの顔を重ねることを断固拒否した。ブロンド娘はわたしの知らない女の子のままだった。オラドゥール＝シュル＝グラヌのことがあって以来、いたるところにローズの姿を見る幻覚がぷつりと途絶えていた。戻ってきて、と人通りを見ながら思った。戻ってきて、ローズ——でも、彼女はむろん戻ってこない。兄と同様、彼女も死んでしまった。

ノックの音がして、イヴだと思った。グラースに着いてからの予定を伝えに来たのだろう。ところが、フィンだった。なんだかいつもと様子がちがう。なにがちがうのかわかるまでに時間がかかった。ひげを剃っていたのだ。それに、ジャケットを着ていて（肘のあたりが擦り切れているけれど、すてきなダークブルーのジャケット）、靴もピカピカだ。

「夕食を一緒にどうかな」前置きなしに彼が言った。

「イヴは食事をしにおりてこないわよね。夕食はウィスキーですませたいって感じだった」なんでもいいから忘れさせてくれるものを口にしたい、そんな感じだ。リリーをあんなふうに亡くしたことを、イヴは自分の責任としてずっと背負ってきたのだ。飲みたくもなるだろう。

「ガードナーなら大丈夫」フィンがポケットを叩くと、銃弾がガチャガチャ音をたてた。

「今夜は二人だけだ。夕食を一緒にどうかな、シャーリー」

彼の口調にわたしはドキッとした。ちゃんとジャケットを着ているし、ちかくのカフェでとりあえずお腹を満たせばいい、というのとはちがうようだ。「これって――これってデート？」わたしはくしゃくしゃの髪に手をやった。

「そうだ」彼の眼差しは揺るがない。「男がラスを好きになったときにやること。ジャケットを着る。靴を磨く。彼女を夕食に誘う」

「男なら誰でもやるわけじゃないでしょ。だって、わたしたちもう……」ゆうべの車の中の出来事を思い出すと顔が赤くなった。熱気で曇る窓、喘ぐ息。

「きみの経験はすべてガキ相手だったことが問題なんだな。大人の男相手ではなく」わたしは眉を吊り上げた。「三十にもならない男が言う台詞かしら。説教を垂れるおじさんみたいよ」

「年は関係ない。五十になってもガキのままってのもいるし、十五でも立派な大人もいる。いくつになったかじゃなくて、なにをするかが問題なんだ」そこでひと息。「ガキはラスと面倒なことになるとさっさと逃げる。責任をとろうとしない。男は過ちを犯せば責任をとる。そして謝る」

「つまり、ゆうべのことを後悔してるのね」ゆうべ、彼がわたしの背中を撫で回しながら言った言葉が甦った。〝おれが望んでいたのとはちがう〟胸が締め付けられる。わたしは後悔なんてしていないのに。

「おれはこれっぽっちも後悔していない」感情を殺した声。「ただ、もっとゆっくりやりたかった。夕食に誘うとかデートするとか、段取りってものがある。喧嘩して、唇を切ったあとじゃなく。好きなラスとはそんなふうにはじめたくなかった。それで、おれはきみが好きだ、シャーリー。きみほど頭のいい女を知らない。黒いドレスを着た小さな計算機みたいで、そこが好きだ。口が悪いところも好きだ。きみは出会った人すべてを救おうとする。いとこやお兄さんから、ガードナーやおれみたいな破れかぶれの変人まで。そういうところがいちばん好きだ。だから、謝りに来た。きみを夕食に誘いに来た。ちゃんとジャケットを着て」そこでひと息。「ジャケットってものが大嫌いなのに」

笑みが広がるのを抑えようとして、失敗した。彼が笑みを返す。目のまわりにしわが寄るのを見て、膝がガクガクした。咳払いして、ストライプのジャージを引っ張りながら言った。「わかった」彼がドアを閉めた。廊下に彼の声が流れた。

「着替えるから十分待って」

「あの黒いドレス、また着てくれないかな?」

「まともな夕食とは言えないね」彼が言う。わたしたちはイゼール川に架かる古い橋の欄干にもたれて、あいだにはサンドイッチの包みが置いてある。フィンがサン＝アンドレ広場のカフェで買ってきて、紙の包みからじかに食べていた。「おれ、文無しだから」「洒落たレストランに入ったら、この景色は眺められないもの」夜空一面の星、川面に映る月が無数の光のかけらになる。それに、二人を包む町のざわめき。「きみの好物」フィンが出し抜けに言った。「なにかな？」

わたしは笑った。「どうして？」

「おれが知らないことだから。知らないことがたくさんあるからね、ミス・セントクレア」彼が手を伸ばし、わたしの唇からパン屑を払う。「最初のデートの目的はそこ。それで、きみの好物は？」

「前はハンバーガーだった。タマネギとレタスにマスタード、チーズはなし。でも、ローズバッドができてから」――お腹を叩く――「ベーコンになった。ちょっと焦がしたベーコン。こんな勢いで食べていたんじゃ、赤ちゃんが生まれるころにはフランスから豚がいなくなってるわ。あなたの好物は、ミスター・キルゴア？」

「ちゃんとした店のフィッシュ・アンド・チップス。モルト・ビネガーをたっぷりかける。好きな色は？」

彼のジャケットに目をやる。髪がいつもより暗い色に見えて、肩がいつもより広く見える。「ブルー」

「おれもおなじ。いちばん最近読んだ本は？」

そんなふうに情報のやり取りをした。ちょっと馬鹿みたいと思いながら、会話を楽しんだ。フィンに大学のことを訊かれ、ベニントンのことや代数の授業のことを話した。どうしてそんなに車に詳しいのか尋ねると、十一歳の年からおじの修理工場で働いていた、という返事が返ってきた。おたがいをもっと知るための小さな事柄。ふつうは、車の後部座席で半裸になって絡み合う前に交わす会話だけれど、わたしたちは順番が逆だった。

「一万ポンドあったら、最初になにがしたい？」

「祖母の真珠を買い戻す。大事な真珠だから。あなたは？」

「四六年型ベントレー・マークⅥ」フィンが即答した。「ロールス・ロイスがベントレーを吸収したあとで最初に創った車なんだ。でも、ほんとうに一万ポンドが手元にあったら、フェラーリ125Sを買うかもしれない。フェラーリの名前で最初に生産されたレーシング・スポーツカーで、ローマの市街地レースで勝ってる……」

V型十二気筒エンジンについて熱っぽく語る彼が、なんともかわいかった。どこがどうかわいいのかと問われても、説明のしようがないけれど――英文学のクラスのあと、トレヴァー・プレストン＝グリーンがミルクセーキをおごってくれて、シボレー・スタイルマスター・クーペのことを一時間もだらだらしゃべったときには、ミルクセーキを頭からぶっかけてやろうかと思った。でも、いまはド・ディオン式リア・サスペンションについて語るフィンを、わたしはうっとりと見つめている。「おれのおしゃべり、つまんないよな」

わたしがにやにやしているのを見て、彼が言った。

「ええ。退屈で死にそう。ねえ、五速ギアについてもっと話して」

「車を急加速させられるんだ」彼が真顔になった。「今度はきみの番。おれを退屈で死にそうにさせてくれ」

「ピタゴラスの定理なんてどう」わたしはかんたんなのを選んで話した。「aの二乗足すbの二乗はcの二乗。直角三角形の一辺の二乗は、残りの二辺をそれぞれ二乗して足した値に等しい……」フィンが髪を掻きむしるふりをした。「ユークリッド幾何学の基本のきなんだから、ここで絶望しないで！」

わたしたちは声を揃えて笑い、騒々しく鳴くアヒルにパン屑を投げてやった。それから、満ち足りた沈黙に浸りながら、欄干にもたれて川面を眺めた。デート中の沈黙には慣れていなかった。女の子が黙り込むのはよくないと教えられてきたからだ。女の子が会話を盛り上げれば、男の子は自分をどじな奴と思わずにすむ。おもしろがっている顔をして！にこにこ笑って！そうしないと二度と誘われないわよ！でも、いまは黙っていても少しも気まずくなかった。

沈黙を破ったのは彼のほうだった。思案げな口調だ。「ガードナーの読みは正しいと思う？ボルデロンがグラースのどこかで引退生活を送っていて、探し出されるのを待っているって話。それとも、彼女は半分イカレてるのかな？」

わたしはためらった。つかの間の平和を台無しにしたくなかったからだ。「雲を掴むような話だとは思うけど、彼女の言うことはだいたい正しかったじゃない」心にわだかまっていた疑問をつい口にしてしまった。「ボルデロンを探し出したとして、それからどうなるの？　イヴはどうするつもりかしら」

「その男がリモージュから移ってきたルネ・ドゥ・マラシだと証明できれば、警察に突き出すことができるだろう。なんせ、彼はナチの協力者で、ミリスに情報を流し、けちな盗みをした雇い人を背後から撃ってるんだから」フィンは両手についたパン屑を叩き落とした。「ド・ゴールは暴利商人の殺し屋に手加減はしないだろう。年寄りであってもね。ボルデロンは刑務所送りになる。彼の密告があの――あのオラドゥール＝シュル＝グラヌの惨劇を引き起こしたと証明されればなおのこと。彼の評判は失墜し、自由を奪われ……」

「イヴはそれで満足するかしら？」

フィンがわたしを見る。わたしも見返す。

「しない」同時に言った。石の欄干の上で手に手を重ねた。

「彼女が取り返しのつかないことをしないように、わたしたちで止めないと、フィン」現実は映画とはちがう――現実世界では、復讐すればただではすまない。刑務所が待っている。若かったイヴはシークブルク刑務所から生きて出られたけれど、いまの彼女が暴行罪で服役したら、無事に刑期を勤め上げられるとは思えなかった。「老悪人を始末したぐらいで、残りの彼女の人生を無駄にしてほしくない」

「でも、彼女の人生なんだから。そうだろ？」フィンの指がわたしの指を撫で、わたしたちはゆっくりと手を絡ませた。「ガードナーのもとで働くようになってだいぶ経つ。正義を行なうためなら、すべてを犠牲にしてもかまわないと思う彼女の気持ちが、おれは理解

「老人を殺すのが正義を行なうことなの？ だとしたら、わたしはイヴの共犯者にはなれない。たとえ彼が人を背後から撃ち殺すような人間であっても」ゾクッとしたのは、恐ろしい考えだと思ったからだが、フィンが親指で手の甲を撫でたからでもあった。「彼女が道を踏みはずさないように見張ってないとね」一筋縄ではいかないだろう。

「それはあすからでいい」フィンがわたしを抱き寄せた。「約束してほしいんだけど、シャーリー」

「なに？」

「あすは、奴の写真を見ないこと。ドライブを楽しもう」

わたしたちは手をつないでホテルに戻った。あまり話もしなかった。フィンがドアを開けてわたしを通すあいだ、黒いドレスの深く切れ込んだ背中に指を添えていたので、肌が粟立った。彼がちゃんと部屋の前まで送ってくれた。娘が門限を守るかどうか、時計を睨みながらやきもきしている父親が中で待ってでもいるかのように。

「楽しかった」彼が大真面目に言った。「あす、電話する」

「男の子って、そう言いながらかけてきたためしがない」

「男はかける」

儚い幸せの泡に包まれて、部屋の前でぐずぐずしていた。メランコリーを包む、糖衣のように薄い幸せだ。あとしばらく包まれていたかった。「こういうの、わたし、得意じゃないの、フィン」ようやくそれだけ言った。黒いドレスのヤンキー娘足すジャケットを着たスコットランド男、掛ける夏の夜とサンドイッチの包み、割る気まずい沈黙とヤンキー娘の迫《せ》り出したお腹――こんな数式が成り立つのかどうかわからない。どんな答えが出るのかわからない。「これからどうなるの？」

彼の声は掠れていた。「どうなるかはきみ次第だ」

「まあ」しばし呆然と彼を見つめ、爪先立った。唇が合う。漂う羽根のようにやわらかく。ウェストに回された腕の中で融けていく。ゆっくりと、いつ果てるともなくキスをした。やさしくしなやかに、彼がわたしをドアへと押し付ける。手探りでドアハンドルを探した。ドアが不意に開いて二人で雪崩《なだ》れ込み、キスしながらよろめいて、彼が脱ぎ捨てたジャケットの上に、わたしが脱いだ靴がのっかった。フィンがわたしの髪から手を抜いてドアを閉める。わたしを抱え上げ空中でまたキス。彼がわたしをベッドに落とす。すごい高さから落とされた気がして、わたしは悲鳴をあげる。彼は立ったまま、しばらくわたしを見下ろしていた。こんなにドキドキするなんて、自分が信じられなかった。前にやっているのに。でも、ベッドの上ではなかったし、こんなに明るくもなかったし……。

フィンがうなって、わたしの上で長々と体を伸ばした。「ベッド」彼が言い、首筋にゆっくりとキスする。スコットランド訛りがきつくなった。「後部座席とは格段のちがいだ」

「わたしはどっちにもうまくおさまる――」彼のシャツをたくし上げた。

「きみはちびだから」彼はされるがままだから、そのままシャツを引っ張り上げて頭から脱がせた。すると今度は、彼がわたしを押さえつけた。「急ぐのはやめだ！　なにも焦る必要はない――」

「あなたは速いのが好きだと思ってた」明るいところで見る彼の体は、引き締まっていて浅黒くて美しい。「あなたも、あなたの五速ギアも……」

「車は速くなくちゃ。ベッドはゆっくりがいい」

両手を彼の髪に絡ませ、背中を弓なりにする。彼がドレスのファスナーをちょっとずつさげていく。「どれぐらいゆっくり？」

「とても……とても……ゆっくり……」唇に触れながら彼がつぶやく。「たっぷりひと晩かけて、行き着くところまで行く」

「ひと晩？」両脚を彼に巻きつけ、まつげが触れそうなぐらい間近にある黒い瞳を覗き込んだ。〝あなたに惚れてしまいそう〟わたしはぼんやりとそんなことを思った。〝すっかり夢中になりそう〟「あすはグラースまで運転しなきゃならないのよ」代わりにそんなことをつぶやいた。「眠らなくていいの？」

「眠る？」彼が髪をぎゅっと掴んで、耳元でささやいた。「おしゃべりはそのへんにしろ」

36
イヴ

一九一九年三月

スパイとしてのキャリアがはじまって以来、イヴがイギリスの土を踏むのはこれがはじめてだった。フォークストン。ル・アーヴルへ向けて旅立つイヴを、キャメロンが手を振って見送ってくれた埠頭。そのおなじ埠頭に、いま彼が立っている。膝のあたりでコートをはためかせて。

「ミス・ガードナー」船を降りたイヴに、彼が言った。釈放されてから数カ月が経っていた――イギリスに送還される手筈《てはず》が整うまでのあいだ、ルーフェンの下宿屋で風呂に浸かり、なにかにとり憑かれたように体をゴシゴシ洗っていた。

「キャメロン大尉。いいえ、いまはキャメロン少佐でしたね？」彼の徽章《きしょう》に目をやる。少佐の階級章以外に、軍服の左胸には青と赤の殊勲章が飾られていた。「海外にいて見逃したことが、い、い、い――いくつかあります」

「もっと早くにきみをイギリスに連れ戻したかった」

イヴは肩をすくめた。シークブルク刑務所にいた女たちは、休戦協定が結ばれる前に、打ちひしがれた表情の看守によって監房から出され、泣き笑いしながら祖国に帰る汽車に乗せられた。リリーと腕を組んで汽車に乗ることができたなら、イヴもきっと泣き笑いしていただろう。リリーが亡くなってから、シークブルクからいつ出られようがどうでもよくなっていた。

キャメロンは彼女の様子を目にし、その変わりように気付いた。いまだにガリガリに痩せており、虱を駆除する薬を振られ、短く刈られた髪は麦藁のようにバサバサだった。醜く変形した両手は、彼に見られないようにポケットに突っ込んでいたが、目は隠せない。危険が迫ってこないかとつねに周囲に視線を走らせているので、じっと一点を見ることがなくなった。桟橋に立っていても、杭《くい》に背中をつけて隠れようとする。この数年間が彼女に残した痕跡を目の当たりにして、キャメロンの目に衝撃が走るのを、イヴは見逃さなかった。

この数年間は彼にとっても楽なものではなかったのだろう。口元には深いしわが寄り、額の血管は浮き上がり、こめかみには白いものが目立っていた。〝あなたを愛していた〟そう思ってもなんの感情も湧いてこなかった。リリーが亡くなる前は、いろいろな感情が交錯していた。いま感じるのは悲しみと怒り、それに罪の意識だけで、己の尻尾を食おうとするヘビのように、それらがたがいを呑み込もうとしていた。それに血が絶え間なくささやく。裏切り者、と。

「サ、サ、サーカスでもかかっているのだろうと思ってました」イヴはようやく言い、がらんとした桟橋を目顔で示した。下船したのは彼女一人だったので――戦争が終わり、フォークストンはもとの静かな場所に戻っていた――補佐官や駐在武官の姿はどこにもなかった。「アレントン少佐から連絡があって、歓迎セレモニーをよ、予定しているとか言ってましたけど」

イヴリン・ガードナーはいまや英雄だ。ほかの女囚たちもそうだ――イヴが聞いたところでは、ヴィオレットが帰郷するとルーベじゅうがお祭り騒ぎだったそうだ。イヴも望めばそういう歓迎を受けていただろう。だが、固辞した。

「派手なことはしないように、わたしからアレントンに頼んだ」キャメロンが言った。

「彼としては司令官を並ばせて、新聞記者も呼びたかったらしい。それにブラスバンド」

「彼に思いとどまらせてくれてよかったです。彼の耳にチューバをねじ込んでやれば、気分がスカッとしたでしょうけど」イヴはバッグを肩に掛け、埠頭を歩いていった。

「フランスできみに会えると思っていた」キャメロンが彼女に並んで言った。「ルイーズ・ド・ベティニの葬儀で」

「行くつもりでした」イヴはコロンまで行った。リリーの生まれ故郷で、そこの墓地に彼女の遺体が埋葬されることになっていた。だが、けっきょくホテルの部屋から一歩も出られなかった。ずっと酒を飲みつづけ、夕食を持ってきたメイドを危うく撃ち殺すところだった――メイドはずんぐりむっくりで四角な顔だったため、リールの駅で彼女とリリーを裸にして身体検査を行なった、あのフランス女のように見えたせいだった。いま思い出しても頭がくらくらする。深呼吸して潮風を胸いっぱいに吸い込んだ。

キャメロンの声は低かった。「どうして来なかった?」

「と、とても顔を合わせられなかった」リリーとは、腸チフスと血のにおいがする廊下でさよならをした。フランス軍司令官たちが居並び、拍手喝采が起きる墓地まで行く必要はない。だが、キャメロンにそんなことは言えないので足を速めた。彼から離れたかった。

キャメロンが長い脚で楽々追いついてきた。「きみを迎えてくれる人はいるのか? 身を寄せる場所は?」

「どこか探します」

彼の手が肘を掴んだ。「イヴ。待て。頼むからわたしに援助させてくれ」

イヴはその手を振りほどいた。彼に傷つける気など毛頭ないのはわかっているが、触れられることに耐えられなかった。刑務所を出てから、耐えられなくなったことがたくさんあることに気付いた。開けっ放しの窓。人の群れ。背中をつける隅っこのない広い場所。眠り……。

「ミス・ガードナーと呼んでください、キャメロン。そのほうがずっといい」彼と視線を合わせるよりはと思い、海を見つめた。彼はやさしい眼差しでイヴを丸ごと包み込んでくれるだろう。だが、そんなやわな人間にはなれない。いまは無理だ。「教えてください。

け、刑務所にいたあいだ、戦争のニュースがほとんどは、は、入ってこなかった。いまとなっては、誰も戦争のことを蒸し返したがらない。リリーの最後のメッセージになった、ヴェルダン攻撃について」あの攻撃はどうなったのだろうと、何度思ったことか。メッセージを受け取ったおかげで情勢は変わったのだろうか。「あれはどうなったんですか？」

「フランス軍司令官がきみの情報を受け取った」キャメロンはそれ以上言いたくないという顔をしたが、イヴの鋭い視線がそれを許さなかった。「攻撃されるという情報は受け取ったものの、彼らは信じなかった。損害は――ひじょうに大きなものとなった」

イヴは目をきつく閉じた。込み上げてくるものがあった。笑いなのか、悲鳴なのか。

「つまり、無駄だったってことですね」リリーが自由を諦めたおかげで情報は伝わった。イヴは眠っているキャメロンを残し、死と隣り合わせの危険へと舞い戻った。あの情報は命を賭けるに値するものだと信じたからだ。それが無駄骨だった。イヴやリリーやヴィオレットがやってきたことは、ひとつとして大量殺人を食い止める役に立たなかったのだ。

「わたしがフランスでやったことは、ひとつとして実を結ばなかったんですね」

彼の口調は激しかった。「いや。そんなふうに考えるな」イヴの肩を掴んで揺すりたかったたろうに、嫌がられると察知したようだ。「アリス・ネットワークは数百の命を救ったんだ、イヴ。数千かもしれない。きみたちのネットワークがもっとも優秀だった。フランスでもベルギーでも、それに匹敵するものはなかった」

イヴは寂しそうにほほえんだ。失敗が勝利を大きく上回っていたのだから、称賛の言葉などなんの意味もない。一九一五年、カイゼルを殺す千載一遇のチャンス——失敗。ヴェルダン攻撃を阻止する——失敗。リリー逮捕後もネットワークを維持する——失敗。きみ
キャメロンがつづける。「アレントン少佐の手紙を読んだかどうかわからないが。きみから返事が来ないと彼は言っている。きみはその働きによって表彰されたんだ。ルイーズの葬式で、彼はきみに渡すつもりだった。彼女もおなじものを授けられた。死後表彰だ」

イヴが受け取ろうとしないので、気まずい沈黙ののち、キャメロンが代わりに蓋を開けた。イヴのぼやけた視界の中で四つの勲章が輝く。

「軍事功労章、戦功十字章、レジオン・ドヌール勲章、大英帝国勲章。きみの戦時中の働きを讃《たた》えて贈られた」

ブリキの玩具。イヴはここではじめてポケットから手を出し、勲章を叩き落した。震えながら。「勲章なんか欲しくない」

「アレントン少佐に預けておく——」

「彼のケツの穴にでも突っ込んどいて！」

キャメロンは勲章を拾い集めてケースに戻した。「わたしも欲しくなかった。ほんとうだ」

「でも、受け取らざるをえなかった。あなたはいまも軍人だから」イヴはほんのひと声、笑った。「軍はもうあたしを必要としていない。あたしは自分の役目を果たし、戦争が終わったら、軍はブリキの玩具をあたしにくっつけ、さっさとファイルルームに戻れと言う。

そんなガラクタ、彼らに保管させとけばいい」

キャメロンはさすがに顔をしかめた。彼が視線を落とす。両手をポケットに戻さなかったことに、イヴは気付いた。彼の視線がイヴの手と顔のあいだを行き来した。彼がフランスへ送り出した、内気で小さな声の娘、やわらかな手と無垢な心の娘を見出そうとするかのように。戦争と拷問と刑務所、それにルネ・ボルデロンのせいで、いまの彼女はあのときの娘と似ても似つかぬものになった。無垢なところなどかけらもない、破壊された手の口汚い女、ぼろぼろの残骸だ。〝あなたのせいじゃない〟罪の意識に苛まれる彼の悲しげな目に向かって、イヴはそう言いたかった。ため息をつき、砕けた指を曲げる。

「あなたはし、し、し――知っていたんでしょ」イヴは言った。「報告書に書いてあったはず」

「知るのと見るのとは大違いだ」不自由になった手に触れようとして思いとどまる。イヴはほっとした。また彼の手を払いのけたくなかった。彼のせいではない。触れる代わりに、彼はため息をついた。「飲みに行こうか」

波止場のひどいパブだった。だみ声の女が汚れたグラスにジンを注ぎ、朝の十時から酔っ払っている男に出すような店だが、イヴには好都合だった。誰もこっちを気にせず、安くて窓のない店。背後から誰かが忍び寄ってくるんじゃないかと、心配する必要がない。つづけてジンを二杯、跳ね上がった鼓動を鎮めるためにビターを一パイント。鼓動がゆっくりになるおかげで危険を回避できることが自慢だったが、そんな冷静さはとっくの昔に失ってしまった。最後に発揮したのは、ルネ・ボルデロンの緑の壁の書斎でだった。ルネ。ビールを飲み、その苦味を憎悪と一緒に味わった。シークブルクで味わった憎しみは苦かった。いまは甘い。なぜなら、反撃できるからだ。足元に置いたバッグにはルガーがおさまっていた。銃身に疵のあるルガー、ルネに奪われたルガーではない——でも、用は足りる。

キャメロンは紳士ぶりを発揮し、イヴにペースを合わせてジンを呷ると、「ガブリエルのために」とつぶやいてグラスを掲げた。イヴが眉を吊り上げると、彼は言った。「わたしが勧誘した一人。一六年の四月に銃殺された。失った者たちを順番に悼んでは飲んだものだ」つぎはビールのグラスを掲げて言った。「レオン」

「その順番にあたしは入ってました？」

「いや、死が確認された者だけ」キャメロンの目がまたやさしくなる。人を溺れさせるやさしさ。「きみの裁判が終わってから、シークブルクできみが亡くなったという知らせがいずれ入ると覚悟した」

「リリーが亡くなって、あたしも死ぬところだった」

二人はしばらく見つめあってから、ジンのお代わりを注文した。「リリーに」

沈黙がつづいた。破ったのはキャメロンで、イヴの年金について唐突に語りはじめた。「勲章よりずっと使いでがあるだろう。きみには家族がいないから、戦争省にかけあって出してもらうことにした。たいした額ではないが、借金せずにすむ。ロンドンのどこかに家を買えばいい」

「ありがとうございます」勲章はいらないが、年金は受け取る。こんな手ではタイプを打つのもままならない。生活の糧が必要だ。

キャメロンがじっと見つめた。「吃音があまり出ないね」

「刑務所に入れば、舌がもつれるよりずっと困ることがいっぱいありますから」イヴはまたビールを呷った。「これが慰めになるし」

彼がグラスを置いた。「イヴ、わたしになにかできること――」

「それで、いまはなにをされてるんですか？」彼があとで後悔するようなことを言い出す前に、イヴのほうから先手を打った。

「しばらくロシアに行ってたんだ。革命が起きて大騒ぎになっていたころに。シベリアにいた。そこで見聞きしたことが……」彼が暗い顔になる。ロシアの雪のカーテンの向こうで、彼はなにを見たのだろう、とイヴは思ったが、敢えて尋ねなかった。「つぎはアイルランドだ」彼が話をつづけた。「訓練学校の運営をね」

「なんの学校ですか？」

「きみみたいな人たちを訓練する」

「あたしみたいな人間をいまさら、だ、誰が必要とするんですか？　戦争は終わったのに」

彼が苦々しげに笑った。「いつだって戦争は起きるんだよ、イヴ」

つぎの戦争のことなど考えたくなかった。つぎの世代の新人スパイたち、あんぐり開けた口においしい餌が放り込まれていくのだ。少なくとも彼らはいい教師に恵まれる。「いつ出発ですか？」

「じきに」

「奥さんも一緒に？」

「ああ。子供も」

「それはよかったですね――奥さんは子供を欲しがっていたんでしょ」こういう世間話はほんとうに疲れる。まるで大きな岩の下から抜け出そうとしているみたいだ。「なんて名付けた――」

彼がやさしく言った。「イヴリン」

ねばつくテーブルに目を落とした。「どうしてリリーにしなかったの？」言葉が勝手に出ていた。「ガブリエルでもよかったのに。あなたが勧誘したほかの人でも。どうしてあたしなの、キャメロン？」

「自分がわかっていたら、そんな質問はしないんじゃないかな」

「わかってますよ。あたしは残骸」

「きみは残骸なんかじゃない、イヴ。きみには鋼の芯が通っている」

イヴは震えながら息を吸い込んだ。「あなたをだ、騙してごめんなさい。あなたが眠っているあいだに逃げ出して、リールに舞い戻った。あなたの意に背いて」声が掠れる。

「ごめんなさい」

「わかってる」

またテーブルを見下ろす。不自由な手の横に彼の手があった。彼が少しずらして、親指で彼女の指の先に触れた。

「あたし、願ってます――」イヴは言いかけてやめた。なにを願ってるの？　彼が独身だったらよかったのに？　彼の隣がたとえ空いていたとしても、こんなに面倒な人間が彼のそばにいられるはずもない。ベッドを見つけて二人で丸くなるぐらいなら？　おなじ部屋に人がいることに、イヴは耐えられなかった。ひどい悪夢にうなされるから。数年前に逆戻りできればいいのに？　なにより前に？　シークブルクより前？　リリーに出会うより前？　戦争より前？「あなたの幸せを願ってます」ぽつりと言った。

キャメロンは昔ながらのやり方では彼女の手に口づけしなかった。テーブルに顔をちかづけ、彼女の手の関節に荒れた唇を押し付けた。「わたしはこの手で多くの者を死なせ、気持ちが挫けてしまった軍人だ、イヴ。幸せになる資格などない」

「退役すればいいのに」

「それができないんだ。きみより前に多くの人間を死なせたし、これから先にも、大勢が訓練を受けるためにアイルランドでわたしを待っている……アレントンのようなクズに比べれば、わたしのほうがまだましな教官になれるだろう」

彼は酔っ払ったようだ。これまで人前で上官を侮辱したことはなかった。

「いまでも役には立てる」キャメロンが言葉を選んで言った。「アイルランドで次世代の兵士を訓練することができる。わたしがすべきはそれだ。働けなくなるまで働く。働けなくなったら、死ぬんだろうな」

「あるいは引退するか」

「引退はわたしたちのような人間にとって死ぬのとおなじだよ、イヴ。弾に当たって死ななければ、そうやって死ぬんだ」彼が苦笑いを浮かべた。「弾か退屈か、あるいはブランデー――わたしたちのような人間の行きつく先だ。平和を生きることができない人間なんだから」

「そうですね」イヴは上体を屈め、彼の手に口づけた。キャメロンの汽車の時間が来るまで、そんなふうにして飲みつづけた。彼の酒の飲み方はイギリス人のそれだった。目はとろんとしても、背筋をしゃんと伸ばして埠頭を歩いた。

「来週にはアイルランドに出発する」地獄に落ちると言っているかのような、物寂しい言い方だった。「きみはどこへ行くつもりだ?」

「フランスに戻ります。できるだけ早く」

「フランスになにがある?」

「敵がいます」イヴは顔をあげ、目にかかるバサバサの髪を掻き上げた。カバンの拳銃がずしりと重い。「ルネ・ボルデロンです、キャメロン。彼を殺すつもりです。自分の命がそれで尽きてもかまわない」

戦争が終わったいま、イヴの役目はそれしかない。

キャメロンの眼差しがイヴを困惑させた。苦悶とためらいの眼差し。あとになってイヴはその眼差しを繰り返し思い出し、見事に騙されたのだと気付いた。「イヴ」彼がようやく言った。「きみは知らなかったのか？ ルネ・ボルデロンは死んだよ」

37

シャーリー

一九四七年六月

翌日、イヴに皮肉られることを覚悟して車に乗った。二人の様子を見れば、なにがあったのか誰もがピンとくるだろうから。寝不足で目は腫れぼったいし、わたしは気が付くとニヤニヤしているし、フィンはちらちらとわたしばかり見ているから、グルノーブルから出る前に車が溝に嵌まらなかったほうが驚きだった。

ところが、イヴはラゴンダに乗り込んでからずっと黙りこんでいた。助手席から振り返ると、彼女は遠くの丘に目をやっていた。フィンとわたしが前の席でこっそり手を握るのを、目ざとく見つけられてあてこすられるよりはましだ。「グラースに着いたらどうするの？」わたしのほうから尋ねてみた。

謎のほほえみ。

わたしはうなった。「あなたってほんとに頭にくる。自分でわかってるの？」でも、怒ってばかりはいられなかった。わたしの手に絡まるフィンの指はザラッとしてあたたかく、幸せすぎてぼうっとなる。長いことなにも感じずに過ごしてきて、無感覚の殻が悲しみと疚しさと怒りによって粉々に砕かれた――そういう感情はまだ残っているけれど、いまはそれが満ち足りた静かな輝きに覆い尽くされていた。たんに寝不足のせいではない。わたしが髪を梳かしているあいだに、フィンはコーヒーをもらいに下におりてゆき、ホテルのコックを言いくるめてカリカリのベーコンまで持ってきてくれたせいだ。そんな思いやりが嬉しい。それに、鏡に映るわたしは、世間に対して〝それがなに〟の角度に顎を突き出す不機嫌な娘ではなく、日に焼けてそばかすを散らす幸せな女だった。人を愛し、愛されている女の顔だ。

頭を振り、そんな思いをいったん断ち切る。幸せについては深く考えないほうがいい。失ったときの落胆が大きすぎるから。フィンの手を離さないで、成り行きに任せるしかないのだ。もうじきグラースというあたりで振り返り、イヴに再度挑戦を試みた。「ねえ、教えてくれたっていいでしょ。どうやってボルデロンを探し出すつもり？」

「あたしの計画にはまだ弱点があるから、それを詰めないとね、ヤンキーのお嬢ちゃん」イヴが応えた。「あたしはまだルネと互角に戦えないとわかっているから――」

「完全に正気を取り戻したわけじゃないってことかな」フィンがつぶやく。

「聞こえるよ」怒ってはいないようだ。「そういうこと。わかってきたみたいね。万全の計画でなきゃならない。しくじるわけにはいかないんだから」

「わたしはなにをしたらいいの？」わたしの質問にイヴが答えようとしたら、フィンがぶつぶつ言いはじめた。「どうしたの？」

「オイル漏れ」彼は握っていたわたしの手を離し、ダイヤルを指差した。「何箇所か修理しないと……」

「あと一時間でグラースに着くのに」わたしはダッシュボードを叩いた。「ポンコツなんだから！」

「口に気をつけろよ、ミス。彼女は年寄りなんだから、休みたいときに休ませてやらないと」

「元気だったことなんてないじゃない、フィン」

「そんなこと言うのきみだけだぞ、ラス」フィンが車を路肩に寄せるあいだも口喧嘩はつづいた。口喧嘩がこんなに楽しいなんて知らなかった。右も左も遠くに緑の丘が見えて、なんともいえない濃厚な香りが漂っていた。南に下るとじきに海だと気付いた。地中海の怠惰な香りだ。

つぎにわたしは言葉を失った。「まあ……」ラゴンダが路肩に寄り、惰性で少し走って停まった。三人とも目をみはっていた。眼下に広がる斜面は、青紫色の小さな尖塔の絨毯だった。風に運ばれてくる香りはうっとりするほど甘い。ヒヤシンス――無数のヒヤシンス。

ドアから身を乗り出し、落っこちそうになりながら深々と香りを吸い込む。「花の栽培農場に迷い込んだみたいね」グラースが香水産業の中心地だということは知っていたけれど、原料を提供する花畑を見るのははじめてだった。わたしはドアを開けっ放しにしたまま車を降り、屈み込んで花に鼻を埋めた。頭がくらくらする。斜面の下のほうにはピンクのバラが密生しているし、そのまた向こうからはジャスミンの香りもする。振り返ると、イヴはじっと座ったまま香りを吸い込んでいた。道具箱を取り出すフィンの顔もほころんでいる。青い波に身を躍らせ、花房に指を這わせる。まるで芳しいサファイアの湖を歩いて渡ろうとしているみたいだ。

走って戻ると、フィンがボンネットを閉じるところだった。「イヴ！」わたしは腕いっぱいのヒヤシンスを彼女の膝に落とした。「あなたに」

イヴは大量の花に目をみはり、やわらかな花びらにそっと触れた。こみ上げる涙を抑えながら、わたしは思った。〝頑固で怒りっぽくて始末に負えない人だけど、あなたを愛してるわ〟

彼女が顔をあげ、ほほえむ。ちょっと錆び付いたほほえみ。彼女から愛情のこもった言葉を聞けるのではないかと期待したのに。「グラースについ、着いたらどうするか決めたから」

わたしは笑った。イヴにセンチメンタルな反応を期待するほうが悪い。フィンが横に並んだ。イヴが彼を顎でしゃくった。「あんたにはパリッとした背広を着てもらうよ。名刺も用意する。あんたには、あたしの献身的な孫娘をやってもらう。じっくり腰を据えてもらわないと。時間がかかるだろうから」

彼女が計画の概要を語るのを、わたしたち二人はうなずきながら耳を傾けた。「うまくいくかもしれない」フィンが言う。「ボルデロンがグラースにいればの話だけど」

「それで、彼を見つけたらどうするの？」

イヴは穏やかにほほえむ。「どうしてそんなこと訊くの？」

「だってそうでしょ」ゆうべ、橋の上で交わした会話を思い出す。イヴが血を求めたらと思うと恐怖に苛まれた。殺人の片棒を担ぐ気はない。「彼を見つけたら、あなたはどうするつもりなの？」

イヴはフランス語の詩を引用した。「われ、君が寝所へ、帰り来たらん、さて、小暗き夜のかげとともに……かくてわれ、君に与えん、愛人よ、月のごと冷たき接吻と、墓穴のふちにうごめく蛇《くちなわ》の愛撫とを」

またただ。「ええと、ボードレール？」

「いちばん好きな詩、『ル・ラヴノン』、『幽霊』。フランス語のほうが響きがいい。ラヴノンは〝ラヴニエ〟という動詞からきている」

〝帰ってくる〟

「まさかあたしが帰ってくるとは彼は思っていない。きっと慌てふためくでしょうね」フィンとわたしは目を見交わす。イヴがつっけんどんに言った。「車に戻って、いいわね。日がな一日、花に見とれてるわけにはいかない」

グラースに着いたのは黄昏時《たそがれどき》だった。四角い尖塔に曲がりくねった路地、アプリコット色の屋根、地中海色、花畑の香り。ホテルでイヴがフロントに部屋を頼もうとしたので、わたしは遮って言った。「ふた部屋」フィンを見上げる。「祖母とわたしたちとでふた部屋、そうよね、あなた？」

淀みなく言うと、さりげなく彼の腕に手をやり結婚指輪を見せた。イヴが言っていたように、相手に信じ込ませるには、細部を説明するのにつかえてはならない。

「ふた部屋」フィンはわずかに喉を詰まらせた。フロント係は動じない。そのあとでルーベのヴィオレットに電話を入れ、連絡先を知らせた。グラースに着いた。狩りがはじまる。

フィンの名刺は型押し印刷で見るからに高そうだった。「ひいきにしてやる、という態度でばらまいてらっしゃい」イヴが言った。「それから、頼むから二人ともクスクス笑うのやめて」

でも、フィンとわたしは笑いつづけた。名刺には印象的な文字でこう記されていたのだから。

ドナルド・マガウアン、事務弁護士

「あたしのドナルド！」なんとか笑いを堪えて言った。「母がいつも言ってたのよ。弁護士を捕まえるのよ、って」

「事務弁護士よ」イヴが訂正する。「イギリス人は事務弁護士を雇うの。偉そうな連中だから。しかめ面の練習をしとくことね、フィン」四日後、ホテル支配人のデスクに名刺を置く彼は、練習の成果か立派なしかめ面を浮かべていた。「あるレディの代理人として調査を行なっているんだが」小声で言う。「いささか微妙な問題でしてね」

支配人は彼を値踏みするように眺めた。しわくちゃのシャツに絡まった髪のフィン・キルゴアだったら、グラース一のレストラン、〈レ・トロワ・クロシュ〉で洟もひっかけてもらえなかっただろう――でも、チャコールグレーの背広に細いストライプのネクタイ姿のドナルド・マガウアンが相手なら、威儀を正す必要ありと思われたようだ。「わたくしでお役に立てることでしたら、ムッシュー」

ランチとディナーのあいだの暇な時間帯で、客もまばらだった。イヴは訪れる時間を慎重に計っていた。従業員が噂話をできるように、あるいは、質問に答えられるように。「わたしの依頼人のミセス・ナイト」フィンがちらっと目をやった先には、黒いシルクドレスに広いつばの帽子を被ったイヴが立っている。手は子山羊の革の手袋に隠し、わたしの腕にもたれて、黒い縁取りのハンカチで目を押さえる姿はいかにも弱々しい。「何年も前にニューヨークへ移住したのだが、親族はフランスに残っている。戦争で多くの親族が亡くなって……」

支配人が十字を切った。「そりゃもうたくさん亡くなりました」

「彼女の父親と伯母、二人の叔父の死亡記録は見つかったんだが、いとこの所在がいまだに掴めないでいる」

〝行方不明のいとこを探してフランスじゅうをうろつき回ることが、あんたにできるんなら、あたしにできないわけがないでしょ〟アイディアの出所を、イヴはそんなふうに説明した。〝いまのご時勢、ヨーロッパの人間なら誰だって行方不明のいとこの一人や二人いるわよ〟

「わかっているのは、彼が四四年にリモージュからグラースへ逃げてきたこと。ゲシュタポの先手を打って……」フィンは声をひそめ、レジスタンス活動とヴィシー政権の敵だったことを匂わせた。イヴのいとこ（危うく逮捕を免れた勇敢な愛国者）に色づけし、イヴ（虐殺された一族の唯一の生き残り）が会いたがっていることを印象づける。

「そんな話に騙される人がいるかしら？」ヒヤシンス畑でわたしは尋ねた。「まるでハリウッド映画」

「まるでハリウッド映画だからこそ騙されるのよ。こういう戦争が終わると、誰もがハッピーエンドをの、望むものなの。自分の身に起きることじゃなくても」

そのとおりだった。彼の前にいる支配人はうなずいている。心を動かされたようだ。

「ルネ・ドゥ・マラシ」フィンが調子をあげた。「べつの名前を使っているかもしれない。ミリスが行方を追っていたのでね」――どちらも顔をしかめたのは、戦後二年経ってもミリスの名が出るとみな一様に気色ばむからだ――「おかげでミセス・ナイトの調査は難しいものになった。だが、こちらには写真が……」

鉤十字をつけた会食相手が一緒に写らないよう修正を加えたルネの写真を、テーブルの上でそっと滑らす。支配人がじっくり眺めた。イヴが肩を震わせ、わたしは心配そうに彼女の背中をそっと叩く。「おばあさま、どうか気持ちを楽に持って」ここでのわたしの役割は、同情を買うことだ。イヴの手袋をはめた手を両手で挟む。支配人がためらうのを見て心臓がドキドキしてきた。

「いいえ」支配人が頭を振った。わたしの鼓動がゆっくりになる。「いいえ、残念ながらこの紳士に見覚えはありません」

わたしが〈レ・トロワ・クロシュ〉をリストからはずすあいだに、フィンは紙幣をテーブルにこっそり置いてささやいた。〝この紳士を見かけたら、わたしに連絡を……〟わたしの懐が寂しくなってゆく。

「そんながっかりした顔しないで」店を出るとイヴが言った。「こういう調査は足と運にかかってるって、言ったろ？　そこがハリウッド映画とちがうところ。探し回っていたら、手品師の帽子からウサギが飛び出すみたいに、当の本人が目の前に現れるなんてことはないからね」

「彼を探すのに、ほんとにこれがいちばんなのか？」フィンがフェルトの中折れ帽をかぶりながら尋ねた。無帽でうろつき回ることはもうできない。ドナルド・マガウアン（事務弁護士）は仕事一本槍《いっぽんやり》だから。

「こういう場所になら」――イヴはバッグから取り出したしわくちゃのリストを叩く――「彼を知っている人間がいるはず」

彼女の論法は単純明快だった。ルネ・ボルデロンは上等なものを尊ぶ。ほかは変わっても、そこは変わらないはずだ。きっといまも町でいちばんのクラブに出入りし、いちばんのカフェでお茶を飲み、最高の劇場に足を運んでいる。立派な身なりでチップをはずむ客、ソムリエとワイン談義をし、美術館のガイドとクリムトについて論じ合う客は従業員の印象に残る。手元にある写真は比較的あたらしいものだ――グラースでいちばんの文化施設をつぶさにあたれば、この顔に見覚えのある人間はきっと見つかる。そうすればいま使っている名前がわかる。

夏の日に花畑に立って、わたしは思った。「いったいどれぐらいかかるの？」

「パリならいつまで経っても見つからない。でも、グラースは大都会じゃないからね」

フィンはもっと不吉な予想をした。「自分を探している女がいることを彼が知ったら？手が不自由で、彼のかわいいマルグリットが生きていたらそれぐらいという年頃の女」

イヴが彼を睨む。「あたしはプロよ、フィン。あたしを信じなさい。このあたしが、ここにいるって宣伝しながらグラースじゅうを練り歩くとでも思ってるの？」そんなわけで、ミセス・ナイトとミスター・マガウアンが誕生した。イヴの両手は手袋が隠してくれる。

「ひとつ条件がある、ガードナー」と、フィン。「ルガーはホテルの部屋に置いて出ること」

「グラースのと、通りでルネ・ボルデロンに出会ったら、つかつかとちかづいていって頭に銃弾をぶち込むとでも？」

「あんたならやりかねないからね。予防策を講じておく」

ここに来て四日が経った。ホテルの部屋で荷物をとく暇もないうちに、イヴは情報を集めてリストを作成していた。フィンの名刺と背広ができあがり、イヴの手袋とわざとらしくなく顔を隠せる未亡人風帽子が見つかると、わたしたちは町に繰り出した。

練り上げた物語を持って最高級カフェに入ったときには、わたしは緊張してろくに話ができなかった。四日のうちにレストラン六軒と美術館三つ、劇場ひとつ、クラブ五軒を回ったいまは、退屈を感じるほどだ。コンシェルジュやウェイターがルネの写真に見入っているときは、さすがにドキドキして、今度こそきっと、と思い……。

「それこそ本物のスパイの仕事よ」〈レ・トロワ・クロシュ〉を出たところでイヴが言った。彼女は目の前でよたよたの老女からすっと背筋が伸びた女に変身した。「だいたいが退屈で、たまにワクワクする」

彼女の目が輝く。はじめて会ったときにに比べるとずいぶん変わった。あのときは、しわくちゃで青白くやつれた六十か七十のおばあさんだった。悲しみで曲がった背中がしゃんとなり、動き回るようになって弱々しさも消え、驚くほどの変わりようだ。目と口のまわりの苦労のしわはそのままだが、顔色はよくなった。身を守ろうと猫背になっていたのが、いまは素早く動き回れる。鋭い目と同様、髪にも輝きが出てきた。五十四歳という年齢相応に、活力が漲っている。

「こっちに来てから、悪い夢を見て悲鳴をあげることがなくなったわね」ある晩、夕食のあと、部屋に引き揚げるイヴの後ろ姿を見ながら、わたしはフィンに言った。「それに、ウィスキーをがぶ飲みしなくなったし」

「追いかけるのが性に合ってるんだろ」フィンが食後のコーヒーを飲み終えて言った。「根っからのハンターなんだ。この三十年間、彼女はじっとしていた。追いかけるものがなくて、ゆっくりと死にかけていたようなもんだ。追跡に時間がかかるのも悪いことじゃなさそうだな」

「そうね。時間がかかっても、わたしはべつにかまわない」

彼に意味深な笑顔を向けられ、膝が融けて力が入らない。「歩き回ってばかりで、わたしはへとへと。あなたは？」

「疲労困憊《ひろうこんぱい》。夜は早く寝ないとな」

でも、ブルーの鎧戸と広くてやわらかなベッドのある小さな部屋で、たっぷり眠るのは無理な話だった。イヴの探索が一週間かかり、十日かかっても、フィンとわたしは文句を言わなかった。朝食は三人でとる。膝がくっつくほど小さなテーブルに並ぶ、サクサクのクロワッサンに濃いエスプレッソ。それから狩りがはじまり、オウ・エール広場の手作り靴の店や高価なコロンを扱うアトリエで、いまや完璧になった演技を披露する。旧市街の曲がりくねった路地をぶらぶら歩いて、常連客がいそうなクラブや劇場を訪ね、ディナーの前の暇な時間を見計らって、シェードのついたランプと重い銀器が並ぶレストランに入る。ようやくホテルに戻ると夕食だ。プロヴァンスのロゼに山盛りのフレンチフライ。懐かしきあのころ。イヴのあとにくっついて歩くことに、フィンもわたしも満足し切っていた。夜は二人のためのものだから。

「前に言ったかしら」ある晩、フィンの腕に頭をもたせて、わたしは言った。「三つ揃いの背広を着たあなたって、惚れぼれするほどすてき」

「アイ、聞いた」

「何度言ってもいいわよね」わたしは身を乗り出し、ベッドに持ち込んだワインを飲んだ。素っ裸だったけれど、彼に見られて恥じらうこともなくなった。現にいま、彼は両手を頭の下で組んでわたしを眺めている。「ラゴンダはいつになったら乗れるようになるの？」

「あと一週間だな」グラースにしばらく滞在することがわかると、フィンはラゴンダの出所がわからない漏れをちゃんと修理することに決めた。以来毎日、心配性の母親みたいに電話で愛車の具合を尋ねている。

「あたらしい車が必要なんじゃない、フィン」

「このところの新車の値段、知ってるのか？　戦時中の金属供出のせいで高騰してる」

「だったら、ラゴンダの健康を願って」わたしはワイングラス代わりのマグを彼に渡した。「歩き回る代わりに車で動き回るんでも、いっこうにかまわないけどね。足が痛いし、数カ月もすれば、お腹が大きくなって歩き回るどころじゃなくなるもの」グラースに着くとまもなくつわりはおさまり、精根尽き果てるような疲労感もなくなった。花の香りのする微風のせいか、愛の行為のせいか、ローズバッドが四カ月目に入ったせいなのかわからないが、わたしはにわかに元気になった。体じゅうに無限のエネルギーが満ちみちて、なんでも来いという気分だ――グラースじゅうを歩き回ることも。でも、やはり車が恋しい。

フィンはロゼを飲み干し、体の向きを変えフットボードにもたれて座った。シーツの下の爪先を彼に揉まれ、わたしは嬉しくて体をくねらせた。夜気はあたたかく、開け放した鎧戸からジャスミンとバラの香りが漂ってくる。ランプの光がベッドを丸く照らし、まるでそこだけ暗い海に漂う船みたいだ。ここではルネの話はしない決まりだった。戦争も、ルネと戦争のせいで起きた悲惨な出来事も話題にしない。夜の時間はもっと楽しいことに使うべきだから。

「八カ月目に入ってからだな」フィンが土踏まずをマッサージしながら予言した。「足が本格的に痛みだすのは」

「どうしてそんなことを知ってるの、ミスター・キルゴア？」

「いろんな友達の女房を見てきたから。所帯を持ってないのはおれだけだった――戦友たちが故郷に戻って最初にやったのが、女の子を孕ませて結婚することだった。名付け親を三度は務めたな」

「泣き叫ぶレースの塊を抱いて、洗礼盤の前に立つあなたの姿、目に浮かぶわ」

「泣き叫ぶ？　とんでもない。赤ん坊はおれのことが大好きだ。おれが抱き上げたとたん、スヤスヤ眠りだした」ひと呼吸。「子供が好きなんだ。前から子供が欲しかった」

その話題を宙ぶらりんにしたまま、わたしは抜き足差し足で迂回《うかい》していく。「ほかに好きものは？」わたしは尋ね、もう一方の足を差し出した。「ベントレー以外で」ゆうべ、彼は、車の専門誌に載ったベントレー・マークⅥの構造についての記事を、声に出して読んでくれた。それもわたしのアメリカ英語のアクセントを真似してやるものだから、思わず枕を投げつけてやった。

「ベントレーを持っていれば、必要なものをすべて手に入れたもおなじなんだ、ラス。足りないのは彼女を戦闘態勢に整えてくれるいい修理工場。いまラゴンダを預けている修理工場はいい」

わたしは指先で彼の胸をくすぐった。「そういう工場を自分でやることもできるんじゃない」

「修理工場をやるためには、車以外のことにも精通していないと」彼が悲しそうな顔をする。「おれはこんなだから。預金が底をついて、オイル缶一個も買えなくなるのがおちだ。エンジンオイルがいくらいくらでって、帳簿をちゃんと読めないとな。すぐに銀行にすべて持っていかれる」

〝帳簿付けとかわたしがやったらどうかしら……〟そんなアイディアを突き詰めて考えることもなく、思い出に鮮やかに残っているプロヴァンスのカフェの話をはじめた。ストライプの日除け、エディット・ピアフ、山羊のチーズのサンドイッチ。それこそが地上の楽園だ。「イギリス式朝食も出すべきかしらね。理想のカフェなんだから」

「フライパンひとつで作る最高の朝食ならおれに任せて……」

とりとめのないおしゃべりをしながらも、自分たちがなにをしているか、二人ともわかっていた。未来の予想図を描きながら、ためらいがちに、恐るおそる、相手をそこに描き込み、半笑いを浮かべて、語られないことから逃げているのだ。たまにどちらかが悪い夢にうなされることがあっても、かたわらに逃げ込めるあたたかな胸があれば耐えることはたやすい。悲嘆が襲ってきても、夜の中を手探りで進むうちやさしさに溶け込んで消える。

〝あなたと知り合って日が浅いのに、どうしてこんなに夢中になれるのかしら〟やわらかな光の中で、彼の横顔を見ながら思った。〝でも、たしかに夢中なの〟

滞在が二週間半に延びたある日の午後、ランチのあとのエスプレッソを飲みながら、イヴが言った。「ルネはここにはいないのかも」

フィンとわたしは目を見交わし、ここに来て以来、写真を見せた人全員が首を横に振ったことを思い出していた。レストランの支配人三人と高級服の仕立て屋一人が、顔に見覚えがあるが名前は知らない、と言った。ほかの人たちは、まったくなにも知らなかった。

「あ、諦めたほうがいいのかも。シャーリーは国に帰って赤ん坊の靴下を編んで、あんたは」――フィンを顎でしゃくる――「フィッシュ・アンド・チップスの国にあたしを連れて帰る」

「わたしはまだ帰る覚悟ができていない」軽い調子で言ったけれど、わたしはフィンと手をぎゅっと握り合った。

「あと一、二週間様子を見よう」フィンが言い、イヴもうなずいた。「でも、きょうの午後は休みをもらいたい。修理工場までぶらぶら歩いてって、ラゴンダの様子を見てきたいから」

「熱弁をふるって、修理工たちを死ぬほどうんざりさせるのがおちだね」イヴがクスクス笑う。

「あるいは、もっと頻繁に会いに来なくてごめんねって車に謝るか」と、わたし。

エスプレッソを飲みながらしばらく座っていると、イヴが言った。「午後を休みにしたち二人なら、ウェイターをとっちめるぐらいできるだろう」事務弁護士がいなくたって、あたしもやることがない。レストランを何軒か回ってみよう。

イヴは日焼けした顔にグレーの目を輝かせ、大きな帽子を目深にかぶり、粋な角度に直した。「きょうはあんたが娘役で、あたしを紹介してちょうだい。あたしの孫にしちゃ、あんたはとうが立ちすぎてる」

「そんな」

「冗談抜きで！　あたりに漂う花の香りのせいだね。若さの霊薬」いちばん古い市街を歩いてゆく。頭上でアーチを描く建物は、仲良さそうに肩を寄せ合っている。グラースが好きだ。これまで訪れた町――リール、ルーベ、リモージュ――は、ローズ探しに必死だったせいで、印象に残っていなかった。でも、グラースに来てほっと息がつけた。花畑のジャスミンのように、町がわたしに向かって蕾《つぼみ》をほころばせているようだ。〝ずっとここにいたい〟物思いから覚め、探索に戻った。

レストラン二軒を回って収穫なしだった。三軒目をどこにしようかと、イヴが地図を取り出した。ベーコンと並ぶローズバッドの大好物、ズッキーニの花のフライをもぐもぐやりながら、わたしはちかくの店のウィンドウに目をやった。子供服ばかりが並んでいる。水兵服、ひだ飾りのスカート、乳母車に広げて展示してあるのは、つるバラを刺繍した小さなレースのベビードレスだ。見たとたんに欲しくてたまらなくなった。ローズバッドがこれを着て洗礼式に臨む姿が目に浮かぶ。いまでは彼女の存在を感じられる――わずか数日のあいだに、ぺったんこだったお腹が膨らみはじめた。服を着ていればわからないが、小さな塊はたしかにそこにいる。毎晩、フィンは黙ってわたしのお腹に指を走らせる。キスみたいに軽いタッチで。

「買えば」イヴがわたしの視線に気付いて言う。「あんたがよだれを垂らして見ている、山ほどのレースのやつ――か、買えばいい」

「とても手が出ない」物欲しげに見つめながら、花のフライを呑み込んだ。「わたしの古着を全部足したよりも高いに決まってるもの」

イヴは地図をバッグに押し込み、店に入っていき、数分後に茶色の紙袋をさげて出てくると、ほら、とわたしによこした。「これで先を急げる」

「そんな、悪いわ――」

「感謝されるのが大嫌いなの。とっとと歩く、ヤンキーのお嬢ちゃん！」

わたしはとっとと歩いた。「このところずいぶん使ってるでしょ、イヴ」真珠を質に入れたお金は使い果たし、いまはイヴが払ってくれていた。ロンドンで銀行からお金をおろしたら、返済するつもりだ。

「あたしがなにに使ったって？　ウィスキー、復讐、それにベビードレス」

わたしはにやりと笑い、紙袋を抱き締めた。「彼女の名付け親になってくれる？」

「ずっと〝彼女〟って言ってるけど、口答えばかりする男の子だったらどうするの」

「だったら、彼の名付け親」軽々しく口にしたけれど、自分が本気だということに、はっと気付いた。「ほんとうよ、イヴ――なってくれる？」

「教会でおとなしくしてる自信ない」

「百も承知」

「わかった」彼女は錆び付いた笑みを浮かべ、深場にいるサギみたいに大股に歩いた。

「あんたがうるさく言うなら」

「うるさく言うわ」わたしは感極まった。

ノートルダム・デュ・ピュイ大聖堂のあるプティ・ピュイ広場からちょっと行ったとこ

ろに、そのレストランはあった。ランチの時間はとっくに過ぎ、店明けの夕方に一杯やろうと客がやってくるころだった。強い日差しの通りから薄暗い店内に入り、わたしは目をしばたたき、献身的な娘の役に徹しようと気持ちを引き締めた。イヴは歩くのもやっとという弱々しさで、わたしにもたれかかっていた。

わたしは支配人にちかづき、フィンの口上を述べた。寝言で言うほど身についている。イヴがハンカチを目に当て、わたしは写真をテーブルの上に滑らせた。気持ちはベビードレスに向かっていた。探索に身が入っていなかったのだ。

それが、一気に身が入った。支配人がうなずいたのだ。一撃を食らった気がした。

「ビアン・スール、マドモアゼル。この紳士はよく存じあげております。うちのご常連の一人です。ムッシュー・ルネ・ゴーティエ」

わたしはその場に凍り付いた。ルネ・ゴーティエ。頭蓋骨のまわりを名前が飛び回る。跳ねて飛ぶ銃弾みたいに。ルネ・ゴーティエ――。

イヴがかたわらに並んだ。よろよろの老婆役にここまで徹せられるとは。でも、彼女は勲章を四つももらったスパイだ。言葉につかえることも瞬きもせず、声を震わせながら話す彼女を見て、なるほどと思った。「まあ、ムッシュー、嬉しいことをおっしゃってくださって！　わたくしのルネ、最後に会ったのはいつのことだったかしら！　ルネ・ゴーティエ、いまはそう名乗ってますの？」

「はい、マダム」支配人はほほえむ。よい知らせをもたらす者になれた喜びを味わっている。イヴの言っていたとおりだ――戦争が終わったいま、誰もがハッピーエンドを望んでいる。「グラースの郊外にこぢんまりとしたすてきなヴィラをお持ちで、こちらにもよくお見えです。鴨肉のテリーヌをお召し上がりに。自分で言うのもなんですが、リヴィエラ一の鴨肉をご提供させていただいており――」

鴨肉なんてどうだっていい。わたしは身を乗り出した。心臓がドキドキいっている。「彼のヴィラですが、住所をご存じですか？」

「パピヨン通りのミモザの畑を抜けたところですよ、マドモアゼル。ワインを届けさせていただいてます。ブーブレの白をグラースで扱っているのはうちだけで――」

イヴは帽子を直しおえていた。「ありがとう、ムッシュー、こちらに伺った甲斐がありました」わたしは早口に言い、イヴの腕に手を伸ばしたが、支配人はわたしたちの肩先に視線をやり、相好を崩した。

「ああ、なんと運のよいこと！　ほら、ムッシューがいらっしゃいました」

38

イヴ

敵のほうに向きを変えると、時間は自然に折り畳まれた。

一九一五年であり一九四七年だ。イヴは二十二歳、血まみれでぼろぼろだ。五十四歳のイヴは震えており、やはりぼろぼろだった。ルネ・ボルデロンは、ものやわらかな黒髪の美食家《ボン・ヴィヴァン》であり、肩のあたりに年を感じさせる、高級な注文仕立ての背広を着た銀髪の老人でもある。時間が衝突したその瞬間、どちらのルネも本物だった。

それから、過去と現在がカチリと音をたてて融合し、一九四七年だけになる。グラースの美しい夏の夕刻、老いたスパイと因縁の敵を隔てるのは、わずか数メートルのタイルの床だった。イヴは彼を見据える。背が高く細身の体、腕にはおなじ銀の握りのステッキをかけている。イヴの腹の中で恐怖が落とし戸のように口を開き、声にならない悲鳴とともに、つぎはぎの勇気が砕け散った。

彼はこちらに気付かない。ホンブルク帽を両手で回しながら、熱心な顔の支配人に眉を吊り上げてみせた。「予約はしていなかったはずだが？」

夢に出てきた抑揚のない声を耳にし、イヴの全身が激しく震えた。手袋に包まれた手が痛む。その手を叩き潰した男を、信じられない思いで凝視する。出し抜けに彼と出会うとは思ってもいなかった。心の準備ができていない。最初の出会いは自分でお膳立てするつもりだった。覚悟を決め、彼の不意をつくつもりだった。ところが、不意をつかれたのはこちらで、準備もなにもできていない。

彼は変わっていなかった。髪は白くなり、額にしわが寄っているが、それは見かけだ。蜘蛛みたいな指も、抑揚のない声も、洗練された高価な背広の奥から覗く、拷問好きの安っぽい魂もそのままだ。

唇の傷を除けば。イヴがつけた傷だ。最後の野蛮なキスをして、彼の唇を嚙みちぎった。

声高に事情を説明する支配人の横で、イヴはぼんやりしていた。シャーリーが肘に触れてなにかささやいたが、耳鳴りがひどくて聞こえない。なにか言うべきだ、なにかするべきだと思いながら、ただ突っ立っているだけだった。

ルネはイヴに視線を向け、一歩前に出た。「ミセス・ナイト？　さて、お名前に聞き覚えはありませんが、マダム……？」

考えるより先にイヴは彼に歩み寄り、手を差し出した。彼がその手を握る。肌に馴染んだ長い指の感触に、昔の嫌悪が甦った。彼の手を振りほどいて逃げ出したかった。臆病者らしく、昔の恐怖と悲嘆の歌を歌いながら。

遅すぎた。彼はここにいる。イヴもここにいる。イヴリン・ガードナーは逃げない。

彼の手を握り締める。手袋に包まれた手の形がおかしいことに、彼が気付いて表情を変えた。彼にだけ聞こえるように、顔をちかづけて言った。声は低く落ち着いており、まったく抑揚がなかった。

「マルグリット・ル・フランソワという名前なら、聞き覚えがあるんじゃないの、ルネ・ボルデロン。それとも、イヴリン・ガードナーのほうがいいかしら？」

店内が急に賑やかになった。この店で幸せな再会を果たした二人だ——ウェイターは満面の笑みを浮かべ、支配人が店で最高のテーブルを用意する。大騒ぎの中心で、イヴとルネは剣を交えるように視線で相手を切り刻んだ。

ようやくルネが彼女の手を離し、ウェイターたちがにこやかに用意したテーブルを手で指した。「行きましょうか？」

イヴはなんとかうなずいた。踵を返し、つまずかずに歩けるだろうかと不安になる。シャーリーが騎士の従者のようにかたわらに付き、イヴの肘を掴んだ。顔が真っ青だ。ありがたいことに小さな手は揺るがない。「イヴ」彼女はつぶやき、背後から来る男に視線を走らせた。「わたしはなにをすればいい？」

「邪魔しないでくれればいい」イヴはなんとかつぶやき返した。決闘の場にシャーリー・セントクレアの居場所はない。ルネはいともかんたんに彼女を叩き潰すだろう。これまでに多くの人間を叩き潰し、手足をもいできたように。大事な人間を彼が傷つけようとしたら、イヴは爪で裂いてズタズタにする覚悟だった。

〝爪で裂いてズタズタにするだって？〟心の声が嘲笑う。〝彼の目もろくに見られないくせに〟恐怖と一緒にその声も押しのけ、彼と向かい合って座った。二人のあいだに雪白のリネンが広がっている。シャーリーはイヴの横の席に腰をおろし、柄にもなく無口だった。

ウェイターはよく仕込まれていて、幸せな再会の邪魔をしないよう遠巻きにしている。

ルネが椅子の背にもたれ、指で尖塔を作った。その指が、血まみれのボードレールの胸像を掴む場面が、不意に甦る――ベッドでイヴの剥き出しの乳房を撫でる場面が。

「さて」彼がフランス語でやさしく言った。「マルグリット」

彼の口から名前が発せられると、イヴの心臓が止まった。昔の自分とともに冷静さも戻ってきて、彼女の全身を洗った。鼓動がゆっくりになって血が冷え、レストランの入り口に彼が立っているのを振り返って見たとき以来はじめて、人を破滅させるこの老人を、なんとか冷静に見ることができた。

「ルネ・ゴーティエとはね」言い返す。「テオフィル・ゴーティエにあやかったってわけね？　ボードレールが〝悪の華〟を捧げた詩人だったわね？　リモージュでは、ボードレールの出版者の名をとってドゥ・マラシと名乗っていた。ほかに詩人が見つかっていないということね」

ルネが肩をすくめた。ディナーの席で世間話に興じるように。「最高の詩人が見つかっているのに、目移りする必要がどこにある」

「格好つけてるけど、少しも進歩してないってことでしょ」

ウェイターがつつっとやってきてシャンパンのボトルを差し出す。「再会のお祝いをなされてはいかがでしょう、ムッシュー？」

「そうだな」と、ルネ。「そうするか」

「一杯やりたい気分だわ」イヴは言う。バケツサイズのウィスキーならもっといいけど、シャンパンでもいい。膝の上で拳を握りながら気付いた――シャンパンの栓が抜かれると、ルネがビクッとした――彼は冷静さを装っているだけで、内心は動揺していることに。よし。

ウェイターがさがると、二人は同時にグラスに手を伸ばした。どちらも乾杯を口にしなかった。「顔のしわがずいぶん増えたな」彼が言った。「あれからどうしていたんだ？」

「必死に生きてきたわよ。あなたがどうしていたか、尋ねるまでもないわね。最後に会ったときにしていたことを、ずっとつづけていたんだろうから。贅沢に暮らして、ドイツ軍に協力して、同胞を撃ち殺させた。もっとも、いまでは自分で撃ったりもするんでしょ。平気な顔で。年を取って、潔癖さを失った？」

「わたしが潔癖さを失ったのはおまえのせいだ、ペット」

言葉がネズミのように皮膚の上を走り回る。「あんたのペットだったことはない」

「ユダのほうがおまえには似合いか？」

これは堪えたが、イヴはなんとか――かろうじて――顔をしかめずにすんだ。「あなたに〝いいカモ〟が似合うように」

彼が引き攣った笑みを浮かべた。高価な背広の中でゆったりと体を伸ばし、ちょうどよく冷えたシャンパンの香りを長い鼻で嗅ぐ姿を眺めていたら、イヴの中で怒りがふつふつと湧いてきた。あまりにも多くの人間が死んだ――リリーは汚い刑務所で、シャーリーのいとこと赤ん坊は銃弾を浴びせられて、若いスーシェフは盗んだ銀器でポケットをいっぱいにして――それなのにこの男は、いったいなにをしていた？シャンパンを飲み、悪い夢も見ずに眠っていた。

イヴが悪夢を見るようになったのは、シークブルクを出たあとだった。刑務所の監房では、汚れた寝床で寒さに震えながら夢も見なかった。だが、そこを出たあと、緑の壁の書斎や、恐ろしい目のユリや、振りおろされる胸像が夢に出てくるようになった。男は登場しない。部屋だけだ。彼に指を叩き潰されたあの部屋の夢が、目のまわりにしわを刻んだ。そのしわを、いま、彼は馬鹿にしたように眺めている。彼の顔は、三十年間ぐっすり眠ってきた人間のそれだ。

イヴはシャーリーの顔をちらっと見た。青ざめて静止したままだ。いつもはあんなに生き生きとしている顔が。この子もおなじことを考えているのだろうか。前にシャーリーが、悪魔を見たことはない、と言ったのを思い出した。

〝あんたはいまそれを目にしてるのよ〟

ルネがまたシャンパンを飲み、舌鼓を打ってナプキンで口元を拭いた。「正直に言うと、おまえを見て驚いたよ、マルグリット。マルグリットと呼んでもかまわないかな？　ほかの名前ではどうもぴんとこないのでね」

「あたしのことを憶えていたことに驚いたわ。あとに残してきた残骸を振り返ったりしない人なのに」

「いや、おまえはユニークだったから。最初の大戦が終わったあと、おまえがわたしを探してリモージュに現れるだろうと思っていた」

キャメロンの嘘がなければそうしていた……。「リトルからリモージュに移ったとき、うまく足跡を消したものよね」

「闇市にコネがあれば、あたらしい身分証を手に入れるのは難しくない」手をひらひらさせる。「シークブルクを出てから、わたしを見つけようと思えばできただろうに。おまえが釈放されたというニュースが載らないかと、気をつけて新聞を見ていた。わたしの居所を突き止めるのに、どうしてこんなに時間がかかった？」

「それがなに？」イヴはシャンパンの半分をひと口で飲んだ。言葉がすらすら出てくる。打てば響くの受け答えは、かつてルネ相手の会話で功を奏したものだ。「あたしはいまここにいる」

「眉間を撃つために？　武器を持っていれば、入り口でそうしていたはずだが」

〝フィン・キルゴアのくそったれ、地獄に堕ちてしまえ〟彼さえいなければ、バッグにルガーを忍ばせていた。

「おまえが手と呼ぶ哀れな塊が引き金を引ければの話だが」ルネは指を立ててウェイターを呼んだ。「鴨のテリーヌを。腹がすいてきた」

「かしこまりました、ムッシュー。いかがですか、マダム？」

「わたくしはけっこうよ」

「吃音が改善されたな」ウェイターが退くと、ルネが言った。「不安になると出ないのか？」

「怒ると出ない」イヴはにっこりする。「あんたは怒ると目尻がピクリとするわよね。いまがそうだった」

「わたしをカッとさせた唯一の女だな、おまえは、マルグリット」

「ささやかな勝利ね。ボードレールの胸像はいまも持ってるの？」

「大事にしている。たまに夜になると、おまえの指が砕ける音が聞こえてね。そうなると、ほほえみながら眠りにつける」

緑の壁の書斎と血や恐怖のにおいが甦ったが、イヴはすぐに追い払った。「あたしは眠りたいとき、あんたの顔を思い浮かべる。スパイとやってたって気付いたときのあんたの顔」

彼は瞬きしなかったが、目の奥でなにかが強張った。イヴは、頭皮が縮まる気がしたが、笑みを浮かべてシャンパンを飲み干し、自分でお代わりを注いだ。〝あんたを苛立たせるのはかんたんなのよ、老いぼれめ〟

「おまえは復讐を果たしたいんだろ」ルネが唐突に言った。「復讐は敗者に与えられる残念賞だからな」

「あたしたちは勝った」

「だが、おまえは負けた。それで、どうやって復讐を果たすつもりなんだ、マルグリット？　おまえには人を殺す根性はないと思う。わたしのオービュッソン絨毯の上でむせび泣いていた、小便まみれの哀れな塊は、顔をあげることすらできなかった。まして拳銃を構えることなどできるわけがない」

体の芯が竦み上がっていた。三十年以上、イヴはいろんな意味で小便まみれの哀れな塊だった。わずか一カ月前のロンドンの雨の夜、玄関にノックがあるまでは。きょう、店の入り口で、カチリと音をたてて過去と現在が融合するまでは。

もう小便まみれの哀れな塊には二度とならない。けっして。いまのいままでは。

ルネはまだしゃべりつづけていた。「わたしの面目を失わせることはできると思っているのだろう。暴利商人として突き出すか？ グラースでは名士で通っているんだ。有力者の友達もいる。おまえは悲しみで頭がおかしくなったしわくちゃなばばあだ。おまえの言うことを誰が信じると思う？」

「オラドゥール＝シュル＝グラヌのことを密告したのはあなたですよね」シャーリーの声が氷の塊となって、二人の会話に割って入った。イヴが驚いて彼女を見る。〝しゃべっちゃ駄目、彼の関心を引いちゃ駄目〟――だが、シャーリーは目を爛々と輝かせてつづけた。

「あなたは六百人の命を奪った虐殺の影の首謀者。有力者の友達が何人いようと、フランスはそのことを許すはずがないわよ、老いぼれのくそったれ」

ルネの視線はシャーリーの顔にしばらく留まっていたが、話しかけた相手はイヴだった。

「この小娘は誰なんだ、マルグリット？ 娘や孫娘じゃあるまい。おまえの萎びたカントが、こんなに美しいものを産み出せるはずがない」

イヴは返事をする代わりにシャーリーに顔を向けた。馴染みのない感情に胸がぎゅっと締め付けられる。これが愛なのだろう。「彼女はメルクリウスよ、ルネ。あたしの家のドアを叩いた羽根のある使者。あたしがここにいる理由。今度ばかりは、あんたが逃げられない理由。あんたを転落させる使者」イヴはシャンパンのグラスを掲げた。「シャーロット・セントクレアを紹介するわ」

彼が眉をひそめた。「知らない名前だ」

「わたしのいとこは知ってるでしょ」シャーリーはシャンパンのグラスをすごい勢いで握り締め、イヴを驚かせた。砕けないのが不思議だ。「ローズ・フルニエ、別名エレン・ジュベール。ブロンドの溌剌《はつらつ》とした娘。リモージュのあなたの店で働いていた。あなたが彼女を殺させたんでしょ、げす野郎。彼女の名前をミリスに売った。彼女がスパイしてるんじゃないかと恐れたから。そして、彼女はオラドゥール＝シュル＝グラヌで死んだ。ほかの村人たちとともに」

ウェイターが見計らったように鴨のテリーヌを運んできた。ルネは思案げにシャーリーを見つめながらナプキンを開き、三角に切って焼いたトーストで鴨の油を拭い、口に入れるとまた舌鼓を打った。「彼女のことなら憶えている」ウェイターが離れていくと、彼は言った。「盗み聞きが好きな女だった。詮索好きなウェイトレスには用心するようになってね」イヴをちらっと見る。「わたしは過去から学ばないなんて言わせない」

「首にすればすむことでしょ？」シャーリーの言葉は喉を擦りながら出てきたように掠れていた。「なぜ彼女を売ったの？」

「安全のため。ありていに言えば、楽しかったから。スパイをする女に強い嫌悪感を抱いているのでね」肩をすくめる。「だが、村人全員の死をわたしのせいにしないでもらえまいか？　言いがかりにもほどがある。ドイツ軍の大将が過激な作戦を選んだのは、わたしのせいではない」

「彼女の死はあなたの責任でしょ」シャーリーがつぶやいた。「彼女がレジスタンスかどうかも知らないで、あなたは彼女を売った。彼女は無実だったかもしれないのに、あなたは気にもかけない。げす野郎の――」

「口を慎みたまえ。大人が話をしているのだ」ルネはまたトーストに手を伸ばした。「シャンパンのお代わりは、マルグリット？」

「話は終わったわ」イヴがシャンパンを飲み干し、立ちあがった。「行くわよ、シャーリー」

シャーリーは動かない。怒りに震えているのが、イヴにはわかった。テーブルに身を乗り出して、バターナイフで年寄りの喉を掻っ切りたいと思っているのだろう。その気持ちがイヴには痛いほどわかった。

〝いまはまだ駄目よ、ヤンキーのお嬢ちゃん。いまは我慢して〟

「シャーリー」イヴの声が鞭となって空気を切り裂く。

シャーリーは立ち上がった。あからさまに震えている。鴨の油で唇を光らせ、泰然と座るルネを見ながらつぶやいた。「これですむと思わないことね」

「いや、これで終わりだ」彼はイヴに話しかけた。「また会うようなことがあったら、あるいは、おまえがわたしの家を突き止めようとしているとか、わたしの評判を汚そうとしているとか、そういう噂が耳に入ったら、嫌がらせをした罪でおまえを逮捕させる。おまえを葬り去り、いつもの生活に戻るだけだ。おまえのことなど二度と考えない生活に」

「あんたはいつだってあたしのことを考えている」イヴが言った。「あたしのことが年がら年じゅう頭から離れない。なぜなら、あんたが自分で思っているほど賢くないことの、あたしが生き証人だから」

彼の目が光った。「おまえは小さじ一杯のアヘンで仲間を裏切った変節者だ」

「それでも、あたしはあんたをものの見事に騙した。この三十年間、あんたはそのことにずっと悩まされつづけた」

仮面がついにはがれた。剥き出しの怒りを、イヴはそこに見た。ルネの目がギラギラ光っている。彼女をこの場で殺してやりたいと思っているのだ。イヴはゆっくりとせせら笑った。二人とも動かなかった。火を噴きそうな静寂の中、視線で決闘をしていた。ウェイターたちが困惑して目を見交わす。彼らが思っていたような幸せな再会でなかったのはたしかだ。

「また会いましょう《オル・ヴォワール》」イヴは皿に手を伸ばしてトーストを摘むと、ゆっくり食べた。「〝あらゆる梯子がはじまる場所に、心という穢らわしい屑屋の店先に、寝そべるほかはない〟」

「ボードレールではない」彼が言った。

「イエイツ。べつの詩人を見つけたらって言ったでしょ」イヴは帽子を手にした。「あんたが心と呼ぶ穢らわしい屑屋で、ルネ、自分が恐れていることを認めればいいのよ。あんたの〝悪の華〟が舞い戻ってきたんだから」シャーリーの腕をきつく掴み、イヴはドアへと向かった。「ゆっくり考えてみて」

39

シャーリー

レストランから出たところで息がつづかなくなった。まるで有毒な雲から逃れ出てきたみたいに。抑揚のない金属的な声が耳について離れない。ローズを売ったのは安全のため。楽しかったから。あの男はそう言った。

イヴから話は聞いていた。瞬きしない目や長い指、優雅な佇《たたず》まい。でも、それでは彼を正しく描写したことにはならない。テーブルに向かい合って座る男は別人だった。言うなれば人間の形をした毒ヘビ。

その場で吐きたかった。でも、イヴは路地をどんどん歩いていくので、わたしも小走りになった。ついていくのがせいいっぱいだった。

「イヴ、走らなくたっていいじゃない」やっと追いつく。「彼は追ってきやしない」

「いいえ」イヴは立ち止まらない。「あたしが追うのよ」

わたしは心から同意した。イヴの復讐は殺人に発展するかも、と思ったとき吐きそうになったけれど、あの男と実際に対面したいまはちがう。ルネ・ボルデロンと一緒にシャンパンをグラス半分飲んだせいか、老人だって死んで当然という人はいるんだと、いまのわたしなら自信を持って言える。

ところが、赤い怒りの靄《もや》を掻き分けて良識が顔を出し、わたしはドキリとした。「イヴ、待って。あんな男のために命を無駄にしちゃ駄目よ――」

「急いで！」イヴは目をギラギラさせ、曲がりくねる路地を大股に進んでいく。長身のフランス男が彼女の表情をひと目見て道を譲った。わたしの脳みそは二方向に分かれていた。〝彼女を止めて〟と理性が叫ぶと、怒りが怒鳴り返す。〝なんで？〟

最後の角を曲がると、ホテルの前にラゴンダが停まっているのが見えた。ダークブルーの車体が輝いている。ほっとして気がゆるんだ。わたしにはフィンが必要。彼の穏やかさ、彼の冷静な判断が必要だ。ほかの誰もが失敗しても、彼の容赦ない腕がイヴをがっちり掴んで、破滅に突き進むのを止めてくれるだろう。ところが、彼は愛車のそばにも中にもいなかった。フロント係が、彼の斜めの文字で書かれたメモを渡してくれた。「修理工場の修理工たちと飲みに行くんですって」イヴが怪訝な顔をするので、わたしは言った。「彼に仕事を回してくれるらしいわ。エンジンの復元作業――」

「よかったね」イヴは階段を一段とばしにのぼっていった。わたしはメモをポケットに突っ込んであとを追った。

フロント係がわたしを呼び止めた。「マダム、ルーベから電報が届いて――」

「あとで取りに行くわ」肩越しに応える。部屋に飛び込むと、イヴはベッドサイドの引き出しからルガーを取り出していた。それを見てわたしは立ち止まった。「くそっ」生まれてはじめて悪態をついた。

イヴはにやりとして手袋を脱いだ。「驚くことないでしょ」

わたしは激しく脈打つこめかみを指で押した。怒りは恐怖に取って代わった。「彼の家に行って殺すんでしょ。彼がテリーヌをくちゃくちゃ平らげて家に戻るのを待って、玄関まで歩いていって、頭に七発ぶち込む？」

「そうよ」彼女が一発目を装填した。「〝こぢんまりとしたすてきなヴィラ〟って支配人が言ってた。パピヨン通りのミモザの畑をす、過ぎたところ。すぐに見つかる」

わたしは胸の前で腕を組んだ。「拳銃を置いて、わたしの話を聞いて。やり遂げても失敗しても、あなたは刑務所送りになる。そこのところ、わかってるの？」

「かまわない」

「わたしはかまう」彼女の腕を掴む。「わたしの娘には名付け親が必要なの」

イヴは最後の一発を装填した。「あたしはあの男が死ぬのを見届けたいの」

同意したい気持ちはある。でも、彼の命とイヴの将来を引き換えにはできない――彼女をさんざん食い物にしてきた男の命なんかと。それに、つぎはぎをしてようやくはじまったわたし自身の将来を、殺人の片棒を担いでぶち壊しにする危険は冒せない。「イヴ、立ち止まって考えてみて」

「考えた」イヴはルガーを点検する。「ルネを自宅で殺せば目撃者はいない。結婚指輪をしてなかったから、邪魔立てする妻も子供もいないはず。彼の死体は腐るに任せて、あたしは小鳥みたいに自由に羽ばたく」

「あなたが彼を探していたことを、レストランの人たちは知ってるわ。彼がどこに住んでいるか尋ねたでしょ。きょう行ったレストランだけじゃない。この数週間、グラースじゅうを尋ね回ってきたじゃない」道理を説けば通じるかもしれない。最後の駄目押しだ。

「いま、彼の死体が見つかったら――」

「警察はあたしたちを探す。でも、どうやって？　このホテルでも、出会った人たちにも、偽名を使ってきた。それに、グラースに長居するつもりはな、ないから」

「グラースからどうやって出るつもり？　運転してくれるフィンはいないのよ。そもそも、ルネの家までどうやって行くつもりなの？」

「必要ならタクシーを呼ぶ」お茶会の計画をたてるような口ぶりだった。レストランのテーブルの下で、彼女の両手が震えているのを見たとき、彼女の冷静さの奥の恐怖を感じ取った。いま、彼女は恐怖をはるかに飛び越えた場所にいて、滑空する鷲のようによそよそしく冷酷だ。拳銃をバッグに入れると、上品なミセス・ナイトの小道具のパンプスを脱ぎ、履き慣れたサンダルに足を突っ込んだ。「なんなら彼を殺すの手伝ってくれてもいいよ。彼の死を願う権利があんたにもある」

「いいえ、あの男を殺す手伝いはしない」

「彼は死んでも当然と思わないの？」

「思うわよ。でも、彼には死よりもっと惨い仕打ちをしてやりたい。正体がばれて、面目を失い、刑務所に入れられる姿を見たい。世間の晒し者になればいい。それが彼をゆっくりと殺すことになるのよ、イヴ。プライドの高い男にとって、それが最悪の刑罰になるの」わたしは深く息を吸い込んだ。この思いが彼女に届けばいい。「警察に行きましょう。ナチの将校たちに囲まれた彼の写真があるし、あなたの証言もある。リモージュで彼が冷酷にスーシェフを撃ち殺すのを見ていた、あの女の人に連絡してみましょうよ。ルネ・ボルデロンには有力者の友達がいるかもしれないけれど、あなたにだっているじゃない。戦争の英雄だもの。みんなあなたの言うことを信じるわ。だから、彼を警察に突き出して、生き地獄の暮らしを味わわせてやりましょうよ」

わたしはそれで充分だった。イヴとわたしとであの男を刑務所送りにし、協力者や暴利商人を害獣扱いして蔑む。ド・ゴールのフランスで、世間から彼が白い目で見られればそれでいい。冷えたシャンパンもテリーヌも口にできず、屈辱にまみれた灰色の刑務所暮らし。イヴが受けたのとおなじ罰を受けさせてやる。

「彼はおとなしく独房におさまってやしない、ヤンキーのお嬢ちゃん」イヴの声は執拗だった。「ルネ・ボルデロンは、結果を引き受けないことでキャリアを築いてきた男よ。金と有力なコネがあって、地元で尊敬される男を、あたしたちが訴えたら、訴状の裏づけをとるのに長い時間がかかる。彼はその時間を利用して逃げ出す。いつだってそうしてきたんだから。二度の戦争で敗者についてもなお生き延びた男よ。彼は今度も逃げ出す。あたしの来訪を止められないとわかっているから。あたしたちが逮捕状なんて待っていたら、彼は警察が戸口にやってくる前に姿をくらまし、どこかよその場所で出直すでしょうね。そうなったら、二度と見つけられない」イヴはルガーが入ったバッグを手に持った。「あたしが頼りにするのは銃弾」

なんとか彼女を説得しないと。「失敗する可能性がいくつあると思ってるの？　彼にかんたんに撃ち殺されるかもしれない。彼が警察に通報して、あなたは手錠をかけられて――」

「危険は承知よ」ドアの前に立ちはだかるわたしを、イヴはじっと見つめた。「どいてよ、シャーリー・セントクレア」

まっすぐ目を見つめて言う。「どかない」

彼女が迫ってくる。彼女を押し戻す代わりに、腕を巻きつけ抱き締めた。「わたしを引き摺っていけばいい。階段を一段おりるたびに大声を張り上げるから」わたしは泣きそうだった。「あなたを行かせない、イヴ。行かせない」

兄を失った。ローズを失った。愛する人をもう失いたくない。

腕の中でイヴが体を固くした。反撃しようとするように――でも、彼女は力を抜いた。彼女の喉からつっかえつっかえすすり泣きが漏れ、バッグが床に落ちた。わたしたちは長いことそうやって立っていた。イヴは泣きつづけ、開け放した窓から見える空が夕暮れの紫色に変わっていった。わたしはただ彼女を抱き締めた。安堵が胸を震わせた。

涙が乾いたとき、彼女はなにも言わなかった。わたしが勧めるままベッドに横になり、わたしが注いだウィスキーを飲み、掛けてあげた毛布の下でときおり震えていた。わたしはかたわらに座り、親指の爪を齧りながらフィンが帰ってくることを願った。こういう気分のときのイヴをどう扱えばいいか、彼のほうがよくわかっている。彼女の呼吸が深くなるのを確かめてから、忍び足で階段をおりてフロントへ向かった。フィンが修理工の友達とどこへ行ったのか、フロント係は知らなかった。「電報です、マダム」フロント係が言った。「ルーベから」

すっかり忘れていた。ヴィオレットからにちがいない。まったくべつの理由で鼓動が速くなった。電報をひったくる。内容は電報にしても短かった。

嘘が確認された。マドモアゼル・テリエの仕業。

頭の中で聖歌が鳴り響いた。三メートルに届く長身になった気分だ。わたしの読みは正しかった。思っていたとおりだった。今度だけは、壊れたものを直す力を手に入れた。イヴが願っていたのはこういうことだ。「イヴ、見て——」

ドアは開いていた。ベッドは空っぽだ。ルガーの入ったバッグは見当たらない。

たった五分、留守にしただけなのに。わたしが部屋を出ると同時に、彼女は置き上がって動きだしたにちがいない。震えながら泣きじゃくっているあいだも、冷静に計算していたのだろう。恐怖が全身を駆け巡り、氷の釘となってこめかみに突き刺さった。窓に走りより、下の通りに目をやった。長身で痩せた女の姿はなかった。こそこそ抜け出すなんて、ひどいじゃないの。怒りが湧いてくる。騙した彼女に対して、騙された自分に対して。

彼女の行き先はわかっている。警察に通報できないし、フィンを待ってもいられない。ラゴンダはホテルの前に停まっている。

ヴィオレットの電報をポケットに押し込み、自分の部屋のベッドサイドのテーブルから車の鍵を掴んで走った。

40

イヴ

卑怯なやり方だとわかっていた。

「急いで」イヴはタクシーの運転手に言い、助手席にフラン札をごそっと掴んで放った。有り金すべてはたいてもかまわなかった。帰りの旅費を残しておく必要はない。

タクシーは快調に飛ばした。イヴは膝の上のルガーの頼もしい重みを楽しんでいた。目は乾いている。あれはクロコダイルの涙、好きなときに流れ、好きなときにぴたりと止まるそら涙。ずるいやり方だが、ドアの前に決死の面持ちで立ちはだかるシャーリーを見たら、ほかにどうしようもなかった。イヴはほほえむ。はじめて玄関に現れたときの、喧嘩腰で気まぐれな娘とはえらいちがいようだった。

〝残念だけどあなたには二度と会えない。そのことが心残りよ〟

「ずいぶんと難しい顔をしてますね、マダム」運転手がおどけて言った。「友達を訪ねていくんじゃなかったんですか？」

「そうよ」

「長居をするつもりですか？」

「すごく長くね」永遠に。ルネ・ボルデロンの家に足を踏み入れたら最後、生きて出られるとは思っていなかった。刑務所に入ることを恐れない理由はそれだ。死んだ女は塀の中には入れられない。

ルガーの装弾数は七発だ。六発はルネに使う。息の根を止めるのに六発は必要だろう――邪悪な男ほど生に執着する。最後の一発は自分のためにとっておく。

「あなたみたいにね、キャメロン」声に出してつぶやいた。暗くなりつつあるグラースの通りには目をくれず、手元の新聞の切り抜きの粒子の粗い見出しを読む。〝兵士の死〟いつのことだったろう、二二年？　それとも二四年？　ひどい二日酔いの頭をその言葉が切り裂いた。〝C・A・キャメロン少佐の死に関して――〟

世界がばらばらになった。イヴはなんとか切り抜きを拾い上げ――外国の新聞の切り抜きで事務弁護士が送ってよこした――記事を読み終えた。涙は出なかった。首を絞められたような音がして、自分の喉から出た音だと気付いた。

〝――王立野戦砲兵連隊所属のC・A・キャメロン少佐は、シェフィールドの兵舎で、リボルバーによる負傷が原因で亡くなった。検死官は自殺の評決を下した〟

キャメロン、死んだ。あたたかな目とスコットランド訛りのキャメロン。彼女の傷跡に口づけて、つぶやいたキャメロン。きみは哀れで勇敢な娘だ……。

二四年まで、二人は会うことがなかった。どれぐらい、五年？　フォークストンで会ったあの日から。だが、ときどき電話で話をした。たいてい真夜中で、どちらかが酔っていた。彼がアイルランドから戻ってきたのは知っていた。訓練学校のことはほとんど触れず、駐在武官としてリガに赴任すると興奮して語っていた……。

ところが、彼は自分の脳みそを吹き飛ばした。

〝残された証拠によれば、故人は過去に懲役刑を受けたことが原因で、リガの駐在武官に任命されなかったことを思い悩んでいた〟

軍隊は、昔の罪を理由に彼を罰したのだ、とイヴは苦々しく思った。戦時中であれば、将校の経歴に瑕があろうと気にしないくせに、戦争が終われば彼はただのお荷物だった。

〝働けなくなるまで働く。働けなくなったら、死ぬんだろうな〟彼の声が耳元で聞こえた。タクシーに並んで座っているかのように、大きくはっきりと聞こえた。〝弾か退屈か、あるいはブランデー――わたしたちのような人間の行きつく先だ。平和を生きることができない人間なんだから〟

「ほんとうにそうね」イヴはつぶやいた。

彼女が完全に壊れたのは、翌日、事務弁護士がやってきてからだった。キャメロンの死を知らせてくれた事務弁護士だった。法律文書を携えてやってきて、わたしの一存でお知らせするのだが、と前置きし……過去五年間、彼女の口座に振り込まれていた年金は戦争局から支払われていたのではなく、キャメロンからだったと言った。自分の死後も支払われるよう、キャメロンは手を打っていた。遺言に財産遺贈に関する条件をつけ、家族に知られることのないよう、未亡人のための基金とはべつの個人資産から支払われることになっている。上手に運用されているので、イヴが死ぬまで支払われるだろう、と熱心な事務弁護士は言った。

イヴは半狂乱になって事務弁護士を追い出し、手負いの動物のようにベッドに潜り込み、何カ月も隠れていた。〝あなたはどうやったの？〟ルガーを見つめながら思った。こめかみに銃口を押し当てた？　顎の下に？　それとも口に咥えた？　冷たいスチールとガンオイルのキス、最後の感触。イヴはそれからの年月、死と戯れた。罪の意識で眠れない夜に。自殺するつもりでルガーを押し当て……だが、引き金を引くことはできなかった。

〝頑固な女は始末に負えない〟よく思ったものだ。キャメロンとちがって、彼女の魂にはロマンチシズムや高潔さのかけらもなかった。だが、タクシーがグラースを出てミモザの花畑を通り過ぎるいま、死ななかったのは頑固さのせいではなく、運命だったのではないかと思えてきた。正義がその役割を果たさないかぎり、罪の意識や悲嘆を満足させることはできない。キャメロンの何十年にもわたる嘘にもかかわらず、彼女の脳のスパイ訓練を受けた冷静な部分が、敵はいまも生きていて始末されるのを待っているとささやいていたのだ。彼を始末しないかぎり、口に咥えた拳銃の引き金は引けない。

でも、今夜、敵は死ぬ。リリーのために、ローズのために、シャーリーのために、イヴのために。今夜、イヴリン・ガードナーの戦いは終わる。三十年も遅れに遅れたが、遅れるほうがやらないよりはましだ。

最後の銃弾の音を考える。シャーリーは引き金を引いたあたしを憎むだろう。フィンも──だが、彼らのためでもある。いずれわかるだろう。被害者の横で殺人者が死んでいれば、彼らに嫌疑がおよぶことはない。罪人以外、誰も罰せられない。二人は手に手をとって、日差しの中を泳ぎ回ることができる。二人に幸あれ。

「マダム、着きましたよ」

タクシーが停まったのは、横道に入るあたりだった。五百メートルほど行くと宝石のように美しいヴィラがあるのだろう。月明かりに白い壁を輝かせ、暗い空に尖り屋根《とんが》を突き立てて。窓のいくつかからカーテン越しに明かりが漏れていれば、彼は在宅している。イヴとシャーリーが去ったあと、ルネはトーストをしゃぶりながら、どれぐらいレストランに残っていたのだろう。そう長くはなかったはずだ。つまり、彼はいまもイヴに怯えているということだ。

怯えて当然でしょ、とイヴは思った。

「玄関まで行きましょうか、マダム？」

「歩くからいいわ」彼女はタクシーを降りた。

41　シャーリー

ごめんなさい、フィン。ラゴンダのギアがきしるたびに思った。この一年、ろくに運転していないし、真っ暗な道だし、ペダルにやっと足が届いている――フランスの狭い道でハンドルを切るたびに、車がうめく。〝これが終わってあなたの赤ちゃんが傷だらけになっていたら、かならず弁償します〟ブレーキが恨みがましくキーキーいい、わたしは顔をしかめた。

へたな運転でも飛ばした。グラースを離れると、俄然《がぜん》楽しくなってきた。「ミモザの花畑を抜けたところ」花に囲まれた町で、この道案内は的確とはいえない。探しているあいだに半月が昇る。イヴは先に出たというのに、わたしは無駄に時間を食っている。ホテルの部屋で、そこをどいて、と彼女に言われたときのことを思い出した。まるで面頬をさげ、最後の戦に出ていく疲れた騎士のようだった。やつれてはいても、穏やかで澄み切った表情。

最後に会ったときの兄がああいう表情をしていた。〝死ぬ覚悟はできた〟の表情だ。〝駄目よ、イヴ。お願いだから死なないで！〟彼女を助けられなかったら、彼女まで失ったら、わたしはけっして自分を赦すことができない。

パピヨン通りには、金持ちの田舎のヴィラに通じる私道がいくつもあった。最初に曲がった先には〝売家〟の看板が出ていた。ふたつ目は家族住宅で、六人の子供が夕食の席につこうとしていた。ルネの住まいのはずがない。いま、わたしは身を乗り出し、暗い空に尖り屋根がくっきり見える家の前にいる。鼓動が速まる。できるだけ脇に寄せて、車を降りた。郵便受けがあり、月明かりに照らされて凝った字体が見えた。〝ゴーティエ〟

ここだ。タクシーはいないし、イヴの姿もなかった。〝どうか遅すぎませんように〟家に向かって走った。ミモザの甘い香りがかすかに漂い、赤ん坊の髪もこんなにおいだろうと思った。走りながらお腹の小さな膨らみに手をやった。一瞬の恐怖。イヴの安全を思ってではない、自分の安全を思って。今夜、傷を負うのはわたしだけではないのだ。

〝今夜、誰も傷を負ったりしない〟わたしがそうさせない。なんとしても。

家の裏口に回った。

42

イヴ

田舎の家は勝手口に鍵をかけない。平和時には。ルネ・ボルデロンはちがった。イヴは予想していた。バッグを置き、結った髪からヘアピンを二本抜いた。フォークストンで錠前破りの訓練を受けたのははるか昔だが、難しい技術ではない。一本のピンを支えにして、もう一本のピンでそっとタンブラーを回す。

だとしても、不自由な指でピンを扱うのは時間がかかった。時間だけが過ぎる。とても古くて単純な錠でなければ、イヴの手には負えなかっただろう。カチッと音がしてから、戸口で自分を落ち着かせた。呼吸をゆっくりにする。チャンスは一度かぎりだ。心臓がドキドキし、手が震えていたのではまっすぐに撃てない。これなら大丈夫と思えるまで待ち、中に入った。ルガーを取り出し、バッグは戸口に残した。

広い台所はがらんとしていた。架台式テーブルと、吊り花かごが月明かりに照らされているだけだ。暗い中を手探りし、台所のはずれのドアのノブを回した。小さくきしり、イヴは凍り付く。また時間だけが過ぎる。耳を澄ます。

大丈夫。

油絵と突き出し燭台が並ぶ廊下に出た。贅沢な絨毯が足音を吸収する。彼を殺しに行くときに、ルネの贅沢趣味が加勢してくれた。かすかに音楽が流れてくる。イヴは首を傾げ、聞き耳をたてた。枝分かれする廊下を右に曲がった。音楽が大きくなる。官能的で複雑な音色。ドビュッシー。イヴはにやりとした。

43　シャーリー

「そんな」わたしはつぶやく。「駄目よ――」

ヴィラの勝手口は開いていた。入り口にイヴのバッグが置いてある。中を見る。ルガーはない。遅すぎた。

でも、銃声も人の声も聞いていない。家は不発弾みたいにしんとしていた。

彼女の名前を大声で呼びたかったが、いまいるのはルネ・ボルデロンの縄張りだ。自分の身になにが起きようとしているか、もし彼がまだ気付いていないのなら、ヘビを起こしてはならない。もしかして。彼は身を守る暇もなかったのかもしれない。イヴはすでに彼を殺した？　血が騒ぐ。逃げろと命じる。自分とローズバッドを守れ、これ以上危険な巣にちかづくな。でも、友達がここにいるから、わたしは進みつづけた。

暗い台所。ドアが開いている。長い廊下、贅沢で静かだ。鼓動が速くなる。かすかな音色。足音じゃないの？　闇そのものが脈打っているようだ。音色を追って角を曲がると二人が見えた。アーチ型の広いドア枠に縁取られて、絵画のようだ。

書斎の明るい光を背にして、イヴの輪郭が見える。彼女が話してくれたリールのあの場面とまるっきりおなじだった。緑のシルクの壁、蓄音機から流れる音楽、孔雀の色に輝くティファニーのランプ。ルネは非の打ち所のないシャツ姿で、開いた旅行カバンの前に立っていた。ドアに背を向けているので、こちらには気付いていない。イヴがルガーを構えた。止めに入る時間はない。わたしは凍り付いた。動悸が速まる。

イヴもわたしも音をたてていない。でも、長年培ってきたヘビの感覚が、無意識に警告を発したのだろう。ルネがさっと振り返った。急な動きにイヴがぎょっとする。ルガーの銃身が完全に床と平行になる前に、彼女は引き金を引いた。弾は大理石の暖炉に当たって跳ね返り、耳鳴りがした。ルネは旅行カバンを引っ掻き回す。その顔に驚きはない、恐怖も――どす黒い憎悪を飛び散らせて、彼はなにかをイヴに向けて掲げた。イヴの腕がふたたびまっすぐに伸びる。琥珀に取り込まれたような、ゆっくりな動きだった。二丁のルガーが構えられ、ふたつの引き金が引かれ、銃弾二発が発射された。

倒れた体はひとつ。

イヴだ。

果てしなく感じられる瞬間のあとは、すべてが一気に進んだ。イヴのルガーが床に落ち、痩せた体が絨毯の上でだらんとなる。わたしは部屋に飛び込んだが、遅すぎた。ルネはすでに進み出てイヴの拳銃を書斎の隅へと蹴りどけた。彼がもう一発撃つ前に体当たりしたが、彼はそれを避けて拳銃をわたしに向けた。

「ひざまずけ」彼が言った。

あまりにも速い。すべてがあまりにも速く動いた。足元でイヴがかすかな声をあげ、左肩に手をやり、わたしはかたわらにひざまずいた。彼女の指を握ると熱い血がついた。

「イヴ、駄目、いやよ――」彼女の目が開く。色のない目がゆっくりと瞬きした。

「まったく」彼女は高く平板な声で言った。「なんてざま」

蓄音機のレコードが終わりにさしかかった。自分たちの息遣いが聞こえる。わたしのは喉に引っかかる喘ぎだ。イヴのは浅くつっかかる。ルネ・ボルデロンの息遣いは速くて深い。彼は硝煙の向こうからこちらを見つめていた。血がひと筋、襟を伝った。耳がちぎれてぶらさがっている。声にならない怒号がわたしの身内をどよもした。

〝あとちょっとだった。イヴの弾は少しずれた〟頭の中で思いが煌めいた。わたしの眉間を狙うルガーの無限の黒い穴を見つめる。

「あっちへ行け」銃身が方向を示す。「ばばあから離れろ」

「いやよ」傷口を押さえるイヴの手に手を重ねていた。看護婦ではなくても、止血には圧迫する必要があることぐらいわかる。〝彼はそれをさせまいとしている、彼女が死ぬのを見届けるつもりだ〟わたしはそれでも言った。「いやよ」

彼が引き金を引き、弾がドア枠にあたって木片が飛び散り、わたしは悲鳴をあげた。

「彼女から離れて壁伝いに向こうへ行け」

イヴの声は耳障りだがはっきりしていた。「そうしなさい」

わたしはイヴの手をぎゅっと握り締めている自分の手を開こうとした。彼女の手は血まみれで、血は彼女の胴体をゆっくりと容赦なく伝い流れていた。ルネの拳銃がわたしの動きを追う。わたしはゆっくりと動いて背中を書棚に押し付けた。彼の視線はイヴに当てられたままだ。イヴはなんとか上体を起こし、ドア枠にもたれた。その目は痛みを湛えた平らな石だ。だが、傷の痛みではない。彼がまだ自分の足で立っている姿を目にする痛みだ。しくじった。しくじったのはわたしのほうだ。彼女の眼差しが絶叫する。彼女の身を守れなかった。自己嫌悪に満ちみちる。しくじった。

「傷口から手を離せ、マルグリット」ルネの声は、レストランで保ちつづけた単調な穏やかさを失い、つっかえる。「おまえが死ぬのを見物してやる。それを遅らせることがあってはならない」

「時間がかかるでしょうね」イヴは自分の肩に目をやった。「肩に弾が当たっても、ち、ち、致命傷にはならない」

「それでもしゅ、しゅ、しゅ、出血多量で死ぬんだ、ペット。そのほうがいい。ゆっくり死ぬんだから」

イヴは真っ赤な手を黒く広がるしみから引き剥がした。見ているわたしは喉を詰まらせる。ただの肩の傷でも彼女の息の根を止めることはできる。この優雅な書斎で、イヴの悪夢の源で、彼女が失血死するのを眺めるのだ。

ルネはイヴの傷を見ようとしない。魅入られたように、彼女の節くれだった真っ赤な手を見つめていた。「さっきは手袋をしていた」彼が言う。「これだけの時間が経って、どんなふうになったのか見たかった」

「美しいもんじゃないでしょ」

「いや、わたしはすばらしいと思う。わたしの傑作だ」

「うっとりと眺めればいい」イヴはわたしを顎でしゃくった。「でも、あの子は逃がしてやって。なんの関係もないんだから。ここに来るはずじゃ——」

「だが、ここにいる」ルネが言う。「おまえが彼女になにをしゃべったのか、わたしに知る術はない。彼女がどんな面倒を起こさないともかぎらないからな、ここで死んでもらう。おまえが死んだら、彼女の始末をつける。血を流しながらそのことを考えるんだな、マルグリット。おまえにとって大切な人間のようだから」

わたしは膨らんだお腹を両手で押さえて、恐怖の氷水の中に座っていた。まだ二十歳にならないのに死ぬんだ。わたしのローズバッドは生まれることさえできない。

「あんたに彼女は撃てないわよ、ルネ」穏やかに世間話するような声だ。よくもそんなに落ち着いていられるものだ。「あたしは友達もか、か、家族もいないただの死に損ないだけど、彼女には友達も家族もいる。それも金持ちのね。彼女を殺せばただじゃすまないわよ。なにもかもなくすことになる」

ルネはためらった。こっちは心臓が止まりそうだ。「いや」彼は言い、ちぎれた耳に手をやり、顔をしかめた。「おまえたちは人の家に押し入り、わたしから物を盗もうとした。独り暮らしの弱々しい老人から。わたしはなんとか撃ち返した。部屋が暗かったので相手が女だとは思いもしなかった。まして、きょうレストランで声をかけてきた女だとはな。なんとか警察に通報したときには、残念ながらおまえたち二人とも死んでいた。ここみたいな田舎に住む連中は、侵入者にやさしくない」

望みが潰《つい》えた。もっとも、彼がそうかんたんに折れるとは思っていなかった。レストランの従業員たちは、彼とわたしたちは知り合いだったと証言してくれるだろう……だが、彼は事態を混乱させておいて、必要なら逃げ出すこともできるのだ。すでに逃げ出す支度をしていたくらいだ。旅行カバンがなによりの証拠だ。イヴの言ったとおり。ルネ・ボルデロンはいつだってさっさと逃げる。ふたつの戦争で、自分がしたことの責任から逃げた。金と運のおかげで――そのふたつが不足したことはないようだ――おそらく今度も逃げおおせるだろう。

〝わたしの死体をまたいで逃げるのね〟ヒステリックな笑い声をあげそうになった。だって、そうなりそうなんだから。イヴは死に、わたしも死ぬ。そして、彼はわたしたちの死体をまたいで逃げ出す。頭がちゃんと働いていれば、彼はとっくにわたしを撃っていただろう。わたしは若くて強い。身体的脅威になりうる。でも、彼の頭はちゃんと働いていない。彼を侮辱し、出し抜いた女が目の前で死にかけている。イヴが生きているあいだは、彼にとってイヴが世界のすべてで、わたしは二の次だ。彼が視線でイヴを貪る。

「見ず知らずの娘にじっと見つめ返されても、眉間を撃てるとお、お、思ってるの、ルネ?」イヴはしゃべりつづけ、彼の視線を釘付けにしていたが、肩からの血の出方が速くなった。「あんたが引き金を引いたのは、背後から男を撃ったときだけ――」

彼が冷酷にわたしを殺すことに、疑いを持っていなかった。まったく。イヴが彼と出会ったころは、潔癖すぎて自分の手を汚せなかったかもしれないが、いまは別人だ。「イヴ、しゃべらないで」わたしの声は小さかった。「体力を残して――」

「なんのために?」ルネが馬鹿にした顔をする。「助けを待つために? 誰も銃声を聞いてやしない。いちばんちかい民家でも、五キロ離れている」

助け。考えがそっちに飛んだ。万が一のことを考え、わたしは、行き先と出掛ける理由を書いたフィン宛のメモをフロントに預けてきた。いまが万が一のことだ。わたしはつかの間、彼が闇の中をすっ飛ばして助けに来てくれる妄想を抱いた。運命はそれほど親切ではない。

「言っておくが、おまえのかわいいアメリカ娘を撃つことに、良心の呵責など露ほども覚えない」ルネは胸ポケットからハンカチを取り出し、ちぎれた耳に押し当てた。「書斎はすでに汚されてしまった。壁に少々血が飛んだところでどうってことはない――」

ローズ。悲しみで胸がキリキリ痛む。〝ローズ、わたしはどうすればいい？〟尋ねている相手がいとこなのか、娘なのかわからなかった。武器を探して視線をさまよわせたが、イヴの拳銃は部屋の向こうの隅だ。背後の書棚に目を向ける——いちばん上の棚に銀の燭台があるが、手が届かない。立ち上がる前に撃たれるだろう。でも、もっとちかい真ん中の棚には——。

「彼女は生かしてやって、ルネ。お願いだから」

イヴの懇願は耳に入らなかった。頭の上の真ん中の棚に白いものがある。虚ろな目で部屋の向こうを見つめているミニチュアの胸像。はじめて見るが、なんだかわかっている。ボードレール。

「正直に言うと、おまえがこんなに早くこの家を見つけ出すとは思っていなかった」ルネが歩きだした。急に動いたせいで老体にがたがきたのか、動きがぎこちなかった。「わたしの住所を誰から聞いたんだ、マルグリット？」

「人をたぶらかして情報を掴むのは得意なのよ、ルネ。あんただって引っかかったでしょ」

一瞬にして彼の顔を怒りの波が走った。馬鹿な男だ。何十年も前の過ちにわれを忘れるなんて。だが、彼の怒りは使える。反撃に出られるかもしれない。ちらっと後ろを向いて距離を測った。パッと立ち上がって掴む。胸像を手にできる。

「〝姿の見えないこの「敵」は、人の心を蝕《むしば》んで、僕らが失う血をすすりいい気になって肥え太る〟」ルネが引用する。「蓋を開けてみれば、姿の見えない敵は思っていたほど危険ではないようだな」

「ええ、彼女は危険じゃない」わたしは言った。「あなたの姿の見えない敵はイヴじゃないもの、耄碌爺《もうろくじじい》。姿の見えない敵はこのわたしよ」

彼がわたしを見る。驚いたようだ。わたしがここにいることを忘れていたのかもしれない。心の一部は悲鳴をあげて立ち竦んでいた。彼の目から、こっちに向けられた拳銃から逃げたい一心で。でも、わたしは、せいいっぱい〝それがなに〟の角度に顎を突き出した。どうなろうとかまわなかった。

「お黙り」イヴが吠える。汗をかき、顔から色が失われている。あとどれぐらい頑張れるの？　わたしには見当もつかない。

〝彼をこっちに来させるのよ〟イヴが前に言っていた。ルネは入念に計画をたてるのはうまいが、即興でやるのは苦手だ、と。彼を刺激して慌てさせる。それなら自分にもできる。実際に会ったのはきょうがはじめてだけれど、彼のことはイヴから聞いてよく知っていた。なにからなにまで。

これ以上ないぐらいの嘲りの表情を浮かべる。「敵はこのわたしよ」もう一度言った。「リモージュであなたの行きつけのレストランを見つけたのはわたし。イヴを探し出したのもわたし。彼女をロンドンからはるばるここまで連れ出したのもわたし。このわたし。ここで新生活をはじめた自分は賢いとあなたは思ってる。でも、女学生が数本の電話をかけただけで、あなたの居所を突き止めたんだから」

彼の声は北極の冷たさだった。「黙れ」

ああ、黙れるものなら黙りたい。でも、それじゃ自分やローズバッドを守れない。このチャンスに彼を怒らせるか、イヴにつづいて自分も死ぬのをおとなしく待つか。「あなたみたいな馬鹿の言うことは聞かない」脇の下を汗が伝う。「あなたのボードレールかぶれ、ものすごく退屈ってだけじゃない、あなたを見つけ出す手がかりになったのよ。あなたは賢くない、容易に予測がつく。二度もつづけておなじ詩の文句を自分のレストランにつけなければ、いまも夕食のシャンパンをすすってたでしょうね。荷造りして逃げ出さずにすんだ。哀れな常套手段を三度も使うとはね」

「黙れと言っただろう」

「どうして？　自分がしゃべりたいから？　おしゃべりが大好きですものね。イヴにべらべらしゃべったでしょ。大きな雌鹿の目で見つめられたから。自慢話が好きだもんね、ルネ」年配の男性を、ミスターやムッシューをつけずに、ファーストネームで呼んだことなんて生まれてから一度もなかった。銃弾足す血足す差し迫る死の脅威、答えは親密感。

「わたしを撃とうなんて考えないことね」ルガーがピクリと動いた。「グラースにいる夫がじきにやってくるわ。わたしを殺したら、彼があなたを生き埋めにするわよ。彼にメモを残してきたの。すでにこっちに向かってる。イヴを残してここを去るのはかまわない。でも、冷酷にわたしを殺せはしない」

むろん殺せる。わたしはただ水を掻き回しているだけだ。彼を混乱させるために。拳銃がまたピクリとする。恐怖に凍り付く。でも、彼はわたしの結婚指輪に目を留め、わたしの表情を読もうとしている。わたしがほんとうのことを言っているか探っているのだ。

「ほんとうよ」イヴが言った。出血していようがいまいが、彼女は平気で嘘を吐く。「彼女の夫はスコットランド人でカッとなりやすい。太平洋を隔てたふたつの国の大学を出た事務弁護士で――」

「あなたの手には負えないわよ」駄目押しだ。「ゲームに勝ったような顔で突っ立ってるけど、あなたは負けたのよ。あなたの手には負えない。わたしを自由にしなさい、イヴに包帯を巻いてあげるんだから――」

彼の視線がイヴに戻った。「わたしは彼女が死ぬのを眺める時を三十年待ってきたんだ、アメリカの雌牛め。その喜びを誰が手放すものか。彼女が死んだ暁《あかつき》には、死体のかたわらでシャンパンを飲み、彼女が秘密をぶちまけたあと、わたしの絨毯の上ですすり泣いたことをじっくり思い出し――」

「彼女は秘密なんてぶちまけていないじゃない、性根が腐った嘘吐き」

「おまえになにがわかる」ルネ・ボルデロンが冷ややかに言い放つ。「洟をたらしてすすり泣く、おしゃべりな臆病者なんだ、この女は」

イヴの顎がぐいっとあがるのを、わたしは目の端で捉えた。もっとも古く、もっとも深い傷跡。彼女はリリーを裏切った。ヴィオレットの電報がポケットの中で燃え上がる。あと一日早く届いていたなら、事態はまったく変わっていただろう。

彼女は血を流しているけれど、事実を知るのには間に合った。

「あなたは彼女に嘘を吐いた。イヴはあなたになにもしゃべっていない。アヘンを呑まされていても。ルイーズ・ド・ベティニの有罪の決め手となった情報は、べつの情報源から出たもの。マドモアゼル・テリエという女から」ヴィオレットは裁判記録にあたり、あの当時、被告人たちに告げられなかった部分を見つけ出したにちがいない。マドモアゼル・テリエが何者かはわからない——ここを生きて出られたら見つけ出せるかもしれない。

「あなたはドイツ人のお友達から聞いたんでしょ。彼らはすでに、ルイーズ・ド・ベティニを有罪にする証拠を掴んでいたから、イヴをさらに拷問する必要はないとわかっていた。でも、彼女をドイツ軍に引き渡す前に、自分が情報源だと思い込ませる必要があった」わたしは大きく息をついた。「認めたらどうなの、ルネ。イヴはあなたを叩きのめした。彼女が勝ったのよ。自分は負けたと彼女に思い込ませるために、あなたは嘘を吐いた」

彼の刺すような視線が揺らいだ。悲鳴をあげたくなるほどの恐怖の下で、銀色に輝く勝利感に身を貫かれた。イヴはなんとか座ったままでいようと必死だ。わたしの言葉はちゃんと届いただろうか。ルネのルガーがまた彼女を狙った。〝駄目、駄目。こっちを見なさい〟

「どんな気分だった？」わたしは嘲った。「彼女を壊そうとして、うまくいかなかったとき。彼女にしてやられた日から、なにをやってもうまくいかなかったんでしょ。彼女は戦争の英雄として勲章を授けられた。あなたは二度も人生をやり直さなきゃならなかった。二度の戦争とも選ぶ側を間違えるほど愚かだから――」

彼が壊れた。怒り心頭に発するあまり、わたしを至近距離で撃てなかった。わたしに襲いかかってきた。ローズを殺した男がルガーを構えながらちかづいてくる。わたしはパッと立ち上がって書棚に手を伸ばし、手探りして二秒を無駄にし、ついにボードレールの胸像を掴んだ。大きく振り回し、ルネが引き金を引く寸前に腕を払った。彼がよろっとなりデスクに倒れかかる。心臓が喉までせり上がる。〝拳銃を落とせ、落とせ――〟でも、彼はランプに片肘をついただけで、デスクの端に掛かる手はしぶとくルガーを握ったままだった。

「シャーリー」イヴがはっきりと言った。彼女の言いたいことがわかり、憎悪の雄たけびをあげて突撃し、大理石の胸像を渾身《こんしん》の力で振りおろした。彼はもう一方の腕で顔を守ったが、わたしの狙いはべつにあった。ボードレールの胸像は、ルガーを握る長い蜘蛛の指に命中した。大理石の下で骨が砕ける音がして、彼が悲鳴をあげた――関節をひとつずつ砕いたときイヴがあげたのとおなじ悲鳴を、シークブルクの手術台でリリーがあげたのとおなじ悲鳴を、ドイツ軍兵士が放った銃弾の最初の一発が、赤ん坊の体を抜けて彼女自身の体に当たったとき、ローズがあげたのとおなじ悲鳴を。胸像をもう一度振りおろし、べつの骨が砕ける音を聞きながら、わたしも悲鳴をあげていた。長い長い指がぺちゃんこの赤い残骸になる。

彼はルガーを落とした。

それは床に落ちた。わたしは飛びついたが、ルネが苦痛の叫びをあげながら、無傷の手を伸ばしてわたしの髪を掴み、ぐいっと引き戻した。だから、わたしは足で蹴った。拳銃は床を滑ってイヴのもとに届いた。

イヴは血まみれの手で赤くなった床からルネのルガーを取り上げた。歯を食いしばってなんとかルガーを構える。わたしは執念深い手から髪を振りほどくと床に伏せた。

イヴは冷静に、ルネ・ボルデロンの眉間を狙い撃ちした。

彼の顔が赤い靄の向こうに消えた。イヴはさらに三発を胸に撃ち込んだ。

ルネはのけぞり、驚きにぐしゃぐしゃの手を突き出し、ずるずると床に倒れた。逃れられぬ苦痛があることに、逃れられぬ復讐があることに、逃れられぬ結果があることに、最後の最後で驚いたのだろう。打ち負かすことのできぬ女たちがいることにも。

空気がにおう。硝煙の鼻を突くにおいと、血糊《ちのり》のさらにきついにおい。沈黙が鉛のおもりとなってのしかかってきた。わたしはボードレールの胸像を握ったままよろよろと立ちあがった。ルネの捻れた体から目を逸らせなかった。死ねば小さく惨めな老人になるものだろうに、目の前にいるのは、頭をもがれた老いたヘビだった。最期まで毒を放っている。

胃袋が縮まり、にわかに吐き気を覚えた。片手でお腹をおさえながら、イヴに駆け寄る。不自由な手にルガーを握ったままだ。ぼろぼろで、血まみれで、すばらしくて、ひどい有様だ。累々たる敵の死体を前に馬上で勝ち鬨《かちどき》をあげるヴァルキューレのように、ゆっくりと無慈悲な笑みを浮かべた。

「残り一発」ルネの死体を見ながら、彼女がきっぱりと言い、恐怖に見開いたわたしの目の前で、ルガーを自分のこめかみに押し当てた。

44
イヴ

イヴの指が引き金を引きかけたとき、苦痛が世界を切り裂いた。ゆっくりと脈打つ肩の鈍い痛みとはちがう、乱切刀《ランセット》で指を切開されたような、銀色に輝く熱く鋭い痛みだった。喉から絞り出すような狂暴な悲鳴をあげてルネに飛びかかったシャーリー・セントクレアが、ボードレールの胸像をイヴの手に振りおろしたのだった。壁に倒れ込んだ拍子にルガーの狙いが逸れ、耳鳴りがしていたイヴの耳が完全に聞こえなくなった。イヴは掠れた悲鳴をあげ、殴られた手と空の拳銃をふたつながら胸に抱いた。

「ヤンキーのくそったれ」食いしばった歯のあいだから言葉を漏らす。涙で目がチクチクする。「あたしの手が潰れたじゃないの。またしても」

「わたしを騙してホテルを抜け出した罰よ」シャーリーは膝をつき、イヴの曲がった指からルガーをもぎ取って横に放った。「あなたに自分を撃たせはしない」

「自分を撃たなくたってどうせ死ぬんだ」ルガーでひと思いに死にたかった。詩的正義ってやつだ。ルネの見開かれた目に銃身を向けたとき、それが自分の拳銃だと気付いた。その昔、彼がイヴから奪い取ったルガー、キャメロンが贈ってくれたルガーだった。だが、死ぬには銃弾が必要だ。あとはもう、ここで血を失って死ぬしかない。イヴにできることは——なにもなかった。

「そばに来ないで」肩の傷を見ようとするシャーリーに、イヴはぴしゃりと言った。苦痛は獣のようにゆっくりと確実に彼女を食らう。「ほっといてよ。頼むから」

「ほっとくもんですか」シャーリーが怒る。床の死体は完全に無視し、部屋を探し回る。しばらくして、ルネの荷造り途中の旅行カバンから清潔なリネンのシャツ数枚と、ブランデーのデカンターを持ってきた。「まずこれで消毒して、医者が来るまでの間に合わせ——」

イヴは潰れた手で彼女を追い払った。苦痛は拷問だ。熱く熱せられた砂を関節に塗り込まれる感覚。丸くなって泣きたかった。丸くなって死にたい。弱り切り、精根尽き果てた。殺したい敵はもういない。憎しみが彼女をまっすぐに立たせる鉄の支柱だった。いまでは殻を失ったかたつむりだ。やわらかく、頼りない。いまが潮時なのに、この娘はそんなこともわからないの？

むろんわからない。シャーリーは休むことなく動きつづけ、諦めることを知らない。ルネの顔面に叩きつけるように、あなたは二度の戦争とも選ぶ側を間違えるほど愚かだ、と言い放ったとき、イヴは拍手喝采したい気分だった。目の前でシャーリーにリリーが乗り移ったのかと思ったほどだ。小柄で、クズリみたいに凶暴で、危機的状況にあっても冷静に行動し、とっさに知恵を絞って死を免れる。リリーは最後に打ち負かされたが、シャーリーはちがう。

「あなたは死んじゃ駄目」シャーリーがリネンを彼女の肩に押し付けて止血した。「イヴ、死んじゃ駄目よ」

死んじゃ駄目？　イヴは死にたかった。酒浸りで両手が不自由で吃音で、この先になんの希望もない。罪の意識と悲嘆と悪い男のせいで、人生はぼろぼろになった。ルネを殺したからって、人生がふたたびバラ色にはならないことぐらいわかっている。

そんなことをぶつぶつ言っていたらしく、シャーリーがつっかかってきた。「わたしが彼に言ったこと、聞いてなかったの？　あなたはリリーを裏切っていないのよ。ドイツ軍はほかの人から彼女に関する情報を得たの。アヘンを呑まされたせいで秘密をしゃべってしまった、とあなたが言ったとき、おかしいと思った――」

イヴは涙がこぼれ落ちるのを感じて頭を振った。「いいえ。あたしのせい」そうに決まっている。シャーリーがルネにぶつけた告発は、イヴの耳を素通りしていた。あまりにも長いあいだ、罪の意識とともに生きてきたので、魂の一部になってしまった。二言や三言でそれが覆るわけがない。

「――アヘンは自白剤ではないのよ、イヴ！　幻覚を見せるけれど、自白をさせる力はないの！　ヴィオレットに頼んで裁判記録を調べてもらった。被告人たちが出席していないときに語られたことについて。思ったとおりだった。しゃべったのはテリエという女だった。おなじ囚人で――」

イヴは頭を前後に振りつづけた。

「もっと調べてみる価値があると思わない？　あなた自身が裁判記録を読んでみるの。あなたはスパイだったんでしょ。イギリスの勲章をもらってるんでしょ。アレントン少佐みたいな人たちは、あなたに借りがある。ヴィオレットに電話して、詳しいことを――」

「いいえ」前後に、前後に。

「まったくどうしようもない人ね。罪の意識から逃れたいと思わないの？　馬具をつけられたロバみたいに、ずっと罪の意識に縛り付けられているつもり？」シャーリーは鋭い顔をイヴの顔に突き付けて吠えた。「あなたはやってないの！」

涙がイヴの頰を伝った。きょうの午後、この娘から逃れるために、クロコダイルの涙を流したが、この涙は本物だ。泣きに泣いていると、シャーリーが抱いてくれて、イヴはその尖った小さな肩に顔を押し付けてむせび泣いた。

そのうちシャーリーがイヴを押して突いて、立たせた。「ずっとここにはいられない。わたしに寄りかかって。当て布を強く押し付けておくのよ」

イヴは当て布を落としたかった。血が流れるままにしておきたかった。朝になれば、警察がふたつの丸まった死体を発見する。情報源とスパイ、捕らえる者と捕らえられる者、協力者と裏切り者は、最後の最後まで組み合ったままだ。でも――。

〝あなたはやってないの〟

シャーリーに半ば支えられ、半ば引き摺られて廊下を抜け、薄暗い台所を抜け、あたたかなフランスの夜に出ていくあいだ、イヴの脇腹を血は流れつづけた。まだしゃくり上げていて、手の痛みは痛烈だった。「車を回してくるから、ここにいてね」シャーリーが言った。「五百メートル歩くのは無理でしょ――」

ラゴンダのおぼろな車体の隣で、もうひと組のヘッドライトが私道を照らしていた。イヴの痛みと涙でぼやけた視界にも、ヘッドライトの光は射し込んだ。警察？「けーけーけーけー」舌がまったく動かない。たったひと言なのに出てこない。たどたどしい手つきで傷口を覆うリネンの当て布をはずした。また刑務所に入るぐらいなら、失血死したほうがいい。

シャーリーが叫んだ。「フィン！」すぐに懐かしいスコットランド訛りが耳元で聞こえた。力強い腕が腰に回ってきて、抱き上げられる。イヴは無意識へと滑ってゆく。死でありますように。おしまいになりますように。

それでも、吟味し疑問を投げかけずにいられない、脳みその覚醒した部分が考えていた。

〝あなたはやってないのよ〟

45

シャーリー

二十四時間後にはパリにいた。

「イヴを医者に診せないと」ルネのヴィラを出て、フィンにあらましを説明したあと、わたしが最初に言った言葉だ。「でも、病院に運び込んだら、彼女は逮捕されてしまう。銃で撃たれているんだから不審がられる。それで、警察がここを調べたら――」振り返ってヴィラを見る。

「応急処置をして、とにかくグラースを出よう」フィンは間に合わせの包帯にブランデーをたっぷり染ませて、イヴの肩にきつく巻き付けた。ラゴンダの後部座席で、イヴは意識をなくしぐったりしていた。「銃弾による影響はそれほどじゃないみたいだ。大量の血を失っているが、ちゃんと止血すれば……」

〝捕まる〟その言葉が頭の中で鳴り響いていた。〝わたしたちは逮捕されるだろう〟フィンにイヴの手当てを任せ、わたしは血のにおいが立ち込める書斎にとって返し、シャツを手に巻いて、そこらじゅうにある血に女の小さな指紋を残さないように注意しながら、孔雀のランプや蓄音機を引っくり返し、引き出しを引っ張り出した。手提げ金庫を探して誰かが室内を荒らしたように見せかけるために。居直り強盗に遭ったように見せかけるために。念のため……シャツを巻いたままの手で、ポケットからルネの写真を取り出した。グラースのあちこちで見せて回った写真、彼の顔だけがわかるよう折り畳んでクリップで留めておいた写真だ。クリップを抜いて広げれば、鉤十字をつけたナチがずらっと並んでいる写真だ。銃弾を浴びた死体の上に写真を落とした。

吐き気に襲われたが、フィンがおもてで叫んでいる。時間がない。二丁のルガーとボードレールの胸像をイヴのバッグに突っ込み、ドアノブをはじめ手で触れたものをシャツで拭き、走った。後部座席にイヴを乗せたラゴンダをわたしが運転し、フィンはホテルの支配人から借りた車を運転してあとにつく。

最初の夜が最悪だった。フィンのコートで血まみれの肩を隠しホテルに入り、寝ぼけ眼のナイトクラークの前を通過するあいだ、イヴはなんとか意識を取り戻していたけれど、階段をのぼる途中で意識を失った。フィンは彼女をベッドに寝かせ、血を拭き取り、リネンクロゼットからくすねてきたシーツを包帯代わりに傷口に巻いた。恐ろしいほどじっと動かない彼女を、ただ見守るだけしかできずに夜を明かした。わたしはかすんだ目で彼女を見つめ、フィンはわたしを腕で包んでくれていた。

「彼女を殺すところだった」フィンがささやく。「きみを危険な目に遭わせて――」

「わたしが勝手に彼女についてったの」わたしもささやき返す。「彼女を止めたかったけど、すべてが悪いほうへと向かってしまった。フィン、彼女は逮捕されるかも――」

彼の腕に力が入った。「おれたちでそうならないようにしよう」

そう。わたしたちでなんとかする。イヴにルネを殺させないよう頑張ったけれど、そうなってしまった以上、彼女が警察に捕まらないよう最善を尽くすしかない。彼女にこれ以上辛い思いはさせられない。

意識を失ってベッドに横たわる弱々しい姿を見ていたら、不意に涙が込み上げた。「フィン、彼女は自殺しようとしたのよ」

彼がわたしの頭のてっぺんにキスした。「そっちも、おれたちでそうさせないようにしよう」

曙光が射すころ、わたしたちはチェックアウトした。わたしが腰に腕を回してイヴを支えた。フロント係はあくびを連発し、まるで無関心だった。一時間後にはグラースをあとにしていた。フィンはラゴンダをいつもよりずっと速く走らせた。「ガードナー」ギアが抗議の声をあげると、フィンはつぶやいた。「あんたはおれにあたらしい車を買う義理があるんだからな。シーツについた血のしみを洗い落とすなんて二度とご免だし、こいつのエンジンは二度ともとに戻らない」

長いドライブのあいだ、イヴは無言を通し、肉のついていない骨の塊みたいになって後部座席で丸まっていた。パリに入り、セーヌの暗い川面を渡るあいだ、わたしがボードレールの胸像を川に放っても、なにも言わなかった。でも、彼女の肩はピクピク動いていた。

余計なことは訊かずにイヴの傷を治療してくれる医者を、フィンが探し出した。奇跡みたいなものだ。「あの手の人間は探せばいるもんなんだ」医者が傷口を消毒して縫って去ったあと、フィンが言った。「資格のない医者や兵隊くずれ。喧嘩に巻き込まれて負傷して、でも警察には捕まりたくない前科者は、どこで傷口を縫い合わせてもらうと思う?」

イヴは指に添え木をあてがわれ、肩の傷に包帯を巻かれ、痛み止めと化膿《かのう》止めの薬を呑まされたところで、わたしたちは身を隠す必要があった。「彼女には傷を癒すための時間が必要ね」わたしは言った。彼女は機嫌が悪いとき以外は怖いほど感情に乏しかった。「パリは大都会だから隠れる場所に不自由はしないでしょ、もし誰かが……」

〝もし誰かがわたしたちのことを嗅ぎ付けたら。ルネの死体が発見されたらいずれそうなるだろう〟フィンもわたしもその心配をしていた。でも、イヴの前でも、二人きりのときも、ルネの名前は出さなかった。モンマルトルに安い宿を見つけ、イヴを休ませた。薬を呑ませ、彼女がウィスキーを手に入れないよう見張った。丸五日が経ったとき、フィンが新聞記事を見つけた。

〝グラース近郊で元レストラン経営者死体で見つかる〟

わたしは新聞をひったくって貪るように読んだ。ルネ・ボルデロンが雇っていた家政婦が週に一度の掃除をしに来て、死体を見つけた。故人は裕福な独り暮らしだった。室内は荒らされていた。時間が経過していたので証拠集めは難しく……。

不意にめまいがして、わたしは新聞に額を休めた。グラースで彼の消息を尋ね歩いた老女と弁護士のことは書かれていなかった。警察が知っているかどうかわからないが、そのことを口にした人はいなかったのだろう。金持ちのアメリカの未亡人と人目を引く弁護士と、パリで床に伏すイギリス人女性と胡散臭い運転手を結び付ける者などいないはずだ。

「発見されるまで五日か」フィンが思案げに言った。「家族か友達がいれば、もっと早く見つかってたのにな。電話をよこす人間とか、彼の身を案じる人間が。だが、彼は友達を作らなかった。人を大事にしなかった。誰とも親しくしなかった」

「それに、彼の胸の上に写真を残してきたもの。彼とナチのお友達が一緒に写ってる写真」警察は彼が協力者だったと知って、犯人探しを熱心にやらなかったのかもしれない。強盗か報復、それで片付けたのだろう。

フィンがこめかみにキスした。「悪賢いお嬢さん《ラシー》だ」

わたしは新聞を放った。記事にはルネの写真が添えられていた。礼儀正しくほほえむ写真――胃袋が捻れた。「あなたは彼に会ってないから。でも、どうか信じて。彼は怪物よ」

悲鳴が充満する緑のシルクの部屋の夢を見るのは、いまではわたしだ。

「会わなくてよかった」フィンが静かに言う。「怪物はさんざん見てきたからな。それでも、その場にいられたらって思う。きみたちを守ることができていたら」

彼があの場にいなくてよかった。彼には前科がある。もし三人とも捕まったら、刑務所送りになる可能性は彼がいちばん高い。けっきょく、ルネを始末するのにイヴとわたしとで充分足りた――でも、そんなこと口に出して言わない。フィンにはプライドがあるもの。

「たぶん捕まることはないって、イヴに言いに行きましょうか?」わたしはそれだけ言った。

「おれたちを罵倒するの、それでやめるかも」

イヴはなにも言わずに耳を傾けた。このニュースは彼女の気持ちを穏やかにしなかったばかりか、ますます苛立たせたようだ。やれ指の添え木が邪魔だの、肩の包帯がずれるだの文句ばかり言った。一九一六年の裁判のことや、わたしにせっつかれてヴィオレットが掘り起こした証拠のことを、質問攻めにしてわたしを悩ますと思っていたのに、彼女はそのことにいっさい触れなかった。

彼女が撃たれて十日が経ったとき、朝食のクロワッサンを持って部屋をノックすると、中はもぬけの殻で、枕の上にメモが一枚残されていた。

フィンは知っているかぎりの悪態をつきまくったけれど、わたしはメモをただ見つめた。

〝国に帰ります。心配しないで〟

「心配しないでだと」フィンが髪を掻きむしる。「あの性悪ばばあはいったいどこへ行ったんだ？　ヴィオレットのところだと思うか？　裁判の情報を聞き出すために？」

彼はルーベに電話すると言って階段を駆けおりていったが、わたしはイヴのメモを見ながら、べつの可能性に思いを巡らせていた。部屋を探し回ったが、ルガーは二丁とも消えていた。

フィンがじきに戻ってきた。「ヴィオレットはイヴに会っていないし、連絡も入ってないそうだ」

「彼女はリールやルーベには行ってないと思う」ささやき声になっていた。「死にに帰ったんだと思う。引き金を引くのを、わたしたちに止められない場所へね」

リリーを裏切っていなかったと知れば、イヴがずっと抱えてきた古傷が治るだろうと、わたしは愚かにも思い込んでいた。自分が裏切り者でなかったとわかり、敵を己の手で葬り去れば——それで充分だろうと思っていた。汚された過去ではなく、未来に目を向けてくれるだろうと。でも、イヴは鏡を見て、そこに生きる意味を見つけられなかったのだ。憎悪と罪悪感が消えたあとには、なにも残っていなかった。拳銃以外はなにも。兄とおなじだ。

息が喉につかえた。「わたしたちも行かなきゃ、フィン。ロンドンに戻らなきゃ、いますぐ」

「彼女はロンドンに向かっていないかもしれないんだぞ、ラス。自殺したいのなら、ふたつ先の通りの安宿に部屋を借りればいいだけの話だ。おれたちには探しようがない。それとも、リリーの墓参りに行ったか、あるいは——」

「彼女のメモには〝国〟って書いてあった。そこで死にたいとしたら……」

〝お願いだから、死なないで〟

フランスを走る二度目のドライブは、最初のものとはまったくちがった。後部座席に毒舌家がいないと車内は空っぽな感じがしたし、ルーアンにもリールにも寄り道しなかった。パリからカレーまでまっすぐに、数時間のドライブだった。そこからフェリーでイギリスの霧に包まれた埠頭に着いた。翌朝にはラゴンダは一路ロンドンに向かっていた。きょうが二十歳の誕生日だと突然気付いて、わたしは喉が詰まった。すっかり忘れていた。二十歳。

ほんの二カ月前、わたしは十九歳で、ローズの写真と叶うあてのない希望を胸に、雨の夕方、汽車を降りた。イヴリン・ガードナーは、紙に書かれた名前にすぎなかった。イヴのことも、フィンやルネ・ボルデロンのことも知らなかった。自分のことすらわかっていなかった。

たった二カ月。そんな短いあいだに、なんと大きな変化が起きただろう。膨らみはじめたお腹を撫で、ローズバッドはいつごろ動きはじめるのだろうと思った。

「ハンプソン・ストリート十番地」フィンがつぶやき、あちこち穴があいたままの通りにラゴンダを走らせた。ロンドンにはいまも戦争の傷跡が残っているが、あばただらけの通りを行き交う人々は、麗らかな夏の日に足取りも軽く、顔には笑みを浮かべていた。はじめてここを訪れたときからずいぶんな変わりようだ。見交わすフィンもわたしもしかめ面だ。「ガードナー、うちにいてくれよ」

うちにいて、無事でいて、とわたしは祈った。イヴの家の玄関を入り、強張る手に拳銃を握った彼女が床に倒れているのを発見したら、わたしはけっして自分を赦せないだろう。あなたを行かせない、とグラースでわたしは彼女に言った。〝あなたを失うわけにはいかない〟そんなことになったら――。

ハンプソン・ストリート十番地は空っぽだった。空っぽなだけではない。〝売家〟の看板が出ていた。

六週間後

「支度できた？」フィンが言う。

「どうかな」彼に見てもらう。「パーク・レーンにふさわしいぐらい堂々と見える？」

「かわいい女の子みたいに見える」

「もう女の子じゃないわよ」いまやどこから見ても妊婦だ。迫り出したお腹の上で黒いドレスがはち切れそうだ。前ほど似合わないけれど、きょうは験を担いで体を押し込めた。これを着るととてもエレガントで大人っぽく見える。きょうはそう見える必要があった。両親がロンドンにやってきており、パーク・レーンのドチェスター・ホテルでわたしを待っている。

ロンドンに戻ってから、母とは電話で何度もしゃべった。別れたときに母になんと言われようと、母は母だし、わたしを心配してくれているのはわかっている。「シェリ、ある程度は人生設計をたててるんでしょうね」数週間前に母は言った。「まずは会いましょう。会って話を――」

「悪いんだけど、ニューヨークに戻る気はないの」

　母が言い返さないことが、わたしを多少怖がっているなによりの証拠だった。「だったら、わたくしたちがロンドンに行くわ。あなたのお父さまはそっちに仕事があって近々行くことになっているから。わたくしも一緒に行きます。みんなでゆっくり話し合って、将来のことを決めましょう」

　わたしはすでに決めていた。ロンドンでフィンのひと間のアパートで同棲《どうせい》しているあいだ、人生設計に磨きをかけてきた。イヴのことは心配しつづけている。毎日、彼女の家を訪ねたけれど、フライパンひとつで作る朝食を食べながら、二人で語り合うのはイヴのことだけではなかった。ローズバッドのことも。彼女のために新生児用品を少しずつ買い集めていた。それに将来のこと。フィンがアイディアを出し、どうすれば実現できるかを試算するため、わたしが銀行の取引明細書に数字を書き込んでいく（偽の結婚指輪をつけて出向いたら、銀行の窓口でなんの支障もなく預金を引き出すことができた）。でも、わたしの計画に両親がどれほどの関心を持ってくれるか、まったくわからない。だから、両親がどんな手を打ってきても、ノーと言える覚悟を決める必要があった。わたしがまだ未成年だからといって、かんたんに両親の言いなりになると思ってもらっては困る。拳銃を振り回す殺人者と相対したおかげで、両親は〝怖い相手リスト〟の下位へと移動した。

　それでも、この会談が不首尾に終わることを恐れていた。うまくいってほしかった。なんといっても両親が恋しい。面倒ばかりかけてごめんなさい、と謝りたかった。ジェイムズを失ったことが、両親にとってどれほどの打撃だったか、いまならよくわかる。両親には元気を取り戻してほしい。そう伝えたかった。

「おれが一緒に行ってもほんとうにいいの？」フィンは、グラースで事務弁護士のドナルド・マガウアン（わたしのドナルド！）と名乗ったときに着ていたチャコールグレーの背広姿だ。「きみのお母さんは、ルーベではじめて会ったとき、おれにいい印象は持たなかっただろ」

「そんな逃げ腰でどうするの、フィン・キルゴア。さあ、行くわよ」

彼がにやりとする。「タクシーを拾っとく」ラゴンダは買った店に戻した。フィンはそこで、ほかの人の車を修理していないときに、彼女のエンジンの改造を行なっていた。不幸なことに、最後のパリ脱出が老体にはよほど堪えたようだ。それでも、ラゴンダでドチェスター・ホテルに乗り付けられたら、わたしはもっと自信が持てただろう。ボンネットの下はポンコツでも、まだ充分にスタイリッシュだもの。

わたしは帽子を取り上げた。すばらしく派手なこの黒いふわふわに、わたしは大枚をはたいた。道徳的に問題のある帽子に寄せるスパイの女王の情熱に、イヴが呆れていたことを思い出したからだ。黒い薄布と羽根飾りのふわふわは、間違いなく道徳的に問題がある。わたしはほほえんで、片方の目にかぶさるように帽子を傾けた。「とてもいいよ、ヤンキーのお嬢ちゃん」イヴの声が聞こえる気がして、また胃がキュッとなった。彼女の家を売りに出した会社は、なにも教えてくれなかった。電報で指示を受けたの一点張りだった。わたしたちにできるのは、フィンの住所を書いたメモを残し、彼女が連絡をくれるのを願うばかりだった。彼女の姿がないか、可能なかぎり家の前を車で流した。わたしたちの目に入ったのは、一週間前、ドアに貼り出された、家が売れたというお知らせだけだった。〝どこにいるの?〟わたしたちを心配させて、イヴは悦に入ってるのかもしれない。彼女が死んだのではないかと怯えない日には、こんなに心配かけて、この手で絞め殺してやりたいと思う。

「シャーリー、ラス」開いたドアから聞こえるフィンの声がいつもとちがった。「あれを見てごらんよ」

バッグを手に彼と並ぶ。言おうとしたことがすべて、喉の奥で消えた。おもての縁石に接して鎮座しているのは、目を見張るばかりの車だった。朝日に燦然《さんぜん》と輝いている。パトリシアンシルバーのコンバーティブルだ。

「四六年型ベントレー・マークⅥ」フィンがつぶやき、夢遊病者みたいに漂っていった。「四五〇〇ccエンジン……ヘリカル・スプリングの独立懸架……ディバイデッド・プロペラ・シャフト……」彼は信じられないという顔でフェンダーを撫でた。

でも、わたしの心臓をドキドキいわせたのは、車ではなかった。たしかに美しいけれど。ワイパーに挟んである白い封筒のほうだ。懐かしい文字でわたしたちの名前が記されている。封を破ったときには口の中がカラカラだった。底にかさばるものが入っていたが、まずは一枚だけの便箋を取り出した。謝罪も挨拶も抜きの手紙だ。むろんそうでしょうとも。

あんたがヴィオレットと一緒に端緒を開いてくれたけど、ヤンキーのお嬢ちゃん、信じるには自分の目で細部まで確かめる必要があった。リリーの元の同房者、マドモアゼル・テリエが、減刑と引き換えに、リリーの本名とアリス・ネットワークとの関わりを漏らし、あたしがルネ・ボルデロンの尋問を受けていたころに、五通の手紙と供述書の形でドイツ軍に渡っていた。裁判記録や機密扱いの書類を調べ、秘密の情報源をあたるのは大変だった――でも、確認がとれた。それに、テリエが休戦後に服毒自殺したことも確認がとれた。

ルネは嘘を吐いていた。あたしじゃなかった。

あんたが正しかった。

気が付くと手放しで泣いていた。不甲斐ない話だ。わたしは長いこと、おまえは無力だ、兄も両親もローズも、自分自身すら救うことができないじゃないか、と意地悪く指摘する心の声に耳を傾けてきた。でも、自分で思っているほど不甲斐ない人間じゃないのかもしれない。ローズとジェイムズのために、できるだけのことはやった――二人を救えなかったけれど、二人が死んだのはわたしのせいではない。それに、両親とはなんとか和解したいと思っている。

シャーロット・セントクレアのことは、ちゃんと面倒をみていく。彼女は自分から面倒を抱え込んで、YだのZだのという無意味な変数を削除して、Xについて解いた。いろいろなことを整理して単純な方程式にした――彼女自身足すフィン足すローズバッド。どんな答えになるか、彼女にはよくわかっている。イヴの手紙はこうつづいていた。

ヴィオレットが手紙をくれた。あたしはフランスに向かう途中で、向こうに着いたら彼女と二人でリリーの墓参りをするつもり。それから旅に出る。洗礼式に間に合うように戻るから。そうそう、あんたに真珠のネックレス分の、フィンに車一台分の借りがあったね。

フィンが封筒を逆さにした。大きな手に絡まり合ったものが落ちてきた。ベントレーの鍵、それに絡まる見事な乳白色の真珠――わたしの真珠。ロンドンに着くとその足で質屋に行ったけれど、借用証は期限切れで、真珠はなくなっていた。それがここにある。涙がポロポロこぼれるのでよく見えない。手紙の最後にはこんな文句が。

結婚祝いだと思ってくれてもいい。

――イヴ

わたしたちの登場に、ドチェスター・ホテルに出入りする人たちの足が止まった。ポーターもベルボーイも、優雅な帽子をかぶった殿方も、白い手袋の奥さまたちも――ホテルの正面玄関にベントレーが停まると、いっせいにこちらを向いた。子猫みたいにゴロゴロいって、夢みたいな走りを見せて、パールグレーの座席はハグするみたいに包み込んでくれる。フィンはボーイに鍵を渡すのがよほど忍びなかったようだ。「軽く動かしといてくれ」彼は言い、車の前を回って助手席側に来ると、わたしを降ろした。「妻とおれはランチに寄っただけだから」

ホテルの日除けの下に、フリフリのブルーのドレスの母と、首を右に左に動かして通りを眺める父がいた。母はすてきな背広姿のフィンを惚れぼれと眺め、父は車の流麗なラインに目を走らせている——フィンが派手な帽子に乳白色の真珠をつけたわたしを車から降ろしたものだから、二人とも驚きに口をぽかんと開けていた。「ママン」わたしはフィンの腕に腕を絡ませ、にっこりした。「パパ。ミスター・フィン・キルゴアをご紹介します。まだ正式発表はしていないけれど」——母がわたしの左手にさっと視線を走らせる——「わたしたち、そのつもりでいるの。ちかいうちに。将来の計画をいろいろたてているのよ。二人にも加わってほしいわ」

母がそわそわしだし、父も控えめだがやはりそわそわしだした。フィンが握手の手を差し出し、わたしは三人を引き合わせた。それから四人揃ってドチェスター・ホテルの玄関を抜け、すばらしく優雅なホールへと足を踏み入れた。振り返ると彼女が見えた。きっとこれが最後だ。ローズが白いサマードレスを着て日除けの下に立っている。そよ風にブロンドの髪をなびかせて。お茶目な表情を浮かべて手を振る。思い出のあの表情だ。

わたしは手を振り返し、胸が詰まって息を呑み込んだ。ほほえみを浮かべ、先へと進む。

エピローグ

一九四九年夏

グラース郊外の花畑はいまが花の盛りだった。バラにジャスミン、ヒヤシンス。芳醇な香りに酔った体を休めるのに頃合のカフェがある。ストライプの日除けが手招きしているようだ。慌ててカンヌやニースに行かずに、ちょっとひと休みしませんか、ロゼのボトルを空けて、小一時間ほど丘を眺めて過ごしてはいかがですか。グレーの髪を三つ編みにした痩せぎすの女が、そのカフェにいた。長い時間が経つのでボトルを数本空にしている。日に焼けた顔、ブーツにカーキのズボン、片方の手首にはイノシシの牙を飾った象牙のブレスレットをして、壁を背に隅の席に座り、弾がどこから飛んでくるかわからないというように油断なく視線を配っているが、彼女が考えているのは飛んでくる弾のことではなかった——丘の下の道を行き来する車を眺めていた。

「長いことお待ちいただくことになりますよ」彼女が店に入ってオーナー夫妻について尋

ねると、カフェの女の子が言った。「毎週日曜日には花畑にピクニックに出掛けるんです。何時間も」

「待たせてもらうわ」イヴは言った。待つことには慣れている。ルネ・ボルデロンを撃つのに、けっきょく三十年待った。あれから多くの時間を、照りつける日差しの下で獲物を待って過ごしてきた。ルネを撃ったことで、忍び寄り、追い詰め、危険なものを殺すのが性に合っていると知った。内気なガゼルや優雅なキリンを狙うことに興味はないが、ポーランドの巨大な野生のイノシシや、東アフリカで村を襲う人食いライオンの群れは、二丁のルガーの格好の標的になる。二丁ともオイルを塗って磨き上げ、いまは椅子の下に置いたバッグの中だ。ハンティング仲間の誰も、彼女が悪態をつきまくっても、飲みすぎても、たまに悪い夢を見て震えながら目覚めても文句を言わない。おなじような古傷を持っている連中だからだ。手にではない、目の中に——ひどいものを見てきた目を、いまは辺境の危険な地で休めているのだ。最近のサファリでは、ピリピリした雰囲気の初老のイギリス人大佐が一緒だったが、イヴの潰れた関節を見てもなにも言わなかった。エル・アラメインの戦いで勝利したあと、どうして連隊を離れたのかなんてことを、イヴも尋ねなかった。その大佐が、スコッチのボトルを何本か空にした夜更け、冬になったら一緒にピラミッドを見に行かないか、とイヴを誘った。たぶん誘いを受けるだろう。指の長い手がキャメロンを思い出させるから。

カフェ兼修理工場の前を車が通り過ぎていく——歓声をあげて海岸に向かうイタリアの

若者たちを満載し、幌を倒したブガッティだ。リヴィエラの道路をかっ飛ばす享楽的な運転手たちが金を落としていくから、ここは商売繁盛間違いなしだ。イヴはカフェに隣接する修理工場を見ながらそう判断を下した。彼女が贈ったシルバーのベントレーの隣には、幌をあげたプジョーとアストン・マーティンが修理されるのを待っている。修理工場を訪れる人々は、待っているあいだ、隣のカフェでローズジャムを塗ったビスケットを頬張り、ワインをがぶ飲みし、ラジオに合わせて歌を口ずさむのだろう。いまはエディット・ピアフの歌が流れている——『わたしの兵隊さん』、昔好きだった歌。

その車が坂をのぼってくるころには、日も西に傾いていた。ラゴンダが貫禄《かんろく》たっぷりの走りを見せる。ダークブルーの車体はいまもピカピカだ。修理工場へ入っていく。イヴはほほえんで待った。スリムな黒いパンツに白いブラウス姿のシャーリーが降りてきた。肌は日に焼けて黄金色、髪は艶やかなボブスタイルだ。片手にピクニックバスケットをさげ、もう一方の手で女の子の汚れたスモックをがっちり掴んでいる。はて、孫はいくつになったろう。一歳半？　洗礼式で会って以来だった。思い切り顔をしかめた尖った顎のブロンドの女の子と、つるバラを刺繍したフリルに埋まってイヴの腕に抱かれ、バブバブ言っていた塊とはべつの生き物に見える。イヴは誇らしげに肩に勲章を並べ、幼いイヴリン・ローズ・キルゴアは、戦功十字章を小さな手で引きちぎりかけた。

「フィン」シャーリーが肩越しに声をかける。「トントンカチカチはやめてよ。日曜なんだから。日曜は作業しちゃいけないの」

彼の声が聞こえてきた。「あとちょっとで終わるんだ。あの古いオイル漏れ……」

「ラゴンダをピクニック以外に使わないで正解よね。文字どおりスクラップなんだもの」

「少しは敬意を払ったらどうだ、シャーリー、ラス」フィンが姿を現した。髪はくしゃくしゃ、ひょろっとして、シャツの襟元から日焼けした喉が覗いている。カフェの女の子たちが、食べちゃいたい、という表情でちらりと覗く肌を見つめても、彼はどこ吹く風、妻に腕を回し、もう一方の手で赤ん坊を抱き上げた。「おやおや、イヴィー・ローズ」きついスコットランド訛りで言う。「お転婆にもほどがある、ちっこいくせして」

「ほんと、手に負えやしない」シャーリーが言うと、娘が板金を切り裂くような叫び声をあげた。「怒りっぽい赤ん坊からお昼寝を引くと、癇癪《かんしやく》の十乗。今夜は早めに寝かせましょう……」

日除けの下のいちばん遠いテーブルでくつろぐイヴに、二人ともまだ気付いていない。節くれだった手を頭上で振る。いまも無神経な視線に曝されることが多く、引き金を引く以外はたいした役に立たないが、不自由はしていなかった。〝悪の華〟だって長く生きればガタもくる。

日除けの下で手を振る人に気付いたシャーリーは、額に手をあてがい、歓声をあげて駆け寄ってきた。「まさかハグする気じゃないでしょうね」イヴは誰ともなしに言った。ため息をひとつついて立ちあがり、笑顔になってハグされた。「まったく、アメリカ人はこれだから」

著者あとがき

ルイーズ・ド・ベティニは実在の人物で、今日、その名を知る人は少ない——不当評価と言わざるをえないが、その勇気と知恵と才覚はスパイの女王と呼ばれるにふさわしく、彼女をありのままに描けばスリリングな読み物になる。住み込みの家庭教師だったルイーズ・ド・ベティニは、フォークストンで情報収集活動を行なっていたセシル・エルマー・キャメロン大尉に見出され、コードネーム、アリス・デュボア（ほかにもいくつかの偽名を使い分けていたが、リリーというニックネームはわたしの創作だ）と名乗り、語学の才能と組織作りの手腕を駆使してスパイのネットワークを作り上げ、第一次大戦中、もっとも目覚ましい成功をおさめた。

アリス・ネットワークはリールを拠点に、ルイーズが束ねる数多くの情報源から情報を集めた。ドイツ軍の前線に関する報告は迅速かつ正確で、イギリスの諜報機関や軍の男たちの度肝を抜いた。「ルイーズ・ド・ベティニがもたらした恩恵は測り知れない」「現代版ジャンヌ・ダルク」「彼女の身になにかあったら、災厄というしかない」——知らぬ間に流出する情報の恐ろしいほどの正確さに、ドイツ軍もまた度肝を抜かれた。設置したばかりの大砲が、数日で爆撃されるのである。アリス・ネットワークが発掘した情報の最たるものが、カイゼルの前線視察だったが、彼が乗った列車は辛くも爆撃を免れた。ヴェルダン攻撃の情報は、ルイーズが最後に送ったものだ（残念ながら指揮官レベルが信じなかったため、ヴェルダンは激戦地となった）。

フランスのドイツ占領地域および自由地域、ベルギー、イギリス、オランダと、ルイーズは縦横無尽に移動して報告書を渡し、情報を収集し、配下のスパイたちをチェックした。彼女が用いた情報受け渡し方法（暗号化したメッセージを指輪やヘアピンに巻き、箱入りケーキの下に隠し、雑誌に挟む）は本書に記したとおりだ。彼女の危険に立ち向かう勇気は並外れている――ドイツ軍のサーチライトを掻い潜り、武装した歩哨の目を盗み、その場で撃ち殺された難民たちの死体をまたいで国境を越えた。ほんの数ヤード先で地雷が爆発し、脱走者二人が吹き飛ばされたときも、彼女は無傷だった。なによりすごいのは、彼女の即座に決断できる能力だ。検問所でわざともたもたと荷物を引っ掻き回していると、苛立った衛兵が、もういい、行け、と手を振るとか、鬼ごっこをしている地元の子供を使って通行券を受け渡すといったやり方（どちらも事実）が、彼女の臨機応変さを物語っている。情報受け渡し場所へ向かう途中で、家庭教師をしていたころチェスの相手をして知り合ったドイツ軍大将と遭遇し、ちゃっかり彼の車で送ってもらったという逸話も事実だ。

イヴ・ガードナーは架空の人物だが、彼女にまつわるふたつのことは、わたしの実体験がもとになっている。ひとつ目は吃音――わたしの夫は幼いころから吃音に苦しんできた。

イヴの奮闘はそのまま夫の経験だ。たとえば、日常の会話では言葉につかえるのに、怒ったり感情が昂《たか》ぶったりすると言葉がすらすら出てくる。あるいは、言葉につかえると相手に結論を先回りされ、単純に知的レベルが低いとみなされる。本書の主人公を吃音にするというのは、夫のアイディアだった。吃音を逆手にとって、彼女を過小評価する人間たちの裏をかくのだ。ふたつ目、イヴのコードネームは史実から拝借した。一九一五年の秋、ルイーズ・ド・ベティニの運がついに尽きたとき、彼女と一緒に逮捕された若い女性の名前がマルグリット・ル・フランソワだった。検問所のドイツ軍将校は、数時間におよぶ尋問の末、怯えるマルグリットはスパイではなく、検問所で親しげに声をかけてきた見ず知らずの他人に、愚かにも通行券を貸しただけの地元の娘にすぎないと結論付けた。ルイーズは逮捕され刑務所に送られたが、マルグリットは釈放され、馬鹿にされ、さっさと家に帰れと言われた。実際のマルグリット・ル・フランソワはおそらく無知な娘だっただろう……だが、もしそうでなかったら？　わたしはこの逮捕劇に関する資料を読み、二人の女が服を脱がされ、身体検査され、威嚇されたことを知った。若いマルグリットはすすり泣き失神してドイツ人の同情を買ったが、ルイーズは暗号化したメッセージを呑み込み、ブランデーをちょうだいと言って彼らを逆上させた。この二人はドイツ軍将校の前で、最後の、そして最高の芝居を打ったのではないか。こんなわたしの疑問からイヴ・ガードナーは生まれ、ルイーズと彼女の副官という実在のデュオに架空の第三者を寄り添わせることとなった。

眼鏡をかけたレオニー・ヴァン・ホウテも実在の人物で、シャーロット・ラメロン（本作にはすでにシャーロットが登場しているので、ヴィオレット・ラメロンにした）のコードネームでスパイ活動を行なっていた。レオニーは赤十字の看護婦として戦場で働き、のちにネットワークに加わり、ルイーズ・ド・ベティニの頼りになる副官となった。「どこまでも彼女についていく覚悟だった」と、レオニーはのちに記している。「偉大なことを成し遂げられる女だと、ひと目見て確信した」レオニーはルイーズより前に逮捕されたが、二人は一緒に裁判にかけられ、刑を宣告され、シークブルク刑務所に収容された。ルイーズは肋膜膿瘍のためシークブルクで亡くなったが、レオニーは生き残り、スパイとしての功績により勲章を授けられ、終戦後にジャーナリストと結婚してルーベでアンティークショップを営んだ。夫は彼女から聞いた話をもとに『戦争の女たち、ルイーズ・ド・ベティニの回顧録』を出版した。レオニーの目撃談は大変な価値のあるもので、この回顧録にはネットワークの活動の詳細からルイーズの逮捕、裁判、シークブルクで受けた虐待、まれに訪れた勝利の瞬間――ルイーズが収容者たちを扇動し、弾薬《ボンム》作りを拒否するストライキを行なった――まで克明に綴られている。ルイーズの才気ひらめく名文句の多くは、この回顧録から拝借した。

もう一人の実在の人物が、本書でリリーの偽造書類作りとしてちらっと出てくるアントワーヌだ。本物のアントワーヌ・ル・フールは、詩人の魂をもつ書店主で、アンティークの真贋《しんがん》を見分けるプロだった――最近になって子孫が彼の手紙から、鑑識眼をべつの方面に生かしていたことを発見した。つまり、アリス・ネットワークのために偽の証明書を作っていたのである。彼の家族もネットワークに関わっており、その一人である妹のオーレリ・フールは、本書の第二十二章でヴィオレットが語るとおり、密使の案内役をしていてドイツ軍兵士に強姦《ごうかん》され、身ごもった。彼女の中絶手術をルイーズ・ド・ベティニの友人の看護婦が行なったことも、手紙に記されていた。その看護婦がヴィオレット（レオニー）だったかどうかはわからない。ルイーズが投獄されたあとも、オーレリとアントワーヌはレジスタント活動をつづけ、幸いなことに逮捕を免れた。彼らの手紙から、フランスが味わった苦難とフランス人の強い愛国心を読み取ることができる。

イギリスの愛国心を体現しているのが、実在のセシル・エルマー・キャヤメロン大尉（のちに少佐）である。情報源たちにとっての〝エドワードおじさん〟は、ルイーズ・ド・ベティニばかりでなく、ドイツ軍に捕まって銃殺され、殉教者となったフランス人スパイ、レオン・トゥルーリンも勧誘した。キャヤメロンの特異な過去――妻を守るために、保険詐欺罪で逮捕され懲役刑を受け、戦時中に諜報活動を行なうため復帰、戦後に自殺――はすべて事実だ。詐欺を働いた動機や家庭生活、妻の性格などは、物語に合わせるためわたしが脚色した。だが、キャヤメロンのコードネームのひとつが〝イヴリン〟であったことも、一人娘にその名をつけたことも事実だ。

ルネ・ボルデロンはイヴとおなじく、史実のかけらをもとに創り上げた架空の人物だ。彼のような暴利商人はたしかに存在した。彼はふたつの戦争とふたつの時系列をつなぐ橋だ。彼はまた、第二次大戦中、オラドゥール＝シュル＝グラヌのことをミリスへ売った名無しの通報者だ。

オラドゥール＝シュル＝グラヌの虐殺は、悲劇でありいまだに謎である。矛盾する報告が多い。オラドゥール＝シュル＝グラヌはフランスのレジスタンス運動の拠点だとミリスに通報した者がいて、それがドイツ人将校誘拐、処刑につながったが、オラドゥール＝シュル＝グラヌ、あるいはちかくのオラドゥール＝シュル＝ヴェイルが、ほんとうにレジスタンス運動の拠点だったのかどうかは定かではない。親衛隊将校が報復手段としてなぜ村人全員を殺す決断をしたのか（のちに彼は上官から厳しい叱責を受けている）、そもそも彼は虐殺を意図していたのかどうか――レジスタンスの爆弾がオラドゥール＝シュル＝グラヌの教会に隠してあり、それが爆発して火災が発生、多くの人の命を奪ったと推測する者もいる――すべては謎のままだ。戦争の不透明さの中でひとつだけたしかなのは、オラドゥール＝シュル＝グラヌの男たちのほとんどが、納屋やまわりの建物に集められて射殺され、女子供は教会に集められて殺されたことだ。処刑場となった建物から逃げ出した男たちが何人もいたが、教会の火事を生き延びたのはたった一人、マダム・ルファンシュだけだった。本書に記した彼女の話は、虐殺に加わった親衛隊将校たちが裁かれた、一九五三年の裁判における彼女の証言をほぼそのまま使わせてもらった。マダム・ルファンシュにつづいて、教会の窓によじ登ろうとした若い母親と赤ん坊が撃ち殺されたのは事実だ――が、それは地元の主婦、アンリエット・ジュワイユと乳飲み子の息子で、わたしが創作したローズ・フルニエではない。オラドゥール＝シュル＝グラヌはいまも廃墟のまま保存されている。壁に弾痕の残る屋根が落ちた建物、午後四時で止まったままの焼けた時計、墓地の横に停まったままの錆の浮いたプジョー。マダム・ルファンシュは残りの人生を、村のちかくで過ごした。

　フィン・キルゴアも創造の人物だが、ベルゼンの収容所を開放した経験は、王立砲兵、第六十三対戦車連隊の兵士の証言を参考にした。シャーリー・セントクレアとその家族も創造の人物だが、未婚で妊娠した娘が直面する現実は、イヴの時代も彼女の時代も変わらず厳しいものだった。堕胎は犯罪だったが、裕福な女性（シャーリーのような）は安全な手術で片をつけることが可能だった。生き抜くことに必死な（イヴのような）女性は、死の危険を冒してでも始末することを選んだ。第一次大戦中、ドイツ占領下の地域に住む多くの女性が、辛い選択を迫られた――オーレリ・ル・フールは、強姦者の子を堕ろすことを選んだ自分を赦してくれと、神と家族に懇願する手紙を残しており、読むと胸が締め付けられる。イヴが直面した現実は、情報収集を行なう女たちに課せられたダブルスタンダードを考えると、未婚の母親のそれよりさらに苛酷だった。あの当時のスパイ稼業は、ジェイムズ・ボンドやハリウッドが創り上げたスリルと興奮に満ちた華やぎとは無縁のものだ。紳士の職業とはみなされず、まして女性がやるものではなかった。情報収集のために己を汚さざるをえない場合、それでも尊厳を失わずにいるのは並大抵のことではない。ルイーズ・ド・ベティニのような女性の情報源たちは志が高かったのだと、声を大にして言いたい。「彼女たちはコケティッシュであったかもしれないが、けっして娼婦ではなかった」ルイーズの伝記作家はアリス・ネットワークの女性たちを真摯に讃えている。「情報を得るために、いわゆる手練手管を弄することはけっしてなかった」イヴやルイーズのような女性たちはより厳しい現実を生きていたが、女スパイが聖女と崇められるか、もしくは娼婦と貶《おとし》められるかのどちらかだということを百も承知していた。エディス・キャヴエルのような純粋無垢な殉教者か、マタハリのような淫らで信用のおけない娼婦。

いつものように、物語に合うように史実を移し替えたり縮めたりの作業を行なった。フィンの大事なラゴンダをフランスへと運んだカーフェリーは、一九四七年にすでに存在していたが、フォークストンとル・アーヴルのあいだで就航していたかどうかまでは確認がとれなかった。史実では、ルイーズ・ド・ベティニとマルグリット・ル・フランソワは、尋問を受けるためトゥールネーに送られ、そこでマルグリットは釈放され、ルイーズは正式に逮捕された。女性たちが死刑宣告を受けてから懲役刑に減刑されるまで、実際には数日間のタイムラグがあった。

ドイツ軍がなにをもってルイーズ有罪の証拠としたのかについては、議論の分かれるところである。入獄中の数カ月、彼女はいっさい口を割っていない。ドイツ軍が、彼女の同房者、マドモアゼル・テリエから、ようやくルイーズの手紙を入手したものの、手紙から有罪の証拠となるものが得られたかどうかは不明だ。より鮮明なクライマックスシーンを作るために、わたしは相矛盾する報告書に手を加えたが、ルイーズが借り物の安全通行券で検問所を抜けようとしたとき、数枚の身分証を持っていたこと以外、確たる証拠がほとんどないまま有罪判決を受けた可能性がある。

ルイーズの死にまつわる出来事にもまた、わたしは短縮を行なっている。肋膜膿瘍を取り去る手術は、本書で記した時期より数カ月前に実施され、彼女はそれをなんと生き延びた――前述の回顧録によれば、ルイーズの手術は、腸チフスが大流行したばかりの悪名高きシークブルクの、暖房もなく、満足に消毒もされていない医務室で四時間におよんだというから、ここでも彼女の驚くべき頑強さが見て取れる。シークブルクの将校たちに、手術で彼女を殺すつもりがあったのかどうかはわからない。悪意が介在しなくても、不衛生な医務室では適切な医療を受けられずに多くの患者が死んでいる。だが、ドイツ軍にとってルイーズが問題の多い囚人であったことはたしかで、せめて母のそばで過ごさせてくれ、という彼女の最期の頼みを断り、忠実な友人たちや同房者たちから切り離してコロンに送り、一人死なせたことから見て、彼らがなんの同情心も抱いていなかったことはたしかだ。わたしは史実を曲げても、ルイーズによりよい最期を与えてあげたかった。手術後の地獄の苦しみから解放してあげたかったのだ。ルイーズの葬儀が営まれたのは一九一九年ではなく一九二〇年で、彼女の遺体はようやく祖国へ戻された。

第一次大戦中に女性スパイが活躍したことは、今日、ほとんど忘れられている。戦時中の彼女たちの貢献を高く評価することもだが、戦後、彼女たちをどう遇すべきかについても考え方はまちまちだった。戦場に赴いた女性たちに対する世論の捉え方にはふたとおりある。危険に立ち向かうために、女性らしさをかなぐり捨て、男勝りの強さを身につけたしたたかな女たちと捉えるか、義務を果たすため危険な重荷を背負った勇敢な女性だが、心はいたいけな花のままだったと捉えるか。ルイーズは称賛され多くの勲章が授けられたが、同時代の人たちは、彼女の小柄な体や女らしさや愛国心を讃えても、彼女のタフさや勇敢さに目を向けることはあまりなかった。「ルイーズほど女らしい女性を見たことがない……男勝りの女丈夫ではけっしてなかった」第二次大戦後も事情は変わっていない。シャーリー・セントクレアのような娘たちは、戦時中はロージー・ザ・リベッター（第二次大戦中、男の代わりに工場や造船所で働いた逞しい女たち）になれと言われ、戦争が終わればさっさと家庭に戻れと言われた。第一次大戦中に戦場で活躍した女性たちは、同時代人たちを不安にさせながらも遺産を残している。三〇年代、四〇年代の娘たちは、ルイーズ・ド・ベティニのような女性たちの本や物語に触発され、特殊作戦局に入ってナチと戦うスパイの訓練を受けた。ルイーズの女性らしい優雅さに触発されたのではない。勇気とタフさ、不屈の精神に触発されたのだ。シャーリーがイヴに感化されたように。彼女たちこそ本物の〝悪の華〟だ――豪胆で忍耐強く情熱的。悪の土で花を咲かせ、ほかの女たちを触発してそうさせる。

謝辞

本書を執筆できたのは、たくさんの人々の助けがあったればこそです。心からお礼を申し上げます。まずは母に感謝します。長い散歩やもっと長い電話でのおしゃべりで、絡まり合った筋書きを何度もほぐしてくれました。夫にも感謝します。すべての場面でイヴの吃音を微調整したうえ、「きみは書いているといい、夕食はぼくが作る」と何度言ってくれたことか。すばらしい批評仲間、ステファニー・ドレイとソフィー・ペリノットの赤鉛筆と洞察力がどれほど貴重なものか、本書でまたしても証明されました。エージェントのケヴァン・ライアン、編集者のアマンダ・バージェロンとテッサ・ウッドワードは、史上最高のチアリーダーです。友人のリサ・クリスティと夫のエリックは、クラシックカーについての質問に答え、機械に関する細かな記述に目を通し事実検証をしてくれたうえ、ヘンリー・ペトロニスが集めたクラシックカーを観に連れていってくれました。バイリンガルのアンナローリー・フェレルは、フランス語の資料の翻訳を手助けしてくれて、威勢のよいフランス語の悪態もいろいろ教えてくれました。自分の一族が代々住みつづけてきたフランス北部の占領時代の状況に、当事者の視点を与えてくれたのも彼女です。彼女とその家族の許可を得て、彼女の曾祖父の兄弟であるアントワーヌ・ル・フールの手紙を翻訳しました。アントワーヌと気丈な妹のオーレリは、本書にアリス・ネットワークの一員として登場しています。

訳者あとがき

第一次大戦中、ドイツ軍占領下のフランスで、連合軍のために機密情報を集めた勇敢な女性たちがいた。それがアリス率いるスパイ網、アリス・ネットワークだ。この名を戴《いただ》く本書『戦場のアリス』（原題：*The Alice Network*）は、歴史小説であり、消息不明の女性を探して第二次大戦直後のフランスを旅するロードノベル仕立てのミステリーであり、はたまた女同士の友情を描いたウィメンズ・フィクションでもある。また、裕福な家庭で何不自由なく育ったお嬢さんが、いろいろな試練を糧に自立する成長物語でもある。第二次大戦後間もない一九四七年（作品の中の現在）と、第一次大戦中の一九一五年（過去）、ふたつの時代が二人のヒロイン、十九歳のアメリカ娘シャーリーと五十代のイギリス女性イヴによって交互に語られる構成で、ふたつの物語はやがて交錯し、二人が復讐を果たす迫真のクライマックスへとなだれ込む。

著者あとがきにもあるとおり、本書に登場するアリス・ネットワークの中心人物、リリーことルイーズ・ド・ベティニは実在の人物だ。リリーが本書のなかで生き生きと息づいているのは、著者が彼女に心酔し、敬愛しているからこそだろう。たしかにリリーは女が惚《ほ》れる女の中の女だ。彼女の没後百年にあたる二〇一八年には、アリス・ネットワークの活動拠点だったリールで、その業績を称《たた》えるセレモニーが盛大に催された。パリ十七区にある彼女の名がつけられた私立学校（フランソワーズ・サガンはここに在籍したがわずか三カ月で放校となった）の生徒たちも記念碑に花を手向けた。サンタマン＝レゾーにある彼女の生家は博物館に生まれ変わり、二〇二〇年オープンの予定だそうだ。

オラドゥール＝シュル＝グラヌの悲劇も史実であり、フィリップ・ノワレとロミー・シュナイダーが主演したフランス映画『追想』が、このあまりにも惨《むご》いナチの所業をあますところなく描いている。妻をナチに殺された男の一人きりの復讐物語で、一九七五年に制作され、日本では二〇一七年にリバイバル上映されている。DVDも出ているのでぜひご覧いただきたい。ロミー・シュナイダーの美しいことといったら……。

本書では物語のはじめのほうでほんの数行出てくるだけだが、イヴが生きた時代にイギリスで婦人参政権を求めて過激な活動を展開した〝サフラジェット〟と呼ばれた勇敢な女性たちがいた。イヴは作中で「サフラジェットの活動家と一緒に窓に煉瓦をいくつ投げようと、前線に行くことはできない」と嘆いているが、彼女たちもまたリリーの系譜に連なる者たちだ。その苦難を描いた映画がある。キャリー・マリガン主演『未来を花束にして』（二〇一五年制作、日本公開は二〇一七年）。プロデューサーも監督も女性で、ヘレナ・ボナム＝カーター、ベン・ウィショー、メリル・ストリープら名優が脇を固めている。第一次大戦直前のイギリスの社会情勢や庶民の暮らしぶりがよくわかるので、こちらもぜひご覧いただきたい。

こういった史実や実在の人物を織り込んだせいで生まれる臨場感もさることながら、この作品のすばらしさは、作者が生み出した二人のヒロイン、シャーリーとイヴの存在感、そこにつきると思う。二人以外の女たちも不屈の闘志を漲《みなぎ》らせ、とにかく強くてかっこいい。さらに、敵役ルネのいやらしさ、薄気味悪さ、穢《けが》れた頽廃ぶり、これぐらい強烈な人間でないと、イヴと対峙できないだろう。ルネの悪党ぶりが際立っているからこそ、クライマックスで読者は大きなカタルシスをえることができる。ふたつの大戦という暗くて重い時代の話だが、読んでいて憂鬱にならないのは、シャーリーの若い娘らしい一途さや天真爛漫《てんしんらんまん》さが随所に挟まれるからだ。さらには、イヴの雇い人で、戦争でやはり心の傷を負ったスコットランド男フィンとシャーリーのほほえましい恋模様と、三人が旅するフランスの田舎の陽光溢れる美しい風景が、本書にいっそうの輝きを与えている。

著者のケイト・クインは南カリフォルニア生まれ。ボストン大学で古典言語を学び、修士号を取得した。幼いころから歴史小説が大好きで、これまでにローマ帝国の興亡を女性の視点から描いた〝*Empress of Rome*〟シリーズや、ルネッサンス期のイタリアを舞台にした〝*The Borgia Chronicles*〟などの歴史小説を何冊も上梓《じょうし》し、高い評価をえている。

本書は二〇一七年六月に発売されるや、『ニューヨークタイムズ』紙や『USAトゥデイ』紙のベストセラーに躍り出て、カナダの『グローブ・アンド・メール』紙のヒストリカル・フィクション一位となった。また、女優リース・ウィザースプーンが主宰するブッ